中国当代散文选

朱 永 李崇民 选编

兰州大学出版社

说　明

应中学语文教改之急,我们编辑出版了这本书,但由于种种原因,无法一一和选入该书作品的作家(翻译者)取得联系,对此,我们深表歉意。凡见到此书者,请将通讯地址惠告出版社,我们立即付稿酬并寄样书。借此机会向本书的作家(翻译者)表示衷心的感谢!

书　　名	中国当代散文选
作　　者	朱永 李崇民 选编
出版发行	兰州大学出版社 (地址:兰州市天水南路 222 号 730000)
电　　话	0931-8912613(总编办公室) 0931-8617156(营销中心)
	0931-8914298(读者服务部)
网　　址	http://www.onbook.com.cn
电子信箱	press@lzu.edu.cn
印　　刷	兰州人民印刷厂
开　　本	850×1168 1/32
印　　张	20.875
字　　数	521 千
版　　次	1996 年 9 月第 1 版
印　　次	2011 年 7 月第 2 次印刷
书　　号	ISBN 978-7-311-01001-0
定　　价	30.00 元

(图书若有破损、缺页、掉页可随时与本社联系)

前　言

中国散文有着灿烂辉煌的历史,早在先秦时期,散文就已成为中国古典文学的正宗。中国现代散文植根于这一肥沃的土壤之中,又吸收外国散文的营养,才不断茁壮成长。中国当代散文的园地里,有时单调,有时荒芜,有时百花盛开,光彩夺目。

在五六十年代,素有"北杨南秦"之称的杨朔和秦牧,各领风骚半边天,对散文的发展有着独特的贡献。杨朔散文追求意境的开掘,景美情浓,别具一格。秦牧的散文则站在现实的土壤上,放眼于上下五千年,形成了重知识、擅说理的特征。但他们的这些特征后来形成一种模式,使当代抒情散文的路子越走越窄。

20世纪60年代初期的三年困难时期,中国人民经受了严峻的考验和巨大的痛苦,便于反映现实生活的散文却"缺席"了,这不能不说是一种遗憾。

"文化大革命"的十年,当代散文的园地一片荒芜。

当历史的车轮进入新时期,当代散文的百花园里花香袭人,令广大读者流连忘返,赏心悦目。巴金的散文《随想录》不但是对作者的灵魂的拷问,而且也是对读者灵魂的拷问。冰心等老作家积几十年的创作经验,在取材于花鸟草虫、日月星辰的散文中大都溶进了他们对生命的体验和人生的睿智。一些中青年散文作家更是一扫过去散文的矫情与虚假,敢于直面惨淡的人生社会弊端,使散文创作走上了健康之路。总之,在新的历史时期,新老作家不辜负读者的期望,用辛勤耕耘的汗水,浇灌出一朵朵美丽的散文之花,使本不具备轰动效应的散文,却大有产生轰动效应的趋势。

这本选集其实是一本写作文鉴。在选编的过程中,我们不唯传统与名家,而是放开眼光精选相当部分的足以代表当代散文总体水平的作品;同时充分考虑到目前中学生的写作水平不宜乐观的现状,有意识地选了一定数量的与作文课上的题目、题材、主题有关系甚至等同的作品。想为他们的作文写作提供可借鉴的范文,以避免他们写作的盲目性及低水平循环。在入选的作品中,有的较好地体现了以上两点,有的只体现了其中的一点。也许选编得不尽人意,但却是我们一份诚心的奉献。

愿《中国当代散文选》走进您的世界,成为您的朋友。

编　者
1995.12.30

目　录

1

● 门瑞瑜

冬 泉

车子离开漠河，在祖国北极边陲的林海雪原中奔驰。零下五十三度的酷寒阻挡不住车轮的飞转，车轮沙沙地碾着积雪飞也似的跑。国防公路像一条银色的哈达展示在天边，车子正奔那天边而去。公路笔直但十分险峻，路两旁是如海的苍山，满山遍野的落叶松，樟子松树冠上挂着雪白的冰凌，显得更绿郁葱茏，还有那披着积雪的白桦、红柳、杨榆，亭亭玉立，枝头也如纷繁的梨花怒放。车子穿入丛林，公路宛如一支银光闪烁的长剑，把原始森林一劈两半，车子就在森林缝隙里穿插而去。路太窄太长，树太高太远，前方只露一线蓝天，那一线蓝天的远方，是不是我要去的漠河极边的自然屯洛古河？那不就是祖国版图北极的最边缘吗？公路像一条冰道，下坡时车子像打滑梯一样，颠颠簸簸，甩出去很远。忽然车子被几处山峰似的大冰包挡住了去路。

司机小张紧把方向盘，瞅了我一眼，关切地说："注意坐好。"

他屏住呼吸，全神贯注，谨慎地放慢了车速，使车子从冰包雪坡下稳稳当当安全地开了过去，他舒了口气笑了。

我望着路旁晶莹的大冰包问："那是怎么回事？"

1

"那是冬泉。"他告诉我去洛古河路上有几处这样永远凝冻不住的冬泉。冬泉喷涌出的水冻结成冰包，像一座座冰山突兀，阻挡住交通，造成车子行驰的危险。

"那你一定很讨厌这冰包？"我随便问了一句。

他瞥了我一眼，摇摇头。

"你冬天开车一定很害怕冰包。"

"是害怕冰包，一不小心车翻人伤，但又喜欢它。"

"为啥？"

"我觉得很有意思，在这祖国北极高寒禁区，零下五十八度时，人都冻僵了，可是冻不住冬泉水的流淌，它有一股向上的活力，就是冻成冰包也不向严寒的大自然屈服。"说着他乌黑的眼睛里闪出熠熠的神采。

走不多时，又一座冰山又横在马路中央，一种好奇心的驱使，我提议让车子停住，下了车，我去看那有趣的冬泉。

晶莹透明的冰包雪峰，闪着素洁的光泽。我小心翼翼地爬上去，探寻那冬泉的泉眼，我嘴里呼出的呵气，霎时化为冰凌，凝冻在我的鬓角、眉梢，冻结的呵气把睫毛也粘在一起，几乎睁不开眼睛，视线模糊不清。天太冷了，我不禁想起史书上描绘漠河的那段话："地处极边，寒威过甚，交通不便，道茀难行。"

司机小张点燃起一大堆松木桦子，拢着篝火烤起车来。他脸颊冻得像红苹果，紧皱眉头，搓着手说："我抓紧烤烤车，免得机油凝固住，把咱们冻在半路上喂黑瞎子。"他嘿嘿地笑起来，风趣地说："小心冻掉你的鼻子、耳朵！"

我站在冰峰顶端向他挥挥手说："冻不住冬泉，就冻不死我。"我冻得浑身发抖，咬着牙说，声音也变调了。

寻觅了一阵，我终于发现那冬泉了。在山坡的一端，有两个清凌凌的泉眼，明明亮亮从地下涌上来又汩汩地流淌着，流淌着，在酷寒中流淌着，流淌着，渐渐地渐渐地冻结了，结成了一座巍然屹立的冰山。我看得入神了，简直忘记了祖国北极的风雪严寒……

车子继续行驶以后，我沉思着，想着那冬泉。这时，小张告诉我，洛古河有一位山村女教师的名字与冬泉谐音叫董全，我问他是怎么认识董全的，他讲起了一段难忘的经历。

那是一个暴风雪的早上，他冒着零下五十三度严寒沿黑龙江畔巡逻。下岗后，走到洛古河附近时，发现前面雪路上有个黑黝黝的人影在走动，走着走着，那人影一下子趴到雪地上不动了。这引起了他的疑惑和警惕，于是便跑上前去盘查，一看被吓了一跳，原来是洛古河小学的董全老师跌倒在雪地上。他认识她。

"董老师，董老师，你咋的啦?"他连声喊着，俯下身去想把她扶起来。

然而，董老师却直瞪着眼睛，张着嘴巴，欲动不动，表情木然，始终沉默不语。他根据在祖国北极冬天生活的经验判断：她冻僵了。于是便背起她来，一口气跑进了洛古河边防哨所。经过富有生活经验的"老边防"连长和连队医助的检查，原来是她的腿血管被冻僵了，但还可以急救过来，嘱托说："千万别用火烤。"立即决定用冰雪搓腿，用凉水"缓"。

失去知觉的董全老师在昏厥中。一种难以置信的抢救措施，就好像黑龙江人隆冬"缓"冻梨一样，当大把大把的冰雪把她的腿搓得通红通红以后，又将她的腿放到一桶凉水中"缓"着。渐渐地，渐渐地，她一双长长的睫毛颤动了两下，大眼睛微微睁开，她开始恢复了知觉……当亲人解放军在温暖的气氛中端上热气腾腾的面汤，问她是怎么回事时，她轻声地说：

"天太冷，有一个孩子冻感冒了，两天没来上学，我是去他家给他补课的。回学校路上冻昏过去……"她的声音是低沉的，然而却显示着力量，充满着对学生的爱抚，那一颗火热的心，像一团火熊熊燃烧，灼热地烘烤着周围的人们。她所在的学校只有一间木刻楞小屋，仅有六个八九岁的孩子，开设一、二、三年级课程，也仅有她这一位老师负责分别教课。就是这样一所设备简陋、很小很小的小学，学习秩序却异常正规、严格，老师认真教，学生努力学，读书声不绝，笑语声飞扬，风雪严寒阻挡不住学校生活的热情……

我被这一位北极边陲山村女教师的故事吸引了，决定去访问她。车到洛古河，我就赶到那学校去。这不是一般学校，尖顶的木刻楞小屋子，冰雪覆盖，晶莹闪光，就像冰雕雪凝的"水晶宫"。当我带着一身寒气破门而入时，霎时被眼前的气氛惊住了：站在讲台上的董全老师，乌黑的眼睛正在发光，微笑着讲课，六个孩子十二只大眼睛熠熠闪光，六株苗壮的幼苗，生机勃勃，多么招人喜爱。老师和学生的读书声和谐地交织在一起，不正像那幽谷冬泉之声响，叮叮咚咚，叮叮咚咚，那么动听悦耳吗？

此刻，外边风雪严寒，屋子里却暖和极了，玻璃窗上凝结的冰凌融化了，晶莹的水珠滴答滴答地流在窗台上。她停下课来，向那个大铁桶炉子里添了几块大松木桦子，炉火烘烘地响了起来，大烟筒也烧红了。她脸色红润，羞涩地接受我采访，六个孩子端坐在各自的凳子上，都扭过身子，歪着脑袋，眼睛瞪得大大的，好奇地盯着我。

"你对'北极村'的孩子们感情多么深呵！"我赞叹地说。

她视线朝下，不好意思地笑笑，由衷地说："只要和这六个孩子在一起，我的心情就永远是愉快的，我愿意全力教好这六个孩子……"

董全、董全，不禁使我联想到了严寒下不断涌流哺育春色的冬泉。她指着里间一个只有一盘炕、一个小书桌的小屋告诉我："我住在这里。"

"你不害怕吗？"我关切地问。

"逼出来了，豁上了，啥也不怕。"她摇摇头说。

　　"你哭过没有？"

　　"哭过，"她抬起头来，眼光一闪，"但生活里总是高兴的事比苦恼的事多呀！"她用手抚摸着靠近她的一个女孩子的头顶说："我的心情是随着学生学习成绩的好坏而变化。"说着她咳嗽起来，眼睛里仿佛罩着一层闪光的玻璃似的东西。

　　我指着她吃力的咳嗽喘息声，问："严冬冻得气管炎，很怕冷吧？"

　　"冷，不怕，习惯了。"她告诉我去年冬天刮过一整夜的暴风雪，一下子将她的住屋学校门严严地埋了起来，早晨她推不开门窗，只能从积雪下捅个窟窿，钻了出来，迎接早晨来上学的六个孩子。那一天，狂风暴雪继续猛烈袭来，在这暖烘烘的小屋子里，炉火通红，她照常给六个孩子上课，放学后，她趟着没腰的大雪，又把六个孩子送回家。……

　　当我又乘上小张开的吉普车，离开洛古河时，归途上，我们又被那大冰包阻挡住。我站在冰峰望见了那冬泉，冲破坚冰雪冻的羁束。一股股冬泉喷涌出来了，溅起一朵朵碎花，又扩大成一个个银线圈圈，源源不断，奔流不息，严寒下充满无穷的活力。冬泉，你是生命之源，酷寒禁锢，却不枯竭；你是大地的血脉，雪侵冰冻却热力不衰；你是坚定望远的眼神，面临严冬而瞩目明媚的春光，难道冬泉不给人以思想的启示吗？我赞美冬泉，更赞美这大兴安岭北坡祖国北极的冬泉！

● 马瑞芳

煎饼花儿

一

每当读到蒲松龄的《煎饼赋》："圆如望月，大如铜钲，薄似剡溪之纸，色似黄鹤之翎。"我总有一种特殊的亲切感。

煎饼，是鲁中人民的日常食物；煎饼，引起我对童年——五十年代的遐想。

鸟儿啁啾，天光方曙，哥哥姐姐就围在厨房门口，像檐间叽叽喳喳的小雀，嗷嗷待哺：

"娘摊新煎饼喽！"

"我要个黄斓①的！"

"我要个软和的！"

我不伸手。煎饼，摊得再好吧，能比得上对门油饼铺的酥油饼好？假如我坚持"绝食"，没准儿娘掏两百块钱（旧人民币）给我买一片很窄很窄的油饼，上小学的几员"大将"中，我最

---

①黄斓：鲁中方言，意即酥脆的。

小，常受点特殊照顾。如果我的"绝食"换来的却是"死科子!"①的训斥，那说明娘连买青菜的钱也没有了，我只好去吃高粱煎饼。菜呢？自腌青萝卜。刚断奶的小妹一见煎饼，就咧嘴号唭，被特许吃细粮，大家常向她翻以白眼。统购统销之初，细粮比例是相当小的。

使我十分恼火的是，三哥创作了一幅漫画打趣我。他画了个极丑的小妞儿，张着豁牙的嘴啃油饼，还图文并茂，旁白曰："这饼真香!"

家门口小商贩的奚落，更令我尴尬。

"咸渍渍、又酥又香的油饼哩，买块带着上学吧，小姑姑?"卖油饼的汉子说。

"买俩热包子上学吧，小姑姑？羊肉煎包，一咬一包油!"那花白胡子又招呼道。

这些比我大几十岁的人一本正经地叫我"姑姑"，颇令我悻悻然。"拄拐棍的孙子，穿开裆裤的爷爷"，转弯抹角净亲戚，本是回族人的特点，不足为奇。只是那花白胡子尤使我反感，从我记事，他就蹲在我家门口卖油煎包子，可直至我到省城上中学，我仍无从知晓，他那煎包究竟是不是"一咬一包油"!

对煎饼，我倒是也有好的回忆。当母亲的煎饼囤露了底时，她就把那些七大八小、零零碎碎的煎饼花儿，用油盐葱花炒得松软可口，大家吃起来，风卷残云，流星赶月，"脱一瞬兮他顾，旋回首兮净光"②，那副形象，实在登不得大雅之堂。

哥哥姐姐却对煎饼深恶而痛绝。煎饼之制，"溲含米豆，磨如胶饧"③，推磨的角色是他们。头晕目眩倒也罢了，还常因此

---

①死科子：鲁中方言：死妮子。
②引自蒲松龄《绰然堂会食赋》。
③引自蒲松龄《煎饼赋》。

上学迟到。那位严厉得全县闻名的中学校长，在大会上怒斥不守纪律者，就把他们三人"金榜题名"：

"某某，他的妹妹某某，他的弟弟某某，要特、特、特别地注意！"

因为学了语法，哥哥姐姐知道这"特、特、特别"表达的是十分严重的语气，自不能等闲视之。更何况校长又每晨亲自把守校门盘查呢！从此，他们鸡鸣即起，天亮时已推完磨，背上书包走了。

油饼铺的汉子来劝母来了："过得这么艰窘，还上什么学？叫姑姑们下学吧！"

"我砸锅卖铁，也要供他们上学！"

母亲的"声明"颇有点儿"万般皆下品，唯有读书高"的意味儿。至于上学是为学本领，为建设社会主义，那是老师们教的，少先队学的，是中学校长"特、特、特别"指出的。

经济拮据，大家精神却十分饱满。东方未晓，分头上学；夜晚，争抢罩子灯下的"有利地形"，读书写字。逢年过节，就揣上两个煎饼，一齐去扭大秧歌。二哥在队首开路，手持大钹，威风凛凛。余者身穿列宁服，腰系红彩绸，载歌载舞：

　　解放区的天是明朗的天，

　　解放区的人民好喜欢，

　　民主政府爱人民哪，

　　共产党的恩情说不完哪……

是啊，明朗的天！解放前，回回多是肩挑贸易，朝谋夕食，读书人如凤毛麟角。我家世传中医，算识文断字了。可父亲初中毕业即辍学。我出生那年（1942 年），天灾肆虐，因此连煎饼也吃不上，父亲只好将祖房抵了高利贷。上无片瓦、下无立锥之地。摆在争食煎饼花儿的诸兄妹面前的前程，或许是推车卖浆，或许是肩挑青菜，或许是烙油饼、卖煎包，如那花白胡子……

沧桑之变，解放了！土改中房子回来了，读书的权利也获得了。破屋足蔽风雨，兄妹你追我赶，大的读，小的也读；男的读，女的也读。"砸锅卖铁也供他们上学。"其实母亲有多少锅可砸？我们上学，靠的是人民助学金！

春苗逢喜雨，一日长三寸。解放区的天是明朗的天，瓦蓝瓦蓝的天。

二

生活稍稍好起来，来了母亲之谓"大炼钢铁"。曾点过哥哥姐姐名的中学校长向同学们宣布："两年进入共产主义！"

我是高中生了，已懂得两道加法：马克思的——共产主义＝物质极大丰富＋觉悟空前提高；列宁的——共产主义＝苏维埃政权＋电气化。

现实生活与导师的"加法"却分道扬镳了。

"电气化"了：家中电灯的光亮令罩子灯退避三舍。只是我们都失却了争光抢亮的兴趣，在为"小高炉"夜以继日搞运输。什么 XYZ，什么氧化还原反应、卷舌音，全丢在九霄云外！我曾一宿搬三趟砖，一次两块，行程四十里，食堂也实行"共产主义"了，地瓜蛋随便吃！于是，我有了一道新加法：共产主义＝一宿搬六块砖＋敞开供应大地瓜。只是我的胃不作美，吃地瓜吃得直冒酸水。于是我不无向往：什么时候吃上碗有油有盐的煎饼花儿，这"共产主义"竟不要也罢了。

母亲的锅终于砸了。并非为了卖铁供子女上学，而是装进老太太们自制的坩埚中炼"优质钢"。结果变成了一堆青不青、红不红的海绵铁。

等到中学校长预言共产主义到来的岁月，地瓜已变成了"高档商品"。我们堂堂高等学府竟供应起狗都不予问津的"代食品"来，好在有中华民族的脊梁骨替我们承受"×分天灾，×分人祸"的重压，周恩来总理亲自下令提高了大学生的助学金、伙食费，大学里竟没有出现饿殍。在浮肿病刚刚退去时，戎马终生的陈毅元帅又在广州会议上号召大学生向科学进军，振臂一呼，应者云集。我和哥哥姐姐都在家门口上大学。周末回家，又争抢台灯下的有利地形，有的读原子物理，有的钻高等数学，有的看《文心雕龙》……

那年考过了头一门课，母亲炒了些煎饼花儿，给三个吃够了"瓜菜代"的大学生过"开斋节"。大家边吃边议论考试。我因为把托尔斯泰的生卒年月答错了，俄苏文学史能否得"优"？颇犯嘀咕。三哥又来讪笑我："这叫旗开失败，马到垮台。你就是吃饭数第一，瞧，'这饼真香'！"

我的脸"腾"地红到耳根，仿佛又看到那幅捉弄人的漫画，那啃油饼的大龅牙。在我们这些读书人看来，学业上不能争光，是比懒与馋，更为见不得人的。

物换星移，逝者如斯。一九七〇年，我那个见了煎饼就咧嘴哭的妹妹从医学院毕业了。她是七兄妹中第七个大学生。我们则是回族医生家第一代大学生。我们七人都曾抱着玫瑰色的理想去日夜攻读考大学。有的向往亲手发射中国第一颗人造卫星；有的企望成为当代的扁鹊、华佗，妙手回春，起死回生；有的憧憬下笔绣辞，扬手文飞，为民族文化平添春色。进了大学，更是人人矢志握灵蛇之珠，个个力图抱荆山之玉，五年寒窗，胼手胝足，朝咏外语于晨曦中，暮诵文献于华灯下……

然而，十年浩劫，国难民忧；造反有理，读书无用；"生儿不用识文字，斗鸡走马胜读书"[1]；"案后一腔冻猪肉，所以名为

---

①引自唐代陈鸿《东城父老传》中之《神鸡童谣》。意指生儿不用读书，会搞邪门歪道即可。

姜侍郎"①。我的大妹妹是学自动控制的，毕业时因为是"刘少奇的党员"，被贬到县城，分配当售货员。据说，卖无线电元件对于工业大学五年制毕业生，仍算"专业对口"！我们另外的人呢，或靠边站，或当"老牛"，或干"火头军"。一言以蔽之曰：臭老九。泰然独坐，百忧俱至；瀹茗对谈，哀愤两集：你的计划成了水中月，她的打算变为镜中花，我的劳动付诸东流水……我百思不得其解：母亲用煎饼花儿，人民用助学金，供我们读十七年书，难道是为了让我们跟在地富反坏之后，忝列第九？我是何等懊恼烦闷啊！

三

前天，小妹对镜纠正日语发音，忽然说："我的下巴就是比我女儿的宽，归根到底，我也是吃煎饼长大的，咀嚼肌格外发达。"

"你闺女不至于见了煎饼咧嘴就哭了？"我揭她的短。

"她最爱吃煎饼了。"小妹笑嘻嘻地说，"可你看，人家吃的什么煎饼？"

说着，她从桌上拿起一包塑料纸包装的糖酥煎饼。那是用小米加香蕉、菠萝、橘子、白糖制成的，比一般糕点还要昂贵的山东名产。"文化大革命"前，只能从高级宾馆买到，现在，泉城处处可见，并成为小妹母女的日常早点了。

母亲不以为然，说："如今，煎饼都成了甜的，咱可没摊过……"

变甜者岂止是煎饼？还有我们的生活！闭门独坐，读书攻

---

①引自唐代民歌《选人歌》。姜侍郎指吏部侍郎姜晦，此人眼不识字，手不解书，对参加考试的人胡选一气，活像一块冻猪肉。

关；醇酒对酌，笑语绵绵：你提了讲师，我升了工程师，她入了党；你的论文得发表，我的设计已过关，他开始学第三门外国语。一言以蔽之：学以致用，争做贡献……

我丢一块糖酥煎饼在口中嚼着，赞叹道："香甜如饴，酥脆可口，这股甜蜜劲儿，真适合除四害后咱们老九的心境。"

三哥又挖苦我一句："这饼真香！"

大家哄堂大笑。又一致断定："这糖酥煎饼花儿不及母亲那有油有盐的煎饼花儿可口。"

"为什么呢？"我很感兴趣地问。

有的说，这煎饼甜得发腻，失去了做鲁中劳动人民主食的资格，因为山东人不嗜甜。

更多的却说，因为母亲的煎饼花儿引起大家对"早晨"的联想。

不是吗？那阵子，我们吃煎饼花儿，我们抢罩子灯亮儿，我们穿补丁衣服，弟弟捡哥哥的，妹妹拾姐姐的，清贫朴素，甚至不免寒酸。可我们这帮黄毛丫头、毛头小子，恰如初生的新中国，奋发向上，朝气蓬勃！我们多想再揣上煎饼，哼着"解放区的天是明朗的天"去扭大秧歌！那或许会使我们对失而复得的教书——读书权利加倍地珍视；那或许能令我们将十年创伤留下的瘢痕尽快消除；那或许使我们在大学讲堂、实验室中、手术台上，更多地想到民族殷切的期望，国家复兴的重责……

不要忘了吃煎饼花儿的年代，更不要忘了连煎饼花儿也吃不上的年代吧。

● 巴金

怀念肖珊

一

今天是肖珊逝世的六周年纪念日。六年前的光景还非常鲜明地出现在我的眼前。那天我从火葬场回到家中，一切都是乱糟糟的，过了两三天我渐渐地安静下来了，一个人坐在书桌前，想写一篇纪念她的文章。在五十年前我就有了这样一种习惯：有感情无处倾吐时，我经常求助于纸笔。可是 1972 年 8 月里那几天，我每天坐三四个小时望着面前摊开的稿纸，却写不出一句话。我痛苦地想，难道给关了几年的"牛棚"，真的就变成"牛"了？头上仿佛压了一块大石头，思想好像冻结了一样。我索性放下笔，什么也不写了。

六年过去了。林彪、"四人帮"及其爪牙们的确把我搞得很狼狈，但我还是活下来了，而且偏偏活得比较健康，脑子也并不糊涂，有时还可以写一两篇文章。最近我经常去火葬场，参加老朋友们的骨灰安放仪式。在大厅里，我想起许多事情。同样地奏着哀乐，我的思想却从挤满了人的大厅转到只有二三十个人的中厅里去了，我们正在用哭声向肖珊的遗体告别。我记起了《家》里面觉新说过的一句话："好像珏死了，也是一个不祥的鬼。"四十七年前我写这句话的时候，怎么想得到我是在写自己！我没有流眼泪，可是我觉得有无数锋利的指甲在搔我的心。我站在死者遗体旁边，望着那张惨白色的脸，那两片咽下了千言万语的嘴唇，我咬紧牙齿，在心里唤着死者的名字。我想，我比她大十三岁，为什么不让我先死？我想，这是多么不公平！她究竟犯了什么罪？她也给关进"牛棚"，挂上"牛鬼蛇神"的小纸牌，还扫过马路。究竟为什么？理由很简单，她是我的妻子。她患了病，得不到治疗，也因为她是我的妻子。想尽办法一直到逝世前三个星期，靠开后门她才住进医院。但是癌细胞已经扩散，肠癌变成了肝癌。

她不想死，她要活，她愿意改造思想，她愿意看到社会主义建成。这个愿望总不能说是痴心妄想吧。她本来可以活下去，倘使她不是"黑老K"的"臭婆娘"。一句话，是我连累了她，是我害了她。

在我靠边的几年中间，我所受到的精神折磨，她也同样受到。但是我并未挨过打，她却挨了"北京来的红卫兵"的铜头皮带，留在她左眼上的黑圈好几天以后才褪尽。她挨打只是为了保护我，她看见那些年轻人深夜闯进来，害怕他们把我揪走，便溜出大门，到对面派出所去，请民警同志出来干预。那里只有一个人值班，不敢管。当着民警的面，她被他们用铜头皮带狠狠地抽了一下，给押了回来，同我一起关在马桶间里。

她不仅分担了我的痛苦，还给了我不少的安慰和鼓励。在"四害"横行的时候，我在原单位给人当做"罪人"和"贼民"看待，日子十分难过，有时到晚上九十点钟才能回家。我进了门看到她的面容，满脑子的乌云都消散了。我有什么委屈、牢骚，都可以向她尽情倾吐。有一个时期我和她每晚临睡前要服两粒眠尔通才能够闭眼,可是天刚刚发白就都醒了。我唤她,她也唤我。我诉苦般地说:"日子难过啊!"她也用同样的声音回答:"日子难过啊!"但是她马上加一句:"要坚持下去。"或者再加一句:"坚持就是胜利。"我说"日子难过",因为在那一段时间里,我每天在"牛棚"里面劳动、学习、写交代、写检查、写思想汇报。任何人都可以责骂我、教训我、指挥我。从外地到作协来串联的人可以随意点名叫我出去"示众",还要自报罪行。上下班不限时间,由管理"牛棚"的"监督组"随意决定。任何人都可以闯进我家里来,高兴拿什么就拿走什么。这个时候大规模的群众性批斗和电视批斗大会还没有开始,但已经越来越逼近了。

她说"日子难过",因为她给两次揪到机关,靠边劳动,后来也常常参加陪斗。在淮海中路"大批判专栏"上张贴着批判我的罪行的大字报,我一家人的名字都给写出来"示众",不用说"臭婆娘"的大名占着显著的地位。这些文字像虫子一样咬痛她的心。她让上海戏剧学院"狂妄派"学生突然袭击、揪到作协去的时候,在我家大门上还贴了一张揭露她的所谓罪行的大字报。幸好当天夜里我儿子把它撕毁。否则这一张大字报就会要了她的命!

人们的白眼、人们的冷嘲热骂蚕食着她的身心。我看出来她的健康逐渐遭到损害。表面上的平静是虚假的。内心的痛苦像一锅煮沸的水,她怎么能遮盖住!怎样能使它平静!她不断地给我安慰,对我表示信任,替我感到不平。然而她看到我的问题一天天地变得严重,上面对我的压力一天天地增加,她又非常担心。有时同我一起上班或者下班,走进巨鹿路口,快到作家协会,或者走进湖南路口,快到我们家,她总是抬不起头。我理解她,同情她,也非常担心她经受不起沉重的打击。我还记得有一天到了平常下班的时间,我们没有受到刁难,回到家里,她比较高兴,

15

到厨房去烧菜。我翻看当天的报纸，在第三版上看到当时做了作协的"头头"的两个工人作家写的文章《彻底揭露巴金的反革命真面目》。真是当头一棒！我看了两三行，连忙把报纸藏起来，我害怕让她看见。她端着烧好的菜出来，脸上还带笑容，吃饭时她有说有笑。饭后她要看报，我企图把她的注意力引到别处。但是没有用，她找到了报纸。她的笑容一下子完全消失。这一夜她再没有讲话，早早地进了房间。我后来发现她躺在床上小声哭着。一个安静的夜晚给破坏了。今天回想当时的情景，她那张满是泪痕的脸还历历在我眼前。我多么愿意让她的泪痕消失，笑容在她那憔悴的脸上重现，即使减少我几年的生命来换取我们家庭生活中一个宁静的夜晚，我也心甘情愿！

二

　　我听周信芳同志的儿媳妇说，周的夫人在逝世前经常被打手们拉出去当做皮球推来推去，打得遍体鳞伤。有人劝她躲开，她说："我躲开，他们就要这样对付周先生了。"肖珊并未受到这种新式体罚。可是她在精神上给别人当皮球打来打去。她也有这样的想法：她多受一点精神折磨，可以减轻对我的压力。其实这是她的一片痴心，结果只苦了她自己。我看见她一天天地憔悴下去，我看见她的生命之火逐渐熄灭，我多么痛心。我劝她，安慰她，我想把她拉住，一点也没有用。

　　她常常问我："你的问题什么时候才解决呢？"我苦笑地说："总有一天会解决的。"她叹口气说："我恐怕等不到那个时候了。"后来她病倒了，有人劝她打电话找我回家，她不知从哪里得来的消息，她说："他在写检查，不要打岔他，他的问题大概可以解决了。"等到我从五·七干校回家休假，她已经不能起床。她还问我检查写得怎样，问题是否可以解决。我当时的确在

16

写检查，而且已经写了好些次了。他们要我写，只是为了消耗我的生命。但她怎么能理解呢？

这时离她逝世不过两个多月，癌细胞已经扩散，可是我们不知道，想找医生给她认真检查一次，也毫无办法。平日去医院挂号看门诊，等了许久才见到医生或者实习医生，随便给开个药方就算解决问题。只有在发烧到摄氏三十九度才有资格挂急诊号，或者还可以在病人拥挤的观察室里待上一天半天。当时去医院看病找交通工具也很困难，常常是我女婿借了自行车来，让她坐在车上，他慢慢地推着走。有一次她雇到小三轮车去看病，看好门诊回家雇不到车了，只好同陪她看病的朋友一起慢慢地走回来，走走停停，走到街口，她快要倒下了，只得请求行人到我们家通知，她一个表侄正好来探病，就由他去把她背了回家。她希望拍一张X光片子查一查肠子有什么病，但是办不到。后来靠了她一位亲戚帮忙开后门两次拍片，才查出她患肠癌。以后又靠朋友设法开后门住进了医院。她自己还很高兴，以为得救了。只有她一个人不知道真实的病情，她在医院里只活了三个星期。

我休假回家，假期满了，我又请过两次假，留在家里照料病人。最多也不到一个月。我看见她病情日趋严重，实在不愿意把她丢开不管，我要求延长假期的时候，我们那个单位的一个"工宣队"头头逼着我第二天就回干校去。我回到家里，她问起来，我无法隐瞒。她叹了一口气，说："你放心去吧。"她把脸掉过去，不让我看见她。我女儿、女婿看到这种情景，自告奋勇地跑到巨鹿路向那位"工宣队"头头解释，希望他同意我在市区多留些日子照料病人。可是那个头头"执法如山"，还说："他不是医生，留在家里，有什么用！留在家里对他改造不利！"他们气愤地回到家中，只说机关不同意，后来才对我传达了这句"名言"。我还能讲什么呢？明天回干校去！

整个晚上她睡不好，我更睡不好。出乎意外，第二天一早我那个插队落户的儿子在我们房间里出现了，他是昨天半夜里到的。他得到了家信，请假回家看母亲，却没有想到母亲病成这样。我见了他一面，把他母亲交给他，就回干校去了。

在车上我的情绪很不好。我实在想不通为什么会有这样的事情。我在干校待了五天，无法同家里通消息。我已经猜到她的病不轻了。可是人们不让我过问她的事情。这五天是多么难熬的日子！到第五天晚上在干校的造反派头头通知我们全体第二天一早回市区开会。这样我才又回到了家，见到了我的爱人。靠了朋友帮忙，她可以住进中山医院肝癌病房，一切都准备好，她第二天就要住院了。她多么希望住院前见我一面，我终于回来了，连我也没有想到她的病情发展得这么快。我们见了面，我一句话也讲不出来。她说了一句："我到底住院了。"我答说："你安心治疗吧。"她父亲也来看她，老人家双目失明，去医院探病有困难，可能是来同他的女儿告别了。

我吃过中饭，就去参加给别人戴上反革命帽子的大会，受批判、戴帽子的不止一个，其中有一个我的熟人王若望同志，他过去也是作家，不过比我年轻。我们一起在"牛棚"里关过一个时期，他的罪名是"摘帽右派"①。他不服，不肯听话，他贴出大字报，声明"自己解放自己"，因此罪名越搞越大，给捉去关了一个时期不算，还戴上了反革命的帽子监督劳动。在会场里我一直像在做怪梦。开完会回家，见到肖珊我感到格外亲切，仿佛重回人间。可是她不舒服，不想讲话，偶尔讲一句半句。我还记得她讲了两次："我看不到了。"我连声问她看不到什么？她后来才说："看不到你解放了。"我还能再讲什么呢？

我儿子在旁边，垂头丧气，精神不好，晚饭只吃了半碗，像

①王若望同志在 1957 年被错划为右派（1962 年摘帽），最近已经改正，恢复名誉。

18

是患感冒。她忽然指着他小声说："他怎么办呢？"他当时在安徽山区插队落户已经待了三年半，政治上没有人管，生活上不能养活自己，而且因为是我的儿子，给剥夺了好些公民权利。他先学会沉默，后来又学会抽烟。我怀着内疚的心情看看他，我后悔当初不该写小说，更不该生儿育女。我还记得前两年在痛苦难熬的时候她对我说："孩子们说爸爸做了坏事，害了我们大家。"这好像用刀子在割我身上的肉，我没有出声，我把泪水全吞在肚里。她睡了一觉醒过来，忽然问我："你明天不去了？"我说："不去了。"就是那个"工宣队"头头今天通知我不用再去干校，就留在市区。他还问我："你知道肖珊是什么病吗？"我答说："知道。"其实家里瞒住我，不给我知道真相，我还是从他这句问话里猜到的。

三

　　第二天早晨她动身去医院，一个朋友和我女儿、女婿陪她去。她穿好衣服等候车来。她显得急躁，又有些留恋，东张张、西望望，她也许在想是不是能再看到这里的一切。我送走她，心上反而加了一块大石头。

　　将近二十天里，我每天去医院陪伴她大半天。我照料她，我坐在病床前守着她，同她短短地谈几句话。她的病情恶化，一天天衰弱下去，肚子却一天天大起来，行动越来越不方便。当时病房里没有人照料，生活方面除饮食外一切都必须自理。后来听同病房的人称赞她"坚强"，说她每天早晚都默默地挣扎着下了床，走到厕所。医生对我们谈起，病人的身体经不住手术，最怕的是她肠子堵塞，要是不堵塞，还可以拖延一个时期。她住院后的半个月是一九六六年八月以来我既感到痛苦又感到幸福的一段时间，是我和她在一起度过的最后的平静的时刻，我今天还不能

19

将它忘记。但是半个月以后，她的病情又有了发展，一天吃中饭的时候，医生通知我儿子找我去谈话。他告诉我：病人的肠子给堵住了，必须开刀。开刀不一定有把握，也许中途出毛病。但是不开刀，后果更不堪设想。他要我决定，并且要我劝她同意。我做了决定，就去病房对她解释。我讲完话，她只说了一句："看来，我们要分别了。"她望着我，眼睛里全是泪水。我说："不会的……"我的声音哑了。接着护士长来安慰她，对她说："我陪你，不要紧的。"她回答："你陪我就好。"时间很紧迫，医生、护士们很快做好了准备，她给送进手术室去了，是她的表侄把她推到手术室门口的，我们就在外面走廊上等候了好几个小时，等到她平安地给送出来，由儿子把她推回到病房去。儿子还在她身边守过一个夜晚。过两天他也病倒了，查出来他患肝炎，是从安徽农村带回来的。本来我们想瞒住他的母亲，可是无意间让他母亲知道了。她不断地问："儿子怎么样？"我自己也不知道儿子怎么样，我怎么能使她放心呢？晚上回到家，走进空空的、静静的房间，我几乎要叫出声来："一切都朝我的头打下来吧，让所有的灾祸都来吧。我受得住！"

我应当感谢那位热心而又善良的护士长，她同情我的处境，要我把儿子的事情完全交给她办。她做好安排，陪他看病、检查，让他很快住进别处的隔离病房，得到及时的治疗和护理。他在隔离房里苦苦地等候母亲病情的好转。母亲躺在病床上，只能有气无力地说几句短短的话，她经常问："棠棠怎么样？"从她那双含泪的眼睛里我明白她多么想看见她最爱的儿子。但是她已经没有精力多想了。

她每天给输血、打盐水针。她看见我去就断断续续地问我："输多少CC的血？该怎么办？"我安慰她："你只管放心。没有问题，治病要紧。"她不止一次地说："你辛苦了。"我有什么苦呢？我能够为我最亲爱的人做事情，哪怕做一件小事，我也高兴！后来她的身体更不行了。医生给她输氧气，鼻子里整天插着管子。她几次要求拿开，这说明她感到难受，但是听了我们的劝告，她终于忍受下去了。开刀以后她只活了五天。谁也想不到她会去得这么快！五天中间我整天守在病床前，默默地望着她在受苦（我是设身处地感觉到这样的），可是她除了两三次要求搬开床前巨大的氧气筒，三四次表示担心输血较多付不出医药费之外，并没有抱怨过什么。见到熟人她常有这样一种表情：请原谅我麻烦了你们。她非常安静，但并未昏睡，始终睁大两只眼睛。眼睛很大，很美，很亮。我望着，望着，好像在望快要燃尽的烛火。我多么想让这对眼睛永远亮下去！我多么害怕她离开我！我甚至愿意为我那十四卷"邪书"受到千刀万剐，只求她能安静地活下去。

不久前我重读梅林写的《马克思传》，书中引用了马克思给女儿的信里的一段话，讲到马克思夫人的死。信上说："她很快就咽了气。……这个病具有一种逐渐虚脱的性质，就像由于衰老所致一样，甚至在最后几小时也没有临终的挣扎，而是慢慢地沉入睡乡。她的眼睛比任何时候都更大、更美、更亮！"这段话我记得很清楚。马克思夫人也死于癌症。我默默地望着肖珊那对很大、很美、很亮的眼睛，我想起这段话，稍微得到一点安慰。听说她的确也"没有临终的挣扎"，她也是"慢慢地沉入睡乡"。我这样说，因为她离开这个世界的时候，我不在她的身边。那天是星期天，卫生防疫站因为我们家发现了肝炎病人，派人上午来做消毒工作。她的表妹有空愿意到医院去照料她，讲好我们吃过中饭就去接替。没有想到我们刚刚端起饭碗，就得到传呼电话，通知我女儿去医院，说是她妈妈"不行"了。真是晴天霹雳！我和我女儿、女婿赶到医院。她那张病床上连床垫也给拿走了。别人告诉我她在太平间。我们又下了楼赶到那里，在门口遇见表妹，还是她找人帮忙把"咽了气"的病人抬进来的。死者还不曾给放进铁匣子里送进冷库，她躺在担架上，但已经给白布床单包得紧紧的，看不到面容了。我只看到她的名字。我弯下身子，把地上那个还有点人形的白布包拍了好几下，一面哭着唤她的名字。不过几分钟的时间，这算是什么告别呢？

据表妹说，她逝世的时刻，表妹也不知道。她曾经对表妹说："找医生来。"医生来过，并没有什么。后来她就渐渐地"沉入睡乡"。表妹还以为她在睡眠。一个护士来打针，才发觉她的心脏已经停止跳动了。我没有能同她诀别，我有许多话没有能向她倾吐，她不能没有留下一句遗言就离开我！我后来常常想，她对表妹说"找医生来"，很可能不是"找医生"，是"找李先生"（她平日这样称呼我）。为什么那天上午偏偏我不在病房呢？家里人都不在她身边，她死得这样凄凉！

我女婿马上打电话给我们仅有的几个亲戚。她的弟媳赶到医院，马上晕了过去。三天以后在龙华火葬场举行告别仪式。她的朋友一个也没有来，因为一则我们没有通知，二则我是一个审查了将近七年的对象。没有悼词，没有吊客，只有一片伤心的哭声。我衷心感谢前来参加仪式的少数亲友和特地来帮忙的我女儿的两三个同学。最后，我跟她的遗体告别，女儿望着遗容哀哭，儿子在隔离病房，还不知道把他当做命根子的妈妈已经死亡。值得提说的是她当做自己儿子照顾了好些年的一位亡友的男孩从北京赶来，只为了见她最后一面。这个整天同钢铁打交道的技术员和干部，他的心倒不像钢铁那样。他得到电报以后，他爱人对他说："你去吧，你不去一趟，你的心永远安定不了。"我在变了形的她的遗体旁边站了一会。别人给我和她照了相。我痛苦地想：这是最后一次了，即使给我们留下来很难看的形象，我也要珍视这个镜头。

一切都结束了。过了几天我和女儿、女婿再去火葬场，领到了她的骨灰盒。在存放室里寄存了三年之后，我按期把骨灰盒接回家里。有人劝我把她的骨灰安葬，我宁愿让骨灰盒放在我的寝室里，我感到她仍然和我在一起。

四

梦魇一般的日子终于过去了。六年仿佛一瞬间似的远远地落在后面了。其实哪里是一瞬间！这段时间里有多少流着血和泪的日子啊。不仅是六年，从我开始写这篇短文到现在又过去了半年，这半年中间我经常在火葬场的大厅里默哀，行礼，为了纪念给"四人帮"迫害致死的朋友。想到他们不能把个人的智慧和才华献给社会主义祖国，我万分惋惜。每次戴上黑纱、插上白花的同时，我也想起我自己最亲爱的朋友，一个普通的文艺爱好者，一个成绩不大的翻译工作者，一个心地善良的人。她是我生命的一部分，她的骨灰里有我的泪和血。

她是我的一个读者。1936年我在上海第一次同她见面，1938年和1941年我们两次在桂林像朋友似的住在一起。1944年我们在贵阳结婚。我认识她的时候，她还不到二十，对她的成长我应当负很大的责任。她读了我的小说，给我写信，后来见到了我，对我发生了感情。她在中学念书，看见我以前，因为参加学生运动被学校开除，回到家乡住了一个短时期，又出来进另一所学校。倘使不是为了我，她37、38年一定去了延安。她同我谈了八年的恋爱，后来到贵阳旅行结婚，只印发了一个通知，没有摆过一桌酒席。从贵阳我和她先后到重庆，住在民国路文化生活出版社门市部楼梯下七八个平方米的小屋里。她托人买了四只玻璃杯开始组织我们的小家庭。她陪着我经历了各种艰苦生活。在抗日战争紧张的时期，我们一起在日军进城以前十多个小时逃离广州，我们从广东到广西，从昆明到桂林，从金华到温州，我们分散了，又重见，相见后又别离。在我那两册《旅途通讯》中就有一部分这种生活的记录。四十年前有一位朋友批评我："这算什么文章！"我的《文集》出版后，另一位朋友认为我不应当把它们也收进去。他们都有道理。两年来我对朋友、对读者讲过不止一次，我决定不让《文集》重版。但是为我自己，我要经常翻看那两小册《通讯》。在那些年代，每当我落在困苦的境地里、朋友们各奔前程的时候，她总是亲切地在我的耳边说："不要难过，我不会离开你，我在你的身边。"的确，只有在她最后一次进手术室之前她才说过这样一句："我们要分别了。"

我同她一起生活了三十多年。但是我并没有好好地帮助过她。她比我有才华，却缺乏刻苦钻研的精神。我很喜欢她翻译的普希金和屠格涅夫的小说。虽然译文并不恰当，也不是普希金和屠格涅夫的风格，它们却是有创造性的文学作品，阅读它们对我是一种享受。她想改变自己的生活，不愿做家庭妇女，却又缺少吃苦耐劳的勇气。她听一个朋友的劝告，得到后来也是给"四人帮"迫害致死的叶以群同志的同意，到《上海文学》"义务劳动"，也做了一点点工作，然而在运动中却受到批判，说她专门向老作家、反动权威组稿，又说她是我派去的"坐探"。她为了改造思想，想走捷径，要求参加"四清"运动，找人推荐到某铜厂的工作组工作，工作相当繁重、紧张，她却精神愉快。但是到我快要靠边的时候，她也被叫回作家协会参加运动。她第一次参加这种急风暴雨般的斗争，而且是以反动权威家属的身份参加，她不知道该怎么办才好。她张皇失措，坐立不安，替我担心，又为儿女们的前途忧虑。她盼望什么人向她伸出援助的手，可是朋友们离开了她，"同事们"拿她当做箭靶，还有人想通过整她来整我。她不是作家协会或者刊物的正式工作人员，可是仍然被"勒令"靠边劳动、站队挂牌，放回家以后又给揪到机关。过一个时期她写了认罪的检查，第二次给放回家的时候，我们机关的造反派头头却通知里弄委员会罚她扫街。她怕人看见，每天大清早起来，拿着扫帚出门，扫得精疲力尽，才回到家里，关上大门，吐了一口气。但有时她还碰到上学去的小孩，叫骂："巴金的臭婆娘。"我偶尔看见她拿着扫帚回来，不敢正眼看她，我感到负罪的心情，这是对她的一个致命的打击。不到两个月，她病倒了，以后就没有再出去扫街（我妹妹继续扫了一个时期），但是也没有完全恢复健康。尽管她还继续拖了四年，但一直到死，她并不曾看到我恢复自由。这就是她的最后，然而绝不是她的结局。她的结局将和我的结局连在一起。

我绝不悲观。我要争取多活。我要为我们社会主义祖国工作到生命的最后一息。在我丧失工作能力的时候，我希望病榻上有肖珊翻译的那几本小说。等到我永远闭上眼睛，就让我的骨灰同她的骨灰掺和在一起。

● 王剑冰

寂寥的田野

儿时，跟了二叔上地里去，只图了坐那小独轮车。地离庄子很远，顺着那条窄窄的土路，似乎永远也走不到头。好在坐了二叔的独轮子，并不在意。

终于到了地里的时候，太阳已经好高好高了。我才明白为什么二叔提了那装饭的盒子，男人们下地中午是回不去的。

那地很宽广，但很多地方都飘着斜斜的荒草，真正属于田地的只有那么一小片，二叔指给我在那一小片中属于我们的一块，看了让人失望。

然后二叔就拿着锨过去了。平头的钢锨插进地里，别两下就是好大的一块方土，弯腰铲起来，一下子就翻扣在脚下。每挖一锨，二叔就要往手心里吐口唾沫。就这样不间断地重复着一个动作，一会儿的工夫，二叔的前边就成了鱼鳞样的一大片。阳光洒上去，一闪一亮的。

二叔默默地干着活，吐唾沫的声音渐渐远去，那太阳就越升越高了。

我坐在地头上，看着二叔的身影，在那旷大的田野里孤孤单单。想不通二叔每天下地，一个人如何度过这寂寞的时光。四周并无多少人影，其他人家的地也是这样吗？寥落地散布在旷野的一角。天上倒是有飞鸟盘旋，那种悠闲自得的样子，让人觉得有什么阴谋在空中。时而嘎嘎的叫声，凄凄凉凉透过脊背，回头望去，早已不见了踪影。

渴了的时候，二叔就走过来，咕咚咕咚喝几口壶里的冷水，说声，玩吧，别跑远了，就又过去翻地。那鳞片又多了几层，只是觉得这半天了，应该更多些才是，看来那地并不好翻。

终于有只蚂蚱，很大胆地过来，让我一时不知如何对付它。就扔了土块，再扔了土块，它不慌不忙地引逗着我，一直引到一条小水沟的边上，才无声地飞跑了。

小水沟很浅的水，没有鱼虾，甚至青蛙，很让人失望。更让人失望的是过不到那边去，那蚂蚱就趴在那边，已经不是一个了，我认真地发现了好几个，土一般的颜色，像要打我的埋伏。悄悄捡了一堆土块，猛一下子撒去，不知道可曾打着一个。

二叔那边喊了，声音空寥地传过来，跑过去，便是开饭了。无非是硬硬的干粮。太阳在西边斜斜地挂着，有些声音便是我和二叔的咀嚼了。我想起家里热热的饭菜，热热的一桌子人声，不知道他们想没想起我们。

二叔又向那片鱼鳞走去，二叔黑黑瘦瘦的身影越发小了。二叔说太阳到了那根芦草上就回家。那根芦草就在那边水沟旁，芦草的白火炬一耀一耀，很有些辉煌的光亮在风里。

又有一只蚂蚱落在我的眼前，再也无兴抓一块土砸去。还有那些鸟，一只一只不知飞向了哪里，所有的声音就只有二叔的吐唾沫声了。

那根芦草的白火炬不再光亮，倒是太阳慢慢燃着。我喊了二叔，二叔答应了，最后的几口唾沫，那般响亮。

终于东西放上了独轮车，还有头一天二叔打好的草。我又坐了上去，吱悠悠地响声很好听地碾过了田中的小路。

明天还来吗？二叔笑着问我的问题，我竟找不出勇气。明天还来吗？回头望去，一片寂寞空阔的荒草地，中间一小块地方，翻起一条莽莽鳞带。这便是二叔一天的收获。我知道，即使我不来，二叔也还会来的，要不那块地就会被荒草淹没了。二叔家没有男孩子，我只是探家小住几天，没有人能帮助二叔，所以二叔就一定得来。独独一个人来去走半天的路，干半天的活，独独的一把铁锨，一个太阳，一根芦草。道不准那根芦草被风推折，那太阳隐没在云层中，二叔就只有一把铁锨为伴了。

独轮车依然吱悠悠地响着，我觉得并无了来时的乐趣。叫了一声二叔，翻下身来，拉开盘在车前的绳子。二叔说，坐上吧。用不着，我不，拉着那绳子跑在前边。

天渐渐黑了。

● 王英琦

今夕故国月更明

溶溶月色漫开的时候，女友新叶又领来二位女友：一位是李大姐，另一位也是李大姐。"走，陪你逛夜市去。"三位女友笑盈盈地说。

逛夜市？这个我太在行了。北京的、南京的、广州的……至于这开封的么，没逛过，却是在书里头见过。遥想当年，为了写电影剧本《李清照》，一本《东京梦华录》，硬是让我给翻了个稀巴烂。记忆最深处有二点：一是故国京城的夜市，一是清明郊外的民间盛会。

那时节的汴京之夜，是何等的气派辉煌。秦楼楚馆栉次鳞比，行商坐贾充街盈市。数不清的名姝佳丽低吟浅唱，笙歌细乐之声不断从一群群"酒肉堆中不知老"的王谢子孙的"销金账"中传出……每到清明之时，汴京郊外更是冠盖济济，仕女如云。有祭扫的，有踏青的，有卖艺的，有卖各种风味小吃的……

那情景，诚如《清明上河图》所描绘的，兴盛极了！

有道是，盛极必衰。实际上，当时汴京的一派假太平的背后，已是危机四伏了——北宋王朝的内部机制从里到外整个儿地烂掉了。

果然不久，它就被来自长城以外阴山以北的蕞尔小国给灭掉了。

都云：故国不堪回首。而我们今天重又徜徉在这故国的都城，心中却很难再有那份"靖康之耻，亡国之恨"的感觉了。

有的只是惊讶。按说历史已经浮浮沉沉地过去了千载，却不料昔日京都的繁华犹在。那憧憧人影，那灯火阑干，那五花八门的小吃……我只觉得眼不够瞅，鼻子不够嗅，好想把这一切都看到眼里，吃到肚子里去。

人说：三个女人一台戏。而我们是四个，这戏就更热闹了。新叶提议吃夜宵，大家热烈拥护。二位胖嘟嘟的李大姐——一位"眼镜李"，一位"辫子李"，忽儿叫这个"精彩"，忽儿喊那个"棒极"，惹得人馋涎欲滴，恨不能生出三肠六胃，把这儿所有的小吃全吞下去。眼镜李大姐拎起一只鸡："太棒了，来一只童子鸡！"眼镜李大姐花起钱来很有点男子气派，从她身上你找不到丁点儿刚遭"婚变"打击的痕迹，她是女人之中活得够洒脱的一个。刚品尝完眼镜李大姐味道绝伦的童子鸡，辫子李大姐又要了一份"红薯酱"。一开始，我对这红薯酱很是怀疑，敢情河南盛产红薯，便拿破红薯"蒙人"，那能有个什么吃头？

不想，尝了一口后，竟连盘子也恨不能生吞下去了。那味儿太绝了。

最使我感兴趣的是这儿竟能看到南方的泡菜、腌菜，要了几碟，清爽可口，其味绝不在江浙云贵一带之下。

今晚的夜色极好。月挂中天，银辉泻地。吃着吃着，一股奇香扑鼻，过去一看，原来是刚上市的糖炒栗子的香味。新叶上前去问价钱，答曰：五元一斤。三位女友听了齐咂舌。我却不以为然，好不容易逛一回开封夜市，连这栗子都舍不得吃，真像活不起似的。我执意要请大家吃栗子，新叶却死拉活拽把我拖到一个卖冰糖梨的小吃跟前："栗子大家都吃过，这个你却没吃过，我来请客。"

我真来气了。指天戳地发誓再不让我请一回客，我便拒绝一切吃的。

大家不再谦让了，乖乖地坐下等我上了四碗冰糖梨。味道真不坏，又酥又烂，连汤都又甜又腻煞是好喝。我们连吃了两碗方才罢休。

消消停停地，不觉已是夜深沉了。再看那夜幕中的开封城，竟还毫无乏意，仍是灯月交辉一片通明。叫卖声彼起此伏，人们竞相穿梭在巷闾街市之中……

我又想到了一千多年前的那个京都汴梁——如果说在昨天的那个金堆玉砌歌舞升平的汴京背后，酝酿着的是一场民族大悲剧的话，那么，今日这一派繁华则是预示着民族的昌盛。

月儿斜了，人儿困了，远处的梆声响了……

南方的雨和北方的雨

南方的雨，下得缠绵、温柔、纤细、持久；

北方的雨，下得豪爽、酣畅、粗犷、干脆。

南方的雨，像南方少女的爱，羞羞答答，多情、含蓄；

北方的雨，像北方小伙的情，炽烈如焰，热情、奔放。

南方的雨，使人想起洞萧牧歌、春花秋月，想起酒香四溢的杏花村和青烟缭绕的山野、村舍……

北方的雨，使人想起黄钟大吕，金戈铁马，想起浑厚的高

31

原、平坦的沃土以及犄角般的玉米和火一样燃烧的红高粱……

我曾在南方的雨巷，戴着小斗笠，踩着古老的青石板，领略过那牵丝的长脚雨的恩泽。那份只有雨趣，而无淋漓之感的温馨，令我铭心难忘。

我也曾在北方的阔野，赤着脚，打着一把软弱无力的小花伞，迎接过那如浇如注的倾盆大雨的洗礼。那份彻头彻尾的痛快，那份恨不能连灵魂也一块冲刷了的大愉悦，使我至今回忆起来仍激动不已。

常想到，为什么同一块国土上，会有这南方的雨与北方的雨的不同？莫非远在先陶时代和青铜时代，在秦时明月汉时关时，这南方的雨和北方的雨，就已经泾渭分明，性格鲜明了吗？

想想可也是，偌大的国家，偌大的土地，倘只有一种雨，一种色调，一个模样，那该多么没劲、单调、乏味啊。

我爱南方的纤纤细雨，也爱北方的滂沱大雨。

南方的雨——像我的姐妹，

北方的雨——像我的兄弟。

那有形的和无形的……

—

古徽州——钟灵毓秀、文人荟萃的大地。

它，诞生过我国古代著名的新安画派；哺养过现代伟大的教育学家陶行知；孕育过程邃、渐江、黄宾虹等杰出的画家和篆刻大师……

它有名蜚海外的徽墨歙砚、版画石雕；

它还有绝代的石碑名帖、传世的真迹精品……

它——更是程朱理学的故乡，

中国封建纲常的策源地。

二

是一个仲春的早晨，我来到这个古文化之邦。

然而——我来，既不是想捞点稀世罕见的碑碣法帖，也不是想沾点文人雅士留下的纸香墨馨。仅仅是，去瞻仰一个古建筑群——一个牌坊群。

牌坊群坐落在草秀溪清的郊外。

疏疏密密、高高低低横跨在数里长的公路上。有冲天柱形的，也有方形单檐的，有卷草型纹斗背式的，也有四柱三楼重叠式的……尤其是一座"八脚牌楼"，更是匠心独运。对对锦纹图案，双双彩凤飞龙……

整个牌坊群，均石料宏大，雕刻古朴精美。有的带有明显的明代特点，有的则是地道的清代风格——但都共同表现出了徽派石雕艺术的风格特点。

这些牌坊群中，有忠臣牌坊，有功名牌坊，还有什么义字牌坊和孝子牌坊……名目繁多，使人记不应暇。

正当我边走边看边在心里为古代帝王如此处心积虑地在牌坊上大搞名堂感到可笑亦复可怜时，忽然发现前面路旁，竟孤影茕茕地斜立着一个牌坊……这是怎么一回事呢？怎么这个牌坊，没有像其他牌坊那样当道而立，却是斜斜地立在路的一旁呢？

我感到蹊跷，忙紧步朝那孤坊走去。

近了，看清了——原来这是一座贞节牌坊！

可惜由于年湮代久，雕饰基本剥蚀了，除了横匾上的"节妇坊"三个字依稀可辨外，坊主的姓名已模糊不清了。

同是牌记，同是为了表彰封建伦理道德的楷模典范，男人的，可以雄赳赳地凌立在大路中央，女人的，却受气包似地被打发到路一旁，封建社会的"男尊女卑"，即使在建牌坊这一点上，也是多么地旗帜鲜明，厚此薄彼啊。

我感到一种大愤怒！

三

一个当地干巴老头，用干巴巴的语言，向我讲述了这座贞节牌坊的由来。

记不清哪朝哪代了，此地一个穷苦人家，却出落了一个花朵般的姑娘。姑娘从小与本村的一个小伙子青梅竹马，情投意合，姑娘的父母却非要她嫁给邻村的一位表兄。姑娘不敢违抗父母之命，只得与心爱的情郎哥挥泪告别。在姑娘出嫁的那天，情郎哥一恼之下到九华山当和尚去了。

殊不知，姑娘嫁过去没几天，那表兄竟一命归天了。原来那表兄自小就是一个病秧子，"冲喜"没见喜，反倒把命给冲掉了。

从此，姑娘挑起了婆家全部生活重担。她先是给公婆送了终，接着又抚养大了三个小叔子。姑娘的品行，感动了乡亲邻里，他们联名上书给皇上，为她造了这座贞节牌坊。

四

干巴老头，用干巴巴的语言，讲了一个似乎是干干巴巴的故事，然而，我的善感的心灵还是被深深打动了——我在接触人生时，永远改变不了自己多愁善感的气质，永远不会像那些道德君子一样不露声色。

我在想，那位姑娘，她真的从未想过自己那当了和尚的情郎哥么？她真的愿守活寡、尽天职，在遥遥无期的劳作中，消耗其如花容貌、似锦年华么？

哦，百鸟择配、百花争艳的春天，她独守空闺，难道真的不感到寂寞、孤独，真的没流淌过忧伤的泪水么……

我知道，在"三从四德"的重轭下，在封建道德的熏濡下，中国古代有些妇女确实是自愿守节，甘愿当活寡的。多少女人，从嫁出门的那一天，就做好了"以身殉坊"的思想准备，就盼望着能以自己的清白之身，在临死的时候，换得一个好名声——一个贞节牌坊。

从青丝缕缕的少妇，熬到白发秋霜的老妪，一个有血有肉有灵性的大活人，往往就为了一块冷冰冰、死沉沉、毫无灵性的石头活着、生存着。

封建的伦理道德要求女人守节，固然可恨，但女人则也以此为己任，以此作为毕生追求的目标，那就是可悲了。

五

我感到惊异的是，既不属于一种宗教信仰，也不属于一项事业献身，何以名声，对于女人来说，竟有那么大的魅力——世袭的魅力？竟能给予她们纤弱的心灵以那么持久和坚强的素质，竟能使得她们排除一切"世俗"的欲望和杂念,将一个女人的全部真诚,全部情感,献给一块没有生命的石头——追求一种毫无实际价值的社会承认。

这种承认,是以牺牲为代价的,以剿灭人性为最终目的的。所谓封建伦理道德,就是建立在"存天理、灭人欲"的基础之上的。

这种道德,是多么的不道德啊!

六

我们这个古老的礼仪之邦,对女人是搞"婚姻终身制"的。无条件地"从一而终",是婚姻的最高境界,也是人品的最高境界,更是天条戒律。违背了这一天条,任何女人都要身败名裂,都要不得好死。

柔弱的中国女性,经过几千年的压抑、驯化,终于认命了,接受了,自觉地遵循了这一点。

不能有丝毫的非礼,不能有丝毫的欲念,更不能有丝毫的不贞……青春、欢乐、爱情,都是身外之物,都可以不要,唯独不能不要一个女人的贞节,一个女人的名声——一个女人的价值所在。

一座贞节牌坊——一个不幸的女性。

中国的妇女就这样逐渐地变成了无知无欲的工具,变成了只有妻性、母性,而没有个性、人性的活物。

七

历史的巨轮,载着中国这节又老又破的车,终于驰进了二十世纪八十年代。

今天的中国大地上，当然再不会出现什么新的贞节牌坊了，今天的中国公民，当然再不会认为改嫁是耻辱，守活寡是光荣了。

但是——事情远没有结束。

封建道德观仍在人们的潜意识里起着作用，群体的"神经过敏"，义务的"道德警察"，仍在用最古老的方式，制约着人性，贻害着女性。

不贞不节，改变了一种称谓："生活作风问题"，仍是杀害女人最强大的武器；从名声上败坏、搞臭，对于女人，仍是致命伤。

然而，中国的妇女在经过几千年的蹂躏和愚弄后，终于不那么本分，不那么任人摆布了，她们开始对由社会、由他人定义自己这点，表示不满了，产生怀疑了：从一而终，真是女人的最高境界吗？贞节，真是比生命更为宝贵吗？

"门户开放"，使她们中一部分现代女性，有机会看到了他国异域的生活方式——于是，中国土地上第一批"黄色炸药"诞生了。

她们一反过去的传统，就是要与"贞节"二字对着干，就是要那种所谓超社会、超时代的自由爱。她们甚至不问被爱者的实际情况，是否有婚姻障碍，她们只管爱，只管尽情欢乐，似乎要把多少世纪以来女人失去的一切，全都补偿回来。

她们被某些卫道士诅咒为"黄色炸药"——最具有危险性和破坏力。

她们的这种做法，无疑是过激了、过头了、过蠢了。这些不惜以牺牲自己的名誉和肉体为代价的"女勇士们"，在"炸毁"一些什么的同时，也炸毁了自己。

八

仰望凛冽的天空，睇视着亘古不变的日月星辰，我曾大声呐喊过：中国，古老的中国，在你的封建专制，关门闭守的土壤上生长出来的旧观念、旧成法，竟是那么的强大？那般地不可摇撼吗?!

漫说区区几包可怜的"黄色炸药"莫可奈何了，就是那些怀有改造中国、扭转乾坤的"女强人"，也往往壮志难酬，改造中国社会的抱负还未施展，反倒先被中国强大的封建势力给改造了、吞噬了。

我想起了一位年轻的女改革家——女厂长的不幸遭遇来。

工厂起死回生了，产值利润上去了，她却名声扫地了——因为她接触的异性太多了，太密了。

女厂长终于辞职了。由于不堪忍受人格污辱，刚烈的她，竟一气之下走向了绝路。

从改造他人，到被他人扼杀。

一个富有才华的生命，就这样，没有在改革的大潮中献身，却在旧式悲剧中死去。这是多么令人震动，发人深省呵！

我似乎明白了，中国的改革，为什么那么艰难了……

我也有过那痛苦的昨日，我也曾在飞短流长的淹渍中，愤怒过、呻吟过、绝望过……

为了止住佞人的口舌，为了获得一个"好女人"的名声，我曾断绝一切社交，自绝于一切男性，甚至，我曾动过"看破红尘不嫁人"，削发为尼，皈依佛门的念头。

年年岁岁，岁岁年年……

在这种病态的思维变异中，我离人的自我越来越远，却离"好女人"的要求越来越近。

人们开始重新认识我了，评价我了——"她还是一个正派女人。"

人们终于给了我这样一个定义。我的心——却在流血……

九

我在贞节牌坊下面久久地低徊着、思想着……

突然脑海闪过一个强烈的问号：谁说今天的中国大地上已经没有了贞节牌坊？

不！它仍沉沉地压在中国妇女的身上，仍是中国妇女需要付出巨大代价换取的东西。

只不过，它的外在形式发生了变化，昨天的妇女追求的是一个有形牌坊，而今天的妇女追求的却是一个无形牌坊。

我感到一种深刻的悲哀。

昨天的妇女"以身殉坊"，毕竟还能捞到一块实实在在的石头——毕竟还值。今天的妇女却连这样一块摸得着、看得见的石头——实惠，都捞不上——太不值了！

十

古徽州仲春三月的郊外，是那么迷人，那么使人沉醉……

远山，青黛……

近水，澄绿……

多么美好的境地啊——谁能想到，这儿曾是中国封建社会最黑暗的一隅？这儿明朗的晴空下，竟没有一丝自由的空气？

然而，中国毕竟是在前进了，程朱理学的腐朽阴魂毕竟是在一天天地散去。

随着人类在深化对自然认识的同时，必然加深对人自身价值的认识。

经历了对人的否定这一曲折痛苦的历程，最后又回到人自身——中国社会"以人为中心"的传大"正史时代"即将开始了。

被封建社会剿杀了几千年的"人欲"，终究要完全彻底地回归到人的身上，未来的道德观，终究会建立在科学的、真正的道德基础上。

自己定义自己，自己给自己作如是观，自己判断自己的价值。女人，也是大写的——"人"！

（原载《散文》1987 年第 2 期）

●王书川

唉，母亲！

妈！在那巍然的大奎山下，半间茅草屋中，一灯荧荧，您戴着老花眼镜，低着头，为远行的儿子缝补衣上的破洞。

默默地，一针、一针地缝着，眼泪顺着面颊滑下，湿透了衣襟。

您内心的痛苦，我是知道的，您表面上鼓励儿子向外开拓前程，内心里却又舍不得与自己的骨肉生离死别。

妈！最后，我终于离开您而远行了。

您送我到村头的槐树下，悲泣地站在那里，用袖子揩着眼泪。呆呆地，您是被这生离苦别的创痛伤透了心，您想在您远行的儿子背影上记取一些记忆。

儿子终于走远了，消失在山脚下，消失在矮木林中，但却永远不会消失在您的记忆里。

爹与弟弟送到火车站上，老人家佝偻着腰从人丛中挤到车窗前，眼泪扑簌地叮咛说：

"孩子！可别忘了多写信，多保重身体。并且记住你妈老了，你爹也老了！"

我们彼此双手掩面哭泣。谁知道这竟是我们父子相聚的终站，我们的生离死别。

妈！我是不忍心离开家的，更不忍心离开已被穷苦所折磨够了的二老。可是，如果让战乱饥荒逼死，把我们全家集体埋葬在一个窝里，还不如让能逃的逃，能走的走，多留下一粒种子也是多一丝振兴家园的凭依。

妈！您老人家深深地了解这些。您能放开大手让我走，您是忍心割裂开自己的肉。

当我在火车上看不见大奎山的影子时，我的泪如涌泉般地流下。家乡离我渐远，父母也离我渐远，而妈您的声音却牢牢地萦绕在我的耳边。

"孩子！可别忘了咱们这个穷苦的家！"

妈！就是这个家在督促我，鞭挞我，使我奋勇远行。虽然前途是不可预知的，遥远的地方是不可判明的。但我只知道远行，只知道远行，要在另一个地方，建立起您所企望的，给下一代孩子成长的暖窝。

当我从胶济路转到津浦路，再从徐州转到陇海路，在河南的商丘换马车往南行，黄尘飞扬处是我不可预知的前程，黄尘滚滚处是我脚步行过的道路。往南走一步，离家远一步，心肠疼一阵，思亲的心情也更深了一层。

到安徽阜阳城，异乡孤零，每至黄昏时分，思乡思亲之心越切，家乡似乎离我遥远了，双亲的慈颜也只有在梦中见到，哭醒。

妈！在阜阳只是一站，又往南行了，徒步前行，行走了两天两夜才到了大别山区，那是驰名的茶叶中心，我们驻在茶叶厂内，被凶恶的疟疾侵袭着，我几乎被埋骨在野狼横行的山地墓场。

经过一年的苦熬，欣幸胜利了。离开山区又往南行，到达安庆。八年的山区生活，这才初次接近了都市生活。

妈！这时凡是战争幸存的人们，都纷纷还乡了。只有您的儿子还没有回去的踪影。

　　您和爹曾来函催归，并保证回家探亲后，仍可放我远行。但我深知双亲之爱不可轻离，一旦回家岂可再言远行。

　　我自感事业无成，八年血汗只换了个"光荣复员"。自惭形秽，遂决意南行，以俟事业稍有成就，再作还乡告慰双亲之计。

　　因此，从南京到上海，再转杭州，在西子湖畔接受交通训练，以冀在交通界里谋得一枝之栖。

　　美丽的西子湖，朝风夕月，一年的时光瞬间过去了。我到了绍兴，再转宁波。历史上的一阵大风暴又把我吹到海上，飘到海外。

　　这是在我生命史上最艰危的过程，在时间空间上如果稍一不慎，便会葬身鱼腹，或血染港湾了。

　　到了这里，才算真正踏入了人生的正途。以往的那些时光，算是甩弃了。多少年来我只在火焰冲天的岸上摸索，支流里爬行，谁能引导我？谁会关心我？各人爬各人的，谁也不知道是盲目，是冲动，费尽了毕生的精力，往上爬，有的死在岸上，有的倒在战壕里，他们喊着"妈"闭上眼睛。

　　妈！我是冲过了，爬过人体堆成的墙壁，血浆流成的河渠；在残垣、碎瓦、黑雾、死亡的旷野里爬过。仰起头来，看看黑色的月亮，晕眩的山谷，迷惑在生命的战栗中，听听那些呻吟，哀号，诅咒与呓语的声音，"妈！……妈！……"这种动人心魄，嚼人灵魂的声音，由挣扎的哀鸣，到细微的喘息，"妈！……妈！……"最后像空中的游丝，在夜风中悠悠消失。

　　妈！谁能不想到妈！像我在那时，心不由主地喊着，您虽离我多么遥远，但我喊着喊着，您不是来到我的身边吗？用最大慈祥的手抚慰我，轻轻地抹我头发，吻我带血的脸，使我经过生命的苏醒，仰起头来，看看大地，看看朝阳，我又重新跌落在复活

43

的眩晕里。

妈！我超越了那条线——死亡，最后像梦一样，被梦之舟载到舟山。

回想那些可笑的岁月，那些痴呆的日子，都隔在另一边了。可是，那一边里有您，有故乡，在血管里不时冲激着牵动着思念与温馨。

将汹涌的海抛在脑后，将那一连串串的岛抛到脑后，挤在火热的甲板上，随着波浪旋转，在宝岛的北端驶进安全的港湾。

在历史的一段摇摆里，生命的一段挣扎后，想望的，安定的，一晃又是十几年，这时，让一个善良的女子闪入我的生活里。我建立了家。像您所期望的并生长了许多我们的家族，也是我们所寄望的下一代的幼苗。

唉！妈，时间剥皱了我的脸，染白了我的发，磨花了我的眼睛，蹒跚了我的脚步……

我想看到您，但您离我遥远；我想听到您，但您远在天边：在那破旧的大门内，茅屋里，在那昏暗的豆油灯下，您还在等待吗？还在企盼吗？妈！

（注）我母亲于 1964 年农历正月 11 日夜病逝，闻讯后悲痛欲绝。

蝉 声

在城市的万分烦嚣和噪声的氛围里，要想寻求过去的宁静和泥土气的生活，几乎是变成了一种梦想。尤其是在这有季节的土地上，仲夏的长日拖着一张闷人的苦脸，像闲得无聊的魔术师一样，它多给了人们一种带有催眠性的困倦。

气候的炎热，容易使人怠惰，午睡的梦中又多会把我带到家乡的回忆。我像吃过黄瓜凉面，静静地躺在桑树叶下，静听远处飘来的从不间断的蝉声。

这种单调的、固执的好像被太阳晒得熬不住的怪叫，有时会使我发生一种厌恶。但也像是在烈阳下特为午睡的人编织了一支催眠曲。人们正因为它从树阴凉里发出来的声调，心头上确能感到一种说不出的清凉。

我每逢听到它的声音，便会想到那透明的轻薄的翅膀。那网状的薄翼，刻画着一些神秘的图案，但也刻画着一些神秘的童年的梦想。

日正当中的时分，辛勤的父亲习惯地会睡在田里的柿树荫下。一种正午特有的宁静，耳边却流逝着炽烈的接续的蝉声。我携带着午膳，悄悄地走到他的跟前，把那些猖狂的与人为善的大蚂蚁赶掉，放好饭具，然后就用白荣草轻轻搔痒父亲的耳朵，大概他习惯了蚂蚁的窜扰，用手摸一摸耳朵，一翻身又睡着了。于是，我便成功地坐在他的身边格格地笑了。

"哼！又是你这坏孩子"。父亲看着我笑了。

"爸爸！你这么懒，不会叫蚂蚁吃掉？"我睁着怪眼望着他。

"它们都是我的好朋友，"父亲用粗大的手指捏住一只黑蚂蚁，"它们辛勤地帮着我松土，帮助我除害虫，我的朋友们都像它们就好了。"父亲伸个懒腰站起来，从篮里摸出一个黑家伙来，那小动物拼命地挣扎，和拼命地叫。"嘿！你看这家伙是我的保姆，正因为它唱催眠曲，才使我睡得这么安稳。你看这树上……"父亲用力地摇一摇树枝，"嗡……！"一群一群地飞去了，父亲用一根线把手中的一个拴好，又把另一端拴在我的小手指上，它便悬空地飞起来，使我欢喜地跳跃。

那时，每到傍晚的时分，父亲从田里回来，便带一只蝉给我。我爱那黑壮的家伙，我从它的身上得到了父亲无限的慈爱。

后来，我到外祖父的城里上学，偌大的城区很少听到蝉声。偶尔在校园里也会听到一声两声，但不久便被顽皮的同学用竹竿捆上马尾丝给套去了。

因此，我很想念我的家，我更想念我的父亲。

有一次父亲从乡下来看我，带着满篮子的甜瓜，瓜下边埋藏着一个绿叶包。我从父亲的神态上可以看出这个绿叶包的奥秘，细心地打开一看原来是两只黑蝉。

"喂！"父亲说，"这玩意儿最爱叫，孩子，我知道你最喜欢它们。拴上根线把它放在丝瓜架上，等一会儿它准会叫。"

果然，等我把它放到丝瓜架上后不久，固执的、发颤的声音便响起来了，父亲在旁边欣慰地快意地笑了，我也跳起来满意地笑了。

次年，父亲在夏天里病了一次，我虽然在暑假里曾回家一趟，但为了帮着母亲看护病人，便很少去听蝉声了，就是蝉在窗前的树上乱叫，我也失掉欣赏的心情了。

离家的那年虽是初秋，但蝉鸣依然不减夏天。父亲在病后拄着手杖送到村头，曾再三地嘱咐我说：

"男子汉为了创业走遍江湖，我是极表赞成的。如果学我这样的老死于泥块中，对人生又有何用？但是有一点你必须记住，在外面就是千山万水不如家乡的丘陵小溪，就是高楼大厦也如家中的草庐茅屋，应该想家，更应该回家！"

我低着头，默默地流泪点头，慢慢地远行了。从此，每逢听到亲切的、固执的、反复尖锐的蝉声，我便想起了家，想起了柿树，更想起了苍老的爸爸。

放鹅女

一

紫罗兰色的海是宁静的，这宁静又带给了东方的小城。初来小城，我曾爱上了这份宁静，因为它曾平复下我千里征翼的酸痛。

城的前面是一条碧绿的小河，城的后面是一抹葱翠的山岭。岭下有一段残破的短垣，垣内逶迤着一条生苔的小径，径的终点是一座伛腰的木屋，屋外爬满了烦恼的茑萝和枯藤。

相思树下始终不开的那一扇绿窗，它整日迎着风雨，也迎着太阳。它有时会发出几缕琴音，和几声叹息，但永远是在长夜里播散出寂寞的灯光。

二

河的两岸是零落的翠竹，竹叶伸着纤指敲着风儿吟唱。野草坦开柔绿的胸脯，几只白鹅每天从上面漫步徜徉。你赤着脚，拿着撒，像古希腊的女神一样，赶着一群灵感在原野上游荡。

我打开被忧郁涂封的心灵，发出云雀一般的欢狂；我爱听你清脆的山歌，我爱看你纯洁雅丽的面庞；你那两只摇人心旌的短辫，你那荡漾漾迷人的笑窝，你手的动律，你眼的光亮，你娇小得像那滔在水上的幼鹅，你顽皮地拍着一对难以捕捉的翅膀。

你沉静地躺在草地上，痴痴地望着远山的白云，呆呆地看着河中的绿浪；你将小鹅放成大鹅，你将新蕾放成落英。你胸中蕴结起花朵，你轻轻地感到哀伤，你放出绯色的鸽子，在我的木屋上翱翔。

我为你打开我的绿窗，迎接着你，也迎接着太阳，我将播弄我久废的心曲，随着你的山歌升到尖山之上。无论你说"尖山倒转"时方能嫁我，但我总知道真实的爱情，会使宇宙旋转。

我说爱情的起步是在山脚下，你说少女的心境是在山尖上。我说没有走过山道的人，不知道跌倒，你说没有爱过白鹅的人，不懂得纯洁。我笑了，我看见你的脸儿，我说你额上无纹不懂忧苦，你说我满脸风尘是为了爱情的彷徨。

对的，三十多年来，我就是这样的彷徨。你没看到我的头发已有几根斑白，你没看见我的瞳孔已经涣散了光芒。再过几年，或者就在今年，我将变作一个盲人，吹着忧伤的笛子，走向浪淘尽古今一切的海洋。

可是我到底遇到了你，你的头发柔和得像是堤上的杨柳，你的眼睛明亮得像是早晨的阳光，你的性情温静得像你牧放的白鹅，你的热情稳重而又奔放。

48

尖山没有倒转，你已把赶鹅的树枝给我；冷风没有吹拂，你已将外衣披在我的身上。我流泪感激地吻着你的手指，我说你给我的太多，反使我感到万分的恐慌。你用手指涂抹我的额角，你说再过十年，便会和我一样。人生总是如此，当你感到珍惜时，青春已和香梦远扬。

我到底是获得了真爱，但我却充满了矛盾和迷茫，我为你这种尊贵的赐予，我竟怜惜地感到那是残酷的损伤——为我这贫乏的飘零者损伤。

如果自私加上大胆，我会使尖山倒转。但是谁能保得住我的忧苦不能感染上你的眉尖。谁又能保得住我的贫穷不会使你遭到不幸和苦难。让我还是孤独吧，让我还是骑着那匹羸弱的马，去呼吸着夜晚的苦露，去赶着坎坷的长途。我走了，我离开了那条河，我离开那间屋，我离开了那短垣，那山岭，短暂的痛苦，会给你安排下一个久远的幸福。

三

谁知，在我走后不到一月，河边已隆起一个新冢。

你在我心上啮着，啃着；你在我梦中哭着，笑着。你没有死，你仍然说着，我每天看见你从我的眼前走过。我每天听见你唱着曼妙的山歌。

我像失去了一切，我像苦修僧一样，我默捻着岁月的念珠，我紧守着情感的木铎；我这样向尖山顶上寻找着足迹，企望你在我与人的心灵中，是一团永恒不灭的爱情之火。

夜行人

一颗善良的心，就是一座天堂；一滴透明的水，就是一个海洋。

每到夜深，我听到一只小虫在木器里发出"吱吱"的嚼木声，我会举起莫大的恐慌。我知道那铁是会腐朽锈坏，那海是会蒸发干枯。而我们人在世俗里是会渐渐离开上帝的意旨，去盲目地追寻他所欲求的，去把善性当糠秕一样向无益的道路上散发飞扬。心是发霉了，而血也污浊无光。

在这可怕的黑色的浪潮里，我时刻把握着自己的心，虽然它是被虚荣、欲望所诱惑，但我总会听到它在深夜里暗暗哭泣。这种反悔我应该说是纯性灵的，我更应该欢慰我有这一盏小小的明灯。

记得，过去我曾骑着一匹天马在空中飞翔，生命里充满了温和的阳光，我尽情地弹着我的七弦琴，并且还张开我的圆润的喉咙歌唱。虽然我是整日地嚼着干草和清水，但我总希望为别人挤出一点一滴的奶水。

谁知在一个风雨的夜里，我的马忽然变得威武漂亮，两耳上扎着缎带，肩脖上也披满红彩，都说是一匹好马，但它的蹄子却只能粘结着泥土，它的梦想却只能驰骋在尘埃。

多少人或者是激于喜爱，轻轻地加以赞誉；多少人或者是不知道它的劳苦，而暗暗地诅咒起它的蹒跚和懈怠。

从此，我的马羸弱得几乎是一种可怜的苍老和衰败。

路是遥远的，我应该走！

路边的蒺藜有时会刺伤我的脚，拦路的藤萝有时会缠住我的腰。但我习惯了流着血走路，撕断藤萝前行。大自然所降临的折磨，无非是风雨灾祸，可是这一些都是亚当时代的产物，我们的祖先都已经带着经验走过。

虽然目前的路是更难行的，就连我的马打算从闹市里轻轻地走过，无论是如何的小心，在一些巷口里还不免引起了猫儿的惊恐，和狗儿的狂吠。

是谁能怜悯我这瘦弱的马呢？

即便是野兽抬高了脚爪，圣鸟飞去了，我也不必战栗。因为我的马是只会走路的，像拉磨的驴子一样，它安善得从没有想到它的蹄子，虽然那是它的原始武器。

世界上最大的愚蠢就是热心。我不是说热心就是罪恶，但我总不该把满树的苹果，都一一送给了贪婪的人。

但我的热情总愿奉献给忠义之士，即使像埃得纳的火山，照亮了西西里的山山甲；或像维苏威的火山，照高了那不勒斯的葡萄园，这些我都很情愿，我都愿意像葡萄藤一样把甜汁流干。

一颗橡籽如果它是真实，可以创造出一千个橡林。一颗善良的心如果它是虔诚，也可以缔造出一千座天堂。

如果真理被鳄鱼喝干了，诚实被夜莺吞噬了，那教我这安善的夜行人，也只有抹着眼泪，毫无怨言。

夜是黑的，我却只需要一盏荧灯。

虽然那流星在天空中仅是一闪，但我却借此而看到了永恒。带着自己的灯火，寻出自己的道路，我保证不被灰雾迷蒙了眼睛。就是那铁栏内的狗仔们疑我为盗，但我也没有耐心去倾听它们的吠声。

只要我是正直、无邪地走着路，面前就是有了暗谷，黑穴，或者是出现了古希腊神话中的海德拉（Hydra）怪物，我却是坦然无惧地走过，我自知我的心中还有一盏无愧的明灯照着。

当太阳落去的时候，有人会感伤流泪，但有的人也会揉亮了睡眼，展开了笑容。当太阳升起的时候，有的人会迎着朝暾高歌，但有的人也会诅咒着白昼，又颓然地睡去。

我真实地说我在夜里只缺少了一个弹琴的人，就是那时吹笛的牧人也行，我要他奏出最轻柔的音乐来，好让入梦的人们睡得更温馨。

夜是黑的，我却需要一盏荧灯。虽然那点光亮不会照亮了狸猫的眼睛，但我却牢牢地记得在草原上星星之火的光景。

骑着疲倦的马，在黑夜里默默地行吧！借着自己的灯光，在遥远的路上我知道会遇到苦雨和凄风，但我也没有忘了那清新的朝暾和黎明。

夜行人是不会疲惫的，一直在摸索和寻找着路径，可惊的五十个年头啊！我已自虐地负伤地爬过了愚河和剑岭。

● 冯骥才

珍珠鸟

真好！朋友送我一对珍珠鸟，我把它们养在一个竹条编的笼子里。笼子里有一团干草，那是小鸟又舒适又温暖的巢。

有人说，这是一种害怕人的鸟。

我把笼子挂在窗前。那儿还有一盆异常茂盛的法国吊兰。我便用吊兰长长的、串生着小绿叶的垂蔓蒙盖在鸟笼上，珍珠鸟就像躲进深幽的丛林一样安全；从中传出的笛儿般又细又亮的叫声，也就格外轻松自在了。

阳光从窗外射入，透过这里，吊兰那些无数指甲状的小叶，一半成了黑影，一半被照透，如同碧玉；斑斑驳驳，生意葱茏。小鸟的影子就在中间隐约闪动，看不完整，有时连笼子也看不出，却见它们可爱的鲜红的小嘴儿从绿叶中伸出来。

我很少扒开叶蔓瞧它们，它们便渐渐敢伸出小脑袋瞅瞅我。我们就这样一点点熟悉了。

三个月后，那一团愈发繁茂的藤蔓里边，发出一种尖细又娇嫩的叫声。我猜到，是它们有了雏儿。我呢？决不掀开叶片往里看，连添食加水时也不睁大好奇的眼睛去惊动它们。过不多久，忽然有一个小脑袋从叶间探出来。更小哟，雏儿！正是这个小家伙！

它小，就能轻易地由疏格的笼子里钻出身。瞧，多么像它的母亲：红嘴红脚，灰蓝色的毛，只是后背还没有生出珍珠似的圆圆的白点；它好肥，整个身子好像一个蓬松的球儿。

起先，这小家伙只在笼子四周活动，随后就在屋里飞来飞去，一会儿落在柜顶上，一会儿神气十足地站在书架上，啄着书背上那些大文豪的名字；一会儿把灯绳撞得来回摇动，跟着又跳到画框上去了。只要大鸟在笼里生气儿地叫一声，它立即飞回笼里去。

我不管它。这样久了，打开窗子，它最多只在窗框上站一会儿，决不飞出去。

渐渐地，它胆子大了，有时落在我的书桌上。

它先是离我较远，见我不去伤害它，便一点点挨近，然后蹦到我的杯子上，低下头来喝茶，再偏过脸瞧瞧我的反应。我只是微微一笑，依旧写东西，它就放开胆子跑到稿纸上，绕着我的笔尖蹦来蹦去，跳动的小红爪子在纸上发出嚓嚓的响声。

我不动声色地写，默默享受着这小家伙亲近的情意。这样，它完全放心了。索性用那涂了蜡似的、角质的小红嘴，"嗒嗒"啄着我颤动的笔尖。我用手摸一摸它细腻的绒毛，它也不怕，反而友好地啄两下我的手指。

白天，它这样淘气地陪伴我；天色入暮，它就在父母的再三呼唤声中，飞向笼子，扭动滚圆的身子，挤开那些绿叶钻进去。

有一天，我伏案写作时，它居然落到我的肩上。我手中的笔不觉停了，生怕惊跑它。过了一会儿，扭头看，这小家伙竟趴在我的肩头睡着了，银灰色的眼睑盖住眸子，小红脚刚好给胸脯上长长的绒毛盖住。我轻轻抬一抬肩，它没醒，睡得好熟！还呷呷嘴，难道在做梦？

我笔尖一动，写下一时的感受：

信赖，往往创造出美好的境界。

● 艾雯

月　台……

　　是起点也是终点，是开始也是结束；

　　是欢聚也是离散，是出发也是归宿。

　　从来没有一个地方，能汇聚如许人的流动量，从来没有一个地方，能拥有如许悲欢离合。

　　从清晨到白昼，从黄昏到晚上，从黑夜到黎明，数不清的脚印，带着来自各地的泥土，重重叠叠，密密麻麻踩上去。有红色的土来自山岭，有褐色的土来自田野，有黑色的土来自城市，有白色的土来自海淀。聚拢又散失，堆积又泻落，没有一粒种子能在土里长根，如同没有一双脚步会在这里驻留；缘由——

　　这只是流动的浮土，

　　这仅是过往的月台。

　　月台展延在任何一个城与城交接的地点，守望在任何一个城镇的边缘，它只是默默地伫候，骚扰不停的是人们，为生活、为名利、为野心、为梦想……来来去去，忙忙碌碌，这是个制造离散的年代，列车频频靠站又走开，卸下一批乘客在月台，又从月台上载走了另一批。来的脚步掩盖了去的脚印，去的脚步也覆盖了来的脚印。轻快的脚步播散着欢聚的愉悦，沉重的脚步载负着如许的离愁，从容的脚步踱向预定的目标，匆促的脚步显示心情的迫切，迟缓的脚步缠绕于厌倦，悠闲的脚步只为一次探访，也有犹疑的不稳的脚步，属于那迷失了自己的旅客。

多少次，我也曾被卸在月台，多少次，我也曾从月台离去，我不知道自己的脚步又显示出什么？近年来，别离总多于团聚，失望总多于获得。寂寞、惆怅和一伤深沉的苍凉，常是我密切的旅伴。离去不是离去，心仍萦留于亲情，归来不是归来，浮土又焉能扎根？

人生旅途中有无数的月台，生命旅途中有无数的驿站。所有的台和站，只是供中途小憩，只是供转车再出发。别长期滞留，沉滞不是宁静，将使灵魂腐蚀；别长期停顿，停顿不是安定，将使生命萎靡。

是起点，但愿不是终点；

是开始，但愿不是结束；

是出发，归宿尚待寻求；

是离散，欢聚当可期待。

携着轻便的行李——装满信心和小小的愿望，我随时准备踏上人生的月台，只等待时间的列车来到，出发再出发！

赶在太阳前面

散步归来，满怀欣悦和清新。将一棒红嫣紫姹、摘自田野间的花束，插入蓝瓶，注满清水，再拭干被露水沾湿的手脚。这时

56

初升的朝阳才从远远的一排树梢叶隙透漏出一点消息，而该上班、该上学的，都已在屋里忙着整理并充实自己，一天便这么开始了，仿佛搬家时那番忙乱，只是昨天的事，然而搬来这乡间已消磨了四十多个日子。到这里以后，墙上的小白花已开放过两次，前院的那丛芭蕉，又舒展了四张绿缎似的宽叶，来时只指头那么粗细的香蕉，如今也累累下附，压得枝梢也要断了。在这些日子里，我是最不勤恳的一个，因为，对新的环境有着太多的新奇，太多的计划，乃至太多的遐思替代了正待去做的事。

新居不算太狭隘，却清静可喜。小院里两棵榕树拱卫着红砖铺砌的台阶，作为围墙的是一圈密密的常绿灌木，周期性地隔些时日便在叶丛间盛开着一球球洁白的小花。花开时，满院满屋便洋溢着浓郁的芳香。花墙外是一条绿草芊绵的道路，每当夕阳西下，耕罢归去的牛群，三三两两响着清亮的铃铛，一面啃着青草，悠闲而安详地从门口踱过去。

若说眼睛是心灵的窗子，窗子便该是住宅的眼睛。新居正有着可爱的眼，在那矮的窗台上，孩子在那里做功课，大人在那里纳凉或缝纫，连猫都爱在那里打盹，我却最爱搁一张竹椅在窗前，静静地坐着，看云彩冉冉掠过蓝天，听群鸟在树梢叽喳欢唱。来自田野间的清风，在我思想的海面掀起微微的涟漪，绮丽空灵，忽明忽灭，无法捕捉，也不能图绘。我就这么坐着，让钢笔蘸满了墨水又干掉。时间像一条无声的暗流，悄悄地从我身畔流过，不留一点痕迹。

门前的路通向不远的一支河流，水很浅，却有着宽阔的河床，两岸一丛丛雪白的芦花，在风里招展；生长在斜坡上的藤萝，每天迎着阳光开出一朵朵紫的蓝的喇叭花为大地奏着无声的青春之乐章。联系着两岸的是一座木桥，木桥有一个恰如其分的淡雅而可爱的名字：柳桥。每当彩霞渲染着河水的薄暮，我们常散步至桥上，听流水鸣吟唱。而在月夜，桥浴在溶溶的月色里，更是无限妩媚！哪怕是一支浊流，映着月色也闪烁着银光。若是渴了，桥堍不几步便是清静的文化茶座，进去呷一杯冰红茶，听两支轻音乐，再读几本新到的杂志。乡下市面早，这么着，也就享受了一个恬静的夜。回来时，穿过野草丛生、寂无人声的小巷，路灯从枝叶丛中投射下扶疏的树影，在凉沁的晚风里轻轻晃摇，更为夜归人平添几分诗情！

回到家里，若是有点倦意，便沐浴一回，带一卷心爱的书躺在床上；若是意犹未足，便扭亮台灯，铺开稿纸，随兴之所至写上几笔。这时，伴着笔尖的沙沙声，只有钟声嘀嗒。窗外黑沉沉的夜，静得仿佛正在凝结起来，凝成混沌未开时的沉寂和昏暗。但是，可不能尽情地写，忘记了夜深。因为，明天还得起早，赶在太阳的前面！

庭园二章

墙头草

古旧的墙拆裂了，一枝不知名的小草便在砖罅缝里生了根。

墙巍巍然屹立在当空，左边是一树开得绚烂的桃花，右边是一棵苍迈劲拔、四季常青的罗汉松。不知名的小草蹲踞在墙上，左顾右盼，俯仰自如，显得那么悠舒傲岸。

造物赋予它无比纤柔的腰肢，运转灵活的躯干，雨来时，它卑恭地佝偻着腰，风来时，它便顺着风势左右摇晃。

风从东边来，墙头草频频向右首，仿佛朝罗汉松弯腰阿谀：

"啊，伟大的松先生，我一向崇拜的就是你！"

风从西方来，墙头草又频频侧向左首，似乎对桃树献媚：

"噢，美丽的桃小姐，我一直从心底敬爱着你！"

有时，它也俯下头，倨傲地向麇集在墙脚下的一群同类说：

"知道吗？同胞们，我正在向大树们交涉，要它们分一点阳光给你们，你们应该拥让我。"

在没有风的日子，它便昂然自得地临空伫立，望望天空，一朵白云打从它头顶掠过，望望地面，小草簇拥在底下，像星星遥遥地簇拥着月亮。不禁喃喃自语：

"嗳，我是这般的超然，我有我独特的立场。"

春天的阳光是温和的，春天的风是宽大的，春天的雨更袅柔轻润，墙头草这一簇便在这份温和宽大中繁殖起来了。它们一会儿攒集在一处，喊喊喳喳像在商讨什么，一会儿又逍遥自在，左右地摇摆，天高地远，它们看来是那么满足于自己超然崇高的地位。

可是，有那么一天，暴风雨来了，大滴骤密的雨球几乎折断了它无比纤柔的腰肢，猛烈的风几乎拔出它生在砖缝中那浮浅的根。它那副超然崇高的气概顿时扫荡无存。当风把它刮向右边，它便抖栗着向松树求助：

"支持我一下吧！伟大的松先生，我一直是你忠实的信徒，你总不能看着我覆灭。"

可是苍迈的罗汉松正沉着气，使出浑身的劲力与暴风雨搏斗，无暇顾及它的危急。

猛烈地，风又把它刮向左边，它又哀求地向桃树乞援。

"援助我一下吧！亲爱的桃小姐，我一直是你虔诚的崇拜者，你怎忍心看我被摧毁！"

可是红嫣一时的桃花，经不起暴风雨的考验，早已萎谢凋零，仅剩得颓枝空丫，犹自在风雨里战栗。

雨更紧密，风更犷厉，墙头草徒自挣扎，依然抵御不住风雨的锐势，在一次偃倒中终于不曾抬起身来。

风雨过后，又是一天晴朗的蓝天，可是璀璨的阳光里却再不见那簇悠然自得的墙头草，喊喊私语，左摇右摆。

牵牛花

小园里有冲天的槟榔树，婆娑的凤凰木，雍容的芒果和一枝娇小的山茶，但没有一株花草。树木都爱向上窜，只顾着在枝梢着意打扮，而留下靠地面的部分，却是几枝光秃秃的枝干和浓密叶子投下的一片投影。

一阵微微的春风，一阵霏霏的春雨，阴影覆盖的土地上，不知何时起萌发了一枝嫩芽，雨片浅赭色肺叶形的叶子，一根白色的小茎，过了几天，叶子中间又窜出一线浅绿的更细的茎，旁边偎着米粒大一点绿芽。慢慢地绿芽长大、展开，原来是一张桃子形的叶子，叶面还敷着一层茸茸的绒毛。茎梢圈成三四个圈圈，恰如绿色的弹簧。看来是那样荏弱纤柔，一阵风过便左晃右摇似将摧折，一颗雨珠便压得它半天都抬不起腰肢。然而生的意志比钢铁还坚强，不多几时，弹簧圈下已悬着三张桃形的嫩叶。

春天温暖的阳光泛滥了大地。芒果树在阳光下缀上一头的金星，山茶给阳光烤得嫣红了粉脸。而在那茂密的叶丛下，却依然是一片冰冷的阴影。这时弹簧圈迭连放了二三圈，觉得有些困，它歇下来窥探着远远的叶隙透露的阳光，那金黄色的光芒赋有一种不可抗拒的诱惑力，一瓣稚嫩的春心不禁悠悠然向往。但它荏弱的茎树已支持不住逐渐庞大的载负，忍不住求助地轻挨着左边的芒果树。

"别惹我，讨厌的小东西，我这里正孕育着秋天的收获。"芒果树摆出一副神圣不可侵犯的样子，摆脱了弹簧圈。

于是，牵牛藤又仰脸靠向右边的山茶。

"别挨我，丑陋的小东西，我这一身娇艳的装扮弄脏了你可赔不起！"山茶树厌恶地扭一扭腰枝，摆脱了弹簧圈。

牵牛藤彷徨无措了，弹簧圈抖栗着柔茎欲折，乍一回眸，却瞥见了身后砖石砌成的高墙。它转过身去，试着把弹簧圈搭上砖墙，墙没有反应，可是砖上也没有可以缠藤的地方。弹簧圈用了最大的努力钩住砖上小小的棱角，连忙又迅速地从旁边生出几个小圈圈，紧紧地向两旁钩攀，嗳，多么艰巨的旅程，生之旅程哟！柔弱的牵牛藤一面吃力地松弛弹簧圈向上。向左右爬，钩。一面孕育着绿色米粒，展开茸茸的新叶。同时还得不忘记将须根在缠密的树根缝里，用力地钻泥土深处，不是吗？要根深才能蒂固。

几次，牵牛藤爬得疲累不堪，在中途逗留。但一想起阳光的诱惑，它又再度鼓舞起勇气。爬，钩。在进行的途中，它偶尔看见三五朵金星，一瓣两瓣粉泪，从高不可攀的树梢，越过它身畔飘坠在地下。它不知道它已爬完春天，紧接着来的该是夏季。

弹簧圈吐了一圈又一圈，近了哩！那光的照耀、热的温存，可是，夏季的骤雨来了，密密的、粗大的雨点，有一股强大的冲力，花朵在这力量的摧残下凋零了，浮土随着雨冲走。纤柔的牵牛藤那样紧紧地、紧紧地攀牢着墙，用着全生命的力量。一阵比一阵紧密的雨像无数支急速起落的钉锤，直打得它喘不过气来，它不住地瑟缩着，战栗着，已是衰弱得承受不住了，只是下意识地抓紧——等它清醒过来时雨已停了，阳光在树隙闪烁。萎缩软垂的叶子经清风一吹又重复焕朗挺秀，牵牛藤带着淋浴后的焕发，一股劲往上翻了几圈……啊！它感到了一阵晕眩，一阵迷茫，原来它终于接触到渴望已久的阳光。那璀璨的光明，那无比的热力，顿时使它觉得自己已在片刻间坚强壮大。一声欢呼，它更使劲向上攀越——

牵牛藤从墙里爬到墙外，密密的紫色小喇叭从墙外开向墙里，剥落的砖墙隐没了，绚烂的阳光下但见一幢花团翠簇的锦屏，把春天常留在小园里。

狸　奴

在我家豢养的三只猫中，狸奴是最不得人疼爱的了。它有一个身厚而且软的、条纹清晰的灰褐色狸斑毛，从颈项起整个腹部却是银白色的，绿宝石似的眼睛微微向上竖起，圆圆的小耳朵像一对木耳嵌在圆圆的头上，脸不太圆，但带着点秀气，几根疏朗的胡须更使它显得神采奕奕。它有洁癖，洗一个脸会无休无止地洗下去，有时不小心踩到一点水什么的，立刻像挨了针戳似地直跳起来，又是抖，又是舐的忙上半天。因此它一身总是十分干净，黑的光泽柔润，白的雪白雪白，嫩红的脚趾就像未沾上一点尘土的桃花瓣。它的仪表和风韵在同伴中确属佼佼不凡。可是偏生它傲骨天性，狷介成性，从来不懂得向饲养它的主人表示亲昵——像别的猫那样用额角来撞，用身子来擦，喉咙里发出讨好的声音。有时趁它不防备我硬把它抱在怀里，它就拼命地叫着，挣扎着，仿佛连这份爱抚也有伤它的尊严。它从来不叫，也很少和同伴们嬉戏，不是独个儿爬上屋脊树梢耽视满枝跳跃的鸟雀，便是找一个僻静处所睡觉——它那孤僻狷傲的性格，使它逐渐在我们这里失去了宠爱。

有一次，狸奴忽然隔了两三天没有回来，大家以为它走失了。可是它却又悄悄地走了回来，神情带着点憔悴，性情却更怪僻，它不但不准它的同伴共它一只碗里吃饭，连走也不许它们走近它。甚至它自己走过它们蹲着的地方也露出牙齿来示威着。以后它便常常这么神出鬼没的三两天回来一次，奇怪的是它不仅没有消瘦，身体却反而显得臃肿——原来它是只雌猫，已经怀孕了。

那天清晨，我在梦里被一阵搔窗的声音惊醒，还伴着"咪呜"的叫声，那声音里有着焦急、乞怜和一种特别温柔的意义，我家的猫没有一只会这样叫的，可是明明围绕着屋子，在窗前门口徘徊不去。我起来打开窗子，突然一团灰褐色的东西直扑面前，毛氄氄地擦过我手臂，接着"咪呜"一声，跳下窗台，把脸贴在我脚上，尾巴剧烈地摇动着。嗳，竟是狸奴！狷傲不驯的狸奴会向人乞怜，这不是奇迹吗？接着我去梳洗，我下厨房，它便一直缠绕在我或母亲脚跟前，慢声叫着，用头脸摩擦着。当那两只它平日视同仇敌的同伴，怀着戒心却远远地、好奇地打量它时，它首先表示亲善地过去亲一亲鼻子，又伸出嫩红的舌头来舔它们的头脸，它们略一犹豫，立刻也照着做了，往日的仇隙须臾便化作融洽的友爱，彼此咪呜咪呜地诉说着衷情。

"狸奴怎么忽然间变得特别温柔起来？"我困惑地觉得它今天也特别的可爱。

"也许要生小猫了。"母亲谛视着它鼓得高高的肚子说。于是我们用一只肥皂箱给它做了个窝，放在壁橱里。我还在铺棉花哩，它已挨着我的手臂跳了进去。我一摸它，它一个侧身便半仰着躺在箱里，眼睛半开半闭，脚爪一收一放，喉际咕噜咕噜响个不停，显得十分安舒，可是只要我一站起来。它也马上跟着一翻身跳出来，又是绕着叫着。它那乞怜的动作和叫声，赢得了孩子们的同情，他们一个个放下了玩具，守在窝旁，更番地抚摸着狸奴，他们或站或蹲，切切地低语着，凝神一志地看护着狸奴，狸奴还报着咕噜咕噜说不尽的谢词。

在不断的爱抚下，狸奴终于慢慢地安静下来。孩子们抚着蹲得疼痛的腿，蹑手蹑脚地走开了，我轻轻拉上了纸门。

晚饭后，猛然记起狸奴已半天没有动静了。我轻轻拉开纸门——"小猫，小猫，一只小猫！"恬恬第一个拍着手跳起来。噢，可不是！一个很小很小的身体在狸奴身边蠕动着，白底子上洒着大朵的黑花，毛还是半干半湿的，狸奴正全神贯注地用它鲜红的舌头，给初生的小猫施洗哩！

"不要看，看了会搬家的哩！"母亲向我提出了警告。

可是，隔了一歇，我又忍不住拉开门来，又是一只！这只却完全是它母亲的缩影。二只才出世的小命正安逸地并列在母亲怀里啜奶，狸奴一只前脚搭在小猫身上，舌头还在不停地舐着，听见声音，软弱地抬起眼皮来向我叫了一声，但声音微弱得不可听闻。可怜的狸奴，为这新生命的诞生，它默默地忍受着彻骨锥心的痛苦，它已耗尽了所有的精力，然而在它眼里却扬射着无比的喜悦、温柔和慈爱，使它翠玉似的眸子溢然欲流。它盈盈地凝视着我，似乎说："看吧！我创造了怎样的奇迹！"

我想起它一天未沾汤水，拌了碗饭来给它闻闻，然后放在箱子外面，但它只是无声地叫着，却不曾移动身体。我又把饭送到它面前，它立刻那么饥馋地大口舐着吃了——啊！原来它是一步也不愿离开它的小宝贝。

狸奴做了母亲，狸奴也不再是从前的狸奴了。它成天小心翼翼地哺育小猫，守着它们学步，守着它们嬉戏。有时出去一会儿，回来时在喉际"呜哪"一声，小猫立刻睡眼惺忪地跳起来迎上去，狸奴便把辛苦捕来的小老鼠什么的放下。自己却蹲一旁静静地看小猫嚼食，显得那么满足而安详。

64

是什么使猖傲化作温柔，是什么使浮躁变得稳静？是那最崇高无上的母爱。那点上一滴就充实生命的母爱，纵使人兽之间有不可衡量的区别，崇高的母爱却是一般无二。

●史铁生

我 与 地 坛

一

　　我在好几篇小说中都提到过一座废弃的古园，实际就是地坛。许多年前旅游业还没有开展，园子荒芜冷落得如同一片野地，很少被人记起。

　　地坛离我家很近。或者说我家离地坛很近。总之，只好认为这是缘分。地坛在我出生前四百多年就坐落在那儿了，而自从我的祖母年轻时带着我父亲来到北京，就一直住在离它不远的地方——五十多年间搬过几次家，可搬来搬去总是在它周围，而且是越搬离它越近了。我常觉得这中间有着宿命的味道：仿佛这古园就是为了等我，而历尽沧桑在那儿等待了四百多年。

　　它等待我出生，然后又等待我活到最狂妄的年龄上忽地残废了双腿。四百多年里，它剥蚀了古殿檐头浮夸的琉璃，淡褪了门壁上炫耀的朱红，坍圮了一段段高墙又散落了玉砌雕栏，祭坛四周的老柏树愈见苍幽，到处的野草荒藤也都茂盛得自在坦荡。这时候想必我是该来了。十五年前的一个下午，我摇着轮椅进入园中，它为一个失魂落魄的人把一切都准备好了。那时，太阳循着亘古不变的路途正越来越大，也越红。在满园弥漫的沉静光芒中，一个人更容易看到时间，并看见自己的身影。

自从那个下午我无意中进了这园子，就再没长久地离开过它。我一下子就理解了它的意图。正如我在一篇小说中所说的："在人口密聚的城市里，有这样一个宁静的去处，像是上帝的苦心安排。"

两条腿残废后的最初几年，我找不到工作，找不到去路，忽然间几乎什么都找不到了，我就摇了轮椅总是到它那儿去，仅为着那儿是可以逃避一个世界的另一个世界。我在那篇小说中写道："没处可去我便一天到晚耗在这园子里。跟上班下班一样，别人去上班我就摇了轮椅到这儿来。园子无人看管，上下班时间有些抄近路的人们从园中穿过，园子里活跃一阵，过后便沉寂下来。""园墙在金晃晃的空气中斜切下一溜荫凉，我把轮椅开进去，把椅背放倒，坐着或是躺着，看书或者想事，撅一杈树枝左右拍打，驱赶那些和我一样不明白为什么要来这世上的小昆虫。""蜂儿如一朵小雾稳稳地停在半空；蚂蚁摇头晃脑捋着触须，猛然间想透了什么，转身疾行而去；瓢虫爬得不耐烦了，累了祈祷一回便支开翅膀，忽悠一下升空了；树干上留着一只蝉蜕，寂寞如一间空屋；露水在草叶上滚动，聚集，压弯了草叶轰然坠地摔开万道金光。""满园子都是草木竞相生长弄出的响动，窸窸窣窣片刻不息。"这都是真实的记录，园子荒芜但并不衰败。

除去几座殿堂我无法进去，除去那座祭坛我不能上去而只能从各个角度张望它，地坛的每一棵树下我都去过，差不多它的每一米草地上都有过我的车轮印。无论是什么季节，什么天气，什么时间，我都在这园子里待过。有时候待一会儿就回家，有时候就待到满地上都亮起月光。记不清都是在它的哪些角落里了，我一连几小时专心致志地想关于死的事，也以同样的耐心和方式想过我为什么要出生。这样想了好几年，最后事情终于弄明白了：一个人，出生了，这就不再是一个可以辩论的问题，而只是上帝交给他的一个事实；上帝在交给我们这件事实的时候，已经顺便保证了它的结果，所以死是一件不必急于求成的事，死是一个必然会降临的节日。这样想过之后我安心多了，眼前的一切不再那么可怕。比如你起早熬夜准备考试的时候，忽然想起有一个长长的假期在前面等待你，你会不会觉得轻松一点？并且庆幸，并且感激这样的安排？

剩下的就是怎样活的问题了，这却不是在某一个瞬间就能完全想透的，不是能够一次性解决的事，怕是活多久就要想它多久了，就像是伴你终生的魔鬼或恋人。所以，十五年了，我还是总得到那古园里去，去它的老树下或荒草边或颓墙旁，去默坐，去呆想，去推开耳边的嘈杂理一理纷乱的思绪，去窥看自己的心魂。十五年中，这古园的形体被不能理解它的人肆意雕琢，幸好有些东西是任谁也不能改变它的。譬如祭坛石门中的落日，寂静的光辉平铺的一刻，地上的每一个坎坷都被映照得灿烂；譬如在园中最为落寞的时间，一群雨燕便出来高歌，把天地都叫喊得苍凉；譬如冬天雪地上孩子的脚印，总让人猜想他们是谁，曾在哪儿做过些什么，然后又都到哪儿去了；譬如那些苍黑的古柏，你忧郁的时候它们镇静地站在那儿，你欣喜的时候它们依然镇静地站在那儿，它们没日没夜地站在那儿，从你没有出生一直站到这个世界上又没了你的时候；譬如暴雨骤临园中，激起一阵阵灼烈而清纯的草木和泥土的气味，让人想起无数个夏天的事件；譬如秋风忽至，再有一场早霜，落叶或飘摇歌舞或坦然安卧，满园中播散着熨帖而微苦的味道。味道是最说不清楚的，味道不能写只能闻，要你身临其境去闻才能明了。味道甚至是难于记忆的，只有你又闻到它你才能记起它的全部情感和意蕴。所以我常常要到

68

那园子里去。

二

　　现在我才想到，当年我总是独自跑到地坛去，曾经给母亲出了一个怎样的难题。

　　她不是那种光会疼爱儿子而不懂得理解儿子的母亲。她知道我心里的苦闷，知道不该阻止我出去走走，知道我要是老待在家里结果会更糟，但她又担心我一个人在那荒僻的园子里整天都想些什么。我那时脾气坏到极点，经常是发了疯一样地离开家，从那园子里回来又中了魔似的什么话都不说。母亲知道有些事不宜问，便犹犹豫豫地想问而终于不敢问，因为她自己心里也没有答案。她料想我不会愿意她跟我一同去，所以她从未这样要求过，她知道得给我一点独处的时间，得有这样一段过程。她只是不知道这过程得要多久，和这过程的尽头究竟是什么。每次我要动身时，她便无言地帮我准备，帮助我上了轮椅车，看着我摇车拐出小院；这以后她会怎样，当年我不曾想过。

　　有一回我摇车出了小院，想起一件什么事又返身回来，看见母亲仍站在原地，还是送我走时的姿势，望着我拐出小院去的那处墙角，对我的回来竟一时没有反应。待她再次送我出门的时候，她说："出去活动活动，去地坛看看书，我说这挺好。"许多年以后我才渐渐听出，母亲这话实际上是自我安慰，是暗自的祷告，是给我的提示，是恳求与嘱咐。只是在她猝然去世之后，我才有余暇设想，当我不在家里的那些漫长的时间，她是怎样心神不定坐卧难宁，兼着痛苦与惊恐与一个母亲最低限度的祈求。现在我可以断定，以她的聪慧和坚忍，在那些空落的白天后的黑夜，在那不眠的黑夜后的白天，她思来想去最后准是对自己说："反正我不能不让他出去，未来的日子是他自己的，如果他真的要在那园子里出了什么事，这苦难也只好我来承担。"在那段日子里——那是好几年长的一段日子，我想我一定使母亲做过了最坏的准备了，但她从来没有对我说过："你为我想想。"事实上我也真的没为她想过。那时她的儿子还太年轻，还来不及为母亲想，他被命运击昏了头，一心以为自己是世上最不幸的一个，不知道儿子的不幸在母亲那儿总是要加倍的。她有一个长到二十岁上忽然截瘫了的儿子，这是她唯一的儿子；她情愿截瘫的是自己而不是儿子，可这事无法代替；她想，只要儿子能活下去哪怕自己去死呢也行，可她又确信一个人不能仅仅是活着，儿子得有一条路走向自己的幸福；而这条路呢，没有谁能保证她的儿子终于能找到。——这样一个母亲，注定是活得最苦的母亲。

有一次与一个作家朋友聊天，我问他学写作的最初动机是什么？他想了一会说："为我母亲。为了让她骄傲。"我心里一惊，良久无言。回想自己最初写小说的动机，虽不似这位朋友的那般单纯，但如他一样的愿望我也有，且一经细想，发现这愿望也在全部动机中占了很大比重。这位朋友说："我的动机太低俗了吧？"我光是摇头，心想低俗并不见得低俗，只怕是这愿望过于天真了。他又说："我那时真就是想出名，出了名让别人羡慕我母亲。"我想，他比我坦率。我想，他又比我幸福，因为他的母亲还活着。而且我想，他的母亲也比我的母亲运气好，他的母亲没有一个双腿残废的儿子，否则事情就不这么简单。

在我的头一篇小说发表的时候，在我的小说第一次获奖的那些日子里，我真是多么希望我的母亲还活着。我便又不能在家里待了，又整天整天独自跑到地坛去，心里是没头没尾的沉郁和哀怨，走遍整个园子却怎么也想不通：母亲为什么就不能再多活两年？为什么在她儿子就快要碰撞开一条路的时候，她却忽然熬不住了？莫非她来此世上只是为了替儿子担忧，却不该分享我的一点点快乐？她匆匆离我去时才只有四十九岁呀！有那么一会，我甚至对世界对上帝充满了仇恨和厌恶。后来我在一篇题为"合欢树"的文章中写道:"我坐在小公园安静的树林里,闭上眼睛,想,上帝为什么早早地召母亲回去呢?很久很久,迷迷糊糊的我听见了回答:'她心里太苦了,上帝看她受不住了,就召她回去。'我似乎得了一点安慰,睁开眼睛,看见风正从树林里穿过。"小公园,指的也是地坛。

只是到了这时候,纷纭的往事才在我眼前幻现得清晰,母亲的苦难与伟大才在我心中渗透得深彻。上帝的考虑,也许是对的。

摇着轮椅在园中慢慢走,又是雾罩的清晨,又是骄阳高悬的白昼,我只想着一件事:母亲已经不在了。在老柏树旁停下,在草地上、在颓墙边停下,又是处处虫鸣的午后,又是鸟儿归巢的傍晚,我心里只默念着一句话:可是母亲已经不在了。把椅背放倒,躺下,似睡非睡挨到日没,坐起来,心神恍惚,呆呆地直坐到古祭坛上落满黑暗然后再渐渐浮起月光,心里才有点明白,母亲不能再来这园中找我了。

曾有过好多回,我在这园子里待得太久了,母亲就来找我。她来找我又不想让我发觉,只要见我还好好地在这园子里,她就悄悄转身回去。我看见过几次她的背影。我也看见过几回她四处张望的情景,她视力不好,端着眼镜像在寻找海上的一条船,她没看见我时我已经看见她了,待我看见她,她也看见我了,我就不去看她,过一会我再抬头看她,就又看见她缓缓离去的背影。我单是无法知道有多少回她没有找到我。有一回我坐在矮树丛中,树丛很密,我看见她没有找到我;她一个人在园子里走,走过我的身旁,走过我经常呆的一些地方,步履茫然又急迫。我不知道她已经找了多久还要找多久,我不知道为什么我决意不喊她——但这绝不是小时候的捉迷藏,这也许是出于长大了的男孩子的倔强或羞涩?但这倔强只留给我痛悔,丝毫也没有骄傲。我真想告诫所有长大了的男孩子，千万不要跟母亲来这套倔强，羞涩就更不必，我已经懂了，可我已经来不及了。

儿子想使母亲骄傲，这心情毕竟是太真实了，以致使"想出名"这一声名狼藉的念头也多少改变了一点形象。这是个复杂的问题，且不去管它了罢。随着小说获奖的激动逐日暗淡，我开始相信，至少有一点我是想错了：我用纸笔在报刊上碰撞开的一条路，并不就是母亲盼望我找到的那条路。年年月月我都到这园子里来，年年月月我都要想，母亲盼望我找到的那条路到底是什么。母亲生前没给我留下过什么隽永的哲言，或要我恪守的教诲，只是在她去世之后，她艰难的命运、坚忍的意志和毫不张扬的爱，随光阴流转，在我的印象中愈加鲜明深刻。

有一年，十月的风又翻动起安详的落叶，我在园中读书，听见两个散步的老人说："没想到这园子有这么大。"我放下书，想，这么大一座园子，要在其中找到她的儿子，母亲走过了多少焦灼的路。多年来我头一次意识到，这园中不单是处处都有过我的车辙，有过我的车辙的地方也都有过母亲的脚印。

三

如果以一天中的时间来对应四季，当然春天是早晨，夏天是中午，秋天是黄昏，冬天是夜晚。如果以乐器来对应四季，我想春天应该是小号，夏天是定音鼓，秋天是大提琴，冬天是圆号和长笛。要是以这园子里的声响来对应四季呢？那么，春天是祭坛上空漂浮着的鸽子的哨音，夏天是冗长的蝉歌和杨树叶子哗啦啦地对蝉歌的取笑，秋天是古殿檐头的风铃响，冬天是啄木鸟随意而空旷的啄木声。以园中的景物对应四季，春天是一径时而苍白时而黑润的小路，时而明朗时而阴晦的天上摇荡着串串杨花；夏天是一条条耀眼而灼人的石凳，或阴凉而爬满了青苔的石阶，阶下有果皮，阶上有半张被坐皱的报纸；秋天是一座青铜的大钟，在园子的西北角上曾丢弃着一座很大的铜钟，铜钟与这园子一般年纪，浑身挂满绿锈，文字已不清晰；冬天，是林中空地上几只羽毛蓬松的老麻雀。以心绪对应四季呢？春天是卧病的季节，否则人们不易发觉春天的残忍与渴望；夏天，情人们应该在这个季节里失恋，不然就似乎对不起爱情；秋天是从外面买一棵盆花回家的时候，把花搁在阔别了的家中，并且打开窗户把阳光也放进屋里，慢慢回忆慢慢整理一些发过霉的东西；冬天伴着火炉和书，一遍遍坚定不死的决心，写一些并不发出的信。还可以用艺术形式对应四季，这样春天就是一幅画，夏天是一部长篇小说，秋天是一首短歌或诗，冬天是一群雕塑。以梦呢？以梦对应四季呢？春天是树尖上的呼喊，夏天是呼喊中的细雨，秋天是细雨中的土地，冬天是干净的土地上的一只孤零零的烟斗。

因为这园子，我常感恩于自己的命运。

我甚至现在就能清楚地看见，一旦有一天我不得不长久地离开它，我会怎样想念它，我会怎样想念它并且梦见它，我会怎样因为不敢想念它而梦也梦不到它。

四

现在让我想想，十五年中坚持到这园子来的人都是谁呢？好像只剩了我和一对老人。

十五年前，这对老人还只能算是中年夫妇，我则货真价实还是个青年。他们总是在薄暮时分来园中散步，我不大弄得清他们是从哪边的园门进来，一般来说他们是逆时针绕这园子走。男人个子很高，肩宽腿长，走起路来目不斜视，胯以上直至脖颈挺直不动；他的妻子攀了他一条胳膊走，也不能使他的上身稍有松懈。女人个子却矮，也不算漂亮，我无端地相信她必出身于家道中衰的名门富族；她攀在丈夫胳膊上像个娇弱的孩子，她向四周观望时总含着恐惧，她轻声与丈夫谈话，见有人走近就立刻怯怯地收住话头。我有时因为他们而想起冉阿让与柯赛特，但这想法并不巩固，他们一望即知是老夫老妻。两个人的穿着都算得上考究，但由于时代的演进，他们的服饰又可以称为古朴了。他们和我一样，到这园子里来几乎是风雨无阻，不过他们比我守时。我什么时间都可能来，他们则一定是在暮色初临的时候。刮风时他们穿了米色风衣，下雨时他们打了黑色的雨伞，夏天他们的衬衫是白色的裤子是黑色的或米色的，冬天他们的呢子大衣又都是黑色的，想必他们只喜欢这三种颜色。他们逆时针绕这园子一周，然后离去。他们走过我身旁时只有男人的脚步响，女人像是贴在高大的丈夫身上跟着漂移。我相信他们一定对我有印象，但是我们没有说过话，我们互相都没有想要接近的表示。十五年中，他们或许注意到一个小伙子进入了中年，我则看着一对令人羡慕的中年情侣不觉中成了两个老人。

曾有过一个热爱唱歌的小伙子，他也是每天都到这园中来，来唱歌，唱了好多年，后来不见了。他的年纪与我相仿，他多半是早晨来，唱半小时或整整唱一个上午，估计在另外的时间里他还得上班。我们经常在祭坛东侧的小路上相遇，我知道他是到东南角的高墙下去唱歌，他一定猜想我去东北角的树林里做什么。我找到我的地方，抽几口烟，便听见他谨慎地整理歌喉了。他反反复复唱那么几首歌。"文革"没过去的时候，他唱"蓝蓝的天上白云飘，白云下面马儿跑……"我老也记不住这歌的名字。"文革"后，他唱《货郎与小姐》中那首最为流传的咏叹调。"卖布——卖布嘞，卖布——卖布嘞！"我记得这开头的一句他唱得很有声势，在早晨清澈的空气中，货郎跑遍园中的每一个角落去恭维小姐。"我交了好运气，我交了好运气，我为幸福唱歌曲……"然后他就一遍一遍地唱，不让货郎的激情稍减。依我听来，他的技术不算精到，在关键的地方常出差错，但他的嗓子是相当不坏的，而且唱一个上午也听不出一点疲惫。太阳也不疲惫，把大树的影子缩小成一团，把疏忽大意的蚯蚓晒干在小路上。将近中午，我们又在祭坛东侧相遇，他看一看我，我看一看他，他往北去，我往南去。日子久了，我感到我们都有结识的愿望，但似乎都不知如何开口，于是互相注视一下终又都移开目光擦身而过；这样的次数一多，便更不知如何开口了。终于有一天——一个丝毫没有特点的日子，我们互相点了一下头。他说："你好。"我说："你好。"他说："回去啦？"我说："是，你呢？"他说："我也该回去了。"我们都放慢脚步（其实我是放慢车速），想再多说几句，但仍然是不知从何说起，这样我们就都走过了对方，又都扭转身子面向对方。他说："那就再见吧。"我说："好，再见。"便互相笑笑各走各的路了。但是我们没有再见，那以后，园中再没了他的歌声，我才想到，那天他或许是有意与我道别的，也许他考上了哪家专业文工团或歌舞团了吧？真希望他如他歌里所唱的那样，交了好运气。

还有一些人，我还能想起一些常到这园子里来的人。有一个老头，算得一个真正的饮者；他在腰间挂一个扁瓷瓶，瓶里当然装满了酒，常来这园中消磨午后的时光。他在园中四处游逛，如果你不注意你会以为园中有好几个这样的老头，等你看过了他卓尔不群的饮酒情状，你就会相信这是个独一无二的老头。他的衣着过分随便，走路的姿态也不慎重，走上五六十米路便选定一处地方，一只脚踏在石凳上或土堆上或树墩上，解下腰间的酒瓶，解酒瓶的当儿眯起眼睛把一百八十度视角内的景物细细看一遭，然后以迅雷不及掩耳之势倒一大口酒入肚，把酒瓶摇一摇再挂向腰间，平心静气地想一会什么，便走下一个五六十米去。还有一个捕鸟的汉子，那岁月园中人少，鸟却多，他在西北角的树丛中拉一张网，鸟撞在上面，羽毛钑在网眼里便不能自拔。他单等一种过去很多而现在非常罕见的鸟，其他的鸟撞在网上他就把它们摘下来放掉，他说已经有好多年没等到那种罕见的鸟，他说他再等一年看看到底还有没有那种鸟，结果他又等了好多年。早晨和傍晚，在这园子里可以看见一个中年女工程师，早晨她从北向南穿过这园子去上班，傍晚她从南向北穿过这园子回家。事实上我并不了解她的职业或者学历，但我以为她必是学理工的知识分子，别样的人很难有她那般的素朴并优雅。当她在园子穿行的时刻，四周的树林也仿佛更加幽静，清淡的日光中竟似有悠远的琴声，比如说是那曲《献给艾丽丝》才好。我没有见过她的丈夫，没有见过那个幸运的男人是什么样子，我想象过却想象不出，后来忽然懂了想象不出才好，那个男人最好不要出现。她走出北门回家去，我竟有点担心，担心她会落入厨房，不过，也许她在厨房里劳作的情景更有另外的美吧，当然不能再是《献给艾丽丝》，是个什么曲子呢？还有一个人，是我的朋友，他是个最有天赋的长跑家，但他被埋没了。他因为在"文革"中出言不慎而坐了几年牢，出来后好不容易找了个拉板车的工作，样样待遇都不能与别人平等，苦闷极了便练习长跑。那时他总来这园子里跑，我用手表为他计时。他每跑一圈向我招下手，我就记下一个时间。每次他要环绕这园子跑二十圈，大约两万米。他盼望以他的长跑成绩来获得政治上真正的解放，他以为记者的镜头和文字可以帮他做到这一点。第一年他在春节环城赛上跑了第十五名，他看见前十名的照片都挂在了长安街的新闻橱窗里，于是有了信心。第二年他跑了第四名，可是新闻橱窗里只挂了前三名的照片，他没灰心。第三年他跑了第七名、橱窗里挂前六名的照片，他有点怨自己。第四年他跑了第三名，橱窗里却只挂了第一名的照片。第五年他跑了第一名——他几乎绝望了，橱窗里只有一幅环城赛群众场面的照片。那些年我们俩常一起在这园子里待到天黑，开怀痛骂，骂完沉默着回家，分手时再互相叮嘱：先别去死，再试着活一活看。现在他已经不跑了，年岁太大了，跑不了那么快了。最后一次参加环城赛，他以三十八岁之龄又得了第一名并破了纪录，有一位专业队的教练对他说："我要是十年前发现你就好了。"他苦笑一下什么也没说，只在傍晚又来这园中找到我，把这事平静地向我叙说一遍。不见他已有好几年了，现在他和妻子和儿子住在很远的地方。

这些人现在都不到园子里来了，园子里差不多完全换了一批新人。十五年前的旧人，现在就剩我和那对老夫老妻了。有那么一段时间，这老夫老妻中的一个也忽然不来，薄暮时分唯男人独自来散步，步态也明显迟缓了许多，我悬心了很久，怕是那女人出了什么事。幸好过了一个冬天那女人又来了，两个人仍是逆时针绕着园子走，一长一短两个身影恰似钟表的两支指针。女人的头发白了许多，但依旧攀着丈夫的胳膊走得像个孩子。"攀"这个字用得不恰当了，或许可以用"挽"吧，不知有没有兼具这两个意思的字。

五

我也没有忘记一个孩子——一个漂亮而不幸的小姑娘。十五年前的那个下午，我第一次到这园子里来就看见了她，那时她大约三岁，蹲在斋宫西边的小路上捡树上掉落的"小灯笼"。那儿有几棵大栾树，春天开一簇簇细小而稠密的黄花，花落了便结出无数如同三片叶子合抱的小灯笼，小灯笼先是绿色，继而转白，再变黄，成熟了掉落得满地都是。小灯笼精巧得令人爱惜，成年人也不免捡了一个还要捡一个。小姑娘咿咿呀呀地跟自己说着话，一边捡小灯笼。她的嗓音很好，不是她那个年龄所常有的那般尖细，而是很圆润甚或是厚重，也许是因为那个下午园子里太安静了。我奇怪这么小的孩子怎么一个人跑来这园子里？我问她

77

住在哪儿？她随便指一下，就喊她的哥哥，沿墙根一带的茂草之中便站起一个七八岁的男孩，朝我望望，看我不像坏人便对他的妹妹说："我在这儿呢"，又伏下身去，他在捉什么虫子。他捉到螳螂、蚂蚱、知了和蜻蜓，来取悦他的妹妹。有那么两三年，我经常在那几棵大栾树下见到他们，兄妹俩总是在一起玩，玩得和睦融洽，都渐渐长大了些。之后有很多年没见到他们。我想他们都在学校里吧，小姑娘也到了上学的年龄，必是告别了孩提时光，没有很多机会来这儿玩了。这事很正常，没理由太搁在心上，若不是有一年我又在园中见到他们，肯定就会慢慢把他们忘记。

那是个礼拜日的上午，那是个晴朗而令人心碎的上午，时隔多年，我竟发现那个漂亮的小姑娘原来是个弱智的孩子。我摇着车到那几棵大栾树下去，恰又是遍地落满了小灯笼的季节。当时我正为一篇小说的结尾所苦，既不知为什么要给它那样一个结尾，又不知何以忽然不想让它有那样一个结尾，于是从家里跑出来，想依靠着园中的镇静，看看是否应该把那篇小说放弃。我刚刚把车停下，就见前面不远处有几个人在戏耍一个少女，作出怪样子来吓她，又喊又笑地追逐她拦截她，少女在几棵大树间惊惶地东跑西躲，却不松手揪卷在怀里的裙裾，两条腿祖露着也似毫无察觉。我看出少女的智力是有些缺陷，却还没看出她是谁。我正要驱车上前为少女解围，就见远处飞快地骑车来了个小伙子，于是那几个戏耍少女的家伙望风而逃。小伙子把自行车支在少女近旁，怒目望着那几个四散逃窜的家伙，一声不吭喘着粗气，脸色如暴雨前的天空一样一会比一会苍白。这时我认出了他们，小伙子和少女就是当年那对小兄妹。我几乎是在心里惊叫了一声，或者是哀号。世上的事常常使上帝的居心变得可疑。小伙子向他的妹妹走去。少女松开了手，裙裾随之垂落了下来，很多很多她捡的小灯笼便洒落了一地，铺散在她脚下。她仍然算得漂亮，但

78

双眸迟滞没有光彩。她呆呆地望那群跑散的家伙，望着极目之处的空寂，凭她的智力绝不可能把这个世界想明白吧？大树下，破碎的阳光星星点点，风把遍地的小灯笼吹得滚动，仿佛喑哑地响着无数小铃铛。哥哥把妹妹扶上自行车后座，带着她无言地回家去了。

无言是对的。要是上帝把漂亮和弱智这两样东西都给了这个小姑娘，就只有无言和回家去是对的。

谁又能把这世界想个明白呢？世上的很多事是不堪说的。你可以抱怨上帝何以要降诸多苦难给这人间，你也可以为消灭种种苦难而奋斗，并为此享有崇高与骄傲，但只要你再多想一步你就会坠入深深的迷茫了：假如世界上没有了苦难，世界还能够存在么？要是没有愚钝，机智还有什么光荣呢？要是没了丑陋，漂亮又怎么维系自己的幸运？要是没有了恶劣和卑下，善良与高尚又将如何界定自己又如何成为美德呢？要是没有了残疾，健全会否因其司空见惯而变得腻烦和乏味呢？我常梦想着在人间彻底消灭残疾，但可以相信，那时将由患病者代替残疾人去承担同样的苦难。如果能够把疾病也全数消灭，那么这份苦难又将由（比如说）相貌丑陋的人去承担了。就算我们连丑陋，连愚昧和卑鄙和一切我们所不喜欢的事物和行为，也都可以统统消灭掉，所有的人都一样健康、漂亮、聪慧、高尚，结果会怎样呢？怕是人间的剧目就全要收场了，一个失去差别的世界将是一条死水，是一块没有感觉没有肥力的沙漠。

看来差别永远是要有的。看来就只好接受苦难——人类的全部剧目需要它，存在的本身需要它。看来上帝又一次对了。

于是就有一个最令人绝望的结论等在这里：由谁去充任那些苦难的角色？又由谁去体现这世间的幸福，骄傲和快乐？只好听凭偶然，是没有道理好讲的。

就命运而言，休论公道。

那么，一切不幸命运的救赎之路在哪里呢？

设若智慧的悟性可以引领我们去找到救赎之路，难道所有的人都能够获得这样的智慧和悟性吗？

我常以为是丑女造就了美人。我常以为是愚氓举出了智者。我常以为是懦夫衬照了英雄。我常以为是众生度化了佛祖。

六

设若有一位园神，他一定早已注意到了，这么多年我在这园里坐着，有时候是轻松快乐的，有时候是沉郁苦闷的，有时候优哉游哉，有时候惶恐落寞，有时候平静而且自信，有时候又软弱又迷茫。其实总共只有三个问题交替着来骚扰我，来陪伴我。第一个是要不要去死？第二个是为什么活？第三个，我干嘛要写作？

现在让我看看，它们迄今都是怎样编织在一起的吧。

你说，你看穿了死是一件无需乎着急去做的事，是一件无论怎样耽搁也不会错过的事，便决定活下去试试？是的，至少这是很关键的因素。为什么要活下去试试呢？好像仅仅是因为不甘心，机会难得，不试白不试，腿反正是完了，一切仿佛都要完了，但死神很守信用，试一试不会额外再有什么损失，说不定倒有额外的好处呢，是不是？我说过，这一来我轻松多了，自由多了。为什么要写作呢？作家是两个被人看重的字，这谁都知道。为了让那个躲在园子深处坐轮椅的人，有朝一日在别人眼里也稍微有点光彩，在众人眼里也能有个位置，哪怕那时再去死呢也就多少说得过去了。开始的时候就是这样想，这不用保密，这些现在不用保密了。

我带着本子和笔，到园中找一个最不为人打扰的角落，偷偷地写。那个爱唱歌的小伙子在不远的地方一直唱。要是有人走过来，我就把本子合上把笔叼在嘴里。我怕写不成反落得尴尬。我很要面子。可是你写成了，而且发表了。人家说我写的还不坏，他们甚至说：真没想到你写得这么好。我心说你们没想到的事还多着呢。我确实有整整一宿高兴得没合眼。我很想让那个唱歌的小伙子知道，因为他的歌也毕竟是唱得不错。我告诉我的长跑家朋友的时候，那个中年女工程师正优雅地在园中穿行。长跑家很激动，他说好吧，我玩命跑，你玩命写。这一来你中了魔了，整天都在想哪一件事可以写，哪一个人可以让你写成小说。是中了魔了，我走到哪儿想到哪儿，在人山人海里只寻找小说，要是有一种小说试剂就好了，见人就滴两滴看他是不是一篇小说，要是有一种小说显影液就好了，把它泼满全世界看看都是哪儿有小说。中了魔了，那时我完全是为了写作活着。结果你又发表了几篇，并且出了一点小名，可这时你越来越感到恐慌。我忽然觉得自己活得像个人质，刚刚有点像个人了却又过了头，像个人质，被一个什么阴谋抓了来当人质，不定哪天被处决，不定哪天就完蛋。你担心要不了多久你就会文思枯竭，那样你就又完了。凭什么我总能写出小说来呢？凭什么那些适合作小说的生活素材就总能送到一个截瘫者跟前来呢？人家满世界跑都有枯竭的危险，而我坐在这园子里凭什么可以一篇接一篇地写呢？你又想到死了。我想见好就收吧。当一名人质实在是太累了太紧张了，太朝不保夕了。我为写作而活下来，要是写作到底不是我应该干的事，我想我再活下去是不是太冒傻气了？你这么想着你却还在绞尽脑汁地想写。我好歹又拧出点水来，从一条快要晒干的毛巾上。恐慌日甚一日，随时可能完蛋的感觉比完蛋本身可怕多了，所谓不怕贼偷就怕贼惦记，我想人不如死了好，不如不出生的好，不如压根儿没有这个世界的好。可你并没有去死。我又想到那是一件不必着急的事。可是不必着急的事并不证明是一件必要拖延的事呀？你总是决定活下来，这说明什么？是的，我还是想活。人为什么活着？因为人想活着，说到底是这么回事，人真正的名字叫做：欲望。可我不怕死，有时候我真的不怕死。有时候，——说对了。不怕死和想去死是两回事，有时候不怕死的人是有的，一生下来就不怕死的人是没有的。我有时候倒是怕活。可是怕活不等于不想活呀？可我为什么还想活呢？因为你还想得到点什么、你觉得你还是可以得到点什么的，比如说爱情，比如说，价值感之类，人真正的名字叫欲望。这不对吗？我不该得到点什么吗？没说不该。可我为什么活得恐慌，就像个人质？后来你明白了，你明白你错了，活着不是为了写作，而写作是为了活着。你明白了这一点是在一个挺滑稽的时刻。那天你又说你不如死了好，你的一个朋友劝你：你不能死，你还得写呢，还有好多好作品等着你去写呢。这时候你忽然明白了，你说：只是因为我活着，我才不得不写作。或者说只是因为你还想活下去，你才不得不写作。是的，这样说过之后我竟然不那么恐慌了。就像你看穿了死之后所得的那份轻松？一个人质报复一场阴谋的最有效的办法是把自己杀死。我看出我得先把我杀死在市场上，那样我就不用参加抢购题材的风潮了。你还写吗？还写。你真的不得不写吗？人都忍不住要为生存找一些牢靠的理由。你不担心你会枯竭了？我不知道，不过我想，活着的问题在死前是完不了的。

这下好了，您不再恐慌了不再是个人质了，您自由了。算了吧你，我怎么可能自由呢？别忘了人真正的名字是：欲望。所以您得知道，消灭恐慌的最有效的办法就是消灭欲望。可是我还知道，消灭人性的最有效的办法也是消灭欲望。那么，是消灭欲望同时也消灭恐慌呢？还是保留欲望同时也保留人生？

我在这园子里坐着，我听见园神告诉我，每一个有激情的演员都难免是一个人质。每一个懂得欣赏的观众都巧妙地粉碎了一场阴谋。每一个乏味的演员都是因为他老以为这戏剧与自己无关。每一个倒霉的观众都是因为他总是坐得离舞台太近了。

82

我在这园子里坐着，园神成年累月地对我说：孩子，这不是别的，这是你的罪孽和福祉。

七

要是有些事我没说，地坛，你别以为是我忘了，我什么也没忘，但是有些事只适合收藏。不能说，也不能想，却又不能忘。它们不能变成语言，它们无法变成语言，一旦变成语言就不再是它们了。它们是一片朦胧的温馨与寂寥，是一片成熟的希望与绝望，它们的领地只有两处：心与坟墓。比如说邮票，有些是用于寄信的，有些仅仅是为了收藏。

如今我摇着车在这园子里慢慢走，常常有一种感觉，觉得我一个人跑出来已经玩得太久了。有一天我整理我的旧相册，一张十几年前我在这园子里照的照片——那个年轻人坐在轮椅上，背后是一棵老柏树，再远处就是那座古祭坛。我便到园子里去找那棵树。我按着照片上的背景找很快就找到了它，按着照片上它枝干的形状找，肯定那就是它。但是它已经死了，而且在它身上缠绕着一条碗口粗的藤萝。有一天我在这园子碰见一个老太太，她说："哟，你还在这儿哪？"她问我："你母亲还好吗？""您是谁？""你不记得我，我可记得你。有一回你母亲来这儿找你，她问我您看没看见一个摇轮椅的孩子？……"我忽然觉得，我一个人跑到这世界上来真是玩得太久了。有一天夜晚，我独自坐在祭坛边的路灯下看书，忽然从那漆黑的祭坛里传出一阵阵唢呐声；四周都是参天古树，方形祭坛占地几百平米空旷坦荡独对苍天，我看不见那个吹唢呐的人，唯唢呐声在星光寥寥的夜空里低吟高唱，时而悲怆时而欢快，时而缠绵时而苍凉，或许这几个词都不足以形容它，我清清醒醒地听出它响在过去，响在现在，响在未来，回旋飘转亘古不散。

必有一天，我会听见喊我回去。

那时您可以想象一个孩子，他玩累了可他还没玩够呢。心里好些新奇的念头甚至等不及到明天。也可以想象是一个老人，无可置疑地走向他的安息地，走得任劳任怨。还可以想象一对热恋中的情人，互相一次次说"我一刻也不想离开你"，又互相一次次说"时间已经不早了"，时间不早了可我一刻也不想离开你，一刻也不想离开你可时间毕竟是不早了。

我说不好我想不想回去。我说不好是想还是不想，还是无所谓。我说不好我是像那个孩子，还是像那个老人，还是像一个热恋中的情人。很可能是这样：我同时是他们三个。我来的时候是个孩子，他有那么多孩子气的念头所以才哭着喊着闹着要来，他一来一见到这个世界便立刻成了不要命的情人，而对一个情人来说，不管多么漫长的时光也是稍纵即逝，那时他便明白，每一步每一步，其实一步步都是走在回去的路上。当牵牛花初开的时节，葬礼的号角就已吹响。

但是太阳，他每时每刻都是夕阳也都是旭日。当他熄灭着走下山去收尽苍凉残照之际，正是他在另一面燃烧着爬上山巅布散烈烈朝晕晖之时。那一天，我也将沉静着走下山去，扶着我的拐杖。那一天，在某一处山洼里，势必会跑上来一个欢蹦的孩子，抱着他的玩具。

当然，那不是我。

但是，那不是我吗？

宇宙以其不息的欲望将一个歌舞炼为永恒。这欲望有怎样一个人间的姓名，大可忽略不计。

●禾子

孩子，你是妈妈的世界

妈妈有了宝宝，就有了一个崭新的世界，有了温暖如春的乐土，有了明净如水的蓝天。呵，我的儿子，我的宝宝，你是我的神明，我的骄傲，你诱我如歌如梦的幻想，你给我如痴如醉的温情。

当你还是一个胎儿，在妈妈腹中躁动的时候，你知道你带给妈妈多少期望。我抑制着内心的焦灼与忧虑，怕不安的情绪带给你先天的坏脾气，影响你的性情。我努力使自己排除各种恼人的干扰，努力保持心境的平和，放轻呼吸，想听清你那小心脏的跳动，连那只陪伴了妈妈一个秋天的蛐蛐，也不再来打扰六平方米小屋中属于我们两个人的时光。

你是一个不安分的小生命，经常出其不意地踹一脚，然后调皮地翻一个身。"这准是一个淘气的孩子"，我心中暗暗想，"长大了会不会因为贪玩而逃学，会不会把一塌糊涂的成绩单藏起来，会不会闯了祸怕人告状而不敢回家，会不会和人打得鼻青脸肿、衣衫不整？我怎么才能既不压抑你活泼好动、好奇求知的天性，又使你能够适应一个人必须适应的秩序？"其实，你是一个很懂事的孩子，只有在妈妈闲下来的时候，你才这样玩闹。只要

85

妈妈一紧张做事，你便安静下来。"这该是一个性情温柔文静的小姑娘吧？"我也曾这样希望，"长大了你会不会因为胆怯而藏在亲友的溺爱中，会不会因为小心眼爱耍尖而和小朋友和不来，会不会虚荣得只知迷恋漂亮的穿戴，或者去争一言一词的得失？"我怕自己为了叫你勇敢而损害你的温柔恬静，怕自己为保护你不受伤害而使你成为一个娇气包，也怕过分的放纵使你骄傲地以为这个世界只为你一人存在，更怕过于严格的管束，挫伤你的自尊，把你变成一个阴郁怪癖的孩子。

做一个母亲原来竟是这样不容易，我深深地感到不能自己的惶恐，感到才智的短拙。也许不该这样轻率地让你来到这个世界，不该去选择自己无力承担的责任。我的孩子，你终不会因为我的无能而轻视生你养你的母亲，并且由此变得残忍吧？！

就是在这样折磨人的期待中，度过了从春天到秋天的漫长时日。已经到11月了，从上旬等到下旬，你仍然不肯降生。一夜一夜，我听着窗外急促的风声，心如生草，慌乱得不行。

可你一旦来了，又蛮横得像个小强盗，突然闯进我们的生活。你"哇"的一声大吼，手术室的空气顿时松弛了下来。等在走廊里的爸爸也长长地出了一口气，彻夜的守候、恼人的焦灼早把他折磨得筋疲力尽。更何况他还在印有"如……本院不负责任"达五条之多的骇人文件上极不情愿地签了字。如果万一有个不幸，他是会找人拼命的。

"看看吧，是男的！"护士一声断喝，像在进行审判。这要怪你来的时辰，不早不晚正好耽误了他们一个钟头的下班时间。我勉强睁开眼睛，看见她手里托着一团青紫色的小肉体，正拼命扭动。又细又长的四肢与圆圆的大脑袋不成比例，团团脸上鼻孔朝天，两只眼睛挤成一条缝，一张大嘴占去了半张脸。——老天爷竟给了我这样一个丑陋的孩子。都说外甥随舅，你的大舅舅是从小出名的漂亮男孩，可你这副鬼样子，简直像日本民间故事里那个魔鬼的儿子。不过，那倒是一个聪明善良、乐于助人的小精灵。

儿子，如果将来你长成一个仪表堂堂的男子汉，不要骄傲，如果你长得其貌不扬，也不必自卑，别忘了你就是以这副尊容来到这个世界上的。

你马上就被送进了育婴室，只把哭声留在妈妈心中，久久萦回，使我远离病室的嘈杂，享受着内心那份静谧。每天清晨，楼下育婴室传来犹如蛙鸣的哭啼声。我早早地醒来，静听那个最沙哑的最低沉的声音。我知道，那就是你。我的儿子，你也醒了。是饿了，是渴了，还是想活动？"声音这样沙哑，一定有火。"我说。

"不哑，不哑。标准的男中音。"爸爸幸福得有些自负。男人的爱子之心竟也如此拳拳。育婴室是不许人进的。为了早点见到你，他经常站在窗外，从窗帘的缝隙里向里面张望。终于等到了出院的日子。他急不可待地跑下去，慌乱中又遗失了出生证，急得满头冒汗。来回好几趟，才凑齐了必须的文件，时间却只过了五分钟。

护士抱出一个孩子，他一看就炸了："不是，这肯定不是我们家的孩子。"于是重新查对，发现确实是病室号搞错了。护士又去换一个，这才把你交给爸爸。多危险，差一点你就成了别人家的孩子。事后，爸爸得意地说："我一看就觉得不是咱们的孩子！"原来男人也有这样好的直觉。

他笨拙地把你抱回来。弯着腰、低着头，两只大手捧着你。脚下紧一步慢一步，连路也不会走了，哆哆嗦嗦地把你交给了我。"快看看，咱们的孩子。"他那份激动简直无法形容。

几天不见，我的儿子，你变得多了。肤色不再那样青紫。可也瘦了不少，脸上的皮肤松松的，长一层细细的黑绒毛。鼻梁皱成一撮折，布满小白斑的肉鼻子像个小蒜头。我用舌头轻轻舔着你干裂的嘴唇，心里一次次地重复着："我有了一个孩子。"可说出来的却是："真丑，真丑，长大怕娶不上媳妇儿。""不丑！不丑！面如满月，目似朗星。标准的男子汉！"孩子爸爸抢白我。

是的，你不丑。我看见了，在又黑又密两侧扬起的眉毛下，那双黑亮亮的眼睛，清澈而又明净。你静静地睁着眼，并无所视，却洞穿了妈妈的心。心变得柔软了，一点一点地融化。有一种地老天荒的感觉悠悠地升起来。一瞬间我理解了古往今来所有的母亲。无论是贫困的还是富有的，辛劳的还是优裕的，屈辱的还是尊贵的，粗鲁的还是文弱的……作为母亲，爱子之心，创造生命的喜悦，原本是一样的，也是永恒的。也理解了那些无论由于生理或者社会的原因，想做母亲而不可得的女人的痛苦。她们承受着一个女人最大的不幸。任何声名荣誉都不如做一个母亲更真实；拥有多少金银财宝都不如有一个孩子更富有。

儿子，你是一个幸运的孩子。没有遇上战争、饥饿和动荡。不必像你小舅舅那样，生下来就挨饿。也不必像许许多多难民营中的儿童，才一出生就受到死亡的威胁，备受离乱之苦。你在亲人们的精心照料中生长。

为了让你睡得安稳，全家人都放轻脚步，细语轻声。你一睁眼，大家又抢着抱你。每一个人都称呼你的乳名，你被人们逗着、吻着，从一个人的手中传到又一个人手中。以至于全家人的语言都幼儿化了，吃饭饭，睡觉觉。你唤醒了所有人的童心，也牵动着所有人的忧乐。你是这样的弱小，妈妈抱着你常常会生出莫名的恐惧，怕你从我的手里突然掉下去。

看着宝宝一天一天地长大，妈妈的心也越来越丰满。你的小脸一天天鼓起来，褪去了那层细细的绒毛。由于脱皮而变得破破烂烂的小手，重新长得光嫩完好。你会笑了，梦里也常常笑出声。你的眼睛有神了，可以盯住目标，哭声里充满了感情色彩。

你会翻身了，会爬了。饿了，你张着小手要"奶奶，奶奶"。长出了牙，你喜欢随便抓起什么东西就胡乱往嘴里塞，有一次竟是你自己拉的巴巴蛋。我的傻宝贝，难道你不知道那是臭的吗？

小姐姐第一次看见你，高兴得手舞足蹈，把你揉搓得嗷嗷大叫。她用棉被为你造了一间小房子，你却在里边哭了起来。"别这样，他是一个小人，不是玩具。"姐姐的妈妈说。真的，你真是一个小人了，每当听见你咿咿呀呀地说话，我多想听董你的语言，知道你究竟在想什么。

天黑了，爸爸随手打开灯。你听到"叭"的一声，立即把圆圆的小脑袋扭向开关。然而发觉四周亮了起来，又重新扭头惊奇地盯住电灯泡。有过这样两次后，你就不再满足于这小小的发现。你倒腾着胖如藕节的四肢爬到床的里侧，扶着墙猛地站了起来。踮着脚尖，小手好不容易按住电灯。"叭"的一声，电灯又亮了。你回过头，眼睛里除了惊喜显然还有一丝得意。嗯，我的儿子，你有意识，能联想，会思维了，而且有了模仿能力。这是你创造的第一个游戏，也是你未来一生的起点。从这一点开始，你会走出一条什么样的路呢？

宝宝的世界在一天天扩大，妈妈的念头也越来越具体复杂。做一个球员吧，楼下毕生从事体育的老爷爷夸宝宝的肌肉有弹性。审美怕是不行了，给你一朵花，你撕一撕就塞进嘴里，一定当不了艺术家。宝宝爱观察，长大争取当个科学家。"不，去放羊，"爸爸说，"可以在自然的环境里顺其天性，何必像你的父母被读不完的书压得喘不过气来。"和爷爷学历史？和姥爷去种树？和舅舅去做工？还是像爸爸一样做一个教员？无数的设想都包含着一个希望，希望你能成为一个自食其力、正直有用的人。

儿子，你还小。有无数的机会等着你，有无数条道路供你选择。我只想尽我的能力，给你一个温暖欢乐的童年。愿你有比父母更好的境遇，不必在饥寒屈辱中煎熬。愿你能受到比我们更健全的教育，不再为了掩饰着残忍的理想空费热情。愿你有更富于自由选择的人生，不至于为了衣食所苦而耗费聪明才智。

人生终究是没有准的，我更希望你成为一个勇敢的人。无论有多少艰难险阻，有多少羁绊纠缠，都要去寻找你的海洋、你的森林、你的天空、你的山岭。冲破亲人的溺爱，去开拓你的世界，建立你的生活。心要宽厚，灵魂要粗糙。

即使你走遍天涯海角，儿子，你也生活在妈妈心中。当你在激烈紧张的竞争中感到劳累不堪、孤独难耐的时候，当你被生活的困顿琐碎折磨得疲惫萎靡的时候，当你被人世之网纠缠得气急败坏的时候，当你被失败的耻辱压迫得心灰意冷的时候，当你被成功的虚枉欺骗得痛不欲生的时候，别忘了，这里有一片属于你的平静的港湾，有一眼永远为你清水长流的心泉。我永远是你的母亲，你永远是我的儿子。

快长吧，我的孩子。

● 冯复加

线

晶莹硕大的线团，在她手里旋转。洁白透明的尼龙线，顺着指缝抽出，像春蚕吐丝，缓缓的，无穷无尽的。她犹豫了一下，终于撒开手，风筝———一只张开翅膀的雄鹰，扑棱棱，一下冲向蓝天，鹰脖上的风哨，撒下一串清脆的欢歌。

孩子不懂妈妈的心事，依然顺着风筝飘飞的方向，追逐着，欢呼雀跃。她迈着低缓的步子，默默地跟在后面。晚风吹起额发，零零乱乱地飘拂。

风筝是他探家时，特地为他小宝贝做的。每天晚饭后，他带着孩子在房后的草坪上放。父子俩嘻嘻哈哈，奔跑着，追逐着。每看到这情景，她心里就涌起幸福、满足的浪花。可是，今天早晨他走了，沿着眼前这曲折蜿蜒的山路回部队了。像这样的送别，已是第五回，不知为什么，感情的开关不但没迟钝，反而越来越灵敏。当时，像自己保证的那样，没有哭，可是，直到现在，心里还是空空落落。她带住手中的线，沿着他去的小路寻觅，寻找他留下的脚印，寻找他留下的嘱托……

"快点，妈妈，放线。"孩子嫌风筝飞得不高，回头催促着。

于是，她松开指头，晶莹硕大的线团，又在她手里旋转、翻转、闪烁着白色的光环。长长的线，又从她指缝里，无穷无尽地抽出，颤颤悠悠，牵动她的心——

记得他第一次探家时，放下旅行包就去了她家。妈妈急急慌慌地把她从大队养蚕室找回家，说了声"妹子，你陪客，我去烧茶"，一头钻进厨房，再也不出来了。妈的意思很明白，故意闪个空儿，让他们好说话。可是，她第一次经历这样的场合，浑身不自在，坐不住，也说不出，便到柜里拿出"毛线"，只顾自个儿织，等着他开口。

农村姑娘穿毛衣的不多，更何况她家是在穷山沟。但是，她们把棉线纺得又均匀又光滑，染成五颜六色的来代替。闲暇无事时，也像城里姑娘的样儿，口袋里揣个线团子，三三两两，在大树下，在山溪旁，在竹林，一边说着话，一边织。那样子，悠闲得很，雅致得很。别看她们从事繁重的体力劳动，手巧极了，指法十分娴熟，织毛衣，织毛裤，织手套，织袜子，还能织出各式各样的花纹。可是，不知为什么，眼下手指真僵啊，一点不听使唤。

"别光顾织毛衣，说会儿话吧。"他终于忍不住，打破了沉默。

"嗯，我听着呢。"她轻声答着，手依然不停。

他为难了，说什么？原先准备的词儿，早飞了，只得直通通地说："你看，我们俩的事……"

她的脸刷地红了，头更低了，打行衣的手微微颤抖。

"你说呀。"他催促着。

"你说怎么办，就怎么办吧。"她的声音极轻，轻得几乎只有自己才能听到。

"我想定下来，把关系公开，向街坊邻居宣布，向领导和战友们宣布，向全世界……"

就在他激动地讲演时，她的针乱了，线乱了，哆哆嗦嗦的竹针一下扎了手。他站起来，要替她包扎。她闪开了，急急慌慌躲进厢房。慌乱中，把兜里的线团弄掉了。

线团子蹦着跳着，拖着长长的尾巴，亲昵地滚到了他身边。她躲在门缝里拉，线团在地上转了一圈又一圈，就是不往身边来。正在惊愕的他，忽然灵机一动，拾起线团，钓鱼似地轻轻拉着，拉着，终于拉出她那羞涩的脸……

他第二次探家，是来办喜事，给她带来两斤纯毛线。这毛线真好，柔软而有光泽。颜色也极柔和，既美观，又不扎眼。她高兴地披在身上比划，彩线缕缕，像一朵盛开的千层菊。家乡的姑娘结婚时，都要做几身衣服装新，这是女人一生中最辉煌的时刻啊！她严格地遵守这个习俗，决心把毛衣织得好好的。

淡淡的月光撒满小院，高高的杏树，投下斑斓的阴影，她和他坐在杏树下缠毛线团。他张开双手，撑起一匹毛线，她捏住线头缠，不停地画着弧圈，只见一道白光在飞旋，飞旋。

毛线，一圈一圈地滑落，他感到手上痒痒的，心里有说不出的快意，仿佛沉浸在甜蜜的梦中。毛线，一圈一圈缠起来，她手上的线团不断增大，圆圆的，像一只肥硕的桃。她醉了，仿佛这牵来的无穷无尽的不是毛线，而是绵绵不尽的情丝。

昏黄的油灯下，她通宵达旦地织毛衣。他也通宵达旦地陪伴她。他给她讲隧道，讲桥梁，讲铁道兵的战斗生活；讲过去，讲现在，讲美好的未来。绵绵不断的话语，在她心中流过，卷起多少幸福的浪花。手指不停地闪动，竹针不停地挑拨，彩色的线，连同他们的心，缠在一起，织成花，织成叶，织成甜蜜幸福的新生活……

可是，五年了，孩子都长到三岁多了，她不明白，为什么柔软而坚韧的彩线，既没缠住他的身，也没缠住他的心。他还是四处辗转修铁路，从湖北到大兴安岭，从四川到内蒙古，如今竟到了新疆，就像跟前的风筝一样，越飞越高，越飘越远。

记得那天扎风筝的时候，她试探着问过，他指着地图上的红线——他为之奋斗的铁路，说："你看这红线，多稀，多稀啊！为了在祖国织成铁路网，我们铁道兵就像你养的蚕一样，日日夜夜吐丝结线，也是'春蚕到死丝方尽'啊！"她懂得了丈夫的心，也明白了他为什么要扎一只翱翔万里的雄鹰。

啊，飘在蓝天的雄鹰，呼啸着，翻腾着，那样得意，那样潇洒！多像他吊在万丈悬崖打炮眼，登上百米桥头架大梁……

洁白的线团在她手里不断飞旋，也不断缩小，最后，只剩下一根拴线的小木棍，坚实而硬朗，就像她那瘦弱的身子。抽尽情丝，袒露的是一颗赤诚的心。

翱翔万里的雄鹰啊，你可知道，有一根长长的、细细的线在追随你，你每一抖动，每一飞跃，都牵动她的感情，牵动她的心。你尽情地飞吧！飞吧，只要不拉断线……

● 孙犁

报纸的故事

1935 年的春季，我失业家居。在外面读书看报惯了，忽然想订一份报纸看看。这在当时确实近于一种幻想，因为我的村庄，非常小又非常偏僻，文化教育也很落后。例如村里虽然有一所小学校，历来就没有想到订一份报纸。村公所就更谈不上了。而且，我想要订的还不是一种小报，是想要订一份大报，当时有名的《大公报》。这种报纸，我们的县城，是否有人订阅，我不敢断言，但我敢说，我们这个区，即子文镇上是没人订阅过的。

我在北京住过，在保定学习过，都是看的《大公报》。现在我失业了，住在一个小村庄，我还想看这份报纸。我认为这是一份严肃的报纸，是一些有学问的、有事业心的、有责任感的人，编辑的报纸。至于当时也是北方出版的报纸，例如《益世报》、《庸报》，都是不学无术的失意政客们办的，我是不屑一顾的。

我认为《大公报》上的文章好，它的社论是有名的，我在中学时，老师经常选来给我们当课文讲。通讯也好，有长江等人写的地方通讯，还有赵望云的风俗画。最吸引我的还是它的副刊，它有一个文艺副刊，是沈从文编辑的，经常登载青年作家的小说和散文。还有小公园，还有艺术副刊。

说实在的，我是想在失业之时，给《大公报》投投稿，而投了稿子去，又看不到报纸，这是使人苦恼的。因此，我异想天开地想订一份《大公报》。

我首先，把这个意图和我结婚不久的妻子说了说。以下是我们的对话实录：

"我想订份报纸。"

"订那个干什么？"

"我在家里闲着很闷，想看看报。"

"你去订吧。"

"我没有钱。"

"要多少钱？"

"订一月，要三块钱。"

"啊！"

"你能不能借给我三块钱？"

"你花钱应该向咱爹去要，我哪里来的钱？"

谈话就这样中断了。这很难说是愉快，还是不愉快，但是我不能再往下说了。因为我的自尊心，确实受了一点损伤。是啊，我失业在家里待着，这证明书就是已经白念了。白念了，就安心在家里种地过日子吧，还要订报。特别是最后这一句："我哪里来的钱？"这对于作为男子汉大丈夫的我，确实是千钧之重的责难之词！

其实，我知道她还是有些钱的，作个最保守的估计，她可能有十五元钱。当然她这十五元钱，也是来之不易的。是在我们结婚的大喜之日，她的"拜钱"。每个长辈，赏给她一元钱，或者几毛钱，她都要拜三拜，叩三叩。你计算一下，十五元钱，她一共要起来跪下，跪下起来多少次啊。

她把这些钱，包在一个红布小包里，放在立柜顶上的陪嫁大箱里，箱子落了锁。每年春节闲暇的时候，她就取出来，在手里数一数，然后再包好放进去。

在妻子面前碰了钉子，我只好硬着头皮去向父亲要，父亲沉吟了一下说：

"订一份《小实报》不行吗？"

我对书籍、报章，欣赏的起点很高，向来是取法乎上的。《小实报》是北平出版的一种低级市民小报，属于我不屑一顾之类。我没有说话，就退出来了。

父亲还是爱子心切，晚上看见我，就说：

"愿意订就订一个月看看吧，集上多粜一斗麦子也就是了。长了可订不起。"

在镇上集日那天，父亲给了我三块钱，我转手交给邮政代办所，汇到天津去。同时还寄去两篇稿子。我原以为报纸也像取信一样，要走三里路来自取的，过了不久，居然有一个专人，骑着自行车来给我送报了，这三块钱花得真是气派。他每隔三天，就骑着车子，从县城来到这个小村，然后又通过弯弯曲曲的、两旁都是黄土围墙的小胡同，送到我家那个堆满柴草农具的小院，把报纸交到我的手里。上下打量我两眼，就转身骑上车走了。

我坐在柴草上，读着报纸。先读社论，然后是通讯、地方版、国际版、副刊，甚至广告、行情，都一字不漏地读过以后，才珍重地把报纸叠好，放到屋里去。

我的妻子，好像是因为没有借给我钱，有些过意不去，对于报纸一事，从来也不闻不问。只有一次，带着略有嘲弄的神情问道：

"有了吗？"

"有了什么？"

"你写的那个。"

"还没有。"我说。其实我知道，她从心里是断定不会有的。

直到一个月的报纸看完，我的稿子也没有登出来，证实了她的想法。

这一年夏天雨水大，我们住的屋子，结婚时裱糊过的顶棚、壁纸，都脱落了。别人家，都是到集上去买旧报纸，重新糊一下。那时日本侵略中国，无微不至，他们的旧报，如《朝日新闻》、《读卖新闻》，都倾销到这偏僻的乡村来了。妻子和我商议，我们是不是也把屋子糊一下，就用我那些报纸，她说：

"你已经看过好多遍了，老看还有什么意思？这样我们就可以省下块数来钱，你订报的钱，也算没有白花。"

我听她讲得很有道理，我们就开始裱糊房屋了，因为这是我们的幸福的窝巢呀。妻刷糨糊我糊墙。我把报纸按日期排列起来，把有社论和副刊的一面，糊在外面，把广告部分糊在顶棚上。

这样，在天气晴朗，或是下雨刮风不能出门的日子里，我就可以脱去鞋子，上到炕上，或仰或卧，或立或坐，重新阅读我所喜爱的文章了。

● 刘再复

读沧海

一

我又来到海滨了，亲吻着蔚蓝色的海。

这是北方的海岸，烟台山迷人的夏天。我坐在花间的岩石上，贪婪地读着沧海——展示在天与地之间的书籍，远古与今天的启示录，不朽的大自然的经典。

我带着千里奔波的饥渴，带着长岁月久久思慕的饥渴，读着浪花，读着波光，读着迷蒙的烟涛，读着从天外滚滚而来的蓝色的文字，发出雷一样响声的白色的标点。我敞开胸襟，呼吸着海香很浓的风，开始领略书本里汹涌的内容，澎湃的情思，伟大而深邃的哲理。

我打开海蓝色的封面，我进入了书中的境界。隐约地，我听到了太阳清脆的铃声，海底朦胧的音乐。我看到了安徒生童话里天鹅洁白的舞姿，我看到罗马大将安东尼和埃及女王克莉奥特佩拉在海战中爱与恨交融的戏剧，看到灵魂复苏的精卫鸟化作大群的飞鸥在寻找当年投入海中的树枝，看到徐悲鸿的马群在这蓝色

99

的大草原上仰天长啸，看到舒伯特的琴键像星星在浪尖上频频跳动……

就在此时此刻，我感到一种神奇的变动在我身上发生，一种无法言说的谜在胸中跃动：一种曾经背叛过自己但是非常美好的东西复归了，而另一种我曾想摆脱而无法摆脱的东西消失了。我感到身上好像减少了很多，又增加了很多，只是减少了些什么增加了些什么，我说不出来。只感到我自己的世界在扩大，胸脯在奇异地伸延，一直伸延到无穷的远方，伸延到海天的相接处，我觉得自己的心，同天、同海、同躲藏的星月连成一片。也就在这个时候，喜悦像涌上海面的潜流，突然滚过我们的胸脯。生活多么美好啊！这大海拥载着的土地，这土地拥载着的生活，多么值得我爱恋啊！

我不能解释自己身上所发生的一切，然而，我仿佛听到蔚蓝色的启示录在对我说，你知道什么是幸福吗？你如果要赢得它，请你继续敞开你的胸襟，体验着海，体验着自由，体验着无边无际的壮阔，体验着无穷无际的深渊！

二

我读着海。我知道海是古老的书籍，很古老很古老了，古老得不可思议。

原始海洋没有水，为了积蓄成大海，造化曾经用了整整十亿年。造化天才的杰作啊！十亿年的积累，十亿年的构思，十亿年吮吸天空与大地的乳汁。雄伟的横贯天地的巨卷呵！谁能在自己有限的一生中，读尽你的丰富而博大的内涵呢？

有人在你身上读到豪壮，有人在你身上读到寂寞，有人在你心中读到爱情，也有人在你心中读到仇恨，有人在你身边寻找生，有人在你身边寻找死。那些蹈海的英雄，那些自沉海底的失败的改革者，那些越过怒浪向彼岸进取的冒险家，那些潜入深海发掘古化石的学者，那些身边飘忽着丝绸带子的水兵，那些驾着风帆顽强地表现自身强大本质的运动健将，还有那些仰仗着你的豪强铤而走险的海盗，都在你这里集合过，把你作为人生拼搏的舞台。

你，伟大的双重结构的生命，兼收并蓄的胸怀：悲剧与喜剧，壮剧与闹剧，正与反，潮与汐，深与浅，珊瑚与礁石，洪涛与微波，浪花与泡沫，火山与水泉，巨鲸与幼鱼，狂暴与温柔，明朗与朦胧，清新与混沌，怒吼与低唱，日出与日落，诞生与死亡，都在你身上冲突着，交织着。

哦，雨果所说的"大自然的双面像"，你不就是典型吗？

在颤抖着的长岁月中，不知道有多少江河带着黄土染污你的蔚蓝，不知道有多少狂风带着大陆的尘埃挑衅你的壮丽，也不知道有多少巨鲸与群鲨的尸体毒化你的芬芳，然而，你还是你，海浪还是那样活泼，波光还是那样明艳，阳光下，海水还是那样清。不是吗？我明明读到浅海的海底，明明读到沙，读到礁石，读到飘动的海带。

啊！我的书籍，不被污染的伟大的篇章，不会老朽的雄奇的文采！我终于找到了书魂——一种伟大的力量，一种比海上的风暴更伟大的力量，这是举世无双的沉淀力与排除力，这是自我克服与自我战胜的蔚蓝色的奇观。

三

我读着海，从浅海读到深海，从海平面读到海底我神往的世界。但我困惑了，在我的视线未能穿透的海底，伟大书籍最深的层次，有我读不懂的大深奥。

我知道许多智勇双全的科学家、工程师和探险家也在读着深海，他们的眼光像一团巨火，越过黑色的深渊去照明海底的黄昏。全人类都在读海，世界皱着眉头在钻研着海的学问。海底的水晶宫在哪里？海底的大森林在哪里？海底火山与石油的故乡在哪里？古生代里怎样开始生物繁衍的故事？寒武纪发生过怎样惊天动地的浮沉与沧桑？奥陶纪和志留纪发生过怎样扣人心扉的生存和死灭？海里有机界的演化又有过怎样波澜壮阔的革命的飞跃？

我读着我不懂的大深奥，于是，在花间的岩石上，我对着浪花，发出一串串的海问，从我起伏的热血中涌流出来的海问。我知道人类一旦解开了海谜，读懂这不朽的书卷，开拓这伟大的存在，人类将有更伟大的生活，世界将三倍地富有。

我有我读不懂的大深奥，然而，我知道今天的海是曾经化为桑田的海，是曾经被圆锥形动物统治过的海，是曾经被凶猛的海蛇和海龙霸占过的海。而今天，这荒凉的波涛世界变成了另一个繁忙的人世间。我读着海，读着眼前驰骋的七彩风帆，读着威武的舰队，读着层楼似的庞大的轮船，读着海滩上那些红白相间的账篷，和刚刚拥抱过海而倒卧在沙地上沐浴着阳光的男人与女人。我相信，20 年后的海，被人类读不懂其深奥的海，又会是另一种壮观，另一种七彩，另一种海与人和谐的世界。

伟大的书籍，你时在更新，在丰富，在进化。我曾经千百次地索思，大海，你为什么能够终古常新，为什么能够有这样永远不会消失的气魄。而今天，我懂了：因为你自身是强大的，自身是健康的，自身是倔犟地流动着的。

别了，大海，我心中伟大的启示录，不朽的经典，今天，我在你身上体验到自由，体验到力，体验到丰富与渊深；也体验着我的愚昧，我的贫乏，我的弱小。然而，我将追随你滔滔的寒流与暖流，驰向前方，驰向深处，去寻找新的力和新的未知数，去充实我的生命，更新我的灵魂！

●刘增山

祖国，假如你是一棵银杏

银杏，超然洒脱，云冠巍峨，刚劲挺拔，质朴清幽。它古老而年轻，庄重而慈祥，坚定而温柔，持重而热烈，素被誉为中国的国树，堪称我们民族的象征。

呵，祖国，假若你是一棵银杏，就收我做你的一片蝶状叶子吧。春天，我是一片构思的理想，一颗复兴的心愿。为了使你那熬度过3000万年前冰川的古老的虬枝萌生出娇嫩的希望，我会冒着料峭春寒，在你的枝尖率先吐出叶芽，把你逢春的信息报告给海角天涯；夏天，我是你一片生长的豪情，一曲滴翠的歌唱，我知道，你处在拔节的岁月，是多么需要营养啊！我要为你去摄取阳光，去吸取雨露，去酿造你所急需的叶绿素；秋天，我是你一片割不断的恋情，西风可能会把我吹落枝头，但我决不会随风飘流。生要做银杏有骨气的子孙，死要做不变节的鬼魂；冬天呵，我是你的一片温存，叶落归根，我会紧紧地依偎在你的脚下，冰雪里，我会搂抱着你，哪怕为你增添一丝体温，也是尽我该尽的一份心！

呵，祖国，假如你是一棵银杏，就请收我做你的一朵花儿吧，插在你的头上，戴在你的胸前，我愿用我的生命之花，去为你美丽的容貌增加一点姿艳；我还愿把我的青春之花，研成胭脂，去染红你那梦寐以求的志愿；我还愿倾尽一身的芬芳，引来成群的翠鸟，日夜为你唱歌，以免除你的寂寞；我还愿泼洒我生命之花的馨香，招来更多的蜜蜂，去为你酿造喝不尽的蜜浆，以冲淡你在漫长生活中那些苦涩的回想；作为这圣树上的一朵花，秋天，我定要结成一颗饱满的黄澄澄的银杏，果实里储存上我对你的深情和忠贞。那果肉分给人们去吃吧，那核儿则要仿照你的模样，到来年萌发出一个新的、从里到外都像你的苗壮的生命。

银杏呵，假若因为我才气不高，不配做你的叶，假若因为我长相丑陋，更不配做你的花儿，那么，就请收我做你的一块树皮吧！我曾从人们的传说中，得知过生长的艰难。我也曾从史书记载中，了解到你成材的困苦。狂风。摇撼了你数不清的年代；暴雨，冲击过你查不清的世纪；寒冰，酷冻过你记不清的岁月；霹雳，不知给你留下了多少外伤和内伤；闪电，不知给你的心灵和躯体刻下了多少痛苦的记忆。……靠了什么，你才熬过来了？还不是靠了你那坚忍的意志和那饱经忧患的树皮吗？看似粗糙的、皲裂的、没有诗意的树皮，那是你跋涉漫长生活中抗拒厄运的盔甲呀！银杏啊，收下我做你的不能没有的皮肤吧。平时，我会拼尽全身气力，为你输送供你生长发展的汁液，遇上狂风暴雨的日子，我会为你舍生忘死地搏斗！霹雳来了，我会奋力迎击，为了你的生存，我时刻准备将生命化为齑粉；闪电来了，我会全力迎战，为了你的安危，我时刻准备被雷电击碎；如若遇上新的冰期，就请把我从树上剥落下来，去点燃炽烈的火焰，以溶化掉那封冻的冰川……我要用我生命结成的防线，去保护大树的完整和安全。有人说，做银杏的树皮，固然有意义，但一年一度树长皮脱，有谁来将功过评说呢？在我看来，做树皮的价值不正在这里吗？因为树皮的每一次脱落，都在证明着树干的每一次突破。何况，银杏也是十分重情的呀，看她那树心中留下的圈圈年轮，不正是银杏对她的子孙献身精神的深沉的铭记吗？

　　银杏啊，假若你以为我的品性还不够坚韧，做你的皮质还嫌勉强的话，那就请你收我做你的一条根须吧！为了实现你繁荣昌盛的抱负，我情愿在泥土下默默地劳作，而丝毫也不会感到那被埋没的痛苦。我要趴伏在生活的底层，为你寻觅水分和营养，为的是让你变得更加美丽而芬芳；我要在这地下艰难的行程上，去到外寻找更多的钙质，为的是坚硬你那挺直峻峭的骨骼。我向下扎得越深，你在大地上站立得越安稳！尽管这里听不到只有树上的红花才能听到的鸟儿清唱，尽管这里享受不到只有树上的绿叶才能享受到的阳光给予的爱情，但一想到你呀银杏，能在大地上有个五彩缤纷的生活，我就会顿时变得热血沸腾，开掘吧，进击吧，吸取吧，哪怕一步一次挫折，哪怕一步一个代价，哪怕一步一次牺牲。……

　　祖国哪，假若你真的是一棵银杏，能让我做你一叶、一花、一根，这就是我由衷的荣幸。

（选自 1985 年 8 月 2 日《中国青年报》）

古运河断思

　　是谁说，你是一个古老的故事。古运河，你在属于你自己的里程中，流经了一千多年的历史，你流着自己的酸辛，自己的辉煌，自己的澎湃，震撼着两岸的子孙。

那些装载着稻谷几乎要沉的木船，重压着你；那些新打制的装载砖石的水泥船，重压着你；那些装载着钢铁和矿石的货轮，重压着你，我真担心你那父亲一样宽厚的脊背，怕也会压弯的呀！

可你一次次凹下去，又一次次挺起来。送走了一个个王朝的金碧辉煌之后，依然在继续着自己的路。

此刻，你是那么文静，几乎看不到你翻卷的浪花，感不到你奔流的激情，听不到你生命的呐喊。你缓缓地向前走着，迈着自己沉重的步履，和两岸的田野絮语着亲情，默默地奔向自己的期待。

多么幽深的运河之夜啊！寂静笼罩着柔和如梦的河面，码头上的泊船上，点亮的灯火闪闪烁烁，疲劳在这里休息了，船上的篷账里躺下了鼾声。我依稀看见临岸的一条装载木材的船只的船头上，坐着一位凝思的妇女，她一手拽着那拴在岸栏上的绳缆，一手拍着怀中的孩子，嘴里唱着那支古老而奇特的运河摇篮曲：

> "醒醒吧，孩子，不要总是贪睡，不要总是贪睡，爸爸
> 就要开船了——开船了……"

可是，当我面对古铜色的运河的面孔时，我原本那希望宣泄的心，忽地瑟缩地颤抖了。运河啊，你这日夜兼程的苦征者，你身上的负荷已经够重的了，可两岸的风不断地用飞沙扑打你，时有黑脏的手把泥垢向你泼洒，有垃圾向你倾倒，还有秽水把你玷污……对这些，你都痛苦地吞下了。你容忍着，像那些五月里忙着收割而顾不上洗脸的农妇，身上沾着尘埃，怀中透着汗腥……

江南的古运河啊，人们喜欢把你比做一幅娟秀的画卷。如果你真是一幅画卷就好了，我可以把你折叠起来，背在身上把你带走，带到北方总是缺水的故乡去，用你的甜甜的乳汁，灌溉干裂的土地……

可是，你不是画卷；我也背不动你。
我只能把我的断思随想留在你的心中。

● 庄因

母亲的手

在异乡做梦，几乎梦梦是真。而梦境每如倪云林的山水，平、漠、淡、远，缺少浪漫绮丽的了。也许就是总提挂着，那无法忘却"梦里不知身是客"的情怀所使然的罢。"平林漠漠烟如织，寒山一带伤心碧。暝色入高楼，有人楼上愁。玉阶空伫立，宿鸟归飞急。何处是归程，长亭更短亭。"李白这首《菩萨蛮》，确乎把我的梦境皴染出来了。梦境虽属平漠淡远，却是画意诗情。从黄子久的《富春山居》、赵孟頫的《鹊华秋色》、夏仲昭的《长江万里》，到唐寅的《山路松声》以及董巨笔下的秋岚深景与江南真山，还有花莲太鲁，乌来飞瀑，将梦乡装点得不忍醒来。梦境也常有满天如飘絮的诗句，忽而排成人字雁阵，在肃杀、庄穆、澄澈又复高远的秋空里，冉冉南徂。也多次从梦中踢被跃起，不及揽衣追腾空际，那雁阵却已去远。孤自失落，残阳中，让一声幽怨的雁鸣惊醒。

去秋匆匆返台一行，回来后，景物在梦中便很是依稀了，而人物的比重则日复一日增加起来。这真是颇令人惊心动魄的现象，却也是一种颇残酷的事实。试想，你在梦乡方与旧人握手、把酒、高歌、欢言、争辩、漫步过，觉来讶然自己竟身在迢迢万里大海关山之外，其不堪、其酷寂，或非弃梦之痛所可比。近来，人物中的师长、故友、亲友和亲戚们，也都相继渐隐，独留下母亲一人形象，硕大磐固，巍伟如泰山，将梦境实然充沛了。

那夜，我梦见母亲。母亲立于原野。背了落日、古道、竹里人家、炊烟、远山和大江，仰望与原野同样辽阔的天际。碧海青空中，有一只风筝如鲸，载浮载沉。母亲手中紧握住那线绕子，线绕子缠绕的是她白发丝丝啊。顷刻，大风起兮，炊烟散逝，落日没地，古道隐迹，远山坠入苍茫，而江声也淹过了母亲的话语……母亲的形象渐退了。我的视线焦定在她那一双手，那一双巨手，竟盖住了我泪眼所能见的一切。那手，是我走入这世界之门；那十指，是不周之山顶处的烛火，使我的世界无需太阳的光与热。

母亲的手，在我有生第一次的强烈印象中，是对我施以惩罚的手。孩童挨大人骂挨大人揍是不免的，但我却怎么也想不起任何挨母亲打的片段来，连最通常的打手心打屁股都没有了。虽如此，母亲的惩戒更甚于打，她有揪拧的独门绝招。我说绝招，是她除揪拧同时进行，揪起而痛拧之。揪或拧，许是中国母亲对男孩子们惯用的戒法，除了后娘对"嫡出"的"小贱人"尚有"无可奉告"的狠毒家法外，大概一般慈母在望子成龙的心理压力驱使下，总会情急而出此的。

我的母亲也正如天底下数亿个母亲一样，对我是"爱之深，责之切"的。特别是小时候，国有难，民遭劫，背井离乡，使得母亲对她孩子们律之更严，爱之益切，责之越苛。母亲之对我，虽未若岳母之对武穆，但是，在大敌当前的大动乱时代，大勇大义之训，使母亲与任何一位大后方逃难的中国母亲一样，对子女们的情与爱，可向上彰鉴千秋日月。在贵州安顺，有一年，家中来了远客，母亲多备了数样菜，这对孩子们来说，可是千载难逢"打牙祭"的大好机会了。我因贪嘴，较往常多盛了半碗

109

饭，可是，扒了两口，却说什么也吃不下了。隔了桌子，我瑟缩地睃着母亲。她的脸色平静而肃然，朝我说："吃完，不许剩下。"我摇头示意，母亲的脸色转成失望懊忿，但仍只淡淡地说："那么就下去吧，把筷子和碗摆好。"在大人终席前，我不时偷望着母亲，她的脸色一直不展，也少言笑。到了夜里，客人辞去，母亲控制不了久压的情绪，一把拽我过去，没头脸地按我在床上，反了两臂，上下全身揪拧，而且不住说："为什么明明吃不下了还盛？有得饱吃多么不易，你知道街上还有要饭的孩子吗？"揪拧止后，我看见母亲别过头去，坐在床沿气结饮泣。从此以后，我的饭碗内没再剩过饭。

当然，母亲的手，在我的感情上自也有其熨帖细腻的一面。那时，一家大小六口的衣衫裤袜都由母亲来洗。一个大木盆，倒进一壶热水后，再放人大约三洗脸盆的冷水，一块洗衣板，一把皂角或一块重碱黄皂，衣衫便在她熟巧之十指下翻搓起来了。安顺当时尚无自来水，住有院中有井的自可汲取来用，无井的便需买水。终日市上沿街都有担了两木桶水（水面覆以荷叶）的卖水的人。我们就属于要买水的异乡客。寒冻日子，母亲在檐下廊前洗衣，她总是涨红了脸，吃力而默默地一件件地洗。我常在有破洞的纸窗内窥望，每洗之前，母亲总将无名指上那枚结婚戒指小心取下。待把洗好的衣衫等穿上竹竿挂妥在廊下时，她的手指已泡冻得红肿了。待我们长大后，才知道母亲在婚后数年里，曾过着颇富裕的"少奶奶"生活的，大哥、我、三弟，每人都有奶娘带领。可是，母亲那双纤纤玉手，在七七炮火下接受了洗礼，历经风霜，竟脱胎换骨，变得厚实而刚强，足以应付任何苦难了。

也同样是那双结满厚硬的茧的手，在微弱昏黄的油盏灯下，毫不放松地，督导着我们兄弟的课业。粗糙易破的草纸书，一本本，一页页，在她指间如日历般翻过去。我在小学三年级那年，

110

终因功课太差而留级了。我记得把成绩单交给母亲时，没有勇气看她的脸，低下头看见母亲拿着那张"历史实录"的手，颤抖得比我自己的更其厉害。可是，出乎意外地，那双手，却轻轻覆压在我头上，我听见母亲平和地说："没关系，明年多用点功就好了。"我记不得究竟站了多久，但我永远记得那双手给我留下的深刻印象。

冬夜，炉火渐尽，屋内的空气更其萧寒，待我们上床入睡后，母亲坐在火旁，借着昏灯，开始为我们缝补衣袜。有时她用锥子锥穿厚厚的布鞋底，再将麻绳穿过针孔，一针一针地勒紧，那痛苦的承受，大概就是待新鞋制好，穿在我们脚上时，所换得的欣快的透支吧！

然则，就在那样的岁月中，母亲仍不乏兴致高涨的时候。每到此际，她会主动地取出自北平带出来的那管玉屏箫和一枝笛子，吹奏一曲，母亲常吹的曲子有《刺虎》、《林冲夜奔》、《游园惊梦》和《春江花月夜》。那双手，如此轻盈跳跃在每个音阶上，却又是那般秀美而富才情的了。

去夏返台时，注意到母亲的手上添了更多斑纹，也微有颤抖，那枚结婚戒指竟显得稍许松大了。有一天上午，家中只留下母亲和我，我去厨房沏了茶，倒一杯捧给她。当我把杯子放在她手中时，第一次那样贴近看清了那双手，我却不敢轻易去触抚。霎时间那双手变得硕大无比，大得使我为将于三日后离台远航八千里路云月找到了恒定的力量。

母亲的手，从未涂过蔻丹，也未加过任何化妆品的润饰。唯其如此，那是一双至大完美的手。

● 刘以

俯　视

　　将夜空视作大海，那一朵朵的云就是海上的风帆了。秋风飒飒，云似风帆般游去，使十五的圆月忽隐忽现。树叶在秋风中飘落，落叶遍地。那座塔的木门已损坏，被风吹开时，因铰链生锈而发出刺耳的轧轧声。走入门内，在黑暗中摸索。上楼发现栏杆已倒，每一块梯板都在摇动，不用手掌撑着墙壁，就不易保持身体的平衡。蛛网一再罩在他的脸上，使他不得不用手去拭脸。这楼梯原是走惯了的，即使闭着眼睛也不会踏空，当木梯还很坚实的时候，常常趁粗心的看塔人忘记闩上木门，潜入塔内，到塔顶去眺望嵯峨的远山。现在，他又站在塔顶了。景色未变，栏杆受风雨的侵蚀而朽败。"她怎会这样愚蠢？"那是很久以前的事了，看塔人用抖巍巍的手提着灯笼，像疯子一般在铺着石子的小路上边奔边喊。人们相继从睡梦中惊醒，纷纷走出来观看究竟。就在塔门前边，左颊有酒窝的婉芬躺在血泊中。一对大若桂圆的眼睛，望着天空而再也见不到什么。叹息与廉价的同情都缺乏真诚，谁也不敢坦白表露好奇。问题是很多的，答案将永远销在死者心中。当时，他曾疾步上楼，泪水已使视线模糊，在塔顶的栏杆边，有一只绣花鞋。当他弯腰将绣花鞋拾起时，他叹了一口

112

气，那是很久以前发生的事情。

用衣袖擦干眼泪。银色的河水像一条丝带。建于"丝带"两旁的瓦顶石屋参差不齐，月光给小河涂上一层银色油彩，月光给小河旁边的石屋涂上一层银色油彩。游云掩盖月亮，小河与石屋都是灰色的。有一块大石也是灰色的，在镇之尽头。当它们对人生的繁复全无认识时，耳边的戏言必能引起清脆的笑声。此外，还有一些应该引为骄傲的极其深刻的印象。他们曾在雨中奔跑，奔入凉亭等待呼吸恢复均匀，无意中见到两只野狗在泥径上互逐，婉芬就慌乱无主地将视线落在远山上。雨中的远山，像画。

河上有桥。站在桥上总会见到脚划船将大包小包的东西运到别处去或将大包小包的东西从别处运到这里来。这小镇像一个孱弱多病的老头子，不论日与夜，都想用睡眠补偿耗损的精力。偶尔也曾在鼓笛声中出现不常峥的热闹，不外是丑女出阁或老翁作寿。这里的生活十分刻板，与河水一样，不会有巨大的波澜。清晨必有鸡啼起于太阳上升之前，日落则有牧童牵牛而归。戏班子每年来一次，茶馆里的说书先生经常让单纯的听众获得大笑的机会。在他的记忆中，小河石屋的炊烟随风向河边的树梢慢慢吹去，与小庙里的木鱼声随风向镇上送来，一样不值得注意。小姑娘穿着布底鞋踩到狗粪。木窗里的夫妻相骂。秋天的树叶枯黄了。每年春天的桃树将会开出鲜红的花朵。逢到落雨天，店员们伏在柜面打呵欠。这里的空气一直好像凝固似的。尽管晚霞有太多的颜色，也不会引起任何人的好奇。人们最关心的事情似乎只是米缸里的米与柴间里的柴。那时候，大家虽然辛苦，饭还是能够吃饱的。那种日子没有什么不好，只是单调些。他与她常到草木很多的地区去捉蟋蟀或蚱蜢。

然后山中蓦地响起机关枪声。从睡梦中睁开眼来的女人推醒男人。"你听！""别吵，让我睡一会，天还没有亮。""你听，这

113

是什么声音？打仗了？""不打仗，怎会有机关枪声？"……变化由此开始。人们推开窗子就见火光。狗在狂吠。上了年纪的人都知道这是提着箱子或铺盖逃走的时候了。婴孩哭哑嗓子。整个乡镇乱糟糟的。月光依旧皎洁。河水依旧静静地向西流去。石桥上突然竖起膏药旗，一队日本兵从桥的这一边走到桥的那一边；另一队日本兵从桥的那一边走到桥的这一边。他们的长枪上插着刀子。那些刀子在月光底下闪闪发光。这是农历新年前几天，家家户户都在忙着过年。日本兵将猪圈里的猪牵走。日本兵将牛栏中的牛牵走。日本兵抢米。日本兵抢面粉。柴间里传出女人的叫喊，男人为妻子女儿甚至母亲的清白而丧失生命。第二天早晨日本兵全部退入山中。小镇静悄悄的。将熄的灰烬仍有白烟冒起。苗壮的乡民被日本兵刺死在石子路上。竹竿上挂着三个无辜者的头颅。不见猪与羊，不见鸡与鸭。野狗嗅辨泥路，在寻找可以吃的东西。所有可以吃的东西都被日本兵抢去了。他能清晰记起这件事，因为在第一批从山中回到镇上的乡民中间就有他。那时候，从半开半闭的木窗中，他曾见到一个被剥去裤子的女人躺在草堆中。

过去的事情重现在他的脑子里，像妥为保存的字画，多年后再一次展开，色彩依然保持原有的鲜明。虽然隔了七八年，他仍能想起每一个细节。他离开这小小的乡镇已是七八年前的事了，此番重回家乡，说是愉快，却有些怅惘。当他站在塔的顶层时，俯视这别离已有七八年的乡镇，所见仍极熟悉。单看表面，这乡镇是没有什么变化的。月光照射下的河水依旧像一条丝带，使两岸居民产生一区之感的仍是河上的石桥，小庙里的木鱼声日夜不停。田野里的犬吠常使林中小鸟惊飞。甚至七八年前倾圮的墙壁依旧未加修葺。战争并没有使它的外貌有太大的改变。只是看塔人早已死去。谁也不喜欢走进这座随时都有可能倒塌的塔，谁也不肯出钱将它拆除。木门与栏杆顶已失去应有的坚实。没有人提议另外雇一个看塔人。塔内布满蛛网。

　　为了捕捉失去的时刻，他又站在塔的顶层了。这里，他曾对婉芬说过一些平时不敢说的话。他们曾经作过一番约言，此刻仍能记得清清楚楚。那一对大若桂圆的眼睛。那笑时露出酒窝的神态令人益觉娇娜。当他俯视塔门前那块泥地时，见到泥地上那些在风中打转的落叶，心内悲痛。那天晚上的种种是不能忘掉的，看塔人的呼喊将他从睡梦中惊醒。当他奔到塔前时，见到躺在血中的尸体就吓得浑身出汗。他疾步奔到塔的顶层，果然拾到那只绣花鞋。他似已失去生存的凭依，却没有勇气跳下去。他在塔上站了一夜，流了一夜的泪水。第二天上午，从乡民的嘴里获悉问题的解答。就在日本兵走来掠劫，毅然走上塔去。……这件事，促使他离开家乡。当他离开家乡时，只携一把油纸伞与一只包袱。在包袱里，放着那只绣花鞋。

　　现在，他俯视塔下的泥地，手里依旧紧紧握住那只鞋子。七八年了，许多新的东西变成旧的东西。许多旧的东西被他抛弃了。他没有抛弃那只绣花鞋。

　　悲伤像一只针，将往事不断注入他的脑子。泪水沿着脸颊滑落。那种难忍的痛苦感觉，仿佛心脏被小刀子割开。当云朵像风帆般被风吹向别处时，月光再一次在小镇的表面涂上一层银色。他既是走来寻找失去的时光的，就该拭干泪眼看看镇上的瓦顶与镇外的菜畦。那村舍，那凉亭，那草木很多的地区，那荒芜的庭园……都是他过去常到的地方，多看一眼，多增一分惆怅，他能忘记在凉亭避雨的情景吗？他能忘记在草木很多的地区捕捉蟋蟀或蚱蜢的情景吗？这些都是过去了的事情，他只能从回忆中发掘生的意义。在外地时，他常在梦中见到家乡的树与小河。此刻站在塔顶，秋风使他频打寒噤。

刘心武

盛世无忌

　　泉州开元寺的阔庭中，八株大榕树巨冠相错、浓荫蔽日，把前面的紫云大殿掩映得神秘莫测。

　　开元寺与北京广济寺、杭州灵隐寺齐名，始建于唐代，已有一千多年的历史。那紫云大殿，内有近百根海棠式巨柱，所塑五方佛金身魁伟，瑞相庄严，确有盛唐气象。

　　然而，最令人始而惊异，继而赞叹，嗣后深思不已的，却是这样一些发现：在露台台基上有七十余垛浮雕，竟全是古埃及风格的斯芬克司像，有女首狮身，有男面羊身……转到殿后，正中的两根石柱，竟是不折不扣的古希腊科林思式造型，而柱上的圆框形浮雕，又分明具有古印度婆罗门教神话色彩！我们久久地绕柱观赏着：其中表现两个角力者奋搏的浮雕，在圆框内使两个人物随圆周互呈倒置状，仿佛随着用力立即就要在圆内旋转起来，神韵毕肖，生动活泼。

　　开元寺是正宗佛寺，自唐、五代至宋，旁创支院一百二十区，然而它却毫不犹豫地容纳了来自埃及、希腊、印度的异教的造型艺术，坦坦荡荡、堂而皇之地将它们有机地融合在典型的中国式建筑的紫云大殿中，既无"崇洋媚外"恶谥之虞，也无

116

"西方腐蚀"祸患之惧。这说明我们的祖先，特别是处在国力强盛、自信心充足时代的祖先，并没有那么多神经衰弱式的忌讳；是凡属好的、美的东西，管它来自何方、属于何教，只要有利于我者，便坦然用之。

开元寺给我们的启发还不止此。紫云大殿佛前两行斗拱共二十四个，各雕有形态特异的飞天，这些飞天与印度石雕的飞天以及敦煌壁画上的飞天迥然不同，不是呈现着一种失重的轻盈姿态，而是体躯丰腴，女身鸟脚，背上长着厚实的双翅，似乎是以强劲有力的鼓翅飞动，才战胜了地心的引力；她们袒胸露臂，手持各种乐器及礼品，腹部以下却穿着薄如蝉翼的裙子，头上则以美丽的花冠，承受住粗大的梁架。谁能说开元寺的建筑艺术仅仅是兼收并蓄呢？

盛世无忌，并不是说放任一切。号称"刺桐港"的泉州，唐时已设有专司接待外宾和管理外贸的"参军事"。可见对于有损中国利益的行为，我们的祖先也是主张绳之以法的。当然，或因国力的衰微，或贪吏恶霸作祟，这期间和后来，也都不乏抱住"国粹"拒绝吸收外来营养者，不乏专嗜"鸦片烟"而对"洋人"媚态百出者。如何像建筑开元寺般地大胆吸收外国的长处以助我中华之发展，实在是一个值得深思再深思的问题！

清晨无泪

晨光透窗，你用生命的，又须饱蘸温热的心血，去谱写一个崭新的日子。

把昨晚的懊恼与烦忧彻底忘记，并且不必为夕阳中有过一双泪眼而惭愧，那也是生命之歌的一种旋律；但现在已是又一清晨，看丝丝缕缕的晨光，都散发着花苞般的芬芳，召唤着又一次更新过补充过筛汰过精清气神的你，去迎接新的挑战，捕捉新的机遇，享受新的喜悦，当然——也可能，不，那是一定的；还要承受新的磨难，新的隐痛！

清晨的肩，耸动着，准备接载饱和的负荷；

清晨的手，交搓着，准备处理复杂的工作；

清晨的脚，弹跃着，准备跨越刁难的门槛；

清晨的眼，圆睁着，准备窥透玄奥的人心；

清晨的脑，醒惕着，准备思考交缠的难题；

清晨的心，期盼着，准备咀嚼奋斗的快乐……

清晨不言惧，不言悔，不言烦，不言闷；

清晨是一日的童年，即使你已到耄耋岁月，清晨的你仍应是一只不怕虎的牛犊；

清晨的你永远拥有一个好心情，不深求道理，不企望浓酽，如鲜绿的叶片挺茎承接阳光，如汩汩流淌的小溪欣悦地反射朝霞，不为什么，既然是清晨，那就一定心旷神怡；

清晨的你充满了理解的渴求与活力；

清晨的你拥有谅解的热望与胸怀；

清晨你比傍晚时和蔼；

清晨你比黄昏时圆通；

清晨你总不自觉地哼着歌；

清晨你总微笑——那微笑总如同被朝阳吻开的花蕾；

清晨时你的想象力最丰富；

清晨时你的潜意识最明澈；

不管实际情况如何，清晨你总是感到少敌多友，你总是任爱波在心中荡漾而轻率地把恨的礁石淹没；

清晨时你总是不成熟，如带着绒毛的绿苹果；

清晨照镜，就算你拔掉了一根白发，你也总是在心里恭维自己的尊容；

清晨穿衣，就算你匆忙中来不及认真搭配，你也总比裹一身精细的包装去赴晚宴时自信；

清晨时不嫌家贫，不嫌母丑妻丑夫丑儿丑，甚至那午后夜晚最惹人生厌的邻居，在清晨相遇时也格外地顺眼，愿给予真诚的笑脸和并不感到勉强的寒暄；

鸟儿在清晨理翎，猫儿在清晨舔毛，连蚂蚁也在清晨搓爪理须，每一个活泼的生命，都在准备新一轮的投入，想的只是耕耘，清晨照便不问收获。

太阳下面无罕事么？也许，但生命之歌，总欲在清晨谱写新曲，哪怕只是一行，乃至仅仅一个小小的音符；夕阳谢落时，生命个体往往感到格外地疲惫、忧郁、孤寂乃至空虚，生命的泪珠，或许不一定涌向眼眶，却一定滴落在心头……该感谢谁呢？造物主？神仙还是皇帝？祖宗还是传统？经过一夜的歇息或调整（哪怕是"开夜车"），当清晨来临，哪怕是一个阴沉的灰白的清晨，一个雨雪霏霏的清晨，一个严寒的冻红鼻子的清晨，生命的本能，一定要奏出春笋般清新滋润的歌；如果那本能受到阻塞，我们就一定要以超本能的憬悟，来恢复自身的心理健康，使清晨的我，率先成为太阳下的一个新物……

正如夜幕下那反思的凝重并非一再重复，清晨近乎幼稚的欢愉也绝非倒退——个体生命在那规律性的一张一弛、一生一熟的年轮兜转中，显示出全部的意义与尊严。

清晨无泪。

以颤动的生命力，紧紧地拥抱每一个清晨吧！

119

● 朱学勤

我们需要一场灵魂拷问

> 普鲁士的专制制度是对作家内心不自由的惩罚。
>
> ——马克思

　　真正的知识分子都是悲剧命运的承担者。胡风如此，胡风为之执幡护灵的鲁迅也是如此。他们要提前预言一个时代的真理，就必须承受时代落差造成的悲剧命运。从这个意义上说，时代需要悲剧，知识分子更需要悲剧。一个时代没有悲剧，才是真正的悲剧；有了悲剧，知识分子们竟如妇孺般哭成一片，又是对悲剧尊严的辱没。

　　对悲剧尊严的辱没岂止从今日开始？

　　1986 年 8 月一个炎热的夜晚，巴金提笔祭奠自己的亡友胡风。这个 80 多岁的老人颤巍巍地说：

　　"在那一场'斗争'中，我究竟做过一些什么事情？我记得在上海写过三篇文章，主持过几次批判会。会开过就忘记了，没有人会为它多动脑筋。文章却给保留下来，至少在图书馆和资料室。其实连它们也早被遗忘，只有在我总结过去的时候，它们才像火印似地打在我的心上，好像有一个声音经常在我耳边说：

120

'不许你忘记！'我又想起1955年的事。"（巴金：《随想录·无题集》）

　　1955年发生了什么事？一个高级知识分子违背起码的文明生活准则，把另一个知识分子多年来给自己的私信统统抖搂出来，提供给当时世界上发行量最大的几家报纸之一——《人民日报》，制作了所谓胡风反革命集团案的第一批材料。接着，政府查抄胡风私宅，把更多的私人通信公之于众，并且分门别类，加上按语，抛出所谓第二批、第三批材料。然后，越来越多的知识分子一哄而起纷纷"向井口投掷石块"（巴金语），争先恐后地在那家报纸或其他报纸上发表讨伐胡风的文章，咬牙切齿，声声可闻。那两个月里发生的事情都辑录在《人民日报》上。翻一翻这家报纸1955年5月至6月的合订本，后代人既为那三批按语无限上纲罗织文网的强横逻辑而震惊，也为当时知识分子同类相残的可耻记录感到羞耻。请看这些文字：

　　"看了《人民日报》公布的第二批材料后，愤恨的烈火把我的血液烧得滚烫。"

　　"我看穿了胡风的心；除了受过美蒋特务训练的人，谁会这么想一想呢？"

　　"胡风，你是九尾狐，你的主人是谁？当胡风向党和党所领导的文艺战线发动了猖狂进攻以后，不久就传来了台湾广播热烈的响应。"

　　"请依法镇压胡风，而且镇压得必须比解放初期更加严厉。"

　　"胡风娘家是中美合作所"，"他们不仅是狼种，而且似乎又当过狐狸的徒弟"，"要彻底消灭这批狼种"。

　　"胡风是反革命的灰色蛇，胡风与胡适的区别是一种灰色蛇与白色蛇的区别。"

上述语言的作者，既有刚陨落不久的一代文坛巨擘，也有至

121

今还抱享盛誉的人民剧作家；既有当时曾轰动一时的山药蛋作家，也有直到现在还当之无愧的所谓马克思主义史学权威。当然，也少不了后来被称之为反革命文痞的姚文元。然而，在这么些文字中，后来的读者能猜得出哪一句是出自姚文元之口吗？你拣最丑恶的猜，也会猜错。悲剧不在于谁比谁丑恶，而在于后来的迫害者与被迫害者在伤害最早也是最优秀的一个殉道者时，竟使用起同一类语言！

人常说，那三批按语是后来一切整人哲学、整人语言的开始，但是忘了补充一句：围绕三批按语发表的那些文章也是后来街头大字报语言的开始。这类文章，尤其是这类文章所使用的思维方式与日后红卫兵的语言、红卫兵的思维方式有什么差别呢？"狼种"、"狐狸"、"九尾狐"、"彻底消灭"、"严厉镇压"，10年后，红卫兵毫不犹豫地代之以"牛鬼"、"狗崽"、"炮轰"、"砸烂"！早在红卫兵学会糊大字报以前，大字报的语言不就已由他们的前辈准备好了吗？区别在于红卫兵使用这类语言，是由他们的教育决定的，而前一代人开创这类语言，则是由更为可悲的劣根性决定的。红卫兵从学会读报那天起，接受的就是这种语言教育。他们只有这一种语言，没有人教他们第二种语言。灾难过后，他们当然要低头忏悔，但他们至少还可说一句："我们的罪过是无知，而不是虚伪！"一代文化巨擘，还有这个"家"、那个"权威"却不一样了，他们是说着另一种语言长大的。他们中的绝大多数人曾经亲履西土，受过系统的民主教育，起码是文明教育。他们应该知道使用这种语言，远远超出了他们所接受的教育规范。这不是文明人使用的语言，谁使用这种语言，谁首先就剥夺了他自己的内在尊严。当红卫兵忏悔的时候，他们也应该忏悔，甚至更应该忏悔！因为他们当时就应该知道使用这种语言，不是出自野蛮，就是出自虚伪，因而，也就更应该承担良心上的责任。

"狼种"、"九尾狐"、"灰蛇"、"白蛇"——一场真正的理论冲突和政治悲剧就是被这种几乎是村妇相讧的语言辱没了，冲淡了，冲淡成丑剧；然后，再向外蔓延，越出胡风事件的个人范围，在一个更为广阔的足够污染几十年文化氛围的空间内收敛还原，还原为整整一代知识分子的大悲剧。当后一代人重读那三批"按语"和那一批文章时，将难以抑止内心泛起的强烈的厌恶之情。人们甚至会这样说，连"丑恶"都可以分出档次：那三批"按语"虽然强横，却还留有强横者的气势，强横者的文采，尚可称"恶而不丑"；而一批助恶帮闲的文章呢？则落入更低一个阶次。它们虚假到了极点，也虚弱到了极点，助恶无作恶之"力"，助恶无作恶之"美"，只能称为"丑而不恶"！需要付出多么沉重的心理代价，后代人才能相信这就是我们中国惟一受过民主教育的那个阶层在当时使用的语言？等到这个阶层都已习惯于使用这类语言时，还有什么事情不会发生呢？费希特有言："基督教创始人对他的门徒的嘱咐实际上也完全适用于学者：你们都是最优秀的分子；如果最优秀的分子丧失了自己的力量，那又用什么去感召呢？如果出类拔萃的人都腐化了，那还到哪里去寻找道德善良呢？"（费希特：《论学者的使命》）中国社会的道德大滑坡就是这样开始的。1955 年反胡风，1957 年反右，1966 年"文革"，一场接一场如雪崩般发生。整个社会像被人在山巅上推下的巨石，迅速向下滚动，直到最后滚入教育、文化、儒理乃至文明规范的崩溃深渊。从这类灾难中过来的一些知识分子现在都已学会如何控诉这些不公正的事件了。但从 50 年代中叶那次可耻的投降以来，他们哪一天不是在虔诚地等待这一切，召唤这一切，甚至参与制造这一切呢？他们掘土埋葬同类，随之亦挖出了自己的墓穴。五五年卖友求荣者，五七年落网；五七年漏网偷生者，六六年一网打尽；真可谓"天网恢恢，疏而不漏"！

会有人出来说，这是违心的，那是被迫的，请宽恕知识分子

123

们在高压下的不光彩行为。即以胡风为例，他们承受的政治压力再高，也高不过胡风身为囚徒在监狱中的生死压力。1966 年夏，胡风尚在服刑。官方来人要他揭发周扬问题，威逼兼利诱。人们都知道胡风与周扬宿怨已久，其锒铛入狱的悲惨遭遇与周扬不无关系，此时胡风揭发周扬，无论如何都不为过；此时胡风不揭发周扬，则可能加重刑期，甚至被推向极刑。是报复宿敌，以求获得"正当"的自由？还是顶着压力，甘冒生死之祸，保全一颗知识分子的良心？胡风的态度是：

> "不管报上说得怎么吓死人，我应该有我自己的看法，决不在这里为某个人说一句坏话或一句好话，问题是怎样就说怎么样。今天，周扬虽然被拎出来示众了，但我连拍手称快的心情都没有。像这样来批周扬他们，是言过其实的，难以服人。"

（梅志：《胡风传》载文汇月刊 1987 年 9 月号）

一个囚徒在生死关头作出的回答，将使无数养尊处优者的所谓"违心之论"无地自容。这个囚徒不愧是鲁迅亡灵的护送者。当年那面护灵幡旗——"民族魂"只有在他这里才重放异彩。在这之后，这个囚徒因为他这种不与恶势力合作的精神吃够了苦头，饱受摧残，最后成了"一个神情木然的病人"（巴金语）。也许他是被剥夺了外在的尊严，但是他的内在尊严将永存。而其他人呢？还是费希特说得好："一个丧魂落魄、没有神经的时代受不了这种感情和感情的这种表现，它以犹豫志忑、表示羞愧的喊声，把它自己所不能攀登的一切称为狂想，它带着恐惧的心情，使自己的视线避开一幅只能看到自己麻木不仁和卑陋可耻的画面，一切强有力的和高尚的东西对它产生的影响，就像对完全瘫痪的人的任何触动一样，无动于衷。"（《论学者的使命》）

还是回到巴金这里来吧。在那个炎热的夜晚，这位老人接着又说："我翻看过当时的《文艺月报》，又找到编辑部承认错误

124

的那句话。我好像挨了当头一棒！印在白纸上的黑字是永远揩不掉的。子孙后代是我们真正的裁判官。究竟对什么错误我们应该负责，他们知道，他们不会原谅我们。50年代我常说做一个中国作家是我的骄傲。可是想到那些'斗争'，那些'运动'，我对自己的表演（即使是不得已而为之吧），也感到恶心，感到羞耻。"在一个没有罪感氛围的轻浮国度里，一个享有世界声誉的老人完全可以带着他的隐私或污迹安然离去，不受任何谴责。现在，他突然觉得自己的灵魂中有罪恶，不吐不快，终于说出这一番富于忏悔意识的语言，这才是中国知识分子人格再造的开始，但也仅仅是开始。不幸的是，忏悔刚一举步，立刻就被一大片溢美之词甚至是阿谀之词包围了。有人说："这是中国散文的巅峰"，又有人说："这是中国文学史上的一部奇书"，等等，等等。相比世界历史上其他民族——远如德国，近如俄国——在大灾大难之后，知识分子灵魂拷问的惨烈程度，我们这个民族实在是不可救药。浅浅地扎一针，都要撒上大把大把的麻药，我不知道，这究竟是一代知识分子的儿童心理症，还是他们确实患上了老年衰弱症？

我们生活在一个有罪恶，却无罪感意识；有悲剧，却没有悲剧意识的时代。悲剧在不断发生，悲剧意识却被种种无聊的吹捧、浅薄的诉苦或者安慰所冲淡。悲剧不能转化为悲剧意识，再多的悲剧也不能净化民族的灵魂。这才是真正悲剧的悲哀！在这片乐感文化而不是罪感文化的土壤上，只有野草般的"控诉"在疯长，却不见有"忏悔的黑玫瑰"在开放。一个民族只知控诉，不知忏悔，于是就不断上演忆苦思甜的闹剧。从前是目不识丁的底层文盲；现在则轮到知识分子，这个"家"，那个"权威"。他们中的很多人将终生念叨某年某日某人某张大字报中的某句话曾加害于己，却拒绝回忆自己远比红卫兵更早，就使用过红卫兵的手段伤害过远比自己优秀的同类。他们的"控诉"实质上是一种可怜的补偿要求，而不是那种高贵的正义之情。所以，他们从来只控诉别人对自己的不公平，却绝难控诉自己对别人的不公平，尤其是对社会的不负责任。因此，在这个拥挤的国家里，你绝难看到有左拉式的人物左拉式的控诉。——为素不相识者的冤屈而控诉，为社会良心的沉默而控诉。那才是真正的控诉。什么时候能听到有我们自己的左拉，在十里长街长啸一声："我控诉！"什么时候这个国家才真正有拯救的希望。

三十多年过去了。当外界不公正事件持续发生时，这个国家的知识分子的内心世界也在持续发生一种隐蔽的、却更为可怕的裂变。我们对前者已经谈论得够多了，但对后者却谈论得太少、太少。让历史学家去争论外界压力与人心崩溃孰先孰后孰果孰因的关系吧。而在人类真正的良心法庭前，区别真诚作家与冒牌作家的标尺却只有一个，那就是看他是否具有起码的忏悔意识。没有忏悔意识的作家，是没有良心压力的作家，也就是从不知理想人格为何物的作家。从前他们没有理想人格的内在压力，当然就无从抵抗外在压力。一代博学鸿儒无可挽回地跌落进犬儒哲学的怀抱。现在他们没有理想人格的内在压力，当然就迷走于补偿性的外向控诉，却躲避内向忏悔，躲避严酷的灵魂考问。世界史上的优秀民族在灾难过后，都能从灵魂拷问的深渊中升起一座座文学和哲学巅峰，唯独我们这个民族例外。没有卢梭的《忏悔录》，就没有18世纪法国浪漫文学的先河；没有托尔斯泰从忏悔走向《复活》，就没有19世纪俄国批判现实主义文学的巨大成功；没有萨特对沦陷时期巴黎知识分子群的《恶心》，就没有20世纪西欧存在主义文学与哲学的双向丰收。还记得萨特是怎么说的吗？

是真正的知识分子，就应对一切未能挽回的事实负责。

让我们的知识分子继续控诉吧，控诉者将注定永远停留在被控诉者的水平。我们还会不断地出"诗人"，出"作家"，却绝不会出陀思妥耶夫斯基，出罗曼·罗兰，出托尔斯泰！

●刘章

搭　石

　　我的家乡是一条十里多长的山沟，中间是一条无名小溪，五六个小小村庄和零零星星的人家，像星星般分布在小溪两岸。小溪的流水是常年不断的，每年汛期，山洪暴发，河水猛涨，虎跃龙腾，鸣雷击鼓，也是惊心动魄的。山洪过后，水清沙白，人们出工收工，赶集上店，串亲访友，都要来回过河，必须脱鞋绾裤。等到秋风起，天气凉，守河的人们，根据水的深浅，从河两岸找来一些上下比较平又比较方正的石头，大概按照二尺左右的间隔，在小溪里横摆上一排，让人们从上面踏过，这就叫搭石了。

　　在城市里一见到有些人抢公共汽车，横冲马路的时候，我常常想起家乡人们走搭石的情景。

　　搭石，是家乡人们勤劳的象征。

　　秋凉以后，守河的庄户，便早早将搭石摆好，而且放得平稳，人们说这里的人辛勤，日子也会过好的，反之，如果别处都有了搭石，惟独某处没有，人们便讥讽，说这里的人懒惰，日子也过不好，甚至当面指责。有些上了点年岁的人，无论他怎样急着赶路，发现哪块搭石不稳，他一定放下携带的东西，东寻西

127

找，找来合适的石头搭上，再从上边踏上两个来回，到完全满意才肯离去。

搭石，是人们步调一致的道路。

也许，多数人是不曾记着儿时学步的方法了，家乡的人们是都牢记着"紧走搭石慢走桥"的口诀的。因为搭石一到汛期便被冲走了，所以人们毕竟不愿花太大的代价，顶多是选两三个人抬得动的石块，一般都只能放一只脚，水最浅的地方，也有小面盆那样大的搭石。而且，自然的石块，不经锤錾，身体保持运动状态，即使搭石活动，也无防碍，可是一旦偶停，脚下的石头摇动，倒容易失去平衡，失足落水的。你看：每次当上工下工，一行人走搭石的时候，动作是那么协调有序！前面的抬起脚来，后面的跟上去，踏踏的音响，像轻快的音乐，清波漾漾，人影绰绰，给人如画一般的美感。人们一起走搭石是不能抢路，也不能突然止步。因为前面的人突然停住，后边的人没处放脚，就要掉到水里。

搭石，闪耀着家乡人美德、良风的光泽。

经常到山里走搭石的人，大概都会看见这样的情景。如果有两个人对面同时走到河边，总是在第一块搭石前止步，招手示意，让对方先走，等对方过了河，俩人再说上几句家常话，然后才相背而行。如果是素不相识的年轻小伙和少女相遇，互相谦让，一行一等，或柔声低语，或相视一笑，是颇有诗意的呢。假如是上了年岁的老人来走搭石，有青年在旁，总要伏下身去背老人过河，人们把这看成理所当然的……

故乡的十里小溪，像一条游龙出山，那一排排搭石，像龙鳞在闪光。

故乡的小溪，清如水晶，那一排排搭石，像嵌在水晶里的晶莹宝石。

一排排搭石，任人走，任人踏，它们联结起故乡的泥土小路，也联结起乡亲们美好的情感。

我歌唱搭石，我愿做故乡小溪里的一块小小的搭石，让人们步调整齐，一致向前，从我的肩头上踏过去，向康庄大道，向着现代化的明天……

●许达然

谷

也可以远眺，也可以近看。坐在相思树稀疏的阴影里，不知远眺还是近看；若默想片刻，我又不知想些什么。

在没人愿来的晌午我来了。应该带一本书来，但什么也没带，只带来自己。

仿佛是谷的主人在照拂它的午寐，我又可以详细地看清它：这不过是一条干涸的小溪，谷里那些石头，总像在回忆那有水潺潺的日子，以安慰谷的寂寞。整个谷就像一位垂暮老人的静思，漠然，凄然；不美，却静得使人喜爱。

甚至做一首诗也是多余，甚至唱一首歌也是多余。这谷只要一片寂静。这谷就是一首无声的歌，唱着我六年的沉默：

刚进大学不久的一个月夜，第一次和两位朋友来这谷，就感到静。静。静。一谷的静网住我们。那不是墓地上阴森的静，而是仿佛有音乐流过的静。

看着谷里自己的影子，感到找着了自己。或从叶隙看破碎的月亮默恩。或看着那些朦胧的石头幻想。如谷是天空，那些石头就是不飘的云。那些石头像古代神话里天神的泪珠，落下后便凝结。如谷是流星的葬场，我要夜夜来此看流星。我说得他们都笑

130

了，好像我在梦呓。然后，我们又沉默。

以后，像一个在月圆时就会出现的幽灵，我偶尔在月夜时默默地来此又默默地回宿舍。也不知自己为什么来此，只觉得空着脑袋来此，回去时却装满了思维，只觉得它像一首我偏爱的诗一样，忍不住偶尔吟哦；只觉得像中古那位流浪了好久才决定在山谷边住下来的忘了姓名的诗人一样，我是深深地爱上这谷了。

去年这时，偶带几位朋友来这谷，才发现在阳光下的谷像不加糖的咖啡，另有一种韵味。觉得谷的月朦胧得使人沉醉，它的阳光却使人清醒。我爱这份清醒。清醒地享受着注入我灵魂的午后的阳光下谷的静，我默默地凝望一根充满生命力的芦苇。

"你在凝望什么，你似在想些什么？"

"我似在想些什么吗？其实，我只在看那根芦苇，我想他并不寂寞，他寂寞吗？"

现在我一个人来这里，我又注意那根去年凝望过的芦苇，使我惊奇的不是它长高，而是它不再像去年那样绿了。去年还觉得它在期望些什么，现在却觉得它很寂寞。去年还觉得它那晃动的苇黄仿佛一根无声的弦向谷里沉默的石头奏它静的音乐；现在却觉得它似一位瘫痪的乐手，已拨不动它的弦。也许过些时候我再来时，石头仍是石头，但已看不到芦苇的沉默，我想现在我还是回去吧！等一下太阳落时，只让谷去悲哀，我不忍看将枯萎的芦苇在似送葬的夕晖里颤抖，我想还是回去享受我的午寐吧！

"为什么你要那样沉默？沉默得像这谷。"归途上，一年前友人的话仍那么清晰；像一年前一样，我也茫然苦笑："假如这谷里有水，你会喜欢它吗？"

● 亦夫

捕鸟老人

捕鸟老人经常整下午整下午地坐在那里捕鸟,直到暮色降临的时候,才挟着空空的鸟笼走回去。

圆明园一带到处是残水焦土。在荒芜之地疯狂生长的野蒿子,把福海一带游人的喧闹远远地隔在世外。上午太阳正当头的时候,捕鸟老人就顺一条野草没膝的小径走到一块空矿平坦的废墟上。他张开网,把诱鸟拴在当中,然后捡两块砖坐到十米开外的地方,神情安详地看着自己亲手设下的这个陷阱。

稀落的鸟儿都在附近的枯枝上漫不经心地鸣叫。两只诱鸟蔫蔫地立在圈中,不觅食也不出声。捕鸟老人瞅瞅天边,血红的太阳正渐渐变大变温和,远处栖息的乌鸦开始呱呱呱地笑起来。

捕鸟老人不吃干粮。他脚前摆着一筒粗糙的大公卷烟。捕鸟老人一根一根地吸着烟,然后就痛快地大声咳嗽起来。除了咳嗽时身体微微的颤动,捕鸟老人一动不动,远远看去就像旷野中一棵烧焦的老树根。

鸟儿们仍不来吃网中那层厚厚的稗谷,只是漠然地在枝头跳来跳去,偶尔发出几声清脆的啼叫。一缕野风吹过来,诱鸟身上脏乱的羽毛翻卷起来,露出了粉红瘦弱的肉身。捕鸟老人默默地看着，喉咙里便咕咕咕地发出一串厚重而浑浊的声音。

远处渐渐有了野猫凄厉的尖叫，蒿草也都神秘地刷刷摆动起来。捕鸟老人抬头望望远方的天边，看见半个巨大的太阳卧在黝黑黝黑的土壤中，成群成群的鸟儿正在四周浓浓的血色中惊叫扑飞，他便想起了一种送葬的情形。

乌鸦们飞临老人的世界，在枝头呱呱呱地发出很响很响的笑声。老人知道乌鸦们在体验某种快活的感觉，就如同自己在咳嗽时体验的感觉一样。

暮色终于降临了。捕鸟老人站起来收了烟筒和网夹，把诱鸟重新放进笼中，然后神色安详地走向他远处的小木屋。那条荒芜的小径是他走进这片旷野的路，也是他走出这片旷野的路。老人走上小木屋旁那条通往外界的马路时，路灯便刷地亮起来，将远近的景物照得苍白而辉煌。

捕鸟老人就这么日复一日地捕鸟，日复一日地空着手回到自己的小木屋。

终于有一天，捕鸟老人没有到这片荒凉的旷野上来，鸟们便纷纷地从树上飞下来，默默地把撒在那里的稗谷吃得干干净净。

福海附近游人的喧闹很热烈地传了过来……

● 刘湛秋

雨的四季

　　我喜欢雨，无论什么季节的雨，我都喜欢。它给我的形象和记忆，永远是美的。

　　春天，树叶开始闪出黄青，花苞轻轻地在风中摇动，似乎还带着一种冬天的昏黄。可是只要经过一场春雨的洗淋，那种颜色和神态是难以想象的。每一棵树仿佛都睁开特别明亮的眼睛，树枝的手臂也顿时柔软了，而那萌发的叶子，简直就起伏着一层绿茵茵的波浪。水珠子从花苞里滴下来，比少女的眼泪还娇媚。半空中似乎总挂着透明的水雾的丝帘，牵动着阳光的彩棱镜。这时，整个大地是美丽的。小草像复苏的蚯蚓一样翻动，发出一种春天才能听到的沙沙声。呼吸变得畅快，空气里像有无数芳甜的果子，在诱惑着鼻子和嘴唇。真的，只有这一场雨，才完全驱走了冬天，才使世界改变了姿容。

　　而夏天，就更是别有一番风情了。夏天的雨也有夏天的性格，热烈而又粗犷。天上聚集几朵乌云，有时连一点雷的预告也没有，当你还来不及思索，豆粒般的雨点就打来了。可这时而也并不可怕，因为你浑身的毛孔都热得张开了嘴，巴望着那清凉的甘露。打伞、戴斗笠固然能保持住身上的干净，可当头浇，洗个

134

雨澡却更有滋味，只是淋湿的头发、额头、睫毛滴着水，挡着眼睛的视线，耳朵也有些痒嗦嗦的。这时，你会更喜欢一切。如果说，春雨给大地披上美丽的衣裳，而经过几场夏天的透雨的浇灌，大地就以自己的丰满而展示它全部的诱惑了。一切都毫不掩饰地敞开了。花朵怒放着，树叶鼓着浆汁，数不尽的杂草争先恐后地成长，暑气被一片绿的海绵吸收着。而荷叶铺满了河面，迫不及待地等待着雨点和远方的蝉声，近处的蛙群一起奏起了夏天的雨的交响曲。

当田野上染上一层金黄，各种各样的果实摇着铃铛的时候，雨，似乎也像出嫁孩子的母亲，显得端庄而又沉思了。这时候，雨不大出门。田野上几乎总是金黄的太阳。也许，人们都忘记了雨。成熟的庄稼地等待收割，金灿灿的种子需要晒干，甚至红透了的山果也希望最后晒甜。忽然，在一个夜晚，窗玻璃上发出了响声，那是雨，是使人静谧、使人怀想、使人动情的秋雨啊！天空是暗的，但雨却闪着光；田野是静的，但雨在倾诉着。顿时，你会产生一脉悠远的情思。也许，在人们劳累了一个春夏，收获已经在大门口的时候，多么需要安静和沉思啊！雨变得更轻，也更深情了，水声在屋檐下，水花在窗玻璃上，会陪伴着你的夜梦。如果你怀着那种快乐感的话，那白天的秋雨也不会使人厌烦。你只会感到更高邈、深远，并让凄冷的雨滴，去纯净你的灵魂，而且一定会遥望到在一场秋雨后将出现一个更净美、开阔的大地。

也许，到冬天来临，人们会讨厌雨吧！但这时候，雨已经化妆了，它经常变成美丽的雪花，飘然莅临人间。但在南国，雨仍然偶尔造访大地，但它变得更吝啬了。它既不倾盆瓢泼，又不绵绵如丝，或淅淅沥沥，它显出一种自然、平静。在冬日灰蒙蒙的天空中，雨变得透明，甚至有些干巴，几乎不像春、夏、秋那样富有色彩。但是，在人们受够了冷冽的风的刺激，讨厌那干涩而苦的气息，当雨在头顶上飘落的时候，似乎又降临了一种特殊的温暖，仿佛从那湿润中又漾出花和树叶的气息。那种清冷是柔和的，没有北风那样咄咄逼人。远远地望过去，收割过的田野变得很亮，没有叶的枝干，淋着雨的草垛，对着瓷色的天空，像一幅干净利落的木刻。而近处池畦里的油菜，经这冬雨一洗，甚至忘记了严冬。忽然到了晚间，水银柱降下来，黎明提前敲着窗户，你睁眼一看，屋顶，树枝，街道，都已经盖上柔软的雪被，地上的光亮比天上还亮。这雨的精灵，雨的公主，给南国城市和田野带来异常的蜜情，是它送给人们一年中最后的一份礼物。

啊，雨，我爱恋的雨啊，你一年四季常在我的眼前流动，你给我的生命带来活力，你给我的感情带来滋润，你给我的思想带来流动。只有在雨中，我才真正感到这世界是活的，是有欢乐和泪水的。但在北方干燥的城市，我们的相逢是多么稀少！只希望日益增多的绿色，能把你请回我们的生活之中。

啊，总是美丽而使人爱恋的雨啊！

●许长文

伴　读

夜，静悄悄的。

灯光下，我的女儿熔岩在做作业，我在她的身旁伴读。

妻子常年奔波在外，伴读的重担便落在了我的肩上。

熔岩的脑后扎着粉红色的绫子，柔软的绫子在黑黑的头了上一挽，像一只大蝴蝶。蝴蝶结是她心灵的窗口，伴读时，我常常留心那会说话的蝴蝶结：蝴蝶有节奏地扇动翅膀，作业顺利；蝴蝶停在花枝上不动，遇难深思；蝴蝶狂飞乱舞，那是她兴致所至在抒写心中的感情。

飞萤扑窗，夜深了。

我看见了那粉红色的蝴蝶停翅枝头上，一动不动。我没有打搅她。

我悄悄地探过头去，看见在她面前铺着的稿纸上，写着"我与祖国"。她在构思着作文。

"岩，卡哪了？"

"我在想。"

"想啥？"

"祖国像个啥，爸爸，你说祖国像啥？"

"像母亲。"

她摇着马尾巴辫，说："若是像我妈妈那样的母亲，不好，她不管她的孩子。"

我无法分辩，只得另打比喻。

"像初升的太阳。"

"升起来又落下去，没意思。"

"醒了的雄狮。"

她晃动笔杆。"老师讲，狮子是食肉动物，在动物园放在铁笼子里还不肯让人靠近。"

"报晓的公鸡。"

"咱们不是有电子钟吗？"

"像巨龙，腾飞的巨龙。"

这回她总该满意了吧，我用期待的目光看着她那张神态变幻的脸庞。

"也不好，"她扬起眉毛，"龙下面还长着棍，也飞不起来呀。"

她说的是春节时耍的龙灯。这也难怪，谁又见过真的龙！

我把文豪们对祖国的比喻都端出来了，她一个也没选中。一个大学中文系本科毕业生，竟回答不出小学生的问题，我有点不自在了。

"随便什么写上一个就可以了么！"

"那怎么行呢，老师讲，做作业不许抄别人的，人家用过了的咱再用，不是抄袭吗？"

突然，她站了起来，自言自语地说：

"祖国像只琴，像只六弦琴。"蝴蝶在她的脑后飞舞起来。

孩子天真幼稚的话，像股强劲的东风扑进我闷闷的胸怀。这比喻似乎是前人所没用过的。我知道，好琴不见得奏出好曲子，好琴手拿着好琴才能弹出好曲子。

"你往下怎么写?"

"我要当个好琴手,弹出的曲子全世界的人都爱听。"

吓我一跳,十二岁的娃娃能有这样的志向。

"琴手只能有一个,你——"

她不等我说完,晃着笔杆说:

"不想当琴手的人,是这个。"她伸了伸小手指。

我惊愕地望着我的女儿,望着她脑后狂飞的蝴蝶,渐渐地,我悟出了一个道理:女儿是用一种新方式在思维,这种思维比我前进了一步,我和我上代人只想怎样来报效祖国,而未来的一代,在她们童年金子般的心灵上,思考着的是怎样驾驭祖国。女儿的文思给我一个启迪,伴读是相对的,孩子的思想在填补着我头脑中的空白。

● 刘元举

我总想活得不平庸

平时我瞅那些土丘和山峰是分不出哪个更高的。只有当一片汪洋迅速上涨时，才可一眼辨清被淹没的是土丘而绝不是高峰。真正的高峰是不可能被淹没的，这使我懂得了什么叫不平庸。可是，属于不平庸的地盘太稀少了，而平庸则太辽阔太博大了。

曾经一度使我崇拜的父亲无疑是平庸的。他的平庸就在于他当了一辈子会计，与金钱打了一辈子交道，没有学会贪污一分钱。在我的记忆里，他最引以为自豪的就是如此，那么陶醉，那么伟大！他不会喝酒，不吸烟。原先是吸烟的，因为没有钱买烟就不吸了。他的工资最低，至今已到了退休年龄还在为他的低薪而耿耿于怀，当然他再也不为他一辈子不贪污一分钱而陶醉而自豪了。一个连一分钱没能学会贪污的人一辈子也没能涨高薪，我的父亲是不是平庸的?!

我真不忍心把我唯一的姐姐也打入平庸的行列，但她身上实在没有一处标明不平庸。我惋惜她没有承袭母亲的美貌，我替她不平的是她不仅长得太像我父亲，而且也是把一分钱高悬成一轮夜空中的明月。"一分钱掰两半花。"她就是这个座右铭，就是这种生存方式。为了省吃俭用，为了攒钱，一个仅用了8秒跑下

60 米的女运动员现在成了个病包子。

我绝对不敢小瞧一分钱。这不啻因为我的遗传基因使然，更重要的是我有着一个无比清苦的童年。上小学时，班级组织集体看电影，票价五分钱。我每次都因为拿不起这五分钱而看不了电影。那个好心肠的班主任为了让我看上电影，替我买了票。后来我不忍心让他破费，一到看电影时，我就捂着肚子装肚子疼。

不知哪位哲人说过，文学的最早期准备就是一个苦难的童年。如果此言当真确立，我也可像我父亲那样仅为没贪污过一分钱的人生而一样自豪，一样陶醉，一样伟大！因为我的童年饱尝了饥饿！可惜，我并不认为这位哲人的话合理，当然更不公平。且不说饥饿损耗了我多少身体机能，造成了日后多大的亏空！这是一种愚昧的自欺！如果我的父亲早一点聪明起来，我或许就会减少一些饥饿的记忆了，最起码我能多看几场电影。

平民出身的我们这一代人谁没有饥饿的记忆？就是今天当上了纽约大酒店的老板或者成了腰缠万贯的个体户也不至于否定饥饿和贫穷的记忆吧？我们的后代这批"小皇帝"们真是有福了。我们报复性地溺爱，要什么东西就满足什么，吃的、穿的，绝对不让亏着。可是，他们会因此感谢我们吗？我的五岁的小女儿就动辄训斥我"烦人！"我的童年曾因为父辈的平庸（表现在拮据而不得不自足上）而笼罩上一层灰暗，我女儿的童年会不会因为我的平庸（表现在浪费或曰纵欲上）而匮乏诗意显得平庸呢？

有人说文学的觉醒在于性。我怎么去想、追忆、体察，也似乎与我无缘。我走上文学道路是因为贫穷，因为平庸。自从我清醒地意识到我的父辈、我的亲友、我的家境、我的小镇都被一片平庸的灰雾笼罩了，我就发奋写作了。我想成为作家是因为作家了不起，受人尊重，作家不平庸。那时候没读过丁玲的书，但从批判中知道中国有个作家叫丁玲，有个"一本书主义"。写一本书，就一辈子都够了。从那时起，我做梦都想写成一本书，我最强烈的动力就是绝对不当会计，绝对不像父亲那样活着。

我父亲是个标准的中国人。"中国人具有那种在艰苦环境下也能找到幸福的无与伦比的天才（我们称之为知足常乐精神），正是这种精神使他们得以享受这种平凡的生活。"如果说我今天还能写出点东西，还能被当成一个人物而写入我的家乡的县志，我还能够登上全国的领奖台去领取报告文学二等奖的奖杯，大概与我十分理智十分自觉不想像父辈那样生存有关吧？

我不想平庸地活着，就是我从骨子里透出的呼叫，我的这个座右铭不是简单的抽象，也不是一句空泛的哲理性的议论，因为我为此付出而且将要付出的代价难以计数。这是一种过程，这是一个没有终极目的的过程。辽宁电视台曾经给我十分钟的时间让我谈谈"成功之路"。我谈了我的苦恼，而且自我标榜为"伟大的苦恼"。我说，也许我一辈子也不可能成为大作家，但是，我也曾像大作家那样饱尝过创作的甘苦，在文学创作的痛苦的过程中，我和任何大作家一样经受了、体验了，那么，这个过程的苦恼也就带有伟大的色彩了。过程即是目的。现代人大都愿接受这个观点。

当然，任何宣言都带有水分。"过程说"需要一个无比痛苦的实践过程。其中不乏否定之否定。当初，我想如果能在市级报刊上发表一篇小说就满足了。可是，市级报刊发了，向往省级报刊，省级报刊发了向往中央级报刊，中央级报刊发了向往作品获奖，而终于获得了一次全国性的奖之后，却又觉得没啥意思了，心里反倒空荡荡的，一点也充实不起来，亲友向我祝贺，许多人开玩笑让我请客，说心里话，我不是心疼钱，而是实在认为得了一次奖便请客岂不太浅薄了？何况还是个二等奖。要是得个一等奖似乎请客心里还踏实一点。一位深知我的长者紧握着我的手说："祝你获得一等奖！"

我心里也在瞄着那个一等奖。可是，真正有那么一天要是获得了一等奖，我会不会又感到心里空虚呢？我在我的中短篇小说集后记中写了这样一句话："原以为出本书会乐得不得了，但真正要出版了，却又乐不起来。"我的人生经历就是这样，原先当工人时，特别崇拜作家，崇拜编辑，而今自己也当上了省刊编辑，居然一丁点职业的荣誉感也没有了。那时候我觉得自己活得平庸，所以拼命写作，一心渴望写出作品，能写出作品就不平庸了，而今就算达到了当年视为不平庸的标尺，可是今天又陷入了更大的平庸之中，当个编辑算什么？写几篇东西算什么？出本书又算什么？真正写出一本轰动之作那还差不多。我觉得我不断地摆脱平庸，却又不断地陷入平庸，我不知道是因为我骨子里就平庸所以摆脱不了平庸还是平庸太广大太辽阔了使我无力超越。我时常悲哀，悲哀我至今仍旧活得这么平庸。面对当时膨胀的拜金主义，我也很想捞一笔大钱。但是，一来没有赚钱的本领，二来真心舍不得放弃文学事业。许多朋友劝我改变观念，并向我灌输一些新的价值观念，诸如：一流才华经商，二流才华当官，三流才华搞创作云云。我只有付之苦笑。我这样一个一辈子都不会贪污"一分钱"的小会计的后裔能够上个"三流才华"就算造化了。何况在"三流才华"中还要分出个三六九等呢！

涨价，不断地涨；淹没。不断地淹没，什么都在涨价，思想也在涨价，信念也在涨价。好多人不愿意让人说成是思想僵化，"思想僵化"成了时代的贬义词。但是，我认为只要有思想，哪怕僵化，也比融化了好。因为僵化毕竟可以凝成一个存在的东西，而融化，就什么都没有了，都随波逐流了。

大概，这便是我的带有"国粹"性的"宣言"或曰自我安慰了。想都不敢想我女儿长大后写文章会不会也把我这点看成和她爷爷的"一分钱"典故一般。

只愿我的女儿比我有出息，正像我比我父辈有出息一样。

● 刘诗伟

种田的祖父

早稻抽穗时节，祖父发头晕，拄了棍子下台坡去看稻子时，跌倒在田埂上，便未能起来。我闻讯从城里赶回乡下，见祖父病势颇重，不由嗔怪他老人家早不肯放下农事跟我去城里享福。但祖父无心"闲话"，单是"拜托"我照料他的稻子，且显出不被理解的烦躁。

我要做的活计也简单：一天三趟下地里观看稻穗黄熟情况向躺在床上的祖父报告。而我的"报告"便是"比昨天又黄些了"。几日之后，祖父有些生气："比昨天黄些，昨天有多黄?"于是，要我认定田角一穗，报告黄了多少粒，剩下多少粒在灌浆。

祖父病后，最好的药是大米。几十年里，祖父每有染疾，从不看医生，他说只吃点大米饭，躺在床上睡便可以好。事实也果然如此，我对上辈人的心态不甚了然，只好将就着祖父的"意思"为他煨大米饭"治病"。

祖父吃起煨细米饭来大有滋味，他老人家见我一脸困惑，就对我说："伟儿，你父亲是大跃进时不肯虚报稻谷产量被撤职的，那时他心里怄气，又吃不饱，才得了病……可怜他没有撑到

144

如今……"祖父说着，愣愣地忘了咀嚼和吞咽。

一天，我从地里回来，见祖父用棍子将蚊账上搁着的那块塑料纸扒下来，撕成许多书页一般大小的碎片，正欲问何缘故，祖父说："谷子黄了，麻雀要啄的。"随之吩咐我从木楼上取来一捆尼龙绳，去稻田插些竹桩，系上绳子，把塑料片挂在绳上赶麻雀。我想：祖父之爱谷子，许是出于对儿子的爱；祖父之爱吃大米，怕是替他的儿子在吃……我的眼泪不由得流淌下来。

稻穗终于全部黄熟。我问祖父："明天开镰吧？"祖父摇头，上气难续下气地说："还搁两天……籽粒饱满些……"可是，祖父竟于当夜口哑，且渐至昏迷。

翌日清晨，祖父张口疾喘，抬手向屋外指，我以为他老人家口渴，忙去菜田里搬来一只西瓜，祖父摇手，我又去菜田摘来一条马瓜，祖父还是摇手。于是，我跑到菜田里，用箕将西红柿、茄子、扁豆、丝瓜等各取回一样，一起端到祖父面前，祖父伸手在箕里摸捞一阵，什么也不要，努力将箕推翻了一……

我忽然有所领悟，立刻向稻田跑去，很快摘回一串谷穗。我把谷穗送到祖父手中，说："爷爷，这是你要我每天数的那穗呢！"祖父急切而哆嗦地揉捏着谷穗，嘴唇不停地翕动，很想说什么，但终于说不出，只好将我的手抓过去，把谷穗放在我的掌心，将我的手合拢，然后用劲捏、捏、捏！

许久以后，祖父合上眼帘，胳膊和手悬在空中……

● 刘鸿伏

鸟的心情

当我的篷船偶尔泊在这芦蒿的浅渚时，那只鸥鸟也正好从青空里飞落在这洲渚的某片岩石上。寂寥的花正颤动在丝竹般爽然的秋风里，四围显得清寂极了。

抛开书卷，静静地打望那岩石上的鸥鸟，仿佛近在咫尺，却又遥远。看它黑白相间的羽毛在日光影里渐渐舒展开来，用尖喙细细梳理，然后一动不动地栖在岩石上，仿佛睡去。这似乎是一只飞累了的鸟儿，它一定越过了数不清的美丽河山，在风雨抑或月光里孤独地漂泊了许多日子，然后栖止在这秋风的浅渚。

我也倦了，枕着橹声和水声，枕着半卷书和书上流过的日子。想着自己怎么才能变成一只鸟那样没有羁绊，潇洒出尘。但我不是鸟，更没有鸟的心情。即使此时凭借了一只小舟，在流水上读书，看风景，片刻得了闲情，却不能不回到红尘中去。而鸟是不会有人的心情的，正如人没有鸟的心情一样。想不清的庄子何以有鱼的心情和蝴蝶的心情，要不，怎么会知道鱼的乐趣，并且梦见自己变成了一只蝴蝶呢？此时天空正透出一派莹莹的浅蓝，一片云、一只鸟也没有，远处是对偶工整的重峦叠嶂，河那边的深山随风送来"叮叮"伐木声，仿佛古典的韵。一切都是如此宁静闲适，只有船底的逝水才略见匆迫。人的心情，最好不要如水的躁嚣，也不必如山的静守，像鸟一样，该飞翔便飞翔，该栖止则栖止，还是顺其自然的好呢。

栖在岩石上的鸥鸟，在浅睡之后，终于开始拍打它那大而黑的翅膀，踯躅在金黄的沙洲上。它时而将长脚探进水中，时而用尖喙啄食点什么，十分悠闲惬意的样子。那是一只多么让人羡慕的鸟啊。它虽然一点也不美丽出众，一点也见不出如鹰一般破雾冲云的雄姿，但它却是一只曾越过落叶一样多的日子和沙粒一样多的美丽河山的鸟儿。它倦了时能够小憩，小憩在这世界上任何一个最幽清最静美的所在，并且用不着防备什么忧郁什么，它一点也不至于有人的种种心情。

但是，鸟儿也应该有鸟儿的心情吧？

我记起十年前居住的村庄，那里是山区，树木很葱茏，鸟儿很多，黄鹂、鹭鸶、斑鸠、鹁鸪、灰雀，整日跳荡飞鸣在绿枝上，显得很快活。但是，祖母说鹁鸪的叫声是"苦哇，哥哥；苦哇，哥哥。"鹁鸪是一个受嫂子虐待身死的苦妹子变的，它的叫声是诉说很苦的心情呢。后来我发现鹭鸶鸟在明镜般的水田里觅食，常常是形单影只的样子，而且闷闷的不啼不叫，便知道鹭鸶鸟也是一种孤独的鸟儿，那心情也一定很落寞的呢。这种发现渐渐多了，便知道鸟儿们也跟人一样，有各种各样的心情，不单只有悠闲惬意的。

想起这些，心中便多了一份茫然与惆怅。船在水中轻轻晃荡，四周有薄如蝉翼的暮烟升起，一勾眉月已然现在天际，悄悄柔柔地照了这江上的事物，再去打望岩石上的那只鸥鸟时，不知何时它已舍小渚而去，杳无踪影了。我便猜想，那鸥鸟或许就在我仰卧舟中乱想时悄然远行，向着某个看不见的归宿。那一定是一种很落寞的漂泊吧？或者是一种潇洒出尘的优势？鸟生双翅，当然便只能属于飞翔，但天上的路又在哪里呢？而人，是有路的，无论水上或者陆地。有路可循的人幸福些呢，还是那无路可循的鸟儿更快乐？

直至我的小舟已离小渚极远了，我还在想当我打望那鸟儿并且推想它的心情时，那鸟儿也一定打望过我并且也推想过我的心情吧？

而芦苇的江渚，此时已完全淹没在一片梦幻般乳白的星月光辉中了，悄悄的正如一种心情，一种属于人或鸟的心情。

●朱鸿

为了一本书

还记得那本书的名字，也记得它的封面是一片海蓝，以白色勾勒着漂亮的抛物线和三角形。它的纸张已发黄变脆，但书脊未损，书角未折。它不过是一本关于代数与几何题解的很平常的书，可在十几年前，特别是在我们那个偏僻的农村中学，尤其对我这个大学考生，它却如过河的列石、登山的台阶一样宝贵。

我们都知道，这本书是数学老师的，他送给了班长，他是全校师生公认的可以考进大学的重点学生。班长很珍重它，总是小心地打开，又小心地合上。

一天中午，学生回家去了，老师吃饭去了，美丽的校园静静的，只有几个麻雀聒噪，而空空荡荡的教室，剩下了我一个人，偶然抬头，我蓦地发现了班长桌兜的书：它悄悄地斜躺着，似乎是等待我。

根本没有防备，一个念头那么快地一闪，随之，我感到教室轰地一响，我的心就激烈跳动起来，因为我意识了我要干什么。我怔怔地看着书，也好像书在怔怔地看着我，足足有三分钟之久，我们紧张地对视着。

终于未能抵抗住它的诱惑，我东张西望地巡视了一下，发现教室周围没有动静，便颤抖着手，把班长的书拿走了。

当时，我没有深入地想，只认为，如果我不在学校看这本书，人们就不会知道。但我的心确是虚了，我非常害怕查问这件事情。我敏感地观察着班长和老师。我看着三个五个同学聚在一起，就尖起耳朵倾听，或者就怯懦地凑上去，总好像他们谈论我似的。我暗暗地掩饰情绪，使自己保持镇定，以防露出破绽。

书是带回家了，但却一直不敢用它。我将它藏在墙壁的一孔黑暗的洞窟，我提心村子哪个同学看见它。我想，如果真是这样，那就彻底完了。

几乎一个星期，我都是惶惶不安的。

但是阳光灿烂，白云悠闲，什么事都没有发生。在这种情况下，我才偷偷展开这本书，照着它复习起来。

万万没有预料，班长会在一天黄昏突然来到我的家里。他是给村子所有的同学传达一个通知的，并不是因为怀疑而有目的有计划地侦察。然而，他的书就摊在桌面，他发现了！

他那骤然凝固起来的目光，使我多么尴尬啊！他难以开口，我也难以开口，于是我们都愣愣地站着。我脸颊滚烫，只希望无边的黑暗像洪水一般涌进屋子，使班长别看见我，也别看见书，什么都不要看见，可他偏偏都看见了。

要永远感谢班长的，是他重复了一遍学校的通知，才打破了窘人的沉默，并且直到离开我的村子，他都没问我这本书的来历，不然我脆弱的心灵是承受不了的。

也许我该将这本书还给班长，再诚挚地向他道歉，问题就可以解决，而且可能会受到老师的表扬，但我以为这太丢人。我很清楚，一个渐渐迈进十八岁的青年的名誉污染了，将意味着什么！我悄悄发誓，无论如何，都不能让人知道这件事情。

忘不了，天没亮我就起床了，可我不是到学校，而是去西安。我穿着胶鞋，戴着草帽，一个人迎着潇潇春雨，从西安南大街走到东大街，又从北大街走到西大街，顾不得吃饭，顾不得喝水，顾不得观看五彩缤纷的人潮和车流，我只是一个书店挨着一个书店地寻找，寻找一本书，一本封面是海蓝的，其中勾勒着抛物线和三角形的书。

那时我想着，如果我买到它，就把班长的书永远藏起来，而拿着我买的这一本，堂而皇之地在学校、在老师和同志面前翻阅，我要让大家知道自己有一本这样的书，是没必要偷班长的。

我知道这样做很对不起班长，但为了尊严，迫不得已了，我在心里说：今后再也不要做那种耻辱的事了。

然而脚磨烂了，腿累肿了，我却仍一无所获。营业员告诉我，这本书是很早以前出版的，现在的书店不会有它了。

如丝如缕的雨慢慢停息了，但我分明感到回家的路比进城的路还要艰难。我似乎已缺乏勇气再走入我的村子、我的校园了！

坐在草丛的一块青石上，我抓起一把泥土捏弄着。雨后的田野空旷而寂静，我久久地坐在那里，忧虑重重，不知如何是好。

一道灿烂的霞光是怎么照亮天空的，我没有注意，但当它的明丽与柔和落在春天苍翠的大地与我的身上时，我感觉了，我像从一场梦中惊醒似的，一切灰暗的情绪遽然消失。

我一下有了处理这个问题最好的方案，我的眼睛涌满了泪水！

●张建星

书　祭

一

我以为我会流泪，竟没有一滴泪水。

我以为我会大笑，竟没有一丝笑意。

一年内，我的两本书先后问世：一本是三联书店出版的纪实文集《魔鬼市场》；一本是天津人民出版社出版的长篇报告文学《万众突围》。

出版社送的样书被冷冷地堆在那里，懒于送人，包括那些相知很深的朋友。连预先准备的热情也冷却了。心里另有一种滋味。难以激动，也不平静。

难道这就是我淌着少年泪的梦想？

难道这就是我漾着青春爱的渴望？

漫漫人生路，收获和寻找，究竟哪个过程更动人心魄呢？

二

就这样，到了细雨霏霏的清明。重又来到父亲的墓地。

我将两本书放在父亲的骨灰盒前。点燃。然后长跪不起。但是仍没有泪。我看见父亲照片上的目光。依旧十年前那样平静。对于无泪的儿子没有怨言，也没有责备，于是我便懂了有一种平淡其实是很浓郁的。

只有我知道，父亲曾是很苦的父亲，而我又是很苦的孩子。就是这寻寻常常的书梦也是极苦涩凄凉的。于是我便记下来些，寄于父亲充满爱和期望的亡灵。

三

小学四年级，我曾苦苦地寻找一本成语词典。那时家里四壁空空，昏黄的灯下，是为生计日夜操劳的父母。家里用不着花钱买一本词典。当父亲知道儿子渴望有一本小词典的时候，书店已不能买到。因为那时词典也归于封资修一类了。

终于在同学家里看到一本成语词典，绿皮儿，黄纸儿。我顿时萌生了一个狂想，要抄下这本词典。我几乎花去了几天时间乞求，最后用了二十张珍爱的烟标作为交换，借抄词典一夜。

那时家里为了省些电钱，规定每晚八点关灯睡觉。但是那一夜妈妈破例了。我拿出家里唯一一个红塑料皮日记本，在那个漆皮脱落的小方凳上整整抄了一夜。

转天，词典如约索回。望着一夜抄写的七十多条成语，我心里真难受。那时候我当然不明白，一个贫穷的家庭遭遇一个贫穷的时代，这双份的贫穷无论如何不是一个孩子能承受的。最可怕的贫穷绝不是一个家庭的贫穷。

精神的饥渴，历史的荒漠，却常常让后来的回忆变得丰富，耐人咀嚼。原来，不能泯灭的是人类的感觉，和这感觉中最早诞生的羞耻心。

那个抄词典的塑料皮日记本，已经十分的陈旧残破了。但我一直摆在我的案前，像祭奠着那段十分荒谬的记忆。

四

父爱是凝重的。

父亲是个普通工人。眼里永远有哀愁，身上永远有补丁。

为了省下点车钱，父亲每天要来去步行三个多小时上下班，直到病倒不起。

舍不得坐车，但却尽最大努力满足儿子读书的欲望。每星期天，父亲都要领着我到天津北站那个二十几平米的小书店买书。

记得父亲给我买的第一本书是《毛主席的宣传员关成富》。这毕竟是我的第一本"字书"，我爱不释手，用牛皮纸仔细地包上书皮。这之后，父亲又给我买回了《不屈的马路工》、《河北民兵斗争故事》、《扎根鞋》……

我终于成了穷孩子中的富翁，短短时间竟有了三十多本属于自己的书。包皮、编号、整理，每天总要翻检一遍，那时我爱这些书，更爱父亲。乏味的生活有了色彩，有了故事。很长一段时间忘记了贫穷，忘记了艰难的日子。

渐渐我已不能满足。空空荡荡的书店，几乎是出一个英雄出一本书，转来转去，觉得书店比我还穷。唯有父亲依旧不肯坐车，依旧想办法省些钱给儿子买书。

而时代依旧是那般苍白，那般贫乏。

连一个少年的精神渴求都难以满足的时代，现在想来竟是难以置信的荒唐。

我们曾经那样冠冕堂皇地扼杀过。包括父爱。

五

那是一个黄昏。

同院的小妹偷偷地将她父亲藏在床下的《水浒》借给我。小妹显出超乎寻常的紧张，告诉我："有毒的！快看！"战战兢兢，半生不熟，"地下党"般地读完这本"有毒"的《水浒》。我简直无法相信世界上还有这样让人着迷的书。

于是，我真的上了毒瘾，开始想尽办法传书、借书。我有了两个年长的书友，一个是中学数学老师，一个是砖厂工人。我将从同学那里用烟标、弹球换来的旧书和他们传换。这种传换周转极快，有时一周几次。

记得我借到了一本《牛虻》。借书的同学告诉我这是专写"流氓"的，明天一定要还。于是，家人睡去的时候，我一目十行地偷读，没想到，读至高潮，我竟泣不成声。

母亲先被惊醒了。

"你中毒了！"母亲吃惊地盯着我，那时母亲相信电台里的一切宣传。父母全是极本分的人，他们最担心儿子学坏。就是从夜读《牛虻》开始，父母对我读书有所警惕，有所限制了。

终于出事了。

那是我从同学家里偷借出一本溥仪的《我的前半生》看后，我迅速以此为筹码，传换了几本苏联小说。不料，转天夜里三点多钟，急促的敲门声将全家惊起。借书的同学哭着索要《我的前半生》。他是背着父亲将书借出的。这位同学自然挨了责打，深夜上门索书，他的父亲就在身后等着。

整整跑一半夜，我才将《我的前半生》追回，我也因此挨了父亲的打。很重。

那是十分惊恐的一夜。

六

我是因为挨打之后，再一次深深体会到那种默默无言的父爱的。

作为普通工人的父亲究竟是如何搞到一张借书证的，而且是一张"内部借书证"，这里想了多少办法，费了多少周折，我不知道。但是我不会忘记那个细雨霏霏的下午，父亲兴冲冲领着我到河北区红光中学图书室，为我借了两本竖排的《鲁迅选集》。

至今我仍记着父亲的笑。那是父亲脸上很难见到的幸福的笑。那是看到我的笑之后，父亲才笑的。

那条长长的借书路，我已记不得和父亲走了多少回。走着去走着回，从不坐车，很累，也很幸福。

尽管可借的书十分有限，尽管每次借书全要父亲陪着，但我毕竟有一个借书证。而这借书证并不是一个普通工人的孩子应该得到的。

借书证让我用了两年。那是我最快乐的两年，我想那也是父亲最快乐的两年吧。

七

父亲病倒了。

那是一个阳光灿烂的上午。我去北站铁路医院看望住院的父亲。经过北站书店的时候，我又忍不住钻了进去。书店老板是个很让人感到亲切儒雅的老人。因为以前父亲常带我到这个小书店买书，他便认识了我。

我一眼就看到空宽荡荡的架眼上有一本让我产生金碧辉煌感觉的精装书：费·梅林的《马克思传》！硬壳封面，乳白的底

156

色，黑色的书脊，衬着烫金的书名。这是我第一次看到这么漂亮的书，一时间我只是怔怔地捧着书。书店老板笑呵呵地对我说："让你爸爸给你买一本吧！"

定价两块三，这个价钱是我当时的家境无论如何也不能接受的，何况父亲又病重住院。我慢慢地将书退了回去，谢了老板，头也不回地跑出了书店！

我的眼里一定有泪，或者一定有隐藏不住的苦楚。

否则，躺在病床的父亲是不会追问我的。我那时极不懂事，我终于忍不住讲了那本书，讲了我所见过的辉煌，讲了我的渴望。

沉默了一会儿，父亲无声地笑了，然后从枕下翻出两张医院的菜票，让我退掉一块五毛钱，并告诉我家中箱子里还有一个存折，那上面的几十元钱早已在年前取出贴补家中急用了，只剩下"一块钱"，作为保留存折的"底儿"，作为以后日子好了还能再存些钱的希望。

父亲躺在病床上说："你快取了那一块钱，凑上买了，会卖完的！"

我退了父亲一块五毛钱饭票，一口气跑回家，取出那一块"底儿"钱，当天下午便买了那本《马克思传》！回到家我不停地翻看，一遍又一遍，不读一个字，只是一页页翻着，静听翻动书页的响声，我完全沉浸在一种难以言喻的幸福之中，全忘了病重住院的父亲甚至连丙菜全不能吃了！

现在那本精装的《马克思传》仍然摆在我宽大的书柜里，尽管原有的那种气派、辉煌早被后来者比得黯然失色了，但每当看到它，我的心头总是掠过一丝苦涩，我总想到躺在病床上的父亲那慈祥的笑。

父亲去世的时候，我曾想让这本书陪送父亲的亡灵，几经犹豫我还是留下了。

我想这本书应该是父亲留给我的纪念。纪念着一种艰难一种爱！

八

那个苍白的时代过去了，它剥夺了我们这一代人许多，但却留给了我那样难以忘怀的父爱；我因此而拥有一份永远不会褪色的感情。而那深深的父爱，又让我始终怀抱着一个似乎很久远的书梦。

正是因为有了这沉甸甸的书梦压在心头，才使我难以为其他的书再度激动！

不只是为了那片难以偿还的父爱之情，同时也为我的民族的目光不再贴上封条而祈祷，于是便有《书祭》。

● 李汉平

淡紫色的思念

夜。我漫步在灯光璀璨的长安街上。

乳白色的街灯，把那新柳的叶子照成了半透明的绿色。蓦地，从那幽蓝的夜影儿里飘来一缕熟悉的芬芳。我的心不由自主地悸动一下。啊，丁香，我故乡的花！怎么你也像我一样，伫立在首都的街头？

我像逢着久违的老友，飞跑到丁香树下，拉着她的手，抚着、嗅着。丁香树好像一道喷泉，喷洒着芬芳的甘霖。我沐浴着，那透明的香气溶进了灯光，霏进了夜色，又好像一缕缕柔丝，将我缠绕，将我包裹。

啊！故乡的丁香花儿也该开了吧？

一缕淡紫色的思念仿佛黄昏时的晚云，轻轻地飘上我的心头。

我的故乡在北方。那里的时令晚，也许这会儿丁香花刚刚含苞，再过些时日也就开放了。松花江的边上，丛丛簇簇的，尽是些丁香树，太阳岛上还有一片丁香园。丁香盛开时，到处都掩映着洁白、淡紫的花，街头巷尾，都被那芬芳熏透了，使人陷于一种陶然的迷离之中。

淡紫色的思念啊，请你载上我，飘回故乡去，哪怕是一忽儿一忽儿，去问候那里的亲人和朋友。

妈妈，妈妈，您看见我了吗？我正像小时候一样，在花丛中寻找，寻找那会使人幸福的五瓣丁香，我愿意把这神异的花朵献给您，但愿您那为我们哭泣过而变得蒙眬的目光又因为这花朵而变得莹澈、明亮起来。还有爸爸，在那送我的月台上，我看见您的灿然的白发。我曾无数次地对自己说，应该努力地学习，努力地生活，只能给白发带去欣慰，而不能辜负白发的嘱托。

还有您，那位慈祥的老部长，春节时托人给我捎来一幅题字。苍劲潇洒的字迹凝着长者的期待。可是我呀，匆匆然，急切切，踏上了赴京学习的路程，竟没来得及去说一声"谢谢"。负疚化做一股悄悄的力，在心里蓄着。题词被我装进背囊，又挂在宿舍的墙上。晚上，借着朦胧的月色，那墨迹舞蹈着走进我的梦中。于是，我听见故乡在对我说……

还有您，我亲爱的老师。在我的心中珍藏着您凝眸的睇视。它们像两眼清泉，奔流在我的心谷。于是那里有了绿的草，红的花，娇黄的迎春，洁白的铃兰，还有那淡蓝色的，叫不上名字的……

在前行的路上我常常感到您，常常感到您的手在轻轻扶持。当我蹒跚学步时，当我跌跤时，常常听见您在说："走下去！"于是，我走了。抚着伤痕，忍着痛楚，我没有回头。可是，无论我走到哪里，都感到背上系着两条透明的带子，长长的，长长的，那是您关切的目光啊！

我的梦可曾也飘进您的梦，化做一串叠印，一串重合的影子？

此刻，我伫立在长安街头，和故乡的距离，真是千里迢迢，迢迢千里啊！可我又觉得故乡是那么近切，因为有一缕缕淡紫色的思念把我们紧紧维系。

160

在淡紫色的轻雾里，我看见了故乡。斜阳下的松花江流着玫瑰色的光影，而那江岸上的丁香啊，白一团，紫一团……好像一幅水彩画儿。丁香丛中有我的亲人和友人。微笑好像一朵朵鲜花，开放在他们的唇角。而在那片淡紫色的韵律里，他们对着我把手臂轻摇……

　　淡紫色的思念啊，请你告诉松花江，我从她身边来，还要回到她身边去，在她那澄明的波浪里，我藏下一支没唱完的歌儿，请她为我留着……

● 张晏斌

老家那面墙

　　土改那年，我家分得一幢东西厢包天井的大瓦房，临街是一面阔大平整的砖墙。照村里人匡算，那上面能贴二三百张牛屎饼子。倘若有足够的牛屎，这么多"饼"真够烧煮十天半个月茶饭的！

　　但这面大墙早先没有被牛屎占领，而是成了一块标语墙。

　　最初的一条标语，是伴随着公社化的锣鼓声出现在墙上的：

　　"一天等于二十年，跑步进入共产主义！"石灰水，魏碑体，一色的繁体字，是村里唯一的私塾老先生王二爹的得意手笔。

　　大队李支书气宇轩昂地站在大墙跟前，对既喜且奇的人们说："共产主义已经到了南京啦，马上就到我们这块，到那时，吃的是油，穿的是绸。楼上楼下，电灯电话。想想出门，汽车一扒。加油干吧！"

　　村里人自是高兴得不得了。那时，虽然还没阔到吃油穿绸的田地，但食堂里让人放开肚子大啖白花花的大米饭，五保老人都进了敬老院（就设在我家里），这些都印证了李支书的话：共产主义的确不远了！

　　于是兵分几路，"跑步迎接共产主义"：到田里把上面的活

162

土铲掉，将几尺下的板土翻上来，据说只要"深翻一丈五"，就能"亩产二万五"；又回到家里挖地三尺，把"千脚土"倒腾到田里去；再把铁锅、汤罐、香炉、烛台直至饭铲子等一应劳什子统统砸烂，送到"小高炉"里去炼钢煮铁……

然而，"共产主义"好像故意跟人们开玩笑，一直赖在南京。

仿佛窥透了大家的疑惑，大墙上的标语又换了新内容："拳打右倾主义，脚踢保守思想，持续大跃进！"

村里人明白了：怪得不亩产不能超万斤。"钢铁卫星"上不了天，原来是"右倾"、"保守"在作怪哩！于是继续到地里去拼命，无奈肚子实在不争气，挑一担泥，撒两泡尿，浑身就没劲了。然而上面催得急如星火，上工的哨子一阵紧似一阵。打夜工的人们，等到队长一走，马上找个避风的土坎坎，倒头便睡。"穆桂英队"的姑娘媳妇也"奸猾"起来，整地成了"猫盖屎"。上头发现了，让他们齐刷刷地跪在田头，李支书脚一跺："像这个样子还能进入共产主义啊?!"

那年头，烧草也是个让人头疼的大问题，村里人于是想起牛屎来了。几天之内，一条巷子的砖墙、土墙上，全都贴上了混着稻草香的"牛屎饼"。

不久，大墙又被粉刷了一遍，用朱红的广告颜料写上了一条新的标语："千万不要忘记阶级斗争！"每个字都有一扇门板那么大，感叹号也像根粗木棍，怪吓人的。

在"自然灾害"中充分享受"共产"福，变得相当富态的李支书，叉开两腿站在大墙前说："阶级敌人破坏社会主义，就是拖共产主义的后腿，这回要把这些坏家伙挖出来斗倒批臭！"

"阶级敌人"果然"挖"出来了，就是那几个在土改中划入"另册"的富农。他们被拉到大墙前的标语下，弯腰曲背地狠斗了一气。"贫协"主席发狠说，要把他们的"小肠气"（嚣张气焰）打下来！

我在大墙后边的堂屋里长到十七岁，不知看过多少大墙上变幻的"新套套"，再后来我告别了老宅子，到外边求学、做事、娶妻、生子，一晃二十多年。远地里间或传来一些故乡的音讯，知道那面大墙其后又经历了几多风雨，墙上的标语也变换了若干次。据说最后一次是村里人敲着锣鼓铜盆，放着鞭炮，簇拥着村中一位小秀才——王二爹那个当民办教师的孙子，用红油漆，以不太老练的笔法写就的——

"打倒四人帮，中国有希望！"

前些时，我披着初冬的嫩寒，回到了阔别的故乡，正巧赶上舍弟家的新楼落成。整条巷子的楼宇鳞次栉比，他算是"落后分子"。那幢小楼就建在原先的宅基上，大墙自然早被推倒，连块砖头都没留下。询问舍弟，他哈哈笑道："那都是过去的事了，还提它做什么？"

老家的大墙消失了，而我心中却依然留着它的影子。那上面写着密密麻麻许多字，连缀起来竟成了家乡的编年史。

●严春生

徜徉在月辉里

不知从什么时候起，我有了一个嗜好：只要是晴夜，一有闲暇，总爱踽踽独行于野地里或空旷处，翘首赏月。

世上不爱月的人可能不多，我想。有诗云：天上一轮才捧出，人间万姓仰头看。芸芸众生所喜观月者，也是心态各异：诗人吟月，雅人赏月，闲人玩月，失意人叹月，痴情人则拜月……即便如一介凡夫的我，也禁不住要在清辉之月色中仰视一番。这，绝不是庸人自扰，也非故作多情，实在是这如水如银的月华最撩人心弦，最令人神往那深邃邈远的苍穹。

沐浴在月辉里，思绪就会神游于人间天上、星辰宇宙之间。我一直崇仰天文学和地质学，总以为这两门科学最能开阔人的视野，拓展人的胸怀，从而使人类思维的触角向两端延伸，生发那种遥望宇宙、勘察地幔、跨越历史的欣悦与超脱。

伫望在月辉里，会有一种探索哲学的底蕴的朦胧意识。十八世纪德国著名浪漫诗人诺瓦利斯对哲学下了不同凡响的定义："哲学就是怀着一种乡愁的冲动到处寻找家园。"都市里的人们居住在钢筋水泥混凝土构筑的街市上，常年呼吸着污染了的空气……总有一种企图摆脱喧嚣的意念，甚至会从心底滋出某种茫然的情绪，恨不能立即置身于山川田园、荒野静僻处，去拥抱大自然。但这对于都市的人来说，并不是随时能够如愿的。只有当你夜阑人静，仰首观月，怀着一种乡愁的冲动，去寻觅意绪的返璞归真时，或许不失为难得的补偿。我想，这不能不说是一种精神的享受。

遐想在月辉里，将平素那些庸碌无聊的宠辱得失排遣殆尽，就会突然觉得天与地、人与月融融亲和，世间一切污秽、残缺、晦涩，包括自己那颗多少也沾附了世俗尘埃的心，好像已经被那水银般的月辉所浸润而得以净化，隐隐地觉得胸襟坦荡了许多，而心眼里又酿就了什么似的，倍感舒畅……

徜徉在月辉里，难道仅仅是闲情逸致使然么？

● 吴宏一

归　来

　　今天入暮时分，回到村里。村中的一切事物大致没有变动。风还是风，云还是云，会改变的只是我们这些时常离乡背井的游子罢。

　　村中的人朴素中还是带着热情。"噢，你越长越高了。""身体比以前壮多了。"他们都这么说。可是我的母亲却不这么说，她说："看，又瘦多了，这次回家该多休几天啦。"

　　你晓得的，这儿能看到的，是荷锄的农民，看牛的牧童，浣衣的妇人和闲聊的老人。没有喧哗的市声，没有紧张的气氛，我想这次乡居的生活，一定会令我惬意的。在都市捱久了，回到这宁静的村中来。实在有一新耳目之感哩！

　　弟弟说明天要和我去翠屏岩，我答应了。你晓得的，翠屏岩有清风，有松竹，有瀑布，有新建的庙庵，我也许要在那儿待上几天；我去时，要带一支笛子、一根钓竿和几本心爱的书。

　　春风比我先回到村中，大多的村民都已卸下冬衣，而换下了春衫，我现在也换上了一件短袖的港衫，我母亲怕我着凉，不让我换，我说："一换上春衫，自然就不觉得冷了。"

　　写这封信的时候，虽然有些倦意，但同时又兴奋得很，你晓得，这并不矛盾的。

●张小敏

追赶太阳

等待是漫长的，而有所企盼则是幸福的。

走在浓雾之中，忍受着入骨的寒气，我扶起那棵棵正在沉重流泪的小草，抚慰着簌簌发抖的鸟儿，把一片片默默叹息着的落叶拾起，我知道它们和我一样，都在强烈地渴望着你。神奇的太阳，能伸出温暖有力的手，引我们走出这一片冷雾缭绕的世界。

我执拗地凝望着天幕，仿佛是在倾听一个亲切的呼唤，一阵熟悉的脚步。而太阳，你的出现竟是如此迟缓，你如薄纸剪成的圆，冷冷地贴在迷蒙的天空，没有光辉，没有热力，显得那样遥远，那样不可触及。

我用力呼出热气，想融化这一片雾，好离你近一点，更近一点。可一切的努力都是徒劳。世界在抽泣着，发出吧嗒吧嗒流泪的声响，我终于无力地靠在一根树枝上，感受着湿漉的自己。

在这混沌一片的世界里，我显得那样渺小，那样纤弱。沉浮在现实与梦想之间，总想拼命地抓住一点什么，好让自己在疲惫之中，能有所寄托，有所慰藉。我流了那么多的泪，等待了那么久，却从来没有感觉到，在茫茫尘世中，我之所以寻觅不到，原本是早就受着你——太阳，默默的抚慰呀！

于是，我擦去浓雾抹在我睫毛上的水球，满怀着希望，等待

168

着你穿过这似有似无的轻纱，用你坚强有力的手，给予我永久的一握，啊，难道这层薄薄的雾，竟会坚实如铁壁吗？难道你注定得若隐若现地浮游在薄雾之外吗？难道我注定得隔着雾气凝视你吗？对于这一切，难道我就不能还它一个淡淡的倩笑吗？

隔着雾，我可以把你看得很清楚，但这时你是乳白色的，乳白色的太阳，美丽而忧伤，但绝不是真正的你。

当你终于拨开浓雾，以令人晕眩的光束攫住我整个身心时，我又不能抬头仰望你了，因为每次望你一眼，都使我战栗得泪盈满眶，不敢再望第二眼，只是怀着无限柔情，低下头默默地想象你。因而我还是没能真正认识你啊。

从浓雾里走出来，走进你的宽厚的怀抱，走进永恒受着你恩泽的大自然，看昆虫睡在花萼里做它们的春梦，听雀鸟追逐着歌唱。我呼吸着青草的芳香，感到这世界一切都在呼吸，一切都散发着它们内在的温馨。

端详着绿草地里渐渐艳红的小花，我顿然感受到了太阳的魅力。不是吗？我的头发在太阳的照射下，一天天地浓密乌黑；我的嘴唇因深吸着自然界浓酣的乳汁，变得柔软湿润，荡漾起甜甜的柔波；我的眼睛因受着清洁湖水无数次的洗濯，变得更加生动明亮；我的娇弱的身体，因了你的照耀，受了你的沐浴，而通体透明，发出圣洁的光。

哦，太阳，你只需给我一线微笑，就足以使我带着爱意去承受一切的忧患与眼泪，细细地撩起游丝般的温情与希望，因为你已依托着万物使我深切地认识了你。而只有如此产生的情意，才会使人们青春常驻、情爱永存呀！世界上倘若真有造物主，倘若真能给我一个允诺，那就让我化作亚热带的一株椰子树吧，向着你努力伸展我的枝叶。

尽管我的枝丫太短小，不能接近你，但在向你伸展的过程中，我将感到生命的充实。

● 毕璞

夜与晨

夜是神秘的、罗曼蒂克的，也是诗意的。

当夜之女神把她轻盈的黑纱往大地上一撒，于是，夜色就变得那样迷蒙，那样幽深，仿佛隐藏着亿万年来的奥秘，而那奥秘竟是无人能解。

然而，在那星月交辉，或者繁星满天之夜，景色又是何等绚丽璀璨！"春江花月夜"、"春夜宴桃李园"、"月上柳梢头，人约黄昏后"，举杯邀月，秉烛夜游……古往今来，良夜无数，想起来便觉心醉。

夜宜雨。冷雨敲窗，棉被难温，此情此景，正是一种凄寂之美。

夜宜雪。"寒夜客来茶当酒"，"晚来天欲雪，能饮一杯无"；在寒夜里，良朋三五，围炉共饮，不知东方之既白，也是人生一乐。夜虽然如此美好，可是也有可怕的一面，月黑风高的夜晚，便会令人想起了鬼魂、梁上君子、鼠辈、黑店，以及种种见不得天日的勾当。

幸而黑夜不会长驻，当它一秒一分地消逝，黎明渐渐来临，光明战胜了黑暗。太阳再度君临这个世界时，又是另外一番景象。

　　玫瑰色的朝暾把大地上的万物都染上了一层浅红色，到处洋溢着一片喜气。微凉的晨风吹醒了每一个瞌睡的灵魂，枝头的小鸟开始了清晨的歌唱。这时的空气是未经污染的而芳香的，隔夜的露滴像颗颗水晶珠那样缀在树叶上、花瓣上和小草上闪烁着。

　　早晨是光明的、清新的、朝气蓬勃的。

　　经过了一夜酣眠，养精蓄锐之后的人们，这个时候的精神和体力都是处在巅峰状态中，而头脑也最清晰。所以，这个时候最适宜于处理或从事重要的工作。古人说的"一日之计在于晨"，真是至理名言。但愿人人都能珍惜早上的每一刻大好光明。

　　无论你喜爱富于情调的黑夜，抑或是欢乐美好的清晨，黑夜与清晨都是互相更替的。黑夜是白天的前奏，早晨是夜晚的延续，日以继夜，夜以继日，地球永远在转动，生命永远在长成。又因为人类有了文化，所以我们才有永恒，有真理，万古也才不至于有如漫漫长夜。

　　英国的诗人雪莱有两句名诗："冬天来了，春天还会远吗?"对好些讨厌黑暗的夜晚而歌颂光明的清晨的人，让我把雪莱的这句诗略为篡改一下吧："黑夜来了，清晨还会远吗?"

雅与俗

　　真后悔自己当年灌输了四个儿子雅与俗的观念，以至咎由自取。等到他们略为懂事以后，只要我穿上一件稍微鲜艳一点的衣服，或者买回来一样色彩较浓的用具，四个小家伙就会对我群起而攻之："妈妈好俗气！"使得我无言以对。只好经常穿得素素淡淡，扮演"雅人"角色。

幸亏虽然有时也穿穿俗的衣服（也许衣料是别人送的），偶尔也买到俗的东西（又不是我制造的）；但是因为我是个文人，而又喜爱艺术和音乐，因此，在儿子们的心目中，还算是个雅人。

在我和儿子们互相比雅的那些日子里，老大是他三个弟弟公认为最俗的一个，因为他特别喜欢亮晶晶的东西像金、银或宝石之类，而他的图画又老是喜欢采用大红大绿的原始色彩。老二和老三那时都醉心美术，老二模仿叶醉白将军画马，有点类似。老三曾经画一幅马戏班的图画在《中央日报·儿童版》发表。于是，两人就都以未来的大画家自许，也自命为当然的雅人。至于他们的小弟弟——老幺，虽然也喜欢画画和唱歌，可惜却又喜欢看武侠小说，就被那两个跋扈的哥哥贬为雅人中之俗了。

孩子们的爸爸是个没任何嗜好的人（不过也爱看武侠小说），虽然谈不上雅，照理也不算俗。但是他喜交俗客，因此孩子们暗中也把他列入俗人之中。这件事，他到现在还不知道，因为他不像我那样跟孩子们打成一片。就算他知道了，他也不会在乎，说不定还会骂我们一声"神经病"。十几年前，我写过一篇《雅俗之争》，说的就是孩子们争做雅人的经过，里面也提到丈夫是孩子们心目中的俗人的事。不过，因为他从来不看我的文章，所以始终蒙在鼓里。

十多年过去了，我仍然坚守在自己的岗位上，身份依然还是一个文人，而对艺术和音乐的兴趣也有增无减。丈夫也是依然故我，丝毫没有改变。可惜，却已经没有人来批评我们的雅俗了。我的四个孩子之中，有三个人还在太平洋彼岸，唯一还留在家里的老三，早已对这种幼稚的"雅俗之争"失去兴趣。

当年被三个弟弟公认为最俗的人——老大，如今可说是全家最雅的人，我这个半是文人半是家庭主妇的人简直是望尘莫及。说起老大，他大约是从升上大学就已脱胎换骨，彻头彻尾变成了雅人。他念的是外文系，读了几首英诗以后就自己学着写新诗。从那个时候开始他就嫉俗如仇，对一切世俗的事物都瞧不起，只知埋首书堆，是个完全脱离现实的书呆子。

后来，他的兴趣从文学转移到音乐，出国以后，下了几年苦功夫，阅读了无数典籍（每隔一两个月就开出书单来叫我们寄书去，包括了国学、文学和音乐方面的书），又去学过种种乐器（在国内已学会了钢琴和乐理）。终于，皇天不负苦心人，他以两首创作的器乐曲考进了美国哥伦比亚大学的音乐研究所，主修作曲和指挥。从他寄来的照片中，我看得到他那间小小的公寓里，除了一部钢琴外，四壁都摆满了图书，怪不得他在来信中说自己"坐拥书城"了。从一个爱金、银、红绿的"俗子"而变成为今日的雅士，我家老大的转变，当时谁能逆料？

当年想当大画家的老二，今日变成了科学家，他已经是哥伦比亚大学的物理博士了。他对音乐和艺术的爱好和我一样，多年不变，也爱旅行和游山玩水。他常常寄回来一些印刷得非常精美的画册，使得我们的客厅因此而生色不少。

可能由于性情太"雅"之故，他读物理，竟舍实用而就理论。别人读实用物理的都能够找到很好的工作，读理论的他，恐怕只能当教书匠了。为了"雅"，难道真的要躲在象牙塔里，不食人间烟火吗？

"雅"人中的俗子——老幺，受我和他大哥、二哥的熏陶，也是艺术和古典音乐的爱好者。不过，他除了古典音乐之外，还喜欢听热门音乐；因此，他在雅中还是带着点俗。如今，他也到美国深造去了，就算我不嫌他略带俗气，想跟他谈谈毕加索、马勒、布拉姆斯以及一些彼此都爱看的欧美小说，也已经不可能。

孩子们长大，一个个就像翅膀已硬的小鸟那样飞了，现代的父母真是悲哀。

唯一留在身边的老三，当年曾经自命为我家雅人中的最雅者。的确，他不但喜欢艺术，还会画画。后来他选读工业设计，就是为了可以应用他绘画的天才，而他也的确不断在作画，美中不足的是，他住校时也爱上了热门音乐，学会了跳舞，他的雅，在我心目中就多少有点贬值。

前几年，我出版的一本小说，还是他设计的封面。这本书我因此而感到特别珍贵，母子合作，虽然算不得"文坛佳话"（因为有很多文友也有这样的先例），可是在我这个做母亲的而言，却是感到十分自豪的。

想不到，老三在前年结婚，后来又做了爸爸之后，加以工作忙碌，我冷眼旁观，发觉他当年的"雅兴"已渐渐消失。他每天下班回来，看看晚报，看看电视，逗逗婴儿；然后，不到十时，便呵欠连天地上床睡觉去了。有好几次，有人找他设计封面，他都婉言拒绝；现在，他不再绘画，也不看任何本行以外的书籍。我知道，婴儿夜间的啼哭，影响到他的睡眠；而工作的繁重，又使得他对其他事物失去兴趣。我心疼地想：这个年轻人已走上一般成了家的薪水阶级的那条路子了，每天上班、下班、吃饭、睡觉，他们不再求知，也不需要精神生活，就这样日复一日，月复一月，年复一年地走下去。原来，他自认是四个兄弟中最雅的一个，想不到，如今过的却是最俗的生活。不过，他还年轻得很，谁知道将来又有什么变化？我为什么要杞人忧天呢？

希望我的儿子们不要看到我这篇短文。要不然他们一定会笑我：妈妈，你实太过 Naive（天真）了，这是什么时代，还谈什么雅不雅、俗不俗呢？雅又怎么样,、俗又怎么样？老实说，我们才不在乎。

是的，我也不在乎到底是雅是俗。不过，要是有人说我的文

174

章很俗，也许我还是会感到不高兴的。人本来就是矛盾的动物呀！

面对母亲

我信命。如果不是命运的安排，孙道临先生将刚刚拍摄完的影片《继母》，从上海拿到北京试映的那一天，为什么偏偏是母亲逝世三周年的日子？

真的，我无法解释。人世间充满一个个谜。

两年前的夏天，冒着北京的酷暑，孙道临两次找我未遇。当我在电话中听到曾经在电影《王子复仇记》、《早春二月》中熟稔的声音，心中一阵奇怪，不知他要找我做什么？第二天上午，我如约到他的住所找他，谁知他穿条短裤早早站在胡阿口等我半天了。远远的，我心中打起一个热浪头。

第一面印象很重要。

他说他要把我在《文汇月刊》上发表的《母亲》拍成电影，并要我自己改编成剧本。他说他读完《母亲》很为母亲平凡而琐碎一生感动。他说他不禁想起自己的母亲，他在北京西什库皇城根度过的童年。然后，他说起文化大革命残酷年月中感受到的普通人难忘的真情，虽然只是一点点，却鼓励着他活了下来。同时，他静静倾听我诉说母亲的故事和我对母亲无可挽回的闪失……他竟止不住落泪了。一个七十岁的老人，泪花从那依然炯然的眼睛中滚出，滑落在皱纹纵横的脸上，我的心中忽然涌出对他无比信任的感情。我觉得我面对的是一位通体透明的人。或许是我的偏执。我衡量一位艺术家的艺术良心，只看他对普通人的感情。我见过太多的半吊子乃至伪艺术家，自视多么布尔乔亚，把自己时时装扮成抖翎开屏不同凡响的孔雀，忘记了他们其中其实也是从普通人中爬上来的，便也忘记了终究掩饰不掉要露出的屁股眼儿。

我永远信奉日本作家水上勉的一句话："作家要为普通的、无名的人，留下墓志铭。"其实，那也是为作家、艺术家自己留下的墓志铭。

当我们一老一少泪眼相对，映着北京八月阳光的时候，我不知道这部影片能否成功，"触电"终是件危险的事。我只感到一颗艺术家的良心，感到在物欲横流喧嚣尘世中难觅的一片挚诚与真情。这样的情境，在人的一生中并不是能够常常遇得到的。我在心里悄悄地对母亲说：一个北大哲学系毕业、蜚声海内外的大艺术家，拍摄一个没有文化、平凡一生的母亲，并不是每一位母亲能够享受的。妈妈，您的在天之灵可以得到莫大的安慰了！

孙道临就这样走进我和母亲的生活。十二月的上海，在凄苦寒冷冬雨扑打的上影招待所窗下，我开始着手改编这个剧本。我再次走进母亲的同时，也走进孙道临的生活。两年相处，我感受到他慈祥、平和，有时常会带有孩子似的天真。每每谈到影片动情处，谈到以往岁月中铭感至深的人和事，他总是要泪语哽咽。他几次对我说："我为什么要拍这样一部影片？我不是只想拍拍母爱，而是想还一笔人情账，要让人们感到真情对于这个世界是多么重要！"我想定是他的真诚感动了这个世界，否则，在花拳绣腿、拳头加枕头占据风头，巨人巨片雄踞一方的影坛，一个普通如蚁、身上带有种种尘埋网封传统悲剧色彩的母亲怎么会堂而皇之走上银幕？

如今，影片终于拍摄出来了，带有我更带有孙道临不可抹却的人生、命运、情感及艺术品格的印痕，我不知道它能否叫座，能否耐下心来将各种诱惑难忍的欲火暂时平息，将蛰伏的真情从平庸而惯性的生活中露出湿润的一角，进入影片那被我们几乎淡忘的往昔，从而让人性不致陷进泥淖而窒息。或许因为剧本是我写的，坐在电影院里过分投入而难以自拔，泪水止不住挂满我的脸膛。我相信并不仅仅是我一个人要面对母亲而审视自己的灵魂。望着银幕上郑振瑶那瘦削的脸庞、花白的鬓发、伏在瓦盆中洗衣服那筋脉突兀的双手……几次让我想呼喊母亲，仿佛母亲真的奇迹般又活在我的面前！

　　我信奉艺术就是真诚。缺乏真诚，艺术是风干的鱼，没有了鲜灵活脱的鱼肉，任其再披上如何华丽的包装，只是木乃伊。我同时信奉真正的艺术是朴素的。美是无须装扮的，把脸涂抹成化学颜料的调色盘只是一种浅薄。当影片结束在一片枯枝与一片葱茏的绿树之中，我心头泛起这两种强烈的印象。无论对于孙道临导演，还是对于郑振瑶的表演过、导过的片子，戏剧性都很强，艺术手法运用得都很讲究。这部影片却带有生活原生态的朴素，绝无煽情的节制，即使运用枣树的象征，也只是如鸟飞天际了无印痕那样清新自然。我想青年是诗，中年是戏剧和小说，而散文独属老年。春秋演绎、人生沧桑一一品尝，铅华洗尽、繁花脱落事事过后，才会出现这种至尚至淳的艺术境界。应该说，这是孙道临晚年心血的结晶。看完这部影片，望着孙道临，我想起卢梭晚年的一部重要作品《一个孤独的散步者的遐思》。

　　走出影院，回到家中，面对母亲的遗像，我忽然泪眼迷蒙。我不知道这是为什么，为孙道临？为郑振瑶？为母亲？我只知道这一天是多么难得！妈妈！在您一份多么珍贵而难得的祭奠！在影片的最后，我曾经这样对您说过："叶子落下来还能重新飞回枝头吗？当我可以审视自己灵魂的时候，一切已经太晚了！"如今，虽然已晚，应该感谢孙道临，是他给了我一个弥补的机会，妈妈，您可以瞑目了，我会好好珍重自己！

辉煌的母亲

我们曾是六口之家。父母亲，三位兄长和我。我们家女人的地位很高，父亲单位的人对我父亲说："你老婆是'常有理'，你女儿是'惹不起'。"父亲一笑，不置可否。

母亲是小学教员，她是个很优秀的小学教员。常常半夜三更地才回家，说是找学生家长去了。有一天她拎着一块砖头回来，阴着脸，我们大气没敢出。过了许多日子，据我父亲透露，是一个学生从母亲的背后扔的，母亲把这块砖头带给他家长看，让他挨了一顿好揍。我的三位兄长义愤填膺，从这以后，母亲下班时，常常碰到父亲和我们家的三兄弟。

母亲对此颇反感，埋怨父亲不带孩子们在家复习功课，上外头乱窜什么，还谈到了子不教父之过什么的。

他们便不到街上乱窜了，父亲很听母亲的话。我总觉得母亲把父亲当成了她的小学生了，训导起来那么坦然，那么轻松。

母亲的训导功夫是非同一般的，她能在你入睡前为一件事开始她的训导，接着就七百年谷子八百年糠地絮叨起来，常常我一觉醒来母亲仍振振有词地演讲着，父亲和兄长们的鼾声却残酷地响着。母亲丝毫没有感觉到听众们对她的不公平。

其实最让我百思不得其解的是，父母亲的关系问题。他们很正统，一切公事公办的样子。我从没看见母亲随便给父亲一个笑容，也从没听见他们相互亲切地称呼一声对方的名字。在家里相互称"喂"！走在街里到了非喊不可的程度就喊"小虹她妈"。自从我能够记住吃，也能够记住打的时候起，就没看见父母亲在一起住过。我家只有一条火炕，母亲带我住炕头，依次是我的三个兄长，炕梢是我父亲。这样的居住方式维持到我十四岁，父亲动手间壁了一间仅两平米的小屋，放了一张床，母亲带我去住了，父亲带兄长们仍然住那条火炕。

过去我经常怀疑我们兄妹四人的出生问题，我们是否会是试管婴儿？不过当我们出落得很好的时候，我又想，父母亲的确是极负责任地完成了他们的使命。

父母亲有时吵架也很凶。但我从不知为了什么，这时的母亲绝不像平日那样絮叨，我由于惯于母亲的絮叨，这样的沉默我怕得要死。父亲也默然地站在窗前，兄长们找各种借口溜之大吉。我只能龟缩在角落里想，我要死了，数到一百个数一定要死了。

一个很深的夜，我被屋外的一阵乒乓声惊醒，外屋的灯亮着，我懵懵懂懂地爬出被窝，母亲坐在床边，小屋里没点灯，看不清她的脸。父亲在用一根很细的绳子绑行李，三位兄长把头蒙在被里一动不动。

"躺下！"母亲一声断喝，我中弹一样倒下。

不一会儿，我听见了沉重的门声。

那夜，母亲坐到天明。

父亲一晃走了半年，让我困惑的是，父亲每月的工资扣除生活费，如数交给母亲，每次都由我最小的哥带回来。母亲平静地数一下，然后揣起来。每当这时，我都很可怜父亲，也悄然恨了母亲。有一次母亲数到一半，眉尖突然跳动一下，最小的哥说："奖金。"

这回母亲终于迟疑了半天才揣起来。

　　那天母亲做了红焖肉，父亲最爱吃的。由最小的哥和我送给父亲，临出门时母亲严厉地警告我们："不许说是我让送的，不然回来给你们好揍！"

　　我一直没见到父亲，没想到父亲依然很年轻，而且胖了。也很整洁、利索。他穿了件深棕色夹克，看去比母亲要年轻十岁。我有点可怜母亲了。

　　父亲抱着我，仔细端详了半天，说了句："很像你妈。"就把我放下了。父亲的屋里放盆茉莉花，我凑过去闻个没完。小哥怕挨打急着催我走，我站那儿不动。父亲就端过花给小哥。

　　"带回去替我养着。"

　　我和小哥欢天喜地地端着那盆花，走门口我终于忍不住喊了："爸。肉是我妈让送的。"

　　小哥说："用你显了，我早说了。"

　　我才不在乎谁先说谁后说的呢。

　　那盆茉莉花端回来后，我们都不曾想起过浇水。母亲悄然地侍弄着，至今已快长成一株小树了，年年为母亲开放着。

　　都说父亲怕老婆出名，父亲也从不否认。然而父亲和母亲却有个不可调和的矛盾冲突，就是芹菜的吃法。母亲认为，芹菜包饺子吃，要先切好，洗净，然后再用水抄一遍。父亲则认为，切好，放锅里用水一抄省略洗的过程。我最怕我们家吃芹菜馅饺子。我也纳闷，父亲那么听母亲的话，事事顺从母亲，可是偏偏在这件小事上，父亲特别有个性。每次包芹菜馅饺子都吵个不亦乐乎。有一次母亲一气把所有的芹菜馅都倒在大街上，父亲一气走了两星期。到现在我仍忌吃芹菜。

　　亲属们说我妈那叫"格路"。我家的确很少有人光顾。生活就该这样么？的确，一个小小的家庭哪有那么多壮烈的事情，其实也真难以经得起壮烈。

在我记忆中，我家第一次接受很多人的光顾就很可怕。来人进屋就乱七八糟地翻了一通，最后拿着两本母亲的日语书带着父亲走了，邻居都来围观，母亲很从容地目送他们，父亲脸色很怕人。

过了不久，母亲带我们去看父亲，我们隔着桌子。母亲进屋便骂："你这没骨气的东西，是你干的吗？你就承认，你坑你的孩子们呢。"

父亲的泪水一下子涌了出来，他喃喃道："他们逼我，我就乱说了，我以为说了就能放我回家。"

母亲勃然大怒："他们逼你说，你就说！现在我逼你去死，你死去吧！"说罢，她飞身跨过桌子，啪！啪！给了父亲两个耳光。这时外边进来两个人，把母亲拉住。父亲呆若木鸡。

"跪下！"母亲命令我们兄妹四人。

我的腿早软了，第一个扑通跪下，接着二哥、小哥也扑通扑通跪下，只有大哥倔犟地站着。母亲气急败坏，啪一个耳光，大哥的鼻子就出血了。大哥直挺挺地大喊一声："爸！"我们被人家推搡出来。

我们的背后传来父亲撕心裂胆的叫喊："我要翻案！我要翻案！"

当时我想，父亲一定能成了宁死不屈的英雄，只是母亲太狠了。

父亲不久就回来了，他回家那天我母亲炒了好几个菜。父亲举起酒杯冲母亲说："谢谢你，谢谢孩子们。"就哭了。我们也哭了。

母亲没哭，脸色煞白，她给父亲夹了块肉，父亲夹起来送到我嘴边，我嘴都张开了，却被母亲挡住了。

"不惯她这毛病。"她说。我心里很是别扭，母亲一点儿也不温柔。

我十八岁那年，我家突然又来了许多人，我心都要从嗓子眼儿整个蹦出来了。来人都是我父亲单位的领导干部，他们只允许我大哥参与谈话。那天夜里母亲在黑暗中默然地坐着，月光躲过窗斑驳地洒进来，依稀见得母亲点点泪光。

父亲患了肺癌，一个星期后父亲母亲和大哥一起去了上海。父亲走时仍然潇洒、年轻，和一下子成熟起来的大哥相比，像兄弟一样。

几个月后，他们回来了，父亲骨瘦如柴，全然没有了生气。母亲却格外精神，只是不再絮叨。

此时，我多么怀恋那些絮絮叨叨的日子。

父亲的日子不多了。我们只能眼看着父亲一天天远离我们，无力挽留。这时母亲依然平静，尽职尽责地为父亲精心做三顿饭，尽管父亲几乎不吃。父母亲好似没有生死别离的准备。

"喂，吃饭吧！"

"嗯。"

"喂，该吃药了！"

"嗯。"

"想不想大小便？"

……

"想吃些什么？"

……

我多么想听到父母亲交流些关于吃饭或大小便以外的事情。我故意到外面去散步把空间留给父母亲，留给这对恩怨的夫妻。可是等我半天回来，只见母亲却在门口张望，见我回来，疼我却用很生气的样子对我说："挺大个女孩子家乱窜什么？这又不是花园。"

我心里好不是滋味。母亲你能不能把你这拳拳之心留给父亲点儿，疼女儿的日子长着哪！

184

我真想哭，觉得人活着可真不容易呀！

那年的秋天，天蓝得如醉如痴，看一眼五脏六腑就像被洗过一样的洁净。

终于在一个下午，我们踩着厚厚的叶子，把父亲抬进了太平间，母亲默默地随着我们。记得在父亲咽下他一生的最后一口气时，母亲表情极其一般地梳理了一下棱乱的头发，还抻了抻衣襟。"天下难寻这样的母亲！"我想。

兄长们把父亲放下就出去了，母亲木然地站在父亲身边，不动、也不语。看管太平间的老头儿早已看腻这生生死死的场面，催了好几次："出去吧！"

我望望母亲，她依然不动，心中不觉愤然：平日你对父亲那般的冷漠、无情，现在站在这儿做什么姿态呢？于是我半推半挽着母亲说："走吧，妈。"

母亲木木地移动了脚步。可是就在我们迈出太平间的一瞬，就在太平间的门将要关上的一瞬，母亲突然疯了一般地挣脱了我，大喊："不，不！"一把推开了正在关门的老头儿；一头扎进去，抱着父亲那张曾经年轻过、生动过的脸胡乱地吻着。

我呆愣愣地站着，脑子一片空白。

母亲任由自己疯狂着……

● 肖克凡

人子课程

我抵达这个世界的第一个任务是来做儿子的——当我呱呱坠地时就已注定。没有人告诉我当时大家是否吃了喜面，但我敢断定我的到达没有引起他们更多的反感。

只是这个人间又多了一个男婴罢了。

我就开始做儿子了，自觉不自觉便到了如今，很匆忙的。父母没有留给我任何"遗产"，因为他们还都分别活着，不很健康。

很久以来，见过我父母的人，有的说我长得很像父亲，有的说我长得很像母亲，看法很不统一。我想：一定是因为父亲与母亲生得就有些相近吧？才有了这两种殊途同归的说法。

我想我是更像父亲的，我是他的复制。

对于父亲，很长一段时间里我印象不深。据说四岁时我随母亲去车站送过他。他走得很远，到大西北边疆去工作了。

然而我对母亲也没有更多的印象，这很令我感到遗憾，似乎缺少了许许多多东西。

我在没有父亲在场的情况下继续做儿子。几乎没有男性可供我模仿，我居然一天天成长起来，如今也做了父亲——有了自己

186

的儿子。

我做起父亲来常显得力不从心。

这一定是有原因的，我说不清楚。

记忆之中有了父亲，是一九六〇年的隆冬。一个头戴大皮帽身穿皮大衣的人推开了我家的门，他提着捎着许多东西，呼呼喘着粗气。

我问："同志，您找谁呀？"

这个人就冲着我笑。他很高很瘦，就像今天的我一样，更合秩序地说，今天的我就像当年的他一样。

外祖母在一旁大声说："他是你爸爸呀！"

我至今没有忘记这句话。这的确是一个开始。

于是有了父亲的起初印象，当时我正读小学一年级。别人都有父亲，我也有了。

我因此而激动。

生平首次看到那么多饼干，是在父亲从新疆带回来的那只小皮箱里。在我眼中那只装得满满的小皮箱简直大得胜过一家糕点店。我一头扎进去，吃了许久才恢复常态。父亲笑了，他当然没有告诉我他在新疆过的是一种什么样的生活。我松了松裤带，只知道在"节粮度荒"年月里我是个最为幸福的儿子。

几天我就吃空了那只小皮箱，像一只耗子。

父亲返回新疆时没有带走那只空空荡荡的小皮箱，他说，明年我还回呢。于是我又成了他遥远的儿子，他又成了我遥远的父亲。我继续混沌地做儿子，时常想起那一箱不复存在的饼干。班上有几个同学患了浮肿病，我没患。我想这与那一皮箱饼干有关。

而父亲却是两手空空返回新疆的，没带一块干粮，也没带一两粮票。那路，多遥远。

有时我回想那不是一皮箱饼干，绝不是，而是父与子之间的一种特殊的物质。

后来我在母亲授意下给父亲写过一封信。内容我已忘了，大约是告诉他我期末成绩优秀并希望他多多寄些钱回来。这是我识字以来所写的第一封信，也是至今写给父亲的唯一的信。他读信时的复杂感受，如今我已能够大体揣摸出来了。

因为我也做了父亲——身兼两职了。

至今我也不明白母亲为什么让我给父亲写信。可能是有意训练我的文字表达能力吧。

我依然遥远地做着父亲的儿子，很难进入"角色"。那时我学会了看地图。地理课的成绩全年级我一枝独秀，有一次居然问倒了老师。

老师不知道我的"地理情结"，面有愠色。

父亲的再一次出现是很突然的。当时我已经忘记了他的存在。他在我一次放学的路上候着我，像个伏击者。塞给我一把糖果，他笑着说，我从新疆回来了，我再也不回去啦。

我知道我已经属于父亲了，心中十分害怕。这害怕源自一种深深的陌生感。

我给一个陌生的父亲做了这么多年陌生的儿子，陌生得近乎无有。该实打实做儿子了，前景难卜，我在路上偷偷哭了。

我希望自己快快长大。大街上见到成年男子，便从心底羡慕，只恨自己长得太慢。

难道是我不愿意做一个儿子？至今也说不清那是一种什么样的想法。

做儿子是人生法定的事情。

我与父亲在一起生活了不长的一段时间，他就另有了自己的家庭。那一段时间是短暂的，就好像我与他从未一起生活似的。

就产生了一个愿望，希望他再生个儿子将我替换下来，就如足球场上的换人。

终于没有"替补队员"将我换下场来，我只能继续下去，在父亲不在场的情况下当儿子。

父亲偶尔来看望我和祖母。我仍然觉得他是我遥远的父亲，我是他遥远的儿子。

有时我为自己感到庆幸。

什么是儿子呢？

我长大了，进入社会谋生。先后挪动了几个机关，当小公务员。渐渐，我体味到了人的痛苦，心底很是迷乱。这时我与父亲见面的机会更少了。只是偶尔才想起他来。

其实我根本没有理解"儿子"一词该有多么沉重。它不只说明着一种血缘，一种秩序，还标志着一种角色和角色感。每当我做思想深刻状时，才会切肤感到：做了这么多年儿子，却不是给自己的父亲。我可能永远丧失了，不可追补。就像我不可能退回幼儿园去表现童稚一样。因此我又怀疑自己长得太快，年纪轻轻就成了一个如此成熟的"儿子"。

我可能永远丧失了，与父亲共同生活的那一段时光，已成为一个常数和恒量，像"π"值一样不可变更。随着年龄的增长和时光的推移，与他共同生活的那一段时光就愈发显得短暂。

有时我想，我还不如是个彻头彻尾的孤儿，便用不着在两难处境中而不得要领了。

"儿子"是这个世界上一个最为复杂的字眼儿。我身为人子却又从未去深深地体验它。

这是一种轻松，也是一种沉重。

你一生都没有实实在在做上他一场儿子，该是多么可悲呀。

为了生存，你早早就将儿子这个字眼儿大而化之而成为一种谋生意义上的心理身份，又是多么可叹呀。

我以为我一生都不可能拥有那种真正父子的体验了。我是一个多么可怜的"儿子"呀。

今年父亲生病了，挺重的。我却忙着在家中给自己的儿子做父亲——全日制，挺忙的。

父亲见了我，说胃疼。其实他已病了多年，很是潦倒的。我说该去医院查一查了。

他没说话。而是将我介绍给他身边的人们。

"这就是我的大儿子。"

其实他只有我这么一个儿子，孤本。

我为父亲预约了医院，他拗不过，就随去了。我们一前一后走着。那一天阳光灿烂。

我在前，他随后。这时我蓦然觉出自己很是有些威武的，比父亲强大了许多。

当时我没有意识到这是上帝赐给我的一次"补课"的机会。在此之前我已经永远地丧失。

父亲不多言不多语，随着我的安排一项项查体，有时看我一眼又迅速挪开目光。

不知为什么我激动起来。这么多年了，我们第一次共同做着一件他乐于做我也乐于做的事情。这么多年了，我们从未这么长久地相处着，合作得那么好，那么成功。

我居然十分感谢医院这个白色世界。

父亲住院了，他的那个家庭似乎忘记了他，无人光顾。我每餐都去病房给他送饭，为了他那多灾多难的胃口。往往返返，我每天要骑行三个小时的路程，这些年我从未这样奔波，很累的。病友们见每天都是我反反复复出现在病房中，从未见"换人"，就常用目光询问着。

父亲就说："这是我的大儿子。"之后就有些自得地笑一笑。

有一次我走出病房就哭了，为了自己。

我懂了，我终于获得了这个机会，走出"儿子"的阴影而成为一个真正的儿子——自主地做着自己想做的事情并从中体味到什么是爱。我不是为了什么社会称谓做着儿子而是为了自己做着儿子。这不是一种称谓而是一种实在。

我终于获救。我因此而激动。

他很瘦我也很瘦，我庆幸上帝如此公平。

他说："大手术，要花很多钱吧。"

我说："我有稿费。"在此之前他从未读过我写的小说，可能也不知道我是个作家了。

手术后一次他下床我为他穿鞋，他躲闪着说我自己穿我自己穿。这时我才想到：我在父亲不在场的情况下做了这么多年儿子，他也是在儿子不在场的情况下做了这么多年父亲呀。

于是我也懂了什么叫做人子的课程。

任何外部势力都无法强迫我做他们的"儿子"。

因为我有自己的"父亲"。

我居然在病床前体验到一种苦涩的幸福。

我是个大器晚成的儿子。不是吗？

● 陈建功

默默且当歌

我是在山脚下筛沙子的时候，听说自己被北大录取的。

那时我已经在京西矿区干了十年了。打了五年岩洞，第六年上被矿车撞断了腰。伤好以后，我就在那个山洞里，天天率领着四个老太太筛沙子。

更确切地说，那位工友兴冲冲地跑来报信的时候，我正仰面朝天，躺在沙子堆上晒太阳。我记得，听他说完了，当时似乎只是淡淡一笑。

我又翻了个身。我想晒晒后背。当后背也被晒得热烘烘之后，我爬起来，去领我的录取通知书。

你会骂我。

"玩深沉。"你说。

我不知道"深沉"有什么可"玩"的。那会儿既不知道高仓健，也不明白海明威。我只是想，晒完了后背，什么也耽误不了。回想起来，有点儿后怕。

我的心，已经像岩石一样粗糙了。

那一年，我二十八岁，二十八岁，也不再是激情澎湃的年龄。

那么，三十八岁的今天，当你打算为那些日子写下一点什么的时候，你是否能"激情澎湃"一次？

这或许是无法挽回的遗憾。啊北大，啊摇篮，啊粼粼的湖光，啊，婆娑的树影。你突然发现，你根本"啊"不出来。

你怅然若失，你不那么甘心。那粼粼的湖光、婆娑的树影毕竟对你的一生都非同小可。

那也"啊"不出来。

可是，一定要"啊"出来么？

我更喜欢默默地想。

写小说写出了毛病。

想的，常是那些别人以为不足挂齿的事。

比如，水房歌手。

他们每天晚上九点、十点时的歌唱。

如今，不知那带有几分戏谑的雅号是否能代代相传，可是我担保，那忘情的歌声不会消失。

当年的水房歌手们，他们知道自己至少拥有一个动了情的听众吗？

他们是不会知道的。他们从来不指望拥有什么听众。他们只管赤条条地在水房里蹿来蹿去。举起一盆盆凉水，灌顶而下，在"哗哗"的水声里，发出酣畅淋漓的尖叫，要不，他们就站在水池旁，抓住盆里的衣物，搓呀搓，一寸一寸地搓，痴痴地盯着莹莹泛光的皂泡，好像那里不是有童年的梦幻，就是有恋人的倩影。他们开始如醉如痴地歌唱。

> "冰雪覆盖着伏尔加河，
>
> 冰河上跑着三套车……"

歌声在湿漉漉的水房里回响，居然显得格外圆润而悠扬。可以想象他们的得意。再往下，决心和刘秉义一比高低，唱得更加哆哆嗦嗦。

"有人在唱着忧郁的歌,

　　　唱歌的是那赶车的人。

　　　……"

　　一般说来,伏尔加河上的"三套车"是很难跑完全程的,因为很快就可能有"青松岭"的那挂车出来与之并驾齐驱了——

　　　"长鞭唉那一个甩哎,

　　　叭叭地响哎,唉嘿咿呀,

　　　赶起了那个大车,

　　　出了庄唉嗨嗨哟……"

　　另外还有一匹"马儿"则被恳求"慢些走喂慢些走",因为"我要把这壮丽的景色看个够"。而那匹"叮叮当叮叮当铃儿响叮当"的"马儿"呢——

　　　"……那马儿瘦又老,

　　　它命运不吉祥,

　　　把雪橇拖到泥塘里,害得我遭了殃……"

　　那时,我住在32楼的332房间,和水房是对门。我的铺位是门后的上铺,敞开的通风窗像个开大嘴的喇叭,对着我的脑袋,天天晚上为我送来这永无休止的歌声。

　　我得承认,开始的时候,你真恨不得想骂娘——你们还有完没完呀!心里骂着,脑袋扎进了被窝儿里。可被窝外还是唱得顽强。"刷",电闸不知被谁拉了,水房里漆黑一片,短暂的静寂之后,那里又亮起了电筒的光柱。那气氛更加热烈而神秘,俨然一道道追光在舞台上闪烁——

　　深夜花园里,四处静悄悄,只有风儿在轻唱。人家的闺女有花戴,你爹我钱少不能买,扯上二尺红头绳,给我闺女扎起来。河里青蛙从哪里来?是从那水田向河里游来。甜蜜爱情从哪里来?是从那眼睛里到心怀。哎哟妈妈。谢谢妈,临行喝妈一碗

194

酒，浑身是胆雄赳赳。雄赳赳，气昂昂，跨过鸭绿江。鸠山设宴和我交朋友，干杯万盏会应酬。哎哟妈妈，你可不要对我生气，年轻人就是这样相爱。莫斯科郊外的晚上。第七不许调戏妇女们。向前进向前进，战士的责任重，妇女的冤仇深……

一九七八年就是这样一个年代。你的耳畔还萦绕着八个样板戏震耳欲聋的鼓点子。从海峡彼岸却传来了邓丽君半喘着气绵绵软软可又挺中听的流行曲。你刚刚听到了一条大河波浪翻十八岁的哥哥呀细听我小英莲，又不能不迷恋上了梨花开遍天涯晨雾袅袅如纱峻峭的河岸上站着的喀秋莎。

在这样的年代，在每一个人都可以无拘无束地歌唱都可以自命为歌星的地方，如果唱不出这颠三倒四的效果，说不定倒成了一件怪事。

恢复高考是新时期带给青年的第一个狂喜，而七七级的大学生是最先享受过狂喜的幸运儿。他们中间，又有谁能没有命运转机的喜悦和自得？

能不让他们唱？

看来，我唯一的办法只能是：躺在我的"包厢"里听。

听他们昏天黑地地唱。

生活中往往有这种事情发生，有一天你突然发现，以往你以为最原始、最粗鄙、最不值一顾的事物里，却蓬勃着激动人心的生命的律动。这道理很久以后我才懂得的。

值得庆幸的是，在我悟到这点之前，我每天都不能不无可奈何地接受着水房里的喧嚣。

慢慢地你能听出来，谁最爱唱《三套车》，没完没了地对人生喟然长叹。谁最爱唱《乡间的小路》，悠悠不尽思乡梦。谁能一句不落地唱下来舞剧《红色娘子军》的总谱，管乐弦乐锣鼓铙钹一人独揽。"文武昆乱不挡"的，大概就是天津小伙儿苏牧了。不过他的特点倒不难把握：为了充分显示男子汉的自信，他永远要在嗓子眼里压扁每一个音符，"文武昆乱"不管。扮演插科打诨角色者，必是李彤。他的拿手好戏有："样板戏"唱段，毛主席语录歌，惟妙惟肖的"林副统帅"讲话。于是之扮演的几乎所有角色的复制，他常常"足不出户"，只需在我们332室里恰逢其时地吆喝一嗓子，稍加"点染"，就会使水房里爆发出开怀的笑声……你终于感受到了这昏天黑地的喧腾的底蕴。这里原来是一个每个人都充分展示个性的舞台。你听到的，竟是这样有趣的歌唱。且不管它是庄严是调侃是忧郁是反讽，也无须管它是否还有一点自鸣得意。它们都是被禁锢的精灵冲出瓶口的呐喊，是白兰鸽们在欢腾的白云里、灿烂的蓝天间自由自在的歌唱。

也许，回味那个年代，更值得叙说的，是思想解放的大潮如何涌入沉寂多年的未名湖，引起隆隆的回响。大礼堂里，谛听新学科讲座的一幕幕……相比之下，水房里的歌声也许是一九七八年的北大校园里最无关紧要的声响。然而，又何尝不可以说，这声响恰恰也是那奔突汹涌的潮水的回声呢？

是的，当年躺在那张吱吱作响的双层床上，听着水房里送过来的歌声，仿佛真的可以感受到那潮头的喧闹、那潮头的迷人了。这歌声是我的同代人以情感的方式对一个新的开放的时代伸出的臂膀。这歌声又是我的同代人对一种新人格的呼唤。

我知道，这感受说不定只属于我一个人。这足够了。又何妨只属于我一个人。

因为我曾经在这喧闹声中反省自己十八岁到二十八岁的时光。你可曾有过一次这样酣畅淋漓的歌唱？当你被怀疑为"反革命集团成员"而接受"审查"的同时，你还接受了审查你的那位书记的吩咐，为他拟写了学习"九大"文件的辅导报告。当你被取消当"工农兵学员"资格的同时，你发表了你的"处女作"，那恰恰是一首讴歌"工农兵上大学"的诗篇。其实，严

196

格地说，你的"处女作"早在这之前已经发表了，不过那署的是别人的名字。那位"劳动模范"气宇轩昂地在劳动人民文化宫朗读了"他的"诗作《煤矿工人这双手》，然后他到北京饭店吃他的庆功宴。第二天，"他的"诗作就登在了《北京日报》上。而我，老老实实地回到岩洞里开我的风钻……你可料到，会有这样一个时代终于到来？可曾知道，还有这样一种富于魅力的人生值得认同？

选择，就是在这喧嚣与骚动中重新开始的。

你今后还会想唱你不想唱的歌吗？

我只唱自己想唱的歌。

当一个水房歌手是多么欢乐。

唯一遗憾的是，我一次也没有到水房里真正地唱过。即便在这以后。

我指的，是用我的笔。

默默地想。

耳边，盆碗响叮当。——又是那些别人不当回事儿的事。毛巾布缝制的碗袋，拴在书包带上。沿着柏墙环绕的小马路，从32楼奔"一教"，从图书馆奔食堂。一路叮当。

岂止我一个？校园里，不时地四散着叮叮当当的大军。

至少在我离开北大的一九八二年，这响声没有消失。

现在也许消失了。食堂里大概安上了碗柜。

心里流过一丝留恋。

有什么意义？

没什么意义。只是觉得有点意思。如果硬要说出有什么意义的话，好像当年听见这声响曾经嘻嘻一笑。它似乎提醒你一点什么。

默默地想。

朱光潜先生去世后，曾想写一篇文章。后来我没有写。因为我从来无缘向先生求教，甚至连一句话都没有说过。

只有两次。在燕南园的围墙边，呆呆地望着他。

他是在散步？还是在跑步？小臂弯曲，平端在身体的两侧，攥着双拳，努力把身板挺得平直。目光平视前方。他的两脚在草地上一蹭、一蹭，每一蹭挪动的距离，顶多一寸。

我在矿山的时候，曾经偷过一次书。那些书被当做"四旧"，准备送去造纸厂，我裹上一件棉大衣，装作和那位打捆装车的师傅闲聊，趁其不备，往腰里掖了几本。

其中就有一本一九六四年版的《西方美学史》。

上北大以后，我读了新版的《西方美学史》，朱先生那篇新版序言曾使我久久难眠。

这以后，就见到了燕南园里跑步的他。

望着他那瘦小的衰老的身影，我无法想象，正是这老人，写了那么一篇风骨劲健的文章。

他的心里，该是多么有力气。

我知道，仅仅凭这材料，何以能写出一篇纪念的文字？可是，我还是想说，仅仅凭这一点印象，我总觉得自己的心里永远流动着一条很宽很宽的河。

默默地想。我甚至想到了发财。尽管这是梦想。

毕业的时候，班里给中文系的老师们写了一封辞行信，贴在五院的办公楼里。我记得是黄子平写的。后来我加上了几句话。大致的意思是，老师们生活太清苦。我们一介书生，爱莫能助。寄希望于未来。但愿不久的将来，房子会有的，工资会长的。学生将为此感到欣慰。

那时心里就慨然一声，闪过一个发财的念想。

然而至今也没发财。

恐怕将来也难得这机会。

欣慰还是时时感到了一些的。特别是最近，不时传来某位老

198

师出外迁乔，某位老师家里接通了电话之类的消息。

　　真希望这消息多一点。

●李洁非　张一陵

思圆明园废墟

今日报载：圆明园遗址公园工程揭幕。"在鞭炮、鼓乐声中，近二千名军人、民工和学生，挥锹舞镐，清挖福海水系。"

工地上那份热闹景象，自然是不难想象的。然而很怪，阅此消息后好长一段时间，我空荡荡的襟怀却溢满了惆怅。夜已很深，我披衣坐于灯下，去年在圆明园废墟经历的一切，忽又那么亲近地漂于脑际，不由人不提笔写上几页，抑或能借此稍稍排遣我这莫可名状的情绪，也未可知……

那是在中秋时节。

好不容易从颐和园可怕的人流中挤出来，忽然念起朋友叮嘱：圆明园就在近旁，务必去看看。我打听了半天才弄清楚，去那儿并无便车可乘，只能依赖脚力。

沿着路人指点的方向，我踏上一条悄幽的柏油路。看光景，约是下午三四点钟。游客们正纷纷归去。路上，断断续续地迎面驶过几辆小卧车或面包车；最后，一帮子红男绿女踩着"飞鸽"、"凤凰"之类，扔下一串笑声，从我身旁飞驰而过。之后，便再也不闻人声了，只有我在一派静寂中，独行。

渐渐西斜的秋阳，绕过参差的丛林，把橙色的光辉洒向青黑的路面，洒向我的肩头。路西，连绵着不太高的小山丘；丘生遍野，松、柳、榆、柏、杨……种类颇杂，长得也密，但不粗壮，一望即知非人工所栽，是些百来年自生自灭的野林。树间，草长没膝，似从无人刈除，却见两只雪白的小羊在那里安详地啃草。眼下是京郊的一个独特的时令：渐趋深秋，仍乍冷犹暖；因此，树叶尚不曾凋尽，只是草已败了，变成一片枯黄。

路东，同样一片枯黄。但不是草，而是一畦畦稻田芦苇。晚稻正在收割中。有的田里已割得精光，水也干涸了，只剩下发白的稻茬；有的则割了一半或未及收割，棵棵稻子都耷拉着业已熟透的硕大的稻穗，一副不堪其重的样子。最引起诗意的，还是池塘中满满的芦苇。焦枯的，无边无际，一直铺向远方，和如洗的蓝天相接，看上去，教人既恬适又伤感。当然，池塘并非一律长着芦苇，有时，或者还可以看到片片残荷，静静躺在水面，风一吹，才略有浮动。我不禁记起李商隐的一句诗，说是"留得残荷听雨声"。那番悲秋情怀确实无限深沉。可惜，此刻并无淅淅沥沥的秋雨。

水极清，几乎纤尘未染。芦苇遮掩下如此，荷叶翼盖面下如此，沟渠丛草中亦如此。当我离开柏油路，踏上野径，继而来到一座小石桥边时，我忍不住俯下身去，瞅着一沟清水，如何掀动沟底每一株柔细的水草。沟底并不纯净，积着肥沃而松软的淤泥，然而渠水流淌其上，却没有变得浑浊。原因也许是这水流得极缓，无急无躁，匀匀地，由稻田向池塘，由池塘向沟深，周循复始，动中带着稳静，虽遍历污浊而依然清冽明澈。

从大道通衢抵达圆明园腹地，其间有很长的路。累了，我便钻入一条被参天密林围护的沟壑，躺在业已很厚的败叶上小憩。阳光是透不进来了；沟狭长而幽秘，淡淡地飘送着新解的马粪味儿；头顶上，一些灰喜鹊拖着长尾巴从这边飞到那边；林外偶或传来寒鸦"啊啊"的凄叫，更远处，则是农舍的狗儿在轻描淡写地低吠。我闭了双眼，全心全意地享受着这一切。这未见雕琢的自然野趣，如今别说北京城里，即使在近郊，也很难寻觅了……

终于来到真正的圆明园废墟。绕过一座小丘，眼前豁然出现一大块空地，全被乱草侵袭着，还点缀了一朵朵不详其名的小黄花。昔日的建筑构件，有些尚勉强支撑着，更多的却无力地瘫在地上：廊柱、栏杆、还有象征威仪或长寿的石狮、石龟……一时之间，我竟不敢贸然踏入废墟，仿佛是怕置身其内会把自己带往那个屈辱的年代。

其实，怕也无用。

乍一看，这废墟竟是一种很费解的怪物：那典雅雍华的柱石，属于典型的意大利巴洛克风格，周身镌刻的也是十八世纪前后欧洲流行的洛可图纹——龙和凤不见了，中国传统建筑规范几乎荡然无存。

不知怎的，我猛然想到故宫里的"自鸣钟"。整整一屋子的钟呵，其构造之高妙、工艺之精湛，堪称西方近代科技和工业的结晶。在那里，有这样一类进口的宝贝，摆在贵族们的紫檀书案上，好像也颇能增添一点"现代气象"。然而，我每当在故宫见到"自鸣钟"，总会莫名其妙地联想起《红楼梦》中刘姥姥在怡红院被一座"自鸣钟"吓得"直眨眼儿"的细节。

雪芹大师的这一笔实在写出了很深的用心。我以为，那时西方的一些奢华玩意儿舶入中国，根本不能意味着带来了新的思想或新的时代。亲王贝勒们没有对"自鸣钟"抑或巴洛克风格的内在精神发生兴趣，他们只是找到了大清帝国所乏匮的享乐际遇。平心而论，这倒也不失为一种"拿来主义"，可见"拿来主义"也是千奇百怪的。

荣膺"万园之园"美誉的圆明园，被欧洲兵丁一烧了之，落得现在这副七零八乱的惨相。国人为之裂眦，世界为之嗟叹，连老巴尔扎克也按捺不住怒气向纵火者发出声讨的檄文，这俱在情理之中。然而仔细一想，烧，竟然也在意中。

很小的时候读《阿房宫赋》，看那奇丽的阿房宫，后来居然毁于"楚人一炬"之下，心内一团惆失，反而深憎项羽的鲁莽与歹毒，还暗自揣想过，假如霸王他当时发了慈悲，不去烧它，岂不为后人留存下一桩比长城还要高贵的艺术杰作？

其实，烧与不烧，皆非偶然，更不应以我们后人的感伤情怀来定夺。这个道理，我是渐渐明白的。后来重读此赋时，我终于不怪项羽，反倒洞见了那火种早已埋在阿房宫的每一个角落，一场历史的大火迟早要被点燃；至于它是否一定出自这个姓项名羽的人之手，可能却纯系偶然。

杜牧曾就阿房宫这样写道：

使负栋之柱，多于南亩之农夫；架梁之椽，多于机上之工女；钉头磷磷，多于在庾之粟粒；瓦缝参差，多于周身之帛缕；直栏横槛，多于九土之城郭；管弦呕哑，多于市人之言语……

——历史真是一位伟大的讽刺家！谁能料到，二千年后，我们又再一次惊异于如下堪怜的对比：饿殍遍野的清朝，竟修出了使凡尔赛宫自惭形秽的宫苑；"十字军"正厉兵秣马，不日东犯，但太平洋西岸的王子后妃却欣然把黄金和白银变作这数丛鲜花、一条游廊、几堆石头……谁能料到，阿房宫又出现了，更妙的是，也有一把大火接踵而至；唯一的不同在于，纵火者已经不是走投无路的"戍卒"，而是飞扬跋扈的洋人，这，也许就是圆明园之火的"时代特色"？很多人被烧得晕头转向，倒是那位唐代才子更有理性："秦人不暇自哀，而后人哀之。后人哀之而不鉴之，亦使后人而复哀后人也！"

我甚至想，这一烧未始只有坏处。不是吗？它点燃了民族的心灵的烈火，也点燃了整个封建时代、愚昧时代的干柴。历史的突变往往就在这剧痛的一瞬。卢沟桥的一声枪响，唤起了全民族的抵抗运动；而圆明园的一场震惊世界的大火，则宣告了清王朝的死期。在这火与血的洗礼中，人们纷纷决然从历史的废墟中走出来，去创建新的国家、时代和理想。郭沫若《凤凰涅槃》所狂颂的正是这样一种充满思辨的时代精神：没有死，哪有生？若无一堆毒火，怎能焚尽腐败，炼出一颗鲜活的心脏?！

……

当我沉入紫思之际，落日也默默向西沉坠着。抬头看去，真是一幅意味绵长的悲壮图景：秋风卷起尘土，密而深的枯草巍巍发颤，高大然而残损的巴洛克式柱石僵立着，背后是一片扶疏的老松；惨然的烈日透过风尘、松林、柱石，把最后一捧晖光投在荒丘野草上，投在亘卧的雕石上，形成一种酷似古战场的凄凉氛围……这幅图景，不禁使我心醉神迷。我想，对于秘谲的历史来说，再也不会有比这更真切传神的画面了。它的一草一木，每抔细土，每块老石，莫不含情，且已浑然一体，沉积着彼此的旧影和历史的动静。是自然和历史共同的杰作，这是废墟的魅力；这魅力，既能在圆明园找到，也能在巴特农神庙、古罗马斗技场以及一切废墟中找到，这是人不能企及的魅力！

薄暮。我走在回去的路上。四周都已罩在紫色当中，静极。一会儿，忽听背后传来悠悠的马蹄声。我守在路边等候。顷刻，朦朦胧胧出现一辆马车。马老极，白的；车子也破，吱吱咀咀，上头安然坐一老农，还叼着烟袋，火星有节奏地时明时暗。我跟上去，问道：

"老人家，能搭上脚吗？"

"行。您自个儿上来吧！"

老头儿嗓音挺响。我爬了上去。车上尽是花盆，颇难立足。

"您好眼力，单挑这工夫游园儿。白天人多，没劲儿，傍晚才清净哪！就是回去晚了，不方便。"他回头瞧了我一眼。眼下天气还不甚凉，但郊外的晚上也寒气袭人了，而他却只单件儿对襟布褂，还敞着领口。

"您住这儿？"我问。

"敢情！年头可不少了。瞧见没有，我养花哩，现如今也算个养花专业户吧！"

"养花可赚钱罗！"我很表羡慕地说。

"也不大赚，全冲咱这地儿水好土好，空气新鲜，这花儿也就好养，一年下来，反正能卖它个千八百的。"老头儿从鼻孔里挤出这几句话来，很不经意似的。

他顿了一顿，突然问我："您听说了没有？"他指着池塘说，"明年这儿的芦苇、莲藕，全得砍的砍，挖的挖，放上些个什么机动船，快变公园啦！"

我吃了一惊。

老人又"您哪往后瞧——瞧见那庄子没有？"

我果然看见左后方远处，林子里露出几间茅舍和堆着稻垛的"麦场"，茅舍的烟囱里飘着袅袅的青烟，那份安详和淡朴，浑如一首活的田园诗。

"庄上的人家，也待不长久了。前些日子，区里通知明年都得挪出去，住高楼。不是咱庄稼人说大话儿不腰疼，那高楼啊，咱还真不稀罕，哪儿有这儿自在？可有啥办法哩，反正一定得搬……"

老人絮絮叨叨，陶醉而又惋惜。我听着，不知该安慰他，还是该安慰自己那已然萦纡索结的胸臆，只管坐在车上痴痴发愣。老人因得不到响应，渐渐地无心聒噪下去。空气又空荡起来，只有老马拖着破车，"呀呀"缓行。秋风满园，衣裤生凉。我不禁抱紧了肩膀。风儿搅动着马铃，发出"叮叮当当"的孤响，杳杳地，遁入密林深处……

一切都过去了。那充满野趣的秋苇、残荷、流涓、幽林和狭沟；那历史和自然共融的斜阳西照的废墟；那烘托着巴洛克柱石的哀婉的枯草；那恍如桃源的农舍、麦场；那悠然自得的养花老人和他的老马破车……一切，总之都过去了。一座可能非常精致漂亮的现代公园正在那里出现，不久就会有平整的草坪，银色金属栏杆圈成的鲜艳的花圃，和"突突"欢叫的机动游船——任何一处现代公园都会这样。我很难断言这旧的和新的之间哪个更好，只是有一种深深的惆怅。毕竟，逝去的便不会再来，如此而已……

如此而已。

● 杜渐

书痴的话

唐弢先生为拙作《书海夜航二集》序，溢美之词，令我汗颜。其实我学问浅薄，见闻极有限，绝非学养深厚，我之所以喜书海夜航，只因为我是个书痴。

我这一生与书结了不解之缘，看来是休想能摆脱开来了，终此一生也无法脱离关系，种种盘根错节，只能依佛家义理，说是缘法，我有书缘，故此嗜书如命。实际上我没有任何别的嗜好，唯一的嗜好就是读书，我对书有一种偏爱，所以把工作和工作以外的时间，都投进了浩瀚的书海中去。读书、评书、写书、译书、编书、借书、寻书、拾书、藏书，我的生活与工作几乎无时无刻不在同书打交道，命该如此，奈何奈何。人说我是个书呆子，书呆子者，书痴也。如果没有书，我真不知道怎样过日子了。

黄山谷说过："人不读书，则尘俗生其间，照镜则面目可憎，对人则语言无味。"我想读书一如交友，著书之人皆一时俊杰，言之有物，多与自然接触受到熏陶，渐而改变自己的性格，去除暴戾，胸中自有一股正气，这大概就是所谓书卷气吧？书是人写的，里面充满了人的灵活性、人的知识、人的智慧和人的感情，不读书自然不可能得到这些，终难免陷身于世网空劳、困厄于名缰利锁，营营役役过日子，又怎么可能不面目可憎、语言乏味呢？故此，同书打交道至少可以广胸襟而脱鄙俗，所以做书呆子也有书呆子的福分。

其实我与书的缘分是一出生就注定了的，这并非宿命之说，我祖父是识字的人，父亲也是好学之辈，外祖父更是著名画家，我出生的家庭就是个爱读书的人家。

谈到读书，我的第一个老师是我的母亲，还在我牙牙学语之时，她就教我背诗。说来奇怪，我最早受到的教育不是"一加一等于二"，而是背唐诗李白的《静夜思》："床前明月光，疑是地上霜。举头望明月，低头思故乡。"五岁的时候就背整首的《木兰辞》。我还记得母亲教我背白居易的《乌夜啼》："慈乌失其母，呀呀吐哀音，昼夜不飞去，经年守故林，夜夜夜半啼，闻者为沾襟，心中如告诉，未尽反哺恩……"背着背着，我鼻子一酸说："妈，你可不要死啊！"母亲搂住我道："傻孩子，妈怎么舍得你呢。"我忍不住"哇"的一声，大哭起来。这是我第一次体会到诗的感染力量。过去我背诗，只是"念口黄"，根本不知道是什么意思，从《乌夜啼》开始，我开始能一句句嚼出味道来了。母亲是我第一个文学老师，幼年时代接受的东西往往先入为主，我受到中国文学诗词的熏陶，对文学产生了一种无法磨灭的爱。往后读书，我的数理化成绩永远得不到一百分，这也是缘法。

小时候我很调皮捣蛋，虽不是个顽童，但总是坐不定的。六岁那年，母亲送我入学，那是拜老师启蒙，不是进幼稚园。

我的启蒙老师是我父亲的老师，名叫李谈愚先生。李谈愚先生是新会著名的文人，有"联圣"之称，他作的对联在广东是十分有名的。我拜他为师时，他已年纪很老，刚巧他在香港，母亲就送我去入学启蒙。

我还记得那天母亲特别为我缝制了一套长衫马褂，给我戴上顶圆圆的帽子，吩咐我说："今天送你去入学读书，以后要好好读书识字，不准调皮，你要是不听话，老师可要打手心的。"

　　入学的仪式很怪，至今仍历历如在目前。我还记得李谈愚老师端坐在一张酸枝椅上，家人领我走进他的书房，我向他叩了三个响头。他笑着把我扶起来，抱我坐到他那张巨大的酸枝桃木面的大书桌前的一张高高的酸枝椅上，我一屁股坐下去，有一种异样的感觉，原来家人在椅上放了一盆"薄撑"，黏黏糊糊的，把我的屁股给粘住了。我挣扎着要爬下来，可是那盆东西贴在衣服上，我摆脱不开。椅子很高，我那时还是个小不点儿，坐在椅子上，双脚踮不着地，晃来晃去把脚乱动个不停。家人喝止道："别乱动。乖乖地坐着，要不老师要生气了。"我立即想起母亲说过不乖就会挨打手心，虽然坐在那盆软乎乎的东西上怪不舒服的，但也不敢再乱动了。老师教我念了几句："杨名声，显父母；光于前，垂于后……"我根本不知道这些话是什么意思，反正老师读一句，我跟着说一句，心里奇怪这就叫读书了？只希望这折磨人的仪式快些结束。念了一阵之后，老师拿起一柄戒尺，我心里扑通一跳，糟了。真要挨打手心啦！可是老师只用戒尺在我头上轻轻一按，说了声"孺子可教"，给了我一封红刊事，里面夹着一片柏叶，还有芹叶和葱。后来母亲告诉我，"芹"和"勤"同音，是要我勤勤力力用功读书，"葱"和"聪"同音，含有祝我聪明伶俐之意。说实在话，这一套仪式已使我十分不耐烦了，要一个五六岁大的孩子安坐不动本来就不容易，何况是坐在一盆令人动弹不得的东西上，怪不舒服的，幸好这仪式终告结束，谢过老师，放我回家。我如释重负。一回家就忙着把长衫马褂脱掉，此后说怎么也不肯再穿它了。

　　说到拜师，我还拜过另一位老师呢。由于我小时候身体瘦弱，父亲请了一位武术老师教我学武艺，他是陆智夫老师。

我不是个学武艺的料子，跟老师每天学扎马，练功夫，我一点也没兴趣。我是个坏徒弟，只知玩耍，中国功夫一点也没学到，后来不了了之，连一点儿强身的武术也还给老师了。

　　我还未进学校读书，就拜了两个老师，一文一武，可是我却是顽徒一个。不久，家人送我进了幼稚园，开始受正规的教育。功夫我早忘掉了，李谈愚老师也只是启蒙仪式见过一面，以后再没见过。只有母亲所教的唐诗，深深地烙进了我的脑海，至今不忘。

　　当我第一次拿到了课本时，我完全被书本吸引住了，打开书，一股油墨的味儿传来，我不由得闭上眼睛，吸上一口，这是书香！我至今还忘不了教师教的第一课，课文是这样的："白兔，白兔，你的耳朵为什么这样长呢？白兔，白兔，你的眼睛为什么这样红呢？白兔摇摇头，不会说话。"书上画着一只小白兔，十分可爱。我从此走进了书的世界。

　　在小学时代，我最羡慕的是姐姐拥有一套商务印书馆出版的故事书，什么《豆藤梯》，什么《睡公主》，还有《玻璃鞋》，是四方形的薄薄的小册子，字印得很大，可是姐姐不愿借给我看，我多希望自己也拥有一套这种故事书啊。直到逃难到遵义，父亲和我逗留在那儿，有一天在街上散步，看见有一个青年在摆地摊，在一个包袱皮上摆卖几册书，父亲买了一本《缩小了的巨著》，我也看中了一本，央父亲买给我，那就是盖达尔的《铁木耳及其伙伴》。这是我拥有的第一本书，我翻来覆去看了几遍。直到抗战结束，从重庆回到香港，我还带了它回来。

　　从第一本书开始，跟着就有第二本、第三本。父亲是鼓励我看书的，他曾告诉我在70年前他才十几岁时，香港英文书并不多，而且十分昂贵，绝非穷学生所能购置，他为了学英文，在街上捡到一张《字林西报》，也拿来读上半天练习英文。我记得小时候向爸爸讨零用钱，他总要问："要钱买什么？"如果说是买零食，他会一瞪眼睛二摇头；但要是买书，他从来没有二话。他常说："要有学问，不只要读好先生教的功课，还要多看课外书，知识面才会广阔。"在学生时代，我的零钱不多，不过绝大部分是用来买书，绝少吃零食。爱书、看书和买书的习惯自小养成，到现在书已成了我生命中不可分割的一个组成部分，是我生活乐趣的源泉了。

在重庆的时候，我读小学五年级，很爱看小说，旧小说几乎看遍了，从《罗通扫北》开始，《薛仁贵征东》、《薛丁山征西》，到《薛刚反唐》，接着是《水浒传》、《封神榜》，到上了中学我才看《石头记》和《三国演义》。我第一次看《红楼梦》时，看到黛玉归天，我不由得流了眼泪，把书一扔，不再看下去。

抗战胜利后回到香港，我开始慢慢积累自己的图画了，最初买的一本英文书，是在国泰戏院对面那家旧书店里买到的一本动物园照片集，我被世界上各种各样的野兽吸引住，长颈鹿、大笨象、老虎、狮子、鲤鱼……这些都是我没见过的，大大满足了我的好奇心，从此我对外文书有了兴趣，我觉得书为我打开了另一个世界，一个精神世界的大门。

书一本挨着一本，排上了书架，先是画册，跟着是新文学作品，我的书在不断增添，随着年岁的徒增，兴趣的变化，架上的书也由小说变成理论书籍，老庄哲学被历代笔记小说取代，古典外国小说又被科学幻想小说挤到一边，我买书是以当时自己的兴趣为转移的。

在大学读书，我是个怪学生，讲义翻一翻就不再看，整天在图书馆里泡，专看杂七杂八的书，考试我只求及格，不像一些女同学熟背讲义，考上满分，我考试也是乱发挥，往往同老师唱对台戏。不过，我从来不后悔，在图书馆里得到的知识，远远超过了在课堂里的所得，看来我是个顽劣的学生。

有人认为买书是雅事，而偷书则是雅贼，除了买和偷外，还有拾书、掏书和借书。买书要有余钱才行，在生活艰难时，肚子还吃不饱，自然无力买书，只要生活有了着落，我就把余钱全部奉献给书店了。日积月累，不觉狭小的屋里到处都是书，书已泛滥成灾，连厕所门口也摆了个书架，放上一套非洲作家丛书和一套文学杂志。妻子倒没劝我不要买书，只是说没地方放书了，非买不可的书才买吧。可是我积习难改，一逛书店又抱一包书回家，妻子见了也只无可奈何地微微一笑。我不是个藏书家，我买书不是为了藏，而是为了看和用，所以在我的书中没有什么具有珍藏价值的宋版明刻，只有一些别人认为没什么价值而我喜欢看的书。有一时期，我收集了很多中国的笔记小说；又有一时期，我专买亚非拉作家的作品；近年我买的外国科幻小说及研究专著，又占去了一整面墙。如果说我还有一套可作"镇斋之宝"的书，那就是 16 卷限定本理查·包顿英译的《一千零一夜》了。

这套书原是叶灵凤先生的珍藏，据说他几十年前订购曾花了600 块港币，这在当年是相当昂贵的珍本。叶先生去世后，其家人曾有意将他的藏书卖掉，黄蒙田兄与严庆澍兄去看过这些藏书，劝他的家人不要大批贱卖。严兄对我谈起这件事，我记起叶先生有这么一套书，就找叶先生的家属商谈，希望能转让给我。我当时银行的存款只有 2400 元，每月的工资也只有 90 元，仅够吃饭，但我愿把全部钱拿出来买这套书。也许叶先生的家人认为这珍本落在我手中不会明珠投暗吧，只要了 1500 元，就把这套16 卷的珍本让给了我。其实这限定本全世界也只有几百套，加上历年战乱，留下的并不多，其价值岂止 1500 元呢！我得了这书，其乐可知，那晚我没办法入睡，把这些书放在案头，细细翻看，对着灯光看看每页特别制纸章有理查·包顿签名的水印，欣赏其精美的腐蚀铜版插图，心里感到莫大的满足，即使挨饿也心甘情愿，我感到比世界上任何一个百万富翁还要富有了。

偷书虽说是雅贼所为，但到底是见不得光的事，终归是个贼。我不敢说我是一个品格极高的人，如果碰到珍本，也许我也会受不住诱惑去偷，只是能见到珍本的机会是极其微小，别人也会珍之藏之，偷书谈何容易？在这种情况下，我没有必要去偷了。至于拾书，我倒有一次经验。有一天楼上的一家外国人搬走，把所藏的一套英国《大船》文学杂志扔掉，我拾回家中，如获至宝，检查一番，竟有几年全套杂志。这是英国一份短篇小说杂志，里面有不少名家之作，我从那儿找到了马尔兹、格林和很多作家的短篇小说，对我翻译上大有帮助。

当然，拾书的机会也是不常碰到的，这也是机缘。至于掏书，并不是从别人书包里掏，也不是掏荷包的掏，而是在旧书摊的故纸堆中"淘"，沙里淘金的"淘"，因为在书堆里东翻西看，掏出其中一些有用的东西。我很喜欢逛旧书摊，人家看完的旧书拿去卖掉，书摊老板不一定识货，有时在旧书堆里左掏右掏，竟也掏出一两本很不错的书来。我一块钱一本，就买到了阿苏埃拉的《底层的人们》，占士·国恩的《生与死》，看了之后十分喜欢，还译成了中文出版。妻子说我这是"捡死鸡仔"，由于只花一块钱的成本，译成中文竟得上千元的稿费。

讲到借书，古人说："借书一痴，还书一痴。"借书给人确是一痴，向人借书也是一痴，借后还人固是一痴，借了等人家还更是一痴。我一直来是个书痴，别人向我借书，我是一定肯借的，故此吃了不少亏。例如一套12卷本的《中国历史图说》，被人借去了第七卷，竟然刘备借荆州，一去不回，使我整套书失去一册，只得托妻子到日本去设法补购这一卷。又如我珍爱的一本《凡尔纳一百五十年纪念册》借给朋友，竟然丢掉，他很不好意思告诉我，说宁可赔钱给我。我要钱干嘛？这可是用钱也买不回来的。这使我十分心痛，但亦无可奈何，于是狠一狠心，不敢随便借书给人了。

由于爱书成癖，自然像瘾君子一样，一日不可无此君。书读多了，自己也开始写点东西，日积月累，竟也成册，写出一本又一本书来。当自己的书第一次出版时，看着它，感到又惊又喜，总觉得还缺了点什么，可是白纸黑字已成定局，再改也无从改了。对于自己的书我总觉得是个丑丫头，长得不好看，缺点很多。不过，我还是爱它的，它到底是我的书，是我心血的结晶。我不知道别人有没有我这种复杂的矛盾的心情，但我却常有这种感受。

我看书很杂，没一个准则，只凭着书缘，有缘分就碰上，看一个饱。慢慢养成了写读书笔记的习惯，看到写得绝妙之处，拍案叫绝，将那段圈圈点点；看到不满之处，就忍不住要说上两句。于是慢慢就写起书评来了。

搞书评得有几分傻劲才行，这是赔本生意。一位报刊的老总曾说我是个专做赔本生意的作者。买一本书，特别是外文书，花去一两百元，看完后写那么两三千字的书评书介，只得几十元的稿费，那不是赔钱生意吗！可是我却乐此不疲，久而久之，也不知自己赔了多少钱，反正书架上的书越排越密，越堆越多，我相信这赔本生意是值得干下去的。

谈到评书，实在是件吃力不讨好的事，评介一书必得先读其书，了解其思绪笔路，找出它可爱之处，有时为其一句之美，一节之善，一篇之佳，赞之誉之；有时也得挑出它的毛病和谬误，加以批评。要做到对人一视同仁，不分疏亲厚薄，好就说好，不好就说不好，客观公正，实在不易。评书最易得罪人，招来一些苦恼自不必说，甚至还会被人骂作"自命权威"，说我根本没有细看他的作品就胡说八道。特别害怕的是朋友送来一本书，指定一定要我写文章捧场，这最使我反感，我曾批评过这么一本书，老实不客气地指出其优缺点，结果失去了朋友。故此，我以后不再为朋友写书评书介，一不欠人情，二不违良心，宁可他永远不送我书，少惹这种是非。笔墨官司，恕不奉陪。

我不是个聪明的读书人，虽然启蒙老师给我一根葱，可是我却蠢得可以，除了写书、译书、评书外，竟然编书。从大学毕业后，一干就干了20年的编辑工作，编书的甜酸苦辣全都尝遍了，深深体会到编书的艰苦。

在未从事这种为造嫁衣裳的工作之前，我还以为编辑工作没什么了不起，只不过是一支红笔、一把剪刀加上一盒糨糊罢了。可是一个苹果，你没啃上一口，是不知道它是甜是酸的。干了之后，才知道编一本书并不简单，一本书由稿件到印成书，要耗人多少心血啊。

每一本书有着作者的一番心血，里面自有一番天地、一个世界。浅薄的著作经不起嘴嚼，过一段时间作者自己再看也会羞惭，知耻近乎勇，总比盲目崇拜自己好。"文章是自己的好"，这是最不客观的讲法。但即便是好文章，也要有人慧眼识英雄，才能问世，那就要看编辑的眼力了。

在我刚干编辑工作时，有一位前辈这样告诫过我："做编辑工作要有一个爱心，爱作者和爱读者的爱心，绝不能凭自己个人的喜爱编辑书刊，要事事以读者的喜爱为依据，以读者的观点来判别是非，不要强调编者自己的个人兴趣，你有兴趣的读者并不一定喜欢看。"这番话我很赞成，可是实践起来才发现并不容易做到。从此我感到编辑的红笔十分沉重，那里面不只有操生杀大权的责任，而且充满了爱心，笔笔都耗心血。一篇好稿子，作者要动多少脑筋，费多少心思才写成，怎么可以随便大笔一挥轻率否决？所以每当拿起钢笔，我就反问自己：这里面是否根据自己的好恶？用读者的角度来看会不会接受？细一思量，往往对文章的观感完全改变，不同的论点甚至是对立的言论我也有胆量发表它了。容人之量是很紧要的，前辈的话够我一生受用。

于是我给自己定下了三条编书的原则：

一、不随便修改别人的文章，保持别人文章的观点风格，碰到问题找作者商量研究，提供意见让人家参考修改。

二、越是同自己观点不同的文章，越要慎重细微处理，记住要有容人之量，对不同意见要让人发表，由读者判断。

三、承认自己没有学问，所知甚微，碰到不懂的立刻查明，清楚了解后才作判断，人生有限，知识无穷，不可自以为是，不懂装懂。

书是读了不少，可是依然浅薄低俗如故，书到用时方恨少，这种感受常令我困扰，也推动我去寻求探索。宋张载曾说过："在可疑而不疑者不曾学。"书越读得多，越产生怀疑和好奇，据说"怀疑一切"是件坏事，我却不以为然，疑乃有思，思则易进，因疑求解，方能探索真理，读书不应完全接受书中的一切，要勇于提出疑问，这样才能独立思考，不为"成见"所囿，有所创新，有所进步。《中庸》上面说过："博学之，审问之，慎思之，明辨之，笃行之。"这确是研究学问的方法。学之后，更重要的是行。那就是实践，没有实践的思想只是空想。

这文章写到这里，妻子就要出门，到日本读书去。现在我两个儿子快大学毕业了，刚喘一口气，妻子乘这机会到外国进修，这种好学的精神，我自愧不如。我们两个都喜欢读书，但方法完全不同。她喜欢过学校生活，一板一眼地学，每一个句子从句式、语法到意义，都力求弄个一清二楚，看书是宁少毋滥。我却相反，吊儿郎当，我喜欢关在书房里东翻西看，自由自在，手头碰到什么就看什么，只讲缘分，管它红黄蓝白黑，看了再说。我相信"开卷有益"，多多益善。我们读书往往是各读各的，互不侵犯，这也许没有什么诗意，我不信"红袖添香"那一套。各自为政，两不妨碍，反而自有乐趣，谈起来可以取长补短。

朋友说："她走后你不怕寂寞吗？"我妻子抢在前头答道：

216

"他才不会寂寞呢，他讨了那么多小老婆，哪儿还记得我?"朋友莫名其妙，我忙解释："我有很多书陪伴，她说的小老婆是指书，还吃醋说我爱书多过爱她呢。"当然这是开玩笑，世界上最爱吃醋的女人，也不会对书吃干醋的。

　　李谧说过："丈夫拥书万卷，何假南面百城。"我虽没有万册书，但比起古人的册卷来说何止万卷？我也会有寂寞之时，碰到不如意的事，我就"躲进小楼成一统，管他冬夏与春秋"! 有书做伴，自然忘却心中烦恼，我可以说平生大志，只是个孜孜矻矻书虫。痴人痴话，看官请勿见怪。

● 张秀亚

竹

我爱竹。

对竹，我有一份特殊的感情。

我觉得那竿竿挺直、最具神韵的竹子，是一支支的大笔，在天地之间，以青绿的颜色，写出正、直的定义。

而一片片的竹叶，像是一只只绿色的鸟，是宋人词句中的翠禽，小小尖尖的喙上，衔着的是永恒的春天。

在记忆中，我最珍爱的东西，是一只以竹筒截成的小竹碗，是我五岁的时候，女佣自她家的竹林中为我拣了一段巨竹做成的。坚实、厚重，拿起来却并不是沉甸甸的，竹节部分，看来如一条绿色的绳结，正好做了碗底，犹带着竹林中清新的气息，我常常以它装盛井水，澄澈的水，在浅碧的碗底荡漾，印着我童年的圆面孔，使我的世界，涌现在绿竹之中。

但我深深地爱上竹子，还是在考入了那所教会大学以后，在那逊清王府改建的典丽校舍的一角，有一座小教堂，旁边的月亮门内，故意地不种树，也不种花，只任着几竿瘦竹摇曳着，极有倪云林的画意。雨天，我有意地拿了一把伞，偎近这几竿绿竹，以充满了赞美的目光，看它枝枝叶叶无言而有力地抗拒着无情的风雨，表现出卓越、劲拔、一股强韧无比的生命力量。而在晚间，晴好的时候，我也爱看那竹叶的间隙里，点点教堂内灯烛的辉光，那如一片月光之雨，洒落其上，正如朱自清一篇文章中的那些金色的小橘子。教堂中的颂歌、人影，更为这几竿竹子增加了神秘的气氛，几个同学和我都自称是"竹下客"，因为，在那里往往一流连就是几个小时。

天寒，尽管竹叶擎着的尽是霜雪，但不能改变竹竿的亭直，春夏，那绵密的丝雨，却使这几根竹现出更为明净的绿，像是一枝枝碧玉的洞箫，蕴藏着最感人的音乐。

来到宝岛上以后，最初我卜居中部，在那里曾典下一栋小屋，只为了那屋上覆着的是一排别致的竹瓦，绕屋是短短的竹篱，使我更有机会亲近我喜爱的竹子。

就在距那房屋不远的水边，一天我看到一大片竹子，是那样的丛密，犹如一堆绿色的焰火，一排排的竹竿，远远看来，更像是巨型笙簧，谱出一支动人的壮丽的歌，那大自然的心声。

如今我的桌边，一个长颈瓷瓶里，是几枝竹子，细细的竹枝，疏疏的叶片，给了我灵感与喜悦，回忆与梦想。那劲拔的竹枝，翻飞的叶片，是以多么有力的笔触描成的啊，何况，更以不凋的翠色。

那几枝竹似在向我说：

"给你一首绿色的诗词，渲染你的生活吧。"

又似在向我说：

"给你几枝绿色的笛管。"

"赠你几片青色的翎羽。"

几根竹，翠绿、鲜活，画出了过去及未来岁月。如果我们是坚强而充满了信心的生活着，那几根绿竹就是我们生命的象征。

愿绿竹，画出了我们国人的身影——在世纪的风雨里，我们——自由、民主、正义、真理的卫士，是不会弯下背脊的。

●李佩芝

小　屋

　　我有一间小屋。

　　高高的，在楼的三层。

　　十二平方米。屋顶是六块粗糙的水泥板，像倒扣的水槽。窗在南，门在北，直线对着，挺通风。

　　我喜欢把窗上的玻璃擦得亮亮的。早上，这扇玻璃映来绚丽的朝霞；傍晚，那扇玻璃映出落日的余晖。我也爱站在窗前，望望蓝蓝的天，望望热闹的地，悄悄儿笑。有时，也躲在窗帘后面唱几句，让心中的快乐飞出小屋。

　　不爱串门，却也在小屋门口，和豪爽、纯朴、好心肠的大娘大婶们扯闲天儿。她们偶尔来，总惊叹："好多的书哟！"

　　哦，我不是个好主妇。房子里乱得很。到处丢着书：床头上、桌子上，当然还有书架上……别的东西，也放得没规矩，别人大概很看不上眼，我却自个儿惬意呢。

　　墙上没贴画，我不大爱。我挂了一张大大的中国地图，儿子爱踩在小凳上，用小手指在上面划来划去，问东问西；我也爱站在地图前，看南看北，心里做着云天海雾的梦……

　　于是，爱人把我叫做"爱瞎想的小姑娘"，我回敬他"拿实

220

权的大掌柜"，真的，小屋的王国里，只有一个小小的臣民，是还懵懂的儿子。

也许，这小屋真算不得是个家，只能说是个小窝吧！对于这小小的、十二平方米的享有权，我如醉如痴。这是我的世界，我的乐园，我的港湾……

我是满足的。生活不富足，也时时有烦忧。可当孩子睡下，我和丈夫各捧着书本，凑到灯下时，那相对一笑，足以消除一切的苦恼。在这小小的屋里，我的心，总是静静的，甜甜的，一种和谐的诗意，是我和爱人的创作呢。

记得蜜月里，我们挤在婆婆腾出的一个套间里，原本对家没有什么概念的我，心中很觉得苦涩了。虽然，婆婆绝没有抱怨过，我却自觉得不安生，觉得惭愧。为了结婚，把一家人都挤到别处去了，连灶房里也睡进了人，为此，心中很不是滋味。

好在两年之后，丈夫在单位上，跑来跑去，说了许多的好话，叙了许多的难处，终于精诚所至，金石为开，要到了这三楼上的十二平方米的小屋。因为难，我非常满意；因为不易，我十分珍爱它。十二平方米，我也太高兴啦，记得，一听到消息，我立即飞跑回去，对终日牵挂我的母亲大声地嚷："我有房子啦！"

的确，在小屋里，我感到了异样的幸福、欢乐、自由！虽然是简易房，没有灶房，没有阳台，没有水管，没有卫生间，又不隔音，紧临着煤场与纺织厂，常常飘来煤屑与棉絮，但这些，我全不在乎！

我在母亲那儿，住惯了绿荫遮掩的小院，静静的一间小书房，丰富了我的青春，我深深地眷恋过；在学校里，我住惯了窗明几净的宿舍，虽说是上下的架子床，门外却是广阔的天地——图书馆、资料室、大教室……

这儿是拥挤的。屋里屋外。窄窄的走廊，摆满了各家的杂什；各样的人，低头不见抬头见的，天性羞涩的我，常常尴尬地学着和邻人说笑，很是难为情，但这些，我高兴！

"四人帮"肆虐那些年，社会上风风雨雨，我那颗不谙时务的心，常常疲倦得疼痛。回到自己的小屋里，我就可以忘却一切，忘却因家庭出身不好而受的委屈，忘却因工作受挫而常存的辛酸，忘却没有事业的空虚……小屋，是我的世界，我拥抱这世界！可爱的孩子，乐观的丈夫，迷人的唐诗宋词，撩人心绪的《安娜·卡列尼娜》与《约翰·克利斯朵夫》……

我的世界是狭小的，也是广袤的；是贫困的，也是充实的；是苍白的，也是绚丽的……我从外面回来，抖落掉肩上的尘土，拭去心上的寒霜，走进小屋，扑面是小家里脉脉的温情，亲人拳拳的心，我，便感到了慰藉了。

真的，我的小屋，有种神秘的魅力呢！不全是珍如家宝的书籍，不全是相扶相携的情爱，是事业藏在我们心灵深处，是信仰支撑着我们的灵魂……

那时，尽管白天胡乱地混过去了，我还拥有小屋的黄昏、夜晚和凌晨。不灰心，不沮丧，不自卑，不退却……自爱，自尊，自勉，自立……

也有人感叹过小屋的狭小。我很不以为然。何况，换房子，谈何容易？而说真的，在小屋里，我慢慢认识了自己，也认识了小屋的灵魂，屋虽小，却小得纯净，小得可爱，小得安生……

哦，有时翻开刘禹锡的《陋室铭》，颇能心领神会，高诵一遍："山不在高，有仙则名；水不在深，有龙则灵。斯是陋室，惟吾德馨……"读到"孔子云'何陋之有？'"时，我和丈夫便相视大笑，逗乐了孩子，全家笑成一团。

啊，我总爱这么想：如不是有这间可爱的小屋，在那狂虐的社会风暴里，我的心，一定也会被抽打得畸形了呢。

如今，我那向阳的小窗台上，摆了几盆绿透了的小生命。花不名贵。菊花，仙人掌，兰草，耐旱又耐涝的，适于我这粗心的

222

主妇。于是，两扇玻璃窗，常常是映着生命的绿了。

还是那张大地图。还是那样的散乱。一般人，现在都布置得相当讲究了，可我的小屋，依然如故。一对老式的木椅，是结婚时，母亲觉得凄惶，送我的，现在已给孩子架床用了。剩下的，便是在狂风暴雨之后，丈夫用他那剩下的精力与热忱，自己做的小小的书桌，粗笨的书架，可笑的书箱子。

小屋的白天，照例是静寂的，一把铁锁守了门。清晨，黄昏，夜晚，却比昔日热闹多了。有儿子背外文单词的稚气又认真的声音，有广播员纯正又动听的时事播音，有我快乐的哼歌声，有丈夫诙谐的逗趣……

当然，电视机没买，录音机也没买，我们都没有时间。灯亮了的时候，三个人便向灯下挤去了，儿子是常胜的，上学了，我们都得给他让步。于是，不是我，便是丈夫，要去靠床头了。哦，靠在床头上看书的人，心中那个羡慕与妒嫉哟……

我常常微笑着环视小屋，心中有说不出的醉意！记得一个老同学，是个汽车司机，有一次欢天喜地地来告诉我，他搞到了一套三间的房子。不久，他又愁眉不展地对我说："好空漠呀，那么大的地方，从这间走到那间，再从那间转到这间，没事干，乏味得很呢！你是不是借我本字帖，我练字好了……"我笑起来，看来，我还是富有的呀！房子再大，再美，人心要充实才行啊！

我这小屋里，就是个喧闹的世界，我把我过去的老熟人都请来了呢。有"人到中年"的陆文婷，有"受戒"的小和尚，有"飘"来的极有魅力的女人，有痴心爱"木木"的盖拉新……

有人说，我们这些人，是时代浪费了的一代人，我不承认。沉沦之事，怪不得别人，是自己的心不够坚毅。

不是么？我小小的陋室，也为我展开了一个广阔无垠、绚烂多姿的世界啊！

啊，我挚爱的小屋！

外面有苍苍的林木，蓝蓝的天空，青青的芳草，灿烂的阳光；小屋里，有万千的气象，澎湃的热忱，奋争的勇气，永恒的青春……

啊，我挚爱的小屋！

墙，灰白色。房顶，六块倒扣的水泥槽。地面，粗糙得可以。这一切，我爱。

油米柴盐，盆盆罐罐。我爱。

拥挤。狭小。繁忙。我都爱。

我的小屋是有灵魂的。它给我以启示、力量和信心。在生活的波涛上，小屋，犹如我前进的小舟，春风浩荡，我要升起风帆，向蔚蓝色的大海驶去……

哦，我的小学校的中午

说我一点儿不留恋郊区的那所小学校，那是不对的。

常常在梦中，我会突然回到那儿去，头埋在乱麻样的作业本中，脱不开身，或是走进了教室，教室里却坐着那几位严厉的工宣队师傅……有时我还梦见，老校长真的当了法官，坐在威严的法庭上；有时，那株绿透了的小白杨树也飘进我的梦中，叶儿瑟瑟地响……

那时候，学校里是孩子们自由的王国。在他们天真又夸张的想象中，很难预料每天会发生什么严重的事件。教师们全都小心翼翼的，唯恐在这难测深浅的海域，翻了自己的小舟……说真话，当时我老为自己失掉的专业痛惜，我不安心……可当时分配工作，家庭历史上稍有污点的人，大都分进了中小学，谁能奈何呢？

然而，就是在这儿，我却找到了我灵魂安宁的所在。

中午，孩子们回去了，同事们也回去了，唯我这个家远的人，随便吃口带来的午饭，依旧留在学校里。于是，那烦恼、苦累、委屈，都消失了，都忘却了，这儿成了我的世界，我的天下了。

中午的校园好安宁。仿佛那一切嘈杂、混乱都不曾有过。甚至连钟声、讲课声，上下课时桌椅的碰撞声都不曾有过。仿佛这里本来就是这样安宁。大操场上横躺着寂寞的跑道与边坑，教学楼上残破的窗子空落落地向天空睁着望眼，楼梯上，响过我一个人的脚步声，办公室里，溜进了田野悄悄的风……

于是，我的心宁贴了。我原谅了我的小战友们。我不再感到背后有冷眼与斜光。我轻松起来。

有时。我溜到那间尘封的音乐室里，那儿有架黑色的小风琴。我坐下来，心头一片温馨的柔情。哦。阳光、童年、歌声、笑声被拙笨的手指在琴键上弹开，我唱起来，追索着风琴的和声……

有时，我把办公室的门一关，两张办公桌一并，身子便斜歪上去，头枕着作业本，翻开一本不易弄到的小说，忘却了天地的存在……

然而，更多的是，我坐在桌前，摊开日记本，向着内心张望。

只是因为无聊。因为苦闷。因为寂寞。因为惆怅。

父亲曾不止一次地告诫我：别记日记，当心犯错误。在人生途中磕磕绊绊，跋涉了一辈子的老人，总结了教训，指导儿女，为避免无谓的麻烦与损伤。我却忍不住。我想把心向谁敞开，我

225

想痛痛快快地生活、说笑，或爱或憎。

于是，我开始反省、开始思索。自以为早已逝去的往事、飘过的风云，竟在我的日记中复活了。自以为早已淡漠的希望、摒弃的追求，竟重新涌满了我的心头。我在重新认识自己，重新估量自己的社会价值，我在重新认识生活，重新思考生活每天给予了我什么……流水账似的日记渐渐充实了内容，就像我的心，渐渐滋生了热情，我不再那么苦闷与烦忧了，我向着明天张望，我又开始了执著的追求……

哦，学校再乱，中午，于我是绝对的静谧与肃穆；

万事纠缠，中午，我能得到彻底的自由与解脱；

我的中午是充实的，没有午休的梦呓；我的中午是宝贵的，青春的闪光在这儿失而复得。

哦，我的小学校的中午，我未来的世界从这里开拓，我人生的道路从这里起步，我的毅力，我的信念，每天都得到考验，那中午的一百二十分钟，是我生命的支撑呢。

……十年，窗外的小白杨粗壮了，高大了，在地面上投下阴凉的绿荫；十年，我自觉有了财富，精神上的财富……哦，离开小学校时，皱纹轻抹上额头，白发也在鬓角躲闪，可我一点不后悔，一点不悲哀。仅仅因为在这儿度过了我的青春，收获了我的爱情，我才留恋么？或者，仅仅因为那每一个短暂而引人的中午没被浪费么？我说不清。

命运并未宠幸我。我在这所郊野的小学校里，担忧我十几年耕耘的学业会蔓生杂草而荒芜，担忧无情的岁月会使我老气横秋，我想变得聪明些，想学得勤奋些，我想使生活多点内容，想让自己这颗总不安宁的心，多少有些寄托……

现在，工作环境变了，搞了本行专业。中午，同事们大都不回家，谈笑、下棋，出出进进，挺热闹。开始，我倒也喜欢，久而久之，却渐生了烦恼，每每中午过后，我便感到一种说不出的疲倦与失意，心头空落落的，说不清为什么，也许，仅仅是不习惯而已。后来，我学会了趴桌假寐，虽说只朦胧一会儿，下午头脑倒也清醒了许多。慢慢地，这也成了习惯，一个中午不闭眼，整个下午便昏昏然，周身不适。哦，我到了我满意的单位，干上了自己喜爱的工作，又养成了安神健体的午休习惯，还有什么不快意的呢？可是，心头总是遗憾，一种隐隐不安的遗憾，这种感觉有时竟会变得尖锐而刺痛，在心头揉搓……

哦，朋友，你说我一点儿不留恋郊野的那所小学校，那是不对的。

我现在就常想：什么时候，我能再坐到那架温柔的黑色小风琴边，忘情地弹唱一番呢？什么时候，我能和那些朴实的女教师们一起，倾听老校长讲他年轻时怎样渴望当法官的梦？什么时候，我也变成一个小孩子，从窗口偷偷伸出手去，摘下一片闪光的小白杨树叶儿，贴在唇边，打一个韵味悠长的叶哨呢？

呵，我的小学校的中午啊，你竟一去不复返了么？

我害怕世故。害怕老成。我不要满足。不要无所谓。人生的道路，人生的得失，自己应该认清才是啊……

南方·北方

在北方住久了，人便像棵树，不知不觉扎下许许多多的实根虚根甚至如南国榕树般的气根来，若要摇撼，若要迁移，那可真不容易。

那年12月在广州，天热得又去买了条裙子穿上。季节颠倒了似的心思也混乱，大冬天里不闻北风吼不见雪花飘心便空了一角。有天路过一个咖啡厅，突然从高雅的门厅里嘶喊出一曲沙哑的"西北风"，顿时饥渴般的心田滋润起来，仿佛南国的清风里也揉进了黄沙粒，拂出许多乡思的柔情。

在北方住久了，西北风真有股陈年老醋的味道，这是对南方人说不清道不明的感觉，北方人自我欣赏自我品味出来的。

我把这种感觉说给南方的朋友们，惹得他们大笑，说我像棵恋家的根根草，跟不上时代节拍社会潮流；说我感情落后观念陈旧；说你不看有多少优秀的北方人杰在南方气吞云天，有多少勇敢的北方将才纵横驰骋于南方疆场战绩辉煌；说这几年早形成汹涌的南下大军势不可挡，你却还留恋什么"北风吹，雪花飘"，真是不识时务，不可救药。我反驳说，那么多北上的木匠、鞋匠、弹棉花网套匠，还有大小饭铺的主儿，怎么都是南方人呢？他们不是一阵西北风么？并且我又说，如果北方生活水平不高，怎么能召唤来那么多服务盲爷？如果南国经济发展，怎么还朝我们北方网络人才呢？朋友们听了我的话十分恼火，说无法与我理论，无法与我沟通；说我概念错乱，且顽固不化。

玩笑话说着逗乐。实际情况也真令人困惑。许多熟悉的陌生的能干的男男女女都南下了，并且发展都不错，见着老乡同学朋友们，坦然露出一种得意、痛畅甚至发了财的满足与优越。他们说，到南边去吧，人生难得几回搏！他们说，窝在古城里发霉么？到南边去吧，重新活出一番潇洒！他们说，趁你还未老朽，还未绝望，到南边去吧，去开拓新的事业！他们说，穷日子有什么可留恋，连山里人都闯世界来了，你还在这儿死守……他们还说，那儿没有不能施展的抱负，没有被压抑的委屈，无论是失败还是胜利，你在南方，才能了解你自己……一个诗人甚至说，南方的夜晚我们都不可比拟，那有不可轻视的层次与神妙，你将感到生活的风采……

他们把我说糊涂了。我们北方的种种魅力呢？生我们养我们给我们血肉之躯精魄之魂的黄土高坡呢？

我，在南方，能像在西安一样出门靠同学办事托乡党，人情网关系网交易网利害网网网交缠，谁能说清这有多大的好处！

我，在南方，能像现在一样上班喝茶看报闲聊天下大事嚼碎他人小事，下班看电视嗑瓜子打麻将走门路探消息拉关系么？

南方，能让你只要和头儿沾亲带故抑或投其所好仰其鼻息鞍前马后慎言慎行便能混个一官半职处级待遇安电话坐小车并天天向上步步高升么？

南方，能让武大郎开店高我者莫伸腰强我者莫抬头否则穿紧小鞋让你欲跑不能欲跳不能欲走不能欲罢也不能么？

南方，能工厂倒闭企业破产我却像个不倒翁般安然自得么？能让我出国去把国内出口的产品又当高新技术高价买回来么？

南方，能像北方一样没有海上走私的，没有家办企业的劣质货，没有对童工的滥用，没有灯红酒绿么……

我不知道。我不知道南方到底怎样。

我知道我们北方有古都有历史有文化有遗迹有传统有炎黄子孙的骄傲。我们有秦始皇千年率领的地下兵阵，有如棋盘的街道，有如断崖的城墙，有羊肉泡馍大红枣粥油煎柿子饼，有北风吼起来时屋檐上的冰凌玻璃上的冻花，有我这样爱瞎说瞎想爱比较东西指点南北的麻烦女人……

北方人没钱，北方人却有时间去争官位争职称争权力争得势不罢休争得难分难解。

北方人没事业，北方人却舒适，懒散，自由，用流行曲吼成"现在世界上究竟谁怕谁"？

北方贫困，北方可风雨不动安如山，相信该有的都会有……还不在乎外边的世界很精彩！

说来说去，仿佛还是北方好。那么，南方人向往北方么？很多年前，国家号召支援大西北建设，那时各行各业涌来了大批有文化有知识有技术的南方人。现在，北方的人倒向南方跑，又是国家党政号召么？

　　问号太多。南方朋友对我直摇头。我是爱我的北方，我不会离去。但我却不由地对孩子说，大学毕业，你若想闯海去，妈妈不拦你……

　　北方，梦太沉，土太厚，风太大，雪太美。

　　北方，重重的脚步踏着，迄今还似一曲古老的民谣……

●杜渐坤

落　叶

　　落叶在春天纷纷而下，这是南国特有的奇观。北国的朋友也许以为怪异。因为，在你们那里，落叶在秋而不在春。当峭厉的西风把天空刷得愈加高远的时候；当陌上阡头的孩子望断了最后一只南飞雁的时候；当辽阔的大野无边的青草被摇曳得株株枯黄的时候——当在这个时候，便是秋了，便是树木落叶的季节了。

　　北国的落叶，渲染出一派多么悲壮的气氛！落叶染作黄金色，或者竟是朱红绀赭罢。最初坠落的，也许只是那么一片两片，像一只两只断魂的金蝴蝶。但接着，便有沙沙哗哗的金红的阵雨了。接着，便在树下铺出一片金红的地毯。而在这地毯之上，铁铸也似地，竖着光秃秃的疏落的树干和枝丫，直刺着高远的蓝天的淡云。

　　这便是北国"无边落木萧萧下"的壮观。

　　南国的落叶却不是这般情景。落叶的颜色是浓重的苍青。在地上铺出苍青的织锦。而在树上，也是浓重的繁密的苍青色，叫你抬头看不见一点蓝天的影子。可是，在这浓密的苍青的树冠上，你看吧，春潮般地泛起来多少嫩绿的新叶的波浪！

　　这是万木争荣的季节。在遥远的地平线上，威严地站立着

231

的，已不是冷酷的冬。老叶不必窒窒，或者说不必作那悲壮的自我牺牲来保护树木挨过冷酷的冬吧。在这里，就连冬天的阳光也灿烂如碎金，雨水温润而充足，地表下有取之不尽的营养。万木在和风中一样做它们欢乐的梦。

时序如轮旋。秋天过去了。冬天过去了。司春之神于是欣然驾临。蜂蝶成群来起舞，百鸟结队来唱歌，杂花纷然披陈于枝梢上。氤氲的南国，这时已装载不下旺盛的勃发的生机。

而这时，我走在无论哪一个林子里，无论哪一棵树下，我都欣喜地看见，每一棵树上都蓬勃地怒发出新叶。我看见新叶高标出老叶覆满的树冠。我听见新叶在歌唱，唱它们新生代的歌。我听见新叶在呼唤，呼唤未来的鲜花和甘果。

于是，我看见老叶意识到自己历史使命的即将完成。

老叶沙沙哗哗而下了。然而，老叶没有悲戚。老叶也一样唱它们雄壮豪迈的进行曲。老叶融入春泥，老叶化作玉露琼浆，滋润着大树上新叶的成长。

这是一幅多么伟大的充满希望的图画！

于是，无论在哪一棵树下或哪一片林子里，我的思想都进入一种庄严的忘我的思考。

● 陈伯吹

弹琴的姑娘

不论清早、夜晚，我在这条长长的胡同里，有时往东，有时往西，走着，走着的时候，老是听到寓所斜对面高楼的窗口里，传出一阵阵好听的琴声——叮咚！叮咚！叮叮咚咚！……

那楼窗口挂着的榴红色的窗帘，倒很凑趣，不时地飘出窗口，仿佛是它把好听的琴声像恭送尊贵的客人似的送了出来。

春天的日子多雨，常常淅淅沥沥地下着。只要琴声一响，雨点就轻松活泼起来，轻轻细细地洒在树叶上，洒在马路上，洒在行人的雨伞上，也洒到人家关着的玻璃窗上……洒得长长的胡同里稀湿稀湿，耀出一片亮光来。它们多么淘气呵，跳着快乐的集体舞，跟着琴声的节拍——叮咚！叮咚！叮叮咚咚！……

我老是在想，这个弹琴的人是谁呢？

夏天的黄昏，屋子里还滞留着一股热气。人们都到街头、湖滨、广场、公园里去乘凉，然而在那摇曳着荷绿色窗帘的窗口里，仍然不断地传出好听的琴声——叮咚！叮咚！叮叮咚咚！……

我在长长的胡同里走着，听着，想着，钦佩着这个弹琴的人"拳不离手，曲不离口"啊！

秋天天高气爽。晴朗的夜里，月牙儿分外清明。它悄悄地挂在树梢头，静静地倾听着悠扬的琴声。顽皮的星孩子们，一刻不停地眨着眼睛，逗着那个弹琴的人。可是像夜莺般的、流水般的琴声，却一直从荡动着菊黄色的窗帘的窗口里传出来——叮咚！叮咚！叮叮咚咚！……

我赞美着这个弹琴的人，"锲而不舍"啊！

冬天的寒夜，有时刮风，有时飘雪，我夜深回来，走进这条长长的胡同，没遇见过一个人，可是一阵熟悉的、使人感到安慰的琴声，却来迎接我这个风雪夜归人——叮咚！叮咚！叮叮咚咚！

我感谢着这个弹琴的人。

日子过得飞快，不是几天、几星期、几个月，而是整整的一年了吧，这"叮咚！叮咚！叮叮咚咚！"的琴声，仿佛一直在耳朵旁边地响着。它从来没有缺席过。

"谁在弹琴呢？弹琴的又是谁呢？"我非常非常地想知道他，并且想见一见他。

一天，音乐界的一位朋友，给我挑来了一张入场券。那晚上所有歌唱的、弹奏的都是好手，每一节目演完，鼓掌声都像春天的春雷，夏天的阵雨。到了最后一个节目了，那是第三次的钢琴独奏。一个年纪小小的、脖子上还系着红领巾的小姑娘，每支曲弹完，谢幕总是欲罢不能地一次又一次。

我疑疑惑惑，这琴声那样的优美、轻松，有甜味儿，却又是那样的亲切、熟悉，如逢故友，"难道弹奏的就是她"？

事情真凑巧，隔不上半个月，有一个黄昏，我刚从街东口进来，又听到了琴声，就踏着"叮咚！叮咚！叮叮咚咚！"的拍子，走得真轻快。忽然琴声陡地停住了，我不知不觉地快走到自己家门口了，猛抬头一看，在那窗口下着紫罗兰色窗帘的楼下，一个脸蛋儿俊秀的、似曾见过一面的、脖子上系着红领巾的小姑娘，她扶着一个头发已经全白、臂弯里挟着一叠琴谱的老教师，安步地走出来。

我愣住了，"原来就是她"！

我才回到家里，刚在书桌旁坐下来，"叮咚！叮咚！叮叮咚咚！……"的琴声，又响了起来，传进我的耳朵里，灌注到我的心里。

"好好学习，天天向上！"我禁不住虔诚地、默默地祝福这个勤学苦练的弹琴的好姑娘。

●张胜友

人生的卡片

　　人生如同在赶一条很长的路，一路风尘，一路跋涉：有时峰回路转，斗折蛇行；有时一马平川，春风拂柳。

　　我今年40岁了。"四十而不惑"，犹如人生之旅登上一道高坡，领略世事之艰辛，悟觉人生之奥秘，蓦然回首，拾得一串支离破碎的卡片——

卡片 1

　　我的脑荧幕常常会叠印出故乡家门前那条清水潺潺的小渠，沿着青石铺砌的渠道，伸入田畴，逶迤跃出村口。

　　每逢周六下午，我和弟弟便携手沿着这小路走去。我们都像芦苇秆子那般细瘦，蹒跚地渐次渐远地走向村口，去迎候将归的父亲。

　　父亲在离家40华里外的一所乡镇中学执教。每当周六下午太阳将沉未沉之际，永远穿着蓝布中山服的父亲的身影就会出现在村口小路上，我们磕磕绊绊地迎上前去，一把攥住父亲瘦骨嶙嶙的手，父亲则忙不迭解下挂在肩上的土灰色旧帆布挎包，我们

236

捧着挎包——里面有父亲用旧报纸严严实实包裹着的一小袋米，欢天喜地地回家去。

这一夜，是我们家盛大的节日：四只小眼睛紧紧盯住父亲用抖抖的双手展开一层又一层的旧报纸，小心翼翼地将米悉数抖入一锅清水中，直抖得纤尘不剩。锅里的水翻滚着，不断冒出气泡，稍后又倒入一筐我和弟弟采摘来的野菜，用勺搅拌成嫩绿色的稀糊糊——我敢打赌，那种嫩绿色是世界上最美丽最漂亮最诱人最富于审美情趣的颜色了。接下来，是父亲喜滋滋地瞅着我们"呷吧呷吧"地狼吞虎咽，直至用舌尖舔净碗边儿碗底儿的一丝丝汁水。那是他每日三餐一小撮一小撮硬从口里扒拉出来，夜里批改作业时一口杯、一口杯地吞服白开水，才积攒下来的呀！

其时，田畴已不种庄稼，乡亲们上山烧木炭炼钢铁放卫星去了，母亲则远在30里外的大山沟沟里修水库。记得是一个月黑风高夜，有人"咚咚"叩门，我和弟弟急忙起身趿着木屐去开门，啊，是母亲回来了。怀里端着一钵米饭——那是她苦战大半夜挑土上坝换取来的。她一口也舍不得吃，便急如星火地赶回家来，为我们熬成一锅野菜粥，又立即赶回工地去了。然而，母亲的"私逃"还是被"阶级斗争觉悟"极高的民兵连长发觉了，于是被五花大绑押至水库大坝上罚跪示众。从此，母亲便很少回家来。

终于有一天，父亲、母亲都前脚踩后脚地回到家中。积年累月地由米糠而野菜、而树叶、而草根，弟弟不堪饥饿，终于活活饿毙了。父亲和母亲默默地摘下厨房门板，草草制成一具小棺木，又默默地将弟弟放进了小棺木里。

尔后，每逢周六下午，太阳隐入西山之际，就只剩我一个人伫立于村口，迎候将归而未归的父亲……

卡片 2

中学校长调侃式的笑脸永远像浮雕一般立在我的心中。

上初三时，学校号召学生踊跃报名参加空军，守土戍边，去疆场建功立业。我也怀着一颗赤子之心报了名。校长却把我叫去他的办公室，说："你把嘴张开，你看你少了一颗牙，缺牙的人怎么能当空军呀？别胡思乱想了！你给我好好读书！"我很快领悟了校长的潜台词：因你的右脚残疾的祖父解放前经过商，因你的出身低贱血统不高贵，你是没有资格去当空军或参加什么"革命"的，你只能好好啃书本。我似乎一下子长大了。我内心非常非常感激校长煞费苦心的启迪。

我好好啃书本，年年学习成绩名列前茅，终于一步一步挨近了梦牵魂绕的大学校门。

平地一声雷，"文化大革命"的烈火彻底烧毁了我的大学梦。我草草收拾行囊从县城中学回到故里，也在自家庭院点起一把火，把所有的课本、参考书、历届高考复习提纲统统烧成一堆灰烬——也把我满腔的愤怒化作灰烬。

灰飞烟灭，人生的道路往哪里走？

我汇入"面朝黄土背朝天"的农民兄弟队列中，日出而作，日落而息、春播秋收、经年劳碌，尚不得温饱不得安宁。于是，我去筑公路、架大桥、修水库、挖矿槽、炸山石、打零工；我还去拜师学裁缝，挑着缝纫机走村串户挣钱糊口，割"资本主义尾巴"风声一紧，还曾被捉拿归案扔进当地私设的土牢里喂蚊子。

"清理阶级队伍"风暴骤起，军宣队威赫赫开进了村。很快传下令人毛骨悚然的消息，凡是入了"另册"的庄户农家，大门上都将由军宣队负责给刷上黑漆对联："只许老老实实，不许

238

乱说乱动。"我家早已被入了"另册",经过商的祖父不用说了，教书的父亲时下又被发配农场进"牛棚"，任小学教师的叔父据说是"特务"且自杀未遂。我家不刷黑对联谁家刷黑对联？

这不啻于古时在犯人脸上烙上火印！

我彻夜难眠。翌晨，我竟然想出了一条妙策，急慌慌赶到集市上买来红油漆，在大门两边立柱端端正正刷上："听毛主席话，跟共产党走。"

待军宣队队员提着黑油漆桶赶来时，铲掉也不是，训斥也不是，一下傻了眼……

卡片 3

忽一日，默默无闻的故乡突然名声大噪。从两山间穿峡而出流注于故乡的滔滔大河被堵截起来了，一条石砌长堤蜿蜒如卧龙，堤下新拓出一片田畴，是为"大寨田"。于是，故乡神话般地成了"农业学大寨"的典型。奇迹需要引吭高歌，锦绣文章需要大书特书，一时间，报社、电台的新闻记者蜂拥而至，连我这个被打入"十八层地狱"的失意之人也被破格录用，荣幸地挂上"农民通讯员"衔。乡亲们一日三餐吃糠咽菜，啼饥号寒，被牢牢拴在大堤上，昼夜苦战"大寨田"。而我，却欣欣然丢下锄把握起笔杆，加入了"莺歌燕舞"的大合唱。

此后，在黑糊糊的吃饭桌上（用过饭后权当桌），在昏黄黄的煤油灯下，我挥汗如雨地炮制出一篇又一篇的"交响曲"：《铁姑娘挑灯夜战》、《农村也是大学》、《在与传统观念决裂的战场上》、《政治夜校的琅琅读书声》……也曾有过占领省报整块版面的荣耀。写了新闻，又写诗歌，还写小说，再写散文。然而，越写下去越不是味儿，直至某一日，翻看自己精心制作保存的一大本剪报时，突感又羞又恼，一气之下，撕扯成片片碎纸抛入茅厕中去了。

时代挤压着我，我却违心地拿起笔来歌颂它。

我心里涌起一阵苦涩："灵魂拍卖！"

卡片4

这是最后一趟列车了。

那种企盼、那种渴望、那种拥挤，难以言述。漏乘的将懊悔终生。

我有幸挤入了复旦园的校门。

10年前的大学梦，10年后好梦成真。一群历经了10年狂热、迷惘、徘徊、痛苦、觉醒、身心疲惫的当年的红卫兵和老插们、突然汇聚到黄浦江畔，端坐在同一座敞亮的教室里，历史在他们身上的投影所折射出的骚动不安，很快迸射出炫目的火花——有如我的同学胡平所说的：这是一群从社会阴沟里爬出来的。"魔鬼"！

卢新华率先在班级墙报上贴出了他的处女作《伤痕》。

我一读之下心灵受到了极大的震撼。小说一扫"四人帮"专制时期枯燥、虚假的八股味，扑面而来的是真切、动情的新鲜气息。尤其是主人公王晓华的命运竟与我的坎坷经历那么相似，以致叫我暗暗陪了泪水。然而，理智很快警醒我：《伤痕》是如同1957年"右派"作家刘宾雁的《本报内部消息》、《在桥梁工地上》和王蒙的《组织部新来的年轻人》同类型作品，无疑算是毒草，只能锄了供肥田之用。

我恐惧。长期弯着脊梁，我还没敢挺直起腰板。

出于对同窗命运的担忧，我百般劝说卢新华，与之展开激烈的争辩。小卢激愤了，突然向我大声嚷："我的小说是写实的，广大读者又是欢迎的，那么，只能反证你们的那套理论是虚

240

伪的!"

我愕然无语。

1978 年 8 月 11 日,《文汇报》第三版以整版篇幅推出《伤痕》,掀起了一场轩然大波。顿时,复旦园失去了平衡。同学们、老师们,乃至白发苍苍的老教授、校长、党委书记都卷入了这场大辩论,唇枪舌剑,各执一词。论争扩大到上海,又波及全国,历时数月之久,最后以宣告我所坚持的那一派观点的失败而告终。我陷入了如黑夜般无涯无际的痛苦。

一方面,在感情上我为自己观点的失败而庆幸,庆幸一个旧时代结束了;另一方面,我又深感茫然无措,心中的思想大厦轰然倒塌了——地动山摇般将我击得粉碎。

整整半年我的笔下流不出一个字来。

我开始反思人生。

我开始反思历史。

随之而来的气势雄浑的真理标准讨论和波澜壮阔的思想解放运动,终于把我拽出思想的地狱之门。

我着手创办大学生社团春笋社。

我主编《大学生》刊物。

我投身于民主竞选运动。

这是真正脱胎换骨意义上的醒悟。

我彻底告别了"旧我"。

我为做人与作文立下了新的信条:"不再说一句违心的话,不再写一个违心的字!"

因为,我学会了思考。

卡片 5

思考,是一种智慧的痛苦。

大学毕业后，我北上京华任《光明日报》记者。我思考的目光，得以投向更为广阔的社会生活舞台。

人们都称道记者为"无冕之王"，我却极深刻领略了戴着镣铐跳舞的滋味。

我要写自己认为值得写的文字。

我写知识分子的辛酸历程犹如在写祖国的辛酸历程；我为赵燕侠率先组团改革却最终流产悲愤不已；我为中国5000万残疾人的命运掬一把泪唱一曲歌，我为祖国背驮10亿人口重负艰难前行而哀婉叹息；我展示红卫兵们昨日的悲剧场景与投身"世界大串联"洪流的莘莘学子今日之喜剧心曲；我探寻"海南汽车狂潮"的始末得失令某些人暴跳如雷；我抨击光怪陆离的"官倒"现象击节扼腕怒发冲冠……乃至改革家们的浮沉荣辱、小民百姓排长串换煤气罐、顾客去商店购物饱餐窝囊气、工人上班寒风中苦等公共汽车而不得，等等，等等，都令我的笔尖颤抖。于是，我和我的合作者胡平像两条狗气喘咻咻奔窜于大江南北，又似陀螺一般被卷入一场又一场"剪不断、理还乱"的"官司"漩涡中。

然而，我没有一丝犹豫，半点悔意。

前路正长，我已不再年轻，肩负责任不要推卸，憧憬未来更须前行。

我将坚定地走下去。

●张洁

盯　梢

　　人人都这么说，二姐姐是村子里顶美的人。是不是这么回事？我可说不清楚。

　　比方我很爱看戏。引动我的，并不是那些公子落难、小姐赠金、山盟海誓、悲欢离合的戏文。我那时还小，很不明白那些个公子、小姐为什么，又有什么必要费那些闲劲去瞎扯淡。我更感兴趣的是去欣赏戏里的美人。她们一个个拂着长袖，摇着莲步，双目流盼，长眉入鬓……实在美极了，可是回到家里，一看二姐姐，便觉得她们全不是那么回事。

　　没事的时候，我老爱看着二姐姐傻笑。那时，她就会用手指弹一下我的脑门。我呢，就像中了头彩，高兴得不知怎样才好，如果凑巧跟前有棵树，我准会像猴子那么麻利地爬上去，摘好些串槐花扔给她。

　　要是我的眼睛里掉进了沙粒，她就会用那长长的手指，轻轻翻开我的眼皮，嘴巴撅得圆圆的，往我的眼睛里细细地吹气。那时，我就不巴望着眼睛里的那粒沙子，总也吹不出来才好呢。

　　我整天跟在她身后转悠，总是黏黏糊糊乎乎地缠着她。她上哪儿，我就上哪儿。她干啥，我就干啥，娘就会吼我："那点事用得着两个人？还不喂你的猪去！"

我火急火燎地喂下猪，赶紧又跑回二姐姐身边。娘又该吼了："你慌的个啥，赶死去嘛，看把猪食洒了一地。"这时，二姐姐又会用手指头弹一下我的脑门。

我爱听她笑。她笑起来的样子真是爱死人了：歪着脑袋，垂着眼睛，用手背挡着嘴角，那浅浅的笑声让人想起小溪的流水，想起山谷里回响着的鸟鸣……逢到这时，我便像受了她的传染，咧开我的大嘴巴，莫名其妙地大笑起来，惊得鸡飞狗叫。一听见我那放纵的大笑，娘和二姨就会申斥地吼我："快闭上你那大嘴，哪个女子像你那样笑，像个大叫驴。"

二姨是顶忙的人。村里哪一户人家发生婚丧嫁娶这样的大事，几乎都离不开二姨。村子里要是有谁死了，人们顶多念叨上十天半个月，也就渐渐地忘了。可要是二姨串亲戚走开一两天，就会有人问了："咋不见你二姨了嘛。"要是哪家聘闺女、相女婿不是二姨经的手，她就像丢了多大的面子，三天见人没好气。

不用说，二姐姐的婚事当然得由二姨经办。提了几家的小伙，二姐姐就是不应。别看二姨是个能人，对着二姐姐也没法施展。那会儿刚刚解放，正是宣传婚姻自主，自由对象的当口，二姨也不敢太过分地张狂。可是，干了一辈子说媒拉纤的营生，要是不让她过问这件事，可不就跟宰了她一样的难耐。尤其二姐姐还是她的亲外甥女，这就让她脸上更没颜色。

初一那天，二姐姐说是带我去赶集。临走前，二姨偷偷把我扯到一边，趴在我耳朵："大雁，赶集的时候留个心眼，看看你二姐姐都和谁搭话来。"

唾沫星子从她那厚厚的嘴唇里不断喷射出来，弄了我一耳朵，潮乎乎、热烘烘的，我什么也没听清，大声地问她："你说的啥？"

她忙捂住我的嘴，把她的要求重又说了一遍，还叮咛我不许露出马脚。她那鬼鬼祟祟的样子，为她布置的任务增添了很大的神秘感。那时候，凡是神秘的事情都让我觉得好玩。我答应了她，记住了她说的一切要点。

出了我们这个沟底，翻上了邻村的崖畔，我看见人家竖在打麦场上的秋千。

二姐姐说："歇歇脚吧。"

秋千架下的气氛十分红火。小女子们闪在一旁，想偷眼看看蹬秋的小伙，又扭扭地不敢看。小伙们推推搡搡、摩拳擦掌，一心想在小女子们面前比试高低，恨不能把脚下踩着的木板蹬飞才好。

我一看，红了眼："咋咱村就没人想着给安个秋千。"

二姐姐抢白我说："还不够你疯的嘛。"

我没顾得上回她的嘴，打秋千那热烈而惊险的游戏吸引了我全部的注意力，我张着大嘴，眼睛发直。

二姐姐用手捂上我的大嘴巴："快闭上你那嘴，看人家的羊肚子毛巾飞进去哩。"我知道，她是不愿意人家看见她有个呆妹子呢。

朝我们走来一个小伙，我见过他，知道他。他是乡里的识字模范，人家都叫他三哥哥。他问我："大雁，你想打秋千么？"我双脚一跳老高地说："打！"

二姐姐狠狠地瞪了我一眼，说："没羞，你见谁家女子打秋千呢。"

我看出她并不是真正的反对我，因为她那双使劲瞪着我的眼睛里，全是关不住的笑意。

我把脖子一拧："我打，我就是要打么。"

"人家笑话你，我可不管。"

"谁要你管呢。"我怕她揪住我不放，赶紧跟着三哥哥就要走，却又忽然想起："咦，你咋知道我叫大雁呢？"

二姐姐撇着嘴笑了："你是有名的馋丫头，谁个知不道呢。"

对，二姐姐说得有点道理。

三哥哥才一把我领到秋千架底下，小伙们立刻就围上了我。都说："莫怕，先在脚踏板上坐下，我们先带带你。"

怕?!

我怕过啥？

我往脚踏板上一坐："来吧。"

先是三哥哥蹬着秋千带我，哎呀，我还真有点怕呢。秋千荡过来、摆过去，我的心就忽悠悠的。我闭着眼睛，缩着脖子，不敢往下看。两只手死死地攥着秋千索，担心它一家伙断了，或是我抓的不牢，"叭嗒"掉下去摔成个肉饼。

没有，一切都好好的，我的胆子渐渐地大了起来，我发现我的身体好像变成了秋千的一部分，哪怕只是轻轻地用手挨着秋千索，也绝不会忽闪下去。我从脚踏板上站了起来，学着三哥哥的样子，腿往前一蹬荡了过去，往后一傲又摆了过来。哎呀，我变成神仙了嘛，在天空中飘来飘去。

我看见平原上平时总是被山崖和大树遮挡着的那条河啦；我也看见平原上那条像带子一样纽的铁路啦；还有火车站上那像小盒子一样的房子啦……再往秋千底下一看，二姐姐啦、小女子们啦、小伙们的笑脸啦，全连成了一片，分不清谁是谁了。我快乐得晕乎了。在这晕晕乎乎之中，好像听见二姐姐叫我下来，不过我已经顾不上那许多了。

接着，又是张家哥哥，李家哥哥，一个接一个地陪我蹬下去。

我大张着嘴巴，一边笑着，一边叫着（没错，准像个大叫驴），汗水顺着我的脸蛋，顺着我的脖子淌下去。我的额发被汗水打湿了，一绺一绺地贴在脑门子上，后脑勺上的小辫，像赶牛蝇的牛尾巴一样甩来甩去。真的，真像二姐姐说的，再也找不到一个像我那样没羞没臊的女子了。

直到我笑得、叫得、玩得一点力气也没有了，我才从秋千架上下来。脚底下轻飘飘的，人好像还在秋千架上。走起路来绵绵软软，活像村里那些醉汉、二流子。

二姐姐使劲弹着我的脑门，拽着我的胳膊，好像生了气："看看你这个样子！哪儿也不去了，咱回吧。"

回就回，反正我也耍够了，谁还稀罕去赶集嘛。我回过头去，恋恋不舍地看着秋架，还想寻着教给我蹬秋千的三哥哥，对他说句知情的话。可却不见他的影子啦。

二姐姐一句话也不说，只顾低着头在前头走路。她真生我的气了？我偷偷用眼睛瞄了瞄她，咦，怪咧，她眯着眼睛不知在想啥，嘴角上还挂着甜甜的笑哩。

哼，美得个她。

我忽然想起二姨交代我的任务，立刻收住了脚，着急地说："哎呀呀，净顾着耍了，还有大事没办呢，咱还是上集上转一转吧。"

二姐姐像是刚从梦里醒来，悠悠地问我："上集上做啥？"

"二姨让我到集上看看你都和谁人搭话来。"一着急，我忘记了二姨不让我露出马脚的叮咛。

二姐姐绯红着脸儿笑了，像三月里绽开的一树桃花："你就说，我和谁也没有搭话。"

对么，我相信她。我们连集上都没去，她能和谁搭话。

我很高兴，觉得这一天耍得好痛快，二姨交给的差事也没花我多大力气，于是，我尖起嗓子，唱起了小山调。

回到家里，二姨自然盘根问底。我也没说出个子、丑、寅、卯。她有点失望，这事就算过去了。

过了两天，二姨又揪住我："你说她没有和谁搭过话？"

"对呀。"

"不像，她那神气不对嘛。"

哼，她还是个相面先生呢。"咋不对嘛?!"我替自己，也替二姐姐抱屈了。

"你懂个屁。"她从头到尾又把我审了一遍，连细枝末节也没有放过。

后来她恍然大悟地追问了一句："你打秋千去了?"

"啊，打了。"

"你耍了多久?"

"好大一晌呢。"

二姨把那双胖手一拍："这就对咧。"

"咋对咧?"

"你这傻女子，啥也办不成，白费了我好些唾沫星子。"

这话不假，我立刻想起她交代任务那天喷射在我耳朵上的唾沫星子，的确不少。那种潮乎乎、热烘烘的感觉再次袭击了我，我不由地用手掌又去擦了擦了我那干干净净的耳朵。

收罢秋，二姐姐出嫁了。新郎就是邻村的三哥哥。我真爱二姐姐，我也喜欢三哥哥，如果不是他，而是别人娶走了二姐姐，我一定会张开嘴巴大哭一场的。相反，我当时心里只有高兴的份，好像把一件心爱的礼物，送给了一个心爱的人。

二姨也没有丢面子，新娘子是她送到婆家去的。当然，还有我。起先娘死活不让我去，说我不算个啥。我豁出来了，当着来贺喜的叔伯乡亲大闹了一场，吓得他们谁也不敢再拦我。生怕我再胡来，败了大家的兴。

一到婆家，我便认出好几个陪我打过秋千的哥哥，他们特别欢迎我，一个个向我伸出大拇指，说我立了大功，把核桃、枣子塞了我一兜兜。

大家让二姐姐唱个歌，二姐姐撅着嘴。生气地把身子一扭，就是不唱。我真舍不得让她生气，我也不忍让那些陪我蹬过秋千

248

的哥哥们失望，自告奋勇地替二姐姐唱了个歌。我唱得很认真、很卖劲。唱的不是小山调，而是正儿八经的新式秧歌：

$$|\ \underline{5\cdot 6}\quad \underline{5\cdot 6}\ |\ \underline{\dot1\cdot 6}\ \dot1\ |\ \underline{5\ \dot1}\ \underline{6\ 5}\ |\ \underline{3\ 2}\ 3\ |$$

……我有点扫兴，因为谁也没有认真地听。

然后他们又请二姐姐吃枣子和花生，二姐姐死活不肯吃。这怎么行，人家是诚心诚意的呀，总得吃点嘛。我拿个花生塞进二姐姐的嘴里，她一扭头，立刻吐了出来，还偷偷地掐了我一下。

好疼！

别看我平时很冒失，这回我可没敢吭气，我怕人家知道了会不高兴。我从他们手里抓过枣子、花生，替二姐姐吃了。大家不知为什么全都哄笑起来。

二姨朝我后脑勺上使劲拍了一巴掌："你这捣蛋鬼。"说着，就把我往炕下扯。

我恨死她了。当着众人这样对待我，这让我多丢面子。眼泪来到我的眼睛里，我要哭了。但我知道这是二姐姐大喜的日子，我是不能哭的。我使劲撇着嘴，极力抑制着就要冲出喉咙的呜咽。

三哥哥搂住我说："谁也不能欺负大雁，大雁是我们家最尊贵的客哩。"

二姐姐羞答答地笑着瞟了瞟我。我得意了，意识到自己在三哥哥和二姐姐的家里有一种特殊的地位，但我并不知道那是为了什么。

那一夜，我在洞房里大显身手，在新人铺着新席、摞着新被褥的炕上，又是扭秧歌，又是翻跟头……最后，我都不知道客人怎么散的，我又是怎么睡着的。只记得我先是靠在三哥哥宽厚厚的胸膛上，后来他好像抱起我，把我送到什么地方去了。

那一夜，我睡得真香。

●张友鸾

胡子的灾难历程

我有一把胡子，已经二十五年了。这把胡子的命运有些坎坷，"几濒于危"。然而它终于还是存在。

一、古老的笑话

请允许我抄改一个古老的笑话：

从前有个人，当他致力于学问的时候，得了一个儿子，就把儿子取名叫"学问"。晚些时候，胡子已经暴长了，又得了一个儿子，就取名"胡子"。及至第三个儿子出世，他觉得自己老了，简直是笑话，就叫做"笑话"。三个孩子逐渐长大了，成天在家打闹，他实在烦得慌，这天就让他们上山捡柴火。

三个孩子，三个性格：小的最勤快，大的最懒。

晚上，孩子们回来了，他就问老伴："孩子们可曾拾些柴火回来？"

只听老伴回答道："胡子有一把，学问一些也无，笑话倒有一担。"

——这古老的笑话指的正好是我。"笑话"，不是我会说笑话，而是生平疵谬太多，有了胡子以后更甚，"世人笑骂何须躲"吧。

二、胡子出世

我有位舅舅，有一部金黄色的胡子，飘拂胸前，十分好看，我从小就非常羡慕。算起来，那时他不过四十岁左右。

小时候羡慕也没有用，不到年龄，"牛山濯濯"，奈之何哉？好容易等到二十几岁，"鬵鬵颇有须"了，要在古人，可能就留起来，"须眉男子"嘛！然而现代人不可以，我则尤其不可以。蓄须总要一些时日，在过程之中，满嘴胡茬子，太不礼貌，如何见人？这是"不可以"的。再则，我父亲那时也还没有留胡子，我怎么先留起来？这就是"不可以"的"尤其"了。

天天得光胡子，真够麻烦的。刀钝，光不干净，扯得生疼；刀快，一拉一道口子，鲜血淋漓。胡茬子折磨我二三十年之久。

1955 年，父母都去世了，我已 50 出头。偶然懒了一点，两个星期没有光脸，顿时于思于思，茁壮成长。我纵容了胡子。我想，由它长吧，虽然不合时宜，究竟我每天早上能够节约一点时间，省一点事。

明、清考秀才，要取年轻的，有胡子就很难望进学。因此，古人又编了个笑话：上了年纪的还要应考，用把镊子，对着镜子捋胡子，一面捋，一面说："他们一天不让我进去，我就一天不让你出来！"我也不考秀才，没有理由不让胡子出来；何况顺应自然，我的权力达不到胡子，由着它出来，继续出来呗。

三、异禀

有位前辈先生和人说，老年人的胡须有三条考究：一是白，二是长，三是直。不符合这三条就不好看。

我舅舅的胡子，足有一尺多长，又浓又直；金黄色可说是"异禀"，别人无从"钻仰"。

我留胡子时，多么希望像舅舅的一样；无如，天不从人愿，从我的胡子上，说明"外甥似舅"只是一句空话。说颜色，既不是金黄，又不是雪白，起初有黄有红，有黑有白，竟是极其难看的五色胡子。熬过六十岁，渐渐有些白了，然而总是驳杂不纯，今日还是如此。这"不白之冤"，看来要带进火葬场了。比较长短，更加惭愧，不必丈量，就能看出不过二三寸。说也奇怪：你不剪，胡子不更长；你把胡子剪短一些，过几日它又长到原来尺寸了。难道胡子的长短，也是"命中注定"的么？真微妙啊！说到密度，我又只有疏疏朗朗、数得过来的几茎。恭维我的说这是"三清之象"。什么是"三清"，我可闹不明白。但看古人的"须型"，大约近于"五绺三须"；如果更确切，却比得某些方巾丑的吊髯吧！不直，这又是我的胡子重大的缺点。不是每一根都不直，也不是那些根从头到尾都不直，而是有些胡子末梢，弯弯扭扭，总捋不齐。莫非"胸中不正，则胡子曲焉"？真使人费解。

总之，我的胡子也有"异禀"吧，只是不能靠它"装点门面"，因为它不好看。

四、留胡子和养胡子

胡子已经冒了出来，我还没有留它，那个时候，我为了早作准备，曾经问过舅舅，要怎样才能把胡子留得像他的一样。

舅舅指点我：刚留胡子，就叫留胡子，或者称之为蓄须；及至胡子有一定的长度，那必须叫做"养胡子"了。

"养胡子"也很累人的！舅舅传授他的切身经验：每天早

起，先用热水浸胡子，五七分钟后才把它揩干，用梳子缓缓轻梳，要根根笔直。饭后也是如此。胡子怕的是风高日暴，最容易脱落，遇到这种天气，经常要用热水毛巾，不断地轻轻拂拭。平常，一天到晚得手抹胡子，这样才保得住光润。根据舅舅的观察：初留胡子，长得很快；到了半年左右，有的胡子一年还能长一寸半寸，有的就不再长了。胡子长足了，也有几根像头发一样开岔的，秋风一起，这开岔的胡子一定会掉落。

宋人笔记说，蔡襄有一部好胡子。有天，宋仁宗问他："胡子这么长，晚上怎样睡觉：把胡子放在被外面，还是放在被里面？"蔡襄从来没有想到这个问题，一时懵住了，回答不出。及至回到家里，晚上就寝，只觉得把胡子放在被外也不是，放在被里也不是，闹得一夜不能成眠。这个有趣的故事，常常被人们作为闲谈资料。我舅舅却认为这是没有养胡子的人瞎诌的，不能有这样的事。他说："养胡子的总十分爱惜自己的胡子，如果把胡子放在被里，太容易折断了，那是不肯的。古人胡子长的，常用一个纱袋套着睡觉，有个纱袋，放在被里，辗转反侧都不方便，只能放在被外。"他又说他自己，每晚总是先把胡子捋捋整齐，安顿在被外，然后才能入梦。

留胡子有这么多说法，这么多学问，又有这么多麻烦，是我所没有想象得到的。于是我嘀咕起来：将来留不留胡子呢？

五、留了胡子事更多

我终于还是留起了胡子。

开始，我未尝不依从舅舅的教导，买了把梳胡子的小梳子，天天梳。后来不行了，隔几天，想起来才梳一梳。最后哩，梳子也不知道扔到哪里去了，我和梳子两相忘啦。

我调皮的外孙女儿，时常关照弟弟："爷的胡子，别揪！"

似乎也很注意为我保护胡子。却有一天，我抱她在怀里，任凭她捋胡子玩。一会儿，她跳下地，要我照镜子瞧瞧。我一照镜子，只见胡子已编成一条小辫子了。她嘻嘻地笑，我也笑。当初我舅舅如果遇到这样的事，说不定会大发雷霆的；而我只觉得胡子能作为外孙女儿的玩具，倒也别具功能。

越难看越不爱惜，越不爱惜越难看：我和胡子之间，就这么互为因果。我留了胡子，始终没达到"养"的份儿上。

原先指望，留了胡子不光脸，省点事；其实大谬不然。颌下部分，大体上可以尽它长；唇上的却不行，隔些时日，总得剪一剪，不这样，"一部胡须，蛇钻不入"，怎么吃东西呢？这还不说，胡子也和野草一样，在面庞上，哪里都长，最讨厌的乃是"颊上添毫"。为此，不得不光脸，否则两腮满是胡子，不更难看吗？

没有留胡子，不过光光而已；留了胡子又是光，又是铰，"剃刀与剪子齐飞"，麻烦不是减少，显然增多了。

从我这个懒人角度来看，"不留胡子嫌多事，留了胡子事更多"啦！

六、胡须误我，我误胡须

积两年之教训，我有意要"割须"的了。只是"引刀成一快"也颇不容易。究竟胡子相随已有两年，好像有那么一点说不出的感情，心情沉重，难于下手。由于我的犹豫，胡子却得救了。

那是一九五七年，我挨了批判。本来，思想认识不足，胡说乱道，是有许多值得批判的地方，所谓"自家也有些儿错，莫把弹章怨老黄"嘛！可是，别人说的，往往是些"道三不着两"的话，叫我摸不着头脑。这些已不值重提，何况我也记不起许

254

多。惟有胡子遭到谴责，出于意想，倒使我难以忘怀。

发表文章用笔名，这原是文人积习，贤者难免。区区有了几根胡子，因而学步先辈，写作之时，信手拈个"胡子长"的笔名，在报刊露过一两次面。灾难来了，"捉贼捉赃"，引起质问："你为什么取这个笔名？"我想不到这会成为问题，只好胡扯回答："今人有胡子昂，胡子婴；古人司马迁字子长：我叫胡子长有什么不可以？"这样回答，不料竟被抓住把柄，大喝一声："你这就是用资产阶级、封建人物做榜样！"

好在那是"思想问题"，叱骂两声，也就完了。接着问题又来了："想当初，梅兰芳蓄须明志，为的是对抗敌人；你为什么蓄须？明的什么志？不是反党、反社会主义是什么！"这一问真问得好，问得我哑口无言。不用说，胡子被落实到"反动行为"上来了。我一生串演，只算丑角（以本文为例），几曾演过旦角？应该说留几根胡子也还可以，怎么拿我去高比呢？当时想尽管想，却不敢分辩；一分辩，显得太欠"严肃"，是会牵扯到"态度问题"上的。

挨批之初，我有点恨胡子，它害得我好苦，"割须"之念复萌。又一转想，如果这时剃了胡子，岂不是承认留胡子是有那个意思吗？而那个意思我是做梦也不曾想到的。再说，我要是竟然把胡子剃了，那些人会不会指责我以此"表示抗拒"呢？希望得到夸奖，说我从善如流，那是可能的吗？

古人说，"狼跋其胡"（此胡非彼胡，请读者原谅我利用了简化字），进退维谷，也体现到我留胡子、剃胡子这个问题上。

我不敢留胡子，又不敢剃胡子，两害相权取其轻，不得不"维持现状"。胡子在这样的情况下被保留，可以想象我对它更无好感，要我认真地"养"胡子，伺候它，那是办不到的了。不用说，胡子越发的憔悴了。

唉，真是"胡须误我，我误胡须"！

七、胡子"苟全性命"

胡子是老年的标志，到了一九六八年，又长了两三分，差不多近于全白，说明我更老了。

进入了这个时代，恰是一个"贱老"的时代。老革命都成了打倒的对象，何况乎我。我平日戴眼镜，又加上这把胡子，正是"牛鬼蛇神"的典型形象。

走在胡同里，遇见一个五六岁的小孩，仰起脖子问牵他的大人："姥姥，这个白胡子老头是好人是坏人？"岂止是这个孩子，我捻着胡须，一天也得问自己几遍。当然，结论要由别人作，自己作是不行的。

又有一回，遇见两个戴着红臂箍的娃娃，嘻嘻哈哈指着我议论："这个白胡子老头还活着，真是'胖子拉矢'。"我知道他们的话不怀好意，但我不懂"胖子拉矢"的意思。后来问人才明白，那是北京当时新兴的歇后语，语根是"没劲"。

"老家伙"、"老厌物"、"老而不死"、"老奸巨猾"，这都是常听到的叱骂。对于我来说，不能与胡子无干。然而我却从不为此动念取消胡子。

也许正因为有胡子，得到"恤老怜贫"的"照顾"，除了挖地道、烧砖、砌污池叫我打下手之外，只叫我扫街。有人认为这是处罚，我不这样认为；如果这样，岂不一下子贬低了平日扫街者的身份，把那当做贱业吗？他们也承认，社会主义制度下，只有职业分工，并无所谓贵贱嘛！

休道我"不以为耻，反以为荣"，扫街还扫得那么扬扬得意；且说有一天，我毕竟也难为情起来。我扫的是一条胡同，胡同外就是大街。那天我刚刚扫到胡同口，却见大街上有几个背着照相机的外国人，正朝这边走来。我慌忙把胡子揣到衣领里，身子缩进了胡同。所幸他们并没有发现我，一径地过去了。我怕什么？怕的是被他们照了相去，"眼镜、胡子老头扫街图"，总不大像样。如果通过我而使祖国蒙羞，我将引为终身憾事了。

这件事触发了我，又觉得有把胡子剃掉的必要。无如当时啼笑皆非，动辄得咎，剃胡子变了形象，就会说你"化装"，问你"意欲何为"，是不是要逃避"挂影图形"？这可是大罪名，担当不起。至于"抗拒"的旧话重提，更是难免。算了吧，多一事不如少一事，胡子已经被骂够了，再骂也只是那几句；剃了胡子哩，倒提供骂的新资料了。最后对自己裁决：不剃！

胡子因此而"苟全性命"。

在那日日夜夜里，我也曾抱怨过自己：早知如此，何必退休呢？朋友听了好笑，他们说："若是在职，必进'五七干校'。'五七干校'提人问话，照例要揪头发。你无甚头发可揪，胡子倒是现成，只怕几次'牵牛而过堂下'，早把胡子薅光了。"这话很有意思，能让我心平气和，辱而知足。

八、答客问

明朗的天重又展现，还了我社会主义的河山。

我拖着这把胡子，连续迎接了平安的、宁静的、愉快的三个春天。

经过冷酷的严冬，谁都分外觉得温暖的春天可爱与可贵。

"这下，你该把胡子剃了吧？"

是的，我也有此设想。然而胡子随着我，历尽了重重灾难；在这天下太平、大治之日，我怎么忍心抛撒胡子哩！

"胡子也能焕发青春么？"

能，怎么不能？社会主义的胡子自有社会主义胡子的样儿。乘公共汽车，胡子成了被让座的标志，这自然不在话下；就是走在路上，这把胡子也经常引来羡慕的问题："您老多大岁数了？还这么硬朗！"而且有一天，我到底被外国人照了相去，这也是这把胡子引起的。那天我的已经上了大学的外孙女儿，陪我逛北海，走到琼岛下，坐在路边长椅上歇歇脚，抽支烟。几位日本友人远远走来，其中一位，好像发现了什么，迎面对我举起了照相机。我知道是为了我的胡子，便一手拿烟，一手抚摸着胡子，欣然接受了。

"胡子还有什么具体的作用吗？"

有，怎么没有？有时拈须微笑，有时掀髯大乐，笑得快意，笑得开心。摸着胡子，回想起娃娃们的嘲弄，只觉得越活越"有劲"了。

"看来，你要用心养胡子了？"

惭愧了，要说我对胡子怎么关心，现在我仍然没有。我晚间睡觉，脸在被外，胡子在被里，和我舅舅就大不相同，一切不问可知了。

是这样，也不是这样。有朝一日，在火化场上，可以想象，先点燃胡子，胡子总归最早离开我的躯壳的。

●余秋雨

道士塔

一

莫高窟大门外，有一条河，过河有一溜空地，高高低低建着几座僧人圆寂塔。塔呈圆形，状近葫芦，外敷白色。从几座坍弛的来看，塔心竖一木桩，四周以黄泥塑成，基座垒以青砖。历来住持莫高窟的僧侣都不富裕，从这里也可找见证明。夕阳西下，朔风凛冽，这个破落的塔群更显得悲凉。

有一座塔，由于修建年代较近，保存得较为完整。塔身有碑文，移步读去，猛然一惊，它的主人，竟然就是那个王圆箓！

历史已有记载，他是敦煌石窟的罪人。

我见过他的照片，穿着土布棉衣，目光呆滞，畏畏缩缩，是那个时代到处可以遇见的一个中国平民。他原是湖北麻城的农民，逃荒到甘肃，做了道士。几经转折，不幸由他当了莫高窟的家，把持着中国古代最灿烂的文化。他从外国冒险家手里接过极少的钱财，让他们把难以计数的敦煌文物一箱箱运走。今天，敦煌研究院的专家们只得一次次屈辱地从外国博物馆买取敦煌文献的微缩胶卷，叹息一声，走到放大机前。

完全可以把愤怒的洪水向他倾泻。但是，他太卑微，太渺小，太愚昧，最大的倾泻也只是对牛弹琴，换得一个漠然的表情。让他这具无知的躯体全然肩起这笔文化重债，连我们也会觉得无聊。

这是一个巨大的民族悲剧。王道士只是这出悲剧中错步上前的小丑。一位年轻诗人写道，那天傍晚，当冒险家斯坦因装满箱子的一队牛车正要启程，他回头看了一眼西天凄艳的晚霞。那里，一个古老民族的伤口在滴血。

<h1 style="text-align:center">二</h1>

真不知道一个堂堂佛教圣地，怎么会让一个道士来看管。中国的文官都到哪里去了，他们滔滔的奏折怎么从不提一句敦煌的事由？

其时已是 20 世纪初年，欧美的艺术家正在酝酿着新世纪的突破。罗丹正在他的工作室里雕塑，雷诺阿、德加、塞尚已处于创作晚期，马奈早就展出过他的《草地上的午餐》。他们中有人已向东方艺术投来歆羡的目光，而敦煌艺术，正在王道士手上。

王道士每天起得很早，喜欢到洞窟里转转，就像一个老农，看看他的宅院。他对洞窟里的壁画有点不满，暗乎乎的，看着有点眼花。亮堂一点多好呢，他找了两个帮手，拎来一桶石灰。草扎的刷子装上一个长把，在石灰桶里蘸一蘸，开始他的粉刷。第一遍石灰刷得太薄，五颜六色还隐隐显现，农民做事就讲个认真，他再细细刷上第二遍。这儿空气干燥，一会儿石灰已经干透。什么也没有了，唐代的笑容，宋代的衣冠，洞中成了一片净白。道士擦了一把汗憨厚地一笑，顺便打听了一下石灰的市价。他算来算去，觉得暂时没有必要把更多的洞窟刷白，就刷这几个吧，他达观地放下了刷把。

当几面洞壁全都刷白，中座的塑雕就显得过分惹眼。在一个干干净净的农舍里，她们婀娜的体态过于招摇，她们柔美的浅笑有点尴尬。道士想起了自己的身份，一个道士，何不在这里搞上几个天师、灵宫菩萨？他吩咐帮手去借几个铁锤，让原先几座塑雕委屈一下。事情干得不赖，才几下，婀娜的体态变成碎片，柔美的浅笑变成了泥巴。听说邻村有几个泥匠，请了来，拌点泥，开始堆塑他的天师和灵宫。泥匠说从没干过这种活计，道士安慰道，不妨，有那点意思就成。于是，像顽童堆造雪人，这里是鼻子，这里是手脚，总算也能稳稳坐住。行了，再拿石灰，把它们刷白。画一双眼，还有胡子，像模像样。道士吐了一口气，谢过几个泥匠，再作下一步筹划。

今天我走进这几个洞窟，对着惨白的墙壁、惨白的怪像，脑中也是一片惨白。我几乎不会言动，眼前直晃动着那些刷把和铁锤。"住手！"我在心底痛苦地呼喊，只见王道士转过脸来，满眼困惑不解。是啊，他在整理他的宅院，闲人何必喧哗？我甚至想向他跪下，低声求他："请等一等，等一等……"但是等什么呢？我脑中依然一片惨白。

三

1900 年 5 月 26 日清晨，王道士依然早起，辛辛苦苦地清除着一个洞窟中的积沙。没想到墙壁一震，裂开一条缝，里边似乎还有一个隐藏的洞穴。王道士有点奇怪，急忙把洞穴打开，嗬，满满实实一洞的古物！

王道士完全不能明白，这天早晨，他打开了一扇轰动世界的门户。一门永久性的学问，将靠着这个洞穴建立。无数才华横溢的学者，将为这个洞穴耗尽终生。中国的荣耀和耻辱，将由这个洞穴吞吐。

现在，他正衔着旱烟管，扒在洞窟里随手捡翻。他当然看不懂这些东西，只觉得事情有点蹊跷。为何正好我在这儿时墙壁裂缝了呢？或许是神对我的酬劳。趁下次到县城，捡了几个经卷给县长看看，顺便说说这桩奇事。

县长是个文官，稍稍掂出了事情的分量。不久甘肃学台叶炽昌也知道了，他是金石学家，懂得洞窟的价值，建议藩台把这些文物运到省城保管。但是东西很多，运费不低，官僚们又犹豫了。只有王道士一次次随手取一点出来的文物，在官场上送来送去。

中国是穷。但只要看看这些官僚豪华的生活排场，就知道绝不会穷到筹不出这笔运费。中国官员也不是都没有学问，他们也已在窗明几净的书房里翻动出土经卷，推测着书写朝代了。但他们没有那副赤肠，下个决心，把祖国的遗产好好保护一下。他们文雅地摸着胡须，吩咐手下："什么时候，叫那个道士再送几件来！"已得的几件，包装一下，算是送给哪位京官的生日礼品。

就在这时，欧美的学者、汉学家、考古家、冒险家，却不远万里，风餐露宿，朝敦煌赶来。他们愿意变卖掉自己的全部财产，充作偷运一两件文物回去的路费。他们愿意吃苦，愿意冒着葬身沙漠的危险，甚至做好了被打、被杀的准备，朝这个刚刚打开的洞窟赶来。他们在沙漠里燃起了股股炊烟，而中国官员的客厅里，也正茶香缕缕。

没有任何关卡，没有任何手续，外国人直接走到了那个洞窟跟前。洞窟砌了一道砖、上了一把锁，钥匙挂在王道士的裤腰带上。外国人未免有点遗憾，他们万里冲刺的最后一站，没有遇到森严的文物保护官邸，没有碰见冷漠的博物馆馆长，甚至没有遇到看守和门卫，一切的一切，竟是这个肮脏的土道士。他们只得幽默地耸耸肩。

262

略略交谈几句，就知道了道士的品位。原先设想好的种种方案纯属多余，道士要的只是一笔最轻松的小买卖。就像用两枚针换一只鸡，一颗纽扣换一篮青菜。要详细地复述这笔交换账，也许我的笔会不太沉稳，我只能简略地说：1905 年 10 月，俄国人勃奥鲁切夫用一点点随身带着的俄国商品，换取了一大批文书经卷；1907 年 5 月，匈牙利人斯坦因用一叠子银元换取了 24 大箱经卷、5 箱织绢和绘画；1908 年 7 月，法国人怕希和又用少量银元换去了 10 大车、6000 多卷写本和画卷；1911 年 10 月，日本人吉川小一郎和橘瑞超用难以想象的低价换取了 300 多卷写本和两尊唐塑；1914 年，斯坦因第二次又来，仍用一点银元换去了 5 大箱、600 多卷经卷……

道士也有过犹豫，怕这样会得罪了神。解除这种犹豫十分简单，那个斯坦因就哄他说，自己十分崇拜唐僧，这次是倒溯着唐僧的脚印，从印度到中国取经来了。好，既然是洋唐僧，那就取走吧，王道士爽快地打开了门。这里不用任何外交辞令，只需要几句现编的童话。

一箱子，又一箱子。一大车，又一大车。都装好了，扎紧了。吁——，车队出发了。

没有走向省城，因为老爷早就说过，没有运费。好吧，那就运到伦敦，运到巴黎，运到彼得堡，运到东京。

王道士频频点头，深深鞠躬，还送出一程。他恭敬地称斯坦因为"司大人讳代诺"，称伯希和为"贝大人讳希和"。他的口袋里有了一些沉甸甸的银元，这是平常化缘时很难得到的。他依依惜别，感谢司大人、贝大人的"布施"。车队已经驶远，他还站在路口。沙漠上，两道深深的车辙。

斯坦因他们回到国外，受到了热烈的欢迎。他们的学术报告和探险报告，时时激起如雷的掌声。他们的叙述中常常提到古怪的王道士，让外国听众感到，从这么一个蠢人手中抢救出这笔遗产，是多么重要。他们不断暗示，是他们的长途跋涉，使敦煌文献从黑暗走向光明。

他们都是富有实干精神的学者，在学术上，我可以佩服他们。但是，他们的论述中遗忘了一些极基本的前提。出来辩驳为时已晚，我心头只是浮现出一个当代中国青年的几行诗句，那是他写给火烧圆明园的额尔金勋爵的：

我好恨

恨我没早生一个世纪

使我能与你对视着站立在

　　阴森幽暗的古堡

　　晨光微露的旷野

要么我拾起你扔下的白手套

要么你接住我甩过去的剑

要么你我各乘一匹战马

　　远远离开遮天的帅旗

　　离开如云的战阵

　　决胜负于城下

对于这批学者，这些诗句或许太硬。但我确实想用这种方式，拦住他们的车队。对视着，站立在沙漠里。他们会说，你们无力研究；那么好，先找一个地方，坐下来，比比学问高低。什么都成，就是不能这么悄悄地运走祖先给我们的遗赠。

我不禁又叹息了，要是车队果真被我拦下来了，然后怎么办呢？我只得送缴当时的京城，运费姑且不计。但当时，洞窟文献不是确也有一批送京的吗？其情景是，没装木箱，只用席子乱捆，沿途官员伸手进去就取走一把，在哪儿歇脚又得留下几捆，结果，到京城时已零零落落，不成样子。

偌大的中国，竟存不下几卷经文！比之于被官员大量糟践的情景，我有时甚至想狠心说一句：宁肯存放在伦敦博物馆里！这句话终究说得不太舒心。被我拦住的车队，究竟应该驶向哪里？这里也难，那里也难，我只能让它停驻在沙漠里，然后大哭一场。

我好恨！

四

不止是我在恨。敦煌研究院的专家们，比我恨得还狠。他们不愿意抒发感情，只是铁板着脸，一钻几十年，研究敦煌文献。文献的胶卷可以从外国买来，越是屈辱越是加紧钻研。

我去时，一次敦煌学国际学术讨论会正在莫高窟举行。几天会罢，一位日本学者用沉重的声调作了一个说明："我想纠正一个过去的说法。这几年的成果已经表明，敦煌在中国，敦煌学也在中国！"

中国的专家没有太大的激动，他们默默地离开了会场，走过王道士的圆寂塔前。

一个王朝的背影

一

我们这些人，对清代总有一种复杂的情感阻隔。记得很小的时候，历史老师讲到"扬州十日"、"嘉定三屠"时眼含泪花，这是清代的开始；而讲到"火烧圆明园"、"戊戌变法"时又有泪花了，这是清代的尾声。年迈的老师一哭，孩子们也跟着哭，清代历史，是小学中唯一用眼泪浸润的课程。从小种下的怨恨，很难化解得开。

老人的眼泪和孩子们的眼泪拌和在一起，使这种历史情绪有了一种最世俗的力量。我小学的同学全是汉族，没有满族，因此很容易在课堂里获得一种共同语言。好像汉族理所当然是中国的主宰，你满族为什么要来抢夺呢？抢夺去了能够弄好倒也罢了，偏偏越弄越糟，最后几乎让外国人给瓜分了。于是，在闪闪泪光中，我们懂得了什么是汉奸，什么是卖国贼，什么是民族大义，什么是气节。我们似乎也知道了中国之所以落后于世界列强，关键就在于清代，而辛亥革命的启蒙者们重新点燃汉人对清人的仇恨，提出"驱除鞑虏，恢复中华"的口号，又是多么有必要，多么让人解气。清朝终于被推翻了，但至今在很多中国人心里，它仍然是一种冤孽般的存在。

年长以后，我开始对这种情绪产生警惕。因为无数事实证明，在我们中国，许多情绪化的社会评判规范，虽然堂而皇之地传之久远，却包含着极大的不公正。我们缺少人类普遍意义上的价值启蒙，因此这些情绪化的社会评判规范大多是从封建正统观念逐渐引申出来的，带有很多盲目性。先是姓氏正统论，刘汉、李唐、赵宋、朱明……在同一姓氏的传代系列中所出现的继承人，哪怕是昏君、懦夫、色鬼、守财奴、精神失常者，都是合法而合理的，而外姓人氏若有觊觎，即便有一千条一万条道理，也站不住脚，真伪、正邪、忠奸全由此划分。由姓氏正统论扩而大之，就是民族正统论。这种观念要比姓氏正统论复杂得多，你看辛亥革命的闯将们与封建主义的姓氏正统论势不两立，却也需要大声宣扬民族正统论，便是例证。民族正统论涉及几乎一切中国人都耳熟能详的许多著名人物和著名事件，是一个在今后仍然要不断争论的麻烦问题。在这儿请允许我稍稍回避一下，我需要肯定的仅仅是这样一点：满族是中国的满族，清朝的历史是中国历史的一部分；统观全部中国古代史，清朝的皇帝在总体上还算比较好的，而其中的康熙皇帝甚至可说是中国历史上最好的皇帝之一，他与唐太宗李世民一样使我这个现代汉族中国人感到骄傲。

既然说到了唐太宗，我们又不能不指出，据现代历史学家考证，他更可能是鲜卑族而不是汉族之后。

如果说先后在巨大的社会灾难中迅速开创了"贞观之治"和"康雍乾盛世"的两位中国历史上最杰出帝王都不是汉族，如果我们还愿意想一想那位至今还在被全世界历史学家惊叹地建立了赫赫战功的元太祖成吉思汗，那么我们的中华历史观一定会比小学里的历史课开阔得多。

汉族当然非常伟大，汉族当然没有理由要受到外族的屠杀和欺凌，当自己的民族遭受危难时当然要挺身而出进行无畏的抗争，为了个人的私利不惜出卖民族利益的无耻之徒当然要受到永久的唾弃，这些都是没有异议的。问题是，不能由此而把汉族等同于中华，把中华历史的正义、光亮、希望，全都押在汉族一边。与其他民族一样，汉族也有大量的污浊、昏聩和丑恶，它的统治者常常一再地把整个中国历史推入死胡同。在这种情况下历史有可能作出超越汉族正统论的选择，而这种选择又未必是倒退。

《桃花扇》中那位秦淮名妓李香君，身份低贱而品格高洁，在清兵浩荡南下、大明江山风雨飘摇时节保持着多大的民族气节！但是，她万万没有想到，就在她和她的恋人侯朝宗为抗清扶明不惜赴汤蹈火、奔命呼号的时候，恰恰正是苟延残喘而仍然荒淫无度的南明小朝廷，作践了他们。那个在当时当地看来既是明朝也是汉族的最后代表的弘光政权，根本不要她和她的姐妹们的

267

忠君泪、报国心，而只要她们作为一个女人最可怜的色相。李香君真想与恋人一起为大明捐躯流血，但叫她恶心的是，竟然是大明的官僚来强逼她成婚，而使她血溅纸扇，染成"桃花"。"桃花扇底送南朝"，这样的朝廷就让它去了吧，长叹一声，气节、操守、抗争、奔走，全都成了荒诞和自嘲。《桃花扇》的作者孔尚任是孔老夫子的后裔，连他，也对历史转换时期那种盲目的正统观念产生了深深的怀疑。他把这种怀疑，转化成了笔底的灭寂和苍凉。

对李香君和侯朝宗来说，明末的一切，看够了，清代会怎么样呢，不想看了。文学作品总要结束，但历史还在往前走，事实上，清代还是很可看看的。为此，我要写写承德的避暑山庄。清代的史料成捆成扎，把这些留给历史学家吧，我们，只要轻手轻脚地绕到这个消夏的别墅里去偷看几眼也就够了。这种偷看其实也是偷看自己，偷看自己心底从小埋下的历史情绪和民族情绪，有多少可以留存，有多少需要校正。

二

承德的避暑山庄是清代皇家园林，又称热河行宫、承德离宫，虽然闻名史册，但久为禁苑，又地处塞外，历来光顾的人不多，直到这几年才被旅游者搅得有点热闹。我原先并不知道能在那里获得一点什么，只是今年夏天中央电视台在承德组织了一次国内优秀电视编剧和导演的聚会，要我给他们讲点课，就被他们接去了。住所正在避暑山庄背后，刚到那天的薄暮时分，我独个儿走出住所大门，对着眼前黑黝黝的山岭发呆。查过地图，这山岭便是避暑山庄北部的最后屏障，就像一张罗圈椅的椅背。在这张罗圈椅上，休息过一个疲惫的王朝。奇怪的是，整个中华版图都已归属了这个王朝，为什么还要把这张休息的罗圈椅放到长城之外呢？清代的帝王们在这张椅子上面南而坐的时候在想一些什么呢？月亮升起来了，眼前的山壁显得更加巍然怆然。北京的故宫把几个不同的朝代混杂在一起，谁的形象也看不真切，而在这里，远远的，静静的，纯纯的，悄悄的，躲开了中原王气，藏下了一个不羼杂的清代。它实在对我产生了一种巨大的诱惑，于是匆匆讲完几次课，便一头埋到了山庄里边。

山庄很大，本来觉得北京的颐和园已经大得令人咋舌，它竟比颐和园还大整整一倍，据说装下八九个北海公园是没有问题的。我想不出国内还有哪个古典园林能望其项背。

山庄外面还有一圈被称之为"外八庙"的寺庙群，这暂不去说它，光说山庄里面，除了前半部有层层叠叠的宫殿外，主要是开阔的湖区、平原区和山区。尤其是山区，几乎占了整个山庄的八成左右，这让游惯了别的园林的人很不习惯。园林是用来休闲的，何况是皇家园林，大多追求方便平适，有的也会堆几座小山装点一下，哪有像这儿的，硬是圈进莽莽苍苍一大片真正的山岭来消遣？这个格局，包含着一种需要我们抬头仰望、低头思索的审美观念和人生观念。

山庄里有很多楹联和石碑，上面的文字大多由皇帝们亲自撰写，他们当然想不到多少年后会有我们这些陌生人闯入他们的私家园林，来读这些文字，这些文字是写给他们后辈继承人看的。朝廷给别人看的东西很多，有大量刻印广颁的官样文章，而写在这里的文字，尽管有时也咬文嚼字，但总的来说是说给儿孙们听的体己话，比较真实可信。我踏着青苔和蔓草，辨识和解读着一切能找到的文字，连藏在山间树林中的石碑都不放过，读完一篇，便舒松开筋骨四周看看。一路走去，终于可以有把握地说，山庄的营造完全出自一代政治家在精神上的强健。

首先是康熙，山庄正宫午门上悬挂着的"避暑山庄"四个字就是他写的，这四个汉字写得很好，撇捺间透露出一个胜利者的从容和安详，可以想见他首次踏进山庄时的步履也是这样的。他一定会这样，因为他是走了一条艰难而又成功的长途才走进山庄的，到这里来喘口气，应该。

他一生的艰难都是自找的。他的父辈本来已经给他打下了一个很完整的华夏江山，他八岁即位，十四岁亲政，年轻轻一个孩子，坐享其成就是了，能在如此辽阔的疆土、如此兴盛的运势前做些什么呢？他稚气未脱的眼睛，竟然疑惑地盯上了两个庞然大物，一个是朝廷中最有权势的辅政大臣鳌拜，一个自恃当初做汉奸领清兵入关有功、拥兵自重于南方的吴三桂。平心而论，对于这样与自己的祖辈、父辈都有密切关系的重要政治势力，即便是德高望重的一代雄主也未免下得了决心去动手，但康熙却向他们、也向自己挑战了，十六岁上干脆利落地除了鳌拜集团，二十岁开始向吴三桂开战，花八年时间的征战取得彻底胜利。他等于把到手的江山重新打理了一遍，使自己从一个继承者变成了创业者。他成熟了，眼前几乎已经找不到什么对手，但他还是经常骑着马，在中国北方山林草泽间徘徊，这是他祖辈崛起的所在，他在寻找着自己的生命和事业的依托点。

他每次都要经过长城，长城多年失修，已经破败。对着这堵受到历代帝王切切关心的城墙，他想了很多。他的祖辈是破长城进来的，没有吴三桂也绝对进得了，那么长城究竟有什么用呢？堂堂一个朝廷，难道就靠这些砖块去保卫？但是如果没有长城，我们的防线又在哪里呢？他思考的结果，可以从1691年他的一份上谕中看出个大概。那年五月，古北口总兵官蔡元向朝廷提出，他所管辖的那一带长城"倾塌甚多，请行修筑"，康熙竟然完全不同意，他的上谕是：

> 秦筑长城以来，汉、唐、宋亦常修理，其时岂无边患？明末我太祖统大兵长驱直入，诸路瓦解，皆莫能当。可见守国之道，惟在修得民心。民心悦则邦本得，而边境自固，所

谓"众志成城"者是也。如古北、喜峰口一带，朕皆巡阅，概多损坏，今欲修之，兴工劳役，岂能无害百姓？且长城延袤数千里，养兵几何方能分守？

说得实在是很有道理。我对埋在我们民族心底的"长城情结"一直不敢恭维，读了康熙这段话，简直是找到了一个远年知音。由于康熙这样说，清代成了中国古代基本上不修长城的一个朝代，对此我也觉得不无痛快。当然，我们今天从保护文物的意义上修理长城完全是另外一回事了，只要不把长城永远作为中华文明的最高象征就好。

康熙希望能筑起一座无形的长城。"修得安民"云云说得过于堂皇而蹈空，实际上他有硬的一手和软的一手。硬的一手是在长城外设立"木兰围场"，每年秋天，由皇帝亲自率领王公大臣、各级官兵一万余人去进行大规模的"围猎"，实际上是一种声势浩大的军事演习，这既可以使王公大臣们保持住勇猛、强悍的人生风范，又可顺便对北方边境起一个威慑作用。"木兰围场"既然设在长城之外的边远地带，离北京就很有一点距离，如此众多的朝廷要员前去秋猎，当然要建造一些大大小小的行宫，而热河行宫，就是其中最大的一座；软的一手是与北方边疆的各少数民族建立起一种常来常往的友好关系，他们的首领不必长途进京也有与清廷彼此交谊的机会和场所，而且还为他们准备下各自的宗教场所，这也就需要有热河行宫和它周围的寺庙群了。总之，软硬两手最后都汇集到这一座行宫、这一个山庄里来了，说是避暑，说是休息，意义却又远远不止于此。把复杂的政治目的和军事意义转化为一片幽静闲适的园林，一圈香火缭绕的寺庙，这不能不说是康熙的大本事。然而，眼前又是道道地地的园林和寺庙，道道地地的休息和祈祷，军事和政治，消解得那样烟水葱茏、慈眉善目，如果不是那些石碑提醒，我们甚至连可以疑惑的痕迹都找不到。

避暑山庄是康熙的"长城",与蜿蜒千里的秦始皇长城相比,哪个更高明些呢?

康熙几乎每年立秋之后都要到"木兰围场"参加一次为期二十天的秋猎,一生参加了四十八次。每次围猎,情景都极为壮观。先由康熙选定逐年轮换的狩猎区域(逐年轮换是为了生态保护),然后就搭建一百七十多座大账篷为"内城",二百五十多座大账篷为"外城",城外再设警卫。第二天拂晓,八旗官兵在皇帝的统一督导下集结围拢,在上万官兵齐声呐喊下,康熙首先一马当先,引弓射猎,每有所中便引来一片欢呼,然后扈从大臣和各级将士也紧随康熙射猎。康熙身强力壮,骑术高明,围猎时智勇双全,弓箭上的功夫更让王公大臣由衷惊服,因而他本人的猎获就很多。晚上,营地上篝火处处,肉香飘荡,人笑马嘶,而康熙还必须回账篷里批阅每天疾驰送来的奏章文书。康熙一生身先士卒打过许多著名的仗,但在晚年,他最得意的还是自己打猎的成绩,因为这纯粹是他个人生命力的验证。1719年康熙自"木兰围场"行猎后返回避暑山庄时曾兴致勃勃地告谕御前侍卫:

> 朕自幼至今已用鸟枪弓矢获虎一百五十三只,熊十二只,豹二十五只,猞二十只,麋鹿十四只,狼九十六只,野猪一百三十三口,哨获之鹿已数百,其余围场内随便射获诸兽不胜记矣。朕于一日内射兔三百一十八只,若庸常人毕世亦不能及此一日之数也。

这笔流水账,他说得很得意,我们读得也很高兴。身体的强健和精神的强健往往是连在一起的,须知中国历史上多的是有气无力病恹恹的皇帝,他们即便再"内秀",也何以面对如此庞大的国家。

由于强健,他有足够的精力处理挺复杂的西藏事务和蒙古事务,解决治理黄河、淮河和疏通漕支等大问题,而且大多很有成效，功泽后世。由于强健，他还愿意勤奋地学习，结果不仅武功一流，"内秀"也十分了得，成为中国历代皇帝中特别有学问、也特别重视学问的一位，这一点一直很使我震动，而且我可以肯定，当时也把一大群冷眼旁观的汉族知识分子震动了。

谁能想得到呢，这位清朝帝王竟然比明代历朝皇帝更热爱和精通汉族传统文化！大凡经、史、子、集、诗、书、音律，他都下过一番工夫，其中对朱熹哲学钻研最深。他亲自批点《资治通鉴纲目大全》，与一批著名的理学家进行水平不低的学术探讨，并命他们编纂了《朱子大全》、《理性精义》等著作。他下令访求遗散在民间的善本珍籍加以整理，并且大规模地组织人力编辑出版了卷帙浩繁的《古今图书集成》、《康熙字典》、《佩文韵府》、《大清会典》，文化气魄铺地盖天，直到今天，我们研究中国古代文化还离不开这些极其重要的工具书。他派人通过对全国土地的实际测量，编成了全国地图《皇舆全览图》。在他倡导的文化气氛下，涌现了一大批在整个中国文化史上都可以称得上第一流大师的人文科学家，在这一点上，几乎很少有朝代能与康熙朝相比肩。

以上讲的还只是我们所说的"国学"，可能更让现代读者惊异的是他的"西学"。因为即使到了现代，在我们印象中，国学和西学虽然可以沟通但在同一个人身上深潜两边的毕竟不多，尤其对一些官员来说更是如此。然而早在三百年前，康熙皇帝竟然在北京故宫和承德避暑山庄认真研究了欧几里得几何学，经常演算习题，又学习了法国数学家巴蒂的《实用和理论几何学》，并比较它与欧几里得几何学的差别。他的老师是当时来中国的一批西方传教士，但后来他的演算比传教士还快，他亲自审校译成汉文和满文的西方数学著作，而且一有机会就向大臣们讲授西方数学。以数学为基础，康熙又进而学习了西方的天文、历法、物理、医学、化学，与中国原有的这方面知识比较，取长补短。在自然科学问题上，中国官僚和外国传教士经常发生矛盾，康熙不袒护中国官僚，也不主观臆断而是靠自己发奋学习，真正弄通西方学说，几乎每次都作出了公正的裁断。他任命一名外国人担任钦天监监副，并命令礼部挑选一批学生去钦天监学习自然科学，学好了就选拔为博士官。西方的自然科学著作《验气图说》、《仪像志》、《赤道南北星图》、《穷理学》、《坤舆图说》等等，被一一翻译过来，有的已经译成汉文的西方自然科学著作，如《几何原理》前六卷，他又命人译成满文。

　　这一切，居然与他所醉心的"国学"互不排斥，居然与他一天射猎三百一十八只野兔互不排斥，居然与他一连串重大的政治行为、军事行为、经济行为互不排斥！我并不认为康熙给中国带来了根本性的希望，他的政权也做过不少坏事，如臭名昭著的"文字狱"之类；我想说的只是，在中国历代帝王中，这位少数民族出身的帝王具有超乎寻常的生命力，他的人格比较健全。有时，个人的生命力和人格，会给历史留下重重的印记。与他相比，明代的许多皇帝都活得太不像样了，鲁迅说他们是"无赖儿郎"，确有点像。尤其让人生气的是明代万历皇帝（神宗）朱翊钧，在位四十八年，亲政三十八年，竟有二十五年时间躲在深宫之内不见外人的面，完全不理国事，连内阁首辅也见不到他，不知在干什么。没见他玩过什么，似乎也没有好色的嫌疑，历史学家们只能推断他躺在烟榻上抽了二十多年的鸦片烟！他聚敛的金银如山似海，但当清军起事，朝廷束手无策时问他要钱，他也死不肯拿出来，最后拿出一个无济于事的小零头，竟然都是因窖藏太久变黑发霉、腐蚀得不能见天日的银子！这完全是一个失去任何人格支撑的心理变态者，但他又集权于一身，明朝怎能不垮？他死后还有儿子朱常洛（光宗）、孙子朱由校（熹宗）和朱由检（思宗）先后继位，但明朝已在他的手里败定了，他的儿孙们非常可怜。康熙与他正相反，把生命从深宫里释放出来，在旷野、猎场和各个知识领域挥洒，避暑山庄就是他这种生命方式的一个重要吐纳口站，因此也是当时中国历史的一所"吉宅"。

三

康熙与晚明帝王的对比，避暑山庄与万历深宫的对比，当时的汉族知识分子当然也感受到了，心情比较复杂。

开始大多数汉族知识分子都是抗清复明，甚至在赳赳武夫们纷纷掉头转向之后，一群柔弱的文人还宁死不折。文人中也有一些著名的变节者，但他们往往也承受着深刻的心理矛盾和精神痛苦。我想这便是文化的力量。一切军事争逐都是浮面的，而事情到了要摇撼某个文化生态系统的时候才会真正变得严重起来。一个民族，一个国家，一个人种，其最终意义不是军事的、地域的、政治的，而是文化的。当时江南地区好几次重大的抗清事件，都起之于"削发"之争，即汉人历来束发而清人强令削发，甚至到了"留头不留发，留发不留头"的地步。头发的样式看来事小却关及文化生态，结果，是否"毁我衣冠"的问题成了"夷夏抗争"的最高爆发点。这中间，最能把事情与整个文化系统联系起来的是文化人，最懂得文明和野蛮的差别，并把"鞑虏"与野蛮连在一起的也是文化人。老百姓的头发终于被削掉了，而不少文人还在拼死坚持。著名大学者刘宗周住在杭州，自清兵进杭州后便绝食，二十天后死亡；他的门生，另一位著名大学者黄宗羲投身于武装抗清行列，失败后回余姚家乡事母著述；又一位著名大学者顾炎武比黄宗羲更进一步，武装抗清失败后还走遍全国许多地方图谋复明，最后终老陕西……这些一代宗师如此强硬，他们的门生和崇拜者们当然也多有追随。

但是，事情到康熙那儿却发生了一些微妙的变化。文人们依然像朱耷笔下的秃鹫，以"天地为之一寒"的冷眼看着朝廷，而朝廷却奇怪地流泻出一种压抑不住的对汉文化的热忱。开始大家以为是一种笼络人心的策略，但从康熙身上看好像不完全是。他在讨伐吴三桂的战争还没有结束的时候，就迫不及待地下令各级官员以"崇儒重道"为目的，朝廷推荐"学问兼优、文词卓越"的士子，由他亲自主考录用，称作"博学鸿词科"。这次被保荐、征召的共一百四十三人，后来录取了五十人。其中有傅山、李颙等人被推荐了却宁死不应考。傅山被人推荐后又被强抬进北京，他见到"大清门"三字便滚倒在地，两泪直流，如此行动康熙不仅不怪罪反而免他考试，任命他为"中书舍人"。他回乡后不准别人以"中书舍人"称他，但这个时候说他对康熙本人还有多大仇恨，大概谈不上了。

李颙也是如此，受到推荐后称病拒考，被人抬到省城后竟以绝食相抗，别人只得作罢。这事发生在康熙十七年，康熙本人二十六岁，没想到二十五年后，五十余岁的康熙西巡时还记得这位强硬的学人，召见他，他没有应召，但心里毕竟已经很过意不去了，派儿子李慎言作代表应召，并送自己的两部著作《四书反身录》和《二曲集》给康熙。这件事带有一定的象征性，表示最有抵触的汉族知识分子也开始与康熙和解了。

与李颙相比，黄宗羲是大人物了，康熙更是礼仪有加，多次请黄宗羲出山未能如愿，便命令当地巡抚到黄宗羲家里，把黄宗羲写的书认真抄来，送入宫内以供自己拜读。这一来，黄宗羲也不能不有所感动，与李颙一样，自己出面终究不便，由儿子代理，黄宗羲让自己的儿子黄百家进入皇家修史局，帮助完成康熙交下的修《明史》的任务。你看，即便是原先与清廷不共戴天黄宗羲、李颙他们，也觉得儿子一辈可以在康熙手下好生过日子了。这不是变节，也不是妥协，而是一种文化生态意义上的开始认同。既然康熙对汉文化认同得那么诚恳，汉族文人为什么就完全不能与他认同呢？政治军事，不过是文化的外表罢了。

276

黄宗羲不是让儿子参加康熙下令编写的《明史》吗？编《明史》这事给汉族知识界震动不小。康熙任命了大历史学家徐元文、万斯同、张玉书、王鸿绪等负责此事，要他们根据《明实录》如实编定，说"他书或以文章见长，独修史宜直书实事"，他还多次要大家仔细研究明代晚期破败的教训，引以为戒。汉族知识界要反清复明，而清廷君主竟然亲自领导着汉族的历史学家在冷静研究明代了，这种研究又高于反清复明者的思考水平，那么，对峙也就不能不渐渐化解了。《明史》后来成为整个二十四史中写得较好的一部，这是直到今天还要承认的事实。

　　当然，也还余留着几个坚持不肯认同的文人。例如康熙时代浙江有个学者叫吕留良的，在著书和讲学中还一再强调孔子思想的精义是"尊王攘夷"，这个提法，在他死后被湖南一个叫曾静的落第书生看到了，很是激动，赶到浙江找到吕留良的儿子和学生几人，策划反清。这时康熙也早已过世，已是雍正年间，这群文人手下无一兵一卒，能干成什么事呢？他们打听到川陕总督岳钟琪是岳飞的后代，想来肯定能继承岳飞遗志来抗击外夷，就派人带给他一封策反的信，眼巴巴地请他起事。这事说起来已经有点近乎笑话，岳飞抗金到那时已隔着整整一个元朝、整整一个明朝，清朝也已过了八九十年，算到岳钟琪身上都是多少代的事情啦，还想着让他凭着一个"岳"字拍案而起，中国书生的昏愚和天真就在这里。岳钟琪是清朝大官，做梦也没想到过要反清，接信后虚假地应付了一下，却理所当然地报告了雍正皇帝。

　　雍正下令逮捕了这个谋反集团，又亲自阅读了书信、著作，觉得其中有好些观念需要自己写文章来与汉族知识分子辩论，而且认为有过康熙一代，朝廷已有足够的事实和勇气证明清代统治者并不差，为什么还要对抗清廷？于是这位皇帝亲自编了一部《大义觉迷录》颁发各地，而且特免肇事者曾静等人的死罪，让他们专到江浙一带去宣讲。

雍正的《大义觉迷录》写得颇为诚恳。他的大意是：不错，我们是夷人，我们是"外国"人，但这是籍贯而已，天命要我们来抚育中原生民，被抚育者为什么还要把华、夷分开来看？你们所尊重的舜是东夷之人，文王是西夷之人，这难道有损于他们的圣德吗？吕留良这样著书立说的人，连前朝康熙皇帝的文治武功、赫赫盛德都加以隐匿和诬蔑，实在是不顾民生国运只泄私愤了。外族入主中原，可以反而勇于为善，如果著书立说的人只认为生在中原的君主不必修德行仁也可享有名分，而外族君主即便励精图治也得不到褒扬，外族君主为善之心也会因之而懈怠，受苦的不还是中原的百姓吗？

雍正的这番话，带着明显的委屈情绪，而且是给父亲康熙打抱不平，也真有一些动人的地方。但他的整体思维能力显然比不上康熙，口口声声说自己是"外国"人，"夷人"，尽管他所说的"外国"只是指外族，而且也仅指中原地区之外的几个少数民族，与我们今天所说的外国不同，但无论如何在一些前提性的概念上把事情搞复杂了，反而不利。他的儿子乾隆看出了这个毛病，即位后把《大义觉迷录》全部收回，列为禁书，杀了被雍正赦免了的曾静等人，开始大兴文字狱。康熙、雍正年间也有丑恶的文字狱，但来得特别厉害的是乾隆，他不许汉族知识分子把清廷看成是"夷人"，连一般文字中也不让出现"虏"、"胡"之类字样，不小心写出来了很可能被砍头。他想用暴力抹去这种对立，然后一心一意做个好皇帝。除了华夷之分的敏感点外，其他地方他倒是比较宽容，有度量，听得进忠臣贤士们的尖锐意见和建议，因此在他执政的前期，做了很多好事，国运可称昌盛。这样一来，即便存有异念的少数汉族知识分子也不敢有什么想头，到后来也真没有什么想头了。其实本来这样的人已不可多觅，雍正和乾隆都把文章做过了头。真正第一流的大学者，在乾隆时代已不想做反清复明的事了。乾隆，靠着人才济济的智力优势，靠着康熙、雍正给他奠定丰厚基业，也靠着他本人的韬略雄才，做起了中国历史上福气最好的大皇帝。承德避暑山庄，他来得最多，总共逗留的时间很长，因此他的踪迹更是随处可见。乾隆也经常参加"木兰秋狝"，亲自射获的猎物也极为可观，但他的主要心思却放在边疆征战上，避暑山庄和周围的外八庙内，记载这种征战成果的碑文极多。这种征战与汉族的利益没有冲突，反而弘扬了中国的国威，连汉族知识界也引以为荣，甚至可以把乾隆看成是华夏圣君了，但我细看碑文之后却产生一个强烈的感觉：有的仗迫不得已，打打也可以，但多数边境战争的必要性深可怀疑。需要打得这么大吗？需要反复那么多次吗？需要这样强横地来对待邻居们吗？需要杀得如此残酷吗？

好大喜功的乾隆把他的所谓"十全武功"镌刻在避暑山庄里乐滋滋地自我品尝，这使山庄回荡出一些燥热而又不详的气氛。在满、汉文化对峙基本上结束之后，这里洋溢着的是中华帝国的自得情绪。江南塞北的风景名胜在这里聚会，上天的唯一骄子在这里安驻，再下令编一部综览全部典籍的《四库全书》在这里存放，几乎什么也不缺了。乾隆不断地写诗，说避暑山庄里的意境已远远超过唐宋诗词里的描绘，而他则一直等着到时间卸任成为"林下人"，在此间度过余生。在山庄内松云峡的同一座石碑上，乾隆一生竟先后刻下了六首御诗表述这种自得情怀。

是的，乾隆一朝确实不算窝囊，但须知这已是十八世纪（乾隆正好死于十八世纪最后一年），十九世纪已经迎面而来，世界发生了多大的变化！乾隆打了那么多仗，耗资该有多少？他重用的大贪官和珅，又把国力糟蹋到了何等地步？事实上，清朝乃至中国的整体历史悲剧，就在乾隆这个貌似全盛期的皇帝身上，在山水宜人的避暑山庄内，已经酿就。但此时的避暑山庄，还完全沉湎在中华帝国的梦幻中，而全国的文化良知，也都在这个梦幻边沿口或陶醉，或喑哑。

1793年9月14日，一个英国使团来到避暑山庄，乾隆以盛宴欢迎，还在山庄的万树园内以大型歌舞和焰火晚会招待，避暑山庄一片热闹。英方的目的是希望乾隆同意他们派使臣常驻北京，在北京设立洋行，希望中国开放天津、宁波、舟山为贸易口岸，在广州附近拨一些地方让英商居住，又希望英国货物在广州至澳门的内河流通时能获免税和减税的优惠。本来，这是可以谈判的事，但对居住在避暑山庄、一生喜欢用武力炫耀华夏威仪的乾隆来说却不存在任何谈判的可能。他给英国国王写了信，信的标题是《赐英吉利国王敕书》，信内对一切要求全部拒绝，说"天朝尺土俱归版籍，疆址森然，即使岛屿沙洲，亦必划界分疆各有专属"，"从无外人等在北京城开设货行之事"，"此与天朝体制不合，断不可行"，也许至今有人认为这几句话充满了爱国主义的凛然大义，与以后清廷签订的卖国条约不可同日而语，对此我实在不敢苟同。

本来康熙早在1684年就已开放海禁，在广东、福建、浙江、江苏分设四个海关欢迎外商来贸易，过了七十多年，乾隆反而关闭其他海关，只许外商在广州贸易，外商在广州也有许多可笑的限制，例如不准学说中国话、买中国书，不许坐轿，更不许把妇女带来，等等。我们闭目就能想象朝廷对外国人的这些限制是出于何种心理规定出来的。康熙向传教士学西方自然科学，关系不错，而乾隆却把天主教给禁了。自高自大，无视外部世界，满脑天朝意识，这与以后的受辱挨打有着必然的逻辑联系。乾隆在避暑山庄训斥外国帝王的朗声言词，就连历史老人也会听得不太顺耳。这座园林，已屡杂进某种凶兆。

四

我在山庄松云峡细读乾隆写了六首诗的那座石碑时，在碑的西侧又读到他儿子嘉庆的一首。嘉庆即位后经过这里，读了父亲那些得意洋洋的诗后不禁长叹一声：父亲的诗真是深奥，而我这个做儿子的却实在觉得肩上的担子太重了！（"瞻题蕴精奥，守位重仔肩"）嘉庆为人比较懦弱宽厚，在父亲留下的这副担子前不知如何是好，他一生都在面对内忧外患，最后不明不白地死在避暑山庄。

道光皇帝继嘉庆之位时已四十来岁，没有什么才能，只知艰苦朴素，穿的裤子还打过补丁。这对一国元首来说可不是什么佳话。朝中大臣竟相模仿，穿了破旧衣服上朝，一眼看去，这个朝廷已经没有多少气数了。父亲死在避暑山庄，畏怯的道光也就不愿意去那里了，让它空关了几十年，他有时想想也该像祖宗一样去打一次猎，打听能不能不经过避暑山庄就可以到"木兰围场"，回答说没有别的道路，他也就不去打猎了。像他这么个可怜巴巴的皇帝，似乎本来就与山庄和打猎没有缘分的，鸦片战争已经爆发，他忧愁的目光只能一直注视着南方。

避暑山庄一直关到 1860 年 9 月，突然接到命令，咸丰皇帝要来，赶快打扫。咸丰这次来时带的银两特别多，原来是来逃难的，英法联军正威胁着北京。咸丰这一来就不走了，东走走西看看，庆幸祖辈留下这么个好地方让他躲避。他在这里又批准了好几份丧权辱国的条约，但签约后还是不走，直到 1861 年 8 月 22 日死在这儿，差不多住了近一年。

咸丰一死，避暑山庄热闹了好些天，各种政治势力围着遗体进行着明明暗暗的较量。一场被历史学家称之为"辛酉政变"的行动方案在山庄的几间屋子里制定，然后，咸丰的棺木向北京启运了，刚继位的小皇帝也出发了，浩浩荡荡。避暑山庄的大门又一次紧紧地关住了，而就在这支浩浩荡荡的队伍中间，很快站出来一个二十七岁的青年女子，她将统治中国数十年。

她就是慈禧，离开了山庄后再也没有回来。不久又下了一道命令，说热河避暑山庄已经几十年不用，殿亭各宫多已倾圮，只是咸丰皇帝去时稍稍修治了一下，现在咸丰已逝，众人已走，"所有热河一切工程，著即停止"。

这个命令，与康熙不修长城的谕旨前后辉映。康熙的"长城"也终于倾坍了，荒草凄迷，暮鸦回翔，旧墙斑剥，霉苔处处，而大门却紧紧地关着。关住了那些宫殿房舍倒也罢了，还关住了那么些苍郁的山，那么些晶亮的水。在康熙看来，这儿就是他心目中的清代，但清代把它丢弃了，于是自己也就成了一个丧魂落魄的朝代。慈禧在北京修了一个颐和园，与避暑山庄对抗，塞外溯北的园林不会再有对抗的能力和兴趣，它似乎已属于另外一个时代。康熙连同他的园林一起失败了，败在一个没有读过什么书，没有建立过什么功业的女人手里。热河的雄风早已吹散，清朝从此阴气重重、劣迹斑斑。

当新的一个世纪来到的时候，一大群汉族知识分子向这个政权发出了毁灭性声讨，民族仇恨重新在心底燃起，三百年前抗清志士的事迹重新被发掘和播扬。避暑山庄，在这个时候是一个邪恶的象征，老老实实躲在远处，尽量不要叫人发现。

五

清朝的灭亡后，社会震荡，世事忙乱，人们也没有心思去品呷一下这次历史变更的苦涩厚味，匆匆忙忙赶路去了。直到1927年6月1日，大学者王国维先生在颐和园投水而死，才让全国的有心人肃然深思。

王国维先生的死因众说纷纭，我们且不管它，只知道这位汉族文化大师拖着清代的一条辫子，自尽在清代的皇家园林里，遗嘱为"五十之年，只欠一死；经此事变，义无再辱"。他不会不知道明末清初为汉族人是束发还是留辫之争曾发生过惊人的血案，他不会不知道刘宗周、黄宗羲、顾炎武这些大学者的慷慨行迹，他更不会不知道按照世界历史的进程，社会巨变乃属必然，但是他还是死了。我赞成陈寅恪先生的说法，王国维先生并不死于政治斗争、人事纠葛，或仅仅为清廷尽忠，而是死于一种文化：

> 凡一种文化值衰落之时，为此文化所化之人，必感苦痛，其表现此文化之程量愈宏，则其所受之苦痛亦愈甚；迨既达极深之度，殆非出于自杀无以求一己之心安而义尽也。

（《王观堂先生挽词并序》）

王国维先生实在又无法把自己为之而死的文化与清廷分割开来。在他的书架里，《古今图书集成》、《康熙字典》、《四库全书》、《红楼梦》、《桃花扇》、《长生殿》、乾嘉学派、纳兰性德等等都把两者连在一起了，于是对他来说衣冠举止，生态心态，也莫不两相混同。我们记得，在康熙手下，汉族高层知识分子经过剧烈的心理挣扎已开始与朝廷产生某种文化认同，没有想到的是，当康熙的政治事业和军事事业已经破败之后，文化认同竟还未消散。为此，宏才多学的王国维先生要以生命来祭奠它。他没有从心理挣扎中找到希望，死得可惜又死得必然。知识分子总是不同寻常，他们总要在政治军事的折腾之后表现出长久的文化韧性，文化变成了生命，只有靠生命来拥抱文化了，别无他途；明末以后是这样，清末以后也是这样。但清末又是整个中国封建制度的末尾，因此王国维先生祭奠的该是整个中国传统文化。清代只是他的落脚点。

王国维先生到颐和园这也还是第一次，是从一个同事处借了五元钱才去的，颐和园门票六角，死后口袋中尚余四元四角，他去不了承德，也推不开山庄紧闭的大门。

今天，我们面对着避暑山庄的清澈湖水，却不能不想起王国维先生的面容和身影。我轻轻地叹息一声，一个风云数百年的朝代，总是以一群强者英武的雄姿开头，而打下最后一个句点的，却常常是一些文质彬彬的凄怨灵魂。

酒公墓

一

酒公张先生，与世纪同龄。其生涯的起点，是四明山余脉鱼背岭上的一个地名：状元坟。相传宋代此地出过一位姓张的状元，正是张先生的祖先，状元死后葬于家乡，鱼背岭因此沾染光泽，张姓家族更是津津乐道。但是，到张先生祖父的一代，全村已找不到一个识字人。

张先生的祖母是一位贤淑的寡妇，整日整夜纺纱织布，积下一些钱来，硬要儿子张老先生翻过两个山头去读一家私塾，说要不就对不起状元坟。张老先生十分刻苦，读书读得很成样子，成年后闯荡到上海做生意，竟然十分发达。

张老先生钱财虽多，却始终记着自己是状元的后代，愧恨自己学业的中断。他把全部气力都花在儿子身上，于是，他的独生儿子，我们的主角张先生读完了中学，又到美国留学。在美国，他读到了胡适之先生用英文写的论先秦逻辑学的博士论文，决定也去攻读逻辑。但他的主旨与胡适之先生并不相同，只觉得中国人思绪太过随意，该用逻辑来理一理。留学生中大家都戏称他为

"逻辑救国论者"。20年代末,张先生学成回国,在上海一家师范学校任教。那时,美国留学生已不如胡适之先生回国时那样珍贵。师范校长客气地听完了他关于开设逻辑课的重要性的长篇论述后,莞尔一笑,只说了一句:"张先生,敝校只有一个英文教师的空位。"张先生木然半晌,终于接受了英语教席。

他开始与上海文化圈结交,当然,仍然三句不离逻辑。人们知道他是美国留学生,都主动地靠近过来寒暄,而一听到讲逻辑,很快就表情木然,飘飘离去。在一次文人雅集中,一位年长文士询及他的"胜业",他早已变得毫无自信,讷讷地说了逻辑。文士沉吟片刻,慈爱地说:"是啊是啊,收罗纂辑之学,为一切学问之根基!"旁边一位年轻一点的立即纠正:"老伯,您听差了,他说的是巡逻的逻,不是收罗的罗!"并转过脸来问张先生:"是否已经到巡捕房供职?"张先生一愕,随即明白,他理解的"逻辑"是"巡逻侦缉"。从此,张先生再也不敢说逻辑。

但是,张先生终于在雅集中红了起来,原因是有人打听到他是状元的后代。人们热心地追询他的世谱,还纷纷请他书写扇面。张先生受不住先前那番寂寞,也就高兴起来,买了一些碑帖,练毛笔字。不单单为写扇面,而是为了像状元的后代。衣服也换了,改穿长衫。课程也换了,改教国文。他懂逻辑,因此,告别逻辑,才合乎逻辑。

二

1930年,张先生的父亲去世。遗嘱要求葬故乡状元坟,张先生扶枢回乡。

坟做得很有气派,整个葬仪也慷慨花钱,四乡传为盛事,观者如堵。此事刮到当地青帮头目陈矮子耳中,他正愁没有机会张扬自己的声势，便带着一大帮人到葬仪中寻衅。

那天，无数乡人看到一位文弱书生与一群强人的对峙。对他们来说，两方面都是另一世界的人，插不上嘴，也不愿插嘴，只是饶有兴味地呆看。陈矮子质问张先生是否知道这是谁的地盘，如此筑坟，为何不来禀告一声。张先生解释了自家与状元坟的关系，又说自己出外多年，不知本地规矩。他顺便说明自己是美国留学生，想借以稍稍镇一镇这帮强人。

陈矮子得知了张先生的身份，又摸清了他在官府没有背景，便朗声大笑，转过脸来对乡人宣告："河西袁麻子的魁武帮弄了一个中学生做师爷，神气活现，我今天正式聘请这位状元后代、美国留学生做师爷，让袁麻子气一气！"说毕，又命令手下随从一齐跪在张老先生的新坟前磕三个响头，便挟持着张先生扬长而去。

这天张先生穿一身麻料孝衣，在两个强人的手臂间挣扎呼号。已经拉到很远了，还回过头来，满脸眼泪，看了看山头的两宗坟茔。状元坟实在只是黄土一杯，紧挨着的张老先生的坟新石坚致，供品丰盛。

张先生在陈矮子手下做了些什么，至今还是一个谜。据说，从此之后，这个帮会贴出的文告、往来的函件，都有一笔秀挺的书法。为了这，气得袁麻子把自己的师爷杀了。

又据说，张先生在帮会中酒量大增，猜拳的本事，无人能敌。

张先生逃过三次，都被抓回。陈矮子为了面子，未加惩处。但当张先生第四次出逃被抓回后，终于被打成残疾，逐出了帮会。乡人说，陈矮子最讲义气，未将张先生处死。

张先生从此失踪。多少年后，几个亲戚才打听到，他到了上海，跛着腿，不愿再找职业，不愿再见旁人，躲在家里做寓公。父亲的那点遗产，渐渐坐吃山空。

直到 1949 年，陈矮子被镇压，张先生才回到家乡。他艰难地到山上拔净了坟头的荒草，然后到乡政府要求工作。乡政府说："你来得正好，不忙找工作，先把陈矮子帮会的案子弄弄清楚。"这一弄就弄了几年，而且越弄越不清楚。他的生活，靠帮乡人写婚丧对联、墓碑、店招、标语维持。1957 年，有一天他喝酒喝得晕晕乎乎，在给乡政府写标语时把"东风压倒西风"写成了"西风压倒东风"。被质问时还轻描淡写地说只是受了当天天气预报的影响。此地正缺右派名额，理所当然把他补上了。

本来，右派的头衔对他倒也无啥，他反正原来就是那副朽木架子。只是一个月前，他刚刚与一个比他年长 8 岁的农村寡妇结婚，女人发觉他成了双料坏人，怕连累前夫留下的孩子，立即离他而去。

四年后，他右派的帽子摘了。理由是他已经改恶从善。实际上，是出于县立中学校长对政府的请求。摘帽没几天，县立中学聘请他去担任英语代课教师。县中本不设英语课，这年高考要加试外语，校长急了，要为毕业班临时突击补课。问遍全县上下，只有张先生一人懂英语。

三

他一生没有这么兴奋过。央请隔壁大娘为他整治出一套干净适体的服装，立即翻山越岭，向县城赶去。

对一群乡村孩子，要在五个月内从字母开始，突击补课到应付高考水平，实在艰难。但是，无论别人还是他，都极有信心，理由很简单，他是美国留学生。县中里学历最高的教师，也只是中师毕业。

开头一切还算顺利，到第四个星期却出了问题。那天，课文中有一句 We all love Chairman Mao，他围绕着常用词 love，补充了一些解释。他讲解道，这个词最普通的含义，乃是爱情。他在黑板上写了一个例句：爱是人的生命。

当他兴致勃勃地从黑板上回过身来，整个课堂的气氛变得十分怪异。女学生全都红脸低头，几个男学生扭歪了脸，傻看着他发愣。突然，不知哪个学生先笑出声来，随即全班爆发出无法遏止的笑声。张先生惊恐地再看了一下黑板，检查有没有写错了字，随即又摸了摸头，捋了捋衣服，看自己在哪里出了洋相。笑声更响了，40几张年轻的嘴全都张开着，抖动着，笑着他，笑着黑板，笑着爱，震耳欲聋。这天的课无法讲完了，第二天他刚刚走进教室，笑声又起，他在讲台上呆站了几分钟就出来了，来到校长办公室，声称自己身体不好，要回乡休息。

这一年，整个县中没有一人能考上大学。

张先生回家后立即脱下了那身干净服装，塞在箱角。想了一想，端出砚台，重新以写字为生。四乡的人们觉得他命运不好，不再请他写结婚对联，他唯一可写的，只是墓碑。

据风水先生说，鱼背岭是一个极好的丧葬之地，于是，整座山岭都被坟墓簇拥。坟墓中有一大半墓碑出自张先生的手笔。他的字，以柳公权为骨，以苏东坡为肌，遒劲而丰润，端庄而活泼，十分惹目。外地客人来到此山，常常会把湖光山色忘了，把茂树野花忘了，把溪涧飞瀑忘了，只观赏这一座座墓碑。死者与死者家属大多不懂此道，但都耳闻张先生字好，希望用这样的好字把自己的姓名写一遍，铭之于石，传之不朽。

乡间丧事是很舍得花钱的，张先生写墓碑的报酬足以供他日常生活之费。他好喝酒，喝了两斤黄酒之后执笔，字迹更见飞动，因此，乡间请他写墓碑，从不忘了带酒，另备酒肴三五碟。通常，乡人进屋后，总是先把酒肴在桌上整治妥当，让张先生慢悠悠喝着，同时请一年轻人在旁边磨墨，张先生是不愿用墨汁书写的。待到喝得满脸酡红，笑眯眯地站起身来，也不试笔，只是握笔凝神片刻，然后一挥而就。

乡人带来的酒，每次都在五斤以上，可供张先生喝几天。附近几家酿酒作坊，知道张先生品酒在行，经常邀他去品定各种酒的等次，后来竟把他的评语，作为互相竞争的标准，因此都尽力来讨好他。酒坛，排满了他陋室的墙角。大家嫌"张先生"的称呼过于板正，都叫他酒公，他也乐意。一家作坊甚至把他评价最高的那种酒定名为酒公酒，方圆数十里都有名气。

前年深秋，我回家乡游玩，被满山漂亮的书法惊呆。了解了张先生的身世后，我又一次上山在墓碑间徘徊。我想，这位半个多世纪前的逻辑救国论者，是用一种最潦倒、最别致的方式，让生命占据了一座小山。他平生未能用自己的学问征服过任何一个人，只能用一支毛笔，在中国传之千年的毛笔，把离开这个世界的人慰抚一番。可怜被他慰抚的人，既不懂逻辑，也不懂书法，于是，连墓碑上的书法，也无限寂寞。谁能反过来慰抚这种寂寞呢？只有那一排排灰褐色的酒坛。

在美国，在上海，张先生都日思夜想过这座故乡的山，祖先的山。没想到，他一生履历的终结，是越来越多的墓碑。人总要死，墓很难坍，长此以往，家乡的天地将会多么可怕！我相信，这位长于推理的逻辑学家曾一次次对笔惊恐，他在笔墨酣畅地描画的，是一个何等样的世界！

四

偶尔，张先生也到酿酒作坊翻翻报纸。八年前，他在报纸上读到一篇散文，题为《笑的忏悔》。起初只觉题目奇特，一读下去，他不禁心跳剧烈。

这篇文章出自一位在省城工作的中年人的手笔。文章是一封写给中学同班同学的公开信，作者询问老同学们是否都有同感：

当自己品尝过了爱的甜苦，经历过了人生的波澜，现在正与孩子一起苦记着外语单词的时候，都会为一次愚蠢透顶的傻笑深深羞愧？

张先生那天离开酿酒作坊时的表情，使作坊工人非常奇怪。两天后，他找到乡村小学的负责人，要求讲点课，不要报酬。

他实在是命运险恶。才教课三个月，一次台风，把陈旧的校舍吹坍。那天他正在上课，拐着腿拉出了几个学生，自己被压在下面，从此，他的下肢完全瘫痪，手也不能写字了。

我见到他时他正静卧在床。我们的谈话从逻辑开始，我刚刚讲了几句金岳霖先生的逻辑思想，他就抖抖索索地把我的手紧紧拉住。他说自己将不久人世，如有可能，在他死后为他的坟墓写一方小字碑文；如没有可能，就写一幅"酒公张先生之墓"。绝不能把名字写上，因为他深感自己一生，愧对祖宗，也愧对美国、上海的师友亲朋。这个名字本身，就成了一种天大的嘲谑。

我问他小字碑文该如何写，他神情严肃地斟酌吟哦了一番，慢吞吞地口述起来。我能听明白的句子组接起来大体是：

> 酒公张先生，不知籍贯，不知名号，亦不知其祖宗世谱，只知其身后无嗣，孑然一人。少习西学，长而废弃，颠沛流荡，投靠无门。一身弱骨，或踟蹰于文士雅集，或颤慓于强人恶手，或惊恐于新世问诘，或惶愧于幼者哄笑，栖栖遑遑，了无定夺。释儒道皆无深缘，真善美尽数失落，终以浊酒、败墨、残肢、墓碑，编织老境。一生无甚德守，亦无甚恶行，耄年回首，每叹枉掷如许粟麦菜蔬，徒费孜孜攻读、矻矻苦吟。呜呼！故国神州，莘莘学子，愿如此潦倒颓败者，唯张先生一人……

述毕，老泪纵横。我当时就说，如此悲凉的文词，我是不愿意书写的。

张先生终于跛着腿，走完了他的旅程。现在，我书写的七字墓碑，正树立在状元坟，树立在层层墓碑的包围之中。

废　墟

一

　　我诅咒废墟，我又寄情废墟。

　　废墟吞没了我的企盼，我的记忆。片片瓦砾散落在荒草之间，断残的石柱在夕阳下站立，书中的记载，童年的幻想，全在废墟中殒灭。昔日的光荣成了嘲弄，创业的祖辈在寒风中声声咆哮。夜临了，什么没有见过的明月苦笑一下，躲进云层，投给废墟一片阴影。

　　但是，代代层累并不是历史。废墟是毁灭，是葬送，是诀别，是选择。时间的力量，理应在大地上留下痕迹；岁月的巨轮，理应在车道间辗碎凹凸。没有废墟就无所谓昨天，没有昨天就无所谓今天和明天。废墟是课本，让我们把一门地理读成历史；废墟是过程，人生就是从旧的废墟出发，走向新的废墟。营造之初就想到它今后的凋零，因此废墟是归宿；更新的营造以废墟为基地，因此废墟是起点。废墟是进化的长链。

　　一位朋友告诉我，一次，他走进一个著名的废墟，才一抬头，已是满目眼泪。这眼泪的成分非常复杂。是憎恨，是失落，又不完全是。废墟表现出固执，活像一个残疾了的悲剧英雄。废墟昭示着沧桑，让人偷窥到民族步履的蹒跚。废墟是垂死老人发出的指令，使你不能不动容。

废墟有一种形式美，把拨离大地的美转化为皈附大地的美。再过多少年，它还会化为泥土，完全融入大地。将融未融的阶段，便是废墟。母亲微笑着怂恿过儿子们的创造，又微笑着收纳了这种创造。母亲怕儿子们过于劳累，怕世界上过于拥塞。看到过秋天的飘飘黄叶吗？母亲怕它们冷，收入怀抱。没有黄叶就没有秋天，废墟就是建筑的黄叶。

人们说，黄叶的意义在于哺育春天。我说，黄叶本身也是美。

两位朋友在我面前争论。一位说，他最喜欢在疏星残月的夜间，在废墟间独行，或吟诗，或高唱，直到东方泛白；另一位说，有了对晨曦的期待，这种夜游便失之于矫揉。他的习惯，是趁着残月的微光，找一条小路悄然走回。

我呢，我比他们年长，已没有如许豪情和精力。我只怕，人们把所有的废墟都统统刷新、修缮和重建。

二

不能设想，古罗马的角斗场需要重建，庞贝古城需要重建，柬埔寨的吴哥窟需要重建，玛雅文化遗址需要重建。

这就像不能设想，远年的古铜器需要抛光，出土的断戟需要镀镍，宋版图书需要上塑，马王堆的汉代老太需要植皮丰胸、重施浓妆。

只要历史不阻断，时间不倒退，一切都会衰老。老就老了吧，安详地交给世界一副慈祥美。假饰天真是最残酷的自我糟践。没有皱纹的祖母是可怕的，没有白发的老者是让人遗憾的。没有废墟的人生太累了，没有废墟的大地太挤了，掩盖废墟的举

292

动太伪诈了。

还历史以真实，还生命以过程。

——这就是人类的大明智。

当然，并非所有的废墟都值得留存。否则地球将会伤痕斑斑。废墟是古代派往现代的使节，经过历史君王的挑剔和筛选。废墟是祖辈曾经发动过的壮举，会聚着当时当地的力量和精粹。碎成粉的遗址也不是废墟，废墟中应有历史最强劲的韧带。废墟能提供破读的可能，废墟散发着让人流连盘桓的磁力。是的，废墟是一个磁场，一极古代，一极现代，心灵的罗盘在这里感应强烈。失去了磁力就失去了废墟的生命，它很快就会被人们淘汰。

并非所有的修缮都属于荒唐。小心翼翼地清理，不露痕迹地加固，再苦心设计，让它既保持原貌又便于观看。这种劳作，是对废墟的恩惠，全部劳作的终点，是使它更成为一个名副其实的废墟，一个人人都愿意凭吊的废墟。修缮，总意味着一定程度的损失。把损坏降到最低度，是一切真正的废墟修缮家的夙愿。也并非所有的重建都需要否定。如果连废墟也没有了，重建一个来实现现代人吞古纳今的宏志，那又何妨。但是，那只是现代建筑家的古典风格，沿用一个古名，出于幽默。黄鹤楼重建了，可以装电梯；阿房宫若重建，可以作宾馆；滕王阁若重建，可以辟商场。这与历史，干系不大。如果既有废墟，又要重建，那么，我建议，千万保留废墟，傍邻重建。在废墟上开推土机，让人心痛。

不管是修缮还是重建，对废墟来说，要义在于保存。圆明园废墟是北京城最有历史感的文化遗迹之一，如果把它完全铲平，造一座崭新的圆明园，多么得不偿失。大清王朝不见了，熊熊火光不见了，民族的郁忿不见了，历史的感悟不见了，抹去了昨夜的故事，去收拾前夜的残梦。但是，收拾来的又不是前夜残梦，只是今日的游戏。

三

中国历来缺少废墟文化。废墟二字，在中文中让人心惊肉跳。

或者是冬烘气十足地怀古，或者是实用主义地趋时。怀古者只想以古代今，趋时者只想以今灭古。结果，两相杀伐，两败俱伤，既斫伤了历史，又砍折了现代。鲜血淋淋，伤痕累累，偌大一个民族，前不见古人，后不见来者，念天地之悠悠，独怆然而涕下。

在中国人心中留下一些空隙吧！让古代留几个脚印在现代，让现代心平气和地逼视着古代。废墟不值得羞愧，废墟不必要遮盖，我们太擅长遮盖。

中国历史充满了悲剧，但中国人怕看真正的悲剧。最终都有一个大团圆，以博得情绪的安慰，心理的满足。唯有屈原不想大团圆，杜甫不想大团圆，曹雪芹不想大团圆，孔尚任不想大团圆，鲁迅不想大团圆，白先勇不想大团圆。他们保存了废墟，净化了悲剧，于是也就出现了一种真正深沉的文学。

没有悲剧就没有悲壮，没有悲壮就没有崇高。雪峰是伟大的，因为满坡掩埋着登山者的遗体；大海是伟大的，因为处处漂浮着船楫的残骸；登月是伟大的，因为有"挑战者号"的陨落；人生是伟大的，因为有白发，有诀别，有无可奈何的失落。古希腊傍海而居，无数向往彼岸的勇士在狂波间前仆后继，于是有了光耀百世的希腊悲剧。

诚恳坦然地承认奋斗后的失败，成功后的失落，我们只会更沉着。中国人若要变得大气，不能再把所有的废墟驱逐。

废墟的留存，是现代人文明的象征。

废墟，辉映着现代人的自信。

废墟不会阻遏街市，妨碍前进。现代人目光深邃，知道自己站在历史的第几级台阶。他不会妄想自己脚下是一个拔地而起的高台。因此，他乐于看看身前身后的所有台阶。

是现代的历史哲学点化了废墟，而历史哲学也需要寻找素材。只有在现代的喧嚣中，废墟的宁静才有力度；只有在现代人的沉思中，废墟才能上升为寓言。

因此，古代的废墟，实在是一种现代构建。

现代，不仅仅是一截时间。现代是宽容，现代是气度，现代是辽阔，现代是浩瀚。

我们，挟带着废墟走向现代。

风雨天一阁

一

不知怎么回事，天一阁对于我，一直有一种奇怪的阻隔。照理，我是读书人，它是藏书楼，我是宁波人，它在宁波城，早该频频往访的了，然而却一直不得其门而入。1976 年春到宁波养病，住在我早年的老师盛钟健先生家。盛先生一直有心设法把我弄到天一阁里去看一段时间书，但按当时的情景，手续颇烦人，我也没有读书的心绪，只得作罢。后来情况好了，宁波市文化艺术界的朋友们总要定期邀我去讲点课，但我每次都是来去匆匆，始终没有去过天一阁。

是啊，现在大批到宁波作几日游的普通上海市民回来都在大谈天一阁，而我这个经常钻研天一阁藏本重印书籍、对天一阁的变迁历史相当熟悉的人却从未进过阁，实在说不过去。直到 1990 年 8 月我再一次到宁波讲课，终于在讲完的那一天支支吾吾地向主人提出了这个要求。主人是文化局副局长裴明海先生，天一阁正属他管辖，在对我的这个可怕缺漏大吃一惊之余立即决定，明天由他亲自陪同，进天一阁。

但是，就在这天晚上，台风袭来，暴雨如注，整个城市都在柔弱地颤抖。第二天上午如约来到天一阁时，只见大门内的前后天井、整个院子全是一片汪洋。打落的树叶在水面上翻卷，重重砖墙间透出湿冷冷的阴气。

看门的老人没想到文化局长会在这样的天气陪着客人前来，慌忙从清洁工人那里借来半高筒雨鞋要我们穿上，还递来两把雨伞。但是，院子里积水太深，才下脚，鞋筒已经进水，唯一的办法是干脆脱掉鞋子，挽起裤管趟水进去。本来浑身早已被风雨搅得冷飕飕的了，赤脚进水立即通体一阵寒噤。就这样，我和裴明海先生相扶相持，高一脚低一脚地向藏书楼走去。天一阁，我要靠近前去怎么这样难呢？明明已经到了跟前，还把风雨大水作为最后一道屏障来阻拦。我知道，历史上的学者要进天一阁看书是难乎其难的事，或许，我今天进天一阁也要在天帝的主持下举行一个狞厉的仪式？

天一阁之所以叫天一阁，是创办人取《易经》中"天一生水"之义，想借水防火，来免去历来藏书者最大的忧患火灾。今天初次相见，上天分明将"天一生水"的奥义活生生地演绎给了我看，同时又逼迫我以最虔诚的形貌投入这个仪式，剥除斯文，剥除参观式的悠闲，甚至不让穿着鞋子踏入圣殿，卑躬屈膝、哆哆嗦嗦地来到跟前。今天这里再也没有其他参观者，这一切岂不是一种超乎寻常的安排？

二

不错，它只是一个藏书楼，但它实际上已成为一种极端艰难、又极端悲怆的文化奇迹。

中华民族作为世界上最早进入文明的人种之一，让人惊叹地创造了独特而美丽的象形文字，创造了简帛，然后又顺理成章地创造了纸和印刷术。这一切，本该迅速地催发出一个书籍的海洋，把壮阔的华夏文明播扬翻腾。但是，野蛮的战火几乎不间断地在焚烧着脆薄的纸页，无边的愚昧更是在时时吞食着易碎的智慧。一个为写书、印书创造好了一切条件的民族竟不能堂而皇之地拥有和保存很多书，书籍在这块土地上始终是一种珍罕而又陌生的怪物，于是，这个民族的精神天地长期处于散乱状态和自发状态，它常常不知自己从哪里来，到哪里去，自己究竟是谁，要干什么。

只要是智者，就会为这个民族产生一种对书的企盼。他们懂得，只有书籍，才能让这么悠远的历史连成缆索，才能让这么庞大的人种产生凝聚，才能让这么广阔的土地长存文明的火种。很有一些文人学士终年辛劳地以抄书、藏书为业，但清苦的读书人到底能藏多少书，而这些书又何以保证历几代而不流散呢？"君子之泽，五世而斩"，功名资财、良田巍楼尚且如此，更遑论区区几箱书？宫廷当然有不少书，但在清代之前，大多构不成整体

297

文化意义上的藏书规格，又每每毁于改朝换代之际，是不能够去指望的。鉴于这种种情况，历史只能把藏书的事业托付给一些非常特殊的人物了。这种人必得长期为官，有足够的资财可以搜集书籍；这种人为官又最好各地迁移，使他们有可能搜集到散落四处的版本；这种人必须有极高的文化素养，对各种书籍的价值有迅捷的敏感；这种人必须有清晰的管理头脑，从建藏书楼到设计书橱都有精明的考虑，从借阅规则到防火措施都有周密的安排；这种人还必须有超越时间的深入谋划，对如何使自己的后代把藏书保存下去有预先的构想。当这些苛刻的条件全都集于一身时，他才有可能成为古代中国的一名藏书家。

这样的藏书家委实也是出过一些的，但没过几代，他们的事业都相继萎谢。他们的名字可以写出长长一串，但他们的藏书却早已流散得一本不剩了。那么，这些名字也就组合成了一种没有成果的努力，一种似乎实现过而最终还是未能实现的悲剧性愿望。

能不能再出一个人呢，哪怕仅仅是一个，他可以把上述种种苛刻的条件提升得更加苛刻，他可以把管理、保存、继承诸项关节琢磨到极端，让偌大的中国留下一座藏书楼，一座，只是一座！上天，可怜可怜中国和中国文化吧。

这个人终于有了，他便是天一阁的创建人范钦。

清代乾嘉时期的学者阮元说："范氏天一阁，自明至今数百年，海内藏书家，唯此岿然独存。"

这就是说，自明至清数百年广阔的中国文化界所留下的一部分书籍文明，终于找到了一所可以稍加归拢的房子。

明以前的漫长历史，不去说它了，明以后没有被归拢的书籍，也不去说它了，我们只向这座房子叩头致谢吧，感谢它为我们民族断残零落的精神史，提供了一个小小的栖脚处。

三

范钦是明代嘉靖年间人，自 27 岁考中进士后开始在全国各地做官，到的地方很多，北至陕西、河南，南至两广、云南，东至福建、江西，都有他的宦迹。最后做到兵部右侍郎，官职不算小了。这就为他的藏书提供了充裕的财力基础和搜罗空间。在文化资料十分散乱，又没有在这方面建立起像样的文化市场的当时，官职本身也是搜集书籍的重要依凭。他每到一地做官，总是非常留意搜集当地的公私刻本，特别是搜集其他藏书家不甚重视、或无力获得的各种地方志、政书、实录以及历科试士录，明代各地仕人刻印的诗文集，本是很容易成为过眼烟云的东西，他也搜得不少。这一切，光有搜集的热心和资财就不够了。乍一看，他是在公务之暇把玩书籍，而事实上他已经把人生的第一要务看成是搜集图书，做官倒成了业余，或者说，成了他搜集图书的必要手段。他内心隐潜着的轻重判断是这样，历史的宏观裁断也是这样。好像历史要当时的中国出一个藏书家，于是把他放在一个颠簸九州的官位上来成全他。

一天公务，也许是审理了一宗大案，也许是弹劾了一名贪官，也许是调停了几处官场恩怨，也许是理顺了几项财政关系，衙堂威仪，朝野声誉，不一而足。然而他知道，这一切的重量加在一起也比不过傍晚时分差役递上的那个薄薄的蓝布包袱，那里边几册按他的意思搜集来的旧书，又要汇入行箧。他那小心翼翼翻动书页的声音，比开道的鸣锣和吆喝都要响亮。

范钦的选择，碰撞到了我近年来特别关心的一个命题：基于健全人格的文化良知，或者倒过来说，基于文化良知的健全人格。没有这种东西，他就不可能如此矢志不移，轻常人之所重，重常人之所轻。他曾毫不客气地顶撞过当时在朝廷权势极盛的皇亲郭勋，因而遭到廷杖之罚，并下过监狱。后来在仕途上仍然耿直不阿，公然冒犯权奸严氏家族，严世藩想加害于他，而其父严嵩却说："范钦是连郭勋都敢顶撞的人，你参了他的官，反而会让他更出名。"结果严氏家族竟奈何范钦不得。我们从这些事情可以看到，一个成功的藏书家在人格上至少是一个强健的人。

这一点我们不妨把范钦和他身边的其他藏书家作个比较。与范钦很要好的书法大师丰坊也是一个藏书家，他的字毫无疑问要比范钦写得好，一代书法家董其昌曾非常钦佩地把他与文征明并列，说他们两人是"墨池董狐"，可见在整个中国古代书法史上，他也是一个耀眼的星座。他在其他不少方面的学问也超过范钦，例如他的专著《五经世学》，就未必是范钦写得出来的。但是，作为一个地道的学者艺术学，他太激动，太天真，太脱世，太不考虑前后左右，太随心所欲。起先他也曾狠下一条心变卖掉家里的千亩良田来换取书法名帖和其他书籍，在范钦的天一阁还未建立的时候他已构成了相当的藏书规模，但他实在不懂人情世故，不懂口口声声尊他为师的门生们也可能是巧取豪夺之辈，更不懂得藏书楼防火的技术，结果他的全部藏书到他晚年已有十分之六被人拿走，又有一大部分毁于火灾，最后只得把剩余的书籍转售给范钦。范钦既没有丰坊的艺术才华，也没有丰坊的人格缺陷，因此，他以一种冷峻的理性提炼了丰坊也会有的文化良知，使之变成一种清醒的社会行为。相比之下，他的社会人格比较强健，只有这种人才能把文化事业管理起来。太纯粹的艺术家或学者在社会人格上大多缺少旋转力，是办不好这种事情的。

另一位可以与范钦构成对比的藏书家正是他的侄子范大澈。范大澈从小受叔父影响，不少方面很像范钦，例如他为官很有能力，多次出使国外，而内心又对书籍有一种强烈的癖好；他学问不错，对书籍也有文化价值上的裁断力，因此曾被他搜集到一些重要珍本。他藏书，既有叔父的正面感染，也有叔父的反面刺激。据说有一次他向范钦借书而范钦不甚爽快，便立志自建藏书楼来悄悄与叔父争胜，历数年努力而楼成，他就经常邀请叔父前去作客，还故意把一些珍贵秘本放在案上任叔父随意取阅。遇到这种情况，范钦总是淡淡地一笑而已。在这里，叔侄两位藏书家的差别就看出来了。侄子虽然把事情也搞得很有样子，但背后却隐藏着一个意气性的动力，这未免有点小家子气了。在这种情况下，他的终极性目标是很有限的，只要把楼建成，再搜集到叔父所没有的版本，他就会欣然自慰。结果，这位作为后辈新建的藏书楼只延续几代就合乎逻辑地流散了，而天一阁却以一种怪异的力度屹立着。

实际上，这也就是范钦身上所支撑着的一种超越意气、超越嗜好、超越才情，因此也超越时间的意志力。这种意志力在很长时间内的表现常常让人感到过于冷漠、严峻，甚至不近人情，但天一阁就是靠着它延续至今的。

四

藏书家遇到的真正麻烦大多是在身后，因此，范钦面临的问题是如何把自己的意志力变成一种不可动摇的家族遗传。不妨说，天一阁真正堪称悲壮的历史，开始于范钦死后。我不知道保住这座楼的使命对范氏家族来说算是一种荣幸，还是一场延绵数百年的苦役。

活到80高龄的范钦终于走到了生命尽头，他把大儿子和二媳妇（二儿子已亡故）叫到跟前，安排遗产继承事项。老人在弥留之际还给后代出了一个难题，他把遗产分成两份，一份是万两白银，一份是一楼藏书，让两房挑选。

这是一种非常奇怪的遗产分割法。万两白银立即可以享用，而一楼藏书则除了沉重的负担没有任何享用的可能，因为范钦本身一辈子的举止早已告示后代，藏书绝对不能有一本变卖，而要保存好这些藏书每年又要支付一大笔费用。为什么他不把保存藏书的责任和万两白银都一分为二让两房一起来领受呢？为什么他要把权利和义务分割得如此彻底要后代选择呢？

我坚信这种遗产分割法老人已经反复考虑了几十年。实际上这是他自己给自己出的难题：要么后代中有人义无反顾、别无他求地承担艰苦的藏书事业，要么只能让这一切都随自己的生命烟消云散！他故意让遗嘱变得不近情理，让立志继承藏书的一房完全无利可图。因为他知道这时候只要有一丝掺假，再隔几代，假的成分会成倍地扩大，他也会重蹈其他藏书家的覆辙。他没有丝毫意思思想讥刺或鄙薄要继承万两白银的那一房，诚实地承认自己没有承接这项历史性苦役的信心，总比在老人病榻前不太诚实的信誓旦旦好得多。但是，毫无疑问，范钦更希望在告别人世的最后一刻听到自己企盼了几十年的声音。他对死神并不恐惧，此刻却不无恐惧地直视着后辈的眼睛。

大儿子范大冲立即开口，他愿意继承藏书楼，并决定拨出自己的部分良田，以田租充当藏书楼的保养费用。

就这样，一场没完没了的接力赛开始了。多少年后，范大冲也会有遗嘱，范大冲的儿子又会有遗嘱……后一代的遗嘱比前一代还要严格。藏书的原始动机越来越远，而家族的繁衍却越来越大，怎么能使后代众多支脉的范氏世谱中每一家每一房都严格地恪守先祖范钦的规范呢？这实在是一个值得我们一再品味的艰难课题。在当时，一切有历史跨度的文化事业只能交付给家族传代系列，但家族传代本身却是一种不断分裂、异化、自立的生命过程。让后代的后代接受一个需要终生投入的强硬指令，是十分违背生命的自在状态的；让几百年之后的后裔不经自身体验就来沿袭几百年前某位祖先的生命冲动，也难免有许多憋气的地方。不难想象，天一阁藏书楼对于许多范氏后代来说几乎成了一个宗教式的朝拜对象，只知要诚惶诚恐地维护和保存，却不知是为什么。按照今天的思维习惯，人们会在高度评价范氏家族的丰功伟绩之余随之揣想他们代代相传的文化自觉，其实我可肯定此间埋藏着许多难以言状的心理悲剧和家族纷争，这个在藏书楼下生活了几百年的家族非常值得同情。

后代子孙免不了会产生一种好奇，楼上究竟是什么样的呢？到底有哪些书，能不能借来看看？亲戚朋友更会频频相问，作为你们家族世代供奉的这个秘府，能不能让我们看上一眼呢？

范钦和他的继承者们早就预料到这种可能，而且预料藏书楼就会因这种点滴可能而崩坍，因而已经预防在先。他们给家族制定了一个严格的处罚规则，处罚内容是当时视为最大屈辱的不予参加祭祖大典，因为这种处罚意味着在家族血统关系上亮出了"黄牌"，比杖责鞭笞之类还要严重。处罚规则标明：子孙无故开门入阁者，罚不与祭3次；私领亲友入阁及擅开书橱者，罚不与祭1年；擅将藏书借出外房及他姓者，罚不与祭3年，因而典押事故者，除追惩外，永行摈逐，不得与祭。

在此，必须讲到那个我每次想起都很难过的事件了。嘉庆年间，宁波知府丘铁卿的内侄女钱绣芸是一个酷爱诗书的姑娘，一心想要登天一阁读点书，竟要知府做媒嫁给了范家。现代社会学家也许会责问钱姑娘你究竟是嫁给书还是嫁给人，但在我看来，她在婚姻很不自由的时代既不看重钱也不看重势，只想借着婚配来多看一点书，总还是非常令人感动的。但她万万没有想到，当自己成了范家媳妇之后还是不能登楼，一种说法是族规禁止妇女登楼，另一种说法是她所嫁的那一房范家后裔在当时已属于旁支。反正钱绣芸没有看到天一阁的任何一本书，郁郁而终。

今天，当我抬起头来仰望天一阁这栋楼的时候，首先想到的是钱绣芸那忧郁的目光。我几乎觉得这里可出一个文学作品了，不是写一般的婚姻悲剧，而是写在那很少有人文主义气息的中国

303

封建社会里，一个姑娘的生命如何强韧而又脆弱地与自己的文化渴求周旋。

从范氏家族的立场来看，不准登楼，不准看书，委实也出于无奈。只要开放一条小缝，终会裂成大隙。但是，永远地不准登楼，不准看书，这座藏书楼存在于世的意义又何在呢？这个问题，每每使范氏家族陷入困惑。

范氏家族规定，不管家族繁衍到何等程度，开阁门必得各房一致同意。阁门的钥匙和书橱的钥匙由各房分别掌管，组成一环也不可缺少的连环，如果有一房不到是无法接触到任何藏书的。既然每房都能有效地行使否决权，久而久之，每房也都产生了终极性的思考：被我们层层叠叠堵住了门的天一阁究竟是干什么用的？

就在这时，传来消息，大学者黄宗羲先生要想登楼看书！这对范家各房无疑是一个巨大的震撼。黄宗羲是"吾乡"余姚人，与范氏家族没有任何血缘关系，照理是严禁登楼的，但无论如何他是靠自己的人品、气节、学问而受到全国思想学术界深深钦佩的巨人，范氏各房也早有所闻。尽管当时的信息传播手段非常落后，但由于黄宗羲的行为举止实在是奇崛响亮，一次次在朝野之间造成非凡的轰动效应。他的父亲本是明末东林党重要人物，被魏忠贤宦官集团所杀，后来宦官集团受审，19岁的黄宗羲在廷质时竟义愤填膺地锥刺和痛殴漏网余党，后又追杀凶手，警告阮大铖，一时大快人心。清兵南下时他与两个弟弟在家乡组织数百人的子弟兵"世忠营"英勇抗清，抗清失败后便潜心学术，边著述边讲学，把民族道义、人格道德溶化在学问中启世迪人，成为中国古代学术领域中第一流的思想家和历史学家。他在治学过程中已经到绍兴钮氏"世学楼"和祁氏"淡生堂"去读过书，现在终于想来叩天一阁之门了。他深知范氏家族的森严规矩，但他还是来了，时间是康熙十二年，即1673年。

出乎意外，范氏家族的各房竟一致同意黄宗羲先生登楼，而且允许他细细地阅读楼上的全部藏书。这件事，我一直看成是范氏家族文化品格的一个验证。他们是藏书家，本身在思想学术界和社会政治领域都没有太高的地位，但他们毕竟为这个人而不是为其他人，交出了他们珍藏严守着的全部钥匙。这里有选择，有裁断，有一个庞大的藏书世家的人格闪耀。黄宗羲先生长衣布鞋，悄然登楼了。铜锁在一具具打开，1673年成为天一阁历史上特别有光彩的一年。

　　黄宗羲在天一阁翻阅了全部藏书，把其中流通未广者编为书目，并另撰《天一阁藏书记》留世。由此，这座藏书楼便与一位大学者的人格联结起来了。

　　从此以后，天一阁有了一条可以向真正的大学者开放的新规矩，但这条规矩的执行还是十分苛严，在此后近200年的时间内，获准登楼的大学者也仅有10余名，他们的名字，都是上得了中国文化史的。

　　这样一来，天一阁终于显现了本身的存在意义，尽管显现的机会是那样小。封建家族的血缘继承关系和社会学术界的整体需求产生了尖锐的矛盾，藏书世家面临着无可调和的两难境地：要么深藏密裹使之留存，要么发挥社会价值而任之耗散。看来像天一阁那样经过最严格的选择作极有限的开放是一个没有办法中的办法。但是，如此严格地在全国学术界进行选择，已远远超出了一个家族的职能范畴了。

　　直到乾隆决定编纂《四库全书》，这个矛盾的解决才出现了一些新的走向。乾隆谕旨各省采访遗书，要各藏书家，特别是江南的藏书家积极献书。天一阁进呈珍贵古籍600余种，其中有96种被收录在《四库全书》中，有370余种列入存目。乾隆非常感谢天一阁的贡献，多次褒扬奖赐，并授意新建的南北主要藏书楼都仿照天一阁格局营建。

天一阁因此而大出其名，尽管上献的书籍大多数没有发还，但在国家级的"百科全书"中，在钦定的藏书楼中，都有了它的生命。我曾看到好些著作文章中称乾隆下令天一阁为《四库全书》献书是天一阁的一大浩劫，颇觉言之有过。藏书的意义最终还是要让它广泛流播，"藏"本身不应成为终极目的。连堂堂皇家编书都不得不大幅度地动用天一阁的珍藏，家族性的收藏变成了一种行政性的播扬，这证明天一阁获得了大成功，范钦获得了大成功。

五

天一阁终于走到了中国近代。什么事情一到中国近代总会变得怪异起来，这座古老的藏书楼开始了自己新的历险。

先是太平军进攻宁波时当地小偷趁乱拆墙偷书，然后当废纸论斤卖给造纸作坊。曾有一人出高价从作坊买去一批，却又遭大火焚毁。

这就成了天一阁此后命运的先兆，它现在遇到的问题已不是让不让某位学者上楼的问题了，竟然是窃贼和偷儿成了它最大的对手。

1914年，一个叫薛继渭的偷儿奇迹般地潜入书楼，白天无声无息，晚上动手偷书，每日只以所带枣子充饥，东墙外的河上，有小船接运所偷书籍。这一次几乎把天一阁的一半珍贵书籍给偷走了，它们渐渐出现在上海的书铺里。

薛继渭的这次偷窃与太平天国时的那些小偷不同，不仅数量巨大、操作系统，而且最终与上海的书铺挂上了钩，显然是受到书商的指使。近代都市的书商用这种办法来侵吞一个古老的藏书楼，我总觉得其中蕴含着某种象征意义。把保护藏书楼的种种措施都想到了家的范钦确实没有在防盗的问题上多动脑筋，因为这对在当时这样一个家族的院落来说构不成一种重大威胁。但是，这正像范钦想象不到会有一个近代降临，想象不到近代市场上那些商人在资本的原始积累时期会采取什么手段。一架架的书橱空了，钱绣芸小姐哀怨地仰望终身而未登上的楼板，黄宗羲先生小心翼翼地踩踏过的楼板，现在只留下偷儿吐出的一大堆枣核在上面。

当时主持商务印书馆的张元济先生听说天一阁遭此浩劫，并得知有些书商正准备把天一阁藏本卖给外国人，便立即拨巨资抢救，保存于东方图书馆的"涵芬楼"里。涵芬楼因有天一阁藏书的润泽而享誉文化界，当代不少文化大家都在那里汲取过营养。但是，众所周知，它最终竟又全部焚毁于日本侵略军的炸弹之下。

这当然更不是数百年前的范钦先生所能预料的了。他"天一生水"的防火秘咒也终于失效。

六

然而毫无疑问，范钦和他后代的文化良知在现代并没有完全失去光亮。除了张元济先生外，还有大量的热心人想努力保护好天一阁这座"危楼"，使它不要全然成为废墟。这在现代无疑已成为一个社会性的工程，靠着一家一族的力量已无济于事。幸好，本世纪30年代、50年代、60年代直至80年代，天一阁一次次被大规模地修缮和充实着，现在已成为重点文物保护单位，也是人们游览宁波时大多要去访谒的一个处所。天一阁的藏书还有待于整理，但在文化信息密集、文化沟通便捷的现代，它的主要意义已不是以书籍的实际内容给社会以知识，而是作为一种古典文化事业的象征存在着，让人联想到中国文化保存和流传的艰辛历程，联想到一个古老民族对于文化的渴求是何等悲怆和神圣。

　　我们这些人，在生命本质上无疑属于现代文化的创造者，但从遗传因子上考察又无可逃遁地是民族传统文化的孑遗，因此或多或少也是天一阁传代系统的繁衍者，尽管在范氏家族看来只属于"他姓"。登天一阁楼梯时我的脚步非常缓慢，我不断地问自己：你来了吗？你是哪一代的中国书生？

　　很少有其他参观处所能使我像在这里一样心情既沉重又宁静。阁中一位年老的版本学家颤巍巍地捧出两个书函，让我翻阅明刻本，我翻了一部登科录，一部上海志，深深感到，如果没有这样的孤本，中国历史的许多重要侧面将杳无可寻。由此想到，保存这些历史的天一阁本身的历史，是否也有待于进一步发掘呢？裴明海先生递给我一本徐季子、郑学博、袁元龙先生写的《宁波史话》的小册子，内中有一篇介绍了天一阁的变迁，写得扎实而清晰，使我知道了不少我原先不知道的史实。但在我看来，天一阁的历史是足以写一部宏伟的长篇史诗的。我们的文学艺术家什么时候能把他们的目光投向这种苍老的屋宇和庭园呢？什么时候能把范氏家族和其他许多家族数百年来的灵魂史祖示给现代世界呢？

● 阿城

父 亲

1987 年 3 月某晚我正在纽约夏阳的画室里，这个画室是仓库改建的，旧得好像随时要出危险，但实际上什么意外也不会发生。意外是绕了半个地球从电话里传来的：父亲病重，我立刻准备自美国离去。

从 60 年代初，家里就笼罩在父亲病重的气氛里，记得夏天我们在院子里与邻居喧哗，母亲出来制止，我们还小，还不能随时将父亲的病重放在心上。

父亲的病是在唐山劳改时染上的肝炎，由急性而慢性而硬化，之后，它将是父亲死亡的原因。在随时准备父亲离开我们的时候，"文化大革命"开始了，父亲是 1957 年的右派，是死老虎，批斗，陪斗，交代，劳动是象征主义的，表示侮辱。之后，去干校，一切都是当时的理所当然，但是，父亲在理所当然会死去的时代没有死，居然活到 1979 年。

这一年，对父亲来说是重要的一年，犹如 1957 年。我记得春节之前的某日，接到电话，晚上回到父亲家里，父亲背对着桌灯坐着，父亲工作时面向桌灯，累了就转过来，母亲说，组织部来人了，准备在春节前把全国的右派平反的事落实，这当中有你父亲，你怎么看？我只想到，钟惦棐这三个字前将要没有形容词了，但是，我没有这样说，我知道这件事对母亲是非常重要的。

母亲在1957年以后，独自拉扯我们五个孩子，供养姥姥和还在上大学的舅舅。我成年之后还是不能计算出母亲全部的艰辛，我记得衣裤是依我们兄弟身量的变化而传递下去的，布料是耐磨的灯芯绒，走起路来腿当中吱吱响，中式剪裁，可以前后换穿，所以总有屁股磨成的四个白斑，实在不能穿了就撕开由姥姥糊成布嘎渣做鞋，姥姥总说膀子疼，一年20多只鞋要一针一针地做。养鸡，目的是它们的蛋。冬日里，鸡们排在窗台上啄食窗纸上的糨糊，把窗户处理得像风雨后的庙。当时，全国的百姓都被搞得很艰难。由于营养的关系，小妹妹姗姗体弱多病；三弟大陆去和母亲拔红薯秧来家里吃，兴奋得脸上放光；四弟星座得了一次机会做客吃肉，差点成为全家第一个死去的亲人，谁都难，但不知道父亲在劳改中怎么过。我坐在椅子上，思量怎么说我对平反这件事并不看重，我怕伤母亲的心，可能父亲也会生气，这毕竟是改变了他一生的事情。

而且父亲是右派这件事，也对我们很有影响，大哥里满不能上高中，因为我们这样的子弟是不能上大学的，而高中是为上大学做准备的。大哥是读书的人，成绩总是很好，我至今不知道此事对当时十几岁的他在心理上有何影响；但父亲执意要大哥再考高中。我想，这是一种寄托。大哥1978年从插队的地方考上大学，父亲在给我的信中只陈述了这一事实，不知道父亲写信时于灯下还想到什么？

18岁那年，父亲专门对我说：咱们现在是朋友了，因为这句话，我省出自己已经成人。中国古代的年轻人在辟雍受完成人礼后，大约就是我当时的心情：自信、感激和突然之间心理上的力量，于是在这个晚上，我想以一个朋友的立场，说出一个儿子的看法。

310

于是我说：如果你今天欣喜若狂，那么这 30 年就白过了，作为一个人，你已经肯定了你自己，无须别人再来判断。要是判断的权力在别人手里，今天肯定你，明天还可以否定你，所以我认为平反只是在技术上产生便利，另外，我很感激你在政治上的变故，它使我依靠自己得到了许多对人生的定力，虽然这 20 多年对你来说是残酷的。

父亲笑着说，我的党龄现在被确定为 40 年，居然有一半时间不在党内，你妈妈今天炖了锅牛肉，你去街上看看还有没有切面卖，我们吃牛肉面。母亲也很高兴，叙说着今天的牛肉是托谁才买到的，父亲就问有没有蒜，牛肉面没有蒜怎么成！

1979 年以后，父亲开始大量地写文章，发表在那年的《文学评论》上的《电影文学断想》，使很多人省悟到他还活着，中国电影出版社要将他 1957 年以前的文章结成集子，父亲于是让我去搜寻一下，北京图书馆的报和刊分两处借阅，我刚从乡下办回城里，没有工作，就终日跑了东城跑西城，国家图图书馆是不做索引的，只能逐日翻所有报纸的所有版面，刊物好多了，可以查目录，父亲以一篇《电影的锣鼓》被毛泽东亲自点名，我当时 8 岁，回答不出老师的诘问、学舌说爸爸是坏人，不会讲敌人，因为不明白敌人是什么意思。20 多年后，我才亲眼看到这篇文章，复印了拿回去给父亲看、父亲亦有他的感触，出版社怕得罪某某人，将书名定为《陆沉集》，父亲要用《电影的锣鼓》，最后只有妥协。一个搞地震的朋友，险些上当，经我提醒，才没有买去做工具书。

父亲的家里，开始有许多人来了，母亲见到某些面孔，提醒他警惕，父亲明白，感慨门可罗雀和门庭若市的变化，但还是来了请坐，提供所需。父亲认识许多死去的人，他说起 50 年代去看老舍的《青年突击队》首演，老舍在应酬之间，低声对父亲说：这样的戏你还来看！他讲过不少赵丹的事，但只写了一篇短文《赵丹绝笔》，与赵丹的《管得太具体，文艺没希望》同慨。我曾和父亲议论过外行领导内行的问题，我认为应该是外行领导内行。内行做内行的事，擢其做领导，岂不使之成为外行？岂不浪费？古人说：无能故能使众能，无为故能使众为。父亲说，论起罗织罪名，显隐发微，还得内行，这样的内行当领导，最能伤筋动骨，而外行顶多闹些"关公战秦琼"的笑话，以求少伤害计，实在应该外行领导内行。我很少发宏论，但常说"我认为"，父亲就讲起他在干校每每作检查时说："我认为"，于是遭到批判：极端资产阶级个人主义，检查的时候还在说"我"认为！父亲很感激一个在干校被定为历史反革命分子的人，这个人见父亲的交代总不能通过，便拿去修改一番，于是父亲的交代不但通过，而且还被视为其他各种分子的临时榜样。父亲询其故，这个人说，我从前在国民党的报纸做事，看家的本领就是这样写文章呀。父亲又很可惜全国的交代材料都被销毁了，认为应该选出一套"交代文学"来。巴金建议成立文化大革命博物馆，父亲说，其中可以陈列各种交代材料，我附议必须编一本文化大革命词典，否则后人会很难释读这些交代，例如"交代"；而且副词连用"最最最"会让后人认为祖先有一个时期都是结巴，于是给后世的古人类学，考古医学，训诂学的研究都造成困难。父亲大笑。父亲身上有两样令我羡慕，一是笑，二是鼻子。在我还不能从理论上辨别对父亲的判决时，只有从父亲的笑声里认定他不会是坏人。父亲的鼻子，从相术讲，不但隆中，而且悬胆，但父亲的际遇却总是不配合他的鼻子，我想，这和他与电影的关系不无影响。电影发明了才一百年，相术还不能归纳它，但也难说，靠电影发迹的明星大部分与相好有关。

每年总有几部影片出麻烦，我向父亲请教其中原因，父亲说，电影是唯一能进中南海的艺术，唯其能进，所以麻烦。我亦对电影剧本必须文学化不赞同，父亲说，那你叫只懂章回话本的审查者怎么明白你要拍什么呢？我于是明白父亲是知其难为而为者，再好的鼻子也救不了他。母亲常常愤怒于父亲的不休息，我想我理解父亲，某种人是不能休息的，休息对他们意味着放弃，于是，死亡就显现了。

纽约大雪，美国不大兴送人到门口的，所以夏阳在门外挥手，令我错觉，以为已身处北京，转头便可去医院看父亲，互相说笑话，于是父亲大笑，而且说：洗澡把。

《红楼梦》结束于大雪，猩红的斗篷，两行脚印一个人，离去时留下的，不似曼哈顿街头如斯散乱。

父亲3月20日去世，因为太平洋上那条人为的国际日期变更线，我在理论上和实际上都迟到了一天。

火化前，来人川流不息，其中有真正希望父亲消失者，这使得父亲像一个军人，但父亲只是一介连洗澡都不好解决的中国书生。夏天，用布围住院子的角，提水来洗；冬天，公共澡堂像医院，等叫到才挤得进去。父亲年纪大了，我陪他去，以防晕倒。在热水里，父亲紧闭着眼睛，舒服得很痛苦，我这时想问什么是人生最大的幸福，又怕他忍不住失言。父亲凡开会住可以洗澡的旅馆，必通知许多同命运者去洗澡，然后大家头发湿湿地坐下来谈洗澡以外的各种事。父亲住医院，也如此办。护士对湿头发的探视者并不奇怪。沐和浴在中国从上古就是与身体最密切的事，除了饮和食，而且严肃到与心有关。汉以后，日本学去不少沐浴的制式，愈洗愈有名堂，父亲访问日本回来后，我问观感，父亲说：随时可洗澡；再问观感，说：胜得好惨。虽然有中国电影艺术研究中心在主持料理父亲的后事，北京电影制片厂遣专人协助，各地电影制片厂仍欲来人，母亲说不出的感激，一一谢绝，吴天明还是从西安电影制片厂遣人助理，此时他环臂立于灵堂之外，不发一言。陕西人是自古见中国事最多的人之一，他明白这个书生生前做过什么，希望什么，遗憾什么。

我与大哥去捡拾父亲的骨殖，焚化炉前大厅空空荡荡，遍寻不着，工人指点了，才发现角落里摆一铁箕，伏下身看，父亲已是灰白的了，笑声不再，鼻子不再，只有熔化的眼睛，滴落在额骨上。

　　父亲的像前无以祭，唯有《电影的锣鼓》、《陆沉集》、《起搏书》、《电影策》这几本他的心血文字。

● 肖重声

俺　婆

　　辛酉年除夕，我从西安赶回终南山下的老家。刚进门，瘫痪在床的老父亲就叮咛："先去给你婆烧几张纸。"噢，是的，祖母去世已经 4 年了，过年上坟，请她老人家回来和儿孙们一起欢度春节，照例是我这已到中年的孙子的责任。我引着几个堂弟堂妹，来到村东的义坟，虔诚地跪在祖母坟前，一张一张地拆开纸钱，边烧边祷告："婆唉，明日就过年呢，给您送些钱用，家里年货都办好了，请您也回去过年！"冷风悠悠地吹着，纸钱呼呼地燃着，像雪花一样在空中轻轻飘荡着，这时候，我朦朦胧胧地觉得，仿佛祖母的在天之灵，真的随着飘扬的轻灰，来到了我们面前，要和我们一起回家过年去了。也去上坟的一个乡党开玩笑说，"你是当干部的，咋也信迷信呢？"我嘿嘿地笑着，不回嘴。我并不认为逢年过节为祖母上坟烧纸就是迷信，我愿遵从家乡这古老的风俗，来寄托对祖母的绵绵思念。

　　当我能够记事的时候，家乡已经解放了，而祖母也是年近花甲的老人了。但在我的印象中，她像个中年妇女一样，走路总是"刚偬刚偬"的，身上好像有使不完的劲儿，里里外外，忙个不停。她的瞌睡似乎特别少，总是天不亮就起来帮妈妈做饭。半夜

315

里，当我一觉醒来，有时还听见她的纺车在吱吱咛咛地响。晚上，她搂着我睡，常常给我讲些她和爸爸在旧社会的苦情日子，每当这时候，她眉头紧锁，脸上显出痛苦的神情。

"咱屋里那个时候，可怜得很！"她爱以这句话开头。民国18年，关中遭年馑，几料不收，爷爷饥寒煎熬，一病不起，留下了五个孩子。爸爸是老大，当时也只有16岁。两个大大和两个姑姑，有的拖着鼻涕，有的还嗷嗷待哺。全家的生活重担，全压在祖母和爸爸肩上。母子二人除耕种二亩薄地外，就是没明没黑地推豆腐磨子，靠卖豆腐接济生活。就这样，一把眼泪一把糠菜，总算把大大姑姑拉扯大，总算从苦水里硬撑过来了。她像其他从苦水里泡出来的老人一样，把晚年能够过上几天舒心日子的希望，寄托在儿孙们身上。当给我讲完苦难的家史，她总是半开玩笑半认真地说："婆日后就指望吃俺娃的孝顺哩！"我觉得祖母和爸爸妈妈太可怜了，不由得鼻子发酸。从此，我幼小的心灵里，像压着一块石头一样，老觉得沉甸甸的。我常暗暗发誓，长大后挣下钱，一定要好好孝顺祖母和爸爸妈妈。说来有趣，就在我上小学六年级的时候，胡诌了一首短短八句的诗，在县报上发表了。我拿出一块五毛钱的稿费，首先给祖母买了一斤点心。当我兴高采烈地把点心提回家，大叫一声："婆，我给你把孝顺拿回来了！"这时候，祖母脸上满是欣喜和惊讶，连连说道："俺娃有心！俺娃有心！"

在我的印象中，祖母爱嘟囔。她自己辛劳一生，也看不惯孙儿们偷懒贪玩。有时放了学，我不去拾柴、割草，而要去蹦弹球、跳河渠，祖母免不了要数落我的不是。每逢那种场合，我便借用家乡的一句乡谚来顶她："婆婆嘴碎，媳妇耳烦。"她骂我："橡皮脸！"我接着说："拿刀砍！砍不烂，没法办！"这样惹得她又好气又好笑。不过，祖母从来没有动手打过我。爸爸不同，他生就的火暴脾气，遇到我做错了事，一吼二骂三打。他有时吼

316

叫一声，会吓得我打战。骂我时，我爱顶嘴，这样，免不了要挨几个"抹脖子"。而我又生来"壳子硬"，逢到挨打时，一不学乖求饶，二不号啕大哭，三不拔腿跑掉，硬撑着让爸爸往死里打。这样，惹得爸爸更为生气，又是脱鞋，又是找绳子，发誓要把我"超生"了。这时候，祖母便来拉挡说："小娃家知道个啥？跟娃照啥亮呢（照亮，计较的意思）！"有时，她还会指责爸爸："跟你爸一个样，争冷撑倔！"由于祖母充当保护伞，使我少挨许多打。被父亲打过之后，祖母又会找来担笼和镰刀说："你看你爸多可怜，黑不当黑明不当明，为了谁？还不是为了你们姊妹长大！你要是听你爸的话，焉能挨打？"我在委屈伤心之中，也觉得祖母说得有理，这顿打挨得应当。于是，乖乖地干活去了。

家庭生活的窘迫，使我过早懂得了世事的艰难，人生的不易。自打上初中后，我就常常想，如果能分担压在父母肩上的重担，也不枉活了十几岁！看到家里烧柴很困难，我便提出星期天要和大大一起进终南山去割茅柴。祖母坚决反对："山里路难走得很，俺娃不去！"但父亲同意了，她也没办法。我头次进山割柴，带着干粮，一口气走了几十里，天刚明就到了柴坡，到晌午时已割到了两大堆，由大大给我捆成"背子"（能背在身上的柴捆）。如果说大大的柴背子像座高塔，那么我的柴背子就像座小塔，背在背上很不好走路。在下一座几丈高的陡坡时，大大转过身来，小心翼翼地一步一步踩着脚窝下去了，而我却不敢背身下坎，照直前行，结果柴背子被陡坡绊住，连人带柴翻下坡去。虽说滚了几丈远，但却没有摔伤。回到家里，祖母听大大说我滚坡了，吓得大哭，围着我团团转："俺娃可怜的，叫婆看把俺娃哪里摔伤了？"她还抱怨父母："我说不叫娃去，你们看咋着？你们不心疼，我还心疼呢！"她看我不过是划破了衣服、手脸，才长长地舒了一口气，说："俺娃命大，神保佑俺娃着呢！"晚上，祖母和爸爸妈妈还到村外的魁星楼下，为我叫魂。祖母怀里搂着我的一件衣裳，边往回走边喊："俺娃哎，回来哟！""回来了！"父母在身后回答。回到家里，祖母郑重地把衣裳披在我身上，嘴里还不停地喃喃自语："俺娃回来了！回来了！回来了！"我暗暗觉得好笑，因为我虽然受了惊，但并没有吓掉魂。我觉得那不过是一次锻炼而已。其后不久，我在周日就照样和村里的青年人上山割柴，祖母挡不住我，只好叹口气说："跟你爸一样，犟牛！"

三年困难时期，我真担心祖母是否能熬得住。和祖母同辈的大爷、二婆两位老人都因吃不到嘴里，活活地饿死了。爸爸妈妈精心侍候祖母，全家人宁愿吃糠咽菜，而把白面留下给祖母吃。每当妈妈给祖母端来面片，祖母总是眼泪花花地说："来，婆给你挑一点，婆活够了俺娃还要长的！"我无疑是坚决不吃。星期天，我不是上山去采神仙粉（一种含淀粉的树叶），采野果，就是领着弟妹下地挖野菜，有时也剥大路两旁的榆树皮。那时，我正上高中，从家里拿粮给学校交，家里缺粮吃，我每天只能平均六两粮。到了1962年夏天，终因身体虚弱，患了广泛性漫延性的肿胀与溃烂，住了半年医院，咽喉、皮肤等处治好了，而眼睛仍未治好。回到家里，祖母看到我双目难开，行走要人搀扶，非常难过。有几次，她对我说："咋不把婆死了呢，只要俺娃的病能好！"我不满地说："婆，你咋说这话呢！"她就哽咽起来，说："就得有个神仙，把俺娃的病一把抓！"她和爸爸妈妈四处打听治眼的良方。曾请人用谷草叶子给我拉过眼内的"风疮"，也曾请当地的游医给我洗过眼，看着不见效，也不知道从哪里又请来了"马脚"（巫神）。她知道我不信神，就对我说"娃呀，不信神就没神，信神就有神，你不信神，婆信呢，人家都说这马脚灵验得很，说不定能顶事！"我看祖母和爸妈一片好心，也只好不吭声，但这样终究不顶事，后来还是得请当地的中医治疗。

318

记得半年时间内，曾换过好几个大夫，总共吃了一百多服中药。每天一服，早晚各煎一次，都是祖母的事情。她蹲在灶火里，用麦秸草慢慢地熬着药，被熏得满面烟尘，汗水直流。晚上睡在床上，她常常喊腰酸头疼。眼病长期不愈，我心情烦躁，便自作聪明，偷着给自己开药方抓药吃。祖母发现后，说我胡来，我不但不听，还使凶耍气。祖母伤心地哭了，说："我把你服侍来服侍去，你还是这样子，没一点良心！"看着祖母老泪纵横，我感到十分内疚，也就抽泣起来。祖母一看我哭，又忙阻止我："眼窝本来不好，还哭！再哭，就等于把药倒到沟里去了。"我因病在家一年，算是把祖母折腾扎了，每想起这段往事，我都会不自觉地感到难过了。

1964年夏天，我在眼病未愈的情况下，挣扎着考上了大学。但家庭经济紧张，缺少零用钱，有时得向亲友伸手，有时甚至弄得像个叫花子一样。奶奶常常念叨我，说我在学校里念书可怜，身架大，吃不饱。每当周六回到家里，她都要说："看俺娃可怜的，变得又瘦又黑。"她尽可能地给我做些好吃的，改善一下生活。她住的房子的墙壁上有个窑窝，亲戚儿孙们孝敬给她的一些好吃的东西，都放在里面。当我坐在她床前的时候，她就要在窑窝里摸呀摸的，摸出一块点心来说："婆给俺娃还抬（藏、留的意思）了一个点心！"也可能我从小没有吃过糖果糕点之类的东西，长大了也没有吃这些零食的习惯，就只好老老实实地说我不吃。祖母一听到"不吃"二字有些迷惑不解，也有点不太满意，说我是个"瓜娃"。吃饭的时候，她端出一口盛着酱菜的陶钵，要我尝尝，我知道那酱菜跟点心一样，也是亲戚和家里专门买给祖母吃的，就推辞说："我爱吃芹菜浆水，不爱吃酱菜。"有时候实在拗不过祖母，就用筷子头夹上一两丝尝尝。这时，祖母脸上会露出欣慰的笑容。后来，我也卷进了"史无前例"的风暴，起初被封为"天兵天将"，一夜之间又被骂成"臭老九"。毕业时间到了。不但不给分配工作，不给发工资，而且社会上风传我们这类人有可能卷起铺盖回家。这种时候，祖母再让我尝点心、酱菜，我只好苦笑一声，心里真不知道什么滋味。想起"年过二十五，吃饭靠父母"，我还有什么心情再来尝祖母的酱菜呢？

当我作为"旧制度的牺牲品，新制度的试验品"之一员，终于被扫地出门的时候，祖母已是年近八旬的老人了，她没灾没病，能行能走，胃口也还好。看到她身体还这么硬朗，我打心眼里感到高兴，我想这是她终生辛勤劳动，抵御了疾病侵袭的结果。当她得知我要到大巴山区工作的时候，忧心忡忡地说："山里可怜，你在那里咋样过得惯呢？"我向她解释了受锻炼的意义，并且不无感慨地说："婆，天下哪里黄土不埋人！"奇怪的是，直到把我送出村，祖母一直没有提起要吃我的孝顺的话。我憋不住了，自豪地说："婆，你总算等到了，这下子能吃上孙子的孝顺了。"不料祖母并未笑逐颜开，反而伤神地说："看你可怜的这个样子，连件浑（完整、完好的意思）衣裳都没有，婆不吃啥孝顺也过得去，你先给你置点东西。"临分手的时候，她又一再叮咛我："你甭给婆弄啥，你给婆能引回来一个孙子媳妇就行了。"我听了祖母的话，只好戚然一笑，心里不免作酸。祖母疼我一生，倒为了她的什么呢？还不是为了我这个不肖孙！我到紫阳之后，领到第一个月的工资——四十二元五毛钱，首先想到的是在家里苦熬日月的祖母和爸爸妈妈，缺盐少油没钱用，我给自己留下伙食费和零用钱，把其余的给家里寄去了。过年时，当我提着茶叶、糕点、罐头之类东西回到家的时候，祖母首先问我找到爱人没有。晚上，我照样像儿时一样，和祖母睡在一起，唠唠叨叨地说长道短。祖母叹息着说："你早些给婆把媳妇领回来，婆比吃啥都香！"

我最后一次见到祖母，是在松潘地震前夕。我和爱人抱着刚满一岁的小女儿回到家里住了几天。祖母已是84岁的老人了，那灰白色的头发，稀稀疏疏地，在脑后绾了个结子。脸比原来能胖点，但皮肤的颜色却要灰暗得多，她耳不背，眼不花，说话口齿清楚，但腿脚已经不利了，走路拄着拐杖，还颤微微的，她已经不做活了，每天只是坐在炕上养神。松潘地震的那会儿，我正爬在炕沿看书，爸爸突然喊着道："地动呢！"我抬头一看，电灯果然在晃动，当我们冲出屋子跑到院子后边的时候，我忽然想起："俺婆呢？""在屋子里！"爸爸答道。原来祖母单独住在一间厦房里。我放下孩子，冲进屋子，昏暗中，看到祖母坐在炕上正扣纽子。我一把抱起她，跑到后院，放到竹躺椅上。祖母上气不接下气地说："我窑窝里还有……"爸爸说："算了，这会儿还能顾上东西！"我知道祖母丢心不下那些孝顺，又一次冲进屋里，一股脑搂起窑窝里那些包包盒盒，瓶瓶罐罐，送到祖母面前。当时，大风呼呼地吹着，天上一片昏黄，西南方向的远山背后，不断地有红光闪现。我们给地上铺一些麦草，就这样睡在后院里，直到天明。第二天，我们假满离家，看到三个老人孤零零地待在家里，心中着实难过。奶奶坦然地说："七十三，八十四，阎王叫你商量事。婆今年是过不去了。婆也活够了，把你们姊妹的福也享了，也能丢心下了，俺娃去吧。"后来听弟妹们说，由于地震一直闹腾个没完没了，人心惶惶，亲戚们都先后到家里看望祖母。大家对祖母说："您老人家这一辈子算是活够阳寿了，前半辈子受了苦，后半辈子儿孙一大帮，五世同堂，把娃们的福也享够了，村里哪个老人比得上您呀。您还有啥丢心不下的？早些死了好，要不，再一地震，把您那口枋震到地底下去了，想再做一个，还找不下那么好的料呢！"这些话颇能打动祖母的心，她确实舍不得儿孙们为她准备的那口五寸厚的红漆棺材，便在担惊受怕中，于阴历十二月初九停止了呼吸。据说，祖母咽气时，神态安详，脸上还像挂着笑容。她可能为她这一辈子艰苦奋斗，终于使自己和儿孙们能够像人一样活着，而感到欣慰吧。爸爸妈妈按照家乡古老的风俗，为祖母举行了隆重的葬礼。遗憾的是，家里考虑到我远在千里之外，没告诉我祖母去世的消息，我也就没能为祖母守灵曳孝……

夜深了，院子一片寂静，我却难以合眼。眼前总浮现着祖母那慈祥刚毅的面容，仿佛她就在自己身边。是的，祖母回家来了，她被我们请回来过年来了。这会儿，她就在堂屋里坐着——明亮的电灯，映照着长桌正中祖母的遗像。那是我前些年亲自为祖母拍摄的。祖母手扶拐棍，从容地坐在一把椅子上，亲切地含笑注视着我们。天色未明，早饭就做好了——我们家乡过年时早饭都是吃长面，我和弟弟端了两碗香喷喷的臊子面，恭恭敬敬地献在祖母面前，仍像祖母活着的时候一样，笑嘻嘻地亲昵地高声喊着："婆，今日过年呢，请您吃饭吧！"

●李天芳

打碗碗花

　　小的时候，离我家门前不远，有条水渠。这水渠从哪里来，往哪里去，我都说不清了。只记得顺着水渠走去，穿过一堵破旧的土城墙，就可以望见碧绿的麦田，斑驳的菜地，以及呆呆地卧在那里的村子了。

　　最使人难忘的是水渠边那块荒地。不知哪个朝代留下的石人石马，怪模怪样地站立在荒地上。因为无法耕种，它便成了小草和野花的世界，也成为附近的孩子们的宝地。在我的记忆中，这宝地上的野花，总是灿烂，红、黄、蓝、紫，竞赛似的一茬接一茬，仿佛终年不断——除非小渠结冰了，雪花淹没了大地。

　　有一次外婆牵着我从水渠上经过，老远地就望见草地上新冒出来的野花开得一片粉白，走到近处，才看清那花儿生得十分异样，粉中透红的花瓣连在一起，形成一个浅浅的小碗，那"碗"底上还滚动着夜里的露珠。多么新奇、多么有趣的花儿！我挣脱外婆的手，蹦跳着去摘那些花。不想外婆却急忙扯住我，连声不迭地说：

　　"不敢，不敢，那是打碗碗花——"

　　好怪的花名呀，我第一次听到它。

"——谁折它，它就叫谁打破饭碗。"

我被唬住了。花里头有好看、不怎样好看的；鲜亮的、不怎样鲜亮的，我可从来没听说有让人专门打破饭碗的。我将信将疑地看着外婆，她脸上的神色是严肃的、郑重其事的，并且絮絮叨叨地说起来，谁家的孩子打破了一只老碗，谁家的孩子打破了一只花盘，全都因为这打碗碗花——她千叮嘱万叮嘱，让我当心，再也不要碰这打碗碗花了。

又有一次，一伙女孩在草地上耍亲亲家。几个大点的女伴，要我做她们的"娃娃"，着意地打扮我，七手八脚地往我的头上插花。我站渠边一照，水中间映出满头是花的我——那一色的黄绒绒的小花，蝴蝶似的在我的头发上悠悠颤动。我大约以为那样很美，玩过之后也舍不得取掉，洋洋得意地顶着一头的黄花回家去了。

走进家门，外婆大惊失色。她一边吼喊，一边扭动着小脚朝我跑来："天爷爷呀，你不想要头发了，咋敢把这秃子花戴一头……"

待我弄清，这种叫秃子花的花蕊如果落在头发上，头发就要脱落，变成一个秃头的时候，我的惊惧比听到打碗碗花大过十倍。谁家的姑娘不珍爱自己的头发？何况是我——大人们常常嘲谑地议论我，眼睛如何地小，鼻子如何地塌，脸又如何地像个柿子杷杷。只有一头乌黑发亮的头发，倒是经常惹人夸奖。假若连这头发也脱光了，那我还有什么可宝贵的呢？我急得差点哭出来，外婆一边麻利地拔掉我头上的花，一边把那些花朝树上的喜鹊扔去，咒语般地喃喃说：

"叫喜鹊戴花去，叫喜鹊脱成一个光秃秃去……"

过了一些时候，外祖母的警告和由此产生的不安，逐渐地淡漠起来，而好奇心却强烈地鼓动我，想要看看打碗碗花究竟怎么个打碗？秃子花究竟怎么个秃头？难道它真会使人手中的碗叭地一声落在地上，打得粉碎吗？难道它真会使人满头黑发一根根地脱掉，变成一个秃和尚吗？

吃饭的时候，我把一束打碗碗花藏在布衫底下，端起碗，一声不吭地嚼着饭。我紧张极了，真担心手中的碗会像变戏法那样骤然打碎。但一顿饭吃毕，那碗却安然无恙，丝毫也没有要破的意思。我又用同样的办法得知，秃子花也并不伤害人的头发——这个重大的发现，使我小小的心如释重负，我再也不肯听信外婆关于打碗碗花、秃子花的话了。倘若她再要提起，我便自信不疑地回答：

"打碗花——不打碗，秃子花——不秃头！"

但我始终不能明白，人们何以要把这样一些丑恶的名字加给它们，须知那原是一些美丽的、可爱的花朵呀！

我的母亲常常为之叹息，她因为无法照看我，不得不把我丢在乡下，让外祖母做了我童年的启蒙教师，因而把许多诸如打碗花、秃子花之类古老的、带着迷信色彩的观念灌输给我。我被早早地送进了学校。

念书了，自然没有许多工夫再到渠边和宝地上去。随着年龄的增长，关于打碗花、秃子花的事，也像黎明前的星辰，渐渐地隐没了。但有时候，一些完全不相干的事，却常常触动儿时的记忆，使它突然蹦出来，变得十分鲜明。

有一天，我捧着一本书看，看得入神了，忘记吃饭。母亲走过来，拿过我的书，她瞥见那书皮上的名字，顿时脸色都变了，惊恐万状地说：

"你怎么还读这样的书？"

这是什么样的书，我并不完全清楚。只记得第二天的报纸上，赫然刺目的大字批判这本书和作者，以及别的书和作者。在"四害"横行的日子里，这样的文字充斥了所有的出版物，让人看后，背透冷汗。

图书馆开始了大检查，凡属这样的书，都拣出来，扔进火堆里去了。母亲千叮嘱万叮嘱，让我当心，再不敢贸然地乱读这些书了。她的焦急和不安，一如当年外祖母看见我手摘打碗花、头戴秃子花一样，仿佛这书里每一个字都含着毒汁，一碰它就会使我浑身肿起来。

　　但是我忘不了那些书，它们是那样吸引我，打动我。尽管大火毁去这些书的大部分，但仍然在青少年中暗暗流传。每当这种时候，不知怎的，我会猛然地想起打碗花、秃子花来。难道这些书籍的命运也和这两种野花是一样的吗？

　　我因为胡乱地读书，也胡乱地偷偷地写起文章来了。这文章要让真正的作家笑掉牙。就连我自己，每每看见它变成铅字的时候，总是满面羞愧。我们那里写文章的人常常说：别人的婆娘，自己的文章——我可从来没有过这种自豪感。但是六十年代那场政治风暴中，它却给我带来大祸。我们那个仅有几十人的小天地，因为再没有更多的"文化"，便从我的那点可怜的文章揭开本单位"文化大革命"的序幕。

　　我更惊愕地看到，许许多多如庞然大物般的著作家们，因为他们的著作，一个个被削职流放——将饭碗打得粉碎；一个个被剃了脑袋——比秃头更难看的那种半阴半阳的头；更有严重者便进了监狱，丢了性命。

　　不知怎的，我又一次想起打碗花、秃子花来。难道他们被称之为毒草的著作，真的像人们说的这种野花一样，使它的主人不可避免地要遭此厄运吗？假若这种危难也落在我的头上，难道真是因为我儿时摘了那种危险的花朵吗？

　　我格外地怀念起已经过世的外祖母来，后悔没有认真地听从她的劝告。我多么热切地盼望，她能像从前一样，扭动着小脚跑过来，咒语般喃喃着，将眼前一场灾难化为乌有呵！

　　今天，这一切连同儿时的记忆，又一次变为遥远的事了。

我欣喜若狂地看到，那些被不公正地诬为打碗花、秃子花，而实际是带着露珠的、很美丽的花朵，都得以在祖国的土地上，重新开放，自由开放。生活似乎在提示：真正的美，具有不衰的生命，而不管你曾经把它称作什么。

花儿似乎应该竞相开放，不必再担心人们给它加上什么丑恶的、难听的名称。

培花人似乎应该大胆栽培，不必再担心手中花朵使他们打碎饭碗、秃了头发。

但愿我关于打碗碗花的记忆，永远成为过去！

种一片太阳花

差不多没有人不喜爱花，但谙于花道、又长于种花的人并不多。我就是个只爱花，而不会养花的人。

这原因也许是多方面的。年幼时，生养我的家乡，是个草木落地生根的地方，常年四季，所到之处都有鲜花开放。成年以后，在北方的山野为民，虽然寒冷的气候和瘠薄的土地，都不利于绿色生命的繁衍，但出门是田地，举目是山坡，夏花秋叶还是比比皆是。

来到机关后，山川和土地远了。机关的四合院，构筑方整，屋舍俨然。半世纪前，据说曾经是大军阀的公馆。为了舒适，也为了阔气，室内的地用木板镶了，室外的地用青砖铺了。偌大的一个院子里，竟难找到五谷和花草赖以生长的泥土。

春天，别处的草青了，树绿了，这里，映进眼帘的却是一片单调的砖瓦色；夏天，烈日当空，砖铺的院地像火炉那样散发着热，叫人焦躁难忍。此情此景，促人强烈地生起对于色彩的渴望。渴望郁郁葱葱的树，斑斓多姿的花。

有这念头的似乎还不止我。于是大家动手，揭掉砖头，垒起花墙，收拾出一块长方形的花圃。

种什么呢？我和同事们面对一方泥土，七嘴八舌地讨论起来，认定不能太娇，也不能太雅，太娇太雅都不是我们侍弄得了的。末了，一致地想到太阳花。

银粒儿一般的种子撒下去以后，天天有人俯着身子瞅它、盼它。可是大半月过去了，竟丝毫没有动静。有人说种早了，有人说埋深了。正在各种判断莫衷一是时，它破土而出了。

新出的芽儿，细得像针，红得像土，几天之内，就抽出很圆的杆，细圆的叶。叶和杆都饱和着碧绿的汁液，嫩得不敢碰。很快的，叶叶秆秆密密麻麻连成一片，像法兰绒一般，厚厚地铺了一地。

当案头的文稿看得双目昏花时，走到院里来，看一看这绿茵可爱的太阳花，对于困倦的眼睛，是一种极好的休息。

一天清晨，太阳花开了。在一层滚圆的绿叶上边，闪出三朵小花。一朵红，一朵黄，一朵淡紫色。乍开的花儿，像彩霞那么艳丽，像宝石那么夺目。在我们宁静的小院里，激起一阵惊喜，一片赞叹。

三朵花是信号，号音一起，跟在后边的便一发而不可挡。大朵、小朵、单瓣、复瓣，红、黄、蓝、紫、粉一齐开放。一块绿色的法兰绒，转眼间，变成缤纷五彩的锦缎。连那些最不爱花的人，也经不住这美的吸引，一得空暇，就围在花圃跟前，欣赏起来。

从初夏到深秋，花儿经久不衰。一幅锦缎，始终保持着鲜艳夺目的色彩。起初，我们以为，这经久不衰的原因，是因为太阳花喜爱阳光，特别能够经受住烈日的考验。不错，是这样的：在夏日曝烈的阳光下，牵牛花偃旗息鼓，美人蕉慵倦无力，富贵的牡丹，也早已失去神采。只有太阳花对炎炎赤日毫无保留，阳光愈是炽热，它开得愈加热情，愈加兴盛。

但看得多了，才注意到，作为单独的一朵太阳花，其生命却极为短促。朝开夕谢，只有一日。因为开花的时光这么短，这机会就显得格外宝贵。每天，都有一批成熟了的花蕾在等待开放。日出前，它包裹得严严紧紧，看不出一点要开的意思，可是一见阳光，就即刻开放。花瓣像从熟睡中苏醒过来了似的徐徐地向外伸张，开大了，开圆了……这样一个开花的全过程，可以在人的注视之下，迅速完成。此后，它便贪婪地享受阳光，尽情地开去。待到夕阳沉落时，花瓣儿重新收缩起来，这朵花便不再开放。第二天，迎接朝阳的将完全是另一批新的、成熟了的花蕾。

这新陈交替多么活跃，多么生动！也许正是因为这一点，太阳花在开花的时候，朵朵都是那样精神充沛、不遗余力。尽管单独的太阳花，生命那么短促，但从整体上，它们总是那样灿烂多姿，生机勃勃。

人们还注意到，开完的太阳花并不消沉，并不意懒。在完成开花的任务之后，它们将腾出空隙，把承受阳光的最佳方位，让给新的花蕾，自己则闪在一旁。聚集精华，孕育后代，把生命延续给未来。待到秋霜肃杀时，它已经把银粒一般的种子，悄悄地撒进泥土。第二年，冒出的将是不计其数的新芽。

太阳花的欣赏者们，似在这里发现了一个世界，一个科学的、合理的、公平的世界。他们像哲学家那样，发出呼喊和感叹：太阳花的事业，原来是这样兴旺发达，繁荣昌盛的呵！

太阳花给予的启迪，无疑是有益的。

为了这，我们院里的劳动者说，来年春暖时分，还要种一片太阳花！

雀　巢

　　天气转暖，安置在厨房里的铁炉和那根伸出窗外的烟囱，便成为累赘之物，碍手碍脚的。我和丈夫准备将它拆下来。正待动手时，发现麻雀从那里飞出飞进，居然在铁皮烟筒里造了窝。我丈夫依着乡下人的观念，拍手叫道："好兆头！"而我则惊叹麻雀的聪慧。在这座钢筋结构的大楼上，它竟能为自己衍繁子孙找到这么一个好地方，既省工省料，又安全温暖，智商实在不低。从此，我们便打消拆除烟筒的念头，一任麻雀去营造它的安乐窝。西安的春天是在乍暖还寒，反反复复中来到的。冷的那一阵，房间的暖气也停了，很不舒服，很想将厨房的炉子再生起取暖，但想起烟筒里有麻雀的家便一忍再忍地抗过去了。麻雀仿佛感谢我的好意，在繁忙辛苦的劳作中，时时给我以友情的信息。从外边飞回来时，它那坚硬而发亮的尖嘴巴，或衔一根枯草，或是一截干枝，远远地停在阳台边上。对我左顾右盼，蹦蹦跳跳，活像一个微型的和平鸽，一个小精灵。

　　丈夫笑我是鸟道主义者。鸟道主义不像人道主义那样险情四伏，动辄招惹麻烦，我便欣然接受。但不管什么主义，动物的世界里，我顶喜欢的还是飞鸟，从气质高贵的天鹅，到普普通通的麻雀。它们和人共天共地共山水，既不像虎狼那样咄咄逼人，本性残酷，也不像猴类那样过于乖巧，一味地模仿人讨好人。鸟儿

330

就是鸟儿，本本色色，不亢不卑，既随和可亲又潇洒自在。人类不和鸟类交朋友实在没有理由。

　　说来不巧，其时我也在造窝——为了将厨房的面积拓宽两三平方米，我打算将厨房外的阳台用玻璃封闭起来。我们住的楼房已经盖了十年，以今天的标准看大大落后了，没有客厅，厨房和卫生间的面积极小，处处感到窄狭。人只有住进楼房，悬在空中，才深感土地的重要，才懂得寸土必争是什么意思。封闭阳台的愿望就这样在心里藏了很久。

　　住在我们这座大楼里的人，会写文章会写书。他们凭一页纸一杆笔，编织故事，描画人物，呼风唤雨，操纵生死。用机关门口卖鸡蛋大嫂的话说，"能把有的没有的，碎芝麻烂豆子的事写成一大篇"，但面对一方小小的阳台却一筹莫展。不仅是花不起钱，更重要的是受不起那个麻烦。周围工人们的住宅，总是一搬进新楼先封闭阳台，前边封了封后边，变戏法似的，一夜就成了，大玻璃在太阳底下明晃晃地耀眼，叫人好不羡慕。后来机关说要给大家代劳统一制作，人人喜出望外，只是因为没有这笔资金，要自筹材料，比如拆了旧房伐了树方可兑现。自此大伙眼巴巴地盼着。只见前后院里的树伐了一棵又一棵，旧房拆了一间又一间，大大小小的木头堆积成垛，又不翼而飞，悄然不知去向，做阳台的事却杳无音讯，愈来愈没有指望了。一想到这个夏天又要挤在小厨房做饭，想到那煤气灶的油烟满屋乱飞，我便下了决心，将千头万绪的手边事放在一边，张罗请师傅、量尺寸、备材料，恨不得快快做起来。但当工人告诉说一切都准备停当，马上就来安装时，我和丈夫顿时愣住了：这烟筒怎么办？雀巢怎么办？要是我们对工人师傅说，这阳台不能封了，因为有麻雀窝，他一准会笑掉牙，他一准会说这帮知识人怎么神经兮兮的不正常。想来思去，没有两全之计，只有拆了它，人巢毕竟比鸟巢要紧。我对着那正在远远的树丛下寻枝衔草的母雀和公雀说了声对不起，便站在椅子上，和丈夫拆炉子卸烟筒。当我们取下最外边那节烟筒时，着实吓了一跳：那里有一个何等辉煌、何等完整的雀巢呵，俨然一座即将竣工的大厦！都说乱糟糟的家像鸟窝，岂知鸟窝一点也不乱。一根根粗硬的树枝支撑在后边，排列整齐，像大厅里的圆柱；树叶细草铺在前边，厚厚软软的一层，中间凹下去的地方，还有细茸茸的羽毛和毛线头。为了这样一个窝，可怜麻雀不知花了多少力气和辛苦！刹那间我想起自己造窝的不易，千千万万平民老百姓为生存付出的种种努力和艰辛，心里涌出难以名状的惆怅和感动！我手举那节烟筒，踌躇再三，怎么也不忍将它毁掉。

可是一节光秃秃的烟筒，怎么安置它呢？挂无法挂，立不能立，总不能举在手上吧？有了，架在树杈上，怎么样？刮大风怎么办？孩子们发现了把它摇下来怎么办？我们提出了一个个方案，又自己将它一个个推翻。最后总算发现，楼房外的砖墙上，有两个长长的铁钉，那是我们上一年挂辣椒的地方，正好可以用铁丝将烟筒固定在那里。

麻雀飞回来了。有一只在阳台前绕了一圈，立刻就发现那节垒巢的烟筒没有了，它惊恐万状，尖细的嗓音叽叽喳喳叫个不停，万分火急地呼唤它的伙伴。不一会，另一只麻雀也飞回来，很快就明白了眼前发生的事。虽然看不出两只麻雀的雌雄，但它们肯定是一对夫妻，并肩携手齐心协力地营造着这个窝，如今遭此变故，夫妇俩同样的焦灼，同样的不安，扇动的小翅膀飞起又落下，不顾一切又茫然不知所措地上下寻索，有几次竟一头撞在我厨房窗户的玻璃上，不知是想飞进去，还是在向我们示威抗议。我想告诉麻雀们，它们的窝儿并没有毁，只是换了个地方，但又不知道怎样将这个信息传达过去。我蹑手蹑脚走过去，拿根小竹棍敲了敲那节悬挂在砖墙上的烟筒，本想引起麻雀的注意，不料那敲击声反使它们受了惊吓，呼地飞起来，又舍不得离去，落在不远的树枝上，瞪着圆圆的小眼睛，无奈地瞅着我的小厨房。我想召唤它们回来，又找不到恰当的语言符号。人可以呼唤鸡、狗、猫咪、鸽子等等，但至今尚未能和麻雀对话，建立一种默契。近在咫尺，却如隔着重山大海难以沟通。忽然间想起，何不撒些米粒，指示出那节烟囱的方向，兴许麻雀在啄食间一抬头会发现它那转移的家。我如此这般，岂料面对那些金黄的小米粒，麻雀却一反常态，居然视而不见，没有丝毫的食欲，只是一味地在树枝上，不安地扭动着小脑袋，不安地细声尖叫，其焦愁忧虑之状，是人的语言难以描绘的……这一天，我过得何等沉重！

第二天清早，丈夫起床后一走到阳台立刻返回卧室对我说："快去看，麻雀们找到了！"我急急走到厨房，果然看见两只麻雀衔着细枝一前一后地飞进烟囱里——它们终于找到了自己的窝，并且开始那未完的营造，并且原谅了我们的搬迁。

不久，我的阳台工程也封闭完毕，我在那里拣菜做饭时，透过玻璃看见一只小麻雀在阳台边上寻食，它的翅膀又嫩又小，走动时还拖在地上，我知道它就是那个被完整保留下来的雀巢里孕育的小生命，如今已经是我们这个世界的新成员了。

● 苏叶

总是难忘

1962 年夏天，我考中学。发榜的时候，知道自己被录取在南京四中。

四中在当时是一个三等学校，而我住的那个大院，教授、讲师的儿子们、女儿们，几乎都被市内各名牌中学点中。那几天，他们的脸陡然添了一重小大人的矜持神色，仿佛打过了金印，便要自尊自贵起来。当时，满院的蔷薇开得正好，红红白白，颤颤巍巍，一蓬一蓬的，热闹得不分贵贱好丑，和蔷薇一起长大的孩子，却从此有了高低间的距离。有少数几个没考上重点学校的千金，躲在家里哭，走在太阳底下，脸上也讪讪的。我可不。我觉得自己没刷去上"民办"已是幸运。我学习语文历史，吹点牛，可说轻松得如捡鸿毛；可是对于加减乘除开平方之类，实在感到重比泰山。从湖南迁来南京，我缺了半年的课。文不成问题，原先就不扎实的数学基础则彻底地崩溃下来。我又有一帮大院外的同学，她们是剃头匠、保姆、修钟表和卖咸菜的人家的女儿。天天和她们混在一起，我逃学，旷课，撒谎，闹课堂，偷毛桃桑葚挖野菜，抄作业……练就了全挂子本事，从中得到无穷的放肆与快乐，再不觉得天下"唯有读书高"，学业只是一日一日地混

334

着，所以，我能上四中，已很知足。

我当时并不知道四中的可贵，只是诧异：

南京历来被称为龙盘虎踞的帝王之地，而四中所在的那条巷子偏偏就叫龙蟠里，与龙蟠里对口相望，逶迤而去的那道坡，竟叫虎踞关。窄小的街道，其实并无王气可言，但是在一两处高墙里，深院中，有褪了色的雕梁画栋。翘翘的飞檐，挂着一两个青绿色的风铃，使人觉得这里或许真有些古时候的来历。每次路过那紧闭的木门，忍不住要拍那锈了的铜环，再贴着门缝张了一只眼向里窥望。但见石板缝中寂寂青草，但见软软的蛛网，在朱颜剥落的廊柱间随风摆动。冷不防后面同学拍一下肩，鬼喊一声："狐狸精出来啰！"我们便尖叫着飞奔而去，任凭书包里的铁壳铅笔盒，像一颗狂乱的心脏，一阵乱响。

进四中校门，迎面一座碧螺样的土坡，坡不高，遍植桑槐，取名叫菠萝。站在菠萝山上向前看，有一口乌龙潭，潭边杨柳依依，傍着四中礼堂的围墙。如果手搭桑树向左一望，发现清凉山扫叶楼劈面而站。清凉山五代十国时就有了名气。山上大树很多，一到夏季，碧荫侵入。据说南唐后主李煜一听蝉儿开叫，便要避到这里，遍拍栏杆。后来，清初著名画家龚贤在这里造了扫叶楼，隐居起来。至今楼台清俊、花木扶疏。清凉山上有尼姑，每日弄些素菜斋面供应游人。在一株古树上，吊着口大钟。我们放学以后，常常翻过菠萝山，直奔清凉寺，拽住那大钟的粗麻绳一顿乱撞，撞得人心惶乱，行人伫足，撞得树林沟壑荒、荒、荒、荒响起告急似的回声，直撞得老尼姑跳出山门拍起巴掌高声骂娘，连素带荤的脏话，一把一把地扯将出来，而我们早已笑弯了腰，四散奔逃了。站在远处，看着斜阳渐渐浸红了扫叶楼的粉墙，听着老尼沙哑的喉咙变成了一串模糊的余音，在鸟雀啾鸣的山林间悠悠回荡，心就静了。这时候，如果兴致好，我们便爬上更高的山头。只见眼下横着一列古老的城墙，几个打赤脚的孩子敞着衣襟在城墙上放风筝。云霞斑斓,辉耀着三国东吴时留下来的石头城。外秦淮河在这里温柔地转了一个弯,卸却了千百年的粉黛香脂,清清地,在夹岸的菜花和稻麦伴送下,缓缓流去。而长江卧在迷蒙的天际下,壮阔浊黄的江水,筛滤过千古风流人物,消磨了多少英雄豪杰?显得又浑重,又辽阔。

当大地间第一颗灯火跳亮了的时候,我们知道非走不可了。从地上拖起沾了草香的书包,在变得幽暗了的树林间,踩动碎石,结伴回家。下了清凉山就疯跑,怕那边火葬场的阴死鬼来抓人。直到暮色中背后那焚尸的巨大烟囱看不清了,才减缓了步子。然后在乌龙潭的垂柳边,向漆黑的潭水丢几块石子,听个响声,这才路过工人医院、肺结核病院、精神病院往回走飞。偶尔停下步子,看一行病亡人的家属悲啼着走过,再穿过随家仓——清朝大才子袁枚的领地,回我的大院去。

大院里自然早已窗帷低垂。树影婆娑中,家家灯下坐着老老小小读书的人。我在家人的侧目中,尽量斯文地吃完饭,然后打开作文本,写:"四中,背靠清凉山,面临乌龙潭。右边,出汉中门,有凤凰街。李白一首写金陵的诗说:'凤凰台上凤凰游,凤去台空江自流'。就是写的这个地方……"

我的笔停了,眼前钻出几个住在凤凰街的同学。她们都长着极油光水滑的大辫子,前额很低,汗毛重。她们老跟我说汉中门外有个枪毙人的地方,她们都去看过枪毙人,枪子儿打出来,吱吱吱地有声音……

我不敢去看犯人临刑,也不相信子弹会像老鼠叫,但是汉中门一带倒也走过。那是在中午,在倦慵的阳光下,与同学勾肩搭背去吃九分二两一碗的单面,再看人家如何捏糖人,如何补伞,如何炸炒米;一张插着纸笔信封的小桌后面,那个戴一副瘸腿眼镜的老人,如何给人代写家书;打赤膊的搬运工,一个个汗流浃背,"嘿唷,杭唷……"把紫铜色的身体弯成一张弓,拖呀,拉呀，推呀，板车上是圆木、方木、木板……那一双双发出臭气的大脚狠狠地踩在地上；我们还看流着热汗的汉子，用小板车拖着大肚子女人往工人医院飞跑；看挂着"奠"字花圈的门栏内那些香蜡和锡箔……看这样，瞧那样，嘴里吮着酸腌小杏子，摇摇摆摆走到学校，急急忙忙去趟厕所，下午的第一节课又开堂多时了。于是在初一（五）班［后来是初二（五），初三（五）］教室外面，就站了一排推推搡搡的女孩，老师没奈何地瞪一眼，叹口气，放这忸忸怩怩的一行进去。听说一些男老师在背后赌咒发誓：下回再也不教女生班了！

我们也不明白，怎么把我们编成个女生班。你从讲台上往下看，一溜溜的辫子。一排排的刘海儿，名副其实的女儿国。没有男生在一旁，女娃子个个变得胆大包天，无拘无束，再秀气的人都张狂了十分。

虽说前后两个教室都是男生，可见了我们也有些畏缩。只是每当上课铃一响，大家往教室里去的时候，他们就"嗷嗷"地喊着，把同伴往我们身上推，惹得我们红着脸骂"畜生"，"不要脸"，他们并不回嘴，我们则凛凛然地进到教室，冲邻座得意地歪嘴一笑。

记得那天上英语课，班长叫"Stand up!"（起立！）

大家七歪八倒地站起来，与此同时，听见前后教室里的男生吼一样地说："老师好！""坐下！"一片板凳响。

但是我们用英语问了老师好，他却不叫我们坐下，几个自说自话落了座的人，只好再站起来，很不满意地盯着这个代课老师。"看看看，他头梳得多光噢！""咦哟喂，看他严肃的！""哎，没得胡子！他没得胡子！"喊喊喳喳的耳语在教室里嗡嗡地传染，时不时夹杂着一两声鬼头鬼脑的笑。代课老师的脸，耳朵，脖子，渐渐地红起来，年轻端正的脸上显出竭力克制的羞恼。他说："站起来一个一个都不小了，考试成绩有百分之六十不及格！有的人至今连字母都搞不清，把 b 定成 d，把 d 定成 b，像什么话？自己的辫子倒蛮会梳的，可惜一辈子就去梳辫子吧！站好！"他怒喝一声，把严美琴的膀子一扯，没得个站相的严美琴顿时一声尖叫，一把掸开他的手："男娃不要碰我哎！"说着连连拍打被拉过的地方，又吹吹自己的手指。哄！全班大笑起来，又急刹车似地顿住，老师的脸涨得血红了，憋了半天，憋出一串你你你你你……这下把我们开心得要死，笑声重新迸发，个个龇牙咧嘴，前仰后合，状如女鬼。直到这年轻的代课老师奔出教室，我们才长一声短一声地歇下来。

后来大家归了座，可老师再没回来。教室里闷闷的，谁也不说话。天阴下来，空气中有了雨腥味儿。走过我们教室的老师又回头看了看，诧异初三（五）今天安分得好奇怪。

于是校园里有歌谣说：初三（五），二百五。又说：女生班，两大怪，哭哭笑笑地上赖。我们听见了只当没听见一样。女儿国里也吵也闹，可是哪个班有我们女儿国的芬芳？

歌咏比赛，文娱演出，连年拿头奖不说，最有趣的是临近端午节的时候，每个人抽屉里有小剪子，五彩丝线，各色珠子。我们用纸折成一系列大小不等的粽子，用彩色线裹出各色斑斓花纹，再用珠子串起来，玲珑夺目。有编鸭蛋网的。细巧的一点的人，还会用零碎缎子做香袋。每当此时，语文老师又要讲屈原了。

语文老师姓刘，五十几岁的年纪。他古典文字的功底极好，特别偏重诗词，做派举止都有名士之风。他常常穿一套飘飘的纺绸裤褂，翘着小指头翻书，着青帮粉底千层布鞋，走起路来，必先抬脚停半拍，然后移步，和我们想象中的孔夫子一样。

我们喜欢他，和他没大没小，跑到他在小操场的房间，指着满墙抖抖的毛笔字（都是他自作的诗词）问他：

"这是什么体呀？"

338

他说："人各一体，又何必竟仿前人之体？"

我们又指着那宣纸上的红印，问他"白下隽甫"是什么意思？他说是他的号。我们又问他，号是什么东西？他就不答了，拿扇柄点着我们说："顽皮呀顽皮呀顽皮呀……"我们就大笑起来，同时就把他的镇纸塞到床下，毛笔挂上账钩，拂床的大掸子插到漱口杯中，一边乱翻作文本，看那上面长长的红笔朱批又写了些什么好玩的话。

上他的课，大家总是很振奋。一篇篇中外佳作，今古妙文，在他的讲授下，带着声、色、形、味，悄悄地渗进了我们的骨肉。高兴起来，刘老师要吟一段诗："八月～秋高，风～怒号，卷我～屋上，三～重茅～"

我们乱叫着："再唱一个！再唱一个！"

他抹抹脸，慈爱地笑着，说："这是唱吗？这叫吟哦！"

更多的时候，是叫我们全班诵读。"唧唧复唧唧，木兰当户织，不闻机杼声，唯闻女叹息……"我们摇头晃脑，一片女孩子清脆的琅琅书声，仿佛 54 台织布机，在木兰的家院中齐奏。刘老师微闭了双目，反绞双手，醺醺然徜徉于课桌之间，直到前后两个班的老师依次跑到窗口来打手势，我们的声音才渐渐小下去，小下去，不一会儿，又大起来，念到慷慨处，我们干脆手拍桌子以助铿锵。霎时间，书声如令，掌声如蹄，宛如花木兰盖世无双的骑兵队，乘雷挟电掠过了课堂。

校长也摇头："今后，再也不招女生班了。"

这些事情，我不知道张月素记不记得？张月素还记不记得我？

她和我在小学同班，上了四中，她当了我们的班长，我做文娱委员。

张月素的家和我们大院隔一条马路。一条黑泥巴路的小巷，两边的屋顶多是茅草，伸手就能摸着。这里比肩住着裁缝，烧老虎灶的，炸油条的好些人家。张月素和她妈、妹妹住的一间屋，光线很暗。墙上糊着报纸，床腿用砖垫得很高，怕潮湿。张月素的妈妈是小脚，打绑褪，讲侉子话（徐州方言）。她梳个巴巴头，整天系一条半截子蓝布围裙（总是湿的），过马路这边，进一道密实的竹篱笆围墙，到我们大院来帮人烧饭洗衣服。她人很和气，大家叫她二嫂。

母亲不请二嫂给我们洗衣，母亲要我带张月素到家里来玩。她脾气很古怪，到我家不肯喝水，不肯吃东西，好一点的椅子也不肯坐。我教她下象棋，没有多久，我就再也下不赢她了。她借书，借《呐喊》、《唐诗三百首》……

我常常跳过地上的黑水洼，走进那条小巷，走到她们家。坐在磨得光亮了的小板凳上，就着门口射进来的一方阳光，十分自在。关于银河、拿破仑、居里夫人、长安街、李大钊、都江堰……都有过讨论。有时争得"反目成仇"，可是过了一天，又是我先去找她。我在那矮小的茅屋里学会了区分野菜"马兰头"和"母鸡头"，品尝了炒米粉冲开水是何等香甜。我生平第一次听到"遗腹子"这个词，这是指张月素的妹妹。她妹妹的眼睛很"猫"（近视），看起人来老远就眯成一条线。后来，张月素也越眯越厉害，配了一副黄框架廉价眼镜，座位从第七排换到第二排。又从第二排换到第一排。再后来，老师允许她看不清时，可以走到黑板前面。

她衣服的领口总是嫌紧，扣不上。袖子嫌短，前襟后片只齐到腰。她走路快，吃饭快，讲话也快。她不跟男人讲话，回答男老师的提问也是侧着身子昂着头，一副英勇就义的英雄气，显得很滑稽。老师不笑也不生气，她能写出老师没教过的演算式。初中毕业的时候，张月素报考志愿上填的是中专。学校觉得可惜，劝她，她不听。那天她妈到我家，浅浅地坐进藤椅，要我动员张月素升高中，今后上大学，她说她养得起。我刚给她倒了杯热

340

茶，张月素一脚抢进房来，不由分说，侧了身子拖了她妈就走，在楼梯上惩惩地叫着"妈！"又回头瞪了我一眼。

她终于去上无线电专科学校了。中等专科技校，学杂费免收，吃伙食也不用交钱。

分手的时候，她来还书。一本一本，都用崭新漂亮的画报纸包好。她像个男人一样劈手和我握了一下，手板又薄又硬，很有力。又像个大人一样，说："再见！"我恨死了，恨得几乎要踹她一脚！

我回到房间，把书上的包装纸一张一张地撕下来，撕下来，忽然从书页里飘下张纸片，上面写着："无论我走到什么地方，你都在我心上！"我一屁股坐到地板上，抱着那堆书，哇哇大哭起来。

春天，秋天；秋天，春天。教室两边的白杨树沙沙地响。高墙外、龙蟠里，常常传来小贩们苍老而漫长的吆喝：

"旧——皮鞋、跑鞋拿来卖——钱！"

"破布烂棉花儿——拿来卖——啵——"

有时夹着一阵呜哩呜哩的竹笛声，很忧伤。有时，风把音乐教室的歌唱一阵一阵地吹过来："雷锋，我们的战友，我们亲爱的弟兄。雷锋，我们的榜样，我们青年的先锋……"那略带哀悼的歌声在深深的校园悠悠回荡。某个教室的老师正大声讲文天祥；另一个教室的女老师尖声却在说："爱克斯加娃艾，括弧，平方……"

这时，菠萝山上的槐花开了，清香四溢，蜜蜂在采蜜；这时，乌龙潭里的秋水凉了，微波轻拍，小鱼儿在水草间戏水。这时，我就走神了，"汉姆莱脱"、"李尔王"、"名优之死"、"孔雀胆"、"娜拉"……在我眼前大会串起来。这都是从校文工团话剧队辅导老师那里听来的。

话剧队有个比我高一班的积极分子，叫王悦雅。

有时，下课铃刚一响，她就把笑脸伸进来冲我喊："喂！今天下午话剧队活动！"

有时，课还没下，邻座的同学碰碰我："哎，王悦雅又来找你啰！"我抬头一看，果然她在教室外，冲我又是勾手，又是捂着嘴笑。

于是下午自习课我就不上了，到礼堂和小饭厅去找话剧队的人。

话剧队的师生正在排练《年青的一代》，林育生痛哭流涕地读母亲在狱中写给他的遗书。扮演林育生妹妹的王悦雅老是笑场，她说林育生光哭没泪，不像。老师只好把王悦雅撤下来，准备诗朗诵。

她太爱笑。我常常在排练场门外就听到好快活的声音："该死，该死，老师，对不起，我再来一遍……"可是又笑。老师说："王悦雅，你是不是喝过笑婆婆的尿啦！重来！""好，重来！"王悦雅将脸一抹。终于进入角色，向前跨一步，把右手从胸前划向前方："我的理想啊，像骏马奔驰……"

我坐在方桌后面，我喜欢看她那朝气蓬勃的脸，好像老是有阳光在那上面跳跃。她的头发剪成卓娅式。因为爱体育，脚上总穿一双白球鞋。夏天，也不怕人说她露大腿，爱穿一条天蓝色西装短裤，小腿圆滚滚的，皮肤像棕色缎子般发亮。她一笑一甩头发，走起路来，挺着健康的胸脯。最看不得我窝胸，每次排练，她就拣一根小棍在我后面蹲着，我一哈肩塌胸，她就在后头用小棍儿一戳。她一戳我就忘词，气得老师大叫王悦雅滚蛋！她就咯咯地笑着跳起来逃掉了。老师摇着头对我们说："这个王悦雅呵，还想当演员呢！一点控制力都没有。要是给她演个林黛玉，她连眉毛都皱不起来！""谁说的？谁说的？"王悦雅"嗯"的一声从老师背后的窗口钻出来，一把扯住他的袖子："我马上哭给你看！"老师只好点着她来教训我："你呀，把王悦雅假小子性

342

格分一点走吧，你要放得开一点才行呀！"

于是每逢星期四，每逢校墙外又飘来小贩悠长的叫卖，每逢舞台精灵们又在我脑中浮动的时候，我就又等着王悦雅把脸伸进窗口来嚷嚷："喂，今天下午话剧队活动啊！"

我最后和她见面的时间，情景，我已不记得了。我1965年离开四中，在别校就学，1966年就开始了"文化大革命"。每个人都东倒西歪。或亢奋，或遭殃，自顾不暇，我又怎么可能及时知道我那母校发生的种种事情？

许多年过去了。那天，下着雨，在路上，我碰见原先话剧队的辅导老师。我向他问起"喝过笑婆婆尿"的王悦雅，他奇怪地瞪住我："你不知道王悦雅的事？"

我说："不知道。怎么了？我不知道。"

……我永远记得那天的情景：在马路转弯处，雨水不停地倾泻着，行人从我们身边走过又走过，地上满是新落的黄叶，脚下的阴沟里流淌着淙淙的水声。我们站着，老师撑着一把黑伞，我撑着一把红伞，雨水冷冷地打在我脸上，流进我眼里、嘴里，老师告诉我：王悦雅已经死了！

王悦雅已经死了？！

她是哪一年死的，我问了，又不记得了。我只记得老师说她和千百万知青一样，去农村插队，在乡下爱上个南京知青。那人会唱歌，唱"知青之歌"，还说了，写了一些不满现实的话。后来，当现行反革命抓起来，押回南京，在五台山体育场召开了声势浩大的万人批判大会，会后就枪毙了。

我不知道他是否被押到汉中门外（记得凤凰街同学说那里是枪毙人的地方，子弹打出来……），我只记得老师说，王悦雅作为他的女友和知情人，也被押在台上。他们要她检举揭发！我不知道她有没有开口，只听得老师说她不久就疯了，时好时坏，又过了一些日子，她死了。自杀。是时，22岁。

22岁的王悦雅脸色是苍白的吗？眼神是枯干的吗？呼吸是停止的吗？身躯是僵硬的吗？

不。她老是笑，她老是张开红红的嘴，从窗口探进头来，兴高采烈地大喊："今天下午话剧队活动啊！"

要是王悦雅还活着，今天，她该会跳迪斯科吧？她会唱"阿里巴巴"？她肯定有牛仔裤！肯定在五彩灯光与鼓点中快活地大笑，露出雪白结实的牙齿，把头发疯甩得像一道波浪！然而王悦雅不在了，永远留在那个可怖的年代，身上压着许多像链条一样沉重的红色、黑色、白色的标语……每想到此，我的眼睛便泪湿，写字的手抖动不止，对四中的忆念便被一幅黑色的帷幕隔断了。我离开四中十年，又是十年……

我明明知道过去的已不可追，未来的则正不可阻挡地滚滚前来，生活需要我们有坚强的神经和意志，可是我，却总是被去的和来的时时触痛。

去年夏天，我应老师之邀，回四中去谈谈文学。但见乌龙潭作为古迹，已围着一圈短墙，龙蟠里巷口极是寂寥。火葬场早已搬家。扫叶楼整饬一新。俯身在清凉寺的石山前，见城西大道霍然贯通，卡车、汽车，带着尘土呼啸而过。新植的梧桐张开了幼小的枝叶……

我走进教室，宛若当年。仿佛我那久别了的伙伴，疯疯傻傻，甩着长辫子，呼啦啦一齐扑上来抱住我；我那端庄的、严肃的、风趣的、正直的老师，一齐微笑着走上前来围住我！但是，但是我水光蒙眬的眼睛，只见到拔地而起的高楼，只见到新一代学生身上的旅游鞋、电子表、幸子服、日本签字笔……只见到他们那又自负又稚气的神色……

我什么也说不出了。他们有他们的道路。我那烂漫的少女时代已经关闭。我听到沉重的脚步声，从过去一直捶响到未来。

● 杨绛

老　王

　　我常坐老王的三轮。他蹬，我坐，一路上我们说着闲话。

　　据老王自己讲：北京解放后，蹬三轮的都组织起来；那时候他"脑袋慢"，"没绕过来"，"晚了一步"，就"进不去了"。他感叹自己"人老了，没用了"。老王常有失群落伍的惶恐，因为他是单干户。他靠着活命的只是一辆破旧的三轮车。有个哥哥死了，有两个侄儿"没出息"，此外就没什么亲人。

　　老王不仅老，他只有一只眼，另一只是"田螺眼"，瞎的。乘客不愿坐他的车，怕他看不清，撞了什么。有人说，这老光棍大约年轻时候不老实，害了什么恶病，瞎掉一只眼。他那只好眼也有病，天黑了就看不见。有一次，他撞在电杆上，撞得半面肿胀，又青又紫。那时候我们在干校，我女儿说他是夜盲症，给他吃了大瓶的鱼肝油，晚上就看得见了。他也许是从小营养不良而瞎了一眼，也许是得了恶病，反正同是不幸，而后者该是更深的不幸。

　　有一天傍晚，我们夫妇散步，经过一个荒僻的小胡同，看见一个破破落落的大院，里面有几间塌败的小屋，老王正蹬着他那辆三轮进大院去。后来我坐着老王的车和他闲聊的时候，问起那里是不是他的家。他说，住那儿多年了。

有一年夏天，老王给我们楼下人家送冰，愿意给我们家带送，车费减半。我们当然不要他减半收费。每天清晨，老王抱着冰上三楼，代我们放入冰箱。他送的冰比他前任送的大一倍，冰价相等。胡同口蹬三轮的我们大多熟识，老王是其中最老实的。他从没看透我们是好欺负的主顾，他大概压根儿没想到这点。

"文化大革命"开始，默存不知怎么的一条腿走不得路了。我代他请了假，烦老王送他上医院。我自己不敢乘三轮，挤公共汽车到医院门口等待。老王帮我把默存扶下车，却坚决不肯拿钱。他说："我送钱先生看病，不要钱。"我一定要给钱，他哑着嗓子悄悄问我："你还有钱吗？"我笑说有钱，他拿了钱却还不大放心。

我们从干校回来，载客三轮都取缔了。老王只好把他那辆三轮改成运货的平板三轮。他并没有力气运送什么货物。幸亏有一位老先生愿把自己降格为"货"，让老王运送。老王欣然在三轮平板的周围装上半寸高的边缘，好像有了这半寸边缘，乘客就围住了不会掉落。我问老王凭这位主顾，是否能维持生活。他说可以凑合。可是过些时老王病了，不知什么病，花钱吃了不知什么药，总不见好。开始几个月他还能扶病到我家来，以后只好托他同院的老李来代他传话了。

有一天，我在家听到打门，开门看见老王直僵僵地镶嵌在门框里。往常他坐在蹬三轮的座上，或抱着冰伛着身子进我家来，不显得那么高。也许他平时不那么瘦，也不那么直僵僵的。他面色死灰，两只眼上都结着一层翳，分不清哪一只瞎、哪一只不瞎。说得可笑些，他简直像棺材里倒出来的，就像我想象里的僵尸，骷髅上绷着一层枯黄的干皮，打上一棍就会散成一堆白骨。我吃惊说："啊呀，老王，你好些了吗？"

他"嗯"了一声，直着脚往里走，对我伸出两手。他一手

346

提着个瓶子，一手提着一包东西。

我忙去接。瓶子里是香油，包裹里是鸡蛋。我记不清是10个还是20个，因为在我记忆里多得数不完。我也记不起他是怎么说的，反正意思很明白，那是他送我们的。

我强笑说："老王，这么新鲜的大鸡蛋，都给我们吃？"

他只说："我不吃。"

我谢了他的好香油，谢了他的大鸡蛋，然后转身进屋去。他赶忙止住我说："我不是要钱。"

我也赶忙解释："我知道，我知道——不过你既然来了，就免得托人捎了。"

他也许觉得我这话有理，站着等我。

我把他包鸡蛋的一方灰不灰、蓝不蓝的方格子破布叠好还他。他一手拿着布，一手攥着钱，滞笨地转过身子。我忙去给他开了门，站在楼梯口，看他直着脚一级一级下楼去，直担心他半楼梯摔倒。等到听不见脚步声，我回屋才感到抱歉，没请他坐坐喝口茶水。可是我害怕得糊涂了，那直僵僵的身体好像不能坐，稍一弯曲就会散成一堆骨头。我不能想象他是怎么回家的。

过了十多天，我碰见老王同院的老李。我问："老王怎么了？好些没有？"

"早埋了。"

"呀，他什么时候……"

"什么时候死的？就是到您那儿的第二天。"

他还讲老王身上缠了多少尺全新的白布——因为老王是回民，埋在什么沟里。我也不懂，没多问。

我回家看着还没动用的那瓶香油和没吃完的鸡蛋，一再追忆老王和我对答的话，捉摸他是否知道我领受他的谢意。我想他是知道的。但不知为什么，每想起老王，总觉得心上不安。因为吃了他的香油和鸡蛋？因为他来表示感谢，我却拿钱去侮辱他？都不是。几年过去了，我渐渐明白：那是一个幸运的人对一个不幸者的愧怍。

● 宗璞

紫藤萝瀑布

我不由得停住了脚步。

从未见过开得这样盛的藤萝，只见一片淡紫色，像一条瀑布，从空中垂下，不见其发端，也不见其终极，只是深深浅浅的紫，仿佛在流动，在欢笑，在不停地生长。紫色的大条幅上，泛着点点银光，就像进溅的水花。仔细看时，才知那是每一朵紫花中最浅淡的部分，在和阳光互相挑逗。

这里春红已谢，没有赏花的人群，也没有蜂围蝶阵，有的就是这一树闪光的、盛开的藤萝。花朵儿一串挨着一串，一朵接着一朵，彼此推着挤着，好不活泼热闹！

"我在开花！"它们在笑。

"我在开花！"它们嚷嚷。

每一穗花都是上面的盛开，下面的待放。颜色便上浅下深，好像那紫色沉淀下来了，沉淀在最嫩最小的花苞里。每一朵盛开的花像是一个张满了的小小的帆，帆下带着尖底的舱。船舱鼓鼓的，又像一个忍俊不禁的笑容就要绽开似的。那里装的是什么仙露琼浆？我凑上去，想摘一朵。

但是我没有摘。我没有摘花的习惯。我只是伫立凝望，觉得这一条紫藤萝瀑布不只在我眼前，也在我心上缓缓流过。流着流着，它带走了这些时直压在我心上的焦虑和痛楚，那是关于生死谜、手足情的。我沉浸在这繁密的花朵的光辉中，别的一切暂时都不存在，有的只是精神的宁静和生的喜悦。

这里除了光彩，还有淡淡的芳香，香气似乎也是浅紫色的，梦幻一般轻轻地笼罩着我。忽然记起十多年前家门外也曾有过一大株紫藤萝，它依傍一株枯槐爬得很高，但花朵从来都稀落，东一穗西一串伶仃地挂在树梢，好像在察言观色，试探什么。后来索性连那稀零的花串也没有了。园中别的紫藤花架也都拆掉，改种了果树。那时的说法是，花和生活腐化有什么必然关系。我曾遗憾地想：这里再看不见藤萝花了。

过了这么多年，藤萝又开花了，而且开得这样盛，这样密，紫色的瀑布遮住了粗壮的盘虬卧龙般的枝干，不断地流着，流着，流向人的心底。

花和人都会遇到各种各样的不幸，但是生命的长河是无止境的。我抚摸了一下那小小的紫色的花舱，那里满装生命的美酒酿，它张满了帆，在这闪光的花的河流上航行。它是万花中的一朵，也正是由每一个一朵，组成了万花灿烂的流动的瀑布。

在这浅紫色的光辉和浅紫色的芳香中，我不觉加快了脚步。

● 杨闻宇

父亲与种子

一

农家生活有勤苦，有纠纷，也有爱。母爱子，爱得有声有色，一忽儿嫌挂破了衣衫，"抱怨"声中捏起了针线；一忽儿嫌脏了手脸，边"训斥"边轻轻擦洗；一忽儿又嫌睡觉不老实了，咿咿呀呀地又摇又哄……孩儿撒娇之声，为母的呢喃之声，朝朝暮暮，不绝于户。

父爱有别于母爱。在我们家，也不能说父亲不爱我们哥儿仨，但他在田野上的时候多，似乎是更爱"种子"。在田禾刚秀出穗儿、瓜果花蒂初落的当儿，他就选出上好的，小心翼翼地拴一截线儿作标记。拴就拴了罢，谁料想却拧回头来警告我们这伙"馋猫"："这是来年的种子，谁要敢动动它，小心我用斧子剁断指头！"他一反平素的好性情，样儿凶得很。五月麦子登了场，一般的可以牛踏碌碡碾，梿枷打，棒槌敲，而留种的，父亲却抡起穗儿一把把照着碾盘摔打，要全凭力气让粒粒自动蹦出壳子来，这样会不伤胚胎。因为特别费劲，他那搓板一样枣红色的脊

351

梁上汗水淋淋的，连下身的青布裤都濡湿了。种子收齐后，我家的屋檐下便充实起来了，谷穗儿、苞谷棒、辣椒、大蒜，黄白红紫，一串串地挂着，既防鼠防潮，又遮雨透风。记得有一年遭饥馑，合家揭不开锅了，父亲有病，蜷缩在炕头，饿得眼睛都起了雾了，但他宁可要我们扶着奶奶上野外寻挖野菜草根，也不许对种子生二心，起邪念。他胡须长了，刺猬针似的，活像一只病虎，透过窗棂破纸，默然守视着檐下的种子。

父亲对种子的爱，显示在行动中，闪烁在眼神里，虽是近乎无声，而情感却那么深沉，那么凝重……后来我成人了，走南闯北，每于无意中看到穷山瘦水间竹篱茅舍的檐子下闪亮着饱满的种子，心头就禁不住涌起一个热浪，仿佛触到父亲执著的眼神，扑扑跃动的心。

二

父亲为什么如痴如迷地爱种子呢？想得久了，我忽然觉得，他与种子好像有相似之处。

他们同样平凡，没什么装饰和特色，长年保持着朴素的色调；两者又同样渺小，父亲混迹在庄稼汉群中，就像是种子落进了粮食堆子里，真叫沧海一粟。平凡、渺小，却又顽强。父亲开垦荒山坡时，先要垒石堰压田埂，他抡动二十余斤的铁锤，呼呼地擂不了几下，巨石就裂成碎块块了，那锤与石撞击的铿锵音响，震荡在山谷间，星月战栗，虎豹也为之惊悸。

提起种子的顽强，我便记起儿时的一桩小事。有一年末伏，苞谷腰间的棒棒瓷实实地鼓圆了，我浑身精光，就挂一帘红兜肚坐在垅畔逗蛐蛐，苞谷叶扑簌簌一阵响，父亲把个拳头般大的香瓜递到我眼前了，瓜月早逝，久不闻瓜香了，这个瓜却熟透了，香气飘进鼻孔儿，简直要醉死我了！于是便乜斜着眼儿问是哪儿来的？他说是当中水渠沿沿上结的。吃了瓜，我咂着嘴儿钻进地，顺渠埂终于发现了席大一片匍匐的瓜秧，绿叶儿碧盈盈的……看着看着，我生了疑：倘是父亲种的，为什么家里人都不知道呢？又干吗只种一棵，不掐尖，不整蔓，一任它疯长呢？……沾抹在苞谷叶上干成了白粉粉的"！"状的鸟屎。突然间使我颖悟了：这不是种的！而是瓜月天里，鸟雀乘着奶奶看瓜时在凉棚下打午盹，就从树梢上飞下来偷啄香瓜……后来经空飞越苞谷地，大概吃多了，小尾巴一翘拉下一摊儿屎，其中裹挟着的瓜子儿，就长成了这一秧不易为人觉察的香瓜——哎哟，原来如此！我五内作呕，翻肠倒肚，连午间的小米干饭都一股脑儿吐了。父亲闻声从井台上赶过来，弄清了原委，望了望"愠怒"的我，笑了。且抚弄着瓜秧说道："你瞧瓜子有多能耐，从雀肚子出来还非要生个瓜儿不可。可惜秋快凉了，地力薄了，瓜儿也长不大。"

噢！物以类聚，人以群分，倔犟的父亲看重的是种子那顽强、执著的繁殖力量。父亲垦荒假如没有咬铁嚼钢的劲头，种子假如也没有落地坐根的生命力，土地上的万种生物怎么会一代代往后遗传、向上发展呢？父亲与种子，正具备着永不停息的进化所必需的内在因素。

"外朴内华"的种子，蓄藏着染天染地的色彩。春天里翠树碧茵，鲜花瑰丽。到处是明媚、隽美的；秋季里棉絮雪白，铺陈似海，粮堆烁金，垛积成山……这色彩饱蘸着喜悦。染醉了多少张笑盈盈的脸庞哟！

种子里潜伏着惊天动地的力量。豌豆、黄豆饲肥了马群，壮马奔腾，飞跃千里；万担米粮运上了边塞，战士冲锋陷阵，足音雷鸣，撼动着大地；树籽入土长成树，擎天立地，有许多乃栋梁之材……人世间多少波澜壮阔、大气磅礴的景象，显示着种子是力的源泉。

种子丰厚的内蕴，正是父亲深沉的内涵。这是平凡与伟大的实体，朴素与壮美的合金。

三

春色与力量潜藏在种子里，而种子，握在父亲那结满厚茧的手掌中，因而，我喜欢那"布谷声声催春种"的季节。年画与剪纸上的"天女散花"，远不及父亲在原野上撒种时的姿影来得实在、真切。种子落地，如珠落棉衾，如雨打荷塘，刷拉拉响……偌大的田亩上，既没有双粒聚触的现象，更不见牛蹄印大的空白地块，排布之均匀，实可谓妙手神工。抬头看吧，只见父亲迈步稳重而端直，双眸前视而平正，左臂拎斗，右手撒种，每跨出两步，手儿便抛出一把，缓急有度、划弧定型，种子散作扇面状，宛若神奇的金光宝扇，迷离恍惚，若虚若隐，扑闪扑闪在地表上抖动……在牛铃叮咚叮咚的清晨，地气浮笼在湿漉漉的田野上，父亲那坚实的步伐跨在最前边，在他身后，是骡马的咴咴声、踢踏声，是男男女女的欢笑声、嬉闹声，是铧犁翻动土块的啪啪声——这是春天大踏步地君临人间的脚步声！

雁来雁去，春种秋收。秋日里绽开的丰收画卷更迷人。深红的高粱，黄澄澄的谷穗，大张嘴的棉桃；让红薯、洋芋、落花生、青头萝卜硬是挤裂了缝儿的地皮；给柿子、核桃压翻了枝丫的大树……从尺把深的地下到数丈高的空中，果实累累，使得整个大地都显得沉甸甸的，一切都在期待人们来挖掘，来采摘，来收获。父亲与他的伙伴们，浑身像着了火！有一天黄昏，我正在井台上修水泵，父亲从禾场上闯来了，头上的华发沾着高粱皮儿，沟壑一样的皱纹里夹带着谷子壳儿，汗水涔涔的，眼也网着红丝，他咧开厚厚的嘴唇冲着我一笑，就爬在泵头上掬饮沁骨凉的清水，牛饮一通，巴咂巴咂嘴巴，大手一抹，又转个身往场上扑去，那身势像猛虎扑山崖似的……禾场上空正一轮皓月，皎浩明润，从东山脊上冉冉升起。

就这样，播了收，收了种，"春种一粒粟，秋收万颗籽"，一茬接一茬的无限壮美的收获，支持着历史车轮的新的进程。——我那身板结实而口舌木讷的父亲，披星戴月，餐风饮露，在广漠的原野上也不知不觉地送走了自己的英壮之年。他下世时，碰巧是个龙口夺食的五月天，见我们弟兄仨围在炕前直抹泪，就喃喃地交代了最后的话："我走了。给我墓坑里搁一碗种子。"

那天下午安葬了父亲，暮色中我们就虎势势地上了禾场。东南风起了，三柄木锨在月下此起彼落地扬麦种，种子的雨从天降落，打在我们的草帽上，打在场地的席包上，打在就近的桑杈、扫帚上，像金豆豆似的，沙啦啦响……

墙　祭

许多人的习性是"善隐好藏"：有人藏富，金银细软，珍奇古董；有人藏娇；有人藏奸，"东窗诡计"，暗器兵机……于是，城墙、宫墙、院墙遍布全国，由来也很久。

旧时的银行、当铺，柜台相应的高一些，求上门者须竭力踮起脚尖往上够，脸与手方能闪上台面，这柜台像是墙的一道缩影。

狱墙高齐笔陡，顶端布有铁丝网、电网、岗亭，防范犯人

355

潜越。

长城高厚，方砖正大，取势险峻，颠连万里，意在抵御入侵……

彼此间的敌对性越强烈，内外越分明，墙的造型就越严格，越讲究。朱元璋肯定过"高筑墙"。这益发证明东方的墙是有来历有传统的。封建时代愈藏掖愈显威严，越秘密越能吓唬小民，偌大个古国倘是没有封锁的禁地，什么都是一览无余，里外透明，"威风"可就减多了。

墙的历史过于稳定，过于悠久，会在人们的精神领域里渐渐投射下阴影：邻里有摩擦，搞"高打墙"；同事间厌烦了，推崇"多见面，少说话"，这是无形的墙。

小农的心里是没有墙，情绪上似乎就缺某种安全感；而小偷呢？一见谁家院墙有缺口，即起不良之意，里边若是菜园子，翻进去拔个沾泥的萝卜也算收获。

一个国家禁锢自身，很容易夜郎自大："我有三皇五帝，我有二十五史，我有马踏飞燕……"实际呢？有的只是曾经辉煌过的早就在高墙背后朽了的"既往"。

墙壁是老化了的皮肤，是人与人之间的互相戒备。"各人自扫门前雪，莫管他人瓦上霜"的自封自闭，"隔墙扔砖头"、"墙倒众人推"的劣根性，便是滋生于墙壁下的精神肿瘤。"莫恃金汤忽太平"，历史上由自私而引起的欺诈、盘剥、劫惊，以至战争，算不算是"墙"的高度隐私功能的恶性膨胀呢？

闭关自守，明哲保身，筑墙的最初动机大约是仅止于此，后来的效果却是走向了相反的方向。《唐语林》卷五有这样一节记载：中书令郭子仪，勋伐盖代，所居宅内，诸院往来乘车马，僮客于大门出入，各不相识……郭令曾将出，见修宅者，谓曰："好筑此墙，勿令不牢"。筑者释锸而对曰："效十年来，京城达官家墙，皆是某筑。只见人改换，墙皆见在。"郭令闻之，怆然。遂人奏其事，因固请老。

墙是自私灵魂的外壳，私室的官阶高低及富有程度决定墙的高度和厚度，穷人家徒四壁，竹篱茅舍，不在乎墙。像巨富巨商最需要保镖一样，对墙真正着迷的是旧时代的达官显贵。出于长治久安的心理，不但是一堵堵筑墙，而且希望这冰冷的墙坚如磐石，固若金汤。但他们料想不到，墙外的春风越是吹不进来，捂在墙里的一切更易腐烂，包括他们繁盛红火的官运在内，怎么也无法与自筑的墙垣长远共存。这一事实对郭子仪的打击实在太大了，所以急忙告老退休，韬晦求安。

高墙障壁以斩截切割为能事。目下改革开放的大潮必将渐渐冲毁那些有形无形的墙，迎来一个四通八达的新时代。

(1988. 12. 18)

●尚荣贵

"背诵"的故事

缘起

　　见诗人贾漫先生，问及近来读书写作情况，言曰："背诵古诗文，兼攻书法。"观其案上，果真纸墨笔砚俱陈，似刚写罢。其小楷所书《离骚》，遒逸纸背，力透纸背，于是拿起细心赏玩。先生又云："寂寞孤独之时，莫过于背诵古文释怀。盖中国古代诗文，尤其是那些千古传诵之名篇，于词语章法之上，极为讲究认真，所以最易背诵。且其人格精神，气韵风骨，盈然流溢于字里行间，烛照千古。是以背诵诗文，不仅可以锻炼人的记忆力，也可陶冶性情，启迪灵感，开拓神思。做人作文，都将得益于此也。"余颔首称是。

　　回来我想，彼年过知命，犹有如此心性和记忆力；而予而立未到，何以苒苒尘俗，虚掷光阴，岂不痛惜也哉：况且在大学读书期间及分配工作之后的头几年，我曾一直坚持背诵古诗文，唐诗宋词宋诗，背了不少，三本《古代散文选》让我翻得脊损页磨，不得不用牛皮纸裱糊起来。只是后来娶妻生子，工作家务加

358

重，烦恼日增而兴趣日减，没了先前的生气和勤谨，垂垂然仿佛老之已至矣。而先前所背古诗文，回想起来，所记不及十之一二了。

与先生一席交谈，萌动我故有之心愿，遂欣然躬行，重操旧业，背起古诗古文来。其实此举极为方便，不受时间、空间的限制，闲时拿得起，忙时放得下，兴之所至，情之所迁，"听其所止而休焉"。而我一试之后，旋即上瘾。除了吃饭、睡觉、上班、看书、写作等正当的必要的时间之外，几乎所有的闲余时间，都用来背诵。就寝之前、起床之后，上厕所、下厨房，排队、散步，等人。尤其是骑自行车上下班的那段漫长的路程——从团结小区到新体育广场，不拐弯、不抹角，一条通衢大道，往返一次，足有十公里之遥——利用此段路程背诵，既可节省时间，又可消除长途跋涉的疲劳、寂寞以及无聊。真是妙不可言。一路下来，可背诵古文五六篇，至于诗词，少则十几首，多则二三十首，大部分古文古诗，就是在这条路上骑自行车时记熟并不断加以巩固的。

下面所记片断，乃为我背诵古诗文过程中的种种遭遇和想法，聊供有志于此的同仁们释闷解颐。

和一位女士撞架

骑车背诵之举，除了诸多优点及带给我美好的精神享受外，也有其不足之处。心理专注于古诗文的语词与情境之中，呈现在面部，必然是一副痴傻的表情，这就难免引起路人怀疑。不过这一点我是不介意的。比较介意也比较令人头疼的，是偶然发生的那些撞车事故。比如有一回，迎面骑来一位女士，专找我的麻烦，远远地，她就开始左冲右突，还助之以呐喊呼号，把我从沉醉的优美的意境中惊醒。我旋即向左拐去，她马上跟了过来；我又急忙掉把向右，她反应得比我还快，立刻左转弯，阻挡我的去路，她呼号之声愈急，惊恐之色愈显，我一看无法摆脱其纠缠，急中生智，干脆刹车，以不变应万变，她就左右摇摆一阵之后，重重地撞了上来。她靘颜深重，气急败坏，站起来，拉出一副大干一场的架势。我急忙下来，帮她立起自行车。看她脸色有所缓和，我说："遇上紧急情况，应该马上刹车，大喊大叫管什么用？搞得我也乱了方寸。""哼，痴迷愣怔的，我就是想把你吓倒呢！"她说。

介绍一种催眠术

我有个习惯，晚上就寝入睡之前，不看一会书，便无法成眠，所以每夜必读。少则三四页，多则十几页，也不管天文地理，文学哲学，还是趣闻轶事、科普菜谱之类，读着读着，那睡意便如空灵中的游丝，翩然而至矣。值此将睡欲睡之际，如果再继之以默诵古文古诗，睡意便来得更猛烈，更浓重。这个时候，你简直是在和文字捉迷藏。"壬戌之秋，七月既望，苏子与客泛舟游于赤壁之下。……清风徐来，水波不兴，水波不兴……举酒属客，颂明月之诗，歌窈窕之章……少焉，月出于东山之上，徘徊于……徘徊于……浩浩乎……飘飘乎……"在我点了省略号的地方，不是下文联结不上，便是时有恍惚之梦境侵扰，把那短短的一段文字搞得支离破碎。尤其是那些平时和我极熟稔极亲近的文字们，现在却变得疏远而又陌生，千方百计躲避我，它们招来一团团迷雾、一堆一堆冷硬的石头，甚至一群又一群狐妖鬼怪们迷惑我的神经，转移我的注意力。此时此刻，身心委实不由自己，身如飘絮，心如游丝，乘陵高城危岩，在梦与醒的边缘徘徊。

然而那睡梦的威力是无边的，它那黑夜一样的垂天之翼，缓慢地覆盖下来，覆盖下来，终于将我吞没。

"洗衣服"

某日，下厨做菜。妻配料、我掌勺。眼观烈火烹油之势，心却骋骛八荒之外。想起庄子《逍遥游》，心中默诵之："北冥有鱼，其名为鲲，鲲之大，不知其几千里也；……若夫乘天地之正，而御六气之辨，以游无穷者……藐姑射之山，有神人居焉，肌肤若冰雪，绰约若处子，不食五谷，吸风饮露……"见眼前青烟漫起，于是又想到"大漠孤烟直，长……"却听妻子大叫："冒烟了！"顿时惊悟，慌慌举菜下锅，灿然有声。其实火候正巧，菜炒得青翠油亮。高温威逼，那水分一点也不敢出来。得意之时，心又倏然返古，背起《滕王阁序》来。加盐时，错把苏打放入，直炒得泡沫四溢。妻见状大呼："天哪！你这是在洗衣服吗！"

因下棋而悟到的一种境界

有一段时间里，酷爱下棋。棋虽下得不好，但心神专一，不知棋外还有世界。正像韩燕如老先生悼念诗人纳·赛音朝克图的一句诗中所说：马踏黄尘路两旁，走着思慕坐着想。看那世间万物，皆为棋中"车马相仕"也。这大概算得上一种境界：入迷且忘我。即至兴趣转移到背诵古文古诗之后，再看那世界，全然另外一副模样。"曾日月之几何，而江山不可复识矣！"盖人心之用于一也，"一"外之万物，便皆成虚设幻景，仿佛不再存在。《摩登时代》里那个被大机器异化了的可怜的工人，精神意识完全地集中在他的工作上，所以女人胸前的纽扣，在他眼里，也是螺丝钉，非得追了去拧他几拧不可。庄子《养生主》里讲，庖丁解牛之始，"所见者无非全牛；三年之后，未尝见全牛也"，到了最后，再解牛时，"以神遇而不以目视，官知止而神欲行。依乎天理……因其固然"，真正的出神入化。

相形之下，我之所谓"境界"，仅仅踏上台阶，远非登堂入室，深于其奥。然人非木石，一旦明乎其理，必将孜孜以至于此也。我亦如是。

● 周涛

吉木萨尔纪事

　　自我跨过了四十岁这个人生刻度以后，外貌上的变化非但没能使我悲哀，反面常使我暗自庆幸。我从小眉发混沌不清，绝非智者之相，这不免使我沮丧；不料，中年秃顶竟使我额角初开天庭饱满起来，每每镜中端详自我，总觉那片茅草初开的旷地如白岩石一般醒目，反射出银子似的太阳的光芒……故而有时被女诗人赞为"智慧的白岩石"时，自觉也比从前聪明了好几倍。

　　但是，外貌的现代化并没有能够遏止住内心退往洪荒世界的步伐。我在精神上是衰老了，我不得不承认且哀叹的是，在岁月无始无终的攻击侵掠之下，我精神的柱子倍遭侵蚀。或许是这样：在时间面前人人平等，女人丧失的仅仅是容貌，而男人，衰老的则是内心。最近我忽然发觉，青年时期经常占据我内心的诸如梦想、憧憬等诱惑我朝前走的那些念头，全不见了。我还记得那些念头，花儿一样明媚、鲜亮，盛开在路的前头，看它们一眼就有浑身的劲头。那全是些有毒的罂粟花，火红灿烂，像血光一片。

　　现在我只有一种蓝色的花，在内心里平静。这种花的名字就叫，回忆。我已经没有什么梦想和憧憬了，这很可悲，然而并不可耻。因为假如这个世界在你四十岁的时候就已经对你失去了魅力，那这绝不是你的过错。我的朋友杨牧已经先我去做，他可能是比我衰老得还要快。他已经写了一本回忆录了。我读着这本长满了蓝花的棘草丛生的东西，就感到一股人生的荒凉。无论是对苦难的回忆还是对苦难的达观，苦难都是苦的。它那根本的苦味儿并没有改变。但是在回忆过去最不顺心的日子时，我想也并不是没有生趣和可爱的东西。

我讨厌那些白白胖胖却成天把痛苦挂在嘴边的家伙，好像连感觉不到痛苦也是让他们吃了多大的亏似的。他们永远不会吃亏了，他们不仅在现实中占有了幸福，也在精神上占有了痛苦，双料的占有使他们永远立于不败之地！

为此，我决计在写这篇散文时避开一切可能让读者感到晦气和压抑的东西，剥掉笼罩在那段回忆之上的政治气候的乌云，去还原生活本身蕴存着的情致、生机。

请读煮相信我曾经有过的乐观天性！

黄土大道

那天，有一个人从长途班车上下来，穿过肮脏丑陋的吉木萨尔县城。他东张张，西望望，垂头丧气，两眼怅惘。然后，他走向一个陌生人，问了问路，就照直朝着那条通往乡村的黄土大道走去。

那个人就是十六年前的我。现在我还记得当时问路的两句对话。我说："请问到国庆公社的路怎么走？"那位陌生的吉木萨尔人瞟了我一眼，伸手指着黄土大道说："一个牛吃水端直子你就往下下吧。"我道了谢，于是就像老牛饮水一样不抬头地照直往下走了。

在十六年后的我看来，十六年前的我出现在早春的黄土大道上蹒跚而行有一种意境，有一种辉煌。很像现在时兴的某种现代画所要极力表达的意味：一个孤独的旅人带着自己被歪曲的灵魂，在空旷无垠的荒野上低头而行。黄土的道路蜿蜒曲折，迷蒙的太阳温暖淡黄……这可以是一幅黑白木刻，因而太阳就是一个黑洞，一只神秘的独眼。荒野以原始的线条粗犷地展开，那个孤独的人正置身洪荒，手足无措。

但是十六年前的我却并没有感觉到这样一幅画面。他只看到，道上留着各式各样的深浅不一的辙迹、脚印，被貌似温暖的太阳之下的寒气冻得硬邦邦的，就像一些车辙和鞋底的复印件。他一步一步地走过去，脚冻得有些痛，但并不感到孤独。田野被翻耕过，露着黑壤和积雪。天暖了，地还冷，周围还显得非常空寂。

那时我正好二十六岁，正好刚刚丢失了一个装满无价之宝的皮箱，我两手空空去探望已经分别两年的父母——他们已经被开除党籍下放在这儿当了两年农民。真不知道这两年他们是怎么过的。我满心疑虑地往前走，想念和悲凉把我的心情搞得沉甸甸的，怎么也快活不起来。

土路真长。在大地的这条裸露出黄色筋肉的弯曲伤口上，除了足迹的践踏，绝无植被和生物。这就是人类行为留下的走向——车辙印破坏和踩躏的土路，它正冷冷清清地伸向远处的灰蒙蒙的树霭，根本没有尽头。

我又回到这黄土大道上来了，很好。

"很好。"十六年前的我像是和一个什么巨大的东西赌气似的，恶狠狠地冷笑着。心里反而产生了一股很充实、很坚硬的力量。他顺着黄土道路来寻找他陌生的家，这是人间留给他的最后枝丫，他对抗生活的最后堡垒。因此他就知道了，为什么只有在黄土大道上艰难行走着的人们才特别珍惜血亲关系和氏族力量。人间的空旷和艰难，惟有他们体验最深。他们没有社会。

他一个小时又一个小时地在这条路上走，一边走一边想着自己，想着母亲，想着这条极有人生象征意味的辉煌土路。土路的确辉煌，尤其是这吉木萨尔的土路，初春的土路。这么一条不起微尘的，纯铜一般坚硬细腻质地纯朴而且泛红的土路。积雪还在给它镶着边儿，衬出一点冷峻和凄凉；灰蒙蒙的太阳的光芒往上再一泼，那生硬的土路就仿佛要扭动起来……它诞生过你，它负载着你，在世间的一切道路都抛弃你的时候，它收留你。

他有一点感动，还有一点悲伤。他想，正是在这样一条土路上，自己曾经是一个满脸皱巴巴浑身红不拉叽只有八斤重的小老头；一只可怜的小落水狗；一个吃奶的怪物。后来他成了一个穿着红肚兜儿的光屁股的哪吒三太子，剑眉大眼貌似神童，莲身藕臂冰肌玉骨，似乎事事皆会于心却连一句囫囵个儿的话也说不清。再后来他成了万人嫌、惹事精，像个脱毛待换的半大公鸡，除了骨头没有二两肉，不知哪儿来的精神四下里乱窜。终于，他长成了一个人，身高七尺有余。天下英雄谁敌手？拔剑四顾心茫然；时不利兮骓不逝，以手抚膺坐长叹。他碰了壁，吃了苦，遭了冷眼，长了冻疮，世路千条我无路，华灯万盏我无家……他知道了这世界不是好惹的，不好惹就不好惹它让你拔剑四顾心茫然，它让你四处感到压迫却找不到挺剑而刺的地方……他还得回到这条土路上来寻找自己的家。

土路非常亲切。因亲切而辉煌而富于历史感而唤起我心中潜藏着的原始的土地情结。由它引导着是令人再踏实不过了的，从它的泥土上走进一座自己的家门是再亲切不过了的。在土地上走，有一股醉人的懒洋洋的力量从地底下传递上来，通过脚掌，穿透鞋底和袜子传递上来，顺着血脉和小腿的筋络往上走，升腾如雾，弥漫如气。它使人获得一种舒坦、陶醉和放松，进而胸胆开张、魂魄飞扬，什么也不再惧怕……

薄暮时分，他已经走到了一个村口的大石碾子上。他浑身发热，坐下来，想吸一支烟。

就这样，十六年前的我并没有在这个世界上完全消失，他依然是我的一部分。他的一个念头、一个举动、一个微笑或一次梦想……并没有被时间的风彻底卷走，而是留下来，留在我的记忆里，刻在我的大脑沟回间。在记忆的那片伟大神秘的山谷里，他将永远存在。成为一个琴键，一轴画幅，一首诗的标题或一部专著里绝妙的警句，伴随我，直到我消失它们依然存在。无论现实的含义多么残忍，我决不相信我会消失。

黄土啊你应该作证，我的终点不是坟墓。

父亲

父亲对每个人来说，都应该不是一个词汇，而是一团扑面而来的血统的气味，一座属于你的伟大的山峰，一个永远无法用理性去分辨是非的感性的百慕大三角，一位上天委任给你的命定的神……你无法挑剔，也无法选择。你的魂魄在茫茫宇宙间微粒般飘荡遨游、无根无脉，浑然不知；但是你将因为他被显影，你将因为他被捕捉住，被固定下来，被囚禁在母亲幽暗温暖的子宫里，等待重见天日的时刻。

父亲，就是赋予你生命的人。

但是你却从来没有感谢过他。

你反过来占有了他的精力，剥夺了他的时间，消耗了他的生命，可以说，你毁了他的一切，而且，你还任意地埋怨他，利用他对你的爱泛滥自己的粗暴和任性。

难道，世界上还有比这更不合理的事吗？

只有父亲，可以这样。在他强大的时候，他庇护你、容忍你；在他衰老的时候，却耻于依靠你。而且，在人们不约而同地把一切美好的颂歌、养育的恩德奉献给母亲时，父亲微笑着，觉得理所当然。他丝毫不觉得自己也应该享受一点，常常是他倒觉得自己做错了什么。他完全不知道，在这一点上，他无意中又表现了真正男性的襟怀和品格。

我爱父亲。虽然我平常最恨他。

虽然每次和他在一起都免不了争吵、埋怨和发火；虽然他看不惯我尾大不掉、放任不羁的作风，我也看不惯他的主观、固执、农民式的自私和对权力的崇拜。

像许多人的父亲一样，我的父亲完全是现实人生舞台上的彻底失败者。但这并不妨碍我对他的爱，更不妨碍我对他无条件的承认，他是任何人也不能替代的。自从我成熟以后，我就从没有羡慕过那些有着显赫父亲的人。

父亲是一个失败者，虽然他从不认账。

在吉木萨尔的几年间，正是他失败人生的辉煌顶点。但是他并没有自杀。

我当然知道，他是为了我们。

……十六年前，当我坐在那个村口的大石碾子上吸烟的时候，有一个纯种的农民正远远地眯着眼朝我看。然后，朝我走过来，一直走到很近，站住了。

那农民穿一件黑布棉衣，戴了一顶破皮帽子，手里提着个筐子。

我看见了那个注意我的农民朝我走过来，但没在意。我在想，大概就是这个村子没错，还得打听打听，究竟住哪儿。

那个农民站在离我很近的地方，竟伸着脖子弯下腰凑到脸前来看我，而且，笑出声来！

咦，奇怪。我定睛细看面前的这个人。一张完全陌生的农民的脸孔在几秒钟之间骤然变幻，风霜雨雪，皱纹白发，劳累痛苦，希望孤独……几年分离后的风尘变化，在几秒钟内被揭开，剥去，还原，定格。

定格为那个原来熟悉的父亲。

"爸爸!"我一跃而起,高兴极了。

"信上说是这几天回来,我就每天到村口上打望。今天看见有人坐在石头上,可是不敢认。哈哈,果然是!太好了,太好了。"父亲说着,抄起筐子就领我回家。沿着满是残雪和牛粪的村子,一直走出去,离村不远处有一座孤零零的屋子,正冒出笔直的灰白炊烟。

朴素的柴门院落,孤独的土坯泥屋,在乍暖犹寒的天气里默默升空的烟缕,我的脚在雪地上咯吱咯吱地移动着,跟着父亲,像很久很久以前小时候的某一天一样,朝着那里不知不觉地走过去。我对这座陌生的屋子充满了信赖。这就是这个寒冷的世间唯一可以让我得到温暖的地方。这没错儿,父亲不会错。这就是家,家就是父亲居住的地方。无论这地方被安置在哪儿,是石家庄还是北京,是乌鲁木齐还是吉木萨尔,我都将跟随它,寻找它。无论它是楼房地板还是土屋柴门,我都用不着敲门,用不着征求主人的意见,我有权不看任何人的眼色,睡觉、吃饭!

我父亲就这么一边拎着筐子朝前走,一边扭回头来和我说话:"村干部给调换了一家上山挖煤的人的空房,借给咱们暂住,条件好多啦!"我跟着他,看着他的背,觉得有一股说不出的纳闷、奇怪。人的这一辈子是怎么过都能过去的。什么样的命运都能接受,什么样的生活都能适应。但有个前提,就是不能有太多自己的思想,谁有独立的思想了,谁先绝望!就说父亲吧,这个三八年的决死队员,这个五〇年准备出国的外交官,打过别人的右派,反过自己的右倾,一辈子对党忠诚得没话说了,结果倒给开除了党籍,发到这地方安家落户来了……这可称是对忠诚的最好报应,当然也是对愚忠的应得惩罚。不过他不忠又怎么办呢?铁打的江山无缝可钻。

父亲是一个普通的人。所谓普通人就是那些没有力量支配现实社会的人，就是只能受现实社会的各种力量支配的人。这类人的一个最突出的共同特点就是，首先在思想上接受现实主导思想的指导和教化。相信报纸，相信宣传，坚信领导者的品格和诺言，笃信巨手所指的方向。而这，正是人生全部失败的根源。

多少年来，我总是力图以不含偏见的立场来认识父亲，解释他的行为，总结他的一生。结果我发现，根本不可能。我总是由于他在现实中的失败而低估他，而忽视了他作为一个人在本质上具有优秀品质。我无法认清自己的父亲，谁叫我是他的儿子呢？

看着眼前的这个提筐子的人，我就想起少年时在机关院里与一群顽童舞枪弄棍鏖战正酣时，突然出现在楼前怒喝我为"疯狗"的人；想起星期天逼我帮他冲洗全家无穷无尽的衣物，水寒刺骨，手冻通红，而他不把最后一点肥皂沫冲净决不善罢甘休；还想起那个原先穿军官制服尔后穿中山装干部服最后又穿上农民黑棉袄的人；而且想起曾经风采翩翩然后神态庄重终于苍老迷惘成现在这个样子的父亲……我看到，从说话的声音到走路的姿势，还有身材和五官，还有习性和灵魂，我都酷似他。我悲哀地发现，无论是成功或是失败，无论社会环境是有利还是不利，我都摆脱不了他给我的模式，摆脱不了他对我的一生所注入的遗传基因。我将一天比一天地趋近他，越来越酷似他，直到有一天，彻底成为另一个他。

新陈代谢，世道循环，如此而已。

所有的新叶和新花，都不过是上一代的花叶在新的季节里的翻版罢了。觉得新鲜，那不过只是"觉得"。

……

就这样，我已经远远望见柴门外站着一个又瘦又矮的女人。那就是父亲的妻子，我的母亲。母亲也望着，朝我们走过来，一边走，一边用她的手擦眼睛。待到走近，她只叫了一声我的名字就哭起来。

370

在早春无望的寒冷薄暮中，母亲的哭声使人心碎，并且使碎了的心渐渐凝固成一块水泥疙瘩那么硬。

漫长的冬天使母亲的头发变得灰白，炊烟般在冷风和哭声里飘散，在多皱的额顶纷披；而母亲又是那样瘦小，那样善良。

这不是逼着这位瘦小女人的儿子怀恨在心吗？我想，我们虽然四散他乡，无立锥之地，却在默默忍耐中滋长着仇恨；仇恨像卵石一样，暗藏在心里，总有一天伺机报复这冷酷的一切！不信，你等着。

我似乎很平静地笑着。却本能警觉地回过头来，环顾了一下周围：空无一人，只有野地里凄凉的枯树，向空中伸出无望的指爪。只需要一眼，我就把这景象记住了，再不会忘。

当我走进家门的一瞬间，我听到，黑暗像幕布一样，"唰——"在背后骤然降落。

村夜听风

你是跟着我跨进这个门槛的，磨得发白的木头门槛。这是几乎每一个女人一生中总要跨过的东西。这就是生活里的刻度，或是生活成熟的标志，界限和季节等等的含义都在这可怜的门槛上了。

你也许没想到，你竟是在这样一个门槛上开始了新的生活，告别了自己的家门，成为那里面的一个陌生的成员。

你挽起袖子在一个花花绿绿的脸盆里洗手，你听见我母亲用怜悯而略带评价一只羊腿的口吻说"看看这胳臂瘦的……"

你按照规矩和我母亲一起去拜访几家村邻，农村妇女的狡猾的奉承方式是极力装扮得更土更傻。你还没跨进门，她们就满脸堆笑故作惊讶地叫："哎呀呀，城里的鲜花来啦……"

你还看了我父母早已为你收拾好了的一间作为新房的屋子。

里面摆着一个双人床，铺着干净的被褥和毛毯；然而墙壁上却结满了霜，水缸里的水结了浮冰……这是一种怎样的"寒冷的温暖"啊！

我也正看着这个被一盏煤油灯的光亮所照耀的家。两年来，我已经习惯了煤油灯，我已经忘记了电灯。

这是个一明两暗的农家屋。一进门就见屋里堆着柴草，安着灶火；灶火用来做饭，还烧左边房里的土炕。房顶上没有糊纸，露出一排被烟火熏黑的椽子；椽子上悬着几个用木杈做成的钩，用来吊装鸡蛋和咸猪肉的篮子。

我想，这就是我家。我一点儿也没觉得我家有什么变化，虽然在社会的现实面前，我的家庭已经彻底灭顶，一败涂地，毫无振兴的可能，但是我的家还在，我家的人都活着。他们的语调笑声，他们的习性气味，那种特殊的骨肉情感，生命活力和温馨生动的一团光热，活泼泼地在我身边洋溢着。它并不因为政治上的落难和困顿，收敛自身乐观的天性。这就是，我在人世间航行的船。只要我的帆还在，舵还灵，只要我的船还能够载着我漂浮，一切险恶的风浪都不是致命的。

我一点儿也没觉得我家有什么变化，而且，我一点儿也没觉得我这个吉木萨尔的家有什么让我难堪的。政治的史无前例的巨掌，一下把我们打进了另一种环境，不管它的用心有多么恶毒，我却有幸体验了更朴素的生活。一种环境和一种环境之间，有着无形的深刻的墙，虽然同在一个大地上，却有时终生难以逾越。这回，我可是没费劲就穿越过去了，我不知我该谢谢谁。

"爸爸，你猜我最担心你什么？"我一边问着，一边很快又接着回答，"我最怕你想不开，自杀！"

"哼，我怎么会。比这困难的时候我也经历过，我还会那样！"父亲说。

但是你以女人的细致，看见父亲眼神和嘴角上一闪即隐的凄楚和阴郁。你甚至觉得，这位老人肯定不止一次地想到过那样。在那时候，有一种十分美丽并谦虚的名称，叫"学习班"，然而那实质是奥斯威辛集中营的汉译。那是一座学习自杀、鼓励跳楼、劝人上吊的学校，那是一所慈祥的监狱。从那里出来的人，肚子里都像是被安装了窃听器，连心思都被控制在俘虏的轨道上了。

即便在偏僻的吉木萨尔乡村，想起这三个被赋予浓重血腥气味的美丽字眼，也让人不寒而栗，也让人充满被控制着的感觉。

岔开话题，父亲话还是很多。他说："你弟弟回来时，呆头呆脑的，变木了。十四五岁就插队，回来都不敢认。结果在家住一个礼拜，又叫我给喂活了。看那脸，铜盆一样圆鼓鼓的，放光！"说罢，得意地大笑。

"你可不行，太瘦。"父亲指着我，"怎么解放军农场不给吃饱肚子啊？光让干活还行吗？这次回来，主要任务就是给我好好吃。"

他用右手一个一个地点弯左手伸开的指头，数点起来："已经杀了一头猪，自家养的。肥肉炼了油，瘦肉腌在缸里，等你回来吃。她不吃猪肉？不怕，咱们还喂着羊嘛。还有鸡蛋，多少斤？对，满满三篮子，不够再从村里收购，很便宜的。你妈喂着一群鸡，鸡也下蛋。粮食尽够吃。菜，我就在队上管卖菜记账。咱们还养了猫儿，不养不行啊，有老鼠害人呀。"

数完了。"还有什么？"他问母亲。

母亲轻轻地笑着："这就够我侍弄的了，还有给你做饭。"

土屋柴门，红泥火炉。父亲的口气还有那么一点领导干部似的，说起解放军农场，就像说起什么老部队或老朋友那么亲切、放心。他不知道，那时候的解放军已经变得和从前的解放军有点不一样了。何况我们这类不穿军装的学生……我暗想，现在是世道大变啦。

373

只有这温暖的土炕，没变。

一只脸上巧妙地勾着对称脸谱的黑白花猫，卧在母亲身边打呼噜，表现出一派两耳不闻窗外事，一心只读耗子经的样子。

窗户外边的小院落里，隐隐传来猪的哼哼唧唧声，间或夹杂着轻微短促的尖叫，就像小孩子撒娇时发出的一声"嗯——"；还有鸡的喉管里滚动的叽叽咕咕的声响，翅膀扇动时的碰响。

天边的黑暗已经笼罩了整片大地，这时的寒风是冬天的尾巴，在空旷的深夜里不停地穿扫。扫呀扫，像个爱扫地的肮脏老婆子，嘴里发出呻吟一般的唠叨声。有时，它溜近人家的墙根下偷听一阵，听见没有它需要的内容，就用它的臭脏指头"嘭"地弹下窗户纸，溜走了。然后它用它的烂扫帚一撑，撑竿跳一样，飞上另一家的茅草房顶，在上面跺脚，打滚，学狼叫，装鬼哭，直到把那家的孩子吓醒，"哇"地一声哭起来，它才心满意足地飘然远去。

在无边的黑暗里，在人们被恐怖压抑着的想象中，它游刃有余，格外精神。它原本无形的力量只有在黑暗的协助下才能在人们的想象中变幻无穷，被赋予千奇百怪的形体。它喜欢这样，它需要这个。

整个村子都熄灭了。

每座房子都像一艘船，沉沦在黑夜的波涛里。它们全都麻木地、谦卑地陷落，渐渐被彻底埋葬——仿佛从来没有存在过。这时，你像一只鸟那样钻在我的臂弯里睡意正浓，而我却在假寐，似睡非睡，听着窗外村野的风响。

肉体的风暴过去之后，身心变得大海那样平静。是一处海湾，沉静明澈的海水稳稳地在大陆架上晃动。偶尔在这平滑的筋肉下面、在血液深幽莫测的地方，闪过一丝痉挛。那痉挛从极其遥远、非常原始的角落发射出来，尖锐、敏感，像一根带电的游丝、一只快乐而又痛苦的精灵，一瞬间就击中遍布肉体的每一根经络，使之战栗。然后，也只一瞬间，它消失了，谁也别想再找见它。

哦，这才是肉体的上帝，永恒的主宰！

在黑暗中，我将笃信你，也只能笃信你。当一切都沉沦陷落之时，当你还不曾麻木、谦卑之时，记住：生命，我是你的崇拜者。

猫的本事

本来，猫可以统治人以外的整个世界——我这么想；只是可惜它被造小了——假如当初它的形体被造成牛那么大，那它就不会成为人类脚边的驯顺之物，而会成为消灭人类的大地主宰。

我这种想法，是在我看到我家的这只勾着黑白脸谱的花猫时产生的。它正在土炕上打哈欠、伸懒腰。在这一刹那，它裂开猛兽特有的黑嘴，露出尖利的牙齿，展示出豹子一般柔韧有力的细长身躯……四个伸直的软蹄上图穷匕现，充满杀机。

谢天谢地！我想，亏是它造小了。不然，被迫杀得四处乱钻的将不是老鼠而是我们人类了。我这不是偶然突发奇想，也不是我没见过猫，而是因为回到吉木萨尔家里几天来，已经接连目睹了这只花猫惊人的能耐，它的确令人惊叹不已！

只有在农村，猫的重大作用和高超本事才能如此一览无余地被发现、观赏，而且分别以正剧、喜剧和暴行三种形式演出。

第一次，我家的猫成功地扮演了正面英雄形象。那天黄昏，我们全家坐在土炕上闲聊，而猫，蜷卧在广阔土炕的一隅昏昏沉睡。

黄昏是农家美妙的时刻，尤其是闲坐在温暖的土炕上。夕阳在窗纸上涂染着最后一点淡黄，有一种明亮的安详对暗淡的转换所表现出来的礼让。时光在这个时候像一位谦谦君子，它似乎有一刻停留，有一种仪式，像在等候什么，并不匆忙撇下这一切就走。

然而在这种美妙的时刻却有一种不美妙的东西悄悄蠕动，不幸被居高临下的土炕上的我们同时发现了：一只老鼠，正顺着土墙根悄悄回洞。洞就在墙角，可以看得见，那鼠，已经离洞口不远了。

看见老鼠的我们不会抓，会抓老鼠的猫却正在睡觉。急得我们直喊"猫！老鼠——；老鼠——猫！"全忘了那猫听不懂人的语言，而老鼠听见喊声就会逃得更快。

不过，喊声还是惊醒了猫。它稀里糊涂东张西望，等它看见那只老鼠时，眼看着已经在进洞了。"嗨，来不及了！"父亲像看一场足球赛错过了绝好射门机会时的球迷那样，痛声惋惜。谁也没料到，猫就是猫，猫的本事竟如此大幅度地超越了人的想象。它从土炕的一隅到墙角的鼠洞，恰为这间房子的对角线，中间必须跨越横七竖八的我们杂乱的腿，必须在老鼠全身钻入洞口的一瞬扑出一丈开外。这太难了。但是它奇迹般实现了，它几乎是一个闪电，一个极快的念头，一个超现实的幻觉，用右前爪把完全入洞的老鼠给掏了出来！

看着这一幕场景，我目瞪口呆。说真的，在人类任何一种运动中，我从未看见过像猫这样矫捷不凡的身手。

有趣的是，没过两天，我又目睹一次这只猫逮老鼠时上演的滑稽戏，像个小丑。它简直可以说是笨透了。

那天是一只耗子在面柜附近折腾，弄出了声响。猫听见了，绕着面柜底下的缝又堵又掏，像和耗子捉迷藏。结果，那耗子爬上面柜，不小心，掉进面柜里，全身成了白的。花猫不知道，还在下面费精神。还是父亲着了急，把猫抱到面柜上，说："老鼠在里面！"

花猫很固执，坚信耗子还在柜底，又跳下去寻。

父亲又把猫抱上去，就差把耗子抓住送给它了，它还想往下跳。如此三番五次，终于，面柜里的耗子白乎乎地一动，它看见了，扑下去咬住，弄得满身面粉，像掉进了石灰里……惹得我们大笑。

猫是挺有趣的。这个小开本的猛兽好像是专门为耗子而制作的，捕食的才能出神入化。然而在沾满面粉的化了妆的白耗子面前，它失去判断，固执犯傻，进化了几十万年的才能碰上了难题。细细想想，会觉得上帝心真好，他把老虎的祖师爷造小，让它依恋人，卧进人的掌心，成为"咪咪"叫着的可爱小动物，丝毫用不着害怕。这是上帝的恩赐，把最凶猛的变成最可爱的，袖珍老虎，它的厉害只是指向老鼠。这使我们在逗猫玩时，享受到了类似逗老虎玩的乐趣。

我家的房檐上有一个野鸽子搭的窝，这当然很吉利，是鸟类对善良人家的信任。窝不算很高，因为房檐就不很高。可以看得见，一对恩爱的灰鸽子很忙，窝里常传出小鸽子的叫声。

花猫常在屋檐下仰看，然而它这个特警队员对付不了空军基地，无奈，渐渐习以为常。一天中午，由于我的百无聊赖和恶作剧心理，一场在灿烂阳光下人猫合作的暴行，终于发生了。

当时我只是想逗逗那猫，馋馋它，并不想满足它嗜血的本性。我把一根粗木柱斜架在墙上，故意离那鸽巢很远，大约有一米多，我估计花猫够不着。

它像是打招呼征求我的意见那样，仰起脸朝我可怜地叫了两声，见我鼓励它，就立即行动起来，爬上木柱。木柱有点转动，它谨慎地维持平衡，杂技演员一样，上了顶端。它在上面观察一下，就扭回头来，看着我叫起来，叫得既委屈又让人怜悯。那意思很明白，是说："这么远谁能够着呀？这不是太过分了吗？"

我把那木柱朝上靠，最多靠了几寸，我依然认为它够不着。

它从柱顶上立起来，前爪扶着土墙；这样，它离那窝的距离就又缩短了将近半米。"不行！"我看出了危险性，喊它。已经无法挽回了，喊声未落，它像美国职业男篮双手扣篮那样，一耸而起，两只前爪抓住鸽巢，凌空悬在下面，摇摇欲坠！它两目间已经完全没有一丝温驯和可怜，闪耀出一派果决、勇猛、精神抖擞的杀气，置一切危险于度外的野蛮！它用一只前爪抓紧鸽巢吊住悬空的身体，腾出另一只前爪来，伸进窝里，一掏，掏出一只羽毛渐丰的小鸽子。然后放进嘴里，咬住；翻身跃向柱顶，连滚带爬地下了地面，呜呜地叫着，在墙角吃起来。

我后悔莫及，暴行已经成了恶果。我辜负了灰鸽夫妇的信任，致使花猫咬死了它们的独生子女。在完全慌乱、失控的情绪下，我顺手拣起一块石子，从十几米外一扬手，准准地击在花猫的嘴上！这一下是太准太狠了，打得花猫一蹦蹿起老高，扔下鸽子落荒而逃，怪叫着有好几天没回家。

但是小鸽子还是死了。

罪责在我，我用了很多话向父母检讨，求得原谅。然而，我怎么能得到那对灰鸽子的原谅呢？它们咕咕咕咕的叫声，使我黯然低头，产生出一个良知未泯的战争贩子应有的悔恨。

结论：不能小看猫。猫虽然是人温顺的、可爱的奴仆，可它却是老鼠的克星，鸽子和平生活的破坏者。它的兽性一旦发挥出来，本事惊人。

那么，由这样的结论，我们进而还可以生发出一些什么样的联想呢？当然是关于人。在人的社会里，有时那些重要的人物产生了一个念头，就会把木柱架过去，诱发一部分人的兽性；当暴行发生了，他又会顺手捡起一块石头，扔过去，打击这部分人……和我对花猫做的一样。

麦子

我想说，亲爱的麦子。

我想，对这种优良的植物应该这么称呼，这并不显得过分，也不显得轻浮。

我而且还想，对它，对这种呈颗粒状的，宛如掉在土壤里并沾满了土末的汗珠般的东西，人类平时的态度是不是有些过于轻视和随便了呢？

它很美。尤其是它的颗粒，有一种土壤般朴素柔和不事喧哗的质地和本色。它从土壤里生长出来，依旧保持了土壤的颜色，不刺目，不耀眼，却改变了土壤的味道。这就使它带有了土地的精华的含义。特别是它还保持着耕种者的汗珠的形状，这就像是大自然给予我们的某种提醒、某种警喻，仿佛它不是自己种子的果实，而是汗珠滴入土壤后的成熟。

这一切使它更美。麦子，它是如此的平凡，然而却是由天、地、人三者合作创造的精品。它使我们想到天空的阳光和雨水，想到土地默默的积蓄和消耗，想到人的挥动着的肢体……所以有的民族在饭桌上面对面包时，会产生感恩的心情，感激这种赐予。所以还有的民族把麦穗作为了族徽，以表示某种崇信和图腾。麦子，它还可以使我们毫不费力地想到镰刀、饥馑、战争、死亡……等等之类最关乎人类生存的问题，但是面粉不容易使人想到这些。这就是麦子掩藏在朴素后面的那种深刻的美。

我是一个热爱粮食的人。因此，我非常乐意在春天的吉木萨尔翻弄麦子。我们住的地方没有面粉厂，也没有粮店；庄户人只能分到麦子，到一个河上的磨坊去磨成面粉。

连续几天，我和父亲把一麻袋麦子倒进院里架的一个木槽里，然后倒水冲洗。我们选的是阳光非常明媚的日子，也没有风。晶亮的水珠儿闪着光芒，渗进麦粒中间，慢慢升起一股淡薄的尘雾；有一点呛人，仿佛使人闻见去年的土地散发出的温热。然后再倒水，搅拌，冲洗，直到一颗颗麦粒被洗出它本来的那种浅褐色白的质朴，透出一股琥珀色的圆满的忧伤。然后晾晒几天，再装入麻袋。

我看得出来，麦子的色泽里含有一种忧伤的意味，一种成熟的物质所带有的哲学式的忧伤。这种忧伤和它的圆满形态，浅褐色泽浑然和谐。与生俱来而又无从表述，毫不自知而又一目了然。正是这，使它优美。

于是有天，我们起得绝早。我们向邻居借来了一头驴和一辆架子车——这像是农户人家的一个重大行动似的，很早，我们就把装麦子的麻袋搬上驴车，朝磨房去了。

我和父亲坐在车上。我驾驭驴车的才能无师自通。我很想驱使那匹毛驴奔驰一番，以驱散田野小路上的那种寒冷的寂静；然而父亲不允许，他害怕"把人家的驴累坏了"。磨房相当远，农村的早晨也相当漫长，我们的驴车仿佛慢吞吞地走进了一个久远的童话故事。驴将突然开口说话，告诉我们它原来是一个公主（大队书记的女儿），被磨房的巫婆变成了驴，只有从遥远的城市来的勇士才能破那妖术，它就会还原成人。于是沿着这思路幻想下去，满满两麻袋麦子会在公主的手点化下成为金子，一切都很圆满和快乐……在农村天色微明的田野上，一切景致和氛围都酷似原始的童话或民间故事。只是驴低垂着头，丝毫不准备回过头来对我们说话。

当时，我突然觉得我和父亲像是两只松鼠，或是连松鼠也不如的什么鼠类，正运载着辛苦了一年收集来的谷物，准备过冬。我们所如此重视的两麻袋麦子，其实正相当于老鼠收集在洞里的谷物。我感到了滑稽，有点哭笑不得，人一旦还原到这种状态时，生存的形象就分外像各种动物了。

这就是我们的麦子，一粒一粒的，从田亩中收集回来的养命之物。颗粒很小，每一粒都不够塞牙缝儿的；但是我们就是靠着这样一些小颗粒，维持生命，支撑地球上庞大众多的人群发明、创造、争斗、屠杀、繁衍、爱憎……不管人类已经进化到了何种程度，它还在吃麦子——这就够了，这就足以说明人类依然没有摆脱上帝的制约，依然是生存在地球上的无数种类生物中的一种，而不是神。

被小小的麦粒制约着的伟大物种啊！

假如有一天，大地突然不再生长出麦子，那该怎么办？这虽然是杞人忧天，却并非毫不可能，因为我这种年龄的人经历过一次大饥馑。我因此而懂得，源源不断的粮店会突然没有面粉，母亲会对没有吃饱的儿子说"少吃一点"，乞吃者会骤然间遍布城市的各个角落，人们会为了一个大饼而去抢劫……这就是麦子的威力和制约，在这个意义上，麦子就代表了上帝。

磨房终于到了。

磨房里没有巫婆，有一个老头儿。磨房是那种最古老的中世纪式的，靠河水带动，在轰隆轰隆的沉重响声中摇摇晃晃，像一排老人的牙齿，已很松动。这是一座架在河上的木头磨房，里边大概除了碾子，其余的全是用木头制成的。木杆、木柄、木轮，因年久而被磨得光滑油亮，渗着乌黑的手渍。和看管它的这位老头酷似的，它俩都一样是年久失修的，松动勤勉的，喉咙里呼噜呼噜带响的。

我们的麦子就倒进这令人可疑的陈旧作坊里，缓慢迟重地在。这生活的水磨上被磨损，被咀嚼，被粉化。我想着那一颗颗麦粒被压扁、挤裂、磨碎时的样子，想着它们渐渐麻木、任其践蹋的状态，有一丝呻吟和不堪其痛的磨难从胸膛里升起，传染给我的四肢，我真真实实地感到了我和它们一样……和这些麦子一样，我正在一座类似的生活的水磨上，被一点一点地慢吞吞地，磨损着。

然而水磨却在唱着一支轰隆轰隆的雄壮的歌，用它松动的牙齿、哮喘的喉咙，唱着一支含混不清、年代久远的所谓进行曲……这就是我们每一粒麦子的命运。

我就是麦子。

我正面临着古老民间故事一般的现实。

我芬芳的、新鲜的肉体正挤在历史和现实两块又圆又平的大石盘间，在它们沉重浑浊的歌声中，被粉化。

我欲哭无泪，欲喊无声。

因为我就是泪水和汗珠平凡的凝聚物——麦子。我将一代代地生长，被割掉；成熟，被粉化；被制成各种精美的食品，被吃掉；然后再生长。

这一切都是因为我没有感觉，没有思想。我是圆的，颗粒状的，人们把我叫做"麦子"。只有一个诗人这样称呼我，他说："亲爱的麦子。"

一匹难忘的猪

我起了床，在院里刷牙。天气十分晴好，阳光刺目而又温热。屋外裸露着泥土的墙根，已经蒸腾起"日照香炉生紫烟"般的热气。是啊，我想，是春天啦！春天的农家小院里，充满了生气。

我家的院墙是用各种荆柴和树枝围起来的。猪圈和鸡窝并排垒在右墙下，左边是菜畦。猪圈里只有一头猪，是半大的小猪，鸡窝里有十几只鸡，母鸡居多。靠窗的房檐上有参差不齐的木椽子伸出，其中有一根较长的木椽子上用粗绳悬吊着一只篮子，不知是干什么用的。

刚刷完牙，就见到一只母鸡咯咯地叫起来，急着要下蛋。那褐黄母鸡东张西望，似乎有些犹疑；偏起脑壳想了想，终于下了决心。一跳，先上了鸡窝顶，然后鼓足勇气扑喇喇扇着翅膀飞起来，一下竟飞了十几米，奇迹般准确地落进了粗绳悬吊的篮子里！篮子在房檐下晃来晃去，那只鸡，却安详地卧下去，悠然自得地下起蛋来，像个吊床上的产妇。

这不是把鸡养成篮球了么？我想，而且还投得挺准，每次总能留下一粒鸡蛋。我母亲不是一个幽默的人，而且没有这种创造性，她老人家怎么想出了这么奇妙的养鸡绝招呢？我一问，母亲也笑了，说："咱家的鸡呀，就是怪。放着鸡窝不下，偏要飞起来高空作业。那个篮子就成了专门给它们下蛋的啦，还引得别人家的鸡也飞进来下。"

"村里人也都说周大老家是怪，"母亲又说，"养啥活啥。夏天也闹鸡瘟，家家死鸡，就是周大老家的鸡非但不死，还飞进篮子里下蛋。掘上个猪娃子吧，也精神得不行，长得还比别家的猪漂亮。别人的猪都卧在地上哼哼呢，周大老家的猪娃子一向就在门口上坐着，和狗一样！"看得出，母亲为此显得非常幸运和自豪。当然，一般说来，猪没什么了不起的——我也这么认为。蠢猪，脏猪，猪罗！猪很难让艺术家产生爱而把它塑成青铜雕像矗立在中心广场，它只能作为猪排以佳肴的诱人形象被端上盛宴，让人们用舌尖品味，牙齿咀嚼，肠胃欣赏。猪是哺乳幼崽最多的也是最常见的动物，但人们从不用它作为母爱精神的象征。人们吃它，但是瞧不起它。这真是个倒霉的东西，在人眼里，它只是一堆能活动的，会哼哼唧唧的肉！

比如我吧，吃了它们几十年了，要是算一笔账，恐怕至少吃掉了几百头猪是有的了。但是吃得有滋有味，吃完了照样蔑视它，从来不屑于区分它们之中的任何一个和别的有什么不同，更不会记住被我吃掉的是哪一头猪。猪还有个性吗？猪就是猪！就像白菜就是白菜花生就是花生一样。

但是这家伙——在我刷完牙回屋拿起一本书时——发现随在母亲身后堂皇跨门而入的竟是一头猪！我觉得这简直是乱了朝纲，起而轰之，那小黑猪噘嘴瞪眼，坚持不走。小眼睛一直以轻蔑的神情注视我，不时发出哼哼声，好像不服气，在哼哼着说：你算老几？你有什么权力撵我？

母亲说："让它待着吧，已经惯出来了。"

惯？我们从小就是母亲惯的，怎么它也叫"惯"？这一个字，突然使我意识到了这头小黑猪在这个家里的重要地位。两位老人被发落到这里，平时儿子四散，孤独凄凉，膝下养了这么个大活物，也是一份生趣。难怪惯养得和猫狗一般呢。

拿这眼光一看，果然这猪是不一般了。它浑身黑亮，皮毛干净，身躯滚圆娇憨可爱。和周围的猪一比，简直超群脱俗，称得起有几分俊秀了。我几乎怀疑它是猪八戒家族的嫡传子孙了，很快就喜欢它，叫它"黑猪"。父亲也很喜欢它，只要端出盆来给它拌食，它就兴高采烈拿头拱人的腿，像狗一样摇尾巴，活蹦乱跳地围着人转，就差不会喊口号了！何况它还小，小东西即使是猪也一样天真烂漫。

闲居无事，便和弟弟到村外一条小溪沟里捞鱼玩。溪不宽，一步可以跨过；也不深，手臂可以触底。可喜的是水极清冽，人在溪边走动，可以看见惊起的泥鳅在水草里四窜。于是我们制成捕蜻蜓用的三角网，提一个桶，在溪边消磨一上午时间，便能捞半桶泥鳅。可是这指头粗细的小鱼没经济效益，提回家里，养之无益，倒之可惜。一打眼瞅见小黑猪百无聊赖地瞎转悠，突然来了主意。

拿出一条泥鳅，扔过去，在它嘴前蹦跳。它嗅嗅，抬起小眼睛望望我，满心疑虑，不吃，再扔一条。还是不敢吃。看来猪不杀生，那好，把它的食盆拿来，倒点汤食，然后抓一把泥鳅放进去。泥鳅游窜在汤食里，小黑猪吃起来，吃着吃着，它突然一愣，边嚼边抬起嘴来，看那盆，隐隐有波动者，便扎进嘴去追。咬住一条，就摇头晃脑，有时不小心泥鳅又钻回水里，就喷着气再捉。它尝着了味道，吃的汤水四溅，呱呱作响，嘴巴伸在水汤里不时地猛抖。逗得全家人哈哈大笑，好像在欣赏表演。不一会儿，一桶泥鳅告罄。

捞鱼这件事，一下就因为小黑猪而从无意义的闲玩变成了有意义的劳动。我们便每天去溪边捞泥鳅，把喂猪当成一天中最精彩的观赏节目，弄得周围的农民感到不解，他们议论说："周大老家用活狗鱼子喂猪！"

后来母亲说喂鱼喂出毛病来了，小黑猪不管吃什么都要翻江倒海瞎折腾，以为有鱼，结果弄得撒食。

有一天，父亲被分配去队里看场，远远望见一群猪成进攻队形缓缓移来，渐近，父亲猛地一声吆喝。见有埋伏，猪群纷纷向后逃窜，独有一猪，不但不逃，反而泰然行至队前带头，边走边回头哼哼，猪群马上重整队形跟随而来。父亲细看，原来是我家那头小黑猪，它不慌不忙，胸有成竹，不断回头用猪语鼓励同伙，自己却故意表现出一种随便而大方的样子，像人在请客做东时的样子差不多，它表现了一种猪的潇洒和庄重。好像它认定，它的主人看场就等于今天它请客。这显然会使它在猪群的地位迅速得到承认。不料，父亲虽被开除了党籍，却仍然满脑子大公无私，在小黑猪即将被确认领袖的关键时刻，一点面子也不讲，坚决地用木棍把它们轰走了。

这使小黑猪很委屈，用一天半的时间对父亲表示疏远和装不认识，大概它想不通这件事为什么那么不通猪情。

父亲把这件事告诉了我们，大家都很奇怪，说猪蠢是没道理的，猪连后门都会走，这几乎已经达到了人的相当智力水平了。

可惜的是，我在吉木萨尔只住了十几天，没有能更深入地了解这个油黑发亮的偶蹄动物丰富的内心世界。临行那天，它竟像一只狗那样尾随着我走了好久好远，小眼睛里充盈着对泥鳅贪婪真挚的怀恋。

之后若干年里，我们家的人还谈起它，这是唯一的一头我们自己喂养大的猪，提起它，我对猪所怀有的厌恶的心理就不知不觉地消失了。虽然它早已被吃掉十几年了，我却仍然觉得它还活着（精神不死），活在吉木萨尔农村我家住过的离马厩不远的低矮农舍院门口。

其实猪是挺有意思的，假如你了解它。

难怪哈里·杜鲁门曾宣称："不该允许不了解猪的人当总统！"为了在这篇纪念猪的文章里显得庄重些，我特意对它用了"一匹"。

印 象

后来，一座谦卑的村庄终于在我的视野里消失了。消失成一个残碎的梦，一个不可靠的传闻，一团渐渐远去了的声响……仿佛，只是一扭头的工夫，它就不见了，好像从来就没有存在过似的，从我们全家人的生活里消失了。

我不知道您是否也有过这种类似的体验，对于一座您曾经生活过的村庄，那种难以磨灭的淡忘。那些荒凉的、贫穷的，那些丰富的、色彩烂漫的，小小村落和孤独家门像黄昏和暮霭那样，被你淡忘却融入你的心境，离你远去却泊在你的灵魂。是的，从那之后你也许再没去过一趟，再没去看过它；也许也很少对别人谈起它——它没什么可炫耀的，何况你总在怀疑它是否真的存在过，或是随着你的离去它也就消失了？说到底，你恐怕还是不敢去看它，你害怕珍藏在记忆里的这个艺术品被另一种现实击碎。

我也始终在怀疑，怀疑我的记忆是不是对它进行了艺术提炼和加工？它是不是为了欺骗我或安慰我，把那个村庄给美化了？那些焦灼的痛苦的日子，那些挣扎的无望的岁月，为什么没有留下痕迹？那些喧闹一时的貌似强大的政治力量，为什么变得无影无踪，而一座可怜谦卑的村落却扎了根似的抹不去、拔不掉？

谁更强大？

"谁更强大、有力而永恒？"我不得不这样问自己。

说老实话，无论是导师、哲人，还是算卦者、预言家，谁也看不见明天，说看见了的，不过是猜测和吹牛。谁都只能感受着现实，而现实带着天然的无法改变的痛苦；谁都只能怀念过去，过去是一坛逐年发酵的酒，我不相信世间有神奇的超人，我只相信神奇的命运和生活以它的流向所做的安排。

吉木萨尔是一个渺小的地方，关于它，最近有一个流传的笑话。

说两个吉木萨尔人到了广州，昂然欲进某豪华饭店，被拦住。问："你们是哪儿的人？"答曰："吉木萨尔。"问者不知，以为是哪个非洲国家，便问另一个："你呢？"另一个回答说：一搭里的（意为一块儿的）。"问者听为"意大利的"。"原来是外宾，请进。"

我们的荒唐的吉木萨尔人被编派的这个故事，显然是不真实的。但是把这样的揶揄指向吉木萨尔人，却应该承认是真实的。吉木萨尔是那样荒寒，这个当年成吉思汗威震中亚的军事重镇，历史上闻名的北庭都护府，早已度过了它豪华的岁月。它威风凛凛的青春一去不返，现在像一个可怜虫，躲在当年的遗址旁边浑浑噩噩，种地、挖煤，偶尔也有淘金的欲望和梦想。它的县城和那时的很多县城一样，肮脏、凌乱、愚蠢、呆极。这就是本世纪70年代初叶的中国政治、经济、文化所造就的县城，个十字路口，一座语录牌楼，一尊领袖塑像，一个只有带着老茧一样厚皮的又冷又硬馒头的破食堂……任何一个外人到了这里，尤其是冬天，都会觉得到了地狱的门口。我相信，即便是汉唐时期的县城，也绝对比它美好得多。面对这样冷漠无情、愚昧傲慢的县城文化，你不能不从心里发出由衷的哀叹，彻骨的怜悯：人们啊，你们这究竟是怎么生活的呀？为什么，你们活得如此卑贱无知、肮脏麻木，难道你们天生就是这样缺乏生气的一群？

我不想诅咒你们，相反，我深切地同情和理解你们。那时，你们不是自己，你们不是你们，你们貌似行动着的活人，实质只是口号的盲从者，一群夜游症患者。你们像木偶一样被牵动着，却完全不自知。嘴巴徒劳地张开又合上，发出震耳欲聋的无意义的轰响，手臂和双腿、大脑和精力都消耗在木偶的活动和斗争中了。

可悲，我也是木偶。那时我没见到不是木偶的人。活着而没有生气，活着而没有自由，那是一个多么荒唐的木偶年代啊！谁告诉过我们？谁提醒过我们？

历史学家呢？哲学家和诗人呢？法律和人类几千年积累起来的文明呢？他们都干什么去了？

有多少借口和理由，也不能洗净蒙在上层建筑领域上的耻辱。这耻辱是这样的深重和深刻，它将穿透时间，引起今后一代又一代后人的惊讶、提问和愤怒。

只有这个谦卑的村落对历史不负任何责任，谁也怪不着它。它坐落在这偏远的地方，它的默默无闻和任何时代的错误无关；而且在任何时候，它都以土地、道路、日出、鸡鸣、五谷杂粮、野草芦苇……拥抱人们，温暖人们，让人们生存。它半是自然，半是社会，一切时代的热潮和影响也会涌涨到这盲肠似的角落，使之发生变化。因而我没有说这里的村民都是超然世外的君子隐士。

他们在我的印象里已经十分模糊了，我记不起他们的脸孔，只记得一些被太阳和土地混合的力量所染出的肤色，记得被一种村野生涯塑造出的气质——蒙昧未开的混沌样子。他们的眼睛里没有光芒，射不出智慧所造成的眸子清澈分明的光亮。他们的眼

388

睑总是低垂着，遮掩着什么卑微的东西。

他们非常习惯于向别人借东西，要东西，尤其是向他们认为富有的人。他们对痛苦比较麻木，对羞耻感觉迟钝。一般说来，他们的嘴唇厚重地向前突出，鼻梁塌陷，颊骨有一种无法掩盖的暴露感，前额杂乱。

然而他们却是非常精明的，现实的，会盘算的。谦卑和精明构成了这种弱者的双层防御体系。谦卑使人可怜他、同情他、进而愿意帮助他并对他失去警惕性；精明却使他一步步地接近目标，绝不放过可能得到的好处。在他们衰老的时候，他们是彻底谦卑的，他们会让人感到土地一般谦虚厚实的质朴和仁慈。但是你注意他们的儿子，那些年轻的从农村生活中走出来的人，他们带着自己的文化和方式，带着这些特征。在社会生活中演变、改进、修饰，偶尔露出马脚，然后继续谦卑，直到——随着一个又一个现实的目的被达到之后，死掉。就是这种精神，这种伪装的韧性功利主义精神，从散布在中国的无数村落里走出来，走向一切领域，占领一切舞台，弥漫着整个中国。

它将无往而不胜——这种精神，谁也别想战胜它，因为它本身就是一种腐蚀剂。虚假、衰弱和无耻，将一路腐蚀、吞噬过去，无法抵挡。

这就是我们终于在全世界造成了真正弱者形象的根本原因。弱者的彻底胜利必将完成彻底的弱者形象，这恐怕不是一代人所能改变的。呜呼，并不是对世界上所有的问题，都是能够找到解决的办法来的，比如，积弱。

我这么写，也并不是在责怪吉木萨尔。它没有什么好责怪的，对这一切深刻的后果，它毫不自知也毫不理解。它是那样偏远，孤立，那样茫然自在。

直到最后我离开的那天，我也没能对它留下一个全景式的印象，它仅仅是一个村落，和北方的所有农村大同小异的村落。它拥有土地然而它简朴，它拥有四季然而它泥泞，它就是那样，你一扭头，就会感到它消失。

谁也别想在地图上找见它——那个村落，就像谁也别想在地图上找见自己的家。

城墙的故事

见到了许许多多的城墙，却没有见到修城墙的人。修城墙的人到哪儿去了？翻遍历史书，也找不到他们的名字。历史是他们创造的，然而历史却不记载创造了历史的人。

城墙，如此众多的绵延不绝、首尾相衔、环环相扣的城墙，装饰着、分割着、坐镇着我们的版图。大的城墙从山野间包抄过来，环绕着略小的城墙；更小的城墙承接起来那种力量，又在包围住那些微型的、袖珍的；而最小的家院高墙又反过来象征、概括了最大的城墙，形成了一套完整的城墙系列。

这就是"分封建制"的国家的含义，每一种规模的城墙，都代表着与之相应的封建特权。而气势庞大的万里长城，正是皇帝家的围墙。它们盘踞在中华大地上，而修建城墙的人恰恰是那些被盘绕的！

想象一下，拿着鞭子的人驱赶着那些没有鞭子的人，在荒凉的地方没日没夜地劳作，饥寒交迫，父死子继，修建这庞大的土墙或砖墙。他们修建它，是要荒芜了自己的田园土地的，是要剥夺了修建自己的茅屋宅院的，他们该是多么不情愿呵！据拿鞭子的吏讲，修建城墙是为了防御匈奴的，但是匈奴的马蹄照样断不了袭掠他们的家园，这又是怎样地让他们想不通呵！

长城就是这样筑起来了，如果你的祖先不是皇帝的话，你可以确认，长城是祖先们痛苦的纪念碑。面对长城，我为祖先所受的苦难而揪心痛楚，我感到遗传的血脉深入他们沉重的一锹一镐挖在我心底的声音，我的祖先不是帝王，而是修筑长城之后尸骸无存的受苦人。在这城墙上，有他的血，他的汗，他的骨殖，长城啊，我的祖先是怎样地不情愿修你啊！

我恨那些帝王，是他们因为内心高度恐惧和空虚，迫使我们的先人修筑这毫无意义的墙，使他们死无葬身之地，而那些帝王，活着的时候圈地修墙，死了还要修筑巨大的陵墓，何等的霸道！何等的丧失人性！

帝王们的高度恐惧造成了劳动者的极端痛苦，历朝历代，莫不如此。所以，历来对长城，中华民族都有两种态度，一种是夸耀的赞歌，一种是凄凉的哀唱。夸耀的赞歌是献上宫阙的，凄凉的哀唱来自民间。

宋朝的范仲淹有一首词，是唱戍边的。词云：

塞下秋来风景异，
衡阳雁去无留意。
四面边声连角起。
千嶂里，
长烟落日孤城闭。

浊酒一杯家万里，
燕然未勒归无计。
羌管悠悠霜满地。
人不寐，
将军白发征夫泪。

这样一支哀伤痛绝的悲歌，注者竟然说是"词中表达出了作者决心守边御敌的英雄气概"，还说"西贼闻之惊破胆"，真是指鹿为马，夸鸡是凤，吾不知世上是否还有道理二字可讲了。面对西夏，这位守长城的范长官的失败主义情绪是明摆的，无一句不是言败事、遣悲怀。连角起，孤城闭；家万里，归无计；霜满地，征夫泪……全是老实话，翻译成今天的话，全篇只是一句"不想干了"。哪里有什么"英雄气概"哟。假大空由来已久，阿Q精神不灭，这算一个故事。

还有一个孟姜女哭倒长城八百里的故事，代代流传，妇孺皆知。这是个民间的传说，整个传说都站在民间的角度，表达着民间的愿望。这是一个荒诞的民间故事，完全不真实。长城怎么可能被"哭倒"呢？哭倒也罢，怎么可能倒坍八百里呢？如此荒诞不经，但是人们却愿意相信，因为她表达了人民内心的真实。"哭倒长城"，这里流露的是何等深刻仇啊！世上从来就有两种"真实"，不知道你需要的是哪一种？这又算一个故事。

故。过去之谓也。故事，过去的事之谓也。

过去的事有多少？我们哪里能记得清？"西宫南内，白发宫娥，一灯如穗，三五对坐，谈开元天宝间遗事"，此故事也；"青门种瓜人，左对孺子，顾弄孺子，忆侯门似海珠履杂还之盛"，亦故事也。老大帝国，城楼齿缺；斜阳草树，寻常巷陌。

过去的事已经过去，有千种史籍、万类经典、浩如烟海的卷帙文字作为我们这个种族的文化的骄傲，精神的重负。这才是真正的"故事"呢，我们被故事压得抬不起头来、挺不起胸来、迈不起步来，每一迈步，必会踩上先贤早就在那里埋好的思想的地雷！这些伟大的思想的地雷，埋设的是那样细微、巧妙，分布得是那样准确、合理，它总是能让那些后起的探险者无一幸免，它在精神领域里把你炸得个血肉横飞，人仰马翻，最终，乖乖地扶着城墙走回去，归顺到那座题着"内圣外王"的匾额的城墙里去。

望长城内外，惟余莽莽。

假如一个青年诗人自杀在长城脚下，我不知道这意味着什么？假如一群农民迁移到长城以外，我不知道这证明着什么？但是我每每望着北京的禁城、望着长城的废垒、望着所有残留着鼓楼、钟楼、旧城墙的城市，我都体验到一种古老的恐惧和因为这种恐惧而来的禁锢——它不仅封闭了田野的生机、河流的活泼，也封锁了通往草原、群山、海洋和天空的翅膀。在充满了恐惧感的城墙之内，怎么可能产生强有力的奔放的史诗呢？怎么可能产生观察自然、亲近世界的伟大科学呢？又怎么可能产生音域雄伟辽阔、格调崇高优美的交响音乐呢？更重要的是，它没法产生思想，它没法产生伏尔泰、卢梭、黑格尔、马克思……以及众多的人类进步思想的伟大的父亲！

城墙是思想的墓地。这可以算作是某种真理，在城墙的硬壳后面，思想不再是一个活泼有力的崭新生命，而是一具生满老茧的死肉。多么可惜啊，我们这个曾经充满了思想活力的民族，很久很久没有为世界作出积极的贡献了。那么城墙里产生什么呢？产生这一类东西——享年八十四岁的乾隆皇帝，积一生之经验，总结出这样一套养生秘诀：

吐纳肺腑　活动筋骨

适时进补　十常四勿

十常：

齿常叩　津常咽　耳常弹　鼻常揉　眼常运　面常搓

足常摩　腹常旋　肢常伸　肛常提

四勿：

食勿言　卧勿语　酒勿醉　色勿迷

这就是那位处于康乾盛世顶点的、自称"十全老人"的乾隆皇帝所总结出的"思想"，这样的"思想"对整个民族的进步有什么意义呢？这种思想的高度，并没有超过任何一只乌龟的水平。

这就是城墙里的思想，它充满了恐惧。诚如伏尔泰在这段话里所说："中国在我们基督纪元之前两百年，就建筑了长城，但是它并没有挡住鞑靼人的入侵。中国的长城是恐惧的纪念碑，埃及的金字塔是空虚和迷信的纪念碑。它们证明的是这个民族的极大耐力，而不是卓越才智。"

●武华

炊烟消逝的时候……

冬日。清晨。

我站在西山岗眺望我可爱的小山村。眺望村东那条银链似的小河和小河东那座卧龙般的山脉,眺望村庄上空笼罩着的雾一般永远看不够的炊烟。

清新寂静的山村!袅袅飘动的炊烟愈发显得这山村宁静得幽远。

这山村是我的根,也是我童年、少年和青年的梦境。

感谢母亲!每次回家她都老早起来为我做饭,当我帮她往灶里填火时,她总是说:"去,散步去吧。不用你干啥。"

母亲总是叫我去散步。我总爱登上西山岗鸟瞰我的小山村:百多户人家,百多幢瓦房,百多幢瓦房的耳朵里冒着炊烟。不时地看见,从瓦房屋里走出穿红着绿的姑娘媳妇们到院儿里抱一捆柴草又回屋里去。猛眼看,村庄的上空笼罩一团雾,细细看来,家家户户房顶上的烟又有不同。有白烟、有黄烟、有蓝烟;有浓烟、有淡烟、有半浓半淡的烟;有丝丝缕缕舒卷如云的烟,有咕嘟吐嘟往外冒形若蘑菇的烟。无论哪家瓦房烟囱冒出的烟都是先浓后淡,渐渐飘散、淡化,化为一带白雾,笼罩住村庄,而后又渐渐散化、散化，飘向村东的小河道，飘向河东的卧龙山，绵绵地缠在山腰间。

呵，小山村就这样一日三次升起炊烟吗？感谢你，炊烟。在你的荫庇下，山民们祖祖辈辈、子子孙孙在这里繁衍生息。

人，可以生生死死。但炊烟是万万不能断的。炊烟断了就意味着灾难降临。强级地震、洪水暴发，以及那个人为的断炊的年代……

那年代，家家户户的粮米、柴草都被"一大二公"了，家家户户的烟囱闲置起来。

我从城里读书回家，小山村没有了炊烟的温暖，满街道是冷风吹起的落叶。乡亲们端着瓦盆、提着水桶到一里外的沟门大伙房去打饭，饿极了的孩子们跟在后面沓沓跑。

母亲端半盆粥回来，捞一碗最干的给父亲，捞一碗半干的给弟弟，她喝半碗最稀的。我从外面回来，家中临时添了人口却不给添饭，只好争家里人的嘴。那天晚上，我真饿呵，有什么吃呢？没有！只想早早躺下睡觉。

"别忙睡。"母亲说。

"越坐越饿，不如去睡。睡着了，就不知饿了。"我说。

"等一等。"

母亲走到院儿里看看，四周人家的灯都熄了，只有满天的繁星。她轻轻地抱来一捆柴，又从柜底掏出一个小布袋，抓一把黄澄澄的小米给我熬起粥来。我只觉灶膛内红彤彤的火和妈妈忙碌的双手是那么温暖那么可爱，整个屋里弥漫着诱人的粥香，以前从没闻过，今后也没那样的粟米之香的体验！

可我哪里知道，在那个年代有些人睡觉都睁着眼睛的，炊烟惹了祸端。我家仅存的一点小米被翻走了。

许多人浮肿了，倒下了，母亲几次晕在挖野菜的田地里。不堪回首，那个不准燃起炊烟的年代！

396

今日回山村，娘变着法儿的给我做吃的。乡亲们轮流叫我去吃饭。小村庄上空的炊烟也就随着时空变化自由自在地飞舞起来……

咦？忽然我发现张大叔的房顶怎么不见炊烟升起？是老两口打架怄气罢饭了吗？

咦？二哥家的房顶也无炊烟，是新结婚的小两口还在睡懒觉？

我下山直奔张大叔家走去。一进院儿就听见吱拉拉的炒菜声，闻到喷鼻的肉香。

"大叔，您用上了煤气？"

"是呀！你们城里有的，我们农村也能有。"

大叔关上煤气阀门，盛上菜，偏拉我进屋吃饭。

我好不容易挣脱开走进二哥家。明亮的玻璃窗下，二嫂正在冲牛奶，银亮的勺子在杯子里不停地搅动，桌上还摆着几个夹馅面包。哦，张大叔家、二哥家自然不必升起炊烟。也许无须多久，小村庄也都能用上煤气？都能喝上牛奶、吃上面包？那么小山村上空的炊烟不就消逝了吗？那一天，终究会降临到这小小的山村……

● 侯滁生

月有阴晴圆缺

　　每次回故乡滁州，照例要去儿时的伙伴家坐坐。这次一进门，意外地碰上了一件大喜事：他那个被抓去台湾当兵四十年，早被认为不在人世的父亲，突然回来了。然而，这位饱经风霜的老伯，晚到了一步，他的妻，我那伙伴的母亲，已在去年辞世了。

　　晚上，几杯酒下肚，似勾起老伯无限感慨，饭后他执意要我陪他去琅琊山走走。

　　一轮明月，高挂在山巅之上，万物沐浴在溶溶的光晕里。置身其中，便宛如在似幻若梦的仙境。四周很静。除了秋蝉的低鸣，清风的拂弄，似乎没有了生命的存在。

　　走上通往琅琊山的小径，月光透过高大的树冠洒下来，光的斑点凝注在一棵碗口粗的树干上。树下，正有一对情人相依相偎，沉浸在浓郁的恋情中。看到有人走来，他们极不情愿地相拥着离开了。

　　望着他们的背影，抚着这已长高的树，老伯的眼中湿润了。就是这小路旁，就是这棵树下，四十年过去，他与妻子留在这里的爱的梦幻，由遥远的记忆中，重又梳拢出清晰的轮廓。然而，故地重温，毕竟已物是人非了。想来，妻子坟前的小草，也该有一尺高了吧？在她弥留之际，还会忆起这棵小树，忆起那个洒满月光的夜晚么？

老伯默然。我也默然。

弯过不远处的山脚，便有流水声传来。我忽然记起了欧阳修《醉翁亭记》中的"山行六七里，渐闻水声潺潺，而泻出于两峰之间者，酿泉也"那些名句。

酿泉涌出来，沿曲曲弯弯的山凹流去，就成了小溪。月光下，那溪水晶莹透亮，泛着点点光波，一路轻盈婉转地唱着，向山下流去。老伯用颤抖的双手，捧起酿泉水，久久凝视着。那清泉，沿着指缝溢出来，又回到小溪的怀抱。

看到我注视的目光，老伯便说起了与妻同游酿泉的一段往事。那时候，她还是个小姑娘。看到酿泉，捧起酿泉水，她激动地大喊："啊！真好！你看，我捉住了！捉住了！"那时候，大概她认为，自己已将幸福、希望、青春、爱情，统统捧在那双小手里了吧。可又谁知，几十年过去，一水之隔的海峡两岸，让人咫尺天涯，望眼欲穿呢？那时候，她怎知道，捉到了手里的，只是一个美丽的梦呢？

过了酿泉，迎面一座由高墙环绕的幽雅庭院，横在眼前，这就是醉翁亭了。进院门，向左转，便见林立的碑刻。岁月的风风雨雨，人世的沧桑变故，早已将那碑刻，剥蚀得满目疮痍，千疮百孔了。由此可见，世上的万物，本没有永存的。唯有对祖国、对故乡的思念，因为它铭刻在游子的心中，才会魂牵梦萦，久存不败。

坐在"醉翁"曾歇过的石凳上，蒙着园人的盛意，取一杯清香的滁菊茶，以茶代酒，以景代菜，我们便尝到了醉翁的乐趣。

猛低头，一条由石上开出的小沟映入眼帘，沟中泉水匆匆，七环八绕，犹如猜不透的迷津。相传，"醉翁"曾以水传杯，与友畅谈，如游戏人生。由此，我忽然想到，老伯一生，不也正如这千回百转、迷离难测的一景么？

下山的路上，抬头看，那一轮明月，已升上中天。遗憾的是，那月不是满月，缺了一块儿。不过，我相信，那月终会圆的，这一天不会太远。

●柳嘉

野性的林

在海南岛，我登上了高高有尖峰岭。

瞧那辽阔、深邃、汪洋似的林海，莽莽苍苍，层层叠叠，涌着无垠的绿涛，横亘在眼前，那情调是多么粗犷。当我们进入林中，瞧着那藤萝缠绕、蕨类丛生、横如账幔的林墙，邃如深渊的林窟，密如桩柱的林干，又使人堕入了朦胧的神秘之感里。

这亚热带的原始森林多么富于野性。

我在这里看到了力的素描和写生。野性不就是力的象征！雪莱的名句说得多好："万物由于自然律，都必融汇于一种精神。"我却从森林里瞧出了大自然神笔的气势。它的铁划银钩倔犟而刚劲。没有这亘古如一的精神，便不可能有万物的滋生。每一粒种子落入土里便是力的萌芽，然后便有力地茁壮成长。你瞧那每一颗树木都挺拔而昂扬，没有丝毫悠游的逸致，也没有一点儿踌躇犹豫的迹象。它们只是一个劲地拼命向上长，朝着晴空，朝着雨露，朝着阳光。看得出来，在这横七竖八的密林里，它的生长并不容易，在青春时显然是十分艰苦的，彼此间曾经出现过力的较量和搏斗。看那桢楠合抱着铁椆，南山榕的气根绞勒着另一株大树，它们成长起来了。有的巨大得像擎天的柱石，几乎多人才能

401

合抱；有的高达数十米，仰着头还看不到它的尖顶；它们的根长成板状，一块一块地深深地陷入地里，仿佛是艘万吨巨轮的舵，支撑着这巨蘖固如磐石。于是，我从这些勃勃的生机中好像听到了山林的心跳，看到了最美好的刻画力的珍品。

野性的林具有最纯真、最朴素的美。它毫不做作，既没有病态，也没有畸形。它是这样浑厚、丰满而斑斓。因为它包罗、积累并融合了从古至今林中最美好的种属、质地和品性。被称为活化石的几千年前繁茂滋生的树蕨和铁桐依然健在。仅仅二万余亩的林区便有千种以上的乔木和草木，难道这还不够浑厚和丰满！绿楠干细似杖，乌蕨茎粗如橡，黄桐高可擎天，铺地蜈蚣低与脚齐，高山蒲葵叶大如伞，五列木青红相间，鸡藤果花纹五色，猕猴桃有方有圆，难道这还不够斑斓奇丽？然而这千姿百态都富于原始的健美，每一棵树都闪烁着生命的光华、苗壮的异彩。春天的光，夏日的雨，秋季的风，隆冬的霜都为它们淡抹浓妆，使守林人觉得春色新，捉人振奋；夏色暖，教人舒坦；秋色金，令人欢欣；冬色凝，使人坚定。他们也像森林里的树一样，爱上这土地，蒂固根深。

我们愈往里去，觉得绿的色彩愈重，泥土的气息愈浓，遍地的野趣也愈迷人了。我们可以从清脆的鸟声里听出画眉、白鹤、原鸡这些山野的精灵们对森林的热爱；从错什的蹄印里看出鹿、豹、山猿、黄狼、马猴、野鸡，以至蟒蛇，这些丛林的壮士们依恋故土的深情。待我们到达森林的中心，越过淙淙的流泉，树丛尖端的奇景便展现在我们的头顶。在那万木之巅，各种吊兰如盆景低垂，碎骨补似繁花四散，奇花异草在树尖儿争妍斗丽，组成了一个奇异的空中花园。啊！高山盈盈，林木青青，异卉缤纷，我们竟可以从这儿追思到古森林那千姿百态的风光，使我们的美感向着智慧的高度上升。

终于，我从力和美之中看到了希望。它们并不平庸，也毫不温驯；虽貌似粗鲁、莽撞，但却充满活力。野性难道不就是一种敢于拼搏和不屈不挠的性格吗！在这儿，随处都可以找到这可贵品质的特性。瞧，所有的树木都坚信自己有立于众树之林的能力，它们从来也没有片刻放弃对光和热执著的追求。那先锋树种乘风飞来，落地生根。不论岁月多么漫长，它们凭借自己的力量便可以世代更新，绵绵不绝。

野性的林让我们获得了力的启示，美的意念，希望的鼓舞和鞭策。我们虽然奔走竟日，却只感到清新的欢乐而毫无倦意。

● 彦火

多情的雨

　　见到雨，总难免滋生感情，那疏疏帘幕，仿佛是给系上感情的丝线。

　　絮雨纷飘，如果是偶然的现象，也很写意，如果太缠绵，倒使人感到腻。但这种腻，是都市人的感觉。在山村，在郊原，就是这种缠绵的春雨，给大地、草木擦得油光亮丽。

　　"春雨有五色，洒来花旋成。"春雨后，在郊野很容易看到绚丽的彩虹。有时，不一定看到彩虹。在晨运中，在山路的林木深处，我经常看到一屏微烟萝，如大地微微的嘘气，给绿原熏染成翠色！

　　花木经过春雨的轻濯，如少女经过一番细致的梳洗，更来得标致，是很迷人的！

　　这些日子，经过连绵的春雨后，有一天大清早，蓦然瞥见花架上的一株玫瑰，开放得很欢，那朵细细致致的花瓣，红艳艳的，宛如少女脸上的羞晕，竟说不出的娇美！

　　清明时节前后的春雨，人们喜欢称作"断魂雨"，那是心情使然。

　　慎终追远，本身已带着淡淡的哀愁，再加上缠绵的春雨，也

404

就愁上加愁了。但这无形中，使人们对这一悼念祖先的节日，更感深刻难忘了！

北宋名妓聂胜卿有一首很驰名的《鹧鸪天》，以雨寄愁，其中有两句是这样写的："枕前泪共阶前雨，隔个窗儿滴到明。"

一串串的檐滴，对一个飘零的女子来说，是透着孤寂和凄清的。但，假使没有雨。有哪个愿跟孤苦的她长流泪啊？！

就个人来说，却是很喜欢阶前雨。幼年时在家乡，每逢晚上下起潇潇的雨，总是感到莫名的欣愉，尤其是溽暑天，雨夜特别凉快，那时是另一番况味：枕前梦共阶前雨，隔个窗儿睡到明！

这是儿时的雨梦录！

"清风醒病胃，快雨破烦心。"雨不但不恼人，还可以涤除烦恼。这是古人说的。

这里指的快雨，不是毛毛雨，而是清清快快、淋淋漓漓的雨。

有时天气闷热，加上心情不好，是顶烦闷的事。忽地来了一场大雨。暑气尽消，人也清明起来，那股子闷气儿也给滤净了！

有些人或许有这样的经验，在受到一次重大的挫折或打击后，跑到雨中淋一个精透，犹如服了一包清凉剂，烘热的头脑骤然冷静下来，在冰凉中感到难言的痛快！

雨，是多情的。

● 赵丽宏

小鸟，你飞向何方

在黄昏的微光里，有那清晨的鸟儿来到了我的沉默的鸟巢里。

我喜欢泰戈尔的诗。还在读中学的时候，泰戈尔就把我迷住了，一本薄薄的《飞鸟集》，竟被我纤嫩的手指翻得稀烂。那些充满着光彩和幻想的诗句，曾多少次拨动我少年的心弦……

《飞鸟集》破损了，我渴望再得到一本。然而，"文化大革命"一开始，这个小小的愿望，竟成了梦想。我的那本破烂的《飞鸟集》，也被人拿去投入街头烧书的熊熊烈火中，暗红色的灰烬在火光里飞舞，飘飘洒洒，纷纷扬扬。我仿佛看见老态龙钟的泰戈尔在火光里站着，烈火烧红了他的白发，烧红了他的银须，也烧红了他的朴素的白袍。他用他那冷峻而又安详的目光注视着这一切，看着，看着，他的神色变了，似有几许惊恐，几许不安，也有几许愤怒，几许嘲讽……

我还是喜欢泰戈尔。在动乱的岁月里，我默默地背诵着他的诗，以求得几分心灵的安宁。"诗人的风，正出经海洋的森林，求它自己的歌声。"我陶醉在他所描绘的大自然中了——那宁静而又浮躁的海洋，那广袤而又多变的天空，那温暖而又清澈的湖

406

泊，那葱郁而又古老的森林……

有一天，我忽然异想天开了：到旧书店去走走，看能不能找到几本好书。结果，当然叫人失望。但，我发现，有时还会有几本"罪当火烧"的书出现在书架上，或许，这是由于店员的粗心吧。于是，我抱着几分侥幸，三天两头往旧书店跑。一个星期天的早晨，我又走进冷冷清清的旧书店。我的目光，久久地在一排排大红的书脊中扫动。突然，我的眼睛发亮了：一条翠绿色的书脊，赫然跻身在一片红色之间。呵，竟是《飞鸟集》！

该不会有另一种《飞鸟集》吧？我不相信自己的眼睛，仔细一看，果真有泰戈尔的名字。随即，我又紧张了，是的，这年头，得而复失的太多了。挤压着《飞鸟集》的一片红色，又使我想起街头那一堆堆焚书的烈火，那漫天飞扬的纸灰……我赶紧向书架伸出手去。

几乎是同时，旁边也伸出一只手来，两只手，都紧紧地捏住了《飞鸟集》。这是一只瘦小白皙的手，一只小姑娘的手。我转过脸来，正迎上两道清亮的目光——一个中学生模样的小姑娘站在我身旁，抬起脸看着我，白圆的脸上，一双清秀的眼睛眨巴眨巴地闪动着，像一潭清澈见底的泉水，微波起伏，平静中略带点惊讶。

我愣住了，手捏着书脊，不知如何是好。还是她开口："你也要它吗？那就给你吧！"声音，清脆得像小鸟在唱歌。

我的脑海里忽然旋起个念头：在这样的时候，她还会喜欢泰戈尔？莫非，她根本不知道这是怎样一本书？于是，我轻轻问道："你知道，这是谁的书？"

"谁的书！"小姑娘抬起头来，颇有些惊奇地看着我，秀美的眼睛睁得滚圆，转而，开心地笑起来，一边笑，一边做了个鬼脸："这是一个老爷爷的书，一个满脸白胡子的印度老爷爷。我喜欢他。"说罢，用手做着捋胡子的样子，又格格地笑了。如同平静的池塘里投进了一颗石子，笑声，在静静的店堂里荡漾……

啊，还真是个熟悉泰戈尔的！我多么想和她谈谈泰戈尔，谈谈我所喜欢的那些作家，谈谈几乎已被人们遗忘了的世界啊！然而，这样的年头，这样的场合，这样的谈话肯定是不合时宜的，即便年轻，我还是懂得这一点。小姑娘见我呆呆地不吭声，刷地一下把《飞鸟集》从书架上抽下来，塞到我手中："给你吧，我家里还藏着一本呢！"没等我作出任何反应，她已经转身去了。我只看见她的背影：一件淡紫色的衬衫，上面开满了白色的小花；两根垂到腰间的长辫，随着她轻快的脚步摆动……

她走了，像一缕轻盈的风，像一阵清凉的雨，像一曲优美的歌……

夏天的飞鸟，飞到我窗前唱歌，又飞去了。

旧书店里的那次邂逅，留给我的印象竟是那么强烈。真的，生活中有些偶然发生的事情，有时会深深地刻进记忆中，永远也忘记不了。我不知道那个小姑娘的名字，甚至没有看仔细她的容貌，但，她从此常常地闯到我的记忆中来了。当我看着那些在街头吸烟、无聊踯躅的青年，心头忧郁发闷的时候，当我读着那些大吹"知识越多越反动"的奇文，两眼茫然迷离的时候，她，就会悄悄地站到我的面前，眨着一对明亮的眼睛，莞尔一笑，把一本《飞鸟集》塞到我手中，然后，是那唱歌一般悦耳的声音："这是一个老爷爷的书，给你吧，我家里还藏着一本呢！"……

她使我惶乱的思想得到一丝欣慰，她使我空虚的心灵得到几分充实。她使我相信：并不是所有的青年人都忘记了世界，抛弃了前人创造的文化，抛弃了那些属于全体人类的美的事物！

有时，我真想再见到这位小姑娘，可是，偌大个城市，哪里找得到她呢？有时，我却又怕见到她，因为，在这些岁月里，有多少纯真的青年人变了，变得世故，变得粗俗，就像炎夏久旱之后的秧苗，失去了水灵灵的翠绿，萎缩了，枯黄了。我怕再见到

408

她以后，便会永远丢失那段美好的回忆。

一次，我在街上走着，迎面过来几个时髦的姑娘，飘拂潇洒的波浪长发，色调浓艳的喇叭裤子，高跟鞋踏得笃笃作响，香脂味随着轻风飘漾。她们指手画脚大声谈着，毫无顾忌，似乎故意招摇过市，引得路人纷纷投去惊奇的目光，目光之中，不无鄙视。对那些衣着打扮，我倒并没有反感，只是她们的神态……

我忽然发现，这中间有一张似曾相识的脸啊，难道是她？是那个在书店遇见的姑娘！真有点像呀！我的心不禁一阵抽搐。我迎上去，想打招呼，她却根本不认识我，连看都不看一眼，勾着女伴的颈脖，嬉笑着从我身边走过去。哦，不是她，但愿不是她，我默默地安慰着自己，呆立在路边，闭上了眼睛……

是的，这绝不会是她。然而，这件小事却给了我心头重重一击。工作之余，我又打开泰戈尔的诗集。泰戈尔，这位异国的诗人，毕竟离我们遥远了，他怎么能回答我们这一代青年人的疑惑和苦恼呢！他的一些含着神秘色彩的诗句，竟使我增添许多莫名的忧愁和烦闷。"有些看不见的手指，如懒懒的微风似的，正在我的心上，奏着潺湲的乐声"。呵，"我知道我的忧伤会伸展开它的红玫瑰叶子，把心开向太阳"！

　　冬天的小鸟啁啾着，要飞向何方？

历尽了一场肃杀的寒冬，春天来了。经过冰雪的煎熬，经过风暴的洗礼，多少年轻的心灵复苏了，他们告别了愚昧，告别了忧郁，告别了轻狂，向光明的未来迈开了脚步。就像泥土里的种子，悄悄地萌发水灵灵的嫩芽，使劲顶出地面，在春风春雨里舒展开青翠的枝叶……

恍若梦境，我竟考上了大学。去报到之前，我清理着我的小小的书库，找几本心爱的书随身带着，第一本，就想到了《飞鸟集》。啊！她在哪里呢？那个许多年前在书店里遇见的小姑娘！此刻，即使她站到我面前，我大概也不会认识她了，可是，我多么想知道，她在哪里……

人流，长长不断的人流，浩浩荡荡涌向校门。我随着报到的人群，慢慢地向前走着。不知怎的，我仿佛有一种预感——在这重进校门的队伍中，会遇见她。于是，我频频四顾，在人群中寻找着。一次又一次，我似乎见到了她——她背着书包走过来了，脚步，已不似当年轻盈，却稳重了，坚定了；身上，还是那一件淡紫色的衬衫，上面开满了白色的小花；两根垂到腰间的长辫，轻轻地晃动着……

这不过是幻觉而已，我找不到她。在这支源源不绝的人流里，有那么多的小伙，那么多的姑娘，哪有这样巧的事情呢。可是，我的心头还是涌起了几分惆怅，眼前，仿佛又掠过几年前在街头见到的那一幕……

有人撞到我的脚跟上，我一下子从沉思中惊醒。身边，是笑声，是歌声，是脚步声。我不禁哑然失笑了，脑海中，突然跳出几行不知是谁写的诗句来：

> 你呀，你呀，何必那么傻，
>
> 经过一场风寒，就以为万物肃杀……
>
> 闻一闻风儿中春的芳馨吧，
>
> 生活，总要向美好转化！

我抬起头来，幽蓝的天空，辽远而又纯净——这是春天的晴空啊！一群又一群鸟儿从远方来了，它们欢叫着，扇动着翅膀，划过透明的青天，飞啊，飞啊，飞……

410

旷野的微光

　　图书馆宽敞的阅览大厅里，数不清的日光灯一起亮着。银白色的透明的灯光，柔和地洒满了这个宁静安谧的世界，只有读者轻轻的翻书声：沙沙，沙沙……不知怎的，我的眼前竟出现了一盏油灯，它微弱、幽暗，却是那么坚韧，那么美丽地闪烁、闪烁……

　　这是一盏最简陋、最不起眼的小油灯：一只圆形的墨水瓶，一根棉纱灯芯，便是它的全部结构；它曾经有过一个方形的玻璃灯罩，不知在什么时候被打碎了，再也没有配起来。哦，我怎么能忘记它的光芒呢！在农村插队的岁月里，它的黄色颤动的光芒，曾亲切地抚摸着我，度过了许多雨雾弥漫的夜晚……

　　血红的夕阳垂落在天边，我，拖着长长的影子在田埂上蹀躞。这是十多年前的秋天，我刚下乡就下地干活了，一天下来，浑身仿佛散了架。回到我的小屋里，一个人木然颓坐，筋酸骨痛，心灰意懒，只有那盏小油灯忽闪忽闪地跳跃着，像一只在黑暗里闪闪发光的眼睛，用一种怜悯的目光凝视着我。在那昏黄幽弱的火光里，我看着自己扭曲了的影子在墙上晃来晃去，禁不住顾影自怜起来，觉得自己犹如一根茕茕孑立的野草，迷茫地面对着萧瑟的旷野……

　　对了，在油灯下看一点书吧。然而，这是一个精神世界异常贫瘠的时代，那些千篇一律的文字，比我的粗硬的蒸玉米饭更难于下咽，我实在没有勇气啃它们。于是，对着那盏幽弱的小油灯，我又茫然了。油灯闪烁着，还是像一只炯炯的眼睛，只是它的目光之中似乎有嘲讽之色。它在嘲笑我的空虚和彷徨……在那闪烁的灯光里，我坐不住了：难道就这样让自己的青春糊里糊涂地流逝？难道就这样让自己的思想和灵魂在黑暗中麻木，腐朽？不！我不愿意！我想起了过去曾经读过的那些美好的书，我怀念它们，我要找到它们！油灯尽管微弱，也可以为我照明，在浓重的黑暗中，这样一点烛火就足够了！

美好的东西毕竟是禁灭不了的。远方的朋友为我带来了一些劫后余生的好书，当地几个念过书的老人，竟也为我找来一些难得的古书。最令我兴奋的是：在一所乡间中学里，我发现了大堆被遗弃的旧书！从此，在那盏小油灯下，有了无数个令人沉醉的夜晚。我把灯芯挑得长长的，灯火，毕剥毕剥跳动着，成了一只兴奋的眼睛，它和我一起读书，一起分享着那份快乐。在它的微光里，我尽情驰骋着自己的情感和想象，我的目光透过那些破旧的书页，飞出我的小屋，看得无比遥远。世界，真大啊……

小油灯闪烁着。在那幽暗的微光里，我仿佛看见了李白，我看见他正驾着一片雪白的帆，在烟波浩渺的扬子江上留下豪放潇洒的歌声……我仿佛看见了苏东坡，他仰对一轮皓月，呼喊着天上的神仙，思念着地上的亲人……我还看见了泰戈尔，他把我引进一个神秘的而又美妙的世界，那里的星星、月亮、海洋、森林，都流溢着奇异的光彩，使我流连忘返……我也看见了普希金，他坐着一辆雪橇，在苍茫灰暗的雪地上划出一行发光的诗句：心儿呵，永远憧憬未来！……还有雪莱，我常常听到他热情而又庄严的声音：冬天来了，春天还会远吗！

小油灯闪烁着。在那幽暗的微光里，我仿佛跟着雨果来到19世纪的法国，目睹了那一幕浸透着血泪的人间惨剧……我仿佛跟着狄更斯渡过英吉利海峡，见到了许多机智可爱的小人物

412

……我看见罗曼·罗兰笔下那个愤世嫉俗的约翰·克利斯朵夫，正坐在一架古老的钢琴前，弹奏着一支深沉浑厚的乐曲；杰克·伦敦笔下的那个马丁·伊登，在一片惊涛骇浪之中，咬紧了牙关搏斗着……我为贾宝玉和林黛玉的悲剧叹息，为牛虻和保尔的韧性激动；我和林道静讨论着人生道路，向车尔尼雪夫斯基请教着美学问题……

哦，我的小油灯，这闪烁在旷野里的微光，是它又把我带回到那个被隔绝了的广阔多彩的世界。是它为我照明，让我看见了许多人类智慧和文化的结晶，看见了许多璀璨瑰丽的美好事物。我像一股柔弱细小的山溪，在那奇妙的微光之中，缓缓地流出闭塞的峡谷，汇集起许多晶莹的泉水和露珠，逐渐丰满起来，充实起来……

我的生活和情绪起了变化。在田野里干那繁重的农活，流着汗，淋着雨，顶着寒风，确实很辛苦，然而一想起那盏小油灯，想起它的温暖柔和的光芒，我的心头便会感到一阵欢悦，觉得自己寂寥的生活有了一些慰藉，有了一种寄托。可是，我也经常有一种莫名的担心，担心这一团弱小的豆火会突然被黑暗吞噬。有时，屋外风雨交加，窗户门板都被打得劈啪作响，风从门缝里钻进来，把一无遮掩的灯火吹得左右摇晃，然而它还是亮着，把黄澄澄的光芒投到我的书页上。有一次，它确乎经历一场危险。说来也可笑，邻宅一只肥头肥脑的大黑猫，从来不抓老鼠，只会偷吃人们放着的食物，它竟觊觎着我的小油灯。一天晚上，它窜进我的小屋，爬上桌子，对着那盏油灯观察了好一会，竟愚蠢地用鼻子去嗅火苗，结果一声惨叫，夹着尾巴逃走了。油灯被撞倒在地上，油泼了大半，火苗却没有熄灭。第二天，我看见那只黑猫鼻子乌黑，烧断了好几根胡须，它远远地瞅着我的小油灯，依然丧魂落魄的样子。我的小油灯终于没有熄灭。

哦，在黑暗之中，那一星一点的火光是多么珍贵！我不会忘

413

记那盏幽弱的小油灯，不会忘记那闪烁在旷野里的微光。

花　痴

　　僻静的小街上有一家小小的花店。店主是一个高而清瘦的老人。店中四时鲜花不断，生意虽不算兴隆，却也络绎有顾客上门。窄小的店堂常常容不下各色花草，于是摆到门口路边，弄得一街馨香。行人路过，必驻足探看，虽不掏钱买花，也尽兴而去。卖花翁为人随和，总以笑脸迎客。凡买花者，老人不厌其烦必将养花之道一一授之，并赠以格言：花通人性，真心爱花，花必长寿。

　　1966年初夏，"革命风暴"横扫了小小花店。卖花翁既是"老板"，又以花花草草宣扬"资产阶级生活方式"，自然是罪祸难逃。花店被捣毁后，抄家者在门口刷下大标语："花中藏鬼，毒草害人。"卖花翁不服，与抄家者争辩，于是备受凌辱。抄家者将店中花草扎成几个圈，沉甸甸套到老人颈中，又将残花败叶撒得老人满头满身！然后牵出游街，并逼他边走边喊："我是牛鬼，我是蛇神，我是花草血吸虫。"当天夜晚，卖花翁精神失常。从此便目光呆滞，再不与人搭话，只是整日喃喃自语："我是牛鬼，我是蛇神，我是花草血吸虫。"每日清早，老人提一个大壶在门前浇水，刮风下雨也不中断，其动作一如从前开花店的洒水浇水。邻人皆怜之，在背后称其为"花痴"。

　　第二年初春，卖花翁门前墙边凡有泥土处绿芽纷出。老人依

414

旧表情木然，朝朝浇水，地面绿芽迎风而长，到仲春时，竟开出无数小花，烂烂漫漫，色泽炫目，邻居及过路者无不称奇。老人每天早晨浇水之后，搬出一把竹椅坐在门口，守护着门前花草一直到天黑，吃饭也不肯进屋，直到街上无人走动才转身回家。细心者发现老人有变化；口中不再喃喃有词，神情也不再木呆，扫视门前花草时，目光中有了鲜活之气。

一日清晨，"红小兵"涌来，七手八脚将花草采摘践踏一番，并重新将"花中藏鬼，毒草害人"的标语贴到门口，然后唱着笑着离去。老人提壶出门，见状大惊，半晌，扔开水壶，哭喊道："我是牛鬼，我是蛇神，我是花草血吸虫！"哭罢又大笑，笑罢疾步出走。

中午，市郊铁路有一老翁卧轨惨死，死者手里紧捏着一束野花。

光　阴

谁也无法描绘出他的面目，但世界上能处处听到他的脚步。

当旭日驱散夜的残幕时，当夕阳被朦胧的地平线吞噬时，他不慌不忙地走着，光明和黑暗都无法改变他行进的节奏。

当蓓蕾在春风中粲然绽开湿润的花瓣时，当婴儿在产房里以响亮的哭声向人世报到时，他悄无声息地走着，欢笑不能挽留他的脚步。

当枯黄的树叶在寒风中飘飘坠落时，当垂危的老人以留恋的目光扫视周围的天地时，他还是沉着而又默然地走，叹息也不能使他停步。

他从你的手指缝里流过去。

从你的脚底下滑过去。

从你的视野和你的思想里飞过去……

他是一把神奇而又无情的雕刻刀，在天地之间创造着种种奇迹。他能把巨石分裂成尘土，把幼苗雕成大树，把荒漠变成城市和园林，当然，他也能使繁华之都衰败成荒凉的废墟，使锃亮的金属爬满绿锈，失去光泽。老人额头的皱纹是他刻出来的，少女脸上的红晕也是他描绘出来的。生命的繁衍和世界的运动正是由他精心指挥的。

他按时撕下一张又一张日历，把将来变成现在，把现在变成过去，把过去变成越来越遥远的历史。

他慷慨，你不必乞求，属于你的，他总是如数奉献。

他公正，不管你权重如山，腰缠万贯，还是一介布衣，两袖清风，他都一视同仁，没有人能将他占为己有，哪怕你一掷千金，他也决不因此施舍一分一秒。

你珍重他，他便在你的身后长出绿荫，结出沉甸甸的果实。

你漠视他，他就化成轻烟，消散得无影无踪。

有时，短暂的一瞬会成为永恒，这是因为他把脚印深深地留在人们的心里。有时，漫长的岁月会成为一瞬，这是因为浓雾和风沙湮没了他的脚印。

● 姜德明

王府井

　　离开热闹的王府井大街已经六年了。

　　我在这条街上经历了 30 个春秋。现在偶尔经过这里，抬头望望工作过的大楼，不禁感慨系之。这里终究留下了我一些支离破碎的梦。

　　解放前我来北平报考大学，到过王府井。虽然繁华，但街上的人并不多。东安市场门前挂着用白水粉写在红木牌子上的戏报，一边是今天的夜戏，一边是明天的戏码。吉祥戏院可是个有年头的老园子了。

　　有人说这条街主要是为东交民巷的外国人服务的，我看不假。那时有英商的惠罗公司，专卖高档百货，解放后改成了新华书店。还有高级皮货店，印度商人开的绸缎店，等等。

　　没有想到，隔了几年，我竟然在这条街上的 117 号门牌下待了 30 年。说来也怪，这个门牌号数历经了几个朝代都没有动过。北平沦陷，日伪接收了国民党的报纸，在这里办了《武德报》。日本投降，国民党又接收过来办了《华北日报》。我们进城，办起《人民日报》，还是 117 号。后来我发现，连敌伪时期的华北作家协会也是在 117 号内。什么成舍予、管翼贤等名赫一时的人物，都曾经是这里的主人。而我到这儿来的时候，还是在范长江、邓拓同志主持工作的时代，那时大院套小院，几乎全是平房。长江同志披着一件斗篷常常这里走走，那里坐坐，有时甚至去检查一下食堂的饭菜。

我第一次见到这两位领导人是在欢迎我们几个新调到报社来的招待席上，这也是老解放区的传统，干部调进调出领导上要以酒饭迎送。后来环境变了，取消了。印象最深的是长江同志如同一位政治家，频频站起来向我们祝酒，不动色，气度颇不寻常。邓拓同志如同一位儒雅的教授，同我握手时问我的姓名，不是礼貌性的一问而过，而是认真地用手指把这姓名中的三个字，在他自己的手掌心里重写了一遍，一边还点头默记。几年后，我们好些人一起去人民剧场看京剧《智斩鲁斋郎》，隔着老远邓拓同志喊我的名字，我大吃一惊。在这以前，我不是几乎同他没有说上过三五句话吗？

拆了平房盖楼的那年，工地上挖出一尊不大的石人像，有人说是王府的旧物，听说邓拓同志看过，似乎并不怎么看重，造型还是很美的，最后由图书馆长谢兴尧先生抬到他办公室去了。一位历史学教授总舍不得让一件古物随便当废砖头给扔掉吧。可是这些琐事后来在"文革"中也被人举为罪证了。那个年头令人意外的事情也太多。

工地上也还挖出一口井，有人就附会地说这就是王府井地名的由来。谢教授是四川人，但出身北大，一直在北京执教，熟悉故都掌故，他不以为然。不过在我们机关旁边确有两条胡同，倒是叫大、小甜水井，可见当初这是一块宝地。胡同口有卖早点豆腐浆、杏仁茶、烧饼、焦圈儿的小摊，夜里又卖馄饨、羊杂碎、火烧，方便极了。冬夜，布账子挡着西北风，坐在那儿喝上一碗热馄饨，别提多舒服了。一到闹公私合营那年，小贩就不见了，于是人们只好在公共食堂里买昨夜的剩馒头夹咸菜吃。

镇反、肃反、三反、五反那阵子工作可真忙，有时忙得似乎顾不上吃饭，就托去食堂的同志给带两个馒头回来。夜里也要加班，当然那时还不兴什么加班费，差不多每天都是钟敲11点了才回宿舍。那时我住在东单西裱褙胡同，从东单三条穿行最近。有天夜里可碰上《聊斋》里的美女狐仙了。夜深人静，刚走到协和小礼堂附近，树后悄悄走过一名"狐仙"，突然冲我搭讪起来。吓得我一言不发，光顾往前闯，生怕她追上来。那"狐仙"也许看我样子可怜，终于不曾纠缠，竟自哧哧地笑了，远远地还说着："怕什么呀！"第二天我向同志们"汇报"了，彼此相约结伴而归。结果顺利地通过了协和小礼堂，什么精灵妖怪都没碰上。从此，我也明白了妓女在那时并未绝迹。也许这个世界根本就不会是彻底纯净的。

"大跃进"的时代，我们头脑发热，工作劲头可真足。为了尽快反映各地放"卫星"的大好形势，我们往往睡在办公室里。没有铺盖就把报纸合订本当床褥。有天夜里朦胧入睡，只听得窗外叮叮当当声不绝于耳。第二天醒来一看，王府井大街东西人行道上铺地的钢砖都不见了。原来各单位灵机一动，大炼钢铁时修炼钢炉没有耐火砖，自发地发动了一场人民战争，来了个先下手者为强。连我们单位也凑热闹地抢运回一批砖头。实质上这是一场集体的哄抢和破坏。在没有重新铺设水泥便道以前，王府井大街颇像乡村一条土路，爆土扬尘地保持了好多日子。不知今后有没有人要写王府井的街史，这是很琐细，也很真实的一景。

"文革"期间，这117号里又出入过多少煊赫一时的人物呢！陈伯达、姚文元穿着军装，常常像瘟神似的降临这里，用罪恶的黑手制造人间的混乱和悲剧。有时他们真像演戏，到礼堂来讲话，看看前排坐的有知识分子模样的人便装出狼外婆的面孔来，阴阳怪气地喊道："为什么不让工人同志坐到前面来，我请工人阶级们坐在前排！"害得那些无意间坐在前排的编辑、记者

419

们个个垂头丧气地起身给工人阶级让座。这种公开的挑动是十分毒辣的，机关生活能有宁日吗？有一次，他竟在大会上点名一位同志："你的那部电台还不交出来吗？"他一走，马上便贴出"揪出大特务×××"的大标语。现在，我偶然在宿舍院内碰到正领着小孙子散步的这名"大特务"，我开玩笑地问他："怎么样？你那部电台还不交出来吗？"所得的只能是相对苦笑，或者他反讥我一句："我那部电台不是你给我装的吗？"不管怎么说，是我们在讥笑那些"大人物"，我们是胜利者，我们笑在了最后。

批判会、斗争会、誓师会、讲用会的口号声往往冲出大楼的窗户，直接传到王府井大街上来。有时甚至会引起好奇的行人伫立观望。当然，声浪当中也会包括我的，现在一想起来便感到无聊和惭愧。数十年来我浪费了多少语言和精力，宝贵的时间白白地像废水一样地流掉了，不仅对自己无益，对于别人也许还会有害，至少是随声附和和起哄。

"文革"当中的战斗队神通广大，竟然把我们敬爱的彭德怀同志也"揪"到机关的礼堂上来。彭大将军身穿一身黑棉制服，显然身体衰弱、疲乏，瘦了。但他头脑还是清醒的，当他看到前排还坐有几名外国人时，他连刚开始的申辩也放弃了。追问逼紧时，他就回答："不是那样的。真实情况我在这里不能说。"听到这儿，我的心颤动了。

又有一天，我在王府井大街，看到游斗车队过来了，上面正是彭德怀同志。还是那套黑布棉制服，他反背着手，胸前挂着一个打倒××的纸牌子，名字倒写着。他又瘦多了。我不知道他心里正想什么？我在想着旧戏里常见的忠臣遭难的故事。

在这条街上，我还看过我的老师陈翰伯同志游斗的场面。他被反绑着双手，头顶纸糊的高帽，耳边还垂下两条纸穗子，活像戏台上的白无常。我笑不出，是含着眼泪看他从这条大街上过去的。我相信，当年"一二·九"在燕京大学从事学生运动时，他一定来过王府井大街，那时他风华正茂，是推翻反动王朝的一名激进青年，怎么会想到30多年后，自己竟被当做反动派，像一名绑赴刑场的死囚那样游街示众。大街有知，也应该以此为辱。

我毫不夸张地说，多次下夜班，我们的车子在这条街上被无理取闹的"造反派"们拦阻过，一双双罪恶的眼光，有人还拿着棍棒在我们的头上晃来晃去。我也毫无掩饰地说，在这条街上，亲眼见过有人举着皮带抽打无辜者的场面，那人凄惨的痛呼声至今还刺激着我的神经。这条街成了恐怖的通道，成了一条令人不安的街，痛苦的街。

我走在拥挤的王府井大街上。现在商店的门面变得陌生而现代化了，建筑材料多已改装成铝合金型的轻型材料，有的已开始换上了进口的玻璃门窗，报纸上也形容这里像东京的"银座"，是北京的"银座"。我到过东京，逛了"银座"，确乎感到现在有几分相似了。但，我还是不太喜欢这个比喻，正像解放以前我听到天津的法租界被称作"巴黎"，或在王府井看到惠罗公司一样的并不感到是一种荣耀。

这条大街上的王府里的古井究竟在哪里也许没有人感兴趣了，几十年、十几年前在这条街上的一些见闻人们亦行将淡漠，而这条街将变化下去，还要热闹繁华，进一步现代化。无疑的这将是一条欢乐的街，充满了希望的街。但愿它不再有荒诞和眼泪，没有恐怖和令人生厌的声浪从街旁的楼房里冲出来。

● 莫言

吃的屈辱

　　吃人嘴短的意思很明白，仅仅有这点意思那简直不算什么意思。我的意思是吃人一个胡萝卜所蒙受的屈辱怕用一颗老山参也难洗清。

　　我傻瓜一样混进了首都北京之后，恨不得见个动物就龇牙表示友好，但北京的动物凶猛程度是地球一流的，哪怕是条浑身污垢的野狗，也比外省的狗要神气许多。那汪汪的吠声里无法掩饰地透露出一些皇城根儿的味道。

　　话说那一年，在一家又脏又破的似乎是纯老北京人开办的冷面馆里，苍蝇横飞，老板娘黏腻，一头眼角生眵的狗伏在所谓的柜台边上看我，我诚惶诚恐地把一块肉片扔给它，我的意思是说："狗啊，不要仇视我，我知道北京是你们的北京，你很讨厌我们这些外地土鳖混进来，给你一块肉，不要仇视我，我暂时居留在此，随时都会回去。"狗汪地叫了一声，好像我把一颗炸弹扔在它面前一样。老板娘怒气冲冲地说："干什么？干什么？吃饱了撑得难受是不是？个崩鸭子挺的傻×一样，看你那操行欠戳！"我心里想这北京人的语言怎么全部是裤裆里派生出来的？北京人怎么这样横？北京人怎么像八国联军一样不讲理？我喂他

422

们的狗吃肉是我表示友好啊！这时从里边走出一个统治着北京胡同的典型形象的男子，那口与裤裆关系十分密切的北京土话说得如同爆豆一样，他说这位狗是从法国运回来的，纯种，名贵，价值起码 10 万元。这样的狗不能随便喂，这样的狗吃的是配方饲料，维生素、蛋白质是有数的，多一点不行，少一点不可以，你乱给它肉吃，非打乱了它的内分泌不可。这还是位狗吗？我感到肚子都要气破了，那位狗就凭着那个死样也配从法国进口，我们村草垛旮旯里那些野狗也比它模样俊秀许多倍。于是我说："不要吓唬乡下人，不就是癞皮狗一条。"哎哟我的亲娘，这句话一出口，等于用火钩子烫了老虎的肛门，那男人目放凶光逼上来，那女人抟着屁股喊："解放，你替我把这个小子放了血吧！"

我很害怕，按照宰杀牲畜的一般程序，放血之后应该是烧开水屠戮毛羽，接着是卸去头脚，开膛破肚，摘出下货，然后挂起来卖。也许明天早晨，也许明天中午，也许明天晚上，在油炸的丸子里，在串羊肉的杆子上，就有了我身体的一部分。想到此，脊梁骨一阵冰凉，哪里还有心吃什么冷面，站起来，贴着墙边，点着头哈着腰，嘴里一连串儿糟践着自己，跑了。

回到宿舍，越想越感到窝囊，于是便有两行狗尿一样的泪水从眼里流出来。怨谁？怨自己，谁让你去吃什么冷面呢？你躲在屋里煮包方便面不就行了？为了不让卖方便面的北京服务小姐心烦，你可以豁出去一次买上 50 袋，把罪攒起来受了就行了。正想着呢，一匹朋友进来，说你流什么泪呢？北京缺水，眼泪虽少也是自来水变成的。我一想有理，咱外地人来了北京，事事都要小心着，要哭回山东哭去，在北京要哭可以，别喝北京的自来水你就哭。

朋友把我请去吃饭，吃了一盘胡萝卜丝，吃了一盘粉丝，吃了一盘什么肉忘了。吃完了，感动得我要命，心想，吃人点滴，永世也不要忘。

隔了几天，一群朋友聚会，我为一句什么话把请我吃饭的朋友得罪了，于是朋友便咬着牙说："你的良心让狗吃了！前几天，我去香格里拉饭店买了西班牙产的胡萝卜，去长城饭店买了美国加州的酱小牛肉，还用上了我爸爸出访俄罗斯带回来的波罗的海鱼子酱，吃得你小子满嘴流油，一转眼你就忘了。那些小牛肉还没有消化完吧？"

　　我感到浑身冰凉，真是悔之莫及，我恨不得把自己这张作孽的嘴用胶布封了算了，你当年吃煤块不也照样活吗？你去吃人家那点胡萝卜粉丝干什么？实在馋了你去买一麻袋胡萝卜吃成只兔子也花不了20块钱，你吃了人家那点东西，你就得承受人家的侮辱。

　　我这人最大的毛病就是没记性，像狗一样，记吃不记打。当时咬牙切齿地发狠，过不了几天就忘了。又有一只朋友请我去吃饭，上了一只炉子，炉子上放了一口锅，锅里放了十几只虾米，一堆白菜，还有一些什么肉忘了。吃着吃着，我凶相毕露了。那朋友就说："看，又奋不顾身了！"

　　一句话把我肚子凉透了。因为吃人家的东西所蒙受的耻辱一桩桩一件件涌上心头，我怎么这样下贱！我怎么这样没出息！你自己去下个馆子，老老实实地，吃了屈也不吱声地花上几十块钱吃一顿不就行了吗？你想怎么吃就怎么吃！你想多凶恶吃就多凶恶地吃，你吃光了肉把盘子舔了也没有人嘲笑你。你自己经常忘了自己的身份，你忘了你是一个乡巴佬，人家那些人从根本上没把你当人看，有时候找你玩，那就像天鹅有时候要了解水鸭子一样。我发誓宁愿饿死也不吃人家的东西了。我发誓万不得已与朋友在一起聚餐时一定要奋不顾身地抢先付账。我付账，我吃得多点，你们就不会嘲笑我了吧？

　　有一次去吃烤鸭，吃了一半时我就抢先把账付了。几个贵种都十分高雅地填饱那些宝玉雕成的胃袋后，桌上还剩了许多，这时农民的下贱心理又在我心中发作了：多可惜呀，这鸭，这饼，这酱，多吃一点吧。我就多吃。这时，那匹人说："瞧瞧莫言，非把他那点钱吃回来不可！"我感到脸上火辣辣的，好像挨了一顿耳刮子一样。人家还说我："你们说他的饭量为什么这么大？他为什么吃得那么多？要是中国人都像他一样能吃，中国早就被吃成水深火热的资本主义了！"

我这才悲哀地明白了：这世界上的事情早就安排好了，该着受侮辱的命，头戴着皇冠也脱逃不了的。

前年春节回家，我把这些年在北京受的屈辱对爹娘说了。爹说："我就不信，人活一口气，再去吃宴时，临行前你先吃上四个馒头，喝上两大海碗稀粥，上了宴席，还能做出那副饿死鬼的相来？"

回北京后，遵循父亲的教导，上了宴席，果然不猴急了，吃得温良恭俭让，像英国王室里的厨子一样，我等待着大家的表扬。可是一只人说道："瞧瞧莫言那个假模假式的样儿！好像他只用两只门牙吃饭就能吃出一个贾宝玉来似的！"

众人大笑，食欲大增。那匹人说："人还是本色些好，林黛玉也要坐马桶！"

"娘啊，简直是没有活路了。"我对我娘说。

我娘说："儿啊，认命吧！命中该受什么，就得受什么。"

我说："娘啊，咱们一家人，就单单我因为吃忍辱负重，半辈子人了，这种状况还没改变。"

娘说："儿啊，你这算什么？娘在1960年里，偷生产队的马料吃，被李保管吊起来打，当时想，放下来干脆一头碰死在树干上算了。可等到放下来时，还不是爬着回了家。你大娘去西村讨饭，讨到麻风病人的家里，见过堂里一张饭桌，饭桌上一只碗，碗里半碗吃剩的面条，麻风病人吃剩的面条，脏不脏？但你大娘扑上去就用手挖着吃了，还生怕被人家看见骂！你受这点委屈算什么委屈？娘分明地看到你一天比一天胖起来了，不享福，如何胖？儿啊，你这是享福，不要身在福中不知福！"

　　我仔细地思考着娘的话，渐渐地心平气和了。是啊，所谓的自尊、面子都是吃饱了之后的事情，对于一个饿得将死的人，半碗麻风病人吃剩的面条，也是世间最宝贵的东西。当然也有宁愿饿死也不吃美国面粉的人，但人家是伟人，如我这种猪狗一样的动物，是万万不可用自尊啦、名誉啦这些狗屁玩意儿来为难自己的。

●贾平凹

月　迹

　　我们这些孩子，什么都觉得新鲜，常常又什么都觉得不满足；中秋的夜里，我们在院子里盼着月亮，好久却不见出来，便坐回中堂里，放了竹窗帘儿闷着，缠奶奶说故事。奶奶是会说故事的；说了一个，还要再说一个……奶奶突然说：

　　"月亮进来了！"

　　我们看时，那竹窗帘儿里，果然有了月亮，款款地，悄没声儿地溜进来，出现在窗前的穿衣镜上了：原来月亮是长了腿的，爬着那竹帘格儿，先是一个白道儿，再是半圆，渐渐地爬得高了，穿衣镜上的圆便满盈了。我们都高兴起来，又都屏气儿不出，生怕那是个尘影儿变的，会一口气吹跑呢。月亮还在竹帘儿上爬，那满圆却慢慢儿又亏了，末了，便全没了踪迹，只留下一个空镜，一个失望。奶奶说：

　　"它走了，它是匆匆的；你们快出去寻月吧。"

　　我们就都跑出门去，它果然就在院子里，但再也不是那么一个满满的圆了，尽院子的白光，是玉玉的，银银的，灯光也没有这般儿亮的。院子中央处，是那棵粗粗的桂树，疏疏的枝，疏疏的叶，桂花还没有开，却有了累累的骨朵儿了。我们都走近去，

427

不知道那个满圆儿去哪儿了。却疑心这骨朵儿是繁星儿变的；抬头看着天空，星儿似乎就比平日少了许多。月亮正在头顶，明显大多了，也圆多了，清清晰晰看见里边有了什么东西。

"奶奶，那月上是什么呢？"我问。

"是树，孩子。"奶奶说。

"什么树呢？"

"桂树。"

我们都面面相觑了，倏忽间，哪儿好像有了一种气息，就在我们身后袅袅，到了头发梢儿上，添了一种淡淡的痒痒的感觉；似乎我们已在了月里，那月桂分明就是我们身后的这一棵了。

奶奶瞧着我们，就笑了：

"傻孩子，那里边已经有人了呢。"

"谁？"我们都吃惊了。

"嫦娥。"奶奶说。

"嫦娥是谁？"

"一个女子。"哦，一个女子。我想。月亮里，地该是银铺的，墙该是玉砌的，那么好个地方，配住的一定是十分漂亮的女子了。

"有三妹漂亮吗？"

"和三妹一样漂亮的。"

三妹就乐了：

"啊啊，月亮是属于我的了！"

三妹是我们中最漂亮的，我们都羡慕起来。看着她的狂样儿，心里却有了一股儿的嫉妒。

我们便争执了起来，每个人都说月亮是属于自己的。奶奶从屋里端了一壶甜酒出来，给我们每人倒了一小杯儿，说：

"孩子们，你们瞧瞧你们的酒杯，你们都有一个月亮哩！"

我们都看着那杯酒，果真里边就浮起一个小小的月亮的满圆。捧着，一动不动的，手刚一动，它便酥酥地颤，使人可怜儿的样子。大家都喝下肚去，月亮就在每一个人的心里了。奶奶说：

"月亮是每个人的，它并没有走，你们再去找吧。"

我们越发觉得奇了，便在院里找起来。妙极了，它真没有走去，我们很快就在葡萄叶儿上，磁花盆儿上，爷爷的锨刃儿上发现了。我们来了兴趣，竟寻出了院门。

院门外，便是一条小河。河水细细的，却漫着一大片的净沙；全没白日那么的粗糙，灿灿地闪着银光，柔柔和和地像水面了。我们从沙滩上跑过去，弟弟刚站到河的上湾，就大呼小叫了：

"月亮在这儿！"

妹妹几乎同时在下湾喊道："月亮在这儿！"

我两处去看了，两处的水里都有月亮，沿着河沿跑，而且哪一处的水里都有月亮了。我们都看着天上，我突然又在弟弟妹妹的眼睛里看见了小小的月亮。我想，我的眼睛里也一定是会有的。噢，月亮竟是这么多的：只要你愿意，它就有了哩。

我们坐在沙滩上，掬着沙儿，瞧那光辉，我说：

"你们说，月亮是个什么呢？"

"月亮是我所要的。"弟弟说。

"月亮是个好。"妹妹说。

我同意他们的话。正像奶奶说的那样：它是属于我们的，每个人的。我们就又仰起头来看那天上的月亮，月亮白光光的，在天空上。我突然觉得，我们有了月亮，那无边无际的天空也是我们的了，那月亮不是我们按在天空上的印章吗？

大家都觉得满足了，身子也来了困意，就坐在沙滩上，相依相偎地甜甜地睡了一会儿。

丑　石

　　我常常遗憾我家门前的那块丑石呢：它黑黝黝地卧在那里，牛似的模样；谁也不知道是什么时候留在这里的，谁也不去理会它。只是麦收时节，门前摊了麦子，奶奶总是要说：这块丑石，多碍地面哟，多时把它搬走吧。

　　于是，伯父家盖房，想以它垒山墙，但苦于它极不规则，没棱角儿，也没平面儿；用錾破开吧，又懒得花那么大气力，因为河滩并不甚远，随便去捎一块回来，哪一块也比它强。房盖起来，压铺台阶，伯父也没有看上它。有一年，来了一个石匠，为我家洗一台石磨，奶奶又说：用这块丑石吧，省得从远处搬动。石匠看了看，摇着头，嫌它石质太细，也不采用。

　　它不像汉白玉那样的细腻，可以凿下刻字雕花，也不像大青石那样的光滑，可以供来浣纱捶布；它静静地卧在那里，院边的槐荫没有庇覆它，花儿也不再在它身边生长。荒草便繁衍出来，枝蔓上下，慢慢地，竟锈上了绿苔、黑斑。我们这些做孩子的，也讨厌起它来，曾合伙要搬走它，但力气又不足；虽时时咒骂它，嫌弃它，也无可奈何，只好任它留在那里去了。

　　稍稍能安慰我们的，是在那石上有一个不大不小的坑凹儿，雨天就盛满了水。常常雨过三天了，地上已经干燥，那石凹里水儿还有，鸡儿便去那里喝饮。每每到了十五的夜晚，我们盼着满月出来，就爬到其上，翘望天边；奶奶总是要骂的，害怕我们摔下来。果然那一次就摔了下来，磕破了我的膝盖呢。

人都骂它是丑石，它真是丑得不能再丑的丑石了。

终有一日，村子里来了一个天文学家。他在我家门前路过，突然发现了这块石头，眼光立即就拉直了。他再没有走去，就住了下来；以后又来了好些人，说这是一块陨石，从天上落下来已经有二三百年了，是一件了不起的东西。不久便来了车，小心翼翼地将它运走了。

这使我们都很惊奇！这又怪又丑的石头，原来是天上的呢！它补过天，在天上发过热，闪过光，我们的先祖或许仰望过它，它给了他们光明，向往，憧憬；而它落下来了，在污土里，荒草里，一躺就是几百年了？

奶奶说："真看不出！它那么不一般，却怎么连墙也垒不成，台阶也垒不成呢？"

"它是太丑了"。天文学家说。

"真的，是太丑了。"

"可这正是它的美！"天文学家说，"它是以丑为美的。"

"以丑为美？"

"是的，丑到极处，便是美到极处。正因为它不是一般的顽石，当然不能去做墙，做台阶，不能去雕刻，捶布。它不是做这些小玩意儿的，所以常常就遭到一般世俗的讥讽。"

奶奶脸红了，我也脸红了。

我感到自己的可耻，也感到了丑石的伟大；我甚至怨恨它这么多年竟会默默地忍受着这一切？而我又立即深深地感到它那种不屈于误解、寂寞的生存的伟大。

黑龙口

从西安要往商州去，只有一条公路。冬天里，雪下着，星星点点，车在关中平原上跑两个钟头，像进了三月的梨花园里似的，旅人们就会把头伸出来，用手去接那雪花儿取乐。柏油路是不见白的，水淋淋的有点滑，车悠悠忽忽，快得像是在水皮子上漂；麦田里雪驻了一鸡爪子厚，一动不动露在雪上的麦苗尖儿，越发地绿得深。偶尔里，便见一只野兔子狠命地跑窜起来，"叭"的一声，兔子跑得无踪无影了，捕猎的人却被枪的后坐力蹬倒在地上，望着枪口的一股白烟，做着无声的苦笑。

车到了峪口，嘎地停了，司机跳下去装轮胎链条；用一下力，吐一团白气。旅人们都觉得可笑，回答说：要进山了。山是什么样子，城里的人不大理会，想象那里青的石，绿的水，石上有密密的林，水里有银银的鱼；进山不空回，一定要带点什么纪念品回来：一颗松塔，几枚彩石。车开过一座石桥，倏乎间从一片村庄前绕过，猛一转弯，便看见远处的山了。山上并没有树，也没有仄仄的怪石，全然被雪盖住，高得与天齐平。车开始上坡，山越来越近，似乎要一直爬上去，但陡然跌落在沟底，贴着山根七歪八拐地往里钻，阴森森的，冷得入骨。路旁的川里，石头磊磊，大者如屋，小者似斗，被冰封住，却有一种咕咕的声音传来，才知道那是河流了。山已看不见顶，两边对峙着，使足了力气的样子，随时都要将车挤成扁的了。车走得慢起来，大声地

432

吭吭着，似乎极不稳，不时就撞了山壁上垂下来的冰锥，豁啷啷响。旅人都惊慌起来了，使劲地抓住扶手，呼叫着司机停下。司机只是旋转方向盘，手脚忙乱，车依然往里走。

雪是不下了，风却很大，一直从两边山头上卷来，常常就一个雪柱在车前方向不定地旋转。拐弯的地方，雪驻不住，路面干净得如晴日，弯后，雪却积起一尺多深，车不时就横了身子，旅人们就得下车，前面的铲雪，后面的推车，稍有滑动，就赶忙抱了石头垫在轮子下。旅人们都缩成一团，冻得打着牙花；将所有能披在身上的东西全都披上了，脚腿还是失去知觉，就咚咚地跺起来。司机说：

"到黑龙口暖和吧！"

体内已没有多少热量，有的人却偏偏要不时地解小手。司机还是说：

"车一停就要滑道，坚持一下吧，到黑龙口就好了。"

黑龙口是什么地方，多么可怕的一个名字！但听司机的口气，那一定是个最迷人的福地了。

车走了一个钟头，山终于合起来了，原来那么深的峡谷，竟是出于一脉，然而车已经开上了山脉的最高点。看得见了树，却再不是那绿的，由根到梢，全然冰霜，像玉，更像玻璃，太阳正好出来，晶亮得耀眼。蓦地就看见有人家了，在玻璃丛里，不知道屋顶是草搭的，还是瓦苫着，门窗黑漆漆的，有鸡在门口刨食，一只狗呼地跑出来，追着汽车大跑大咬，同时就有三两个头包着手巾的小孩站在门口，端着比头大的碗吃饭，怯怯地看着。

"这就是黑龙口吗？"

旅人们活跃起来，用手揉着满是鸡皮疙瘩的脸，瞪着乞求的眼看司机。有的鼻涕、眼泪也掉下来，咝咝地吸气，但立即牙根麻生生地疼了，又紧闭了嘴唇。可是，车却没有停，又三回两转地在山脉顶上走了一气，突然顺着山脉那边的深谷里盘旋而下了。那车溜得飞快，一个拐弯，全车人就一起向左边挤，忽地，又一起向右边挤。路只有丈五宽窄，车轮齐着路沿，路沿下是深不见底的沟渊，旅人们"啊啊"叫着，把眼睛一齐闭上，让心在喉咙间悬着……终于，觉得没有飞机降落时的心慌了，睁开眼来，车已稳稳地行驶在沟底了。他们再也不敢回头看那盘旋下来的路，在心里默默地祝福着司机，好像他是一位普救众生的菩萨，是他把他们从死亡的苦海里引渡过来的。

旅人们都疲乏了，再不去想那黑龙口，将头埋在衣领里，昏昏睡去了。但是，车嘎地停了，司机大声地说：

"黑龙口到了，休息半小时。"

啊，黑龙口！旅人们永远记着了，这商州的第一个地方，这个最神圣的名字！

其实，这是个小极小极的镇子。只有一排儿房舍，坐北向南，房是草顶，门面墙却尽是木板。后墙砌着山崖，门前便是公路，公路下去就是河，河过去就是南边的山。街房几十户人家，点上一根香烟吸着，从东走到西，从西走到东，可走三个来回。南北二山的沟洼里，稀落着一些人家，都是屋后一片林子，门前一台石磨。河面上还是冰，但听不见水声，人从冰上走着，有人凿了窟窿，放进一篮什么菜去，在那里淘着，淘菜人手冻得红萝卜一样，不时伸进襟下暖暖，很响地吸着鼻子，往岸上开来的车看。冰封了河，是不走桥了，桥是两棵柳树砍倒后架在那里的，如今拴了几头毛驴，像是在出卖，驴粪屙下来，捡粪的老头忙去铲，但已经冻了，铲在粪筐里也不见散。

街面人家的尽西头儿，却出奇地有一幢二层楼，一砖到顶，门窗的颜色都染成品蓝，窗上又都贴着窗花，觉得有些俗气：那是这里集体的建筑，上层是旅社，下边是饭店；服务人员是本地人，虽然穿着白大褂，但都胖乎乎的，脸上凸着肉块，颧骨上有两块黑红的颜色。饭店的旁边，是一个大栅栏门，敞开着，便是

434

车站，站场很小，车就只得靠路边停着。再过去是商店、粮站，对着这些大建筑，就在靠河边的公路上，却高高低低搭起了十多处小棚，有饭馆、茶铺、油粉摊、豆腐担、柿子、核桃、苹果、栗子、鸡蛋、麻花……闹闹嚷嚷，是黑龙口最繁华热闹的地面了。

黑龙口的人不多，几乎家家都有做生意的。这生意极有规律：九点前，荒旷无人，九点一到，生意摊骤然摆齐。因为从西安到商州来的车，都是九点到这里歇息，从商州各县到西安，也是十点到这里停车。于是乎，旅人饥者，有吃，渴者，有茶，想买东西者，小么零甚山货俱全。集市热闹两个小时，过往车一走，就又荡然无存，只有几只狗在那里抢骨头了。

车一辆辆开来了，还未停稳，小贩们就蜂拥而至，端着麻花，烧饼，一声声在门口、窗下叫喊。旅人们一见这般情形，第一个印象是服务态度好，就乐了。一乐就在怀里摸钱，似乎不买，有点不近情理了。

司机是冷若冰霜的，除非是那些山羊、野鸡、河鳖一类的东西，才肯破费。他们关了车门，披着那羊皮大衣，扑扇扑扇地往大楼饭店里走去了，一直可以走进饭店的操作室，与师傅们打着招呼，一碗素面钱能吃到一碗红烧肉。等抹着油光光的嘴出来的时候，身后便有三四人跟着，那是饭店师傅们介绍搭车的熟人。

旅人们下了车，有的已经呕吐，弄脏了车帮，自个去河边提水来洗。这多是些上年纪的女人，最闻不惯汽油味，一直拿手巾搭了鼻子嘴儿，肚子里已经吐得一干二净，但食欲不开，然后蹲在那里，做短暂的休息。一般旅人，大都一下车就有些站不稳了，在阳光地里，使劲地踩脚，使劲地搓手，那些时兴女子，一出站门，看着面前的山，眉头就挽上了疙瘩，但立即就得意起来了，因为她们的鲜艳，立即成了所有人注目的对象。她们便有节奏地迈着步子，或许拍一下呢子大衣，或许甩一下波浪般的披肩

435

发，向每一个小摊贩前走去。小贩们忙怯怯地介绍货物，她们只是问："多少钱？""好吃吗？"但那小吃，她们说不卫生，只是贪那土特产：核桃、栗子，三角钱一斤，她们可以买一大提兜。末了，再抓一把放进去。卖主也不计较，因为她们是高贵的女子，买了他们的东西，也是给他们赏脸，也是再好不过的生意广告：瞧，那么贵气的人都买我的货呢！即使她们不多拿，他们也要给她们一些额外呢。

但是，别的买者却休想占他们的一点便宜。他们都不识字，算得极精，如果企图蒙他们，一下子买了那么多的东西，直追问："一共多少钱？多少钱？"他们是歪了头，一语不发，嘴唇抖抖的，然后就一扬脸说个数儿来。你就是用笔在纸上再演算一通，一分儿也不会差错。

人们买了小吃小物，就去食堂了。大楼饭店里只卖馍、菜和荤面。面很黑，但筋很大，在嘴里要长时间地嚼，肉却是大条子肉，白花花地令人生畏。城里人讲究吃瘦肉，便都去吃门外的私人饭菜了。

紧接着的是两家私人面铺，一家卖削面，大油揉和，油光光地闪亮。卖主站在锅前，挽了袖子，在光光的头上顶块白布，啪地将面团盘上去，便操起两把锃亮柳叶刀，在头上哗哗削起来：寒光闪闪，面片纷纷，一起落在滚汤的锅里。然后，碗筷叮当，调料齐备，面片捞上来，喊一声："不吃的不香！"另一家，却扯面，抓起面团，双手扯住，啪啪啪在案板上猛甩，那面着魔似的拉开，忽地又用手一挽，又啪啪直甩，如此几下，哗地一撒手，面条就丝一般网状地分开在案上。旅人在城里吃惯了挂面，哪里见过这等面食，问时，卖主大声说道：

"细、薄、光；煎、酸、汪。"

细薄光者，说是面条的形；煎酸汪者，说是面条的味，吃者一时围住，供不应求。

那些时兴女子是不屑这边吃面条的，她们买了熟鸡蛋，坐在大楼饭店里买了馍夹着吃，但馍掰开来，却发现里边有个什么东西，一时反了胃，拿去和服务员论理：

"这馍里有虱子!"

"虱子?"

"就是虱子!"

"你想想，冬天里起面，酵子发不开，在炕上要用被子捂，能不跑进去一两个虱子?"

时兴女子们一时恶心，赶忙捂了口，也不要馍了，也不索退钱，唾着唾沫一路出去了。

面食铺里，还是围了一堆人，都吃得满头大汗，一边吃，一边夸着，一边问卖主：

"是祖传的?"

"当然喽。"

"卖了半辈子了?"

"半年吧。"

"半年?"

"可不! 你是才到商州的吗? 要不是新政策下来，我要卖面，寻着上批判会吗? 那阵儿，你要吃吗，对不起，就去那楼里饭店里吃虱馍吧。"

"那饭店真糟糕，怎么会干出那事!"

"快啦，出不了一个月，他们就得关门了。"

"早早就应该关门!"

"那么容易? 那都是公社、大队干部的儿子、儿媳、小舅子哩。"

卖主说着，便不说了，对着一个走过来的瘦个子人叫道：

"吃不? 来一碗!"

那人说是去买油，晃了一下碗，却看着锅里的面条。但卖主终未给他吃，瘦个子走了。

"你只卖嘴，光说不盛。"旅人们说。

"知道吗？这是我们原先的队长大人，如今分了地，他甭想再整人了，在别人，理也懒得理呢。"

那瘦个子去远处的卖油老汉那儿，灌了半斤油，油倒在碗里，他却说油太贵，要降价，双方争吵起来，他便把油又倒回油篓，不买了。接着又去买一个老太婆的辣面子，称了一斤，倒在油碗里，却嚷道辣面子有假，掺的盐太多，不买了，倒回了辣面子。卖面食的这边看得清清楚楚，说：

"瞧，他这一手，回去刮刮碗，勺里一炒，油也有了，辣子也有了。"

"他怎么是这种吃小利的人？"

"懒惯了，如今当干部没滋润，但又不失口福，能不这样吗？"

旅人们便都哈哈笑起来了。

在黑龙口待了半个小时，司机按了喇叭：车子要走了。旅人们都上了车，车上立时空间小起来，每人都舒展了身子，又大包小包买了东西，吵吵嚷嚷坐不下去，最后只好插木楔一般，脚手儿不能随便活动了。车正要发动，突然车站通知，前边打来电话，五十里外的麻街岭，风雪很大，路面坍方了几处，车不能走了，得在黑龙口过夜，消息传开，旅人们暗暗叫苦，才知道黑龙口并不是大平川的第一个镇子，而下边还要翻很高很高的麻街岭。

小商小贩们大都熄火收摊，准备回家去了，知道消息后，却欢呼雀跃，喜欢得跑来拉旅人：

"到我们家去住吧，一晚上六角钱，多便宜呢！"

旅人们却只往大楼旅社去，但那里住满了，只好被小商小贩们纠缠着，到一家家茅草屋去了。

438

住在公路边的人家里，情况没有多大出奇，住在山洼人家的旅人，却大觉新鲜了。从冰冻的河面上一步一步走过去，但无论如何，却上不到那门前的小路上去，冰冻成了玻璃板，一上去就滑倒了。那些穿高跟鞋的女子就呜呜地哭。平日傲得不许一个男子碰着，如今无奈，哭过一通，还是被这些粗脚大手的山民们扶着、背着上去，她们还要用手死死抠住他们的胳膊，一丝儿不肯放松。男性旅人们，则是无人背的，山民们会在旁边扯下一节葛条，在鞋底上系上几道。这果然趴滑，稳稳走上去了，于是他们才明白了上山时司机为什么要在轮胎上拴链条。

　　到了门前，家家都是有一道篱笆的，但不是城里人的那种细竹棍儿，或是泥杆儿，全是碗口粗的原木桩，一根一根，立栽着。一只狗呼地扑出来，汪汪大叫，主人喊一声，便安静下来，给你摇起尾巴。屋里暗极了，锅台、炕台，四堵墙壁，乌黑发亮。炕上的被窝里蠕蠕动的，爬下来了，原来是个年轻的媳妇，在炕上出黄豆芽菜。见客进门，忙将唾沫吐在手心，使劲抹那头上的乱发，接着就扫地，就拍打炕沿上的土，招呼着往羊皮褥子上坐。

　　屋里并不暖和，主人就到后坡去，在雪窝里三扒两拉，拖出几节木头来，拿了一把老长的木把斧头，在门槛上劈起来。旅人大为可惜，说这木头可以做大立柜，做沙发架，主人只嘿嘿地笑，几下劈成碎片，在炕口前一个大坑里烧起来了。火很旺，屋里顿时热烘烘的，屋檐上的冰锥往下滴着水儿。

　　夜里睡在炕上，是六角钱，若再掏一元，可以包吃包喝，尽你享用。那火炕边，立即会煨上柿子酒，烤上拳头大的洋芋。一个时辰后，从火里刨出来，一剥开皮，一股喷鼻香味，吃上两口，便干得喉咙发噎，须主人捶一阵后背，千叮咛万叮咛慢慢来吃。吃毕洋芋，旅人们已经连连打嗝儿了，主人就取了碗来，盛满柿子酒让你。你一开始说不会喝，也就罢了，若接住了，喝了

439

一碗，必要再喝二碗。柿子酒虽不暴烈，但一碗下肚，已是腹热脸红，要推托时，主人会变了脸，说你看不起他。喝了二碗，媳妇又来敬酒，她一碗，你一碗，你不能失了男子汉的脸面，喝下去了，你便醉了八成，舌头都有些硬了。

天黑了，主人会让旅人睡在炕上，媳妇会抱一床新被子，换了被头，换了枕巾。只说人家年轻夫妇要到另外的地方去睡了，但关了门，主人脱鞋上了炕，媳妇也脱鞋上了炕，只是主人睡在中间，作了界墙而已。刚睡下，或许炕头上的喇叭就响了，要么是叫主人去开分地包产会，要么是叫主人去开党员生活会。主人起来了，窸窸窣窣地穿衣服，末了把油灯点着。他要出门，旅人也醒了，赶忙就起来穿衣，主人说：睡你的，我开完会就回来，旅人肯定要说出什么话来，主人用眼光制止了。

"你是学过习的？"主人要这么说。

"学过习的？"旅人疑惑不解。

主人便将一条扁担放在炕中间。旅人明白了，闭了眼睛睡觉。那灯耀得睡不着，媳妇不去吹，他也不敢动身去吹，灯光下，媳妇看着他，眼睛活得要说话。旅人就赶忙合上眼，但入不了梦，觉得身上有什么动。伸手一摸。肉肉的，忙丢进炕下的火坑，轻轻地"叭"了一声。一个钟头，炕热得有些烫，但不敢起身，只好翻来覆去，如烙烧饼一般。正难受着，主人回来了，看看炕上的扁担，看看旅人，就端了一碗凉水来让你喝。你喝了，他放心了你，拿了酒又让你喝，说你真是学过习的人。你若不喝，说你必是有对不起人的事，一顿好打，赶到门外，你那放在炕上的行李就休想再带走。重新睡下了，旅人还是烙得不行。主人会将一页木板垫在褥下，你就会睡得十分的舒服。但到黎明炕便要凉了，凉得像一块冰，需得起来穿了衣服再睡不可。

天亮起来，旅人便像亲人一样被招待了，你问那猪圈墙上，为什么画那么多白灰圈儿？他会告诉说，冬天狼多，夜里常来叼

440

猪，但却最怕这白圈儿，夜里没有听到狼嚎吗？旅人说未听见，可能是睡得太死了。他就会又说，夜里出来解手，常会遇见这东西的，它会装着妇人的哭声呢。旅人听得直吐舌头，说冬天在这里投宿真不是轻松事。主人便又说，夏天的夜里那才怕人呢，半夜里，床下有吱吱声，一揭褥子，下边便有一条彩花蛇的。旅人吓得噤了声，主人却说："没事，抓起来从窗口甩出去就是了。"接着嘿嘿一笑，好像随便得很。

如果雪还在下，如果前边的麻街岭路还没有修起，旅人们就要在这里多住几天了。那么，主人们就会领你夜里去放狐子药。天明去收药，或许，只能见到狐子的脚印，还有的是狐子竟将那用鸡皮包裹的烈性炸药轻轻用土埋了，但常常是会收获到被炸死的狐狸的。一起拿回来，将皮剥下，吃肉是没了问题，就是旅人看中了那狐皮，一阵讨价还价，生意也便做成了。

"你带有书吗？"

他们老是这么问。一旦知道你是带了书的人，就如何缠住你，要以狐皮换书，他们就会去叫来小弟小妹，儿子，女儿，翻你的书捆。孩子们最喜爱高考复习资料书，一换到手，就拿到火炕边入迷地读了。

清早起来随便往每个人家里走走，就会发现那晚辈的人和他们的父老不同：老一辈人爱土地，小一辈人最恋书。小的全不穿大裆裤，不扎裹腿，不剃光头，都一身咔叽，衣口袋里插一支钢笔，早晚还要刷牙，一嘴的白沫。做父母的就要对旅人说：

"赶明日路通了，你们把这干净鬼也带去吧！"

说完，就作个谑笑，又说：

"刷刷就是了，那嘴里有屎吗？快去看你的书，只要好好学，我们养你一辈子也行，若做样子，就收拾了，帮我去卖些吃喝，一天也可赚四元五元哩！"

旅人已经和这里山民交上朋友了，什么话也就能说得来了。

"你们脚上的皮鞋走路不绊石头吗?"

"城里的路没有石头。"

"真好,半年都穿不烂哩。"

"能穿二三年的。你们也可以穿嘛。"

"怕脚带不动。赶明日到了县上,该买台收音机了。"

"你们口袋里真有钱哩。"

"有什么呀,只是手上活泛些了。"

说到这儿,他们就神秘起来,俯过身要问:

"你们在城里,离政策近,说说,这政策不会变了吧?"

"变不了啦!"

"真的?"

"真的!"

他们就唠叨起来,说这黑龙口是商州最贫困的地方,过了麻街岭,沿川下去,那里才叫富呢,夏里秋里收得好,副业也多,赚钱的门路多哩。

"我们这穷地方,还要好好干几年,要不你们城里人来,光笑话我们了。"

从山沟下来,路过冰冻的河,又会碰见那个捡粪的老汉了。谈开来,他说他是个孤老,在公路边修了四个厕所,专供旅人们用的。那粪池十天半月就满了,他便出售给各家,八分钱一担。光这一样收入,就够他花费了,老汉很乐观,和旅人谈得投机,见一媳妇抱了小孩过来,就把小孩撑在手上,让立楞楞,然后逗弄小孩的小牛牛,说:

"小子,好好长! 爷爷这辈子是完了,就看你们了,噢!"

他乐滋滋笑着,逗弄着,惬意得像喝了一罐子醇美的酒,眼里是几分感慨,几分得意,又几分羡慕和嫉妒。有好事的旅人忙用照相机摄了这镜头,说要给这照片题名"希望"。

麻街岭的路终于修通了。旅人们坐车要离开了,头都伸出车窗，还是一眼一眼往后看着这黑龙口。

黑龙口就是怪，一来就觉得有味，一走就再也不能忘记。司机却说：

"要去商州，这才是一个门口儿，有趣的地方还在前边呢！"

地平线

小时候，我才从秦岭来到渭北平原，最喜欢骑自行车在路上无拘无束地奔驰。庄稼收割了，又没有多少行人，空旷的原野上稀落着一些树丛和矮矮的屋。差不多一抬头，就看见远远的地方，天和地已不再平行。天和地相接了，形成个三角形，在相接处是一道很亮的灰白色的线，有树丛在那里伏着。

"啊，天到尽头了！"

我拼命向那树丛骑去，好长时间，赶到树下，但天地依然平行；在远远的地方，又有一片矮屋，天地相接了，又出现那道很亮的灰白色的线。

一个老头迎面走来，胡子飘在胸前，悠悠然如仙翁。

"老爷子，你是从天边来的吗？"我问。

"天边？"

"就是那道很亮的灰白线的地方。去那儿还远吗？"

"孩子，那是永远走不到的地平线呢。"

"地平线是什么？"

"是个谜了。"

443

我不太懂了，以为他是骗我，就又对准那道很亮的灰白色线上的矮屋奔去。然而我失败了：矮屋那里天地平行，又在远远的地方出现了那一道地平线。

我坐在地上，咀嚼着老头的话，想这地平线，真是个谜了。正因为是个谜，我才要去解，跑了这么一程。它为了永远吸引着我和与我有一样兴趣的人去解，才永远是个谜吗？

从那以后，我一天天长大起来，踏上社会，生命之舟驶进了生活的大海。但我却记住了这个地平线，没有在生活中沉沦下去，虽然时有艰辛、苦楚、寂寞。命运和理想是地和天的平行，但又总有相接的时候。那个高度融合统一的很亮的灰白的线，总是在前面吸引着你。永远去追求地平线，去解这个谜，人生就充满了新鲜、乐趣和奋斗的无穷无尽的精力。

云　雀

小小的时候，我眼见过一个奇妙的现象，便不敢忘去；一直到现在，我已是垂垂暮年了，但仍还百思不得其解呢。

我们的隔壁，是住着一位老头的。他极能养鸟，门前的木架上，吊下各式各样的鸟笼；里边住着云雀，绿嘴，画眉，黄鹂儿……尽是些可怜可爱的生灵儿。整天整天里，我们就守在那鸟笼下，听着它们鸣叫。叫声很是好听，尤其那只云雀，像唱歌一样，打老远就能听见，使人禁不住要打一个麻酥酥的颤儿了。

时间一长，那云雀声就不比以前那么脆了，老头便给它吃最

444

好的谷，喝最清的水，稍不鸣叫，就万般逗弄；于是它就又叫起来了。但它叫起来的时候，总是在笼里不能安宁，左一撞，右一碰的，常常把黄黄的小嘴从笼格里挤出来，盯着高高的云天，叫得越发哑了。

"它唱得太疲劳了。"我们都这么说，便去给老头建议，不要逗弄它了吧。

但是，每每黎明的时候，它就又叫起来了，而且每个黎明都叫。我们爬起来，从窗口里看去，天刚刚发亮，云升得很高很高，老头并没有起床呢。于此才明白别人不逗弄它，它还是每天要叫的；依然嘴挤在笼格外边，翅膀扑闪着，竟有几根绒绒的羽毛掉了下来。

"它在练嗓子吗？"妹妹说。

"不，它那嗓子已经哑了。"我说。

"那它为什么还要唱呢？"

"谁知道呢？你听，它是在唱一支忧郁的歌吗？"

细细听起来，果然那叫声充满了忧郁；那往日里悠悠然的叫声原来是痛苦的呼喊呢?!

"是它肚子饥了，渴了吧？"妹妹又说。

我们跑过去，要给它添些食儿，却看见笼里满满地放着一盘黄谷，一盘清水：这又使我们迷糊了。

"一定是向往着云天吧。"

我们这么不经意地说过，立即便觉得是很正确的。想，它未被老头捉住之前，它是飞在天上的，天那么空阔，天便全然是它的；黎明的时候，它一定是飞得像云一样地高，向黑暗宣告着光明。如今，黎明来了，它却飞不出去了，才这么发疯似的抗议了！我们在笼下捡起那抖落下的羽毛，深深地感到它的可怜了。

我们把这想法告诉给老头，老头笑我们可爱，却终没有放了它去。它每天还是这么叫着，唱那一支忧郁的歌。

我们终于不忍了，在一个黎明，悄悄起来，拆开了笼的门，放它出去了。它一下子飞到了柳树梢上，和柳梢一起激动着，有些站不稳，几乎就要掉下来了。但立即就抖抖身子，对着我们响亮地叫了一声，倏忽消失在云天里不见了。

老头发觉走失了云雀，捶胸顿足了一个早上，接着就疑心被人放走了，大声叫骂。我们听了，心里却充满欢乐，觉得干了一件伟大的事情。

云雀飞走了，我们却时时恋念着它，当看着那笼里的绿嘴、黄鹂、画眉，就想它这个时候，是在天的哪一角呢？在云的哪一层呢？它该是多么快活，那唱的，再也不是忧郁的歌了，而是凌云之歌，自由之歌，生命之歌了啊！

一天过去了，两天过去了，突然，我们在那棵柳树上，却发现了它。它样子很单薄，似乎比以前消瘦多了，也疲倦多了；在风里，斜了翅膀，上下怯怯地飞。我们惊喜地呼唤它，但立即就赶走了它，怕那老头发现了，又要捉它回去。

但是，就在第四天的早上，我们刚刚醒来，突然就又听到了云雀的叫声。赶忙跑出门，看那柳树，柳树上没有它。老头却在大声地喊叫我们了：

"啊，云雀，还是我的那个云雀！"

我们看时，老头正提着那个鸟笼。笼门已经重新封了，云雀果然就在里边，一声一声地叫。

这使我们大惊失色，责问他怎么又捉了它，老头说：

"哪里！是它飞回来的；这鸟笼一直在那里空着，它就飞回来了呢。"

"这怎么可能呢？我们说。"

"怎么不可能呢？"老头说，笑得更得意了，"我已经喂它两年了，这笼里多舒服啊！"

我们走近去，云雀待在那里，急急地吃着那谷子，喝着那清水，好像它一直在饿着，在渴着，末了，就静静地卧下来，闭上了眼睛，作着一种疲乏后的休息。

我们默默地看着它，这只美丽的云雀，再没有说出话来。

一棵小桃树

我常常想要给我的小桃树写点文章，但却终没有写就一个字来。是我太爱怜它吗？是我爱怜得无所谓了吗？我也不知道是什么怪缘故儿，只是常常自个儿忏悔，自个儿安慰，说：我是该给它写点什么了。

今天的黄昏，雨下得这般儿的大，使我也有些吃惊了。早晨起来，就淅淅沥沥的，我还高兴地说：春雨贵如油，今年来得这么早！一边让雨湿着我的头发，一边吟些杜甫的"随风潜入夜，润物细无声"，甚至想去田野悠悠地踏青呢。那雨却下得大了，全不是春的温柔，一直下了一个整天。我深深闭了柴门，伫窗坐下，看我的小桃树儿在风雨里哆嗦。纤纤的生灵儿，枝条已经慌乱，桃花一片一片地落了，大半陷在泥里，三点两点地在黄水里打着旋儿。啊，它已经老了许多呢，瘦了许多呢，昨日楚楚的容颜全然褪尽了。可怜它年纪儿太小了，可怜它才开了第一次花儿！我再也不忍看了，我千般儿万般儿地无奈何。唉，往日多么傲慢的我，多么矜持的我，原来也是个屌头儿。

好多年前的秋天了，我们还是孩子。奶奶从集市上回来，带给了我们一人一颗桃子，她说：都吃下去吧，这是一颗"仙

447

桃"；含着桃核儿做一个梦，谁梦见桃花开了，就会幸福一生呢。我们都认真起来，全含了桃核爬上床去。我却无论如何不能安睡，想这甜甜的梦是做不成了，又不肯甘心不做，就爬起来，将桃核儿埋在院子角落的土里，想让它在那儿蓄着我的梦。

秋天过去了，又过了一个冬天，孩子自有孩子的快活，我竟将它忘却了。一个春天的早晨，奶奶打扫院子，突然发现角落的地方，拱出一个嫩绿儿，便叫道：这是什么呀？我才恍然记起了是它：它竟从土里长出来了！它长得很委屈，是弯了头，紧抱着身子的。第二天才舒开身来，瘦瘦儿的，黄黄儿的，似乎一碰，便立即会断了去。大家都笑话它，奶奶也说：这种桃树儿是没出息的，多好的种子，长出来，却都是野的，结些毛果子，须得嫁接才成。我却不大相信，执著地偏要它将来开花结果哩。

因为它长的太不是地方，谁也不再理会，惹人费神的倒是那些盆景儿了。爷爷是喜欢服侍花的，在我们的屋里、院里、门道里，摆满了各种各样的花草。春天花事一盛，远近的人都来赞赏，爷爷便每天一早喊我们从屋里一盆一盆端出来，一晚又一盆一盆端进去；却从来不想到我的小桃树。它却默默地长上来了。

它长得很慢，一个春天，才长上二尺来高，样子也极委琐。但我却十分地高兴了：它是我的，它是我的梦种儿长的。我想我的姐姐弟弟，他们那含着桃核做下的梦，或许已经早忘却了，但我的桃树却使我每天能看见它。我说，我的梦儿是绿色的，将来开了花，我会幸福呢。

也就在这年里，我到城里上学去了。走出了山，来到城里，我才知道我的渺小：山外的天地这般儿大，城里的好景这般儿多。我从此也有了血气方刚的魂魄，学习呀，奋斗呀，一毕业就走上了社会，要轰轰烈烈地干一番我的事业了；那家乡的土院，那土院里的小桃树儿便再没有去思想了。

但是，我慢慢发现我的幼稚，我的天真了，人世原来有人世的大书，我却连第一行文字还读不懂呢。我渐渐地大了，脾性儿也一天一天地坏了，常常一个人坐着发呆，心境似乎是垂垂暮老了。这时候，奶奶也去世了，真是祸不单行。我连夜从城里回到老家去，家里人等我不及，奶奶已经下葬了。

看着满屋的混乱，想着奶奶往日的容颜，不觉眼泪流了下来，对着灵堂哭了一场。天黑的时候，在窗下坐着，一抬头，却看见我的小桃树了：它竟然还在长着，弯弯的身子，努力撑着的枝条，已经有院墙高了。这些年来，它是怎么长上来的呢？爷爷的花事早不弄了，一垒一垒的花盆堆在墙根，它却长着！弟弟说：那桃树被猪拱过一次，要不早就开了花了。他们曾嫌长的不是地方，又不好看，想砍掉它，奶奶却不同意，常常护着给它浇水。啊，小桃树儿，我怎么将你遗在这里，而身漂异乡，又漠漠忘却了呢？看着桃树，想起没能再见一面的奶奶，我深深忏悔对不起我的奶奶，对不起我的小桃树了。

如今，它开了花了，虽然长得弱小，骨朵儿也不见繁，一夜之间，花竟全开了呢。我曾去看过终南山下的夹竹桃花，也去领略过马嵬坡前的水密桃花，那花儿开得火灼灼的，可我的小桃树儿，一颗"仙桃"的种子，却开得太白了、太淡了，那瓣片儿单薄得似纸做的，没有肉的感觉，没有粉的感觉，像患了重病的少女，苍白白的脸儿，又偏苦涩涩地笑着。我忍不住几分忧伤，泪珠儿又要下来了。

花幸好并没有立即谢去，就那么一树，孤孤地开在墙角。我每每看着它，却发现从未有一只蜜蜂去恋过它，一只蝴蝶去飞过它。可怜的小桃树儿！

我不禁有些颤抖了：这花儿莫不就是我当年要做的梦的精灵儿吗？

雨却这么大地下着，花瓣儿纷纷零落去。我只说有了这场春雨，花儿会开得更艳，香味会蓄得更浓，谁知它却这么命薄，受不得这么大的福分，受不得这么多的洗礼，片片付给风了，雨了！我心里喊着我的奶奶。

雨还在下着，我的小桃树千百次地俯下身去，又千百次地挣扎起来，一树的桃花，一片，一片，湿得深重，像一只天鹅，眼睁睁地羽毛剥脱，变得赤裸的了，黑枯的了。然而，就在那俯地的刹那，我突然看见那树儿的顶端，高高的一枝儿上，竟还保留着一个欲绽的花苞，嫩黄的，嫩红的，在风中摇着，拌着满身的雨水，几次要掉下来了，但却没有掉下去，像风浪里航道上的指示灯，闪着时隐时现的嫩黄的光，嫩红的光。

我心里稍稍有了些安慰。啊，小桃树啊！我该怎么感激你，你到底还有一朵花呢，明日一早，你会开吗？你开的是灼灼的吗？香香的吗？我亲爱的，你那花是会开得美的，而且会孕出一个桃儿来的；我还叫你是我的梦的精灵儿，对吗？

● 唐敏

女孩子的花

　　相传水仙花是由一对夫妻变化而来的。丈夫名叫金盏，妻子名叫百叶。因此水仙花的花朵有两种，单瓣的叫金盏，重瓣的叫百叶。

　　百叶的花瓣有四重，两重白色的大花瓣中夹着两重黄色的短花瓣。看过去既单纯又复杂，像闽南善于沉默的女子，半低着头，眼睛向下看的：悲也默默，喜也默默。

　　金盏由六片白色的花瓣组成一个盘子，上面放一只黄花瓣团成的酒盏。这花看去一目了然，确有男子干脆简单的热情。特别是酒盏形的花蕊，使人想到死后还不忘饮酒的男人的豪情。

　　要是他们在变成花朵之前还没有结成夫妻，百叶的花一定是纯白的，金盏也不会有洁白的托盘。世间再也没有像水仙花这样体现夫妻互相渗透的花朵了吧？常常想象金盏喝醉了酒来亲昵他的妻子百叶，把酒气染在百叶身上，使她的花朵里有了黄色的短花瓣。百叶生气的时候，金盏端着酒杯，想喝而不敢，低声下气过来讨好百叶。这样的时候，水仙花散发出极其甜蜜的香味，是人间夫妻和谐的芬芳，弥漫在迎接新年的家庭里。

　　刚刚结婚，有没有孩子无所谓。只要有一个人出差，另一个就想方设法跟了去。炉子灭掉、大门一锁，无论到多么没意思的地方也是有趣的。到了有朋友的地方就尽兴地热闹几天，留下愉快的记忆。没有负担的生活，在大地上溜来逛去，被称作"游击队之歌"。每到一地，就去看风景，钻小巷走大街，袭击眼睛看得到的风味小吃。

可是，突然地、非常地想要得到唯一的"独生子女"。

冬天来临的时候，开始养育水仙花了。

从那一刻起，把水仙花看做是自己孩子的象征了。

像抽签那样，在一堆价格最高的花球里选了一个。

如果开金盏的花，我将有一个儿子；

如果开百叶的花，我会有一个女儿。

用小刀剖开花球，精心雕刻叶茎。一共有六个花苞。看着包在叶膜里像胖乎乎婴儿般的花蕾，心里好紧张。到底是儿子还是女儿呢？

我希望能开出金盏的花。

从内心深处盼望的是男孩子。

绝不是轻视女孩子，而是无法形容地疼爱女孩子。

爱到根本不忍心让她来到这个世界。

因为我不能保证她一生幸福，不能使她在短暂的人生中得到最美的爱情。尤其担心她的身段容貌不美丽而受到轻视，假如她奇丑无比却偏偏又聪明又善良，那就注定了她的一生将多么痛苦。

而男孩就不一样。男人是泥土造的，苦难使他们坚强。

上帝用泥土创造了男人，却用男人的肋骨造出了女人。肋骨上有新鲜的血和肉，只要轻轻一碰就会痛彻心肠。因此，女子连最微小的伤害也是不能忍受的。

从这个意义来说，女子是一种极其敏锐和精巧的昆虫。她们的触角、眼睛、柔软无骨的躯体，还有那艳丽的翅膀，仅仅是为了感受爱、接受爱和吸引爱而生成的。她们最早预感到灾难，又最早在灾难的打击下夭亡。

一天和朋友在咖啡座小饮。这位比我多了近十年阅历的朋友说：

"男人在爱他喜欢的女人的过程中感到幸福。他感到美满是因为对方接受他为她做的每件事。女人则完全相反，她只要接受爱就是幸福。如果女人去爱去追求她喜欢的男子，那是顶痛苦的事，而且被她爱的男人也就没有幸福的感觉了。这是非常奇妙的感觉。"

在茫茫的暮色中，从座位旁的窗口望下去，街上的行人如水，许多各种各样身世的男人和女人在匆匆走动。

"一般来说，男子的爱比女子长久。只要是他寄托过一段情感的女人，在许多年之后向他求助，他总是会尽心地帮助她的。男人并不太计较那女的从前对自己怎样。"

那一刹间我更加坚定了要生儿子的决心。男孩不仅仅天生比女孩能适应社会、忍受困苦，而且是女人幸福的源泉。我希望我的儿子至少能以善心厚待他生命中的女人，给她们短暂人生中永久的幸福感觉。

"做男人最大的缺点就是，没有办法珍惜他不喜欢的女人对他的爱慕。这种反感发自真心一点不虚伪，他们忍不住要流露出对那女子的轻视。轻浮的少年就更加过分，在大庭广众下伤害那样的姑娘。这是男人邪恶的一面。"

我想到我的女儿，如果她有幸免遭当众的羞辱，遇到一位完全懂得尊重她感情的男人，却把尊重当成了对她的爱，那样的悲哀不是更深吗？在男人，追求失败了并没有破坏追求时的美感；在女人则成了一生一世的耻辱。

怎么样想，还是不希望有女孩。

用来占卜的水仙花却迟迟不开放。

这棵水仙长得从未有过地结实，从来没洒过太阳也绿葱葱的，虎虎有生气。

后来，花蕾冲破包裹的叶膜，像孔雀的尾巴一样张开来，六只绿孔雀停在一块。

每一个花骨朵都胀得满满的，但是却一直不肯开放。

到底是金盏还是百叶呢？

弗洛伊德的学说已经够让人害怕了，婴儿在吃奶的时期起就有了爱欲。而一生的行为都受着情欲的支配。

偶然听佛学院学生上课，讲到佛教的"缘生"说。关于十二因缘，就是从受胎到死的生命的因果律，主宰一切有形和无形的生命与精神变化的力量是情欲。不仅是活着的人对自身对事物的感觉受着情欲的支配，就连还没有获得生命形体的灵魂，也受着同样的支配。

生女儿的，是因为有一个女的灵魂爱上了做父亲的男子，投入他的怀抱，化做了他的女儿；

生儿子的，是因为有一个男的灵魂爱上了做母亲的女子，投入她的怀抱，化做她的儿子。

如果我到死也没有听到这种说法，脑子里就不会烙下这么骇人的火印。如今却怎么也忘不了。

回家，我问我的郎君："要男孩还是女孩？"

"女孩！"他毫不犹豫地回答。

"男孩！"我气极了！

"为什么？"他奇怪了。

我却无从回答。

就这样，在梦中看见我的水仙花开放了。

无比茂盛，是女孩子的花，满满地开了一盆。

我失望得无法形容。

开在最高处的两朵并在一起的花说：

"妈妈不爱我们，那就去死吧！"

她们俩向下一倒，浸入一盆滚烫的开水中。

等我急急忙忙把她们捞起来，并表示愿意带她们走的时候，她们已经烫得像煮熟的白菜叶子一样了。

过了几天，果然是女孩子的花开放了。

在短短的几天内，她们拼命地怒放开所有的花朵。也有一枝花茎抽得最高的，在这簇花朵中，有两朵最大的花并肩开放着。和梦中不同的，她们不是抬着头，而是全部低着头的，像受了风吹，花向一个方向倾斜。抽得最长的那根花茎突然立不直了，软软地东倒西歪。用绳子捆，用铅笔顶，都支不住。一不小心，这花茎就啪地倒下来。

不知多么抱歉，多么伤心。终日看着这盆盛开的花。

它发出一阵阵浓郁的芬芳，香气直钻心底。她们无视我的关切，完全是为了她们自己在努力地表现她们的美丽。

每朵花都白得浮悬在空中，云朵一样停着。其中黄灿灿的花瓣，是云中的阳光。她们短暂的花期分秒流逝。

她们的心中鄙视我。

我的郎君每天忙着公务，从花开到花谢，他都没有关心过一次，更没有谈到过她们。他不知道我的鬼心眼。

于是这盆女孩子的花就更加显出有多么的不幸了。

她们的花开盛了，渐渐要凋谢了，但依然美丽。

有一天停电，我点了一支蜡烛放在桌上。当我从楼下上来时，发现蜡烛灭了，屋内漆黑。我划亮火柴。是水仙花倒在蜡烛上，把火压灭了。是那支抽得最高的花茎倒在蜡烛上。和梦中的花一样，她们自尽了。蜡烛把两朵水仙花烧掉了，每朵烧掉一半。剩下的一半还是那样水灵灵地开放着，在半朵花的地方有一条黑得发亮的墨线。

我吓得好久回不过神来。

这就是女孩子的花，刀一样的花。

在世上可以做许多错事，但绝不能做伤害女孩子的事。

只剩了养水仙的盆。

我既不想男孩也不想女孩，更不做可怕的占卜了。

但是我生命中的女儿却永远不会来临了。

● 郭枫

蝉　声

我爱听蝉，打从很小的时候起。

夏来了，蝉声呼唤着绿荫，绿荫涨满了黄河两岸。

黄河之水天上来，绿荫天上来，蝉儿们的鸣声天上来。多么丰富的夏，多么忙碌的夏！

夏，丰富着哪！在黄河两岸，那大平原，可真是正正式式的大平原，那么平整！那么辽阔！让你睁大了眼睛看也看不到边。你要是有一匹好马，你只管骑上它往前跑，跑呀！跑呀！看你能不能跑到平原的尽头？平原没有边，翻滚在平原上的麦浪也没有边。麦浪，像浩瀚的海洋，摇荡呀摇荡，摇荡着那些庄稼汉的欢笑，摇荡着那些青布包头的大姑娘的希望，摇荡着那些像石头一样的孩子们傻傻的梦想。麦浪，在六月的阳光下，闪烁着无边无际的金黄。不，闪烁着的是遍地的黄金。

太阳可厉害着哪！它不许人们躺在床上做梦。太阳，漫天地撒下了毒花花的火，燃烧着大地，燃烧着夏天。而蝉儿们是太阳的号手，一大清早，当地面开始蒸腾起热雾，它们便大声地嘶喊：起来，属于土地的人，到田间去。去啊！去收获那满地的黄金，去收获你一年的辛勤。

庄稼汉成群地像一阵风似的出发。然而，六月的北方，可没有风！风是蝉儿的鸣声，风是人的歌唱。风，是喜悦；吹起，自人们的心中。

　　麦田活动了，那些牛一样的汉子，收割的镰刀比着快，飞扬的山歌比着响。太阳，把兴奋搽在他们脸上，蝉声起劲地做着拉拉队。

　　谁能忘记那一片蝉声呢？在太阳能把人烤焦的三伏天，看哪！那一树青条的老柳，垂挂着多少殷勤。赶着路的，做够了活儿的，来吧！到绿荫里来，到柳丝中来，到蝉声里来。这里有的是成缸的绿豆汤或大麦茶，别问是谁家的，你只管喝吧！喝着凉茶，听着蝉声。蝉声在枝头，弹声在心头——撒给你满身的清爽。

　　谁能忘记那一片蝉声呢？日正当中，老牛在树下嚼沫，老人在树下打着盹，上半天忙累的人，用斗笠盖着脸，东倒一个，西歪一个，各自去寻梦。麦场上，暴晒着的新收的小麦，黄澄澄的，每一个颗粒都散放着希望的光彩。心房中，存放着祖传的敦厚，傻乎乎的，每一张脸，都流露着自得的颜色。那一片恬静，一片安详！谁都知道：啄食着的小鸡知道，散步着的小猫知道，连呆模呆样在一旁喘气的小花狗也知道。可是，谁也无法说得出来，谁也无法描画得出来。只有蝉，才会高踞枝头，吟着赞美的诗篇。

　　谁能忘记那一片蝉声呢？当小麦收割之后，高粱便连天地地扯起了青纱账，青纱账是孩子们的儿童乐园，他们的儿童乐园不要票，不要票却送给人大把大把的快乐。孩子们在青纱账里追逐、打滚、采食甜甜的野甘蔗。从城里回来的“学生”，却不妨装模作样地去寻诗去唱情歌，去骗那些天真的姑娘，让她们瞪大圆圆的眼。热了，累了，跑向那古老的黄河，开始另一场战争，然后转移阵地，大伙呼啸着去进攻果林或瓜园，蹲在那种很原始的瓜棚下，随便地去享受瓜的甜美。一切都满足了，才班师回家。沿着高愉老柳的浓荫，一路追逐着蝉声；而蝉声，却又一路追逐着他们。

那一片蝉声，真美。

那一片蝉声是图画，那一片蝉声是音乐；画许多绿色的记忆，谱无数优美的灵魂。

那蝉声也是我们生活的课本。

读着蝉的歌唱，吮着泥土的乳汁，快乐而又痛苦地成长起来的人们，都喜爱那一片泥土的芳香，懂得蝉声中那种潇洒、低回、激越的感情，也学会了自由自在的生活，信仰着热切的人生。

在黄河两岸：那些褪了色的城，那些灰黯黯的村落，那些泥土路，那些守信用的花朵……都像课本，都像蝉声，向我们述说同样的故事——生活，应该恬淡、勤恳和拙朴——而，那无边的大平原，那浩浩荡荡的黄河，那飞扬着的黄沙，狂舞着的白雪，和突然而来突然而去的风暴，却又教给我们另一种榜样——人啊！应该活得爽快，死得坚强。

那些把根扎在黄土里的人们，生与死，都有绚丽的光彩。当抗日战争沉重地滚过，土地流着血。于是，愤怒的男人们，擦亮了久藏的枪支，向着抗日的战场，呼啸而去。那些倔犟的女人，却擦干了眼泪，挺起腰杆，撑起家的担子。凡是以暴力加给我们的，我们要把暴力还给他们；凡是耀武扬威地来的，我们要让他抱头鼠窜地回去。这是打不倒的族类。中国的希望不灭，人们的心中有火。

● 郭保林

洁白的情思

——遥寄故乡雪

早晨，朦胧中听到外面窸窸窣窣的声音，像谁低吟悄语。醒来，隔窗遥望，只见大朵大朵的雪花，舞得正恣情。谁说，雪花没有生命，没有动情的旋律？你瞧，这雪花多像一群素袂轻盈的少女，追逐着，嬉戏着，甚至可以听到那叽叽咯咯的笑声。我真想捉住她们的裙裾，可是它们飘飘忽忽，闪闪烁烁。我望着，想着，思绪也像这轻盈的雪花，随风飘向遥远的故乡，飘向记忆的峡谷……

（啊，飞吧，飞吧，雪花！）

……小河关上琴匣，水由流动的美变成凝固的美。河边的小树，穿上厚厚的、暄暄的、暖融融的素袍，仍不失秀气，白雪漫漫地铺着越过沙岗，越过河坝，一直铺向遥远的天际，像夏天的绿。

雪，给孩子们编织了一个透明的梦。我常和小伙伴们跑出去，小鼻子，小脸，小耳朵，冻得红红的。我们在雪地里跑啊，跳啊，洁白的雪地上便留下一行行幼稚而粗糙的小诗。不知谁用

460

脚踹一下积满雪的树，那雪便笨拙地从树枝上洒落在脸上、脖子里，凉凉的，酥酥的，很惬意。我伸出小巴掌去接，果然，有一片落在手上，这是花儿，真的花，活的花，飘溢着冷香的花，它有六个精巧的花瓣，每瓣还有更多纤细的毛茸茸的东西，那该是牡丹瓣上粉状的东西吧！整个儿是那样玲珑、剔透、晶莹而纯净。

啊，故乡的雪，你常飘在我的记忆里，飘在我梦幻中，把白色的宁静、凉沁沁的慰安洒在我干涸疲惫的心上……

有一年，我回到故乡。那是个多雪的冬天。气候出奇的冷。天未落黑，又飘起雪来。雪，落得很慢，忧郁而沉重。严寒过早地把人们逼进茅舍。冬夜的村庄，像被死神统治着，一片令人不安的沉寂，我睡不着，和父母围着一把青草燎起的火堆，闲谈着。忽然，从隔壁——那是生产队一间废弃了的仓库——传来一阵呜呜哇哇的声音，仔细听，却抑扬顿挫，有韵有致。父亲说，那里住着一个老教师，被打成牛鬼蛇神，下放村里劳动改造。母亲说，他已经疯了，天天晚上呜呜哇哇地叫，村里人谁也听不懂。

我感到奇怪，便去看个明白，掀开草帘子，果然，昏暗的灯光下，有一位50多岁的老头儿，正冲着一面破镜子，呜呜哇哇地念着什么。他发现我，惊惶地推开镜子，又慌乱地把书本掖藏起来，他惶恐地盯着我："你是……"他身子孱弱，颧骨突兀，像崚嶒的巉岩，那双眼睛在昏暗中却像两汪幽幽的泉。

……他告诉我，他在自学英语。天呐！在这科学被钉上十字架、知识在受难的年代，这"老牛"，竟然如此背时，荒唐而荒谬，真令人费解。他是为打发这冰冷空虚的时光，还是为抚慰一颗凄苦的心灵？他不考虑眼下的处境吗？再者，学校已经砸烂了，学英语又有何用？……

他看出我的疑惑，好半天才说："国家，不能没文化，不能没科学，不能，不能！"他摇着头，目光忧郁而痛苦。他说，他的学生考入大学后来信告诉他，其他功课还不错，就是外语吃力。不是乡里学生笨，是小学时没开外语课，基础差，缺师资啊！他又说："前几年，我想进修，没时间，现在好了，我有时间自学了。"他笑了笑，笑得很勉强，浸满苦涩和酸楚。

临分手时，他很动情地说："我要把知识先凝固起来，就像窗外的雪。待来年，春风再度，它会化为甘露，滋润最先醒来的小花小草的……"

啊，我的心战栗了！紧紧地抓住这乡村老教师粗糙而瘦骨嶙峋的手，一股热流通遍全身……

我走出屋门，雪花飘得更浓了，大片，大片的，在夜黯中闪着光亮。故乡的雪啊，你来自圣洁的天国，你来自高邈的苍穹，你带着春的情韵，带着柔柔的抚慰，飘向寂寞的大地，那干瘪的种子在期待着你，那埋在冻土下的草根在期待着你，那蛰伏在枝头上的芽蕾在期待着你，那缩在巢里的小鸟在期待着你。啊。雪，你飘吧，飘吧，待春风来年，我这贫瘠而干枯的故乡，会长出一片新绿！

我伫立在窗前，窗外的雪变得绵密了，灿白的雪花，轻轻袅袅，恍如天鹅弹落的华羽，一片，一片，从容不迫，潇洒，飘逸，带着一种流线型的美。地上已积起厚厚一层了，空中织起一帘银白的雪幕。一个个雪的场景，像一组中景、近景、特写镜头，清晰地映现出来，映在我心头，映在广袤的雪的银幕上。我的思绪飘得更远了……

（啊，飞吧，飞吧，雪花！）

那是三年前，五年前，还是更远的时光？实在记不清了。那时，我正在故乡的黄河故道林场采访。那是个雪花飘舞的冬月。林海雪原，有大海般的壮阔，却胜似大海的美丽。雪的白光冻凝了岗岗峁峁，满目皆白，琼花玉树，令人目不暇接。我恍如走进一个冰雪塑造的巨型工艺品般的银色宇宙了。在这里，人只有一种感觉，白色，白色！这纯洁的白，没有一丝污染的白，充溢了我的眼睛，我的思想，我整个的心灵……我走着，望着，自己也似乎溶化在这白的俏丽之中了。

这样的沉醉，不知多久，被一阵咚咚铿铿的声音惊醒了。这声音穿过白色的静穆，似乎也被净化了，清脆而深沉，像远方滚来的雷鸣，又像大海的涛韵。我循声走去，只见前面林间雪地上，晃动着一个人影，身上落满了雪，正扬着镐，刨着冻土，我走近，才发现是一个老人。

"老人家！下着雪，也干呐？"

他看看我，沾着雪花的胡子抖动了一下："开春就要扩建林子，得先挖好坑，好栽树啊！"

一阵闲话，他领我向旁边的小屋走去时，我才发现他是个瘸子，一跛一跛的。

我问起老人的家世，他嘿嘿地笑道，用手向窗外指指树林："这都是我的儿女啊！你瞧，它们长得多壮实！"老人的话语充满情感。我问他在这里干了多长时间了，他说："30 多年了，1945 年我负了伤，组织上安排我回村搞工作，我寻思，咱流血挂花身体差，不能出大力，出点小力吧，坐着吃社会主义不行啊。党号召'绿化祖国'，咱就挑着锅碗瓢勺进了这沙窝……这几十年，没白费力气吧！"老人话语充满喜悦和自豪，"如今你看看，这沙窝里一天天变化，真叫人高兴。不瞒同志说，眼下奔'四化'，往后呐，老太婆拧麻绳——你瞧那股劲吧！"说着他嘿嘿地笑了。

这话语像一股汹涌的热浪冲击着我的心扉，使我觉得浑身发热。谈话中，我才知道，他是功臣，因为残废证丢了，县民政局不承认他，有人劝他到原部队找一找，他说："那是过去的事了，找它干什么？"他不去找，连问也不问，把过去的功劳看得那么平淡。……多好的老人啊！他没有财产，没有子嗣，只有一双筋骨嶙峋的手，一颗像年轻的人一样乐观、纯真、热烈的心，不知疲倦，毫无顾忌，默默地为"四化"、为子孙后代贡献自己的心血和力量。在铁的自然法则面前，也许他不久就消失，就像一片雪花悄无声息地融化在故乡的土地上。啊，这就是我的乡亲，这就是我们的人民！

我离开小屋，雪下得更大了，飘飘洒洒缠缠绵绵，眼前是一片晶莹的世界……

雪，还在落，一朵一朵，秩序井然地飞飘着，透出轻盈的美。风也受了柔化似的，变得温和了。有一片两片雪花，悠悠地落在我窗上，像给我的思绪点着逗号。我想收拢一下自己的思绪，可是，那飘忽的雪花，又把我带进一片温馨的记忆里……

（啊，飞吧，飞吧，雪花！）

去年冬天，我回到故乡。偏巧，又是个落雪的日子。久违了，故乡的雪！

银白的雪花，落在人们脸上、手上、脖子里，便欢欢喜喜地融化了。多么温柔的故乡雪啊！可是，你看看，雪花又构成了怎样一个宏阔的世界。平时破旧的土房、院墙、篱笆、井台，这时候，一律变成大理石的构造，成了一座琼楼玉宇，那一棵棵、一簇簇普普通通的树木，也骄傲地一下子展开璀璨的银屏，田啦、河滩啦，都与天地交融成洁白的一体，人们的心，也凝聚着圣洁无瑕的感情。

故乡的雪天，并不寂寞。街上布满了脚印，有的通往井台，有的延伸到场院，有的出现在乡路上。雪雾里，几只鹌鹑鸟儿也不知道冷，它们贴着盖了雪的麦田飞翔。一辆搞运输的"小四轮"，嘟嘟的喇叭声撞开了静寂的空气，村路上便印出两道亮亮的韵。这是一幅多美的图画，多动人的浮雕啊！

我在家里憋不住，雪没停，便走门串户找乡亲们聊聊，我踏着厚茸茸的雪，来到村头三婶家。

这院落很宽敞，一幢六间新瓦房，漂亮而坚固，新栽的榆树和泡桐，拔着雪霰，像围着羊毛巾的少儿，亭亭玉立。

谁知一走进院落，便听到三叔和三婶正在争吵，三婶好像得理似的，嗓门很亮、很昂。

"上午的整风会，你检查得就不到家。咱们是党员，不能自己富了，就忘了乡亲……我说你那次借柴油的事，咋没抖搂出来？……"

"事，不是早过去了？"

"过去了，就不提啦？最近的事，你该没忘吧，是国库券，你总是把钱别在肋条骨上，现在国家建设，用钱急，咱可不能好了伤疤，忘了疼……"

"我下次会上摆……"

我推门进去，三叔和三婶先是一愣，接着，三婶咯咯一笑，三叔却把头垂下来，脸红赤赤的，样子很尴尬。

"刚才，我和你三叔拌嘴呢。你三叔心眼儿窄巴，只看到鼻尖下一块肉，你那小弟弟才七岁，他就惦着盖房娶儿媳妇，国家有难处，脑子连个魂都不划……"

"你呀，哪把壶不开就提哪把……"三叔像孩子似的羞涩地说。

"不开，就继续烧么……"我笑着。

三叔和三婶也笑了。三婶笑得真响，那清朗朗的笑声，飞出窗外，和纷纷扬扬的雪花飘落在院子里，飘落在村街上。那笑声，也像雪花一样纯净、晶莹！

此刻。站在凉台上，我跟前是个白雪飞舞的世界，是玉砌银镂的世界，英彩缤纷，画卷漫舒，诗情雪影，山色云光，一切都被雪诗化了，美化了。啊，我真想张开双臂，拥抱这白雪的世界！

雪花依然飘舞着，愈来愈密，风儿吹拂，飘飘忽忽，闪闪烁烁。啊，雪花，愿你这白色的信使，带去我一片圣洁的情愫，献给你遥远的同伴——我日夜思念的故乡的雪！

（啊，飞吧，飞吧，雪花！）

●秦松

时间时间

时间从我飘雪的发林落到我花白的胡须上。

时间从我的爱人的曾经乌亮和剪得很整齐的两鬓间，从樱红的口唇、光润的脸颊上，欢笑过叹息过也怄气过地，春天过而又秋天过地过去了。

时间如此飞快地过去，她毫无留恋，也不回首。

时间本来就是如此，她对我和我的爱人也没有什么理由要特别多情。我们也还是很关心她，也很了解她。她不是一个很随便的泛情的浪漫主义者。

时间飞落在孩子们的圆圆胖胖的笑脸上，张开在孩子们的歌唱的小口上，握在孩子们的劳作的双手上，又从孩子们的蝴蝶结上、红领巾上，蝴蝶一样地飞去，蜜蜂一样地奔忙着、工作着……

如此奔忙的时间，又从树根树干到树梢，到叶尖上到花瓣上，到各种色彩的花朵，到遍地的草叶，走遍又红又绿又白又黑的世界。她去了，当她再回来时，我们似乎见过她，又似乎不认识她。

她如果回首，像我们的快乐的孩子们一样，像绿色的小树一样。开着如花的笑，展亮在粉绿翠绿碧绿等等的绿色上。总之，是满眼无尽的绿油油的绿。

因而，时间自然又给焦黄的土地翻了身。让沉默的土壤说出他的话，唱出他的歌，写出他的诗。从干裂里写出他的丰润，从焦黄写出油绿，写下一行行的诗，一块块的文章，结满一累累的时间的果实。

时间结在丰满的果实上，又腐烂在果皮上，给逐食的鸟们追逐，又乘着鸟的翅膀飞去，投入云雾的游荡中，又随着太阳出来、升动，又吹奏起音乐的雨露播落，淋苏着大地。

时间时间，死去的时间又复活的时间，不，永远不死的时间。

时间在我作曲家的朋友的黑色和白色的钢琴曲的旋律上，飞跃地说话和沉默地思想。

飞跃的白和沉默的黑，像白天和夜晚在不断地进行。一支一支的乐曲，一只一只时间的飞鸟，黑的白的不停地飞着，昂扬而又沉重地飞着。

于是，我的朋友们，终于听见了穿破云层越过海洋的，飞奔在草原上的风声和牧笛，想起开向远方的风铃，摇醒戈壁航行在风沙里的驼铃，像手推独轮车一样滚过的一环环的铁环，跳过一圈圈抛弧线的绳索，散失在风中的嗡嗡叫的圆嗡子，滚落在黄土草丛的水泡泡花心的琉璃弹珠，和从来射不中的橡皮弹弓，和断线在半空中摇摇摆摆的破风筝，还有老祖母的敲不停的渴枯渴枯的古木鱼，甚至深山野刹的残钟，都饥饿地收集起来，装满了他渴望的心田，又还给他心中的乡土。这是他对时间的歌赞，也是对时间的忆念。

时间在山色苍茫中消失了，时间又在一幢幢工厂的烟囱上升起了，在孩子们的放情投出的水漂漂的水纹上展开了。展开成大地和海洋，上升成大气和宇宙，从一个银河系到数不清的银

468

河系。

时间是看不见的，时间永远不会停下来等着给我们去看的。我们等着去看她，什么也看不见，只能听到自己的哀怨和叹息，和自己的泪流。

时间永不带着她固定不变的面具，也永不走进美容院求助。她的冷和热，她的青春和龙钟，她的快乐和哀愁，和我们的一样，她给我们的也是我们给她的。

如果我们不信，我们可以去证实。

时间在漂浮的岛上倾诉，在大地的田园上滚注，在空中飘飞，在海上呼喊，如我，如我们。我们在等候时间？不，我们与时间同行！时间缝合了我们的空间，如果我们需要，时间也能扩大我们的空间。

时间时间，死去的又复活的时间。不，永远不死的时间。

● 姚宜瑛

春 来

母亲早起，园子里的小鸟，方在曙光中悄悄低语，她已轻手轻脚地起床。她不愿吵醒我，母亲总是顾念子女，一切要为子女着想。而人世间的母亲，好像都是迟眠早起，从青春如花到白发苍苍。

我哪里肯再睡，迷迷糊糊地跟着她起床。虽然我常常睡眠不够，但我要跟在她身畔，扶持她，照顾她，捧给她一杯茶，为她披件衣服……我离开她已三十多年，感谢上天，让我再见到妈妈，赐给我再做女儿的福分。

今年，园子里的花，疯狂地盛开，廊前一行铁杆海棠，一串串红艳的花，像煞喜气洋溢的爆竹；性急洒脱的金桂，从来不等到秋来就密密层层的金黄，那黄白双生的金银花，簇簇满密地画满了墙，画成一面闪金闪绿典丽的花墙，它阵阵淡淡细细的香气，都兴奋地涌进屋子里。妈妈，是春天了，你最喜欢花，春天是花的季节，尤其是今年的春天。妈妈，我扶着你，我们到走廊上看花去。

妈妈，我时常恍恍惚惚的不相信你真又回到我身畔，真的是"恍如一梦"。有时大白天里，也有如梦的感觉。我和母亲初见

470

面的惊悸和悲喜，那种撕裂心魂的哀痛，如飓风声击打海面的巨浪，种种翻山倒海般震撼的余波，至今，使我的情绪还不能恢复。因此，我常常失眠，一夜又一夜，我坐在孤独的黑暗里，听着雨声在窗外急行，从窗帘隙缝的微光中，默默凝视着母亲衰老、疲惫的脸。她曾经如流云一样柔细浓密的长发，曾经梳过许多式样的发髻，曾经戴过许多精致华美的珠饰，如今呵！如今剪得短短的，短得像孩童，是一握失去光泽和生命力的灰白羽毛，柔弱凄苦地散落在枕上。

妈妈，今后，你又可以安心地熟睡，在这温暖又丰盈的土地上，我们绝对享有人的尊严和自由，谁也不敢来管我们。惊慌、恐惧和一切惨绝人寰的噩梦都已过去，你看过、听过，亲身血淋淋地经历过，现在都像死一样地过去。妈妈，请你信任我，我们这里一家人有权利守在一起，心贴着心，做我们分内的事，和自己喜欢的事，谁也不好来干涉。妈妈，岁月悠悠，我陪着你，悠闲地过日子，我们喝好茶，莳花，我随时可以去买许多好菜。妈妈每天你看到我从市场回来，提着满满的一篮菜，你就开怀大笑，妈妈，你的笑声，使我心痛得要哭，你饥饿了三十多年，你和千千万万受大苦难的同胞，怎样熬过了这漫长饥饿的三十多年？

现在好了，你要和我们这里的同胞，一齐过好日子，我们才不要夜里三点钟起床去排队买菜，我们这里几乎家家有穿不完的好衣服，绝不要布票，我们不是每月可怜的四两油，只要你喜欢，我们天天倒一大锅油来炸春卷。

妈妈，这里的日子真好呵！

今天更是个好日子，连绵不休的雨已停止，阳光潋滟，抚在脸上如你温暖的手。墙畔的非洲凤仙开得璀璨夺目，它们欢迎你来，把自己织成一条七彩的艳丽花毯，伸展在我们廊前。可是，妈妈，我还是有点恍惚，你真的已在我身畔，无端端地我会大声叫唤：妈妈，妈妈，妈妈，妈妈！你曾经清澈美丽的眼睛浸过不尽的悲伤岁月，如今是一泓沉寂的水，你怔怔地看着我，那种恐惧和惊慌又流泻出来。在一片树叶掉在面前都会心惊的世界里，晚风叩动门窗都会吓出一身冷汗，我无端端地大声叫唤，你又怎不心惊胆战！妈妈，我凝笑着，我没有事，只是要叫叫你，像许多幸福的人，叫唤着母亲。妈妈，许多人有母亲在身畔，他们往往不明白，不懂得叫唤妈妈是多大的福气。多少年，我听到别人叫妈妈，哪怕是人潮汹涌的闹市，我会忍不住落泪；有几次，遇到年迈的老太太，我不肯走开，我会傻傻地问：老太太，你高寿多少？妈妈，我是想到你。上天哪！多少离家别乡的孩子，想起母亲也只有日日吞饮彻骨的相思。

那天，是一生一世忘不了的黄昏，像梦。我见到你，不停的寒雨倾盆而下，漫天漫地都是湿淋淋的雨，我坐车到九龙红磡车站，急奔过雨气和暮色氤氲的凄凉大厅，我抱住你，你泪泪地流着泪……我把你的相片，放在枕头底下，夜夜拿出来看，夜夜哭……。妈妈，你的泪就像车站外的急雨，好大的雨，天也心痛得破了天，它跟着我们一齐哭。妈妈，请你不要再说，我远离你膝下已三十多年，我想念你也只有流泪。远离慈亲的孩子，思念起母亲，谁又不是哭湿了枕衣！

现在，我已不敢再随意地大声叫唤你，我不忍再看你惊悸的眼神。妈妈，今后，请你放心，我守着你，我一家人守护着你，这里一千八百万人都守护着你。你来，带给我亲朋好友不尽的温馨，连菜市场卖面条和杂货店的老板们，他们都庄肃地双手抱拳在胸，殷殷向我道喜，这样大的大男人，他们会喜欢得双眼潮湿。妈妈，他们都是从遥远的冰天雪地而来的北方人，朴实、坚毅，少小离家，一生羁身军旅，现在虔诚地守着爿小小的店，勤奋地过日子。我光顾他们的小店已十几年，我熟悉他们的家人，认识他们每一个孩子，偶尔我们也聊聊家常。我知道，他们的母

472

亲，早已在苦难中过世，今生，他们是再也没有娘了，他们见到你，怎不眼湿。

妈妈，我再见到你，是上天恩赐，是这块土地上的福泽。你屡次说，平安是福，平安是福，只有受过大苦难，才会深刻地了解，能一家守在一起，平平安安过日子是多大的福气。妈妈，今后，我们过的就是平安日子，我听你的教诲，以平淡的心，粗茶淡饭过日子。妈妈，你能来，我对人世已无所求。我要更卑谦、更仁慈、更宽容，我要把上天给我的恩赐和爱，回报给人间。

妈妈，阴冷寒雨的日子已经过去，园子里的垂柳抽新叶了，小白蝶纷纷在阳光下蹁跹，大地洋溢着蓬勃朝气。妈妈，现在是美丽的春天，你来，你是美好的春天。

报　答

母亲到家的第一天，时近黄昏，三月的晚风，仍寒意侵人。我帮她宽了外衣，劝她躺着憩息，她却弓着瘦薄的身子，撑着拐杖，抚摸着新买的红木床、床上的新床单、新丝被、新毛毯，和绣着细致红花的新枕头。她干瘦如枯枝的手，缓慢又轻柔地一样样摸过，像抚摸新生的婴儿，充满着温柔和爱怜，她沧桑的眼里，满溢着如潮涌的惊喜，接着又泛起一片晶莹的泪光。母亲三十多年未见许多全新的东西，如今一齐放在她眼前，她怎不喜得泪流！忽然，她抖抖颤颤地打开随身带来的塑胶旅行袋，摸索了好半天，掏出一块洁白的新毛巾，依然是三十多年前家里用过的老样子，白底红条边。她塞在我手里说是送给我。

我整理过母亲那只凄凉的行囊，这条新毛巾是她唯一的好东西，据说是她邻居的一位老人家，知道她要远行看望女儿，送给她的礼物。

我不肯要，执意不肯要，我不肯要她唯一的好东西。但我深深感谢送这条毛巾的老太太，也许她是花了好几张布票才换得这条新毛巾。我不知她，不识她的慈容，但她定然在我母亲日日的思念中知我，识我，甚至和我母亲同样的想念我。母亲说她想念我的时候，她老人家常常陪着流眼泪，因为她老人家也是母亲，人世的母亲，泉般洁净的眼泪，都浇裹在思念子女的日子里。虽然我不知不识她，但我会永远记得她，因为她曾和母亲，两位白发苍苍垂老的母亲，在最饥饿的日子里，结伴去某条桥畔的菜市捡拾菜叶，在无数心惊胆战、凄凉心碎的日子里，守着冷锅冷灶，挨过无数寂寞饥饿的黄昏……

我不肯要这条毛巾，母女二人推来推去，我实在不忍心。

母亲俯身在我耳畔，瘦骨嶙峋的手紧紧地按在我手上，悄声说："你拿着吧！我没有什么好东西给你！"

我还是不肯要，母亲把一生的爱给了我和弟弟，以及她的亲长、手足，和许许多多小辈，许多彼此素不相识而遭遇不幸的人。如今，她垂垂老了，在人世辛苦奔波了八十七年，她全部的家当也只是那只贫乏的旅行袋。一件旧棉袄穿了十几年，穿得领口袖口全部泛毛脱了线，还是小表妹积存好久的布票，才买到八尺灰棉细格子布给她作为七十寿礼；另外还有两套和她一样憔悴的布衣裤，两双旧布鞋。每每想到这些寒素的旧衣服，曾伴着母亲度过多少困苦的岁月，我心就抽痛如割。母亲啊！你曾和海那边千千万万的母亲，在孤寂的暮年，衣衫褴褛，倚门企盼着远离的孩子，盼望着一天又一天，渐渐白发，渐渐老去，渐渐如残灯熄灭……

母亲！我们感谢上天，我是依靠这块土地上的福泽，让我再见到你。母亲，我要把最美好的奉养你，又怎能拿走你唯一的好东西。

天溥看我不听话，扬声说："你拿着吧，是母亲给你的见面礼。"

我倏然而惊，"长者赐，不可辞"，幼时庭训泛上心头。如许沧桑，如许山海间隔，如许时光流逝，母爱永不衰老变色，母亲永远把最美好的给孩子们。我接过母亲的毛巾，一条小小的毛巾，我如捧着一帕无字无画纵横历史的天书，详述着三十多年的苦难和永不涸竭的亲情。

母亲又在口袋里摸索着，掏出一叠崭新的台币，是我早准备好给她的，她抽出一张，翻覆地看着，大概确定无误，才慎重地递给我，命令我："去买个鸡蛋糕，给外孙，我空空手来，不好做人！"又转身对天溥歉意地说：

"我没有东西给你，明天我做两双鞋子给你。"

旧时江南世家，所谓"墙门人家"家规甚严，凡事均要有礼数。我永远不会忘记大厅里的黑漆大圆柱，柱上黑底金粉写的长对联，开头是"忠厚传家久……"自小母亲就教导我，做人要宽厚积德，事事要记得回报别人。她来台后常有亲友来看望她，她要早知道了就立刻叫我去采购，点心、糖果、茶食……一份份地准备好，再请她老人家过目，她认为满意了才安心。有时要我去市场添菜留客人吃饭，或者叫饭店送菜，我说现在大家都忙，也许别人没有时间留下吃饭，母亲才不听我的，背地里严词斥我不会做人，不识礼数，不懂回报别人。到此刻，我才了解母亲另一层的痛苦，近年来大陆亲长——凋零老去，几家近亲只剩下母亲是唯一的长辈，许多小辈过年节时坐车坐船赶去看望她老人家时，她都没有能力留人一饭，这对好客宽宏的母亲一定是深重的难堪，所以每次诉说时，她眼里总泛着泪光。母亲，要算着粮票过日子的时候，谁又能款待别人。

我幼时见亲长，总会得到长辈的馈赠，哪怕是一包饼或几块糖，都深藏着无限的温馨，这些美好的传统和留得一条命，没饭没衣苦得似乞丐，母亲在上海把仅有的一元或五角纸币，偷偷寄给家乡的细舅舅活命，要不是母亲亲口诉说，我绝不相信人世有这种灰暗绝望的日子。有时独坐，常常思念爱我至深、影响我至深的细舅舅，又想到白发的母亲，手足情深，躲在昏暗的斗室里，佝偻着背就着五烛光的灯，偷偷给细舅舅写信；我想到微少的一元纸币在母亲和舅舅手里流过的亲情，我总想放声大哭，我亲爱的细舅舅，那双修长白皙艺术家的手，怎样握着那小小的纸币，在江南的寒冬里饥寒交迫，终于挣扎绝望去世。

那天黄昏，我陪母亲在小廊上静坐，柳荫里沸腾长日的蝉声已寂，只有一群归鸟在夕阳最后的余晖里啁啾。安静的黄昏，安静的岁月，平安是福，但愿我能永远永远陪侍着母亲。

"我是害了你。眼睛看不见、耳朵听不清。"母亲说。

我知道，我都知道了，俗语说"母子连心"，母亲任何举动我都了解，她的心思，她的哀痛。她是一日日随着无情的岁月，无助地衰老，上天已渐渐在收回给她的一切。她左腿行动已困难，没有拐杖依恃不能行走，她的听觉也日见衰退，有时候我叫唤她妈妈、妈妈，她竟茫然不知。以前她总夸自己眼力好，她曾绣过许多精致的作品，布置在我幼时华美温暖的生活中，而现在，却往往看不清我是她想了三十多年的女儿，尤其是她的左眼视力已很模糊，但母亲永远是强者，依旧要给重外孙做小衣服、做鞋子、看报纸、大声念书……。而她最担心的却是有那么一天，她会老得躺着缠绵床第，这和她勤快、明朗、爽利的性格完全不合。她不是怕病痛而是怕要我劳累，她想到有那么可怕的一天，我会辛苦，她舍不得，舍不得。原来母亲的心眼里，是永远用不尽的爱关注着子女。

"怎么说是害我？我是你的女儿，该奉养你，你不是常说男女平等吗？"

小廊寂寂，空气中浮动着一缕四季兰的幽香。暮色渐浓，远处大楼已亮起盏盏的灯花，一二声归鸟的啁啾，把九月晚秋的暮色渲染得更安详。宁静的岁月呵，请你停住、停住、停住，让我永远陪伴着母亲。

"我会保佑你的，我会报答你，我做了鬼，会保佑你一家人。"母亲平静的语气，好像早就"胸有成竹"。我却大声说："你说什么，妈，谁要你报答，我是你生的……"

我立刻想跑开，我受不了这种心痛的话，但我又不敢留母亲一人在小廊上，我难过得头埋在双手里抬不起来，眼泪急遽地流。母亲，你辛苦操劳了八十七年，你一生都是为别人，如今你只剩下满心的创痛，如风前残烛，你还要挂牵我，到另一个黑暗世界中去也要回报我。母亲，母亲，我又怎样报答你！神话中哪吒剔骨还父、割肉还母，但生命还是父母所赐，为子女的是永远报答不了父母的亲恩。如今，我能安居，乐业，都是你育我、教我的恩情。我的言行，我的心怀，我能享有温暖的家，都是你的教诲和福泽。我没有你的坚强和明智，更没有你的仁慈和气度，但我有你同样豁达乐观的胸怀。妈，我报答不尽你，但我学习做你、像你，我会去报答温暖我、厚待我的人世。

妈妈，我不敢要求任何，你来，是上天给了我最丰厚的恩赐，但我求老天怜我母女分别了三十多年，让我多陪陪你、依着你、守着你，每天共享宁静的黄昏。

落 叶

鞋花

簌簌的雨声中，我提着一只大塑胶袋，放在母亲床上，笑着要她老人家猜口袋里装的东西。

母亲正午睡醒来，舒适地倚在窗前藤椅上喝茶，她微笑地用手去触摸口袋，立刻说："鞋子！"

我笑着倾倒袋子。六双黑色的鞋，纷纷散落在床上。

母亲看得眉开眼笑，问："你买这许多鞋子做什么？发疯啦！"

"给你穿啊！天天新鞋！"

母亲手巧，才思敏捷，立刻把十二只鞋子，排成了朵星状的黑花，顺手又拿过床头柜上的一团红绒线，放在中间作花蕊。黑花瓣加上红花蕊，显得耀眼夺目。

母亲精苏绣，擅工笔画，尤喜花鸟。幼时老家母亲房中，挂着一幅中堂，是母亲画的牡丹狸猫扑蝶图，两旁的对联则是父亲的手迹，画和字都由母亲精心刺绣。到现在我还记得那只晶亮眼睛的灰狸猫，前肢上扑生动活泼的姿势，和一群翩飞的粉蝶，都是栩栩如生。如果母亲在目前这种粗糙浮夸、华而不实的社会，早就自封为什么"家"了。

"这些鞋，我是穿不完了！"母亲叫着我的小名，凝视着窗外的雨天。

"为什么？每天换着穿，我是特别去订做的！"

鞋店的老板，见我一次买这许多鞋，问我母亲几岁，他听了我的回答，淡淡地说："穿不完了！"

"为什么？"他看着我有点不悦的神色，反倒朗声笑了。

"活到一百岁又怎样？老来要身体健康，子孙孝顺！"

显然卖鞋生涯中，自有一番对人生的了悟。可是，人总想长寿的，尤其是我的母亲，她吃尽了苦，我愿她多享几年福。

有一回和老友相聚。他精易学，四十多年来，给我很多鼓励和安慰，他总说我母亲在大陆上健在。文革的时候闹得水深火热，他依然坚定他的看法。那天他再三叮嘱我，要我小心照顾母亲，以防老人家跌倒。

他的叮嘱我和家人都牢记在心上。从此家中地板不上蜡，浴室里一点水渍也立刻去拭干。因此，我才去订制了这些鞋，又常常检查母亲的鞋底，把新鞋轮流帮她替换。她在家里走动时，我们暗暗看着她，也不敢去搀扶，因为好几次母亲推掉我的手。她不老，她不要我扶持，她说，她要活一百二十岁。母亲都是强者，更无视岁月，永远舍不下孩子，以温暖的心怀来爱着孩子们。

那天是星期日下午，我们在客厅里聊天，大概是我们谈笑的声音太大，惊动了她老人家，她很快地从房中走出来，要加入我们。她支着拐杖走得好快，我们一齐起立齐声说："慢慢走，慢慢走！"瞬间，她老人家就在我们面前，沿着墙畔跌倒。

这次，母亲再也没有站起来。

我听说过老人家轻微跌倒，能自己站起来则无大碍。虽然我们处处留心，母亲还是跌倒过两次，每次我飞快地去扶她，她都不要我搀扶而自己站立。固然我庆幸母亲平安，但却感觉到母亲苍老而温软的心里，那种强烈的自信和自尊。我两次看着母亲站起，虽然仍旧优雅自然，但她脸上讪讪的笑容，看得我眼湿。妈妈，人都要老，风月不容我们逞强，就让我们来扶持你好了。以前我身畔没有长辈，不会想到老，更不了解老人的心境，绕在母亲膝前四年，我才渐渐摸索着走进老人的内心深处，每位老人都要关怀、同情、怜惜和尊敬，因为老即是无奈和孤独。

这次，我们是抱着母亲躺到床上的。

母亲真的没有穿完那许多新鞋。

母亲一生走过多少高低不平、坎坷苦难的道路，她垂暮之年，日日坐在花树繁茂的窗前，她一定舍不得离开我们，离开如此安静温暖的世界。她也早已想过千百次，我们最深的爱也留不住她，她再不舍也得离开，最后生命如落叶终将凋零。岁月一天天如水流去，她独自默默地走向生命的黄昏，渐行渐远而沉入黑暗的世界，老是多么的悲凉啊！

落叶

树叶知道，在时光流逝中，秋天，它悄悄告别青春的色彩而变黄；冬来了，化成枯叶黯然离开枝头。每一片叶子，都记载着它成长的故事，新芽成荫和开花结实的喜悦，风雨虫蚀等等的伤痛……它虽离枝而去，一定难忘已经茁壮的枝干，树荫中的鸟鸣，温柔的风、云，朝晕夕霞……它纵有千般不舍，时间到了它只凋零，回归温软黯黑的泥土，静静化为护枝的春泥。

每一位老人，是一本翻旧的大书，它记载着一生的经历、情爱、家庭、工作、坎坷荣辱……末了无奈地老去，也许更不幸是毫无尊严地离开人间。也有许多老人，别看他们垂垂老了，有时糊涂得晨昏不分，连亲人也弄不清楚，但是，某一时刻心底某一处，却剔透晶亮，往事历历如在眼前，甚至将生命最后一章自己

480

来写，把死亡当做家家酒来扮演。

汪其楣的外婆已八十多高龄，有一天她老人家把美丽的寿衣，全套正式地穿戴起来。她对帽子正中间的帽花有点意见，一时又不能决定，问汪其楣："你看用珍珠好，还是用玉石？"

我听了不觉眼热，因为我看望过她外婆。仿佛见到那位笑吟吟、慈祥、温暖的老人家，正神态自若地站在生死之间，安详地准备随时离去。

有位朋友的母亲，中年守寡，独力抚养五个子女长大到成家立业。她临终前将薄产分了六份，一份用在自己丧葬费上。她对小辈们说："我床底下有金银锡箔，我走了你们拿出来烧，我都摺好了。你们每一个都忙，管不到这些事。还有织好几件毛衣，在衣柜里，孙子长大一点可以穿……"

一位平凡又伟大的母亲，独坐在生命的尽头，为自己摺金纸。把对子孙的爱，密密织进毛衣里，孙子长大时，穿着她织好的毛衣，而她已不在了！她是以怎样辛酸悲喜的心情，度过她生命将完的日子！

有一日，六二哥来看母亲。他和天溥在母亲房里聊天，笑声盈耳。对老人家我们总讲些有趣的事，讨她喜欢，我走进房去加入他们的谈笑，见母亲拥被半躺在床上。窗外寒雨滴答，靠窗的暖炉开着，母亲房里永远有属于母亲的温馨气氛。

"你说，到底要红的还是绿的！"天溥问。

"我啊！"母亲笑了，眼里一片安详，母亲笑起来分外好看。母亲刚来台湾时，好友纷纷带着糕点鲜花来看望她老人家，有两位老友对我说："你母亲八十六岁比你现在还好看！"

我听了真喜欢。幼时常得到友伴对母亲的赞美，那种得意和光耀，至今又泛上心头。

母亲幽默地说："我啊！我红的绿的都要！"

"你们讲什么？做衣服啊！"

大家跟着笑。"棺材，我们在说棺材！"母亲笑着回答我。

我心里吃惊，但笑容依然在脸上。这件事母亲已对我提过好几次。不久前母亲常说见到过世的亲长，也几次委婉地和我谈到身后种种愿望。我很不安，每次故意和她打岔，我不能、不肯接受这种事，虽然我听说过许多老人，在生命将终时会交代后事。我想母亲疼我舍不得丢下我，她和我相依才五年，她说好要带我们一齐回宜兴老家，去看后院的老腊梅。

"你外公的寿材，放在侧厅里，每年油漆一次，亮得像镜子。"

我明白母亲的意思。我们都明白，她老人家最好能看到自己的寿材，像当年外公一样，早晚捧着水烟筒踱来踱去，仔细地端详着。母亲是不放心，此刻她对着亲侄子和女婿是郑重其事，我却只好说：

"妈妈，现在房子小，哪能像老家？没法放在屋里！"

母亲沉吟不语，瞬间粲然一笑："大陆上是放在木板上，一把火！"

"放心啦！你的东西都是最好的，最漂亮！"我们齐声笑着为她保证，请她放心。而我们心里都在担忧、流泪，也许她老人家将要离开我们！

春寒中总是下雨，水晶瓶中的红茶花和水仙缀着喜气。炉火、花香、茶香、书报杂志一大堆，伴我围绕在母亲身畔，一天，一天……妈妈，后园的那株老腊梅，正在雪地里开花，香啊香啊香得几进屋子都是香气。要插瓶还得驾梯子爬上去剪，多少次我快乐地捧着满怀的腊梅，站在大雪里，花色金黄似涂上一层亮光蜡，沾得我一身都是花香。妈妈，你记得吗？还有天竹子，雪地里一蓬一蓬翠绿的枝叶上，冒出一串串红艳的小果子。还有……还有高到屋檐的大海棠、金桂……小菊啊！你想的每一棵花都在，等着将来我带你们回去看花。妈妈，我知道你也是在逗我开心，母女俩在劫后重聚的春寒里，相互情深地慰安。我明白，过去所有美好的，在别后邈远的日子里都已消失，彻底无情的毁灭，只有上天对我垂怜，留给我至爱的母亲。多少人在漫长的别离中无法和母亲再见，而我有幸能朝夕守在母亲身畔。妈妈，我懂得珍惜生命中最珍贵最美好的，我守着你，守着你风中残烛般余温，温暖我和我的家人。我们要以亲情密密将你围绕，牵住你、留住你，和我们共度静静的岁月。

可是我心里不安，有时甚至害怕，害怕妈妈突然走掉了。常常深夜醒来，悄悄走到她床前，侧耳倾听她温柔的呼吸。妈妈，你说好要带我们全家回去看老腊梅的，你不能哄我们。

母亲好强。能干的母亲都强得顶天立地，七年前在香港第一次见到她时，她老人家掷地有声地说："将来我不要拖累你！"难道她的睿智，那时已想到生命的尽头。她以母爱的力量和自尊，不肯不愿缠绵床笫，来增加我的负荷！

母亲就是这样，永远超越时空地爱着子女。

母亲过世，我们用最华美的衣饰，最好的一切送她大去。我把母亲平时喜爱的衣物，和许多鞋子，全部随她而去。我们遵照她的吩咐，不准惊动亲友，只让她老人家带着我们小辈们无尽的爱，如她所愿，像一片美丽的落叶，长眠在故乡宜兴温软的土地上。那里有清澈如镜的太湖，有绕围着青翠的群山！

妈妈，来世我还要做你的女儿，在你身畔撒娇，惹你生气，陪你莳花、品酒、品茶，生生世世我是你的女儿。

● 贾宝泉

故乡的小路

妹妹来信说，母亲的病轻些了。刚能走动，她就让妹妹把她扶到村西头的小路上。她久久地站着，不言不语地向北方张望。妹妹问她干什么，开始她沉默着，问得多了，才低声说："要是你大哥回来，一定从这条路上走……"

唉，母亲，小路。

小路，母亲。

沿着海河上溯，便进入一条滏阳河。沿着滏阳河上溯到华北大平原的南端，在河身向右急转弯处，离开河道向南走出四五里之遥，便是一条小路。

它不是"桃李不言，下自成蹊"的那种蹊径，因为沿着它走去，并不能见到芬芳的桃李。它也不是"吴宫花草埋幽径"的那种幽径，因为路的两旁并没有名胜古迹，不会使人抚今追昔，发思古之幽情。它只是一条约二尺宽，不平也不直，被无数只脚踩出来的小路，也许以后的哪一天，一个不大的原因，就会被泯灭掉。然而，故乡的小路，我却被它牵萦得好苦！

记得小时候，一次北庄唱大戏。我没有遵行母亲给我立下的不准一个人去外村的规矩，偷偷地溜出了家门。沿着小路约莫走了二三里，在一个三岔路口上迷路了。向前走，谁知道会走到哪里；回家呢，却又辨不清哪是来时的路，就跟陷入鬼打墙一样，看周围的一切，似熟悉却又陌生；望着一条条小路，似通达却又迷离。我急得放声大哭起来。这时，我突然听到一阵熟悉的叫声："孩子！孩子!"像是身陷泥潭就要没顶，突然伸来亲友的手拉自己一样，我惊喜若狂地循着声音，向远处扭晃着身体急步赶来的母亲跑去。快到她跟前的时候，她摊开两只手来，我一头扎进她的怀里，等着她的斥责。她却撩起衣襟为我擦泪，不停地说："孩子，不怕，孩子，不怕，是娘不对，没有看好你。"

不久，我上学了。当时我们村里还没有小学，要到北庄去上。可能是那次惊吓留下的后遗症，我宁肯绕远也不从这条小路过。有时，放学晚了，为着快些回家，也不得不硬着头皮走这条路。路上，我总觉得老古树和灌木丛都龇牙咧嘴地盯着我，而它们的后面，则藏着更为狰狞的怪物。我的头发竖了起来，脊背上一阵冰凉，由快走变成了小跑，再由小跑变成快跑。快到村头了，前面晃动着自己来到世界最先记住了的那个身影。"娘!"我扑了过去。

"怎么啦。孩子?"

"我怕。"我指指一簇簇灌木丛。

娘笑了："傻孩子，这有啥可怕的?"她指着小路旁牛拉车走过的地方说："你走牛心辙，就不怕了。"

我听了娘的话。放学晚了，就踩着牛拉车留下的蹄印走。我觉得这样安全多了。两道车辙就跟两道法力无边的无形高墙，把那些怪物隔在了外面。

渐渐地，我长大了。我在小路两旁捉蛐蛐儿，打猪草，还和母亲一起挖野菜。春天，小路两旁盛开着大片大片的野花，红的、黄的、紫的，像是有谁把早晨的霞铺在了地上。我们这些孩子就在霞光里打滚嬉闹。到了小麦扬花的季节，一眼望不到边的绿油油、齐刷刷的小麦被南风逗得前俯后仰。站在这条小路上远望，不知怎么的，我忽然想起了《柳毅传书》的故事。那柳毅在橘树上敲了几下，波涛滚滚的洞庭湖上便钻出一个夜叉来，引导柳毅步入龙宫。顿时，烟波迷茫的水面上显露出一条小路。

上中学时，正好赶上了三年困难时期。尽管学校想出了许多办法，包括吃代食品、早睡晚起等等，仍然平息不了咕噜的饥肠。一天夜里，我躺在床上正要入睡，朦胧中，一个声音在窗外轻轻地响起："孩子，孩子。"啊，是母亲叫我！我急忙披上衣服冲出门外。我知道，从家乡到县城里的中学有十来里路，而夜间走过那段小路，谁知道她那双小脚要越过多少坎坷，更何况她又体弱多病。此刻，我只知道流泪，却说不出话来。倒是娘先开口了："孩子，饿了吧！"

"嗯——不。"我说。

"快吃吧！"她从一个布包里摸出两个菜团子。我懂得，唯有顺从地吃下，才是对她的最大的孝敬。我吃了，母亲高兴地点点头："那你睡吧，我回去了。"

"不，我送你。"

"不用。这条路我熟。"

"我正要回家拿件换洗的衣服呢。"

一路上，母亲给我讲做人的道理，讲她在民国三十二年闹旱灾时受的苦。"现在有政府照应着，眼前这点灾没啥。"许多深奥的道理经她一说，就成了连小孩子们也能听懂的话。不知不觉中，我们走到了村头的小路上。

"到家我就把你换洗的衣裳找出来。"

"不，还是星期日回家拿吧。"

"那你不回家啦？"

我笑了："娘，我离开学校时没有请假，得赶紧回去呀！"

母亲终于弄明白了是我在捣鬼："嗯，倒也是。"

我告别母亲向学校走去。走了一阵儿回头看看，母亲黑黑的身影依然可辨。她在悄悄地送我！按理，我应该回去劝说她老人家快快回家，但我知道，这是没有用的。我唯一的办法就是快些赶路，她赶不上我，自然就回去了。路上，我走得快，胆子也壮，仿佛无论走到哪里，都能得到慈母的爱抚与保护，那牛心辙自然是不屑一顾了。

　　不久，我考上了大学。临行的前一天夜里，母亲在油灯下为我补衣服。我仔细地端详着娘的面孔：她瘦了，眼角的皱纹更深了，深得可以夹住小米粒儿。一绺白发从饱经风霜的脸上垂了下来。

　　"上了大学还记得娘吗？"

　　"娘，你说呢？"

　　"我知道我的孩子的心。"她装作纫针偷偷地抹泪。这句话无疑对我是最高的奖赏。

　　第二天，她送我到小路上。一些长辈和我儿时的好友也来送行了，人们称赞我有志气，为村子争了光。更多的人则郑重地告诫我，将来一定要孝敬母亲。

　　"要经常回来看看娘。"这是娘的有些颤抖的声音。

　　"上了大学就是干了大事，哪能想回来就回来！"长辈们纠正着。

　　"嗯，倒也是。"

　　我终于踏上小路，走了一会儿回头看看，母亲一只手扶着小树，另一只手在脸上擦着。她那瘦弱的身躯似乎抵御不了初秋凉风的吹拂，轻轻颤动着……渐渐地，我走远了，那些熟悉的身影都变得模糊不清了，唯有脚下的小路还陪伴着我，送我踏上遥远的征途。用不了多久，小路也要和我作别了。啊，小路，故乡的路，我禁不住俯下身，掬起了一捧土……

　　时间过得很快，又是十来个年头过去了。我大学毕了业，成了家，有了孩子，工作之外，繁重的家务事压上了双肩，几乎每夜都难以睡个安稳的觉。原来生活并不像书本上讲的那样烂漫天真啊！这时，我才体验到母亲为养育我付出的辛劳。

娘来了，来为我分忧了，那双把我抱大了的手又抱起了小孙子，替我们操持起繁重而琐碎的家务。我暗暗下决心，要她留下长住，给她多吃些好的，让她顺心地安度晚年。谁料，在孩子刚能扶着床沿走路的时候，娘却要回家了。

"我想到地里干活呢，你要是放心，我把小孙子带走。"娘和我商量。

"家里生活还比较苦，你又年纪大了。"我再三挽留着。

"苦一点儿怕啥！窝头咸菜还不一样养活人？"娘的语调很坚定。我又顺从了。我明白，她要回到那块生养了她的先辈也养育了她的儿女的故土上耕耘劳作，最后便长眠在那里的地下。孩子也让母亲带走了。尽管这个小小的生命会少吃一些牛奶、巧克力之类的食品，但在他身上增添的将是母亲的美德和泥土的芬芳。而这些，则能构成衡量生命价值的砝码，也能成就一种建树所必需的基石。

夜里，我做了一个梦：我踏上了村头的小路，母亲站在路边，我再也禁不住自己，不由得狂奔起来……

● **高洪波**

沙　发

　　一谈起沙发，人们自然而然会感到某种惬意和舒适。的确，这种软椅子是人类为自己的躯体所进行的一种最聪明的设计。

　　好像一位叫做赫胥黎的英国人，专门就沙发的发明大发过一番议论。大意是皇帝的宝座其实比沙发差远了，然而为了威严，皇帝宁可放弃舒服云云。初读赫氏高论，很以为然。因为读他的书时我尚在云南一座军营，唯一的财产是一把折叠靠背椅子，坐在这小矮椅子上自然感受不到坐沙发的滋味。可后来见得多了，才知道并非如此，现代的领袖们坐在沙发之上，威严丝毫不减少，许多世界及国家大事，也全可以在沙发上商量或决定。

　　可见时代变化之迅速。

　　不过中国普及沙发，是近十几年的事。"十年浩动"之后，沙发才像王谢堂前燕一样，飞入寻常百姓家。而且不飞则已，一飞惊人，各式各样的沙发：豪华型、拐角式、多用型、古典式，争奇斗艳，以自己软绵绵的服务，领家具之风骚。小青年结婚，极少有不在新房摆一套沙发的。仿佛没有沙发的帮助，新婚的气氛就荡然无存似的。沙发这么重要，真有些始料所不及。

　　记得"文革"中，我的一位同学家摆着一只长沙发，这沙发已经很破旧了。弹簧也失去了弹性，坐上去吱吱直叫，但我们争坐不已。在这旧沙发上，一群中学生不知玩碎了几副扑克牌！突然一天它不在了，原来同学的父母要到干校，便把这古老的沙发送到了旧家具店。卖了多少钱？五元。五元钱卖掉了曾给予我们极大欢乐的旧沙发。那一时期，这已经是很公道的价钱了。

紧接着我又听到一个沙发的故事：一个穷木匠，单身汉，突然十分频繁地在旧家具店里出入，专门购买旧沙发。他一套又一套地买到家，又一套接一套地卖掉。木匠的行为引起了革命群众的怀疑，于是将他扭送到派出所，在无产阶级专政的威力下，他承认旧沙发里时常发现存款和金银首饰。

木匠的故事也许出于对"工人阶级必须领导一切"的嘲讽。不过，我自此之后常常想到一个情景，深夜里，幽暗的灯光下，一个贪婪的人拆弄着一只只旧沙发，希图从坐垫下、弹簧中找出一卷钞票，几枚金戒指……

这很有几分巴尔扎克笔下人物的风貌。老葛朗台？高老头？邦斯舅舅？像不像他们其中的某一位？但这种联想丝毫不影响我对沙发的倾慕与好感。

从云南回到北京，首要的任务是成家，入乡随俗，我的妻兄为我打造了两只沙发。这沙发是"全包式"，七十年代末期顶时髦的一种款式。完全按照我的身材，设计了很高的椅背和很宽的坐垫，所用的木料不多，整整两张单人木板床。沙发造好后我试图移动一下，结果差点闪了腰。它以极其巨大而沉重的躯体，雄峙在我的斗室里，并且一待就是八年。

今年七月份搬迁新居，妻和我商量更新家具，首当其冲的是这对雄赳赳的沙发。我坐在它的怀抱里，抚摸着结结实实的扶手，轻捻着妈妈精心缝制的沙发套，心头油然生出一种离别的内疚感。八年间，这沙发既是我安坐读书的所在，又是小女儿爬上爬下的山峦，甚至当我的波斯猫百无聊赖时，它们还要承担猫爪

490

子的抓搔，真难为这一对忠实的朋友了！

我终于还是遗弃了这对巨大的沙发。

因为新屋需要一套与组合柜相对衬的沙发，我更渴望拥有一只可以躺卧的长沙发，像我的同学家曾有过的那只长沙发一样。我的愿望很轻易就实现了，在新街口的沙发店里，我和妻子顺利地挑选了一大两小的三只沙发，连米色的沙发套一起，兴冲冲地运回了新居。

新沙发的到来，使我的新居气派不凡，到我家做客的朋友们一致恭维道：有办公室的气氛。我听出了话中的黑色幽默，第二天专门到机关的两处会议室窥探，结果不无遗憾地发现：这里全是我的新沙发的同胞兄弟。不但式样一模一样，连沙发套的颜色都分毫不差，原来是同一个厂家批量生产的货物。

于是，我开始怀念起我那对相处了八年之久的朋友来，它们虽然笨重，但毕竟是别具一格的。世上缺少的就是个性，尤其在咱们这块土地上。

● 殷颖

小窗·苦茗

我的书案面对着一个绿色的小窗，我说它是绿色，是指窗纱的颜色与窗外映眼的草色而言。透过绿色的小窗，可以眺望窗外的世界，蓝天、白云、灯光、星光，红得撩人的玫瑰，与绿得可人的芭蕉。

我的书室如斗，两面堆满了书，右壁的门侧悬了一幅字画，字画旁边留下一片白壁，用以调剂两叠高耸的书架，好像在印满了铅字的画页中，留下一段空白来，作为喘气的地方一样，以缓和被书籍压得过于紧迫的斗室。书案前端的墙壁，便被这面窗子与一幅小对联占满了，透过了一层窗纱，这间斗室与外面的庭园连接起来，在感觉上便显得并不那么狭小了。早晨，映足了满室阳光，要拉下百叶窗才能工作。晚间，月亮涌进来一窗清辉，洗尽了白日的尘嚣。天阴时低气压透入室中，令人兴致索然，掷笔掩卷。晴朗时云天高爽，斗室骤然大了许多。心情顿时舒畅，展卷吟哦，伏案作书，均能达到兴致盎然的境界。遇到大雨时，风雨满窗，将玻璃紧闭，风仍然吹得小窗索索地抖，雨丝交织在玻璃上，能无端勾起离人的哀愁。不知是雨滴还是泪滴，濡湿了手中的书卷和案上的稿纸。总之，窗外的阴晴明晦，能完全影响这斗室中的情绪。

透过这层薄薄的窗纱，我可以与大自然的心灵接触，透过这层薄薄的窗纱，可以听见风声、雨声、蝉声、虫声、落花声。有时也可以将窗帘拉起，推出窗外的月色日光，与外面的世界隔绝。在案头上放一杯苦茗，闭目凝神，沉淀思维，潜游于内在的世界，也会文思潮涌，落笔如飞。

当我据案写读的时候，我总喜欢摆一杯浓浓的苦茗在旁边，淡饮浅尝。新泡时小苦而微香，泡一段时间后，茶汁会变成琥珀色，啜到口中，有种馥郁的苦味。在夏天，我觉得它比冷饮或咖啡都好，咖啡虽也有香味，但总不如茶的味道清冽而醇厚。不若苦茗的耐人寻味。在一杯浓浓的苦茗中，好像蕴藏着五千年的历史文化。品茶不能性急，不能作牛饮，像一个人没法一下子了解中国几千年的文化一样，需要慢慢地品尝体验，一个真正懂得喝茶的人，才真正了解中国的文化。很多现代的纨绔子弟们，已经数典忘祖，不知茶为何物了。

有时我不读也不写，手中捏着茶杯，放眼窗外，去欣赏这书斋以外的景物。我的小窗好像画家的取景框，可以随意剪裁窗外的画面；有时让远处的山峦云树摄入窗口，宛如一幅泼墨山水小品。有时只取蓝天，配上几朵白云，便神志激扬，悠然物外。有时可将窗前的蕉叶收入特写镜头，在重叠的绿叶间寻章觅句。有时也使用摄影的集锦手法，将远景近物，随意取舍，叠印成脱俗的画面。由山间取来一株孤松，从天外唤来一只白鹤，由故乡的田园中搬来一椽老屋，再由儿时的溪畔邀来一叶扁舟、一轮明月，举起手中的苦茗，在微香的茶雾中，任意创造优美的画面。这个世界本来就是变动不居的，真与幻又有何分别，只要能在刹那间捉住些美的意象就够了。在这匆促的人生中，还能要求些什么呢！

我爱我的小窗，它能滤掉我生活中的灰色的调子，而保持我的绿色的心灵。

　　我也爱啜饮苦茗，在尝遍了人生中的各种饮料外，我独爱它那种淡淡的微香，与涩涩的小苦。

● 郭嗣芬

雨　夜

　　深秋的台北，似乎下雨的日子特别多，尤其到了夜里，更是风雨萧瑟，给人带来无限落寞！

　　不知道什么原因，室内的电灯突然熄灭，把我的神思从书本中拉开了。我望着窗外，雨下得很大，雨点打在房檐下的挡雨板上，打在水泥地上，声音很大，仿佛把我的小屋变成了与世隔绝的地方。我不知风雨外的地方和那些地方的人在做什么？他们也像我一样在风雨中沉思吗？

　　在风雨之夜里，很容易引起感伤，更强烈地想起远离的亲人和朋友！然而风雨故人来，这份兴奋心情又远不是笔墨所能形容的。杜工部的"夜雨剪春酒，新炊闲黄粱，主称会面难，一举累十觞"，李义山的"何当共剪西窗烛，却话巴山夜雨时"，都为这种心情写下了千古不朽的佳句。

　　多少年来，奔波在天涯海角，远离家乡，每个秋天到来，只是给鬓边带几许华发，在额上添上几道皱纹，使我感到生命在衰老！在风雨萧瑟的夜里，我怕读纳兰性德的词："风也萧萧，雨也潇潇，瘦尽灯花又一宵。"使我想到词人的孤独心情。晏小山的"梦魂惯得无拘谨，又踏杨花过谢桥"已经够使人低回，但是连梦里也不能到"谢桥"，其感伤又是如何呢？

黑夜，常常容易给人带来没落与死亡的悲伤，黑夜中的风雨像挽歌，每一个音符都沉重地打在远人的心上！我不能忘记生命的落拓和家园的深秋，不能不在风雨中付出诚挚的怀念。

擦根火柴，找着一支蜡烛点起来，烛光虽然不够强，但它却能为黑暗的小房带来微弱的光明。借着这一份微弱的光，我在书架上找出了一本旧书，拭去了灰尘，然后从书页中找出了夹在里面的一朵枯花。这花已经失去了颜色，但是我仍然记得它在盛天时是紫色的，是我喜爱的一种浅紫色。同这朵枯花一起还有一张便笺。它也和花一样地失掉了颜色，而那字迹却永远是那么亲切和熟稔。上面写着：

"……我很喜爱这一连串的紫色的花朵；它好像能告诉我：它开得这样美是为了什么？愿它能带上我的一份祝福给你，让你也感到一份紫色的梦幻所带来的落寞。——这落寞，也是一份难得的享受。"

重读它，在我落寞的心中有无比的安慰，我曾爱上这紫色的美丽的花朵，爱上短笺上所写的那份淡淡的落寞，虽然它早已枯萎褪色了，但我深信友情是永远不会褪色的。尽管秋天后会再有春天，春天会有再开的花朵，可是那已不是昔年的生命和昔年的花朵了。这样，长久以来我不会摘第二朵紫花，我只珍藏着我喜爱的。

漫漫长夜没有完，蜡烛却熄了，我没有再点第二枝，只是把枯花和短笺藏入书中。我低头祝福，并把这份祝福，寄向远方。

山道上

隔夜的风雨洗净了山道上的尘埃，却留下了一层薄薄的露水在道旁的小草上；树林中迷漫着白色的残雾，在枝叶间滑过，逐渐消失在林壑深处。山间很静，连鸟声都是那么轻柔，似乎怕惊醒了还在沉睡中的早晨。

在寂静的山道上，我踽踽独行，静得可以听到我自己的脚步声。

山道是由石块砌成的，平整宽阔，从菁密的树林沿山上行。山风很大，偶尔把枝叶上的雨水吹到我的脸上，有冰冷的感觉。不过，一会儿后，我已逐渐觉得热起来了。山道很陡，爬到山顶有着一段不短的路；即使我走得很慢，也相当累的。山顶上已经看得见阳光，夜来的风雨已经走远了。

尽管这是我第一次来山上，但一切对我有着极其熟悉的感觉；脚底下的石板路、白云深处的庄严的寺院、山上的针叶树、松、柏和铁杉，以及道旁我所偏爱的盛开着的淡紫色的花朵；还有林间啼唤的杜鹃，草中长鸣的蟋蟀和金铃子。这一切触引起心灵中长久尘封的记忆，和故乡风物的思念。

我在一座悬岩边停留下来，倾听林间的天籁，我想起遥远的亲人和朋友。鸟虫的歌唱，像是远方久违的故人在向我述叙别后的故事。可惜，我无法懂得它们的语言，也无法对它们倾述我心头久积的思念。

多少年来，我远离家乡，渡过了江河和海洋，从一个城市到另一个城市，等我走遍了大半个地球之后，我才发觉我失去的比得到的多。我得到了什么呢？名与利都不是我要求的，那都是一些身外的东西。一个航行过整个世界的老水手，他的生活只是从一个码头到另个码头，那些码头都不是属于他的。可是，我付出去的却是人生中最好的年华，最可珍贵的情感。

多少年来，这些情感都抑压在心的深处，甚至我以为我已经遗忘了它们；可是，在这个地方，这个时候，我又嗅到了家乡泥土的气息，草木的气息，仿佛一个久失依靠的生命又找到了寄托心灵的地方。

良久，我又继续沿山道上去，道旁发现几株枫树，在家乡，这时正是红叶满山的季节，可是这里枫树的叶子没有变红。"停车坐爱枫林晚"，和"晓来谁染霜林醉"，都是从枫林找寻到的灵感而写成的。我真希望当这里枫叶变红时，我能在这山道上坐下来欣赏它。

记得一位朋友曾告诉过我，他在几年前来过山上，别人来游山，他却在山上生病。不过我相信，如果我会在这时候病倒，也许我倒会感到那也是一份难得的享受了。

现在，朋友已经远离了我，日子像水流，物是人非，我不会在山上找寻到朋友的影子。当杜鹃在林间啼唤时，有谁与我同听？秋风能为我带去一丝问候的音讯吗？

我仍然在山道上踽踽独行，朝阳把我的影子投射在山道上。我想起李义山的诗："……落叶人何在？寒云路几层……世界微尘里，吾宁爱与憎。"

紫　花

　　朋友寄给我一束紫色的枯花，他附了几句话："那是我喜爱的一种色彩，我很爱这一连串的紫色的花朵，它好像能告诉我：它开得这样美是为了什么？愿它能带上我一份祝福给你，让你也感染一点紫色的梦幻所带来的落寞。这落寞，也是一份难得的享受。"最后，他附在信后又说："这枯花不是死的，他的生命是内涵的，我相信它现在才是真正地活着。"

　　长久地生活在城市里，我忘记了季节转换，一束枯花，使我想到已是深秋，台湾的天气虽然很难分出季节来，但却使我想得很远。

　　故园远在天外，这时候，假如回到故园，那正是快要准备冬衣和把酒对菊的季节了；那清澈见底的溪流，那淡淡如烟的远山，那灿若流霞的红叶，都是使人心灵向往的，尤其是"巴山夜雨"，自古以来便是诗人所歌颂的。我最爱李义山的诗："君问归期未有期，巴山夜雨涨秋池，何当共剪西窗烛，却话巴山夜雨时。"二三知友，剪烛夜话，多美！

　　现在，回忆也成为甜蜜了。虽然，在旧梦里追求生活的信念与活力，会使人有迟暮之感，但这一束紫包的花朵呢？它假如真有生命的内涵，真正地活着，那么，它不是也活在逝去的生命中么？

　　今夜，风雨萧瑟，对着这束紫花，我想到花，想到生命，想到爱。花到秋天枯萎了，生命到秋天衰老了，爱到秋天开始有紫色的斑痕。春天会再来，年轻的生命会再来，花朵也会再开，但那已不是去年的生命，去年的花了。

许多个秋天过去了，每一个秋天的到来，都给我增添了许多鬓边的华发，遥远的怀念使我头上增添了几条皱纹，我开始觉得生命的衰老。

然而，我唯一感到安慰的是，一束紫色的花朵，都使我落寞的心灵，感到无比的安慰。在茫茫人海中，至少我还不会被遗忘。就这一点温暖，便足以使我忘记一切不幸，乃至于生命的落拓和故园的深秋。我相信，我也会爱上这紫色的美丽的花朵，爱上那一份淡淡的落寞的。

忽然，我想起上一次他在信上写下的几句从《圣经》上摘下的名言："……大理石和雪花石都是能毁坏的纪念碑，上面的碑文，没有几个人能读，将你的名字铭刻在人心里，才永远不被忘记。"我觉得心地有无比的净洁，像秋天的长空和绿水，像紫色的花朵，明朗、晶莹、一尘不染。窗外的风雨声也像在为我祝福，而我却愿意把这一份祝福和此刻此地的情感，寄向远方。

浪　花

蔚蓝青苍的天空，碧绿深沉的海水，把海上衬得十分单纯！海上，没有五色绚烂的花朵，没有峻拔的山岳与苍劲的森林，长伴着碧海蓝天的，只有白色的浪花。而浪花，永远追随着航海者直到天边。

浪花，轻拍着航驶中的海船，把碎玉似的水珠抛上甲板；浪花，轻拍着岩石，洗刷净石端的尘埃。

浪花，使人感到雄壮，也使人感到悲凉。

乘风破浪，正是水手们的最大乐趣；然而有人在浪花中洗去了壮志雄心，诗人说：浪淘尽，千古风流人物！人生在大千世界里，渺小得不也正如一朵浪花？一个泡沫升起，一个泡沫便沉了下去。人生的短暂，世事的无常，岁月的催逼，正如浪花一波连着一波，起伏而又消失在无际的大海里。

船，压碎了平静的海，切开了碧绿的海波，又激起了一阵阵的浪花，碎玉般的水珠冲上甲板化成了气，化成了水，再流入海中。我呆立在舷边，凝视着船外的浪花，白色的浪迹从船尾一直拖到天尽头，船头激起的新浪花一波又一波打上船头，水珠扑上面颊，使我感到沁人心肺的凉意，尝着熟悉的咸味。我想起了一首诗：

> 我尝过
> 从面颊上流下的泪水，
> 没有海水咸！
>
> 我吻过
> 长睫毛下的蓝眼睛，
> 碧空下的海水最湛蓝。

我开始懂得自己，为什么我会这么爱海了。

黎　明

在海上，黎明是被所有人欢迎的时刻。

从风暴中驶出、从无边黑暗中驶出、从怒海中驶出，黎明对于航海人是希望、是光明、是信心。

漫漫长夜终于过去了，宇宙逐渐从黑暗中解脱出来，天边仍然是无比的黑暗，但是从东方的海底已升起光明；朵朵红霞从水平面上升起，像是前一天黄昏时落入海中的云霞的复活。

彩霞逐渐升高，很快地，却又没入白色的浓雾中了。雾，永远是那么淡漠、那么固执地笼罩在海面上；在近处，它像是无数层的轻纱，淡得不可捉摸地存在着，朦胧隐现地呈现在眼前；稍远，它变成了一层柔软的墙，遮着水平面上的一切，再过去，再过去便什么都看不见了。

四周，显得无比的空旷，出奇的平静，在这时候，我曾想到宇宙的伟大，自然的神奇！轻轻地，抖落夜来积在身上的露珠，然后深深地吸进一口清新的空气，我带着几分虔敬的心情注视着东方，迎接新的一日的诞生。

东方的彩霞慢慢穿过空旷的穹空的海面，穿过天边层层的黑暗，渐渐地浓了。最初是暗黄、殷红，然后逐渐显明，在遥远的天边，绚丽夺目，闪耀着金色的光芒。那胶着在海面上的雾，那一重重淡淡的轻纱，那厚墙，都渐渐地消失了。

海上，不再寂寞，映在海水中的繁星早已隐去，航行的船带

502

着夜来的露水出现在眼前；在远海，出现在海平线上的是一对对渔船；航海人的朋友——海鸥也出现了，它们在彩霞中飞着，翻飞在蓝天白云间，翻飞在湛蓝和雪白的海波浪花之间。我似乎还记得它们前一天的背负着彩云归去，现在，它们又回来了，它们飞翔在船边，栖息在海波上，有的在船的甲板上落下几片淡淡的羽毛……

海鸥，使我想到美，想到爱，想到生命的纯洁，升华了情感。在早晨清新鲜洁的空气中，我感到的是生命的欢悦幸福，我的情感有如梦里的无羁，随着彩霞升起，随着海鸥翱翔……

我忽然希望有人分担我的这份幸福的感觉，我想把这份喜悦寄到远方，我强烈地想起远方的朋友！他可曾起身呢？在此时，他做些什么事呢？

海鸥不会为我带去音息，彩霞也不会告诉我什么，但是愈来愈鲜明的穿空，使我相信他会和我一样地享受着温暖与光明，喜悦与幸福。

太阳升起来了，东方的万道朝霞，把它从翻腾的海水中捧出，带着它无限的热，无限的光明，再来到人间。一天开始了。船在像正燃烧着似的海面上静静地前进，我知道在航程前面，也将充满了光明的希望。

小屋与梦

不知道从什么时候起，这海滨有了这一堆矗立在浪花中的岩石；也不知道从什么时候起，岩石上有这一栋灰色的小屋。小屋孤独地傍着一株古老的榕树。

这屋子，常年在风雨吹打下，正如那岩石成天被脚底的浪花冲洗。它寂寞而不受人注意地存在着。风雨使它变成灰白的颜色，像岩石一样地缺乏营养。

小屋只有一扇窗户，那榕树茂密的枝叶，正好在窗口像一把扇子似的展开。

也不知道从什么时候起，我爱上了这栋小屋，连那荫蔽着它的榕树。

屋里，也是灰色的墙壁，灰色的光线；当太阳的光芒在屋外泻满了温热，室里却是阴暗的冷清。这份冷清沉落在我的心上，几乎使人的眼和心也是灰白的。

自从那灯塔的老人默默地交给我一把钥匙起，我便做了这屋子的主人。我也开始了一连串沉默和寂寞的日子。我没有伴侣，然而在屋子里并不是孤独的。蜘蛛埋伏在黑暗的角落里，张开他的罗网；壁虎嘶嘶地叫着，从壁缝里爬到天花板上，那上面的花纸已经大半剥落了。

但是，这屋子并没有使我在这里的日子失去明朗，我明白这屋子在年轻时也曾经有过恋爱的故事；那梁间，现在壁虎爬过的地方，还有一个燕巢的遗迹。

榕树的枝叶密密地挡住了我的窗口，但是，我仍然可以看到远处的青天，湛蓝的海水，一片片流过海天间的白云。那云块里，有着太阳熠耀着的金色的投影，像一粒粒钻石涌着光彩。我更欢喜那扬帆驶过的小舟和它的远影。常常，我梦想着深海的传奇，海市蜃楼的幻景，这些都在我单纯的心境里涂上多彩的颜色。然而我不是画家，也不愿意把抽象的一瞬绘成永恒。当黄昏从屋角里爬出，天边的第一颗星星出现，我便在窗口燃起灯光。我怕那个忧郁的紫衣女郎会在黄昏里失去了她的归路，怕她的歌声会在暗夜里消失。于是，我这贫血的屋子里充满了光耀；于是，那颗榕树上银灰色的飞蛾，长着透明双翼的飞蚁，成群地飞进了我的屋子，更有的飞虫奏着单纯的音乐，来朝拜我的灯；它们用赤裸的身体去拥抱灯光。但是——它们来了，就不再回去。

这样，又使我迟疑地吹灭了灯火，我怕看那些追求光明的飞蛾贸然地殉身。我相信，那些会唱的草虫，它们在黑暗中一样的会歌唱。

深夜，那古老的榕树，那湛蓝的海，那远海的白帆，都在夜的寂静里安息了。昆虫们也停止了讴吟。我仍然可以从叶丛里看到疏朗的月光，那树叶上充满了露珠，在月光里，像滚动着的蓝宝石。我会忆念着遥远的世界，和海那边的亲人，我不禁低吟起诗人的诗句："海上生明月，天涯共此时……"然后，我在月光里入梦。

海水温柔地拍着岩石，岩石也入梦了。

永恒的山

我是在农村中长大的，我的家就在万山丛中，青山环抱，小溪潆洄。可以说从幼小时代起，山就成了我的朋友，对山有一份熟悉的、亲切的情愫。

在家乡，四季是非常分明的，虽然山的容貌永不会改变，但是山的外表却是随着季节的变换而有着完全不同的风貌：

春天，整座山都变成了绿包，像是披上了一件绿色的新装。

在山间那些人家的四周，盛开着桃花、李花和各种颜色的花朵。山像是经过了一番脱胎换骨。变得年轻了似的，到处都充满了欣欣向荣的气息。

到夏天，山间的梯田和菜畦，长满了稻谷和农作物，山坡上麦浪起伏，玉蜀黍长得又高又大。青葱的树林也好像又长高一些了；整座山都鸟啼蛙鸣，一片喧哗。

秋天来了，山上的稻子、麦子、玉蜀黍都已经收获，空下来的土地种上了其他的杂粮，有的地方就让它空着。树林中，在一片青翠中，添上了一些黄叶，枫叶开始变红了。天空显得特别高朗晴明，湛蓝得不杂一丝其他的颜色。

冬天为山带来了萧瑟和寂寞，山坡上的农田大半都空着了，有的变成了水田；树木的叶子大都脱落了，只剩下了光秃秃的树枝树干，在呼呼的北风中抖擞着。只有围绕着人家的竹林，和山上的松柏，仍然是青翠的，挺立在寒风中，它们俯瞰着白色的霜雪、水田和池塘中的冰块，显得那么威武不屈。

山，不只是四季的外貌不同，在一朝一夕间，也有着不同面貌的。在朝霞暮霭的照耀下，在白云出没隐现中，在烟雨迷蒙的时候，随时都呈现着不同风光。在诗人的笔下，对这些描绘得太多了。虽然也有人写着："山中何所有？岭上多白云。"但是，在"云深不知处"的山中，却隐藏着无限的神秘奥妙，永远让好奇的人们去采访和追寻。

不过，这些外表上的改变，都无法改变山的永恒。山是人们不变的、永远忠实的朋友。它巍峨的全貌、一溪一涧，甚至一块无名的巨石，都是永远不变的。去年、今年甚至在若干年前或若干年后，它们依旧如昔，随时可以找到它们。

每次，当我在远行之后，回到家乡，我喜欢到山中去作长距离的散步，找寻记忆中旧时痕迹。我记起了幼小时在树木上刻下的名字，在大石块上刻下的图纹。虽然它们早被经年累月的时序变更而掩没了，或许是被杂草青苔掩盖了。但是当我偶尔找出一处之后，内心中有着像拾回遗失的心爱物品般的喜悦，也拾回了儿时无羁的岁月。尤其是有时候走迷了路，在荒芜的山径中，忽然从一块巨石、或是一棵大树，找出了儿时的记忆，更觉得有无限的高兴，有着如逢故人的欢欣。

在山中，小时候经常和堂兄弟或游伴们一起找寻香菇、野果和向往中虚无缥缈的宝藏。虽然大多数时候什么都找不到，但是小小的心灵却是十分充实的。又每一次雨后初晴时，常常结伴到山中，找寻新长成的菌菇，特别是可口而鲜嫩的松菌，每每都是满载而归的。

当我长大了以后，远离了家乡，经常过着城市中的小市民的生活，平凡庸碌地打发着日子。然后又是漂洋过海，远离家乡，让天风海雨，催生了白发，送走了一连串的岁月。我仍然怀念着小时候那一份无拘无束的、健康的生活。可是，我再也找不回那样的生活了。

心的复诉

我爱那口深深的井，它是清冽的醴泉，供我灌溉遍植绿荫的园地。即使我在摩天大厦或金粉楼阁，那些随时转动的冷热水器之前，还是多么迫切地渴念着它；纵有举世无双的佳酿，也不足比拟它的醇美。

我爱那依稀可闻，来自大地命脉悠缓潆荡的水韵，那沥过苍古磐石的灵穴，所聚至似有若无的玎琮。啊！深邃注入我耳中恒久回旋心坎的，是串串如珠永不止息的生之律动。

我每次用长长的绳索汲得满桶上来，都要用颤抖的手掬饮，那经过千万年崎岖长途，受尽地层酷热压成的清冽。它像山上的流泉，涉尽多少巨岳陡壁，重峦叠嶂，受尽多少阳炬的灼蒸提炼，和星月晶辉的含漱，才成为一脉清鲜的活水。因此，虽在寒霜纷降的季节，我也常常来到井畔，吸饮这奇特的甘芳滋味；让枯萎的心脾肺腑、肌肤，每一细胞都接受春天来到之前，严冬赋予我的抚育。

我爱那一盏初夏乍现，翩翩飞过我夜行荒野的萤火。它的千言万语，都在那青光闪烁之间，引领我跨越荆棘荒漠。哦！萤火，像高挂霄汉寒星所落的泪，相伴在我视线的尽头。纵然，我

508

或处身在十色霓虹、城开不夜的灯市，还是多么地渴望着它，惟它听到我心河弦索的摆渡。

一盏萤火，一颗寒星，只要缀在我竭尽所能张望得到的心境，不管我的脚步距离它还有多远，它是多么地乍灭乍明，就因它必然的存在，我便永不觉得夜长路遥！

我酷爱那一片鲜绿的草原，夏日仍碧里耀金，胜过彩缎丝锦。它使我宁静地躺下来，歇一歇脚；使我舒畅地掷下满身的忧苦；以泥土的芬芳与清凉，轻抚我心上所有坑洞。啊！你这片绿色草原。

枕于草原的头哟！何其柔静，不论世上什么琥珀、琉璃、玛瑙、珠玉、水晶、珊瑚镶成的金缕枕，或是韵致与典线俱感细微的藤枕，或是暑月的象牙簟席、冰蚕丝褥，都无从与它所予的媲美，只因它能散发生命的气息，使我在它青绿的脉搏，心灵得以复苏。

所有醇美的清味，都属于鲜的活的。它是自然，是无际的大地，无垠的苍穹，浩荡的大海。它是我所吸饮的最深的河流；它是怀着我，使我再生的力源；它所给我的欣喜，就像我在冬夜等过很久很久，伸着双手接到的一掬白得像火铸成的新雪！

小楼风景

霏霏的春雨止住之后，柠檬色的初夏便进驻小楼，所有门窗都流荡着翡翠般的音乐。穹苍是和风驶着云帆的舞台，每一风回篷转,阳台下的水杉,便都举起新枝欢迎。

我在小楼等待夏的脚步,谛听儿时出现早唱的蝉韵,或是夜半的蛙鼓。但一切依旧沉静,依然寂寥;只有挂在小室的那三幅玲珑风景,不论清醒的早晨,或茕独的深宵,都以艺术的美,为我洗刷沾染风霜灰尘的心的翅膀。

书案右边有一幅远看几乎只有蓝白两色的油画,它是幅叫《远望》的瑞士风光——一段白色沙滩,低低地衬托着庞大、蓝得出奇的神秘海洋,从沙滩中央,伸出一道细长的白色矶岬到海中,宛如一支天使的手臂,它伸向海,伸向天,招引朝它走来的人。是个风和日丽的午后吧?几个散步的人正步向矶岬的末端,而矶岬的两侧,都泊着三两好像绿色纤维所制的风帆,其中,还有一艘尚未挂帆的淡黄小舟,它们正闪动着风般的轻唤,等着人们作白昼的徜徉。

每次我看到这幅画时,心里便顿感无比的闲适恬静,流连在一种无为的情趣,仿佛,我又回到每个日午拿着画笔,穿梭在如入梦般的高楼大厦、市心地带,随意速写的闲适心情;我快乐地安享着西哲所说的:艺术起源于游戏和中国的"人莫乐于闲"的新境。

我以为所有纯粹的美的创作,都是来自一种无所为而为、心灵丝毫不被限制、绝对自由的时刻。然而,在现实生活里,长久保有那种恬和时刻,确属不易;因为我常会对某些世务的过分执著,轻率地失去心的清闲;但只有瞥见这幅画,心境才能很快地恢复平静安宁。

第二幅是我床头壁上的摄影名作,一轮浑圆红如胭脂的大落日,正燃烧在黑色草原的地平线上。一个小男孩的身影也是暗得与草原一样的黑。他右手挽着一个在晚风里打着节拍,将被收下来的风筝,奔向夕阳。

我想,不独古有追日的夸父,就像我还是个小女孩的时候,也和这画中人一样，也是个爱追夕阳的人。只是夕阳的脚步太快，任凭绕着地球怎样地跑，有谁能够与它结伴而行？只因它的光影映照任何物体，受光之物便变得生动，有光彩，而美得醉心！且看，那火烧云遍熏的天幕左角，一支收尾的风筝，朝向夕阳的那面，是多么嫣红灿亮，但另一面却是灰黑暗淡的。

每天我看着这幅落日的美景，就想到你在我心中所映照的金色光炬。纵然，你不是夕阳，你是中天的炎日，但我还是等着，几千百年黄昏后，我的灵魂还依然反映着这轮金红；一如风筝的那被照耀的一面。今夜，我叠好风筝为枕，在梦中谛听它遨游天空的消息，直到晨风吹到，好让它再为我重作逍遥飘逸的旅行。

小室的第三幅风景，是春牛泅水图，滔滔滚滚的长河，是经过漫长春雨所唱下来的巨歌，我随时都可听到，那四头大小略异的春牛，正用它们的捷蹄擂敲着河心的琴键。它们欣喜若狂地露出头和背部在水里奔驰，好像奏着从困顿中苏醒过来的第一支乐曲："泅水去！泅水去！让生命舒畅在滔滔滚滚的河水，饮取这滋长生命的欢愉。"仿佛河水也和奔驰的牛一起欢畅，而且唱得更响。

只因有了这三幅小小风景，我的小室仍旧与自然相连，我也能一如你所说的：安于艺术的寂寞。在较长的清静假期，我更勤奋地写着，就像在同一时刻，你也真挚地写一样。但在匆忙的日子，只要我一瞥这些小小景物，便得到清闲之趣，逍遥之乐，和春牛泅水般的欣喜，而对明天充满新鲜的希望！

宁静的时刻

五月的榴花已是火般的耀眼，番石榴的初果也满树轻吐清芳；我在阳台上又放了些瓜果，那是为鸟雀所预备的小小礼物；因为在南风吟哦凉爽的日子，总有些鸟群翔飞窗前。

在这宁静的周末，我埋头读着你的书，这也是我从劳碌的生活里，唯一能用来自由思想或尽情作心灵憩息的时刻。而这一小方丈，便是梭罗那幽远清新的华尔顿湖滨；我随着你的笔尖索引，去读自然，去读心所向往的一个人性的自由象征。这时，虽已是阳光稀薄的中午，但我的感觉却无异于身处晨曦灿烂的清爽，也正是梭罗所说的："诗与艺术，以及最美好、最值得记忆的人类行动，都始于这个时刻。"诚然！确是一种宁静中跃动着新机的时刻。

几天来，总有一两只不知名的善唱的鸟，飞翔在对面高楼的瓜棚顶上，并且常常对准我的窗口鸣唱，那串串旋律像画眉精于抒情的花腔，但羽毛是深蓝色的，蓝得使它们展翅扑翔时，便抖落更多诗的神秘。

每次，我从你的书上抬头，它们就发出嘹亮的鸣声，像见深谷拨云的月色，使它们惊觉在我的目光里，比起那种水晶珠球互挤暴出的音响，更清脆玲珑。有时，听来也很似人声，声声呼唤着我的名字似的！因此，我的整季夏日，虽身处都市，竟享有栖泊水畔的鸟语花香、果芳的喜悦。

512

梭罗真的能看透大多数的人，都在物质的罗网里，作毫无意义的挣扎，而他认为最大的财富，就是生命本身和按照自己所喜欢的方式而且活得自由；他才不断地为唤醒沉睡中的心灵，促成人性的复活而写，对了！就像一只甲虫由木头里化生而出的隐喻，展现人类生命的不朽与复活的象征。它鼓励人们充满再生的希望。像甲虫一样咬破一层层社会的"木头"，争取自由，享受清爽宜人的新生活。

就这样，在我神游山谷水滨之间，黄昏的脚步已渐临近；而那些善唱的鸟还未归去，檐下的雀群还是那么喧哗，似乎怎样扑跃，都无法抖尽它们每个小小胸膛所爆满的快乐。记得有一个清晨，我在上班途中捡到一个小银铃，放到耳边摇动，它就发出清美如诉的悦耳声音，我好高兴，顿时所有因挤车披上的疲惫，一尽从身上脱落，而枯燥乏味的路程，也镀上银铃响亮的音色，沿途就像繁花在脚前灿开一般。

银铃只是偶然在泥淤路上捡到的，惟它已为我带来一个特殊的惊喜；铃，铃……一滴滴是掉入我心底的蜜汁，正如在这世态炎凉的人间，一个落魄的人，在踉跄的步伐间，蓦然出现似在夏日才能得见的一树巨荫的欣忻。

也许，我是卡夫卡笔下《蜕变》中的那只甲虫，蜷僚在荒凉遗世的斗室，而你是一只纵横天地的大鹏，是一只一腾几万里的巨鲲，但你竟向我没有日影的窗口探问，于是，使我记得还有广阔的世界，无尽的蓝天，洗涤灵魂的阳炬，漂白心膛的月色，斑斓照泪的星辉，和流笑醺彩的虹。就因你给我的力量，我要用心觉的视力，拘住你奋斗的历程行迹；我希望从一片落叶里复活——哦！先化尘土，埋在长期孕育生机的春泥中，受所有的养分，倾力凝集在一粒等待萌芽的种子；于是，突破自己，冲出地面，让生命以新鲜的姿态，重新再活一次……

而今，土壤里还正酝酿着生命的芳香，但我是怕自己耐不住这漫长辛楚的成长，于是，遂把那个捡到的小小银铃，和几片晶莹的玻璃条，扎成一个专为感谢而制的风铃，挂它在风畅云流的窗下，伴我长读。

银铃叮铃铃的清韵，声声穿过我的发梢，为这宁静又喜悦的周末淌着轻笑。然而，我依旧埋头在你的书里，仿如一粒小小种子正埋于春泥之中。

我是杜鹃

我的花道，盛开在一阵裂冰的熏风把我死去的生命唤回的春日。

只要我回首凝睇，就可看到那迤逦如提琴弦乐的线条，那是我向着人们报春啼痕的航路，也是我一声一呕血飞行的过程。那上面已辅密一个音符一摊血所绽的心花，装饰着这圣洁之春的天坛。

现在，我所瞻仰的那巨大的山岳，虽已遥遥在望，而中间的里程，却是用我所有的岁月，也很难走到的，并且视野所及，途上遍多的是乱石和荆棘，何况还有春雨的淅沥苦寒。但是，我仍要在这片春泥里开过去，让呕血的心花，辟成一条极璀璨的花道，任凭人们踩踏过去，去朝往那座春山的巡礼。

哦！杜鹃的芳魂呵！你的前头，没有香车，白纱，没有教堂的地毯、烛光，没有温馨的家屋，没有金玉满堂的畅怀欢笑，更没有桂冠和掌声，以及光耀晚景的希望。只有年年努力地开，花开花谢，频报着内涵的欣悦，而重复地唱着：

"你之所愿，我将赴汤蹈火以求之，

你所不愿，我将赴汤蹈火以避之！"

而这啼声的航道，便构成了生动的春的花径。

杜鹃的爱是绝望中永不倦乏的希望，爱是母体，是产生生命和创作的力源。它无须花前月下、良辰美景，无须手牵手的肌肤之亲，它不是上馆子和坐电影院，更不是郎才女貌，以条件换条件的契约。它是灵魂与灵魂的汇合，理想与理想的一致。

杜鹃纵然是春鸟，杜鹃纵然是春花，但不只是泣血和锥心的凄美。

你要我像一粒麦子埋入泥土，好让它有千万倍的丰收。

你要我打破这小小躯壳，爆出一朵小小光炬，带到爱人类，甚至爱仇敌的大天地去，去爱一些没有人爱而痛苦的人。

你使我看到更广阔的世界，使我懂得为人群服务而生，使我能义无反顾地愿献身捐躯，只为忠爱祖国。

我是杜鹃，白云是我披风而过的头纱，忙碌的蜂蝶，正频报着我心蕊为你酿造着香蜜的春酒。我曾经寻觅，却徒劳失迷半个世纪，将缤纷的花，和美的乐声，让它开在那些阴暗的沟渠。然而，天隅终于出现一颗永不变成陨石的不堕星，啊！那是美好的"明亮的生命"！

"明亮的生命"，是夜夜照耀杜鹃啼痕的星辰！

开，开，开……以春之热力，锥心地怒放，用我歌声所凝固的血液，绽放吧！我要一路地开，开成一条庄严壮丽无比的大花道，通往那座让我仰首飞去、开去、撒满金炬的山林。

月 桂 与 我

我不知该怎么述说那株日夜飘香的奇树，那株仿如一只长着金丝羽翼的凤凰——栖息在我小院的月桂。

它是从旧居移植过来才显得格外苍茂的；也许桂树是知情的灵木，不负栽种的手为它掏土弄破指头的痛楚和淋淋汗珠，就一直尽情地迸放那无以数计的小小金眼睛，秋水般地倾注在徐徐的清风里，以缥缈的香息，逡巡着我长年掩扉守绌的小院。

除非偶尔我的弦乐——那些灵河激荡的玲琤，与它的香道相汇，每个音符也被它一穗穗密集的小金眼溜得金黄；窗外掀起阵阵神话里的"金急雨"的时候之外，月桂于我的晨夕，只是一种沉默的存在。它不在乎我只用匆忙的脚步经过，从不停留或回盼一眼，仍然四季含香吐芬，做着悠悠寂寞的自我放逐姿态，像阳关的芳草，伸向远道的相思；像望乡的鸣禽，鼓着风霜之翅，唱着朝曦，又吟哦月色；超越了人世间无常幻变的诸相。

然而，匆忙的我，还是把它忽略了！

直到了那个月辉似雪的清夜，我做完一天的工作，也听过贝多芬的《D大调小提琴协奏曲》，又复习了庄周的《逍遥游》和达摩神异的偈，并且一再地欣赏支遁的醇美文释，然后，点数檐外众星，望着满月西移，辗转中宵；但就是全无睡意。突然，我想起楼下那株手栽的桂树，记得听人说过：桂花在月夜绽蕾最香。于是，蹑足奔到那犹如梦境的夜的小庭。

我真的没料到扑鼻而来的，就像一阵柔软的金色"香雨"，以千万朵有光无热的香炬，抚触着我的脸和我赤裸的脚手；我立刻觉得进入一个清净无尘的禅观。

所有空间都是桂香的流域，薰得连那些叶子透过月光也似经过熔银之火，已炼得纯绿透明。这时的小院，正是一口万念沉淀、淹博的深井，涌着静里听得出韵律的泉流。

我惊喜见到这种夜的奇观，站在树下，已浑忘白天所有的挫折、苦恼、威胁、打击，心里竟然休闲起来。只觉得：如果我是那北飞的鹔鹴，在辽阔的旅途，这儿便是我下宿的桐荫；这片桂香，便是滋养我的醴泉与竹实。如果我是一匹疲乏的马，在这时刻，已经不须再用万里驮负的蹄，去践踏霜雪了；也不再骈死于槽枥之间，或与草莽零落的哀伤而唏嘘。

顿时，我变得舒适自得，仿佛颈下已长起一排可御风寒的软毛，我就坐在桂树下，一如马在原野，"龁草饮水，翘足而陆"的惬意。

于是，我的幻想展开了，无以羁勒的思维，在一片蔚蓝为宇、玉石补地、云霞筑墙的天地飞驰。借这不眠之夜，编故事，想着那些远古的传说……有妄想要射尽金鸟的后羿，或骑青鲤的琴高，飞鲸遨游的太白……在想象与创作之间，我无忧无挂地，好不快乐。

当我举头望月时，那如明镜的世界，虽然出现依稀的一抹阴影，但爱诗的中国人，早就用旷世的智慧说过：那正是一株可编桂冠的月桂，有一个叫吴刚的莽汉，要砍伐它，只是不能如愿。可是那伞形的树影和它缥缈的传奇，却已世世代代似水雕、如石镂地镂在人们酣眠与梦境的边界了。

自从那个夜半，桂香给我的渐渐变成一种最沉静的清醒。我常在树下，谛听天外的微音，像个夜钓的人，把我的纶索垂向黎明，作着灵海的深钓；而那纶索又细得像抽不尽的蚕丝，还响着心的甜蜜颤韵，是未死的春蚕吐的。

曾几何时，我对月桂之夜的玄想，竟变成一种上了瘾的赏心乐事了。每个烟雾的早晨，也是快活的；我背着行囊踏上一日的征程，纵然离别的路像愈走愈远，眼睛和路面的距离，也感到越来越近。但柔软的黄昏，我又回到小小院落，不禁又为可拥有一个抱朴归真的夜，觉得心体飞扬；只因有那株挺拔着枝丫、沉静飘香的月桂，能使我安于它荫下，把纶抛向新的曙光，作灵海的深钓啊！

● 梁实秋

晒书记

《世说新语》："郝隆七月七日，出日中仰卧，人问其故，曰：'我晒书。'"

我曾想，这位郝先生直挺挺地躺在七月的骄阳之下，晒得浑身滚烫，两眼冒金星，所为何来？他当然不是在作日光浴，书上没有说他脱光了身子。他本不是刘伶那样的裸体主义者。我想他是故作惊人之状，好引起"人问其故"，他好说出他的那一句惊人之语"我晒书"。如果旁人视若无睹，见怪不怪，这位郝先生也只好站起来拍拍衣服上的灰尘而去。郝先生的意思只是要向侪辈夸示他的肚里全是书。书既装在肚里，其实就不必晒。

不过我还是很羡慕郝先生之能把书藏在肚里，至少没有晒书的麻烦。我很爱书，但不一定是爱读书。数十年来，书也收藏了一点，可是并没有能尽量地收藏到肚里去。到如今，腹笥还是很俭。所以读到《世说新语》这一则，便有一点惭愧。

先严在世的时候，每次出门回来必定买回一包包的书籍。他喜欢研究的主要是小学，旁及于金石之学，积年累月，收集渐多。我少时无形中亦感染了这个嗜好，见有合意的书即欲购来而后快。限于资力学力，当然谈不到什么藏书的规模。不过汗牛充

519

栋的情形却是体会到了，搬书要爬梯子，晒一次书要出许多汗，只是出汗的是人，不是牛。每晒一次书，全家老小都累得气咻咻然，真是天翻地覆的一件大事。见有衣鱼蛀蚀，先严必定蹙额太息，感慨地说："有书不读，叫蠹鱼去吃也罢。"刻了一颗小印，曰"饱蠹楼"，藏书所以饱蠹而已。我心里很难过，家有藏书而用以饱蠹，子女不肖，贻先人羞。

丧乱以来，所有的藏书都弃置在家乡，起先还叮嘱家人要按时晒书，后来音信断绝也就无法顾到了。仓皇南下之日，我只带了一箱书籍，辗转播迁，历尽艰苦。曾穷三年之力搜购杜诗六十余种版本，因体积过大亦留在大陆。从此不敢再作藏书之想。此间炎热，好像蠹鱼繁殖特快，随身带来的一些书籍竟被蛀蚀得体无完肤，情况之烈前所未有。日前放晴，运到阶前展晒，不禁想起从前在家乡晒书，往事历历，如在目前。南渡诸贤，新亭对泣，联想当时确有不得不然的道理在。我正在佝偻着背，一册册地拂拭，有客适适然来，看见阶上阶下五色缤纷的群籍杂陈，再看到书上蛀蚀透背的惨状，对我发出轻微的嘲笑道："读书人竟放任蠹虫猖狂乃尔。"我回答说："书有未曾经我读，还需拿出曝晒，正有愧于郝隆；但是造物小儿对于人的身心之蛀蚀，年复一年，日益加深，使人意气消沉，使人形销骨毁，其惨烈恐有甚于蠹鱼之蛀书本者。人生贵适意，蠹鱼求一饱，两俱相忘，何必戚戚？"客嘿然退。乃收拾残卷，拖入室内。而内心激动，久久不平，想起饱蠹楼前趋庭之日，自惭老大，深愧未学，忧思百结，不得了脱，夜深人静，爰濡笔为之记。

送 礼

　　原始民族出猎，有所获，必定把猎物割裂，加以燔熏，分赠族人。在送者方面，我想一定是满面春光，没有任何偷偷摸摸躲躲闪闪的神情。出狩大吉，当然需要大家共享其乐。在受者方面，我想也一定是春光满面，不要什么伪谦辞让的手续。叨在族谊，却之不恭。双方光明磊落，而且是自然之至。倒是人类文明进步之后，弊端丛生，然后才有"礼尚往来，来而不往非礼也"这样的理论出现。这理论究竟不错，旨在安定社会，防止纠纷。但是近代社会过于复杂，有时因送礼而形成很尴尬的局面。

　　寒斋萧索，与人少有往还，逢年过节，但见红红绿绿大包小笼衮衮过门而不入，所谓厚贶遥颁之事实在是很难得的。有一年，端阳前数日，猛然有人把礼物送上门来，附着一张名片，上写"菲仪四色，务求赏收。"送礼人问清这是"梁寓"之后便不由分说跨上铁马绝尘而去。我午睡方醒，待要追问来人，其人早已杳不可寻。细查名片上姓名，则素不相识。检视内容，皆是食品，并无夹层隐藏任何违碍之物。心想也许是门生故旧，恤老怜贫，但是再想现已进入原子时代，这类事毋乃"时代错误"？再说，既承馈贻，曷不进门小憩，班荆道故？左思右想，不得要领，送警报案，似是小题大做。转送劳军，又好像是慷他人之慨。无功受禄，又恐伤廉。结果是原封不动，庋藏高阁，希望其人能惠然返来，物归原主。事隔数日，一部分食物已经霉腐，暴殄天物，可惜之至！从此我逢人便问可有谁认识此公？终归人海茫茫，渺无踪迹。

转瞬到了中秋，节约之声又复盈耳，此公于家人外出之际又送来一份礼物，分量较前次加了一番，八角形的月饼直径在一尺以上，堆在桌上灿烂夺目。我当时的心情，犹如在门内发现了一具弃婴。弃婴犹可找个去处，这一大堆食品可怎样安排？过去有人送过我几匣月饼，打开一看，黑压压一片，万头攒动，全是蚂蚁。也有人送过自制的精品年糕，里面除了核仁瓜子之外还有无数条白胖的肉蛆，活泼乱跳。这直径一尺开外的大月饼其结局还不是同样的喂蚂蚁肉蛆！但是我开始恐惧了，此公一再宠锡有加，猪喂肥了没有不宰的，难道他屡施小惠，存心有一天要我感恩图报驰驱效死吗？惶悚之余，我全家戒严了，以后无论什么人前来送礼，一定要暂加扣留，验明正身，问清底细，否则决不放行。王密夜怀金十斤送给杨震说："暮夜无知者。"杨震回答说："天知，神知，我知，子知，何谓无知？"我则连四知都说不上，子是谁，我不知道，我是谁，恐怕你也不清楚。这样糊里糊涂下去，天神也要不容许了。

不久，年关届临，此公又施施然来。这一回，说好说歹，把他延进玄关，我仔细打量他一下，一人多高，貌似忠厚，衣履俱全，而打躬作揖，礼貌特别周到，他带来的礼物比上次又多了，成几何级数的进展，"官不打送礼的"，我非官，焉敢打人，我只是诘问：

"我不认识你，你屡次三番地送东西来，是有何意？"

他的嘴唇有点发抖，勉强把脸上的筋肉作弄成为一个笑容，说：

"一点小意思，不成敬意。你帮了我这样多忙！"

"我帮了你什么忙？你知道我是谁吗？"

"你不是梁先生吗？"

我不能不承认说："是呀。"

"那就对啦！我们行里的事，要不是梁先生在局里替我们做主，那是不得了的。"

"什么局？"

"××局。"

"哎呀！我从来没有在××局做过事。你大概搞错了吧？"

"没有错，没有错，梁先生是住在这一条街上，虽然我不知道他的门牌号数。"

我于是告诉他，一条街上很可能有两个以上的姓梁的人。我们姓梁的，自周平王之子封南梁以来，迄今二千七百多年，历代繁衍，一条街上有一个以上的姓梁的也不是不可能的事。前两次的礼物事实已经收下，抱歉之极，这一次无论如何也不敢当，敬请原物带回，并且以后也不敢再劳驾了。

此人闻悉，登时变色，"怔营惶怖，靡知厝身"，急忙携起礼物仓皇狼狈而去。连呼："对不起，对不起！"其怪遂绝。

拜　年

拜年不知始自何时。明田汝成《熙朝乐事》："正月元旦，夙与盥嗽，啖黍糕，谓年年糕，家长少毕拜，姻友投笺互拜，谓拜年。"拜年不会始自明时，不过也不会早，如果早已相习成风，也就不值得特为一记了。尤其是务农人家，到了岁除之时，比较清闲，一年辛苦，透一口气，这时节酒也酿好了，腊肉也腌透了，家祭蒸尝之余，长少毕拜，所谓"新岁为人情所重"，大概是自古已然的了。不过演变到姻友投笺互拜，那就是另一回事了。

回忆幼时，过年是很令人心跳的事。平素轻易得不到的享乐与放纵，在这短短几天都能集中实现。但是美中不足，最煞风景的莫过于拜年一事。自己辈分低，见了任何人都只有磕头的份。而纯洁的孩提，心里实在纳闷，为什么要在人家面前匍匐到"头着地"的地步。那时节拜年是以向亲友长辈拜年为限。这份差事为人子弟的是无法推脱的，我只好硬着头皮穿上马褂缎靴，跨上轿车，按照车子登门去拜年。有些人家"挡驾"，我认为这最知趣；有些人家迎你升堂入室，受你一拜，然后给你一盏甜茶，扯几句淡话，礼毕而退；有些人家把你让到正厅，内中阒无一人，任你跪在红毡子上朝上磕头，活见鬼！如是者总要跑上三两天。见人就磕头，原是处世妙方，可惜那时不甚了了。

后来年纪渐长，长我一辈两辈的人都很合理地凋谢了，于是每逢过年便不复为拜年一事所苦。自己吃过的苦，也无意再加在自己的儿子身上去。阳春雪霁，携妻室儿女去挤厂甸，冻得手脚发僵，买些琉璃喇叭大糖葫芦，比起奉命拜年到处作磕头虫，岂不有趣得多？

几十年来我已不知拜年为何物。初到台湾时，大家都是惊魂甫定，谈不到年，更谈不到拜年。最近几年来，情形渐渐不对了，大家忽地一窝蜂拜起年来了。天天见面的朋友也相拜年，下属给长官拜年，邻居给邻居拜年。初一那天，我居住的陋巷真正的途为之塞，交通断绝一二小时。每个人咧着大嘴，拱拱手，说声"恭喜发财"，也不知喜从何处来，财从何处发，如痴如狂，满大街小巷的行尸走肉。一位天主教的神父，见了我也拱起手说"恭喜发财"，出家人尚如此，在家人复有何说？大家好像是完全忘记了现在是战时，完全忘记了现在戒严法总动员法都还有效，竞欢喜忘形，创造出这种形式的拜年把戏。我说这是创造，因为这不合古法，也不合西法，而且也不合情理，完全的胡闹。

胡闹而成了风气，想改正便不容易。有一位不肯随波逐流的人，元旦之晨犹拥被高卧，但是禁不住家人催促，只好强勉出门，未能免俗。心里忽然一动，与其游朱门，不如趋蓬户，别人锦上添花，我偏雪中送炭，于是他不去拜上司，反而去拜下属。于是进陋巷，款柴扉，来应门的是一个三尺童子，大概从来没见有这样的人来拜年过，小孩子亦受宠若惊，回头就跑，正好触到一块绊脚石，跌了一跤，脑袋掸在石阶上，鲜血直喷。拜年者和被拜年者慌作一团，送医院急救，一场血光之灾结束了一场拜年的闹剧，可见顺逆之势不可强勉。要拜年还是到很多人都去拜年的地方去拜。

拜年者使得人家门庭若市，对于主人也构成威胁。我看见有人在门前张贴告示："全家出游，恭贺新禧！"有时亦不能收阻之效，有些客人便闯进去，则室内高朋满座，香烟缭绕，一桌子的糖果，一地的瓜子皮。使得投笺拜年者反倒显着生分了。在这种场合，剥两只干桂圆，喝几口茶水，也就可以起身，不必一定要像以物出物的楔子，等待下一批客人来把你生顶出去。拜年虽非普通日子访客可比，究竟仍以给人留下吃饭睡觉的时间为宜。

有人向我说："你别自以为众醉独醒，大家的见识是差不多的，谁愿意把两腿弄得清酸，整天价在街上狼奔豕窜？还不是闷得发慌？到了新正，荒斋之内举目皆非，想想家乡不堪闻问，瞻望将来则有的说有望，有的说无望，有的心里无望而嘴巴里却说有望，望，望，望，我们望了十多年了，以后不知还要再望多久。人是血肉做的，一生有几个十多年？过年放假，家中闲坐，闷得发慌，会要得病的，所以这才追随大家之后，街上跑跑，串串门子，不为无益之事，何以遣有涯之生？谁还真个要给谁拜年？拜年？想得好！兴奋之后便是麻痹，难得大家兴奋一下。"

这样说来，拜年岂不是成了一种"苦闷的象征"？

门　铃

居住的地方不该砌起围墙。既然砌了墙，不该留一个出入的门口。既然留了门口，不该安上一个门铃。因为门铃带来许多烦恼。

门铃非奢侈品，前后左右的邻居皆有之。而且巧得很，所装门铃大概都是属于一个类型，发出哑哑的沙沙的声音。一声铃响，就要心惊，以为有什么人的高轩莅止，需要仔细地倾耳辨别，究竟是人家的铃响，还是自己的铃响，一方面怕开门太迟慢待嘉宾，一方面怕一场误会徒劳往返，然而必须等待第二声甚至第三声铃响，才能确实分辨出来。往往因此而惹得来人不耐烦，面有愠色。于是我把门铃拆去，换装了一个声音与众不同的铃。铃一响，就去开门，真正的是如响斯应。

实际上不能如响斯应。寒舍虽非深宅大院，但是没有应门三尺之僮，必须自理门户，由起居之处走到门口也还有一点空间，空间即时间，有时还要脱鞋换鞋，倒屣是不可能的，所以其间要有一点耽搁。新的门铃响声相当洪亮，不但主人不会充耳不闻，客人自己也听得清清楚楚。很少客人愿意在门外多停留几秒钟，总是希望主人用超音速的步伐前来应门。尤其是送信的人，常常是迫不及待，按起门铃如鸣警报，一声比一声急。有时候沿门求乞的人，也充分地利用这一设备，而且是理直气壮地大模大样地

526

按铃。卖广柑的，修理棕绷竹椅的，打滴滴涕的，推销酱油的，推销牛奶的，传教的洋人及准洋人，都有权利按铃，而且常是在最令人感觉不方便的时候来使劲地按铃。铃声无论怎样悦耳，总是给人以不悦快的预兆为多。

铃是为人安的，不拘什么人都可以按，主人有应声开门的义务，没有不去开门的权利。开门之后，一个鸠首鹄面的人手里拿着烂糟糟的一本捐册，缘起写得十分凄惨，有"舍弟江南死，家兄塞北亡"的意味，外加还有什么证明文件之类。遇到这种场面，除了敬谨捐献之外，夫复何言？然而这不是最伤脑筋的事，尤有甚于此者。多半是在午睡方酣之际，一声铃响，令人怵然以惊，赶紧披衣起身施施然出，开门四望，阒无一人。只觉阴风扑面，令人打一个冷战。一条夹着尾巴的野狗斜着眼睛瞟我一下匆匆过去，一个不信鬼的人遇见这样情形也要觉得心头栗栗。这种怪事时常发生，久之我才知道这乃是一些小朋友们的户外游戏之一种，"打了就跑"。你在四向张望的时候，他也许是藏在一个墙角正在窃窃冷笑。

有些人大概是有奇怪的收藏癖，喜欢收集各式各样的电铃的盖子，否则为什么门口的电铃上的盖子常常不翼而飞呢？这种盖子是没有什么其他的用场的，不值得窃取，只能像集邮一般地满足一种收藏的癖好。但是这癖好却建筑在别人的烦恼上。没有把你的大门摘走，已是取不伤廉，还怨的是什么？感谢工业的伟大的进步，有一种电铃没有凸出的圆盖了，钉在墙上平糊糊的只露出滑不溜丢的一个小尖头在外面供你按，但不能一把抓。

按照我国固有文明，拉铃和电铃一样有用，而烦恼较少。《江南余载》有这样的一条："陈雍家置大铃，署其旁曰：'无钱雇仆，客至请挽之。'"今之拉铃，即其遗风。这样的拉铃简单朴素，既无虞被人采集而去，亦不致被视为户外游戏的用具。而且，既非电化器材，不怕停电。从前我家里的门铃就是这样的，

527

记得是在我的祖父去世的那年，出殡时狮子"松活"的头下系着的几个大铜铃，扎在一起累累然挂在屋檐下，作为门铃用，挽拉哗啷哗啷地乱响，声势浩大。自从改装了电铃，就一直烦恼，直到于今。

这一切烦恼皆是城市生活环境使然。如果是野堂山居，必定门可罗雀，偶然有长者车辙，隔着柴扉即可望见颜色，"门前剥啄定佳客，檐外羼颜皆好山"，那是什么情景！

● 韩少功

然　后

　　朋友莫应丰患癌症住在医院时，我曾赴长沙看他。当时他身体膨大，已脱原形，脑门上还有医院用来标记放疗位置的几处紫红色线痕，森然割裂了他的笑容——更显得陌生。他已不能说话。往事历历与感慨种种，竟只能在哑默的目光对视中流逝，在我们相互握紧的双手中抚碾成虚无。

　　他一直拒绝承认自己身患癌症，实际上已病入膏肓，大限迫近，他妻子告诉我们，他脑子已有障碍，被人搀扶着走路，总是不自觉并执拗地连连向左转去，似乎寻找遗落在左方的什么东西。而另一异兆是，他时常昏昏然目注上空，喃喃自语，好几次冒出一句疑问："然后呢？……然后呢……"

　　然后什么？

　　逝者如川，然而有后，万物皆有盈虚，唯时间永无穷尽，莫应丰是惊恐于此吗？岁月茫茫，众多"然后"哪堪清理，他在搜寻什么？在疑问什么？一生中最后的目光停落在记忆中的哪一年哪一日？

　　当年以"地下文学"抗争极左暴政，终于获大奖步高位好评如潮从者如簇的莫应丰，声宏气旺，挺胸昂首，固一世之雄也。如今困锁病床，变在瞬息，恐怕也是他及朋友们都未曾料及的。他患病的消息传到海南时，我在省政府大门口遇到张新奇、贺梦凡等熟人，无不闻讯而失色，久久掩面泣于街市。其时初建特区，在人头熙熙谋官攘攘赴利之人海中，朋友们也大多为生计而奔忙，匆匆的日子里终究还有泪的珠光，总算使人还感念到人世的温润。

莫应丰与我初识时，一辆破旧踏车，常常在年轻得多的朋友中混。好聊天，有时聊得太晚了，年轻人都感精力不支，他却毫无倦容，常常会忍无可忍地揪耳朵，把瞌睡者一一揪醒，责令大家陪着他继续聊。作为犒劳，他会翻找出一些残菜剩酒，亲自把炊，为朋友们服务，并领受关于他饮食趣味低俗不堪的指责。

好些年轻作者爱与他接近，重要的原因是他热心助人，从不忌才。谁有了创作构想，他会真诚地为你参谋，完善布局，推荐发表，冗长式的忙碌中包括他对疏懒者不断的警训和号召。至于对他的创作，年轻人也可以随心所欲地批判和嘲讽，初识他的何立伟，就曾将他自鸣得意的二篇论文指教得一塌糊涂，让旁人暗暗捏了一把冷汗，而莫应丰仍然笑呵呵的，仍然频频点头。他爱笑，任何人都可从他那气出丹田的朗朗大笑中，感受到一种坦荡和纯厚，一种安全。在如今非男非女鬼鬼祟祟太多的文坛，仅此一条，大概也足以让人们忘记莫应丰的种种其他弱点了。

他写得很多很快，像很多新时期的作家一样，大多文章是为改革开放的急务和时用而作，而他们的抱负，往往也从未局限在文章之内。很自然，由文学而仕宦，中国文士的传统人生轨迹，也轻易限定了莫应丰后来的日子。我们很难遗憾于他没有像闻一多、朱自清、钱钟书等那样终身与书册为伍，那不仅需要淡泊的生活趣味，还需要丰厚的学识蕴积，其活法并非一般文人所能随便选择的。仕与不仕，皆因人而异，因环境而异。

莫应丰后来当官了。到职的前夕，他在一位朋友狭小的陋室

530

里踌躇满志，并郑重拜托大家：将来如果我僵化了腐败了，你们一定要不客气地骂我，不要丢下我不管呵！

我们也很高兴。我们似乎也相信，某种旧体制乃至人类的全部弱点，是不难被三两个改革家征服的。

他就这样离我远去了。

然后呢？一晃几年，他领导的机关似乎没有多少令人欢欣鼓舞的事情。有人说他官做得很好，有人说他的官做得很不好。很确定一点是，他被众多的会议苦恼着，有时迟到，有时早退，有时在首长眼皮下瞌睡，甚至呼呼喷出酒气。

而时光，一晃就几年过去了。

他越来越嗜酒。旅行包里总有装备齐全的酒具，入夜总是四处寻捕酒友。据说有一次实在没找到，便站在家门口向路上的某陌生汉子使劲招手，请陌生汉子入家来喝酒，弄得对方疑疑惑惑的。

他有太多的苦恼需要用酒来浇洗吗？他难道不知道，对于一颗总想特立独行的心灵来说，为官就是牺牲就是苦恼，而且从来如此于今为甚吗？其实，岂止是当官，就是发财、出洋、归隐、恋爱、堕落、行善、当革命党等等，这些活计干长久了，要干得滋味无穷却颇不容易。倘若不把过程看得比目的更重要，倘若没有在过程中感受到辛劳的愉悦，那么，欲望满足了便会乏味，目标达到了便会茫然，任何成功者都难免在通向未来一片空白的"然后"二字前骇然心惊。

莫应丰终究是男子汉，终于再次向命运挑战。他说他不准备再当官了，要回到平民的生活。1988年春，我迁居海南后，他也来到海南筹办农场。不再有香车宝马和前呼后拥，他自己买票登上火车，没有卧铺乃至座位，就挤在汗臭浓烈的民工堆中从长沙一直站到广州。到广州后感冒发烧，在招待所里形单影只，便自己买来两斤绿豆熬成稀粥度日。

他戒了烟也基本上戒了酒，到朋友家吃饭，满满一桌菜他什么也不尝，只想喝点稀饭。他说他天天开始写日记了，要重新做人了。

他说他来海南之后，要把老爹接到长沙去住新房子。假如我们去长沙时他不在，只要我们去敲门，叫声"莫爹，我们是应丰的朋友"，莫爹就会照顾我们食宿，一切都无问题。

他刚刚为一件什么事被朋友叶蔚林训了一通，但他嘱咐我们："老叶年纪比你们大，要是你们有了钱，要分一些给他用呵。你们在这里，要好好照顾他。"

他办事不再张扬，甚至不多话，决不麻烦别人。成天骑一辆旧脚踏车独自在烈日下奔波，回来就在简陋的食堂里默默就餐。而就在这个时候，癌细胞正在他的身体内部静悄悄生长，玫瑰花一般开放。

一位朋友去找他，敲门无人应。第二天再去，仍是如此。直到服务员来开门打扫卫生，才发现他病卧床上已有3天，唇白，面黑，毯子滑落在地上。他说他听见了敲门声的，也明白是谁来了，只是无力答应罢了。

他就这样匆匆开始并匆匆结束了他的农场梦。命运是如此残酷，在他以放弃全部威权和舒适为代价，准备重新生活的时刻，竟轻易地将他逐出了人生赛场。就不能再给他一次机会吗？——不过是如此普通而廉价的机会！

命运也是如此仁慈，竟在他生命的最后一程，仍赐给他勇气和纯真的理想，给了他男子汉的证明。使他一生的句点，不是风烛残年，不是脑满肠肥和耳聋目昏，而是起跑线上的雄姿英发，爆出最后的辉煌。

夜雨对床应有时

这是莫应丰在癌病房里托人捎给我们几位朋友的苏诗摘句，算是他最后的叮嘱。是的，他还应该有机会与我们对床长谈的，也许在他创办的农场里，在某间茅舍中，听芭蕉夜雨，听柳涛呼啸……他爱喝的酒，我们还准备着。

我刚认识他的时候，是他请我这个小青年喝茅台酒，那时这种酒还极贵极稀罕。他最后离开海南之前，我拿出一瓶藏了很久的茅台酒请他喝。我家里很少有酒，那也是第一次有茅台酒待客。我有一种莫名的惶惧：难道是冥冥之上天那时已暗示了他的归期，着意让我以一瓶茅台来还清一切，了结一切么？

不，不要这样，不能这样。

生者仍在忙碌，仍在走向一个又一个无可逃避的"然后"，而莫应丰已经去了，一去已逾两年。

一怀愁绪，几年离索。

莫，莫，莫。

● 梁晓声

母亲，我不识字的文学导师

一九四九年九月二十二日，我出生在哈尔滨市安平街一个人家众多的大院里。我的家是一间半低矮的苏联房屋。邻院是苏联侨民的教堂，经常举行各种宗教仪式。我从小听惯了教堂的钟声。

父亲目不识丁。祖父也目不识丁。原籍山东省荣成县温泉寨村。上溯十八代乃至二十八代三十八代，尽是文盲，尽是穷苦农民。

父亲十几岁时，被生活所逼迫，随村人"闯关东"来到了哈尔滨。

他是我们家族史上的第一个工人。建筑工人。他转折了我们这一梁姓家族的成分。我在小说《父亲》中，用两万余纪实性的文字，为他这一个中国的农民出身的"工人阶级"立了篇小传。从转折的意义讲，他是我们家族史上的一座碑。

父亲对我走上文学道路从未施加过任何有益的影响。不仅因为他是文盲，也因为从一九五六年起，我七岁的时候，他便离开哈尔滨市建设大西北去了。从此每隔两三年他才回家与我们团聚一次。我下乡以后，与父亲团聚一次更不易了。在我的记忆中，

534

父亲是反对我们几个孩子"看闲书"的。父亲常因母亲给我们钱买"闲书"而对母亲大发其火。家里穷，父亲一个人挣钱养家糊口，也真难为他。每一分钱都是他用汗水换来的。父亲的工资仅够勉强维持一个家庭最低水平的生活。

母亲也是文盲。但母亲与父亲不一样，父亲是个崇尚力气的文盲，母亲是个崇尚文化的文盲。对我们几个孩子寄托的希望也便截然对立，父亲希望我们将来都能靠力气吃饭，母亲希望我们将来都能成为靠文化自立于社会的人。希望矛盾，对我们的教育宗旨、教育方式便难统一。父亲的教育方式是严厉的训斥和惩罚，母亲对我们的教育则注重在人格、品德、礼貌和学习方面。值得庆幸的是，父亲常年在大西北，我们从小接受的是母亲的教育。母亲的教育至今仍对我为人处世深有影响。

母亲从外祖父那里知道许多书中的人物和故事，而且听过一些旧戏，乐于将书中或戏中的人物和故事讲给我们。母亲年轻时记忆强，什么戏剧什么故事，讲时带有很浓的个人感情色彩。我从五六岁起，就从母亲口中听到过《包公传》、《济公传》、《杨家将》、《岳家将》、《侠女十三妹》的故事。母亲是个很善良的女人。善良的女人大多喜欢悲剧。母亲尤其愿意、尤其善于讲悲剧故事：《秦香莲》、《风波亭》、《赵氏孤儿》、《杜十娘怒沉百宝箱》……母亲边讲边落泪，我们边听边落泪。

我于今在创作中追求悲剧情节、悲剧色彩，不能自已地在字里行间流溢浓重的主观感情色彩，可能正是由于小时候听母亲带着她浓重的主观感情色彩讲了许多悲剧故事的结果。我认为，文学对于一个作家儿童时代的心灵所形成的直接或间接的影响，对一个作家在某一时期或某一阶段的创作风格起着"先天"的、潜意识的制约。

我们长大了，母亲衰老了。母亲再也不像我们小时候那样给我们讲故事了。母亲操持着全家人的生活，没有时间、没有精力、没有心思重复那些典型的中国式的悲剧色彩很浓的传统故事了。母亲一生就是一个悲剧。她至今没过上一天无忧无虑的生活。

我们也不再满足于听母亲讲故事了。我们都能读书了，我们渴望读书。只要是为了买的书，母亲给我们钱时从未犹豫过，母亲没有钱，就向邻居借。母亲这个没有文化的女人，凭着做母亲的本能认为，读书对于她的孩子们总归是有益的事。

家中没有书架，也没有摆书架的地方。母亲为我们腾出了一只旧木箱。我们买的书，包上书皮儿，看过后存放在箱子里。

最先获得买书特权的，是我的哥哥。

哥哥也酷爱文学。我对文学的兴趣，一方面是母亲以讲故事的方式不自觉地培养的结果，另一方面是受哥哥的熏染。

我读小学时，哥哥读初中。我读初中时，哥哥读高中。

六十年代的教学，比今天更体现对学生的文学素养的普遍重视。哥哥高中读的已不是《语文》课本，而是《文学》课本。

哥哥的《文学》课本，便成了我常常阅读的"文学"书籍。哥哥无形中取代了母亲家庭"故事员"的角色。每天晚上，他做完功课，便捧起《文学》课本，为我们朗读。我们理解不了的，他就耐心启发我们。

我想买《红旗谱》，只有向母亲要钱。为了要钱，我去母亲做活的那个条件低劣的街道小工厂找母亲。

那个街道小工厂里的情形像中世纪的奴隶作坊。二百多平方米的四壁颓败的大屋子，低矮、阴暗、天棚倾斜，仿佛随时会塌下来。五六十个家庭妇女，一人坐在一台破旧的缝纫机旁，一双接一双不停歇地加工棉胶鞋鞋帮。到处堆着毡团，空间毡绒弥漫。所有女人都戴口罩。夏日里从早到晚，一天戴八个乃至十个小时的口罩，可想而知是种什么罪。几扇窗子一半陷在地里，无法打开，空气不流通，闷得使人头晕。耳畔脚踏缝纫机的声音响

536

成一片，女工们彼此说话，不得不摘下口罩，扯开嗓子。话一说完，就赶快将口罩戴上。她们一个个紧张得不直腰、不抬头，热得汗流浃背。有几个身体肥胖的女人，竟只穿着件男人的背心，大概是她们的丈夫的。我站在门口，用目光四处寻找母亲，却认不出在这些女人中，哪一个是我的母亲。

负责给女工们递送毡团的老头问我找谁，我说出了母亲的名字。

"在那儿！"老头用手一指。

我这才发现，最里边的角落，有一个瘦小的身躯，背对着我，像800度的近视眼写字一样，头低垂向缝纫机，正做活。

我走过去，轻轻叫了一声："妈……"

母亲没听见。

我又叫了一声。

母亲仍未听见。

"妈！"我喊起来。

母亲终于抬起了头。

母亲瘦削的憔悴的脸，被口罩遮住1/2。口罩已湿了，一层毡绒附着上面，使它变成了毛茸茸的褐色的。母亲的头发上衣服上也落满了毡绒，母亲整个人都变成了毛茸茸的褐色的。这个角落更缺少光线，更暗。一只可能是100瓦的灯泡，悬吊在缝纫机上方，向窒闷的空间继续散发热。一股蒸蒸的热气顿时包围了我。缝纫机板上水淋淋的，是母亲滴落的汗。母亲的眼病常年不愈，红红的眼睑夹着黑白浑浊的眼睛，目光痴呆地望着我，问："你到这里来干什么？找妈有事？"

"妈，给我两元钱……"我本不想再开口要钱。亲眼看到母亲是这样挣钱的，我心里难受极了。可不想说的话说了，我追悔莫及。

"买什么？"

"买书……"

母亲不再多问，手伸入衣兜，掏出一卷毛票，默默点数，点够了两元钱递给我。

我犹豫地伸手接过。

离母亲最近的一个女人，停止做活，看着我问："买什么书啊？这么贵！"

我说："买一本长篇。"

"什么长篇短篇的！你瞧你妈一个月挣三十几元钱容易吗？你开口两元，你妈这两天的活白做了！"那女人将脸转向母亲，又说，"大姐你别给他钱！你是当妈的，又不是奴隶！供他穿、供他吃、供他上学，还供他花钱买闲书看呀？你也太顺他意了！他还能出息成个写书人的咋的？"

母亲淡然苦笑，说："我哪敢指望他能出息成个写书的人呢！我可不就是为了几个孩子才做活的么！这孩子和他哥一样，不想穿好吃好，就爱看书。反正多看书对孩子总是有些教育的，算我这两天活白做了呗！"说着，俯下身，继续蹬缝纫机。

那女人独自叹道："唉，这老婆子，哪一天非为了儿女们累死在缝纫机旁！……"

我心里内疚极了，一转身跑出去。

我没有用母亲给我那两元钱买《红旗谱》。

几天前母亲生了一场病，什么都不愿吃，只想吃山楂罐头，却没舍得花钱给自己买。

我就用那两元钱，几乎跑遍了道里区的大小食品商店，终于买到了一听山楂罐头，剩下的钱，一分也没花。

母亲下班后，发现了放在桌上的山楂罐头，沉下脸问："谁买的！"

我说："妈，我买的。用你给我那两元钱为你买的。"说着将剩下的钱从兜里掏出来也放在了桌上。

"谁叫你这么做的？"母亲生气了。

我讷讷地说："谁也没叫我这么做，是我自己……妈，我今后再也不向你要钱买书了！……"

"你向妈要钱买书，妈没给过你吗？"

"没有……"

"那你为什么说这种话？一听罐头，妈吃不吃又能怎么样呢？还不如你买本书，将来也能保存给你弟弟们看……"

"我……妈，你别去做活了吧！……"我扑在母亲怀里，哭了。

今天，当我竟然也成了写书人的今天，每每想起儿时的这些往事以及这份特殊的母爱，不免一阵阵心酸。我在心底一次次呼喊：我爱您，母亲！

羞于说真话

正如大家所知道的那样——我是一个男人。

因为我是一男人，所以我一向认定，某些品质，是男人应该起码必备的。诸如正直，诸如善良，诸如爱憎分明，诸如尽量说真话……

一生没说过假话的人是没有的。

故我认为尽量说真话，也应算是男人可敬的好品质了。何况我们有时说假话，目的在于息事宁人。有时真话的破坏性，是大于假话的。这个道理我们都很明白。但如果人人习惯于说假话，生活将变得多么令人沮丧。

我特别强调男人应尽量说真话，乃因男人若普遍地说假话，则现实的三分之二就是不真实的了。据我想来，尽管我们将我们的女同胞谦虚地称颂为"半边天"，其实他们对中国的现实之影响，绝对地没有一半那么大。也就三分之一而已。甚至小于三分之一。好比一个梨子，难道我们不是更应关心它的三分之二会不会腐烂么？

然而我却越来越感到说真话之难。并且说假话的时候越来越多。仿佛现实非要把我教唆成一个"说假话的孩子"不可。

说真话之难，难在你明明知道说假话是一大缺点，却因这一大缺点能对你起到铠甲的作用，你竟常常宽恕自己了。只要你的假话不造成殃及别人的后果，说得又挺有分寸，人们非但不轻蔑你，反而会抱着充分理解充分体恤的态度对待你。于是你不但说了假话，连羞耻感都跟着丧失了。于是你很难改正说假话的缺点。于是你渐渐麻木了改正它的愿望。最终像某些人一样，渐渐习惯了说假话。你须不断告诫自己或被别人不断告诫的，倒是说假话的技巧如何。说真话还是说假话的选择，某种时候，在一片温馨的互相原谅之下互相关照之下，变为善于说假话或不善于说假话的能力大小的问题。

记得我小的时候，家母对我的第一训导就是——不许撒谎。

因为撒谎，我挨过母亲的耳光。

因为撒谎，母亲曾威逼着我，去请求受我骗的人原谅，并自己消除谎话的影响。

"文化大革命"中，我学会了撒谎。倒也没什么人什么势力直接压迫我撒谎，更主要的是由于，撒谎和虔诚连在了一起，使你简直不可能不着迷，跟着亿万之众虔诚地撒谎。说学会了也不太恰当。因为没有教，就算无师自通吧。

有一天我和同学中的好朋友从学校走在回家的路上，谈起了

540

"林副统帅与毛主席井冈山会师"。

我说："是朱德嘛！怎么成林副统帅了？咱们小学六年级的历史书上，明明写的是朱德对不对？"——因朱总司令已上了"百丑图"，我们提到他时，都将"总司令"三字省却了，直呼其名。

同学说："那是被颠倒的历史。被颠倒的历史现在重新颠倒过来嘛！"

我说："那也不对呀！林彪当时才是连长呀！"

同学说："那也是被颠倒的历史，现在也应该重新颠倒过来嘛！"

我说："当年咱们又不在红军的队伍中，咱们怎么能知道那真是被颠倒的历史呢？"

同学说："当年咱们又不在红军的队伍中，咱们怎么能知道那不是被颠倒的历史呢？咱们左右都是不知道，将来再颠倒一次，也不关咱们的事儿！"

正是从那一天始，我和我的那一位同学，将撒谎和虔诚分开了。难免继续说谎话，但已没了虔诚。

前几年，有位外国朋友，问我在"文化大革命"中说假话时有何感想。

我回答："明明在说假话而又不得不说，我就这样安慰自己——反正人一辈子还要说些假话，赶上了亿万之众轰轰烈烈都说假话的年代，把一辈子可能说的假话，一总都在这个年代里说了吧！这个年代一过去，重新做人，不再说假话就是了。"

外国朋友又问："那梁先生从粉碎'四个帮'以后，就再没说过假话了？"

问得我不由一怔。

犹豫片刻，我说出一个字是："不……"

我因自己没有失掉一次说真话的机会，对自己满意，又悲哀。外国朋友流露出肃然起敬，钦佩之至的表情。

我赶紧说："我说'不'的意思，是我没有做到不说假话。"我想，如果我不解释，我说的这一个字的真话，实际上岂不又成了假话么？

外国朋友也不由一怔。

她问："那又是因为什么？"

我说："一方面，我感到我们的现实，还远不是一个维护真话的良好社会环境。另一方面，大概要归咎于我们有说假话的后遗症。"

她问："报纸，广播，不少宣传手段，不是都曾被调动起来，提倡、鼓励和表扬说真话么？"

我说："这恰恰证明假话之泛滥成灾和猖獗啊。倘若说真话须郑重地提倡、鼓励和表扬，细想想，不是有点可悲么？"

她问："妨碍说真话的根源，主要是政治吧？"

我说："倒不尽然。在党内，将说真话，作为对党员的最基本要求一提再提，足见共产党还是多么希望她的党员们都说真话的。我不是党员，不知于今成效如何。而我感到，整个社会，似乎到处都弥漫着将说假话变成一种社会情致的怡然之风。"

她不懂"怡然"二字何意。

我请她想象小孩子玩"到底谁骗谁"这一种纸牌游戏获胜时的洋洋自得。

她说："那么说假话的现象充斥生活的各个方面了？"

我说："差不多是那样。"

她说："梁先生，可是据我所知，你被认为是一个坚持说真话的人啊？"

我说："我当然坚持说真话。坚持并不是一个轻松的词。况且我常常坚持不住。在上下级关系方面，在社交方面，在工作责任感方面，在一心想要做好某件事的时候，在根本不想做某件事

542

的时候，在不少方面，不少时候，不少因素迫使你就范，不得不放弃说真话的原则。改变初衷，而说假话。常常是，哪些时候哪些方面有困难有问题，你说了假话，困难和问题就迎刃而解了。你说了真话，困难就更是困难，问题就更是问题了。我说过多少假话只有我自己清楚。我仅仅在某些时候某些场合说过一些真话，人们就已经觉得我有值得尊重的一面，真话在我们的生活中到了物以稀为贵的程度。"

她注视着我，似能理解，亦似不太能理解。

……

后来，我和一位友人又谈论起说话的问题。是的，我们是当成一个问题来谈论的，不，讨论。讨论得挺严肃。

我又回忆起我小时候因为撒谎，使得母亲怎样伤心哭泣，以至于怎样打了我一记耳光，以及对我进行过的撒谎可耻的教诲……

我讲到我的老母亲，已经七十多岁的老母亲，如今怎样仍把我当成一个小孩儿似的，耳提面命，谆谆告诫我："傻儿子，你究竟为什么非说真话不可呢？该说假话你不说假话，你岂不是不见棺材不落泪，不碰南墙不回头么？你已经四十出头的人了，还让妈为你操心到多大岁数呢？"

我也讲到我说假话的某些时候，那种弱女子被凶汉猥亵般的屈辱感。强奸构成犯罪。而被猥亵的女孩子，纵然弱，也难免使人产生半推半就的疑心。那一种屈辱感就格外难言。

友人默想良久，郑重而又认真地说："你母亲是对的。"

我问："你是说我母亲从前对？还是说我母亲现在对？"

他说："你母亲从前对，现在也对。"

我糊涂至极。

他诲人不倦地说："撒谎是可耻的。这毋庸置疑。所以我说你母亲从前是对的。但说假话并不等于就是撒谎。甚至，和撒谎有本质的区别。"

这一点，我的确没有思索过。

我一向简单地认为，撒谎——说假话——乃是同一性质的可耻的行径。好比柑和橙是同一类东西。

于是我洗耳恭听。

于是友人娓娓道来："撒谎，目的在于骗人。在于使人上当而后快，是行为。行为，听明白了么？撒谎之后果必然造成他人的损失，起码是情绪损失或情感损失。更严重的，造成他人利益损失。所以正派人是不应该撒谎的。而说假话，不过心口不一而已。心口不一不是严格意义上的行为概念。通常情况之下体现为态度问题。一个人对于任何一件事，有表明自己真实态度的权力，也有说假话的权力。听明白了，说假话是人的权力之一。假话是否使对方信以为真，以及在多大程度上影响了对方，责任完全在对方。因为任何人都有不相信假话的权力。谁叫你相信的呢？举一个例子，我们小学都学《狼来了》这一篇课文，那个撒谎的孩子之所以应该谴责，不可取，是因为他以主动性的行为，诱使众多的人上当受骗。如果你的一个同事告诉你，他在西单百货商场买了一件价格便宜的上衣，并以花言巧语怂恿你去买，你果然去了，没有那种上衣出售，或虽有，价格并不便宜，是谓撒谎，很可恶。但是，说假话的人之所以说假话，往往是被动的选择。通常情况是这样的———一个人指着一只茶杯问你——造型美观么？你认为不。但你看出了对方希望着期待着你回答是美观极了。甚或，你看出了对方暗示你必须回答美观极了，于是你以假话相告。你又何必因说了假话而内疚呢？如果对方具有问你的权力，你连保持沉默的权力也没有，而对方又问得声色俱厉，带有警告的意味，你更何必因说了假话而内疚呢？如果对方信了你的假话，那么证明对方只配相信假话。如果对方根本不信你的假话，却又满意于你说假话，分明地是很乐意把假话当真话

544

听，可悲的是对方。应该感到羞耻的也是对方。对应该感到羞耻而不感到羞耻的人，你犯得着跟他说真话么？老弟，你看问题的方法，带有极大的片面性。你只看到了人们在生活中说假话的一面，似乎没有看到生活中有多少人喜欢听假话，早已习惯于把假话当做真话听。他们以很高的技巧，暗示人们说种种假话，鼓励人们说种种假话，怂恿人们说种种假话，甚至维护种种假话。他们乐于生活在假话营造的氛围之中；他们反感说真话的人，憎恨说真话的人，甚至一有机会，便惩罚说真话的人。因为真话常使他们觉得煞风景，觉得逆耳。一万个人或更多的人心口不一他们根本不在乎。他们要的是一致的假话而轻蔑一致的人心。正是这样一些人的存在，说假话的人才多起来。提倡人们说真话，莫如制裁爱听假话的人。因为少了一个爱听假话的人的同时，也许就少了一批爱说假话的人。人们变得不以说假话为耻，首先是由于有些人变得以听假话为荣啊！另外，老弟，因为咱俩是朋友，我向你提几个问题，你坦率回答我……"

我似乎茅塞顿开，有所省悟，又似乎更加糊涂，如坠五里雾中，只说："请讲，请讲。"

"你说真话时，是不是感觉到一种人格的尊严？"

我说是的。

"你说真话后，是不是认为自己值得被别人尊重？"

我说是的。

"当别人都说假话时，你偏想说真话，以说真话而与众不同，并且换取尊重，这是不是一种潜意识方面的自我表现欲在作祟呢？"

我从未分析过自己说真话时的潜意识，倒是常常分析自己说假话时的潜意识。尽管我似乎觉得"作祟"二字亵渎人说真话时的自然、正常而又正派的冲动，但也同时尊重潜意识之科学理论。犹豫了一下，我点了点头。既然我自己从未分析过自己说真

545

话时的潜意识，而别人正在善意地帮助我分析，我没十分的把握认为别人分析得不对，不敢摇头。

"按你刚才的逻辑，撒谎和说假话没什么区别，那么自我表现难道不也等于出风头么？"

"这……"

问题太严肃且太尖锐，已经相当于揭露和批判。有则改之，无则加勉，一个受过高等教育的人，应具有面不改色心不跳地接受批判那一种涵养。我也只有"这……"而已。

"难道出风头就比说假话好到哪儿去么？"

"强词夺理……"

我的按捺不住的气愤终于难以继续献媚于我的强装容纳的涵养。

友人自然是不屑于和我斗气的。友人嘛。

他笑曰："瞧你瞧你。也听不得真话不是？一听真话也羞也恼也要跳不是？能听得进真话并不是舒服的事哩，是一种特殊的，有时甚至是非强制而不能自学的训练啊！"

一番话，倒真把我说得虽恼羞而又不好意思成怒了。

友人谈锋甚利，其言自是成论，又道："你不要以为别人不说真话，便一定是怎样怎样的观风使舵。其实，不屑于而已。与人家的不屑于相比，你自己每每那种大有不说真话毋宁死的冲动，好比贫儿卖富，足令大智若愚者掩口葫芦扼腕叹憋罢了！"

友人辞去，我陷入前所未有的困惑。

后来，我又向几个惯常说假话，却又能与我推二三层心至腹外之腹的人请教。

皆答曰：

懒得说真话。

何必说真话？

说真话？图什么？

546

某人一边大快朵颐，一边忙里偷闲地回答："嘿嘿，咋好意思说真话呀？心中都明镜也似的，嘴上都侃侃地说假话，就我一个人真话真说，倒显得趁机争那份儿语惊四座、鹤立鸡群的光彩似的！"

　　我相信他们对我说的句句是真话。所谓酒后吐真言。为了这样一些真话，我奉献出了几瓶真的而不是假的好酒，还有佐酒菜。

　　从此，我观察到，假话是可以说得很虔诚，很真实，很潇洒，很诙谐，很郑重，很严肃，很正确，很令人感动，很精彩，很精辟，很精当的。可以说得咳唾珠玉，相与沉思，颇堪玩索，如亲馨颐。甚至，可以用权威的口吻，像说出一条"放之四海而皆准"的真理那么可钦可敬……

　　从此，每当我产生说真话的冲动，竟有几分羞于说真话的腼腆，在意识——当然是潜意识中作梗了！

　　有一天我做了一梦：我因 12 条大罪被判 12 次死刑。我望着法官们的面孔，觉得他们一个个似曾相识。我看出他们明知所有大罪都是无中生有，但他们一个个以假话把它说成是真的。他们那些假话同样说得水平很高，包容了我从生活中观察到的一切形式完美的假话之最……

　　我忍无可忍咆哮公堂大喝一声——可耻！

　　于是我醒了。

　　我愿人人都做我做过的这一个梦。那么人人都将不难明白，仅仅为了自己，也断不该揄扬假话，将说假话的现象，营造成生活中的氤氲一片的景致。

　　无奈在非说假话不可的情况之下，就我想来，也还是以不完美的假话稍正经些。

　　不完美的假话仍保留着几分可矫正为真话的余地啊……

男人是女人的镜子

男人是女人的镜子，通过她所爱的男人，可以判断她大抵属于哪一类女人。不爱而做了某一个男人妻子的，不在此例。错误的，将错就错的，遗憾的，遗憾而无法改变的婚姻过去有，现在有，将来还有。正如不幸之水远不可避免。

其实中国人的婚姻观念，自古并不彻底封建。比如《汉书·孙光传》中即云——"夫妇之道，有义则合，无义则离。"本意指感情的真伪，但也包含着"无义"则"散伙"的主张。又如北齐颜之推《颜氏家训·止足篇》云——"婚姻勿贪势家"。而更早引起，隋王通《文中子》一针见血地指出——"婚姻论财，夷虏之道。"斥为未开化民族的勾当。《水浒传》第二十五回，有句话是——"初嫁从亲，再从身。"说得相当明白，第一遭依了父母，第二遭就依不得任何人，要依自己了。足见自古并不万众一心地认为嫁鸡随鸡，嫁狗随狗是合乎礼法的。

男人是各式各样的。时代的文明使男人的行色多起来，若取一种笼统的划分法，多也无非这么几类：只能当官的、也能当官的、不能当官的、不愿当官的。都是女人的镜子。

"服官政"其实是正当的"行业"。能当官也是"一技之长"。但中国的问题在于，"只能"当官的男人太多了。这是男人的退化。也是男人的悲哀。同时是中国女性面临的悲哀现实之一种。由于当官和"干革命"似乎连在了一起，便使"只能"

当官的男人不愿正视这一悲哀。便不愿将"只能"归于"物种"的退化。似乎当到老便意味着革命到老，当到老便意味着终生革命。并且，制造似乎"革命"的理论维护自己的利益，会使很多当妻子的迷惘又迷惑。早期的男性革命家大抵并非"只能"当官，他们有的可以从文，有的可以从艺，有的可以当教书先生或大学教授，有的可以当木匠、瓦匠乃至农民。如今"只能"当官的男人，那真是"只能"一条道跑到黑。你不让他当了，他便几乎就是废人一个了。据说在一次什么会上，有一种形成舆论的情绪色彩很强烈的"抗议之声"——认为干部60岁便退休，未免太早了。要求起码延到65岁，延到70岁更好。主张修正干部离休制的年限。我十分怀疑便是"只能"当官的一些男人们的委屈。

所以我对未婚女性们的忠告是——择夫时，对"只能"当官的男人，须敬而远之。

经济体制的改革，最终必将带动中国政治体制的改革。终生"服官政"的男人的仕途之路将被堵塞，他想一条道跑到黑也不行。我们冷静观察生活，三十来岁四十多岁的男人中，正在退化的男人着实不少。他们大概是心甘情愿的乐在其中的退化。我从一个过去的知青伙伴身上便看到了这一咄咄逼人的可悲现象。不过是个处级，一旦这处级受到动摇，惶惶然不可终日之状令人哂笑。四方登门，八面奉迎，好比久病乱投医。后又眉舒目朗渐渐地活转来，乃因终于又谋求到了一个比处级大点儿比副局级小一点儿的职务。且因高了名不正言不顺的那"一点儿"沾沾自喜。但在这谋求的过程中失去了什么，却似乎毫不在乎。我不仅替他，也替他的妻子感到活得累。一旦再从那"一点儿"上动摇下来，他可怎么活呢？

也能当官的男人显然应该比只能当官的男人活得从容些，活得踏实些。我在"比"前加上"应该"两个字，意在强调从逻辑上讲是这样，但实际情况并不尽然。也能当官的男人们是些幸运的男人。大抵属于知识分子一类。如医生、律师、高等教育工作者、科研工作者、工程师、科学家、艺术家、文学家等等。他们的职业较"服官政"的男人们相对长久得多。几乎可以成为终生的。并且不像普通劳动者们，工作水平受到年龄和体质状况的限制。所谓一技在身，终身所依。其中又尤以医生和律师更为优越，越老往往越有威望，职业经验也越丰富。医院的院长、大学的校长、科研单位的领导者，大抵是从他们中产生的。他们对自己的职业专长越自信。不太情愿当官。当上了也不将"乌纱帽"看成怎么一档子事。需要我当，我便当；不需要我当了，八仙归位。也有为了解决房子问题、夫妻两地生活问题，讲好一个条件，"下海"三年五载的。女人爱他们的同时，意味着培养了对某一职业的情感。而非对权势的偎傍。但这些男人，在中国始终是不断分化着的社会群体。一所名牌大学可有一百多教授。但只能有一位校长。

将专门的人才异变为庸官，是中国的弊端之一。即不但是某些男人的退化，其实也是时代的退化现象，即不但是某些男人的悲哀，其实也是国家的悲哀。

贤明的女人，对于如此这般的她们的丈夫，总是要时时提醒——别忘了你原本是怎样的人，别到头来成了"只能"当官的人，使他们于迷津中常有所省悟，在还没有"只能"的地步，回头是岸。

目光短浅的女人，却总是对她们的丈夫大加怂恿。向他们吹送万般皆粪土、唯有当官高的枕边风。所以他们的异变，的的确确也是某些女人们的过错。有时听到这样的夫妻争吵，很是耐人寻味。男人愤愤然说："我早就要不当，你偏不同意！现在好，让我去干什么？"女人亦愤愤然说："谁长那前后眼来，想到你会半途而废！"

550

中国目前仍是一个尚未矫正官本位的国家，她们是时代的产物，她们的懊悔不及的丈夫是她们的副产品。她们和他们的争吵，乐观点儿估计，还要继续一二十年。

　　不能当官的男人不是绝对没有当官能力的男人。他们是各行各业的劳动者。劳动者中有不少聪明的人，智慧的人，干练的人，他们的能力往往被矍没。中国是一个有 11 亿人口的泱泱大国，不埋没人才是根本不可能的。他们当官的能力有时恰恰在刚显示出来的时候，便被周围的人挫顿或彻底扼杀了。其中幸运者，偶被上司赏识，委以微职，便往往誓心以报了。一位小百货公司的头头，未必在能力上远远不及一位大商场的经理。一位大商场的经理，未必不能当商业局长。但能不能当官，是相当复杂的事。诚如老百姓总结的——"说你行你就行，不行也行；说不行就不行，行也不行。"在中国这一现象你不服不行。于是劳动者中那些聪明的人，智慧的人，干练的人，大抵臣服于现实，其能力不是向外伸延，而往往谨慎收缩。以自己的小家庭划一个圆，在极有限的圆周内显示。他们的家庭便是他们的事业。他们的工作只不过是他们的工作。在他们的家里，从各方面可观察到他们的理财能力、治家能力、巧妙改善生活环境的能力和丰富生活内容的能力，以及培养子女所花的精力和心血。他们精打细算，他们一人多能，堪称各类工匠。一言以蔽之，他们是些生活能力极强的男人。而且他们完善自身的愿望也是动人的。他们其实多才多艺，有能诗会画的，有爱根雕的，有爱收藏的，有爱书法的。与"只能"当官的男人和从也能当官的男人中分划出去继而异变的男人相比，他们更是合格的男人。在困难艰险的条件下，有些男人会束手无策，他们不会。在外国，有些中国男人会饿死，他们不会。与有些知识分子对生活的索然心态相比，他们显得分外热爱生活。热爱生命。

　　他们以前曾被很不公正地一概贬之曰"小市民"。

其实，作为男人，他们具有新的时代性的启示和意义。

我若是未婚女人，我会将自己择夫的视野拓放得更宽广些。我绝不将目光盯在那些"只能"当官的男人们身上。和他们生活在一起，总有一天会明白是很"懊糟"的事。也绝不将目光盯在从"也能"往"只能"异变的男人们身上。这两者在我看来都是没出息的。我倒宁肯选择劳动者中那些聪明的、智慧的、干练的男人。

这个时代"生产"出了太多太多除了文凭和学历其他一切方面太差太差的男人。科举时代早已过去，时代需要的是不但有文凭有学历而且有实际能力的男人。女人们也是。总有一天时代将宣布，它不需要太多太多的"书生"，他们过剩了。而女人们也将宣布，她们看重的不只是男人的文凭和学历。

男人是女人的镜子。女人是男人的学校。反过来不成立。女人并非男人的镜子。男人选择女人的内容要较女人选择男人的内容肤浅得多。不易全面映照出他的生活观念。男人也并非女人的学校。男人可以舍得花钱"包装"他所爱的女人，可以用他自己的生活观念改变女人的生活观念，可以用他的思想方法影响女人的思想方法。但他无法教导女人如何更女性化。因而男人对女人从本质上说没有塑造力。

当代女人选择男人的困难比过去任何时代都大得多了，比男人选择女人的困难也大得多了。这个时代注定了是女性的大苦闷时代。但愿我的这些闲言碎语，道破一些简单的生活表象，捅穿男人们的一层糊窗纸，对妻子们重新认识自己的丈夫，对未婚女性选择丈夫，有那么一点点参考价值……

552

● 梁衡

西北三绿

古曲有《阳关三叠》，如怨如诉，叙西北之荒凉，写旅人之悲怆。今天，当我也作西北之行时，却感到别有一番生机，即兴所记，而成西北三绿。

刘家峡绿波

当我乘交通艇，一进入黄河上游的刘家峡水库时，便立即倾倒于她的绿了。这里的景色和我此时的心情，是在西北各处和黄河中下游各段从来没有过的。

一条大坝拦腰一截，黄河便膨胀了，宽了，深了，而且性格也变得沉静了。那本是夹泥带沙，色灰且黄的河水；那本是在山间湍流，或在垣上漫溢的河床，这时却突然变成了一汪百多平方公里的碧波。我立即想起朱自清写梅雨潭的那篇《绿》来。他说："那醉人的绿呀，仿佛一张极大极大的荷叶铺着……"我真没有想到，这以"黄"而闻名于世的大河，也会变成一张绿荷叶。水面是极广的。向前，看不到她的源头，向后，望不尽她的去处。我挺身船头，真不知该作怎样的遐想。朱自清说，西湖的绿波太明，秦淮河的绿波太暗，梅雨潭的特点是她的鲜润。

　　而这刘家峡呢？我说她绿得深沉，绿得固执。沉沉的，看不到河底，而且几尺深以下就都看不进去，反正下面都是绿。我们平时看惯了纸上、墙上的绿色，那是薄薄的一层，只有一笔或一刷的功底。我们看惯了树木的绿色，那也只不过是一叶、一团或一片的绿意。而这是深深的一库啊，这偌多的绿，可供多少笔来蘸抹呢？她飞化开来，不知会把世界打扮成什么样子。大湖是极静的，整个水面只有些微的波，像一面正在晃动的镜子，又像一块正在抖动的绿绸，没有浪的花、涛的声。船头上那白色的浪点刚被激起，便又倏地落入水中，融进绿波；船尾那条深深的水沟，刚被犁开，随即又悄然拢合，平滑无痕。好固执的绿啊。我疑这水确是与别处不同的，好像更稠些，分子结构更紧些，要不怎会有这样的性格？

　　这个大湖是长的，约有六十五公里，但却不算宽，一般宽处只有二三公里吧，总还不脱河的原貌。一路走着，我俯身在船舷，平视着这如镜的湖面，看着湖中山的倒影，一种美的享受涌上心头。山是拔水而出的，更确切点，是水漫到半山的。因此，那些石山，像柱，像笋，像屏，插列两岸，有的地方陡立的石壁，则是竖在水中的一堵高墙。因为水的深绿，那倒影也不像在别处那样单薄与轻飘，而是一溜庄重的轮廓，使人想起夕阳中的古城。在这样的地方，这样的时刻，即使游人也不敢像在一般风景区那样轻慢，那样嬉戏，那样喊叫。人们依在舷边，伫望两岸或凝视湖面。这新奇的绿景，最易惹人在享受之外思考。我知道，这水面的高度竟是海拔一千七百多米。李白诗云："黄河之水天上来"，那么，这个库就是一个人们在半空中接住天水而造的湖，也就是说，我们现时正坐看半空水上游呢。我国幅员辽阔，人工的库、湖何止万千，刘家峡水库无论从高度、从规模，都是首屈一指的。当年郭沫若游此曾赋词叹道："成绩辉煌，叹人力真伟大。回忆处，新安鸭绿，都成次亚。"那黄河本是在西北高原上横行惯了的，她从天上飞来，一下子被锁在这里。她只有等待，在等待中渐渐驯顺，她沉落了身上的泥沙，积蓄着力量，磨炼着性格，增加着修养，而贮就了这汪沉沉的绿。她是河，但是被人们锁起来的河；她是海，但是人工的海。她再没有河流那样的轻俏，也没有大海那样的放荡。她已是人化了的水泊，满贮着人的意志，寄托着人们改造自然的理想。她已不是一般的山洼绿水，而是一池生命的乳浆，所以才这样固执，这样深沉，才有这样的性格。

船在库内航行，不时见两边的山坡上探下一根根的粗管子，像巨龙吸水，头一直埋在湖里，那是正修着的扬水工程。不久，这绿水将越过高山，去灌溉戈壁，去滋润沙漠。当我弃舟登岸，立身坝顶时，库外却是另一种景象。一排有九层楼高的电厂厂房，倚着大坝横骑在水头上。那本是静如处女的绿水，从这厂房里出来后，瞬即成为一股急喷狂涌的雪浪，冲着、撞着向山下奔去，她被解放了，她完成任务了，她刚才在那厂房里已将自己内涵的力转化为电。大坝外，铁塔上的高压线正向山那边穿去。像许多一齐射出的箭。她带着热能，东至关中平原，西到青海高原，北至腾格里沙漠，南到陇南。这里的工作人员说，他们每年要发五十六亿度电，只往天水方向就要送去十六亿度，相当于节煤一百二十万吨呢。我环视四周，发现大坝两岸山上的新树已经吐出一层茸茸的绿意，无数喷水龙头正在左右旋转着将水雾洒向它们。是水发出了电，电又提起水来滋润这些绿色生命。这沉沉的绿水啊，在半空中作着长久的聚积，原来是为了孕育这一瞬的转化，是为了获得这爆发的力。现在刘家峡的上游又要建十一个这样大的水库了，将要再出现十一层绿色的阶梯。黄河啊，你快绿了，你将会"碧波绿水从天来，奔流到海不复回"。刘家峡啊，你这一湖绿色会染绿西北，染绿全国的。我默默地祝贺着你。

天池绿雪

雪，自然不会是绿的，但是它却能幻化出无穷的绿。我一到天池，便得了这个诗意。

在新疆广袤的大地上旅行，随处可以看见终年积雪的天山高峰。到天池去，便向着那个白色的极顶。车子溯沟而上，未见池，先发现池中流下来的水，成一条河。因山极高，又峰回沟转，这河早成了一条缠绵无绝的白练，纷纷扬扬，时而垂下绝壁，时而绕过绿树。山是石山，沟里无半点泥沙，水落下来摔在石板上跌得粉碎，河床又不平，水流过七棱八角的尖石，激起团团的沫。所以河里常是一团白雾，千堆白雪。我知道这水从雪山上来，先在上面贮成一池绿水，又飞流而下的。雪水到底是雪水，她有自己的性格、姿态和魅力。当她一飞动起来时，便要还原成雪的原貌。她在回忆自己的童年，她在流连自己的本性。她本来是这样白，这样纯，这样柔，这样飘飘扬扬的。她那飞着的沫，向上溅着，射着，飘着，好像当初从天上下来时舒舒慢慢的样子。她急慌慌地将自己撞碎，成星星点点，成烟，成雾，是为了再乘风飘去。我还未到天池边，就想，这就是天池里的水吗？

等到上了山，天池是在群山环抱之中。一汪绿水，却是一种冷绿。绿得发青、发蓝。雪峰倒映在其中，更增加了她的静寒。水面不似一般湖水那样柔和，而别含着一种细密、坚实的美感，我疑她会随时变成一面大冰的。一只游艇从水面划过，也没有翻起多少浪波，轻快得像冰上驶过一架爬犁。我想要是用一小块石片贴水飘去，也许会一直飘滑到对岸。刘家峡的绿水是一种能量的积聚，而这天池呢？则是一种能量的凝固。她将白雪化为水，汇入池中，又将绿色作了最大的压缩，压成青蓝色，存在群山的

556

怀中。

池周的山上满是树，松、杉、柏，全是常青的针叶，近看一株一株，如塔如矗，远望则是一海墨绿。绿树，我当然已不知见过多少，但还从未见过能绿成这个样子的。首先是她的浓，每一根针叶，不像是绿色所染，倒像是绿汁所凝。一座山，郁郁的，绿的气势，绿的风云。再就是她的纯。别处的山林在这个季节，也许会夹着些五色的花，萎黄的叶，而在这里却一根一根，叶子像刚刚抽发出来；一树一树，像用水刚刚洗过，空气也好像经过了过滤。你站在池边，天蓝，水绿，山碧，连自身也觉通体透明。我知道，这全因了山上下来的雪水。只有纯白的雪，才能滋润出纯绿的树。雪纯得白上加白，这树也就浓得绿上加绿了。

我在池边走着，想着，看着那地中的雪山倒影，我突然明白了，那绿色的生命原来都冷凝在这晶莹的躯体里。是天池将她揽在怀中，慢慢地融化、复苏，送下山去，送给干渴的戈壁。好一个绿色的怀抱雪山的天池啊，这正是你的伟大，你的美丽。

丰收岭绿岛

从戈壁新城石河子出发，汽车像在海船上一样颠簸了三个小时后，我登上了一个叫丰收岭的地方。这已经到了有名的通古特大沙漠的边缘。举目望去，沙丘一个接着一个，黄浪滚滚，一直涌向天边。没有一点绿色，没有一点声音，不见一个生命。我想起瑞典著名探险家斯文赫丁在我国新疆沙漠里说过的一句话："这里只差一块墓碑了。"好一个死寂的海。再往前跨一步，大约就要进入另一个世界。一刹那，我突然感到生命的宝贵，感到我们这个世界的可爱。我不由回过身来。

只见沙枣、杨、榆、柳，筑起莽莽的林带。透过绿墙的缝隙，后面是方格的农田，红的高粱，黄的玉米，白的棉花，正扬着笑脸准备登场。这大概就是丰收岭名字的由来。起风了，风从沙漠那边来，那苍劲的沙枣，挺起古铜色的躯干，挥动厚重的叶片；那伟岸的白杨，拔地而起，在云空里傲视着远处的尘烟；那繁茂的榆柳拥在白杨身下，提起她们的裙裾，笑迎着扑面的风沙。绿浪澎湃，涛声滚滚，绿色就在我的身后，我不觉胆壮起来。这绿色在史前原始森林里叫人恐怖；在无边的大海上，让人寂寞；在茫茫的草原上，使人孤独。而现在，沙海边的这一点绿色啊，使人振奋，给人安慰，给人勇气，只有在此时此地，我才真正懂得，绿色就是生命。现在，这许多的绿树，连同她们的根须所紧抱着的泥沙，泥沙上覆盖着的荆棘、小草，已勇敢地深入到沙海中来，形成一个尖圆形的半岛。我沿半岛的边缘走着，想到最前面去看看那绿色和黄沙的搏斗。前面杨、榆、柳那类将帅之木已经没有，只派这些与风沙勇敢肉搏着的尖兵。她们是红柳、梭梭树、沙拐枣、沙打子旺等灌木，一簇簇，一行行。要论个人容貌，她们并不秀气，也不水灵，干发红，叶发灰，而且稀疏的枝叶也不能尽遮脚下的黄沙。但这是一个伟大的群体，方圆几百亩，我抬头望去，一片朦胧的新绿，正是"沙间绿意薄如雾，树色遥看近却无"。这绿雾虽是那样的淡，那样的薄，那样的柔，但却是一张神奇的网，她罩住了发狂的沙浪，冲破了这沉沉的死寂。我沿着人工栽植的灌木林走着，只见一排排的沙土已经跪伏在她们的脚下，看来这些沙子已被俘获多时，沙粒已经开始黏结，上面也有了稀疏的草，有了鸟和兔子的粪，已有了生命的踪迹。治沙站的同志告诉我，前两三年这脚下是流动的沙丘，我们引进这些沙生植物后，沙也就驯服多了。梭梭林前涌起的沙梁，虽将头身探起老高，像一匹嘶鸣的烈马，但还是跃不过树丛。那树踩着它的身子往上长，将绿的枝去抽它的背，用绿的叶去遮它的眼，连小草也敢"草假树威"，到它的头上去落籽生根。它终于认输了，气馁了，浑身被染绿了。治沙站的同志又转过身子，指着远处那些高大的防风绿墙说："七八年前，连那些地方也是流沙肆虐之地。"我停下脚来重新打量着这个绿岛，她由南而北，尖尖地伸进沙漠中来，像一支绿色的箭，带着生命世界的信息，带着人们征服荒原的意志，来向这块土地下战表了。漠风吹过来，这个绿岛上涛声滚滚，潮起潮落，像一股冲进荒漠里的绿流，正浸润着黄沙，慢慢地向内渗移。我联想到，千百年来流水剥去了大地的绿衣，黄河毁了多少田园，挟带着泥沙冲进碧波滔滔的大海。黄色在海口渐渐蔓延，渐渐推移，于是我们的海域内竟出现了一座黄海，这是大自然的创造。而现在，人们却让沙海边出现了一座绿岛，这是人的创造。

我在这座人工绿岛上散步，细想着，这里的绿不同于黄河上碧绿的水库，也不同于天山上冷绿的天池，那些绿的水，是生命的乳汁，是生命的抽象，是未来的理想，而这里的绿，就是生命自己，是生命力的胜利，是伟大的现实。

丰收岭的绿岛啊，就从这里出发，我们会收获整个世界。

我从西北回来顺手摘了这三片绿叶。亲爱的读者，你看，西北还荒凉吗？我可以骄傲地宣布，我们的西北将会出现历史上最美丽的时期。

● 谢冕

永远的校园

一颗蒲公英小小的种子，被草地上那个小女孩轻轻一吹，神奇地落在这里便不再动了——这也许竟是夙缘。已经变得十分遥远的那个八月末的午夜，车子在黑幽幽的校园里林丛中旋转终于停住的时候，我认定那是一生中最神圣的一个夜晚：命运安排我选择了燕园一片土。

燕园的美丽是大家都这么说的，湖光塔影和青春的憧憬联系在一起，益发充满了诗意的情趣。每个北大学生都会有和这个校园相联系的梦和记忆。尽管它因人而异，而且也并非会一味的幸福欢愉，有辛酸烦苦，也会有无可补偿的遗憾和愧疚。

我的校园是永远的。因偶然的机缘而落脚于此，终于造成决定一生命运的契机。青年时代未免有点虚幻和夸张的抱负，由于那个开始显得美丽、后来愈来愈显得严峻的时代，而变得实际起来。热情受到冷却，幻想落于地面，一个激情而有些飘浮的青年人，终于在这里开始了实在的人生。

匆匆五个寒暑的学生生活，如今确实变得遥远了，但师长那些各具风采但又同样严格的治学精神影响下的学业精进，那些由包括不同民族和不同国籍同学组成的存在着差异又充满了友爱精神的班级集体，以及战烟消失后渴望和平建设的要求促使下向科学进军的总体时代氛围，给当日的校园镀上一层光环。友谊的真醇、知识的切磋、严肃的思考、轻松的郊游，甚至失魂落魄的考试，均因它的不曾虚度而始终留下充实的记忆。燕园其实不大，未名不过一勺水。水边一塔，并不可登；水中一岛，绕岛仅可百余步；另有楼台百十座，仅此而已。但这小小校园却让所有在这里住过的人终生梦绕魂牵。

其实北大人说到校园，潜意识中并不单指眼下的西郊燕园，他们大都无意间扩展了北大特有的校园的观念：从未名湖到红楼，从蔡元培先生铜像到民主广场。或者说，北大人的校园观念既是现实的存在，也是历史的和精神的存在。在北大人的心目中，校园既具体又抽象，他们似乎更乐于承认象征性的校园的精魂。我同样拥有精神上的一座校园。

我的校园回忆包蕴了一段不平常的记忆。时代曾给予我们那一代青年以特殊的际遇，及今思来，可说是痛苦多于欢愉。我们曾有个充满期待也充满困惑的春天。一个预示着解放的早春降临了，万物因严冬的解冻而萌动。北大校园内传染着悄悄的激动，年轻的心预感于富有历史性转折时期的可能到来而不安和兴奋。白天连着夜晚，关于中国前途和命运、关于人民的民主和自由的辩论，在课堂、在宿舍、在湖滨，也在大、小膳厅、广场上激烈地进行。这时有着向习惯思维和因袭势力的勇敢抗争。

那些富有历史预见和进取的思想，在那个迷蒙的时刻发出了动人的微光。作为时代的骄傲，它体现北大师生最敏感、也最有锐气的品质。与此同时，观念的束缚、疑惧的心态，处于矛盾的两难境地的彷徨，更有年轻的心因沉重的负荷而暗中流血。随后而来的狂热的夏季，多雨而湿闷。轰然而至的雷电袭击着这座校园，花木为风雨所摧折。激烈的呼喊静寂以后，蒙难的血泪默默唤醒沉睡的灵魂。他们在静默中迎接肃杀的秋季和苍白而漫长的冬日。

那颗偶然落下的种子不会长成树木，但因特殊的条件被催化而成熟。都过去了，湖畔走不到头的花阴曲径；都过去了，宿舍水房灯下午夜不眠的沉思，还有轻率的许诺，天真的轻信。告别青春，告别单纯，从此心甘情愿地跋涉于泥泞的长途而不怨尤。也许即在此时，忧患与我们同在，我们背上了沉重的人生十字架。曼妙的幻想，节日的狂欢，天真的虔诚，随着无可弥补的缺憾而远逝。我们有自己的青春祭。从这个意义上说，这校园与我们青春的希望与失望相连，它永远。

燕园的魅力在于它的不单纯。就我们每个人说，我们把青春时代的痛苦和欢乐、追求和幻灭，投入并消融于燕园，它是我们永远的记忆。未名湖秀丽的波光与长鸣的钟声，民主广场上悲壮的呐喊，混成了一代人又一代人的校园记忆。一种眼前的柔美与历史的雄健的合成；一种朝朝夕夕的弦诵之声与岁岁年年的奋斗呐喊的合成；一种勤奋的充实自身与热情的参与意识的合成；这校园的魅力多半产生于上述那些复合丰富的精神气质的合成。

燕园有一种特殊的气氛：总是少有闲暇的急匆匆的脚步，总是思考着的皱着的眉宇，总是这样没完没了的严肃和沉郁。当然也不尽然，广告牌上那些花花绿绿的招贴，间或也露出某些诙谐和轻松，时不时地出现一些令人震惊的举动，更体现出北大自由灵魂的机智和聪慧。北大又是洒脱和充满了活力的。

这真是一块圣地。数十年来这里成长着中国几代最优秀的学者。丰博的学识，闪光的才智，庄严无畏的独立思想，这一切又与先于天下的严峻思考，耿介不阿的人格操守以及勇锐的抗争精神相结合。这更是一种精神合成的魅力。科学与民主是未经确认却是事实上的北大校训。二者作为刚柔结合的象征，构成了北大的精神支柱。把这座校园作为一种文化和精神现象加以考察，便可发现科学民主作为北大精神支柱无所不在的影响。正是它，生发了北大恒久长存的对于人类自由境界和社会民主的渴望与追求。

这里是我的永远的校园，从未名湖曲折向西，有荷塘垂柳、江南烟景，从镜春园进入朗润园，从成府小街东迤，入燕东园林荫曲径，以燕园为中心向四面放射性扩张，那里有诸多这样的道路。年复一年，日复一日，那里行进着一些衣饰朴素的人。从青年到老年，他们步履稳健、仪态从容，一切都如这座北方古城那样质朴平常。但此刻与你默默交臂而过的，很可能就是科学和学术上的巨人。当然，跟随在他们身后的，有更多他们的学生，作为自由思想的继承者，他们默默地接受并奔涌着前辈学者身上的血液——作为精神品质不可见却实际拥有的伟力。

这圣地绵延着不会熄灭的火种。它不同于父母的繁衍后代，但却较那种繁衍更为神妙，且不朽。它不是一种物质的遗传，而是灵魂的塑造和远播。生活在燕园里的人都会把握到这种恒远同时又是不具形的巨大的存在，那是一种北大特有的精神现象。这种存在超越时间和空间成为北大永存的灵魂。

北大学生以最高分录取，往往带来了优越感和才子气。与表层现象的骄傲和自负相联系的，往往是北大学生心理上潜在的社会精英意识：一旦佩上北大校徽，每个人顿时便具有被选择的庄严感。北大人具有一种外界人很难把握的共同气质，他们为一种深沉的使命感所笼罩。今日的精英与明日的栋梁，今日的思考与明日的奉献，被无形的力量维系在一起。青春曼妙的青年男女一旦进入这座校园，便因这种献身精神和使命感而变得沉稳起来。这是一片自由的乡土。从上个世纪末叶到如今，近百年间中国社会的痛苦和追求，都在这里得到集聚和呈现。沉沉暗夜中的古大陆，这校园中青春的精魂曾为之点燃昭示理想的火炬。一代又一代的中国学者，从这里眺望世界，用批判的目光审度漫漫的封建长夜，以坚毅的、顽强的、几乎是前仆后继的精神，在这片落后的国土上传播文明的种子。近百年来这种奋斗无一例外地受到阻遏。这里生生不息地爆发抗争。北大人的呐喊举世闻名。这呐喊代表了民众的心声。阻遏使北大人遗传了沉重的忧患。于是，你可以看到一代又一代人的沉思的面孔总有一种悲壮和忧愤。北大魂——中国魂在这里生长，这校园是永远的。

　　怀着神圣的皈依感，一颗偶然吹落的种子终于不再移动。它期待并期许一种奉献，以补偿青春的遗憾，并至诚期望冥冥之中不朽的中国魂永远绵延。

●鲁奇

颓波难挽挽颓心

十年前，正当大学生特别珍贵、人人刮目相看的时候，和我同在一眼幽黑、狭小的破土窑住了八年之久的老李考上了大学，别我而去。就是现在，我还能清楚地忆起当时的嫉妒在我心上造成的痛楚。

老李长我三岁，热情、豪爽。爱好文学、史学、哲学、经济，有苦学精神和以天下为己任的儒家风度，能背诗和大段大段的古文。于是，当我们穷得以盐汤佐高粱面窝头时，他爱讲孔子的青云之志、视富贵如浮云的箴言。当我对着那眼破窑洞骂街的时候，他却说："斯是陋室，惟吾德馨。"而当我为自己的困境和前途绝望地痛哭时，他不露同情，却谈龚自诊"颓波难挽挽颓心"的诗、天助自助者的西方格言，要我懂得自救的道理。现在想来，他的这些"贩卖"给当时的我和他减轻了多少心灵上的痛苦是无法估计的。那时，在我的心中，他是个有理想、有恒心、有毅力的人。

记得他得了录取通知书，离开黄土高原的时候，我把他送到村口的那个土岗上，他握着我的手，说："韩愈《送董邵南序》有云：'……吾知其必有合也。董生勉乎哉。'切记，切记。"我知道，这是鼓励我，但更是他自勉，这董生便象征着他吧。他走后，我也沿着招工、对调、再对调的路子，历尽千辛，终于又回到了这座城市。然后是找对象、结婚、生子。日子渐渐好过了。光阴荏苒，老李这个人也渐渐让我淡忘了。不想昨天同妻子到商店买东西却与老李不期而遇。看到他颇为苍老的面孔，我忽然有一刹那清醒的时间意识：人生又一个十年过去了。

见面的场景，出乎人的意料。听到我喊他的名字后，他转过身来。凝视了片刻，缓缓说："哦，是你。"竟一无往日的热情。为了不冷场，我寒暄式地问他这十年的境况。开始他似无心与我攀谈，但不知怎地，谈起来却又如泉水汩汩而流，反令我觉得有点絮叨。

从他的谈话里我知道，他从那所大学毕业后，又考取了硕士研究生，现在读博士研究生。他告诉我，他收入低，近40岁的人却不能像别人那样挣钱养家。没办法让家人过得愉快点。他没房子住，租赁了一间八平方米的小屋，权作妻子、他和三岁的女儿的栖身之所。有时，妻子把无名火泄到他身上，他恨她，想撕了她，但当他看到她们母女俩挤着睡在一起的姿态，他又每每内疚到心痛的程度。"这可怎么好……"临了，他丢给我这么一句话，沮丧地消失在人海之中了。

这一夜，我躺在床上久未入睡，毫无困意，心里很闷。与妻谈及此，她先是叹了口气，转而却说："你操那么多心不怕长白发？"碰了这个钉子，我沉默了，想起了在黄土高原那眼破土窑洞里他背的那句诗："颓波难挽挽颓心"，以及他谈论自救时的神态。那时，这句诗和他的人格可真给了我不少生的力量呢。

●斯妤

凝　眸

窗外，雪夜的路灯扭曲，拉长，微微摇曳如蜡烛。

夜色清冽。空气清冽。薄冰迸折有声。我拥着我的太阳，室内春光如注。

儿子在我臂弯里熟睡。

呱呱坠世的啼哭粗犷而嘹亮，熟睡的产院乍然惊醒。不用护士通报，我已明白，从我瘦弱的体内跃出的，是一颗滚烫有力的火球。

儿子，我期待你已久。

水仙已两年不曾开放，夜来入梦，也久已没有柔风细雨。勇说，儿子将走进我们的怀抱。我说，我将因他而新生。

儿子，你真的来了。

核桃一样肿胀的眼睛，偶一睁开，只是线一样细的缝；厚厚的嘴唇终日撅着。鼻子扁平，额头扁平。在同室的婴儿中，你是最丑陋的。你的父亲因此而深深失望。而我却坚信，你是漂亮的。不是因为你是我们的孩子，只是因为，你的哭声比谁都嘹亮，比谁都放肆。

就在这时，你又哭了，依旧嘹亮，依旧放肆。

每日清晨，我抱着你，在林荫道上作长时间的散步，我指给刚弥月的你看晨星，晓月，蓝天，白云，你却茫然，只把目光短促地投向身旁的迎春花和绿草坪。我意识到自己的可笑，于是给你指迎春花、绿草坪，你却不再理会。你闭起眼睛，酣然入睡。你在我的臂弯里熟睡，没有一丝一毫的迟疑。你全然不理会拥着你的是谁，不理会她将把你带向何方，你只是毫无顾虑地熟睡着。你信赖人，信赖这个陌生的世界。你使我的心灵，又一次怦然。

孩子，正是你纯真的信赖，激发了与天地共存、与日月争辉的爱与责任。

那天早晨，醒来已是阳光耀眼，市声嘈杂。窗帘静静地立在一旁，暖气格外逼人。我走到你的床前，把沉淀了一夜的爱一夜的牵挂带给你。你凝望我，眼球黑得发蓝。我们彼此凝视着，久久。突然，你的唇际绽出一缕微笑……

窗外的太阳，窗外的市声，窗外的一切一切都消失了，惟有你，你的光芒万丈的微笑，最悬在我战栗的空中。

这是你初次的微笑呵！——你来到这个世界仅只 36 天，你还什么都不懂。你不懂得转动脑袋，不懂得挥舞双手，不懂得手势，不懂得语言，可你懂得了——爱！你懂得被爱的美好，你懂得回报爱以深深的爱！

儿子，从此我的空中永远有一方微笑的太阳了。不管我在哪里，不管那里云怎样浓，雾怎样重。

你一天一天生长着，你长眉毛，长指甲，长头发，长牙齿，长所有的骨骼与肌肉。你每天都带给我崭新的面貌，崭新的喜悦。而我，在青春不再的躯体里，生长着的却是日益的疲惫与虚弱……

身的疲惫加剧着心的疲惫。极度疲惫了，便要寻找发作，寻找毁弃。

568

可是你在我的怀里蠕动。你埋着头寻找，急切地"吭哧"着，然后抬起头，乞求的目光直逼我的心底。你不停地蠕动，不停地寻找……

我的愤怒夭折了。

当你开始贪婪地吸吮，心的风暴已成过眼烟云。疯狂化作一泓清水。涟漪静静扩散、静静扩散……

孩子，你使我新生，使我强壮。你使我远远逃离了那极度的痛苦，那疯狂。

窗外，雪夜的路灯扭曲，拉长，微微摇曳如蜡烛。

夜色清冽。空气清冽。薄冰迸折有声。我拥着我的太阳，室内春光如注。

儿子在我臂弯里熟睡。睡梦中仍忍不住他的一再的微笑。

白太阳

五岁的时候我曾经指着月亮和父亲赌气。父亲说那是月亮，里面有嫦娥有桂树。我却指着那冷漠高远的圈球固执地说："白太阳白太阳白太阳！"

父亲笑我蠢笑我笨。笑过之后又使劲把我举过头顶，称赞我的观察力和想象力。我当然得意非凡。但那得意不是因为父亲的夸奖，而是因为我能高高在上地俯视地面的万物俯视父亲的银框眼镜，还有在父亲脚跟前窜来窜去的小猫阿迪。

父亲坐到他的书桌前去备他那永远备不完的课时，我就偷偷跑到葡萄架下。我躲在里面一边摘着酸溜溜的青葡萄吃，一边透过弯弯曲曲相互缠绕的葡萄藤，静静瞧那又高又远的白太阳。

可不是白太阳吗？一样的圆球一样高高地挂在天上，却没有针一样的光芒没有火一样的热度。不是白太阳又是什么呢？白太阳白太阳白太阳……

后来我长大了，明白那其实真是月亮而不是白太阳。父亲却依然笑我蠢笑我笨。父亲说你小时候叫它白太阳呢，你小时候有些笨不过想象力丰富。我听了当然还是高兴只是不再得意，因为父亲不再把我举过头顶了，父亲只是看着我微笑。

那次我在一个峡谷里行走。两边是峻岭，峡谷中间有一条溪流正潺潺流淌。我经过长时间的跋涉已经精疲力尽。我跌坐在溪流前，正要把脚伸到溪水里冲个痛快，却发现溪凝固了峻岭倾斜了，眼前出现一片平川。我惊讶得不行欣喜得不行，正要高声赞叹，却觉得头发湿凉脖颈湿凉转眼间遍地雪白。"下雪了下雪了下雪了！"我终于奋力喊出声来。

这一喊才知道什么峡谷什么溪流平川其实只是梦境一片。

可是下雪却是真的。明亮的玻璃窗映进来耀眼的白光，世界死一般地寂静。我匆匆穿衣匆匆下楼，迎着远处的西山轮廓匆匆走去。我不知自己要做什么。也许想寻那个奇异的梦境也许想寻心中尚无所感的什么吧。

一围湖泊大小的厚而亮的积雪磁石一般牢牢吸住我的目光。我顿时明白我这样匆匆匆匆一路寻来想要的就是它，想看的就是它。

它静静地躺在那里。蓬松、洁白、熠熠生辉。如一首无字的歌如一泓盈盈清流。隔着相当的距离，一股月光般冷艳的气流依然无可抗拒地朝我袭来，一阵紧似一阵一阵浓过一阵……

白太阳白太阳，童年的白太阳。一样冷艳一样的光亮一样的离我既远又近，白太阳——

我又回到愚笨的童年回到弯弯曲曲缠绕着的葡萄架下了吗？

有一刹那我差点放纵了自己。我想跃入那雪的湖泊中，让松软的洁白滋润心田滋润肌肤，让发蓝的银光辉映眼睛辉映额头。因为相形之下，我已这样衰弱这样苍老这样干涸了。

但我终于没能放纵自己，没能跃入湖中。

为了这确凿的衰老的证明。我陷入长久长久的悲哀，直到朝阳喷薄而出，直到白太阳点点滴滴化作一潭春水。

第一次看见他时他驻足在山峦上没有坐骑更没有车辇。可是他回眸一望，被击中的我的心立即放出万道霞光。于是我看见他披着霞光，庄严而迅捷地朝峰巅升去，不一会儿便金光灿灿如日东升照临巍巍青山。

哦金太阳最初的太阳永恒的太阳！

迎着霞光我一步步朝他奔去，心的呼唤穿越寥廓的空间，如洪水漫延如波涛奏鸣……

近了近了那太阳那辉煌的光球。那样耀眼那样迷人那样充满神奇的力量。曾经几度骚扰我的荫翳该永远退避永远逃遁了。生命之火将在我体内永燃。

凭着旷世的呼唤我来到他的身边。他收起如网的金光还我以平等的注目。

这就是他吗？这就是我呼唤了几个世纪的主宰吗？

是的。他不容置疑地回答我有如威严的帝王。

于是，我闭上眼睛等待他旷世的拥抱等待与之俱来的旷世的幸福……然而穿过深沉的夜浩渺的黑暗，我发现我抵达了彼岸。彼岸依旧是幸福依旧是莺飞草长。只是幸福于我不再是如火的霞光而是清澈的水淡泊的云。智慧之光使它们永恒。他依旧披着万道霞光。

那霞光远了近了远近那霞光雪一样的白。

婉穗老师

一

婉穗老师姓林，但没有人叫她"林老师"，学堂里每一个人，无论是老师还是学生，都叫她"婉穗老师"。婉穗老师也不教书，她是中学里的一名会计，但依然没有人称她会计，人人都喊"婉穗老师"。

在我们闽南，只要是在学堂里做事，便就是先生，便就要尊称老师。

二

婉穗老师有一个妹妹，年轻而且美丽，镇上的英俊少年，富家子弟，无不偷偷或公开地追求她。婉穗老师却不然，她已经四十有余，却始终孑然一身，处女风度依旧。

三

婉穗老师有一米七零之高。一幅棱棱瘦骨凑成了她的肩膀。肩膀上是长长的脖子，曲线很好的脸上有一双凹而大的眼睛。

婉穗老师的两颊也是凹陷的，她的背并且永远地微驼着。

婉穗老师走路的时候，总是躬着背，低着头，身体前倾，气喘微微，如同一匹负载的瘦马。

四

我的母亲和婉穗老师很熟，她说她十年前调到这个镇上和婉穗老师共一所学堂时，婉穗老师就是这样高这样长这样凹陷这样气喘微微的。

母亲并且说，婉穗老师虽然相貌平平却很孤傲，一般的人，他都不屑于搭理的；虽然孤傲，心地却善良，差不多的学生，没钱交学费了，去找她，总能拿到三角、五角的。

五

婉穗老师很有些钱，她是我们镇上最有钱的华侨地主"莲花洲陈"的长房长孙女。虽然后来林家的产业失散了大半，婉穗老师却依然有钱，依然睡觉时有一对雪白的缎面绣花大抱枕陪伴。

（当然，这是她与世长辞后人们才知道的。）

六

婉穗老师虽然有钱，却绝对不愿在家吃闲饭。她在学堂里前后做了十四年的事，只要不生病，每天准时在七点三十起步，七点四十五抵达办公室，没有一天例外。寒暑假，学堂放假了，婉穗老师却不放假，照样每天七点三十起步，七点四十五抵达。到了办公室，或翻翻账目，或看看旧报，实在无事可做，便低头静

573

坐。挨过了一个上午,婉穗老师便复背起那永远鼓鼓囊囊的蓝色帆布包,拱肩、低头,慢慢走回莲花洲。

七

婉穗老师后来添了一对养子女。这养子女是她唯一的一个朋友的儿女。这朋友和她共过事,知道她孤单孤僻善良有钱,知道她年近晚年却膝下无子,便慷慨地将她最末的两个孩子送给婉穗老师。

八

婉穗老师的养女黛玲到莲花洲来当养女时年龄已和我相仿。她作了婉穗老师的女儿便时常随婉穗老师来我们家。每当这种时候,我和黛玲便叽叽喳喳,在我房间里或读书或唱歌,婉穗老师却只是啜着一杯清茶,和母亲相对静坐,直到一个多小时的拜访结束,也不开口说一句话。

(我的母亲其实是个健谈的人,她之所以静默,完全是为着配合婉穗老师。这是我长大以后才明白的。)

九

婉穗老师的居所莲花洲是一个四面环水的小岛。小岛的四周原先飘满了蓬蓬的莲花,莲花洲因此而得名。后来莲花洲四围见不到莲花了,只剩下没有色彩没有变化的清清河水。

婉穗老师闺房前的天井里却依旧养着两排莲花,共计十六缸。婉穗老师很爱莲花,她每次从学堂里回来,第一件事就是到那列队而立的莲花缸前,依次检阅,细细观赏。

574

婉穗老师的养女黛玲后来却发现，她的"姨妈"（她管婉穗老师叫姨妈）其实只爱莲叶不爱莲花。莲花一旦含苞欲放，婉穗老师立刻毫不留情地将它掐去，没有一丝一毫的犹豫。

所以那两排矮而胖的水缸里才永远飘着绿意，绝无一点花讯。

黛玲并且说，她的姨妈掐莲花时，总要拿一方白手绢垫手，并且带着一脸送葬的神情。

十

婉穗老师那时已经没有父亲，只有一个继母是六十来岁的小老太太，大家都喊她"牡丹婆婆"。牡丹婆婆也常来我们家，因为她的小女儿，婉穗老师那个年轻又美丽的妹妹婉榕姑娘在学堂里念高三，就在母亲的班上。

牡丹婆婆来的时候，我就拿着一串关于婉穗老师的疑问去问她，牡丹婆婆听了，只是干干地笑。牡丹婆婆说：

"她的怪癖多着呢。"

"什么怪癖呀？"

"不吃早饭是不是怪癖？不许人进她的卧室是不是怪癖？不管冬天夏天窗户永远紧闭是不是怪癖？怪癖怪癖，她的怪癖多着呢！"

牡丹婆婆说着，不再干笑，转身去找我的母亲，商量她的宝贝"阿榕"考大学的事去了。

十一

我原来以为既然婉穗老师的养女黛玲喊牡丹婆婆作"阿嬷"（外婆），并且十二分的亲热，那么牡丹婆婆必是婉穗老师的母亲必是待她十二分的亲热无疑。后来才知道牡丹婆婆其实只是一个婢女出身的继母，并且婉穗老师并不是林家的亲骨血，她只是牡丹婆婆的前任抱养的。

还有人说婉穗老师甚至不是抱来的，她是林家的老家人林三从一片血泊中捡来的。她的亲生父母和诸多的兄姐全被土匪杀了，大概因为她是个女婴，又在襁褓期，盗匪们动了恻隐之心，才让她免死刀下的。

难怪婉穗老师也时常到林三一脉单传的孙子林全义家里静坐。

十二

婉穗老师虽然在襁褓期幸免于难，中年却无可挽回地早逝。我上初一那年冬天，婉穗老师终于不能每天像钟表那样准时出现在校门口了。她不得不喘微微地躺在病榻上。

婉穗老师日见衰弱，日见枯萎下去。奇怪的是婉穗老师虽然病得气息奄奄了，却依然不许人进她的卧室。牡丹婆婆给她送饭，只送到门口为止，黛玲和泓要尽孝心，也只允许在她门口，高声说几句关切慰问的话。

我随母亲去看过她一次。母亲站在门槛边，隔着半开的门，大声说："婉穗老师，你要宽心静养。"

婉穗老师，屋里只是一阵剧咳。

"婉穗老师，药要按时吃！"

婉穗老师仍不答话，仍旧是一阵剧咳。

"婉穗老师，学校里的同事们都记挂你，大家请你静心养病！"

婉穗老师咳得更离奇了，屋里传出一阵"空空空"的咳嗽声。

那声音太古怪了，像急促的犬吠声，听着听着，我的毛孔全竖了起来。母亲大概也不忍再听了，她拉起我的手逃似的往前厅走，边走边胡乱地说："婉穗老师你好好养，我改日再来改日再来。"

十三

母亲之所以关照婉穗老师按时吃药，是因为牡丹婆婆说，婉穗老师那一阵已经不好好吃药了，给她送去的汤药，往往仍旧放在房门口的石凳上，动也不动一下的。

后来婉穗老师总算进了医院。那是她第一次昏迷之后，她的妹妹和堂兄弟们不顾她的禁令，硬闯进卧室，用担架将她抬进了开往城里的轮船，送她到市立医院。

婉穗老师进医院一周后就死了。听说她临终前翻来覆去只叫一个人的名字。那人其实早已故去，那人就是从血泊中把她捡回来的林家的老家人林三伯。

十四

婉穗老师一过世，林家的人（除了婉榕姑娘和牡丹婆婆，尚有婉穗老师的堂兄堂弟婶娘侄女）和婉穗老师的养女黛玲家的人都忙碌起来。因为婉穗老师很有些财产，而且林家只有婉穗老师得以保留这些财产，因为婉穗老师是孤女出身，赤贫出身，且有当年健在的雇农林三伯的庇护，而不像婉榕姑娘既无人庇护，家庭出身又是华侨地主。

十五

但是婉穗老师早有安排。

镇上德高望重的庄牧师很快就造访了莲花洲。庄牧师出示了婉穗老师三年前立下的遗嘱。遗嘱全文如下：

"余承先人之恩，有黄金十两，存款八千，余委托庄思明牧师在余身后将上述财产悉数分赠本镇下列女性：

孤儿出身，尚未成年者；

终身未嫁，已近晚年者；

晚年独处，膝下无子者。"

十六

庄牧师的造访当然令黛玲及其母亲伤心万分。她们尤其尴尬的是，婉穗老师的遗嘱竟然是黛玲和泓出任养子女的第二天立的。

牡丹婆婆却比较大度，牡丹婆婆说：

"怪人做怪事，一点也不奇怪，我算白侍候了她一辈子。罢罢罢，幸亏不是我养的，幸亏我们阿榕不是那幅怪脾气。"牡丹婆婆说着，走到婉穗老师的天井里，指挥人把那十六缸莲花一一抬出去卖了。

表舅母

明舅母和裕舅母同是外婆家的隔了两代的表亲。

外婆在世时，常常这样评价两个表舅母：

"一个谦和，一个骄横。谦和的受苦骄横的享福。命好命坏是与做人无关哪。"

外婆说的谦和受苦之人，指的是裕舅母。她生性温和，待人友善，只可惜嫁了裕表舅没几年，就从一个端庄秀丽的少奶奶，变成了终日眉头紧锁的小地主婆。

明舅母则不然。她虽然是裕舅母的亲妯娌，并且和裕舅母同住在祖上遗下的两所紧邻的房子里（因为是华侨地主，裕表舅的房子未被没收），她却要轻松得多。因为明表舅厌恶农事，早在革命之前就弃农学医，并成为那一带的名医了。他的成分是自由职业者。

对此外婆常常慨叹：

"你明舅母才真正是富家小姐哪。她一向瞧不起裕舅母，笑她只值十亩盐碱田。如今她又笑她是个可怜兮兮的地主婆了。"

原来裕舅母娘家贫寒，只是因为她生得端庄，才换得裕表舅家的十亩劣质水田，成为体态臃肿相貌丑陋的裕表舅的妻子。

我的外婆和明舅母来往很少。因为虽然住得很近，但明舅母对这个家道中落的表婶却没有敬意。外婆也讨厌明舅母那一脸倨傲的神情。

不过明舅母的倨傲自有她倨傲的道理。

在我们小镇上，明舅母是头一号的"先生妈"——明表舅当着名医，受着众人包括镇上要人们的尊重（无非因为要人们也常常要生些疾病），明舅母自然很是体面。明表舅又很有些积蓄（外婆说明表舅机灵，很早就将他名下的那份田产换成了金条），行医的收入也颇丰厚，明舅母又出身富家，言谈举止自是大家风度，对于诸多如今变得又穷又酸又黑的亲戚们，她有些不屑也是自然的。

我那时年纪尚小，往往看到明舅母挽着高高的发髻，穿着半袖的黑绸衫，露出戴着玉镯子的浑圆雪白的手臂，便就要钦羡与赞叹：

"明舅母真美！"

外婆却总要横我一眼，外婆说：

"当年你裕舅母比她美十倍！"

我不知道当年的情形，但我如今见到的裕舅母，却是又干又佝偻着的。尽管外婆一再说当年裕舅母是四乡里有名的美人，我却总是怀疑。

不过明舅母的盛气凌人我很快就领教了。

那是暑假里的事。我和裕舅母的小女儿璇子在裕舅母家里玩捉迷藏。衣柜、壁橱、阁楼上，所有可藏的地方都藏过了，我突然灵机一动，打开了二楼北面过道里的小木门，轻手轻脚跑进明舅母家藏起来（他们两家原是相通的）。我非常得意于我的这份机智，因为过一会儿，璇子果然找不到我，正在自家的楼上楼下到处嚷嚷，高声认输呢。我得意扬扬地从藏身的卫生间里跑出来，正要大声招呼璇子，肩头却被结结实实地扳住了。我回头一看，明舅母正眉毛倒竖，怒气冲冲地站在我面前。

我立刻想起外婆的警告。外婆从来不许我上明舅母家玩，她说明舅母会像打狗似的把我打出来。

580

我的手脚立刻彻骨地凉起来。我怯怯地说：

"明舅母。"

明舅母根本不理会我。她弯下腰，很快地移动那双浑圆雪白的手，在我的兜里、腰里乱摸一气。

我立刻明白明舅母比外婆说的还要可恶十倍。

"你不能搜我！我不是贼！"我甩掉她的手，愤愤地喊。

"嗬嗬，还挺厉害。我问你，不偷东西，你到这里来干什么？"明舅母说着，再次动用她那锐利的目光在我浑身上下搜寻。

"我和璇子，我们在玩捉迷藏！"

"捉迷藏？喏，过来——"明舅母伸出肥胖的手，像拎小狗似的将我拎进她的卧室。"看看看看，这是玩捉迷藏的地方吗？"明舅母猛地拉开梳妆台的抽屉，"金项链金戒指金耳环翠玉手镯，丢了你赔吗？你赔得起吗？——哼，怕是连你外婆都没见过！"

"我外婆有，比这还漂亮！"我一点也不肯示弱。

明舅母大概没想到我会这么嘴硬，她愣了一下，然后有些气馁地说：

"对，你外婆有过，可她现在是个穷光蛋了。算了，你走吧。慢点，给我记住，以后不许再到这边来！"

我狠狠地剜了她一眼，算作回答。然后，把她的木板地踩得山响，噔噔噔地跑回裕舅母家。

当璇子惨白着小脸问我前后经过时，我恨恨地指着她的鼻尖说："以后，再不上你们家了，你们周家全是地主婆！"

后来，我果真再没有去过裕舅母家。明舅母那里，则更不用说了，每次遇见她，不管离得多远，我都毫不犹豫地朝地上啐上一口。

和明舅母和解是十年以后的事。

那是我到钟子尾插队的第二天。我正在天井里准备草鞋、镰刀等，突然听到有人叫我的小名。我抬起头，看见一个村妇模样的清瘦的老妇人和一个胖胖的小女孩正在朝我走来。

"蕊蕊，快叫姑姑！"

我十分奇怪。这老妇人虽然有些面熟，可我怎么也想不起她是谁了。而胖胖的小女孩却正在甜甜地叫"姑姑"。

"小娟仔，不认识我了？明舅母呀！"老妇人满脸皱纹地看着我笑。

明舅母？这个清瘦憔悴和气的乡妇怎么会是那个挽着高发髻、穿着黑绸衫的丰满白皙傲慢的表舅母？

我真不能相信自己的眼睛！

"你怎么愣了？真是我呀！"

老妇人的声音的确是我所熟悉的。虽然已略带沙哑，失去了当年的圆润，但口气、音调确是明舅母的。

"真是明、明、明舅母吗？"隔了十年第一次称呼她，我竟然口吃起来。

"看来我变化非常大，是不是？喏，你都出落成大姑娘了，我也是该老了。"明舅母解嘲似的说着，移过一个木板凳，在我身边坐下。

我这才知道，自从我们离开小镇以后（外婆去世后，我和母亲便到父亲那里去了），明舅母家发生了大变故。先是红卫兵抄了家，值钱的东西被一扫而光，再是明表舅不堪凌辱，悬梁自杀了。接着是动员城镇居民上山下乡，明舅母家首当其冲。明舅母不愿去遥远的龙岩山区，便咬咬牙，全家迁到一直是农业户口的儿媳妇蜜治的娘家大队来。

"没想到你也分到这里来，"明舅母一脸笑意地看着我，眼圈却渐渐红起来，"这下我可有个人说说话了，你不知道我都快要憋死了。"

原来明舅母的儿媳妇不是善良女人。当年她在镇上读高中，看见明舅母家又体面又富裕，便三天两头跑她家，终于让明舅母的独生儿子光中娶了她。如今明舅母家道中落，背着黑五类的牌子依附到她娘家村子来，她便恢复了本性，天天恶言相向，骂光中窝囊，骂明舅母害了她，并一再扬言要离婚。她在小学里代半天课，一回家便歪在床上，什么都不做。明舅母给她带三个孩子，给她做饭、洗衣、喂猪，里里外外全包了，天天累得直不起腰来，还得忍气吞声听她骂。

　　我很奇怪以明舅母的刚愎与倨傲，怎么能忍受这样的恶媳妇。

　　明舅母叹口气说：

　　"现在不是又黑又矮么。在人屋檐下呀。喏，这个村子全和她一个姓。"

　　我后来每忆起明舅母这起伏很大的一生，常常要惊叹人性的复杂与无限潜力。

　　那个挽着高高的发髻，黑绸衫被风吹得呼啦啦响的丰满白皙骄傲自负的妇人，如今天天扎着灰头巾，穿着粗布衫，上山，下地，洗衣，养猪，额上的皱纹比村妇们深，手上的皮肤比村妇们粗，做起事来比村妇们干净利索，甚至吃起苦来也比村妇们毫不逊色。

　　明舅母的儿媳妇蜜治却越来越不安分了。没多久她干脆连代课教师也不当了。她十分洒脱地扔下三个孩子，失踪了。

　　后来村里有人在城里遇见她。她正挽着一个又干又瘦的中年男人，在海滨散步。

　　再后来她回来过一趟，剪着很飞的短发，穿着很瘦的裤子。她找到明舅母的儿子光中，正式提出离婚。

　　光中却不肯，他既窝囊又执著。他泪流满面，跪下来求妻子留下。

明舅母从山上回来时，看见了这一幕。她捶胸号啕，将一只只大瓷碗狠狠扔到儿子身上。

第二天她背着最小的孙子走了。她的大女儿在省城工作，几次接她都不去，这回她下决心不管这窝囊废儿子了。

可是上了船她又慢吞吞地下来了。她背着小孙子顺着来时的小路又走回了钟子尾。

到家时她看见儿媳妇躺在儿子的床上，一脸无耻的得意与自豪。

据在场的邻居说，明舅母弯腰放下小孙子时，嘴里喷出了一口鲜血。她脸色铁青，可她什么都没说。她走进灶间，拿了镰刀和竹筐，上山了。

最后一次看见明舅母是我临离开钟子尾的前一天。

我们几个同时招工的知青正在老宅里收拾行装，突然光中慌里慌张跑来了，一路跑一路大呼小叫地喊我。喊得我们个个头皮发麻。

"小娟仔小娟仔我妈不行了她要见你，你快走快走她要见你你快走！"

我这才知道明舅母出事了。

说来很惨，明舅母这个名医的妻子，原来也曾自诩于略通医道的，却竟然吃错药铸成了大错。

原来明舅母迁居钟子尾时，家里已一贫如洗。表舅公去世前吃剩的十几副中药，明舅母舍不得扔，便连同几件棉被家什等一起带到钟子尾。出事前的那些日子，正是青黄不接之时，明舅母已半饥半饱地挨了好几天，突然想起表舅公留下的中药来。她恍惚记得里面有一两味补药，便赶紧翻出来熬了。

其实明表舅学的是西医，明舅母对于中药根本不懂，但她一心一意地指望那里面的补药帮她战胜饥饿与衰弱。

药熬好后，她舍不得喝，先倒了半碗给蕊蕊。小孙女喝了一

584

口嫌苦，她打了她一巴掌，自己喝下了。

没多久药性发作了。蕊蕊喊肚子痛，明舅母满地打滚。闻讯赶来的赤脚医生束手无策，愣了半天只好让病人服止痛药。

我赶到明舅母家时，明舅母的剧痛已缓解了。但她眼珠外凸，大汗淋漓，样子十分吓人。

看见我进来，明舅母作出一种微笑的努力（这笑容比哭还难看十倍），然后，她急切地，断断续续地说起来：

"我知道……你一直在笑话我……我叫你来……就是要告诉……你……我比你裕舅母……强十倍……比你外婆……强十倍……我没有戴过……地主婆帽子……没有卖过……家当……那几年……我比她们多过了……好多年……好日子……我到现在……还有……还有……还有……"

明舅母絮叨着，把手伸进怀里摸索了半天，终于掏出一个皱巴巴的小红纸包来。

"看这个，这个……足金耳环……这一对……四钱重呐……她们……早都卖光了……我还留着……我不像她们……"

明舅母用那越来越浑浊的老眼凝视手上的耳环。突然她嘶哑着嗓子笑了起来，笑得我毛孔倒竖。

"那天……红卫兵在……门外嚷嚷……我就知道……要抄了……赶紧把耳环……摘下；……塞进发髻里……他们……到底娃娃……"

明舅母又一次得意地笑起来。

"这是……他给我的……还有一只……四钱重的……戒指……结婚那天……他亲自给我……戴上……努，你……你过来……"

明舅母突然对着儿子使劲招手。

光中惨白着脸走过去。明舅母说：

"你给我……戴上……我要去……见你爸爸……你爸爸他

"……你不许……再摘下来……我是个……体面人……我得戴着它
……"

光中"喏喏"地答应着，手和膝盖都在颤抖。我只好走过
去，帮他将耳环给明舅母戴上。

"怎么样……很气派吧……你们年轻人……是再戴不上了
……嘻嘻……把镜子给我……镜子。"

我将桌上一只缺了一半的破镜子递给她。她立刻很兴奋地举
起来。

她无疑是看见那对金光闪闪的四钱重的足金耳环了。她应该
也看见戴着耳环的那张干枯蜡黄、眼珠外凸的陌生老脸了。

她突然很凶地叫了一声。

我和在场的人都听见一声苍脆的巨响，镜子重重摔到地上。
明舅母仰天倒下，她眼珠怒凸着，死了。

第二天我和伙伴们离开村子到公社所在地办理最后一道上调
手续。经过裕舅母家时，听见里面传出一片哀声，我这才知道，
谦和友善并且曾经美丽端庄的裕舅母也谢世了。她得的是癌症。

●蒋华

渴望雨季

夏天逝去燥热也逝去，可你却依然渴望着雨季，你一直在生命的绿中寻觅温暖，以使你的心不再失落。

整个夏天竟没有雨，整个夏天的燥热热得你坐卧不宁，热得你心慌，热得你有那种心被蒸煮的感觉。天是晴朗的，心却未必是晴朗的。

可是你忍受住了这个夏天的燥热。

他们却不能忍受。他们终于在这个夏天平和地分手，从此谁也不再依恋谁，尽管他们也流过泪，分手时也挂着那比哭还难看的笑，可他们却终于分手了。那影子在阳光的照射下越来越离你远去，可你却没有让她逃脱掉，你把她收紧然后埋在了心里。

于是你开始沉默，你就以沉默正视着世界，那些欢声噪声却远离了你，你只有收紧在心里的那个影子。你终于享受了孤独。

你便诅咒上天诅咒这个夏季竟没有雨。燥热把雨水也蒸干了。你便在这燥热中挣扎。你知道他们谁都不愿再在没有内容的生活中挣扎，于是你只有沉默，你只有让那个想念在心里悸动。

现在你生命中只有草只有绿，你觉得草绿得迷人，可你也是草却绿得那么青涩。你一直渴望着雨季，你知道雨打过绿也鲜嫩

587

草也鲜嫩，你也可能变得鲜嫩。绿在风中萌动着掀起一波一波的草浪。这草浪总使你眩晕，你一眩晕便觉得绿充满你的生命充满你的希望。你的希望便是在那萌动中诞生，于是你总有希望，尽管你绿得青涩可却是你永远的明天。

　　燥热把雨水蒸干天便不再显得那么忧伤。可你的爱却残缺了，于是你就在这晴朗的天下忧伤。你终于憎恨他们，憎恨他们什么也不告诉你，也不向你解释什么，就让你在这突如其来中惊呆，在这惊呆中承受超乎寻常的痛苦。突然你觉得你的脸有些潮湿，你知道这不会是天的泪而是你的泪。你匆忙将泪揩去，你不想让别人扫兴。在这美好的天底下竟然有你在流泪。这个夏天没有雨只有阳光，你就在这阳光下曝晒，你知道你不再青涩而开始发黄，你终于害怕了，害怕哪天你因为缺水而枯萎死掉；你也害怕那些草那些绿死掉，草死了绿死了便不在那萌动之中，便不能充满你的希望了。

　　你曾经发誓决不为了别人哭泣，可最近你眼里却总在流着莫名的泪，你不知道这眼泪是为了你流还是为他们。你不再能控制自己，你觉得孤寂得要命，你知道没有谁能为你驱逐掉这孤寂。或许他们只能给你温暖而不能为你驱逐孤寂，他们不知道你这孤寂中充满着依恋。你想他们或许就是因为孤寂才分手的，可你的依恋却不能使他们再重新回头，不能。依恋无所终只是在受罪，你们全都在受罪。

　　你终于失望了，那样阴郁的天空竟没有一滴雨。雨季不再来？你已经在这饥渴中开始挣扎已濒临枯萎。或许草的路就是你的路，除了在风中摇曳便只有依恋。那晚你作了梦梦见了海，海却是绿的是死了的海；绿便是死了的蓝海因为绿失去了生命。他们曾答应带你一同去看海，结果他们却忘却了远离你了，于是你记忆中便只有绿色的海。

　　于是你眼里便都是绿除了云天，天是蓝的却蓝得让人看了想哭因为没有雨。他们不给你希望，他们把你打死在那死草死绿中让你远离那萌动。他们有了希望吗？尽管你一直在深深依恋着，可你却不想让别人知道你在依恋，你只是在没人的时候冲着天空喊爸爸喊妈妈，这时你便想扑到某个人的怀里哭个痛快。天空离你是遥远的，他们也是。

总是没有雨，难道是你没有希望了吗？

很久你都没有唱那支你觉得酸楚的歌，你就在这饥渴中渴望者雨季。不管，雨是下得缠绵还是下得狂暴，不管，你全都不管只要下雨便行。你知道有雨你便有了希望，有了希望你便不再青涩也不会枯萎。

或许那海也一样有了生命。

●嵇伟

隐　秘

　　　　长亭外，古道边，
　　　　芳草碧连天。
　　　　晚风拂柳笛声残，
　　　　夕阳山外山。
　　　　天之涯，地之角，
　　　　知交半零落。
　　　　一觚浊酒尽余欢，
　　　　今宵别梦寒。

　　祖父说这是弘一法师李叔同的词，谁配的曲就不知道了。祖父在他离人生的彼岸越来越近的最后岁月中，最喜欢哼这首歌了。那沙哑的嗓子，有一份苍老的忧伤，一份旅人的寂寥。父亲告诉我，这首《旅愁》也是大姑从前在无锡师范附小念书时最爱唱的。

　　祖父后来一定以为大姑已经不在人世了。当然那是很后来的事了。祖父的这种想法只有我知道。祖父永远没有想到大姑的存在对于我们其实比死去更残酷，虽然因了祖父我也很爱不相识的大姑。她去的地方那么远，隔着一道海峡，一个世界几十年杳无音讯。她现在也许还活着，也许不久后的哪一天她就会回来探

590

亲，来看她的老父亲。然而祖父却早已离我们而去了。

祖父最爱大姑，但他自己从未这么说过，是父亲和妈妈背着他告诉我的。祖父有两个儿子，却只有大姑这一个女儿，而大姑与早逝的祖母极像。从我记事起，就看见在大学教书的父亲隔一段日子拿回一封信，恭恭敬敬地念给坐在藤椅里的祖父听，信都是大姑写来的，说她在北京生活得很好，说姑父和女儿都好，说她在文化部下属单位工作。祖父曾经是晚清的举人，不过现在双眼罩上了一层厚厚的白翳，看人看物皆艰难。他无法看见女儿的字，但只要听着父亲这么读，就频频点起雪白的头，一脸的欣慰。

祖父的眼睛不好，又离开了无锡老家那宽敞的古宅，不敢在上海热闹的街上乱走，便不出门，整日与我做伴，教我些诗经、离骚、唐诗、宋词，还同我谈大姑，说大姑是当年无锡有名的才女，琴棋书画皆精通，还会唱很好的锡剧。祖父说着说着就会摸索着去开那架熊猫牌无线电，找锡剧听，可惜难得找到。父亲后来弄回一架很旧的唱机，买了几张《珍珠塔》、《双推磨》唱片。祖父每次听，都要与大姑往日所唱对比。在祖父尚聪的耳中，大姑比那些锡剧演员唱得更有韵味更有情致。

祖父常问父亲，大姑为什么总不回来。父亲忙写信去问，但每封回信大姑总说忙，要工作，要学习，还要照顾姑父和女儿。有几回大姑几乎真的要来了，信上都说了几日几日到，但临了总有那么一件棘手的事阻碍她不得成行，让祖父和我都空欢喜一场。有一次大姑甚至路过上海叫父亲去接，本说来家呆一两天的，谁知接站的父亲独自回来了，手里提两篓无锡玉兰饼，说是大姑任务紧来不了，直接从火车站转车走了。父亲把盛玉兰饼的小竹篓递到失望的祖父手上："姐说这是您最爱吃的。"祖父用褐斑累累的手一遍遍抚摸小竹篓，舒展开满脸皱纹，不住地对我说："是你大姑，真的是她，别人不会那么细心的……"

那时我小，才五六岁，却已经和祖父一样思念起我从未见过面的大姑。儿童节妈妈带我到人民公园去玩，热热闹闹的公园里有许多老人搀着孙子孙女散步，我就想起了祖父。我说，妈妈你催爸爸叫大姑回来呀，祖父想见她，我也想见。妈妈随口回答我："下次别在外边提大姑，你大姑1949年就跟你姑父去台湾了！"那时我还没上小学，也没进过幼儿园，不知道台湾意味着什么，我问妈妈："台湾好玩么？大姑老也不愿回来。"妈妈一把拽住我的胳膊，厉害兮兮地说："我是骗你的，大姑在北京。你要跟别人说什么台湾，我一定揪掉你的耳朵，还要剪掉你的小辫子，让你变成光头小男孩！"我估计妈妈揪耳朵倒是不敢揪掉的，但剪辫子的事她会做得出来。我一直认为自己是个漂亮的女孩，可不愿意当难看的光头小子。我没有说，对谁也没有，甚至祖父。

　　祖父的眼睛越来越不好，1961年我念小学一年级时他几乎完全失明了。那时，十几年没回过家的大姑往家寄信总附带照片。照片每次仍由父亲给祖父详尽地解说，说大姑穿的什么衣服梳的什么头，说大姑的女儿又长高了，说姑父还是十三年前的老样子。每逢这样的晚上，祖父总用无光的眼睛紧紧盯着父亲的方向，咧开缺了许多牙的嘴幸福地微笑。然后拿过照片摸了又摸，最后由父亲帮着贴到他那本宝贝相册里。这相册真的是很珍贵的，因为每次父亲都把凑上来看稀奇的我轰走，怕我弄坏了什么。

　　就是那一年，父亲到北京去开什么学术会，祖父让把大姑从前留在家里的鹅黄丝绒旗袍捎去，捎给大姑的女儿穿。祖父说那女孩是1947年大姑在无锡家里生的，该有十四五岁了。当年记得大姑穿这件旗袍很美丽，那女孩不是像娘么？那也一定美丽。妈妈在一边插话说现在早不时兴穿旗袍了，挨父亲狠狠瞪了一眼，连忙拉我到里屋去。父亲走后，妈妈上班，我也上学，祖父在家很寂寞，只能听无线电听唱片。一天放学回家，我看见祖父正捧着那本宝贝相册在一页页一张张地用青筋毕露的手抚摸。父亲从不让我接近这相册，现在父亲不在，我对祖父说："我帮你讲照片好吗？"祖父怜爱地摸摸我的头，把我抱上他的膝头，让我一张张给他讲。相册的前几页是祖父一家子的照片，有大姑、父亲和叔叔，最多的是祖母。接下来好几页是年轻的大姑和姑父。往后是我们全家，有我和妈妈，还有叔叔一家。再后……再后是什么呀？是《白毛女》剧照。祖父生气地打断我的话："淘气孩子，什么白毛女，是你大姑在北京天安门广场照的，穿格子衬衫，还烫的发。"我说："什么呀！《白毛女》这电影我看过，而且我识得照片上这些字，您知道的。"祖父不吭声了，任我往下说。以后的照片，有些显然是电影剧照，有些是店里卖的风景照片，有太湖鼋头渚，有惠山二泉。照片底下印着的字和价格，祖父让我全念出来。直到翻完相册，我都没看见大姑这些年寄回来的照片，正转过头想问问祖父，却吃惊地发现两行浑浊的老泪已经从祖父皱纹纵横的脸上淌到藏青棉袍的前襟。

祖父日益老了，越来越久地坐在藤椅里，用已经不成调的调子哼唱着李叔同的《旅愁》。祖父不再问起大姑，似乎对这个迟迟不归的女儿已经失望了。连父亲给他念大姑的来信说大姑的照片，他也漠然地无动于衷，仿佛什么都没听见。不知为什么，我和祖父都没向父亲谈起相册的事。祖父不久就去世了。

祖父没有等到大姑有可能回来探亲的今天。那时候，父亲也不曾想过会有今天。我渐渐长大了，渐渐懂事了，及至看过鲁迅先生的《父亲的病》，才蓦然明白我曾做过一件多么残酷的事，在不经意不明理中，扰乱了祖父宁静平和的暮年，让他带着痛苦离开人世。而对父亲的赤子孝心，直到他如今也老了，满头华发时，我才渐渐理解那深沉。于是，那惟一一次陪祖父看相册的情景，我时时庆幸从不曾与父亲说起。

● 韩小蕙

兵马俑前的沉思

一

尽管已置身在恢宏的展览大厅里，眼前这胴体裸露的真实的黄土地，仍不失大西北的悲壮气概，令人嗟叹不已！恍惚间，但闻鼓角齐鸣，脚步踏踏，参观的人流已悄然隐去，黄色的空间中，列队走来兵马俑们那灰黑的方阵……

但我简直无法想象，他们每一张脸上，竟都堆着恭顺的微笑！

这两千年前的威武之师！他们之中的每一个人，无论是将军还是士兵，全是高大、魁伟、相貌堂堂。威严的军服，整肃的纶巾，和他们身上那异常精美的小佩饰，更把这些七尺男儿的身躯衬托得英武无比。可以想象在当年横扫六合的无数次鏖战之中，他们曾怎样奋猛地浴血奋战，横扫千军。没有他们，秦王朝的伟业无从得以实现，始皇帝的声名无从得以流传；而那千秋功业的史册上，也无从写下辉煌的一笔。

可是现在，面对着一个死去的女人，他们竟这样整齐地排着

594

队，每个人都是两肩前耸，双手下垂，低眉敛目，摆出了一副恭顺的朝拜姿态。

这难道就是他们留给后人、留给千秋万代的永恒吗？

这是我所见到的最令人困惑的微笑。

二

我简直无法理喻，他们怎么能笑得出来？

姑且不提那孟姜女哭倒长城的老话，单是面对着这铺张靡丽的始皇之母墓葬群，谁又能不感受到凝聚其中的血与泪？

金碧辉煌的铜车马固然精美绝伦，但那金银，无一不是横征暴敛而来；场面宏大的俑坑固然震人心魄，堪称奇迹，然而遥想当年那肩挑手抬的原始施工，莫如说是累累白骨堆砌而成；成百数千个兵俑固然个个高大雄壮，气势夺人，可若有人去倾听他们内心的血泪，恐怕这墓道会轰然坍塌，爆起四方狼烟……

不提防之间，讲解员突然把一个争执不下的千古之谜，硬邦邦地拽到面前：

"你们说，这兵俑，是先烧造好放进坑道里的呢，还是与炕道同时烧就的呢？"

甲说："我看就是在这墓道里烧的，不然怎么能排列得这么整齐？"

乙讲："不对头。别忘了，这么多兵俑没一个相同的，是因为当年每一个俑都用一个活人做模特儿。"

"啊！……"我差点叫出声来。这就是了，从刚才见到这些兵俑的最初一刻起，我的心里就漾起一种恐怖的感觉，老觉得这些不声不响的兵俑们的身体内，都包孕着一个活生生的人！尽管讲解员并没有这么说，史书上也没有这样的记载，可这想法是那么固执地存在我的心里，怎么也挥之不去。我便死死地盯住兵俑们的破损处，想看看那残破的伤口里，到底是泥土还是别的什么。然而历史到底是太长久了，即使是血肉之躯，也早就零落成泥了⋯⋯

零落成泥碾作尘，仇恨却应当还在。徭役之重、苛捐之重、盘剥之重、压榨之重。也许没有超过秦王朝的了。仅从眼前这空前奢靡的墓葬中，就不难推想出那千古一帝本身的丧事，不知还要铺张多少倍！而在七国连年征战、秦王统一霸业之后仅数年之内，百姓哪能拿出如此众多的财富，来满足统治阶级骄奢淫逸的需求呢？由此可见，当年的阶级冲突，必定是极其酷烈的，绝不会是这样一曲太平大乐。

这是我所见到的最令人心疑的微笑。

三

我一定要弄个明白，他们为什么会笑？

于是，我溯着历史的源头，匆匆过清、明而跨宋、唐，走向他们那个残暴的时代⋯⋯

不料我来得太晚了。还未跨进秦王朝那道黑漆漆的门槛，就见墓道的大门被轰然关死，里面便从此声息全无。只一忽儿，黄土地上面就悄悄地冒出青草，淹没了曾是那么真实的历史痕迹。

我便又匆匆赶往骊山，想去看看还正在施工中的秦始皇陵。可惜里外三层的重兵防范得固若金汤，除了偶尔传来役夫们的一二声惨叫之外，根本看不到里面的一砖一石。中国历史的封建统治者，不知为什么都那么重视他们的身后事，一个个还在盛年壮年的时候，就急急忙忙地搜金刮银，自掘起一个比一个更加奢华的坟墓。难道他们真的相信，尽其所能带走的那些珠宝珍馐，真能保证他们在阴间继续纵情享乐吗？生前尚不能做到所谓的"万世昌盛"，还谈什么死后的福分呢！

在这一点上，秦始皇比他们所有的人都更加贪婪。甚至在他的基业还立足未稳之时，就令风水先生找下骊山脚下的这块风水宝地，为自己修建起死后的地宫。这修造侈耗了全国老百姓多少财富，历史已无法查清，只知岁岁年年之后的今天，那环绕着陵墓而生出的层层密密的石榴树，依然在喷吐着愤怒的火焰。

登上高高的秦始皇陵，果然是一派"好风水"。背倚骊山巍峨的山势，脚下是一览无余的八百里平川。环顾四周，除却氤氲云气，便是呼呼的天风。不用再说什么，我忽然明白了许多事：

却原来，始皇帝的用心何其良苦。他是想永世高踞于这半天之上，让千秋万代人永远匍匐在他脚下朝拜。正是这强烈的统治欲，驱使着他日夜兼程，赶造出成千上万个兵俑，向他微笑，向他称臣，向他山呼万岁。

至此，谜团似乎应该是解开了：为什么秦墓陪葬阵势是空前的兵马俑？这是因为秦始皇想要保住他的"万世江山"。为什么这成千上万个兵俑非要以活人做模特儿？这是因为秦始皇在死后也要继续奴役他们。为什么兵俑们的脸上不是悲愤反而堆起恭顺的微笑？这是因为秦始皇强迫他们做此笑脸，使之适应统治阶级意识的需要……

我不知道那些做模特儿的活人，当年是否也这样笑着。

这是我所见到的最令人悲愤的微笑。

四

他们在笑，我却笑不起来。我身后，也没有一个人在笑。在这气势夺人的展览大厅里，面对着一排排微笑不已的历史兵俑们，参观的人流在缓缓涌动。人们在用今天的观念审视着昨天。

中华古国，泱泱五千年。

西安古都，巍巍大雁塔。

从全世界来的旅游者川流不息。在他们长长的队伍中，有美国总统、英国首相、日本大臣、荷兰女王、苏联部长会议主席……据说，他们在看到举世无双的兵马俑时，全都赞叹不已。

赞叹中国古老的历史、灿烂的文化、博大的文明、深邃的内涵、先人的智慧、昔日的昌盛……看得出，他们的赞叹都发自内心。以至于公允地将眼前这壮观的秦兵马俑，称为"世界第八大奇迹"。

从世界文明发展的角度，从历史的角度，眼前这些兵马俑堪称其誉。他们真正是华夏文明的精品，是中华民族的脊梁，是中国对于世界文明的贡献。我们这些两千年之后的后来者们，理所当然地感到骄傲。

来此之前，我家中的书柜里，就早已摆上了一对灰黑的秦兵小俑，那是在北京的一座博物馆里发现而购得的。我一直十分珍爱他们，心心愿愿有朝一日能到他们的出土地来看一看。在北京，在文化界的许多名人家里，我都曾见到过这些不同神态的秦兵小俑，庄严地站在明亮的书柜里。只要同他们的主人稍一提及，便往往会于闲谈之中，听到亲游西安的同一向往……

可是如今真的来了，站在他们面前了，我却怎么也没有想到他们在笑！

望着这恭顺的微笑，我失望得有些不能自持。

五

幸好，我及时地发现，是我错了。

我终于弄懂了，兵马俑们在笑什么。

一个五岁的小女孩，着一身鲜艳的红色衣衫，就连头顶上那朵蝴蝶结也是红色的。在这一脉黄土地面前，显得异常鲜亮夺目。我向她凝视了很久。只见她对着母亲扬起明丽的小脸，故意

598

学着大人的口气，深沉地说：

"真是不可思议！他们真的已经有两千多岁了吗？那他们怎么还不死呀？"

噢，原来在孩子的小心灵里，这些高大的兵马俑们还都活着。我立即在心底里欢呼起来：我也宁肯相信他们还都活着！

假若他们活着，让他们重新选择一遍每个人的人生，那么，他们将会怎样重新书写自己的历史呢？

无疑的，他们所做的第一个举动，便会是举起有力的臂膀，掀翻这阴森可怖的墓道，奔向黄土地上面的晴天朗日。

然后，他们将各奔家乡，寻找啼哭的妻子、失散的爹娘。靠着自己勤劳的双手，重建家庭的幸福。

如果阴霾又来，追兵所至，向他们高悬起毒蛇一样的皮鞭，妄图将他们重新驱使奴役的话，他们就宁肯投奔到农民起义军伐秦的队伍中去……

呵，这幅新绘的历史画卷，是不是太具有现代人的主观色彩了呢？用二十世纪九十年代的今人意识，去对两千多年前的中国农民作如是遐想，当然未免有些迂腐痴情了。

可是，历史的发展规律不就是如此演进的么？只有短短十四年，阿房宫就被冲天的火焰烧成一把灰烬。火光中，农民起义军队伍正在乘胜进击，把胡亥一伙追杀得抱头鼠窜。

莫非兵马俑们笑的就是这？

他们在笑崩溃、笑灭亡：不可一世的秦帝国，倏忽一瞬就被埋葬掉了。

他们在笑贪婪、笑妄想：越想做万世的皇帝，越是短命而亡。

他们在笑虚弱、笑无能：在历史之簿上，没有哪一个皇帝能够长久地奴役人民。

他们在笑那些匆匆的历史过客：他们个个自以为是历史的主

宰者，却不知就在他们强迫人民俯首称臣之时，已成为世人永久的嘲笑对象……

六

于是，我发现我对兵俑们的感情完全变了。

我觉得，如果你现在问我什么是历史的永恒的话，我回答：这传之于千秋万代的微笑，可算其一。

●韩石山

蜕衣小史

我是一只蝉，我像蝉脱壳那样，一层一层地蜕下了我的皮——母亲为我缝制的衣服。

这个联想，是我看见妻子晾晒衣服时产生的。农历六月初六，在我的家乡，是晾晒冬衣的日子，如今住在城市里，妻子还保持着这个传统。早饭后，见天气好，她将压在箱底的冬衣取出，一件一件全搭在院子里的铁丝绳上。其中一件引起了我的注意。

那是一件棉衣，面子是青咔叽布，里子则是家织布的。红蓝白黑四线经纬交织成小方格，厚厚实实，远看很像一种绒布。袖口已磨破，露出白色的棉絮。

这是我穿过的一件棉衣。

15年前，大学毕业后，要去山区工作，母亲特意为我缝制了这件棉衣。在我的穿衣史上，它可说是个分水岭。从此之后，我再没有穿过这种家织布的衣服。

想起以往的穿衣史，我便产生了那个奇特的联想。蝉，从幼虫变为成虫，要蜕下一层皮来。而我，从小长到大，又蜕下了多少层母亲为我缝制的衣服啊。

601

我的老家在晋南平原的一个小镇上。这里盛产棉花，女人大都会织布。我家人口多，收入少，我和哥哥小时候穿的衣服鞋袜，全是母亲织下布做成的。几乎可以说，自呱呱坠地，剪断脐带后，母亲又用家织布这一新的脐带，将我们的身体和她连在一起了。

家织布，我们那儿俗话叫"棉子"。母亲是织棉子的好手。她织的布，名堂可真多，什么格格布、道道布，还有麻麻布。那麻麻布，很像现在市面上流行的雪花呢。我穿着母亲做的衣服，常被不相识的妇女拦住，一面赞叹，一面研究是怎么"缕线"的。

记得50年代初，我们那个小镇子上，忽然兴起穿大氅的风气。大概是见别的孩子有，怕自己的孩子心里委屈吧，母亲彻明彻夜地织布，总算为我兄弟俩缝制了两件大氅。我至今还能回想起自己穿着长及脚面的大氅（为了多穿两年，故而很长），冒着风雪上学时的快乐样子。

穿家织布的袜子可就不好受了。布袜子，怕现在的年轻人连见也没见过吧？那样子就跟古装戏中武生穿的软底短靴差不了多少，当然没有那么花哨，是全白的。布袜子有夹的，有棉的，却绝没有单的。乡下人讲究实用，觉得与其穿单袜子，还不如光脚板好了。我长这么大，夏天很少穿袜子，或许就是小时候养成的习惯。

但是，这根维系着我和母亲的脐带，随着年龄的增长，越来越脆弱了。

记得上初中时，夏天，我还穿着母亲缝制的蓝道道家织布衫子，麻麻布裤子。冬天则是一身黑棉袄棉裤。同学中也有穿洋布的，不多。

高中我是在运城上的。在晋南，运城要算大地方了，可能是考虑到儿子要去大地方念书，母亲为我做了一件白洋布衫子。第二年春节，又请人为我做了一身蓝咔叽布的制服，可以套在黑棉袄棉裤的外头，显得体面点。

第一次穿上制服，那高兴劲儿就别提了，母亲也乐呵呵的。可是，她哪里知道，这也便是我最终远离她的开始！

外面是学生制服，里面仍是中式棉袄棉裤，这种"西学为体，中学为用"的装束，一直持续到我考上大学以后。其程序是：春节前做一身新制服，过年时套在棉衣上；夏天当单衣穿；冬天再套上。一年一换，周而复始。

制服上衣里面套件中式棉袄还没有什么，制服裤子里面套件中式棉裤，那可就不妙了。明明直溜溜的双腿，总像罗圈腿似的。最难看的，还要数小腹和两腿之间那个地方。中式棉裤的腰是打褶的；一打褶，那个地方便鼓起来。外面穿的是制服裤子，里面却一天到晚鼓得高高的，叫人多难为情哟。

惟独家织布做的内衣内裤，穿起来最为舒服。刚上身有点硬，洗过几水后，柔软如丝绸，又没有丝绸那种凉凉的感觉。可谓内衣中的上品。母亲知道我喜欢穿，总是旧的还未破便又做下新的，有时干脆同时做两件，让我替换着穿。

由外而里，可说是我的蜕衣史的又一个新时代。在我是一种进步，在母亲呢，那就只能说是一种退步了。她是高兴还是忧愁，直到多少年后，我才明白过来。

大学毕业后，我被分配到吕梁山的一个村子里教书。正值"文化大革命"中期，家境十分艰难。当时社会上忽又时兴穿中式上衣，以咖啡色的绸子面最为贵相，连农村小伙子也争相仿效。我虽有工资收入，却做不起那样的衣服。母亲猜出我的心思，便为我做了一件黑咔叽布面，家织布里子的棉衣，即本文开始提到的那件棉衣。这倒也符合我当时的身份。

两年后，我找下对象，是个农村姑娘。母亲欣喜之余，曾叹息地说："往后有人给你做衣服了，你也不用再穿我做的衣服啦。"这话叫人心碎，她老人家知道，她的儿子从此之后，再也不仅仅是她的儿子了，正是考虑到这一点，母亲为我做的最后一件棉衣，这多少年来，我一直舍不得丢弃，虽说早已不穿它了。

粉碎"四人帮"后，妻子和儿女都转为城镇户口，妻子还参加了工作，后来又举家迁到省城。母亲年事已高，又离我千里之遥，连见一面都不容易。我这一辈子，怕再也穿不上她老人家用家织布为我做的衣服了。每念及此，总叫人心里不是个滋味。夜不能寐，遂披衣而起，记下这一切，姑名之曰《蜕衣小史》。

孤傲人生

一

倘若我对人说自己很谦虚，了解我的人，大概会撇嘴一笑，那意思等于说，这不是大白天说鬼话吗？可我也有我的理由，若不是谦虚，我会那么勤勉地看书学习么？这官司确实不好断。

得看对谁。长久以来，我们所受的教育是，谦虚了才能进步，要当群众的小学生，群众是高明的，我们则往往是幼稚可笑的。到了农村，则应当接受贫下中农的再教育。我当过十年的中学教员，按这个法则，我应当对学生谦虚，甚至应当接受他们的再教育。道理也许能说得过去，教学相长嘛。实际怕就难以做到，怎么，每备一节课先请几个学生来讨教一番？

恰当的说法是不是该改为，对比自己高明的人，应当谦虚，对不如自己的人，应当尊重其人格。无论高明与否，对那些不尊重自己人格的人，骄傲一下也无妨。若所有的人都一味地谦虚，那几乎等于在作后退比赛，看谁最不长进。

不必辩解了，我承认我这人确实不那么谦虚。

记得初中毕业那年，中考过后，一次在集市上，母亲与一位邻村的大婶相遇，正好那位大婶也有孩子考学校。闲谈中她对我母亲说：

"要是考得差不了多少，人家要我家孩子，怕不会要你家孩子。"

我当时也在场，明知她只是关心并无坏意，还是不满地瞪了她一眼，认为她不该在我妈跟前说这号话。果然，这话深深地刺疼了我妈的心。我家成分不好，常会有不测之祸从天而降，哥哥前一年中考落榜，我要再因此而考不上，她该多么伤心。晚上躺下，妈担忧地问我，那大婶的话，可是真的。

"妈，你别担心。"我说，"就是只收一个也是我，我要考不上，全校没有一个能考得上的。"。

说罢此话，连我也吃惊，毕竟，我不是全校最好的学生。可不知为什么，我就有这个把握，就敢这么说。

那年也真难考，师范、中专都不招生，我所在的临晋中学，前两年还招高中班，这年也停招了，全县就县城中学招一个高中班。侥天之幸，我不光考取了，还被录到运城一所著名的中学。——那位大婶的话并没说错，待到"文化大革命"开始，她这一卦算是准准的了。

大学期间，是"文化大革命"闹得正凶的时候，公道说，同学之间相处也还平安。只是有那么几个人，一旦来上个什么运动或是掀起个什么高潮，对我这个先天有亏的畸形儿，总是倍加关照，不遗余力地帮助，却叫人无法接受也无从感激。遇上个屁大的事儿，别人三言两语便可搪塞过去，你就没那么便宜，得狠挖思想根源乃至阶级根源。明知受之有愧，也只得受了。但这得有个度，正年轻气盛，一超过那个度我可就不依了。

比如小组会上，我作过检查，同学们依次帮助，此时若哪位老兄的话过于激烈，伤了我的自尊心，当即反驳又有所不便，我就会拧一下脖子，狠狠地斜他一眼或者轻蔑地撇撇嘴。那意思等于说，你也配批评我么。

可别小看了这一手，往往会收奇效。对方的声调，遽然间便会低了许多柔和了许多。说不定末后还会特意表白，他是怎样的出于至诚绝无恶意。

这是我在那个年月里，保护自己的一个秘密武器。从未向外人道破，也未被大家识破，——道破识破就不灵验了。

所以敢如此放肆，不过是掌握了一个普遍心理：当学生的，学习不好或不太好，纵可逞一时之雄，你的胆气再壮也壮不到哪儿去。你能借风破浪，你能裂裳着身，但学习的好坏，你知我知，一时半会儿是无法改变的。任你引经据典巧舌如簧，你没读过我读过的那么多的书是真的，任你言辞犀利气冲霄汉，你写不出我写得出的那一手漂亮的文章是真的。你是清白，可是不是太白了点？

大学毕业后，分配到吕梁山里一个县教书，先在一个村里，换了两个地方，还是乡村。直到粉碎"四人帮"，恢复了高考，才调到县里教复习班。过去说到这次的分配，我说是因出身不好而受到的惩罚，未免褊狭。有那个因素，但不全是，——同时分配到那一带的，也有出身好的同学。退一步说，支援山区教育事业，也是年轻人应尽的责任。症结或许在于，未能人尽其才引起的烦恼，夫妻两地分居带来的种种不便，再有就是我那不甘寂寞的天性，不甘终老他乡，当一辈子乡村中学教员的心志。

因此，当看到报纸上有小说之类的文章发表，文学刊物有恢复的征兆时，不禁怦然心动，隐隐约约地感到自己将有一番作为，——那样的小说，我要来写，不会比别人的差。试写了一篇投出去，经过一番书信调查（政审），果然发表了。后来写散文，再后来写文学评论，也都可说是一举成功。迄今各类文章写了数百篇，书出了六七本，凑凑合合，也算得上是个作家。——地地道道的小人得志！

如果说写作凭着经历、思想和技巧的话，那么，我最自信的不是经历（我的经历很简单），不是思想（我的思想很浅薄），乃是技巧——文字表达的能力。有时我跟朋友们开玩笑说，思想是你的高深，文章嘛，还是咱家的漂亮。都是同样的意思。

这一切是怎么来的？除过各种客观条件不说，倘若没有那种傲视千古的勇气，能行吗？但我绝不承认我已获得事业的成功，这话不是谦虚，而是说我还能做得更好。皆因是为"成名背后"这一专栏写稿，不得不屈尊俯就。

说这些，这样说，对我没有半点好处，不过是现自家的丑。我再狂妄再糊涂也知道，钱应当揣在兜里，笑应当挂在脸上，——谁不想当个谦谦君子？

二

而骄傲，我却有这么个要命的毛病。

也曾努力要改。见了人笑一笑，问个好，说几句未必全是违心的奉承话，别人的感觉如何不知道，自己先觉得像个阴谋家。过后打听，人家该说什么难听的话，还是照说不误。

狗哪能改得了吃屎——我正好是这个属相。既然苦苦修行也难成正果，何如我行我素，至少落下一头——自个心里自在。明码标价，没有骆驼卖了驴价钱。看不惯么？就是这号货，看得多了就惯了。人活在世上，固然应当成全别人，可违拗自己的性

607

情，不也是暴殄天物？

此中缘由，后来也就想通了。

律人先律己，同样的道理，要尊重别人，得先尊重自己。自暴自弃，自轻自贱，连自己也不尊重的人，很难设想他会尊重别人。自尊，从某种意义上说也就是自傲，至少内中含有自傲的成分。

凡事都要本其自然。出身、经历、环境、教养，铸造了人格；禀赋、勤惰、学殖、志向，磨炼了才干。人格与才干的融合与外化，便是性情。谦恭是性情，狂傲又何尝不是？李白说他"我本楚狂人，凤哥笑孔丘"，多坦诚多率真。据此可知，不在于谦虚，不在于骄傲，得看你有没有性情。不全是本事，本事或许只是结果。说白了，你得有些骨子里的东西。末代王孙，纵穷愁潦倒，但举手投足间绝无贱相。徐悲鸿尝言："人不可有傲气，但不可无傲骨。"傲骨，就是骨子里有东西。山岳峥嵘，必有烟霞缭绕，有了傲骨，怎么会没有一点傲气？——人有傲骨而又八面玲珑，你听说过？

有了骨子里的东西，谦虚才能谦成样子，就是骄傲，也能骄成样子，谦虚不至于成为虚伪，骄傲不至于成骄横。换句话说，谦虚固属美德，但也得看其人有无高尚的人格，实在的本领，否则无才无德，心是虚的，不谦又怎么着？

不是为自己辩护，众口铄金，人心是秤，那是徒劳的。道理确确乎乎是这么个道理。至于我自己，毋庸讳言，骄傲绝对是个缺点，我不知为此吃过多少苦头。不过，得稍作更正。我从不无缘无故地骄人——伤害人，只是骄自家的，因此准确点说，该是孤傲。

可这能全怨我么？倘若有人（神）在四十年前对我许诺，你的家庭可以平安无虞，你自己也可以事事顺遂，不用东拼西杀，不用含辛茹苦，只要心平气和地学习工作，一切都会如期而至，我要是不努力当个谦谦君子，那我准是天下头号傻蛋。最有力的证据或许该是，我三五岁时总跟别的孩子一样天真无邪吧？但是有一天，我忽然发现，我跟我的小伙伴们并不完全一样。他们做了错事，老师，村里的长辈，总是笑呵呵地原谅了，我要做了错事，那些人眼里总有些异样的神色，不完全是恶意，也有担忧的成分。回到家里，母亲也格外的严厉，似乎我是个不晓事的逆子。后来才明白，这一切都因为那个可恶的家庭成分，——我至今都不明白这两个字的确切含义是什么。物质的化学成分是哪些元素，家庭成分不好，不就是说其中包含的元素与其他家庭不同？

我的家庭，原也是个满不错的家庭。父亲从部队转业后，一直在外省某市工作，戴着缀有国徽的帽子。我和母亲也曾随父亲在那儿生活过几年，响应干部家属返乡的号召，才回到老家。家在临晋镇东关外，爷爷是镇上一家国营商店的负责人。"文革"初期，被开除公职，戴帽回家劳动。他老人家曾在嘉康杰烈士办的河东中学还是平民中学学习过，在农村算得上个有文化的人。回家后勤勤恳恳地劳动，一心想摘掉帽子，使儿孙不受他的连累。为此他那一手刚劲的柳体字，不知写过多少份检查，多少份思想汇报。然而这一切心血都白费了。

1970 年 8 月，我大学毕业后，为了省几个钱，没回老家，直接去工作单位报到，上了一学期课，放了寒假才回到老家。冬日的农村，本来就一派肃杀景象，我家里的气氛更是凄凉。母亲瑟瑟缩缩地出来进去，总怕与我照面搭话，两个大点的弟弟也都缄口不语。

"我爷呢？"我突然发现爷爷不在家。

"出去做活去了。"妈嗫嗫嚅嚅地说。

我相信了，那些年，戴帽子的人常被征调去镇上或外村做义务工。

"在哪儿？"我顺口问。

"在……"母亲的眼睛湿润了。

抽抽噎噎地，母亲对我讲了实情。就在这年的七月间，也就是我毕业分配的那几天，爷爷在我家门前的那棵槐树上自尽了。原因种种，其中一个，是他想到我即将参加工作，不愿意家中有个戴帽四类分子而影响了我的前程。可他哪里知道，这只是他老人家的善良愿望，你只是苦的自己，你的孙儿一点也没有因你的弃世而少受一点苦难。

爷爷对我最大的教育是他生前常说的这么一句话："孩子，你要记住咱的小名是啥。"意思是，咱家成分不好，你得处处小心，别闯下什么大祸。他知道我性情刚烈，容易冲动，常会做出些始料不及的事。

如果我只是性情刚烈，这无疑是最好的处世箴言，可惜不是。

其时，父亲的地位也岌岌可危，随时都有回乡的可能。哥哥已分爨另过，几个弟弟都还年幼，家中只有母亲赖以支撑。蓦然间，我觉得自己长大了。我必须有所作为，方不负父母的养育，不负爷爷的苦心。——直至粉碎"四人帮"后，爷爷的错案才得以平反昭雪。

更有可悲者，也是那两年，我的三弟初中毕业后，竟因出身不好不能上高中，而此时我正在汾西县教高中，同是出身不好，纯洁的弟弟上学都不行，绝没有弟弟纯洁的哥哥，却能教高中，这道理你找谁去讲？——八年后，我这个未上过高中的弟弟，还有另一个侥幸上了高中的弟弟，同一年联袂考上了高等学府。家庭是这样的变故，我又是那样的处境，一个乡村中学教员，手中只有一支笔，不靠它打开一条生路，又有什么别的办法？有人见我驼背，四肢细瘦，不辨因果，说我天生是个耍笔杆子的，我苦笑一声答道：我倒也想要耍枪杆子，弄他个师长旅长的干干，

610

成吗?

初到汾西,也曾想过去县城,或去离铁路较近的乡镇教学,为此还找过领导,不顶用,你一个外地人,无家室之累,理当去最偏远的地方。绝望中也就想通了,不就是个汾西县嘛,你叫去哪儿就去哪儿,总不会把我调到外县去,——正巴不得呢。十几年读书,当个农村中学教员就到底了,还能怎样呢?这样一想,反而浑身轻松,无挂无碍,落下即实地,佛祖在心中,原是一点也不假的。

没人能指靠得上,——谁欠你的?要解放我们,还要靠我们自己,《国际歌》中的这句话,对任何境况下的无产者都同样适用。奋斗还有一线希望,不奋斗只能终老是乡,既然如此,何不拼他个网破鱼活?你总得自个站起来,别人才能看得见,老趴着,谁也会把你当做是条狗。苦难使人变得高尚并非必然,更大的可能是使人变得卑俗不堪,——我必须时时警惕自己。我不算蠢,但也深知,聪明是最靠不住的赌资。世间多少人和事,均为聪明所误。不相信天才,但我相信心性,总得是那样的人,才做得成那样的事,或许会有例外,但绝不可能久长。而心性,少半靠禀赋,大半靠修炼。荒山野岭,古庙青灯,正是修炼的好处所。这可不是掉文句,学校多在村外,有的原系神庙,星期天常是仅我一人。

同时我也悟出,处境艰难时,绝不能怨天尤人,那是最没出息的表现。金钱、荣誉、权力,人们总愿意独享,而苦难,却总愿意与他人共分,似乎要全民族全人类来承担那才够份儿。夫子厄于陈蔡之间,仍抚琴而歌,人讥为愚,实则是心性使然。退一万步,怨是这样,不怨也是这样,何如示人以平静,反少受些无端的奚落和凌辱。

就这样,我在吕梁山里待了十五年。一个人在那样的地方待了那么久,若还有什么想不开的事,解不开的疙瘩,那他不是白痴准是十足的混蛋。

<h1 style="text-align:center">三</h1>

　　终于有一天，山西省作家协会调我回去。初闻涕泪满衣裳，漫卷诗书喜欲狂，十多年的深山修行终成了正果，我的欣喜一点也不亚于老病的杜甫忽闻官军收得了蓟北。不光是事业功名有了指望，对我来说还有更深一重的意义。妻子儿女原在老家农村，他们的工作和学习已耽搁得不能再耽搁了，移家省城，他们至少可以得到一个较好的工作和学习的环境。老婆孩子安顿不好一天也放心不下，多少年的含辛茹苦还不是为了个这？

　　偏是那年，我的几篇作品同时在北京、辽宁、河南、甘肃和山西等地的报刊上受到批评，其势汹汹，大有功亏一篑之虞。不是说批评的不对，是说批评的时间太不凑巧——正是我将调动还未调动成的时候，若迟上些时候等我调回来了，哪怕多来上几起也不至于像此刻这样惶惶然若丧家之犬了。多亏马烽、西戎、胡正、束为、郑笃几位老前辈勉力周旋袒护，方使天涯落魄人得以化险为夷绝处逢生，妻子儿女免于担惊受怕，笑逐颜开。

　　我虽顽劣，上情此义，敢不铭记于心？

　　原以为清平世界朗朗乾坤，从此以后闭门写作悠游度日，如韩昌黎所言，"教吾子（与汝子）幸其成长，吾女（与汝女）待其嫁，如此而已"，不意几度风云变幻有时甚至一夕数惊，而每次又几乎总是将我置于一种"独夫民贼"的险恶境地。这当然是因了我的孤傲，可也正因了这孤傲，使我虽对历史的进步新旧的更替有损，却多多少少保持了一个传统文化人的纵不光荣也绝不卑屈的气节。

　　前些天，我的中学同学陈祥寄我一篇金圣叹的文章，内中说："人生三十未娶不应更娶，四十未仕不应更仕……何以言

612

之，用违其时，事易尽也。"我于今已虚长四十五岁，四舍五入堪称五十，正是古人所谓知天命之年。不用求神问卜，也该知道自己是何许人也。

我资质平平，所以能取得今天这点小小业绩，半是环境逼迫半是不甘人后，下的全是笨功夫。所谓的业绩，不过是谋生谋食的手段而已，学生时当过小组长，工作后的当过班主任，于今为四口之家的家长，活了这么大，实授正职仅此三项，此后，也无大指望，说是布衣一生实不为过。我视此如同将军戎马一生，阔佬富贵一生，绝无怨愤。事业功名年龄都到了"事易尽"的地步，只求平平安安就行了。

成也萧何，败也萧何，一切辛酸欢乐都是自己的。孤傲，这一亦是亦非的品格，我若真有什么建树因了你，若再受什么磨难，准还是因了你。往后你可能让我安生么？

你这合不来又离不开的冤枉。

●舒婷

笑靥千秋

　　记忆中最温柔的笑容莫过于妈妈的嫣然一笑，这就是童年时代的最高奖赏。仿佛我在普通话比赛中获奖，我在学校歌咏大会的领唱，每周成绩通知单上的"全优"，都是为了获得妈妈的展颜微笑。

　　妈妈的牙齿细密整齐，只是牙龈偏低，每逢她开怀大笑，就虚握拳头遮羞，像扶着麦克风，那姿势有些可笑，却又令我向往。因为，当时在我们的生活里，能让妈妈如此忘情的开心事总是鲜于遇见。

　　这是母亲的笑容，每个亲情笃至的儿女都能在自己母亲的脸上汲取这种光辉。

　　我在插队时的女伴长相可以说很一般：小眼睛、塌鼻梁，生气时两片嘴唇一堵，活像两扇厚墙门，那几颗雀斑简直要爆起来。但她有足够的聪明才智，在那样单调的生活中，不仅自己笑声不断，同时让小集体洋溢欢乐的气氛。

　　我怀念她笑起来的样子：眼睛弯如新月，连乌黑的长眉都有感情，露出一口整齐的皓齿，要多甜有多甜！为这笑容，村村队队有多少小伙子夜间在桥头为她弹吉他。

614

这是青春无畏的笑容，不知何时，它们已在我们的脸上凋谢。但我们仍能从周围少男少女们的幸福中一再欣赏这些芬芳的花朵。

我的师傅是位极普通的女工。善良、勤劳、刚愎和自信混合一起的个性，使她所在的班组烽烟不息。我成为她的徒弟，不少人为我捏一把汗。但三年中，我和她相处得很亲密，甚至成了班组的避雷针。我喜欢她的笑容，常常逗她乐得前仰后合。她的沧桑的前额舒展开来，疲倦的大眼睛又有了温暖的光彩，拉成长沟的颊上有当年酒窝的影子。她一定非常美丽过，但乡下跑出来的灰姑娘和捡到她的士兵丈夫，似乎从来不曾意识到。

这种质朴的笑容让人想到野地的花，随处可见，又总被忽略。它既单纯又丰富，使你联想到劳动的艰巨与欢欣，以及生命的漫长与短暂，想到源与本，想到忘与记之间我们那些无法言喻的模糊冲动、情盛的濡湿。

还有一种女政治家的笑容。女人，又是政治家。

笑容于她们像男政治家当年的中山装，当今的西装一样，是必备的披挂。可管笑容的各部门都是有分寸的，因对上级、同事、下属的不同调整位置。但我们仍然期待它，哪怕配备一双眼睛寒气砭人。就像在悬崖峭壁的攀援中，暂时找到一个落脚点，心一松又一紧，于是再寻找，再接触下一个落脚点。

在当年居委会主任、工厂女人班组长那儿一再经受这种考验后，我领悟到：女政治家的笑容就是让你老那么附在悬崖上，不掉下来。

有人说：笑是一门艺术。

哦，这话真可怕！

● 彭雁华

窗外，有一只风筝

春夜，大地上静得出奇。

苏教授伏在写字台前，埋着头，身子一动不动，像尊铜像，正用心地写着专著。八瓦荧光灯放出的光，飘出窗外，糅进暖融融的夜气里。

这里是一个居民区。苏教授搬到这儿，居住面积比以前小了，上班比以前也远了。可脱开了闹市区，再也没有什么噪音，再也没有求医者的惊扰了。这儿的静谧，使这位白发老人觉得惬意。

他的几十年的从医心得直往笔尖上涌，涌⋯⋯

他感觉累了。搁下笔，摘下眼镜，轻轻揉了揉眼睑。小憩俄顷，刚要拾起笔，忽然，对面楼上窗户里的一只白色小风筝，在微风中一跳一跳，牵动了他的视线。渐渐地，那风筝像只白色的小兔，跳进苏教授的怀里，蹭得他心尖发痒：嗬，白天在高高的山坡上，在阔大的草坪上放不够，晚上还要在家里放。没错儿，这肯定是个很顽皮的"野"孩子。看着，想着，他的思绪仿佛被那只风筝轻轻托到了空，飘回到自己牧歌式的童年：他和他的几个小伙伴，扯着一只紫燕风筝，在青春的漫坡地里拼命地跑

616

呀，笑呀……

白天，晚上；晚上，白天……连好几天了，这只飞不高、飞不远的风筝依旧挂在那儿。

又是一个安谧的夜晚。苏教授正挥笔间，突然，身后传来几下敲门声。尽管这声音很细，很轻，还是被苏教授听到了。凭他多年的经验判断，来人肯定是个求医者。

"苏大夫吗……孩子……有病，噢，想请您……"站在门口的是位三十多岁的少妇。

"哦……"教授的脸上看不出表情，他嘴里滑出一个长长的拖音，使人猜不透他的意思。

他们下楼了。尽管是她踏着细碎的脚步，可还是把苏教授甩出一截子。她时时回头看看投足十分小心的苏教授。来到她的家门口了，苏教授那只枯槁的手中还紧紧捏着钢笔。

临近门口，苏教授不禁微微一怔：这不是从窗户里放风筝的那家吗？一个七八岁的男孩爬在窗口，牵着风筝的线，正放得起劲呢。"噢，苏大夫……坐呀……白天上班忙，来不及收拾屋子……我自个儿拉扯着这么个瘫儿子……他爸爸不在好多年了，唉……"她语无伦次地嘟噜着，一会儿擦凳子，一会儿端水，焦虑的脸上浮出一层细细的汗珠。

苏教授手里翻着那本厚厚的病历，眼睛却盯在窗外的那只风筝上。白色的小风筝，在微风的吹拂下，静静地在半空中起伏，柔美的月光又给它染上一层银色，像白天鹅的羽翼那样美。渐渐地，苏教授的心又溶在甜蜜的回忆里：他扯着风筝，踏着挂满露珠的草坪，迎着风，跑呵，跑……

不知怎地，老人对那孩子冒了一句："我教你扎风筝好吗？""你会？"趴在在窗台上的孩子，冷冷的眸子里迸出一颗火星。"咱打赌……"苏教授说着伸过手去，和孩子"拉钩"击起掌来了……孩子妈妈倚在门框上，看着面前的一切，眼里裹着滚烫的泪水……打这儿，苏教授放下了手中的著作，开始没白没黑地跑图书馆、查资料，拜访小儿科专家，让大脑又驰骋在一块陌生的领域。

时间在他的奔波中一点点地，偷偷溜走了。这位大名鼎鼎的医学教授却在处方上写不出一个字。他却还在期望着，争取着……

他把心收了回来。他又重新伏在写字台前，恢复了原先的姿势。他向前望去，依旧是那只小风筝；闭上眼，小风筝恍惚变成了一张孩子的苍白的脸蛋……突然，他站起来，脸上挂着自信的微笑……

第二天清晨，一只精美的紫燕风筝扎好了。他小心翼翼地托着它，朝那孩子家匆匆走去。紫燕风筝被鼓得一扇一扇，活像飞了起来……

● 蓉子

探　春

　　早春正如绝早的清晨，有未经搅动过的原始的清纯和宁静。惜我不确知春究竟从何处开始！从"立春日"算起吗？可是"立春"已一周了，寒意竟还是如此逼人，大概季节的分界线往往也像某些国与国之间疆界那般混淆不清吧！但是，不管怎样，当春神和人们立了今岁的第一个约，我们即将享有一季最美丽最温馨的时光，啊，年轻的绿草，年轻的阳光，还有那年少的婉变和羞怯。

　　这是季节的起始，种子已经裂开，绿芽儿将一寸一分地探出头来，我们又听到生命沉寂已久的脉动。由于一整冬的荒寒和冷涩，当早春初临，心头便燃起一份幸福的憧憬和期待，伴随着那清寂的光和影。唉，初春的惆怅竟然是你不能安分于其中的对于绿色远方的向往！忆昔日的我就会这般地渴望梦里的山林、河川与天涯。

　　南风像是魔幻的手指，凡是经它抚触过的，便都有了无尽的生意。这刻的空气如一杯甜酒，微凉爽飒的风并不醉人，却使你格外清醒，风中更掺和着令人愉快的草叶的清芬。然后是雨水，如膏油般滋泽大地肌肤的雨水，伴着春雷，草木萌动。清癯的水仙花成为岁朝清供，金色的迎春和粉蝶花接踵而来，我们便期待更多的颜彩和芬美。而蛰虫始振，田鼠钻出了泥土，蝙蝠也飞出了它们的黑洞洞。而苍庚鸣，粉蝶的翅翼像无数小旗掀动起来，溪流都开始放怀高歌，从高山直唱到平原。人说鸭群是迎春的先头部队，它们最先知道春的滋味，而此刻的和风暖阳中，正散发着一种说不出的甜美活力，包含泥香、土香以及无尽的翡翠光泽。是谁的手举起了彩笔，在绿色的大画纸上随性地涂上一块红，抹上一片紫，洒上几点黄金……啊！仲春三月便这样地刻刻丰盈起来。不久，阳明山的花季又将开始，我们又将随着山径道边笑闹不止的杜鹃花一路上山，去将春天寻觅，惜看到的往往是业已为冷雨打落了的樱花的残红；倒使我禁不住联想起春三二月的江南，那温馨的杏花雨，一片娇媚的湖水湖烟。而春光闪漾，冉冉过渡，一旦"春分"推门出来，春天已半，暖意和芬芳也都渐渐升高和增厚。阳光为大地贴上了金箔，田间青青的波泽将愈益浓厚稠密起来，且快乐得不停地在风里偃仰起伏，我走着，走着，在那林间小路，红砖小屋依傍着树，屋后的青山是美丽的弧线画成，野蜂在一株树的底部嗡嗡。我看到一种不知名的黄色花朵，他们说，这种植物的名称叫"探春"，我却喜欢海棠的姿色，我更喜欢从绿色大自然来的召唤，这时大自然化为一片丰富的绿色海洋，阳光暖烘烘地晒我浴我，我也要这样回答那美丽的热切的召唤——召唤我去看原野上盛开的千花，看它们怎样穿上各自喜欢的颜色在竞妍，把日子渲染得分外美好。

真的，一切的美都是冉冉流动的过程，看过"春来遍了桃花水"的亮丽，我们来到了晚春的"清明"和"谷雨"，他们说"春已老"。啊！春不再是天边的彩虹，春走入人间，投身实事，成为生活里的脉动。当你度过了淡淡的三月天，看四月大地如锦，季节的步姿加快，人们便开始忙碌起来：农夫忙耕稼，渔人忙撒网，士农工商无不辛勤作业，文人埋首案头搔白发；唯孩童

620

的欢笑如纸鸢飞扬。因为对年少来说，春天是放风筝的季节，飞扬的季节；对恋人来说，春天是花香情海的季节；而对我来说，春天是绿荫深处的季节。纵使暮春花落，嫣红姹紫已过尽，我仍拥有一片绿色叶子的海。天气渐渐地灼热，众树会用它们的厚密的绿来荫庇你，每回你走过，那儿便举起绿叶万千的欢悦，给你音乐般流动的美。

啊，万物从春天出发，绿是春天的第一个音阶，从早春的嫩绿转仲春的青翠更滋长成晚春的一片葱郁，在款款绿荫里，人们将体会到一份宁静的幸福。当时令转换，祝福你，或人，祝福你用爽朗的笑声去迎接一个也许是辛烈或者是成熟圆满的夏天。

夏就这样来到

夏就这样来到，踏着重重的步音，敲碎一池春的柔媚。纵然人们心头离情依依，也无人能将春裙裾的一角留住，包括了细雨和春风。真的，花已千树，春已暮，夏就这样地来到。

夏天，焦躁的夏天，涨红了脸的夏天，扰扰攘攘，大踏步走着，猛力推开了那桃红的门、柳绿的窗，以钢琴潮水般的哗然，掩没了细语的笛韵与鸟鸣……"没有人能阻止我的前进"，夏抬起他骄傲的额头说："如今是什么时代了？谁还有耐心去倾听莺啼燕语，柔柔呖呖地，全是没有出息的娘娘腔。"夏似有无限精力，带着古罗马人的豪气与英爽，骨子里却有些儿暴虐。每当春夏交接的时候，每当我就要跨进夏日疆界的时刻，心中就难免惴惴然，因为夏天正长，一旦进入夏统治的王国，就不知何时才能再走出来——走出那灼人的炎热，一片黄沙似的亢旱，流金铄石的梦魇。艳阳艳阳，好像几千百盏灯光一齐扭亮，让人好生疲倦！风不再有舒醒人的清凉，而是一锅热腾腾的蒸汽，整日介强迫人洗土耳其浴般闷气，于是过了一整个夏天，人自然要消瘦些——虽然"消瘦"对于我和大多数人倒是令人高兴的好消息；然而长日里动辄汗流浃背的滋味，实在也使人不怎么好受！

而阳光的大红圆裙，展开如一桌盛宴，如斯地丰富与美奢，缀饰着纷繁的花形、花色与花香，是季节的峰巅与高潮；然而，纵使满汉全席，你若每天尝味，也会倦厌，不是吗？在盛夏如节庆日的欢闹中。于是我渴望柔和、渴望沉静，谁能够天天承载着节日无尽的高亢哩？何况这铺张的阳光下，并没有真正的节庆；而是终日菜市场般喧腾、杂乱，脚步声不断、火焰总在燃烧……是的，夏是属于"火"的季节，火需水来克，那么就让我们去水边吧，去觅一泓清澄的湖泊。在山里，让我尽情地徜徉在它深蓝色的明澈里，它四周氤氲的凉冽，会洗净心头的躁热和烦嚣，渐渐回复和平与安宁。或者让我们去觅一条小溪，当我们静静地坐着——在岸旁，溪水潺潺，不舍昼夜地流去，虽也喧哗，却依然清凉。它有不变的目标和流向波光云影，你可以约几位朋友到河上划船或独自在岸边垂钓，也许你什么都不做，只在那儿默想沉思，怀想生命的源头，你会自然地忘却世间的烦嚣。那么，大海呢？你问，它也能给人们洗涤与提升之力吗？自然，因为大海和盛夏一样辽阔，它所给予人们的就不止于是情绪的安抚，而是大大的提升，豪迈雄伟的海洋，它有容纳一切的博大胸怀，又有足够的力可以消化它们。看，蓝色的海洋奔腾澎湃，阳光洒落万点金光，却已把高热冷却，而一切的嘈杂烦琐，它都能吸纳，却毫无损于它庄严的存在。海洋是水的山岳，人间任何事物也不能震撼它，怪不得每到长夏，就有那么多人向它奔赴，到它白色浪花的脚畔去朝觐和膜拜。啊，因为只有水能够引领吾人欢愉地度此长夏！

雨天的魅力

　　真喜欢这样绵绵的雨，长长地落着，忘记了晨昏，忘记了时间，也忘了节令。啊，尤其在这五月已过去了一半的初夏，雨像薄纱的帷帘一样突然地放下，立刻为你隔住了很多阳光下的喧腾和扰攘，以及过分明白清晰的事物形象。因为晴天太明亮，声光无尽，脚步杂沓，事情就多得让你做不完；而且它无形中有那种催迫人的力量，使你无法懒惰。一个亮亮的晴天，你家电话铃响的次数，一定比雨天多；门铃被按响的机会，也一定较阴雨的日子多；而且你自己的心也会不停地忙——特别是我们女人家，一碰到那久雨后的大晴天，就如同捡到了一块金黄色的黄金似的，非要好好地利用一番不可。又想晒书，又想晒被，更愿痛痛快快洗一次衣物。因为这富有热力的阳光，能将每一件湿漉漉的衣服晒得又干又脆；能使每一样经它暴晒过的物件留下余香；而这等的好天气又是最引诱人要去旅行和郊游的天气；也是处理各种外出事务最方便的天气；当然，也是最适于拜访朋友的好天气了……好像一到晴天，诸事就争先恐后蜂拥而至，你竟不知道先做那一件才是。

　　突然间，那盏金黄灿烂的大灯转暗了，在幽暗的气氛里，第一滴雨像珍珠般掉落，然后无数的雨珠串连成线，压抑着飞扬的灰尘……虽然雨的步态转柔，但是你仍然听见它清朗的带着金属韵律的步音；当众弦俱奏又不停地增加更多的弦索时，你就可以听到一曲丰富的雨的交响乐了！这时，你整个地被笼罩在雨丝交织成的帘子里。首先，你感到了丝绸触肤的凉爽；炎热退却，烦嚣也跟着远去。隔着一层薄薄的朦胧看世界，不慌不忙，世界是那样宁静可爱；隔着一点距离看人生，人和事都比较好安排。真的，在这静静的下雨天，谁也不骚扰谁，只见雨中的绿意如润玉，蓓蕾们也都有了血色，同样是我们枯旱的心——日日沉埋在烟尘和烦嚣中的，竟也获得一些泽润，寻回一点宁静，找着那属于自己的声音和思维。如果雨下得更浓更密，你就更无牵无挂了，很多生活上的杂七杂八都可放下，而且一无愧怍。只有在这时，你可以理直气壮地把不想做的事情统统给推开说："下雨嘛，等天好了再说。"——这真是最好的理由，谁也不敢责怪你懒惰；其实你虽懒，心灵却像雨水中的叶开始摇曳起来，尤其是在这五月已过去了一半的初夏，让似甘露的雨带给你一份清凉，给你从容地酝酿那创造的灵泉吧！

● 谢冰莹

两块不平凡的刺绣

　　自从我的墙壁上，挂着两块特别雅致的湘绣以后，觉得这间四席半的小房间里，充满了光辉和安慰。那是先母手绣的纪念品，一针一线都深藏着她的青春和热情。每天我都要看好几次，看得愈久，愈会觉得这些花朵、狮子、鱼、龙都是活生生地在那里跳，在那里动。这完全是旧式的枕头花，绣在浅黄的绫子上面，美丽极了。

　　第一块，绣的是"鲤鱼跳龙门"，右角是一尾形态活泼的鲤鱼；左角是一条张开大嘴的黄龙；左右上角都是绣的绿荷叶，红莲花；当中绣些什么？我想了很久说不出名字来，好像是香炉，但又觉得不对。有一天，翔云来了，我请她看，她立刻认出来那是"如意"。另一幅是两个狮子在滚绣球，上面左右两角也都是绣的莲花。如果用乡下人的眼光看来，上面那一幅是："鲤鱼跳龙门，万事如意"；下面那幅是："狮子滚绣球，步步生莲"。再仔细观察，狮子的头上各有一个"王"字，那眼睛和爪子，完全和活的一样；颜色配得那么调和，那么雅致；绣工更是精细极了，好像用刀子切齐的一般，记得我八九岁的时候，母亲常常把它拿出来给姊姊看，一面说：

"这是我十五岁的时候绣的，没有人教给我，我只向人家借了花样来，就自己配颜色开始一针一针地绣；后来绣成了，谁见都说好，我就舍不得用，一直放在箱子里；如今拿给你看看，我并不苛求，只要你能绣得和这个一样，我就心满意足了。"

　　姊姊把这两块刺绣接过来，摇了摇头说：

　　"妈，我没有您聪明，我怕绣不好。"

　　"绣不好，没有关系，要紧的是：你要肯虚心学习，不要畏难，不要希望一步登天，要慢慢地学；只要你能虚心，肯专心，有恒心，下决心，不论什么事，都可以做成功。"

　　一听到母亲说出一大堆"心"来，我们都笑了。

　　"你妈妈是个天才艺术家，无师自通。她随便画什么像什么，这种天才，我们是无法学习的。"那位教姊姊刺绣的"花娘"这样夸奖母亲，母亲那种又高兴又觉得难为情的姿态，实在太美了。

　　也许是姊姊真的听从母亲的话，很专心地在学；或者她也有几分刺绣的天才和耐心，后来她绣的门帘、账帘、枕头、被面等等，也都是栩栩如生，惟妙惟肖，和母亲的手艺一样高明。

　　"妈，我反对姊姊整天关在小房间里绣花，把一双好好的眼睛都变成近视了，她从早到晚坐着不动，总有一天会病倒的。"我开始替姊姊打抱不平，向母亲挑战，母亲用严厉的眼光望了我一下说：

　　"小孩子懂得什么！刺绣是一种艺术，也是一种技能，她学会了这一套，一辈子的生活就不成问题了。凡是人，都应该学有专长，不要弄得男人肩不能挑，手不能提；女人不会拿针线、煮饭菜，那岂不是完全成了寄生虫，只能坐以待毙吗？"

　　母亲喜欢用成语来教训儿女，有时用错了，惹得爸爸和哥哥们大笑起来，遇到这种场合，她非常有修养，一点也不生气，反而笑嘻嘻地给自己解嘲：

626

"有什么关系，人非圣人，孰能无过；说错了，你们应该好好告诉我，讥笑人家是最不礼貌的。"

于是大家都不敢再笑了。

一九三七年的春天，母亲逝世以后，嫂嫂和姊姊，都在想着要分一点母亲的遗物留做纪念，她们在打开母亲的箱子、柜子，翻这个，寻那个；只有我怀着满腔的悲痛，不敢再入她的房间。大嫂一连叫我好几次，我都不肯进去，后来我想，除了母亲的相片，我能永久带在身边外，便没有一点其他的纪念物了。于是我挑选了这两块枕头和一对银耳环，后来姊姊又给了我几样翡翠的小玩意儿，可以镶耳环，也可以镶戒指。好几次我穷得没有办法，很想把它变成钱；但一想到这是母亲留下的纪念品，就不忍心卖掉了。这些东西也许是外祖母遗留给母亲的，将来我又留给孩子，如此一代又二代，直传到几百年几千年，那时候，这几件东西，就成为有价值的古董了。

其实，我认为母亲遗留给我的不是物质，而是她那直爽、痛快的性格和不屈不挠的精神。她老人家外表严厉，而内心慈祥。无论做一件什么事，不管大小，必使它成功，不许失败；不过为了我的逃走出来求学，参加北伐，是她认为管教我最失败的地方。这件事，虽然使她深深地感到痛苦；但当父亲把我写的几部作品送到她的手中时，她嘴里骂着："我不要看这些东西！"而眼睛里却饱含着喜悦的泪珠。唉！母亲，您在世的时候，我不知惹您生过多少气、累您操过多心；如今我自己也有了儿女，遇到他们淘气的时候，我也会伤心得流泪，这时我立刻想起您来，母亲呵！我太对不住您，我要向您深深地忏悔，求您在天之灵饶恕我的固执和自私。

为了这是两块不平凡的刺绣，为了这是我母亲留下的最有价值的纪念品，十八年来我一直把它带在身边；不论在炮火连天的前线，或者在敌机轰炸的后方，我总是把它看做和我的生命一般

627

重要。

自从一星期以前，把母亲亲手绣的这两块枕头花裱好，装于镜框里，挂在我的卧室以后，每天日夜我总要站在镜框前面静默几分钟。我由这些调和的色彩、精细的刺工、优美的技巧里，领悟了母亲的聪明和忍耐；也了解母亲的思想和毅力；更体会了母亲温暖的爱抚。母亲的情影，仿佛从这些刺绣里，慢慢地扩大起来，她紧紧地抱住了我，亲切地对我说着：

"孩子，只要你能虚心，肯专心，有恒心，下决心，不论什么事，都可以做成功！"

我的视线模糊了，拥抱着我的不是母亲，而是可怕的空虚和悲哀，终于我滴下了两颗热泪。

抬起头来，我像儿时一样，用手背擦干了泪痕，我呆呆地凝视着"鲤鱼跳龙门"、"狮子滚绣球"两幅绣画。母亲呵，您没有死，您永远活在女儿的心中。

书的毁灭

这也许是受了父亲遗传的缘故，我从小便爱书。

在我的故乡，有一种这样的风俗，一个小孩生下来，不论是男是女，在他满一周岁的那天，做母亲的要用盘子盛了鸡蛋、钱、鲜花、毛笔、算盘等等来试验他，注意他最初拿什么东西；如果是蛋，证明他好吃；假若他先拿花，表示他爱色；如果是钱，就暗示他长大了爱财，说不定还是个贪官；假设最初拿的是笔，那么他将来一定是个读书人，该穷一辈子；要是他拨动着算盘，证明他是个商人，将来一定会发大财，这是就男的方面而说。假使生女孩呢？那么笔就取消了，代替着的是一束束绿绿的丝线；算盘也不见了，另换上一条尺。用不着说明，一看就明白，女孩子是只配做针线，不能读书，也不能当商人的。

当着许多来宾的面前，举行这个"抓周"典礼，是相当热闹的：一切人的视线，都集中在这个穿了新衣裳的孩子手上。如果他一动手便抓到钱，就大家鼓起掌来，虽然孩子能不能长大，或者长大了，即使真能赚钱，而这钱是不是能否送给今天在座的每个人，这都是问题；但钱究竟是谁都爱的，所以不知不觉地大家都鼓起掌来。

母亲曾经告诉我一个关于我"抓周"的故事：

那年的秋天，恰巧父亲在家，他主张男女应该平等，一样地受教育，他不许母亲把笔拿走，要试验我将来最爱的是什么。据一般人的心理推测，以为孩子最喜欢的是花，其次是蛋，或者是钱；可是出乎他们意料之外，我一伸手就紧紧地抓住了那支笔杆，妈妈想从我的手里试探我第二件东西拿什么，我却哇的一声大哭起来，什么也不要，只死死地抓住那管笔不放，看的人都惊讶起来，只有父亲高兴得连眼泪都流出来了。

"她是我的好孩子，什么都不要，只爱写字读书。"

父亲得意地说着。

"女人读书有什么用处？即使科举恢复，也没有女状元可中了。"

母亲很不高兴地回答父亲，幸而有许多客人在那里，宏大的笑声，隔断了父亲的听觉，假使只是他们两个人，又会大吵一架了。记得当我八九岁的时候，母亲逼着我绣花，说我假如不多绣些花，将来出嫁的时候，什么嫁妆也不给我，当时我很生气地回答她："什么嫁妆都不要，我只要父亲的书。"

说起父亲的书来，实在是相当惊人的，不但几座大房子里的楼上堆满了书架，连箱子里，衣柜里，床底下，楼梯下面，无一处不是书。因为年代太久，书柜被老鼠咬了许多洞，书更被他们咬得只剩三分之二了，更多的是那些黑色的，白色的小蛀虫，它们躲在书页里从出生到死亡，养育儿孙一代又一代，父亲非常痛恨它们，每年到了阴历六月六日，把所有的书搬出来大晒一次，乡间的迷信，说这天晒了东西是不会生虫的，其实满不是这么一回事，蛀虫仍然是年年有，根本无法消灭它们。

　　因为爱读书的缘故，从小学时候起，就喜欢买书。记得在长沙稻田师范读书的时候，即使在图书馆看过的书，那些好的，我也要每种买一本锁在箱子里；因为我还想看第二遍，更喜欢在上面写些小注解，或者加上些圈圈点点。二哥从山西寄给我的零用钱，或者三哥给我的稿费，我都用在买书上面。慢慢地我的书越来越多了。于是买了几个皮箱子来盛它，每年寒暑假回家的时候，我就雇了挑夫一担一担地挑回家，明知花了钱会挨母亲的骂；然而父亲是高兴我这样做的。

　　后来进了女师大，更加高兴买书，尽管穷得没有饭吃，没有衣穿，书是不能不买的。这里有一个笑话，我曾经在《女兵十年》里写过的，因为缴不起饭钱，厨子想把我的箱子搬去做抵押，没想到打开一看，里面尽是书，他很失望地丢下不搬了。其实他哪里知道这才是无价之宝，若是他搬去了我的书箱，我准借了钱来赎的。

　　二十余年来，为了我的流动性太大，到处漂泊，一直到现在还没有一个固定的家。所以我的书不能聚集在一起，什么地方都有一点。最使我伤心的，是在日本买的书，在我被捕的那次，全部被警察署没收了。歌德，普希金，托尔斯泰，莎士比亚，易卜生，屠格涅夫……这些名作家的全集在我都买了；但那些可恨的、蛮横不讲理的家伙，连同我的日记、著作、相片、书信统统没收，不肯发还，这仇恨，我是至死不能忘记的。

其次，长沙大火的那年，把我寄存在刘子程先生家里的书籍，全部化为灰烬了！后来刘子程先生不幸永别了人间，使我每一忆及，便有无限的伤心！

和书同时殉难的，还有满玻璃柜的小玩意儿。三嫂替我带了两件回家，后来又从遥远的临武取来托人带给我，现在还摆在我的桌上：一件是有一对小鹅的墨水瓶，一件是一个日本负薪读书的经济学者二宫金次郎的小锡像，小玩意儿也是我心爱的东西；不过拿书比起来，我自然要痛爱书，而宁可牺牲小玩意儿了。

长沙大火，许多人感到痛心，他们是痛惜房屋被毁，损失财产太多，而我觉得房子烧了，只要有钱，可以再建；只有书被焚了，哪怕你有再多的钱，也无法买回来。因为许多早已绝了版，在我看来，烧了书比烧了房子还要严重万倍。

抗战以后，我又买了不少的书，存在重庆一个教会里面，还有我那口装子弹的箱子（这是一位在战地认识的朋友送给我的）里盛着许多战利品；后来日本军阀炸弹，又把我的全部财产炸个精光，他们好容易在泥土里替我挖出来了四支炸破了的花洋磁菜盘，那时我正在西安，范定九先生还特地托人替我带去，我把破了的地方叫锡匠修理好，每逢朋友来家吃饭的时候，便要叙述一遍关于这四个盘子的遭遇；同时还要提到那些被炸毁的书，好像得到朋友们几声同情的叹息，我的心里就很舒服似的。

经过这几次的灾难，我对于藏书的热情，渐渐地冷淡下去。一九四三年的春天，我回到故乡替先父母扫墓，临别的晚上，我爬上楼，看到还有几箱新文艺和抗战的书籍，我高兴极了；更宝贵的是那些日记和友人的书信、相片等等都好好地保存地那里，一点也没有散失。

我把相片带去成都，日记和书信、书籍，仍然锁在楼上。没想到第二年，敌寇侵入新化，离我家只有七八里了，嫂嫂她们害怕因为我那些抗战书而惹出什么乱子来，索性打开箱子把我的书全部烧毁，而那面"湖南妇女战地服务团"的团旗，她们也用剪刀把字剪掉，仅仅保存了几块红布条。当我从三嫂手里接到这些碎布的时候，真使我难过得流下泪来。

十多年来，我们由西安至成都，而汉口，而北平，而台湾，为了交通困难，什么也不能带，笨重的书，自然更在被抛弃之列；几乎成了一定的现象，每次当我换一个地方时，总有一大批书和杂志送给朋友，他们得着了这份礼物的，自然很高兴，而我的心里每次都要感到酸痛的。

来到台湾，跑到朋友家里去，看到他们藏了许多书，我又羡慕又嫉妒；同时想起了自己的书来，又觉得非常痛心！尽管在这样物价高涨的今天，我仍然忘不了买书，我希望将来有一天能够把我失去的书全部买回来，只可惜那些绝了版的就永远无法得到了！

种相思树记

这是去年秋天的事：

有一天，我从小盒子里取出两颗红豆，种在一支黑色的瓦罐里。这原是盛酱菜用的，瓶颈很小而肚子很大，有点像一个又短又大的花瓶。我不知怎的忽然想起要种相思树；而且好像很有把握，相信只要我肯天天灌溉，经常施肥，它总有一天会长出一棵又高又大的树出来的。

632

首先我把瓦罐的底敲了一个像花生米那么大的洞，以便漏水；罐里装满了肥料足够的土，然后把两颗一般大小，颜色也完全相同的红豆，埋进大约一寸深的土里，浇了一些水在上面，把罐子放在种茑萝的旁边。

一天，两天，一星期，一个月过去了，仍然不见红豆发芽，我很想把它从土里挖出来看看是否褪了色，或者正待发芽；又怕惊动了它，使我的希望不能实现。接着，又是一个月过去了，仍然是一罐土寂寞地躺在那里，我照样隔两天便去浇水，虽然不见绿芽长出来，我一点也不灰心，我有牢不可破的信心：我相信只要肯耕耘，必定有收获，红豆一定会发芽，不过是迟早的问题。

"这罐子还摆在这里做什么？干吗不丢了它？"

一天，达明去打扫园子，他忽然大声地质问我，似乎埋怨我这只瓦罐摆在这里，有碍观瞻似的。

"千万别动它，里面种了相思树。"

我赶快跑出去阻止他，幸好我的动作快，他只把罐子挪动了地方，还没有把它丢到外面去。

大约是第三个月的某一天，当我照例去浇水的时候，忽然发现一个奇迹，红豆真的发芽了！像绿豆那么大的两瓣黄芽，长在一根半寸长的小茎上，我像一个初生孩子的母亲，守护着她呱呱落地的婴儿似的那么关心，我恨不得用嘴去吻它，心里像生了孩子似的感到无限的愉快，无限的安慰。这两瓣黄芽给我带来了希望，带来了快乐，证明了我的自信，只要肯耕耘，必定有收获。我生怕孩子们去动它，又怕有什么虫子去咬它，下起大雨来的时候，我把它藏到屋檐下；出太阳的日子，再将它移到玫瑰的旁边，不但使它接受日光的沐浴，也让它沾染一点芬芳。从两瓣黄芽到长出十二片像西瓜子一般大小的绿叶子出来，其中经过了整整一个多月。看着它长得有三寸多高了，我更加小心翼翼地生怕有蚂蚁来伤害它，我恨不得天天加一点肥料让它赶快长大，又担心肥料施得太多它受不了，反而被烧毁夭折。结果，我一点肥料也没有施，可是它长得非常好。

也许是缺乏营养的关系，它的确长得太慢了！为了害怕它将来长大了，罐子盛不下，我只得打破罐子，把两株小小的相思树移植在花畦里；我又担心小狗小猫去践踏，于是用一只盛水果的篮子罩着它，朋友来了，我一定带她们去参观我的杰作，她们都异口同声地称赞我的相思树实在太美了！

"我希望这两株树，在两三年之内，就能长大开花结实，那时候，我一定送红豆给你们。"我对朋友说。

"那时候我们还在台湾吗？时间未免太长了！"

琦君不同意我的说法。

"如果我们能很快地回到大陆，那么我把树也移到大陆上去。"

我们都像孩子似的蹲在相思树的旁边不忍离开，仿佛它有一种不可思议的魔力在引诱我们，使我们恋恋不舍。

"奇怪，相思树的叶子，为什么刚好是十二片呢？"

海音这样问我。

"四季相思，不就是十二个月吗？十二片叶子，正好说明一年到头都离不了相思。"

我回答她，于是三个人都笑了。

是一个很暖和的下午，不知什么时候，孩子把小白兔放出来了，它一口吃掉了一株相思树，我痛心极了，恨不得一刀把兔子砍死，我立刻把它关起来，而且警告孩子永远不要放它出来。

相思树少了一株，那一株还能活么？

我心里想着，用手指抚摸那些绿的叶子，我像在安慰一个死了爱人的朋友。我想如果相思树有知，它一定也感到万分伤心。回想这两颗红豆还是从大陆带来的，至少也有二十年以上的历史了。它没有一天离开过我，是一位最要好的朋友送给我的，为了纪念她的友情，我才想起要把它种植，使它结成累累的鲜红的相思子，让我分赠给多情的朋友；这是我种相思树的目的，谁知它长成还不到一尺就遭到这样的不幸，实在太使我伤心了！

——相思树是一株不平凡的树，它应该有不平凡的遭遇，我相信它现在虽然只剩下孤零零的一株了，仍然能好好地活下去的。这么一想，我又稍为好过了一点。

唉！真是祸不单行，半个月之后，这株仅存的相思树忽然也折断了！我难过得几乎掉下泪来，我不知道是黑猫踩断的还是小狗踏断的？我恨不得把猫狗都打死，以泄我心头的愤怒。

——不要伤心，只要有根，就会发出芽来的；万一不发芽了，你还可以再种两颗。

不知是从哪里来的声音，我仿佛听到那是我的朋友说的，我从此刻起，真的不伤心了。我又从小盒子里拣了两粒一般大小的红豆埋在土里，我期待着它发芽生叶，开花结实，我相信只要肯耕耘，一定有收获，我的自信绝对不会骗我的。

北国秋叶

柿叶、槐叶一落，京华的秋树便相继凋零了。马路上，公园里，落叶萧萧地下，稠密如雨，稠密如雪。

大自然正在死亡，并在死亡的哀痛中求得更生。行走在纷纷的落叶的雨中，你会惊心于宇宙永恒的变历。于是，刚从胸中升起的严峻的情绪很快就被落叶的情致驱逐干净。在你头顶飘洒飞扬着的落叶是彩色的，只有北国的秋叶才有这种鲜明的色彩，殷红、妃红、金色、青色、橙色，或是红黄驳杂……全不见枯槁的色泽，是秋天果实才有的颜色，同一种树叶也会呈现出各种颜色。在北京的宽阔马路上，行道树是由多种树木组成的，落叶飘摇而下，街道就被美丽的各种形状的小色块点缀着，气氛显得安谧而有生气，首都浓浓的秋意就蓦然呈现出来。要没有这些小色块的点缀，北国的深秋或许就索然无味了。在北京，我偏居于东面，那里的金台路被金黄得透明的银杏叶铺满了，状如一把把小扇面，可爱得叫人不忍心踩踏；间或又有乌桕和白杨的树叶，在满地的金黄中闪跳出另一些醒目的色块。朝外大街人行道上则纷纷扬扬飘洒着槐叶和榆叶的雨，那些小叶子无论怎样落到地上，都显得自然妥帖，它们的光色与给人的瞬间印象，足以构成一幅印象主义的杰作。首都落叶时节的风景，在我眼中，要比早些日子装点街头的上百万盆鲜花更有韵致和意境。每当清扫车驶过之后，街道地光皮尽，显出深秋的萧索景象。我觉得清扫车真残酷，它把美丽的落叶视同垃圾之类，有点不近人情。

然而，落叶还在萧萧地下。那些树叶，仿佛是压满树冠的鸟群，受到了一阵风的惊扰，不约而同飞离枝梢的，只是飞去的鸟群没有它们这般安详自得罢了。我敏感的心灵听见它们在叽叽喳喳地嗍啾——落叶在叙说飞翔的欣悦。与其说飞翔，尚不如说是舞蹈，时而在空中激动得瑟瑟抖动，时而又闲适得起伏飘摇，它们获得期待已久的自由，似乎它们在枝头守候至今，只是尽某种义务，而它们的色彩，是大自然偿还它们的报酬。现在，在树叶即将停止运动的时日，它们可以自由自在去做点什么了。于是去亲昵行人的面颊衣襟，去装点大地，在秋风又起的时候，按着同一韵律，再次从地上轻灵地旋舞飘飞，它们毫不理会生命最美好的时刻意味着什么。它们即将化作尘泥。即便无风，树叶也会凋落，从空中直直地降落下来，如一枚沉静的果实，表现出深思熟虑的情调和超然的庄严。既然没有风，是什么力量使它们凋落下来呢，是凭自己的意志吗？我凝视着那一片片沉静地降落的树叶遐思。几个孩子在收集落叶，我也情不自禁捡起几片，叶柄柔软而呈青色，变了色的叶片依然光润水鲜，筋脉清晰，充满液汁，这是活的叶子，简直就在向你悄声细语说着一些什么。它选择生命最美好的时刻告别人世，大千世界上竟连植物也不愿使自己死得丑陋。

于是，就连许多绿叶也受了感染似的，纷纷离枝而下，加入同类的有韵的舞蹈，使我惊诧的是，在东郊一个空旷的树阴垂覆的公园内，池边垂柳尚在婆娑摇曳，满地却已压着一层青翠的落叶，如同绿色的积雪。这超越我对自然现象的理解度，这是大自然有意作出的惊世骇俗之举吗？那是白杨树的宽大的叶子。我伫立在厚厚的积叶上，向白杨树仰望：满冠树叶在风中簌簌作响，透出深沉的翠色。白杨树很早就开始凋落了，可是它的叶子将坚持到最后凋尽，俨然是秋天的守护神，到所有的树木变得光秃秃的时候，才会凋落下最后的树叶，那也是绿色的。白杨树把深秋的空间，染得上下皆绿了。这位北国的伟男子既遵从无情的时序，又执拗地珍爱生命的翠色，于是造就了一种奇观。一位穿着鲜红衣裳的南方姑娘手持一束白杨树的落叶，在风旋起的绿色涡流中摄影，留下这一独特的对于秋日的回忆。这确是一张富有意味的照片，只在北国才有这样的秋情；在北国，没有枯槁得干脆的落叶。

现在，北国的落叶乔木已经凋尽，但秋叶的美丽和我所体验到的情味，使我不为它的凋落而伤感，甚至连北方秋日的肃杀劲也被冲淡了。或许正因北方秋日来得肃杀，才有落叶构成的浓郁的秋意。在我久居的温暖湿润的江南，树叶的凋零要蔓延秋冬两个季节，凋落得迟迟慢慢，显出极不情愿的情状，因而不见落叶稠密如雨的景象，落叶大都是死去的树叶，色彩也远不如北方的绚烂。而且，总有一些树叶不知倚仗什么神奇的原因，干枯发硬的还会挂在光秃秃的枝丫上，到开春叶柄下萌动新绿，才会被顶落下来。几片枯叶活画出秋冬肃杀的风景。

我爱秋叶甚于初春的新绿。

我爱北方的秋甚于南方的秋。

母　子

　　我自小失去了母亲。

　　幼时，关于自己与母亲的种种情状，已没有印象，也没有谁给我唱这支湮灭了的歌谣。那该是个迷离而又美妙的世界，我是从那个世界中走来的，怎能不深深地眷念。

　　难道这是一个永恒的谜？

　　不，失落的，我初生的儿子在叙说着。

一

　　据说，孩子在娘胎中就有了感情。母亲的喜怒哀乐陶冶着孩子的禀性。

　　妻子从怀孕起，手头不停地做各种活计：打小毛衣，缝小棉袄，鞋子、帽子都是她亲手制的。甚至还会耐心地理一团乱线，或拆了棉纱手套编结小纱裤。这都是她以往不屑干的呀，从做姑娘起，她不曾做过针线活儿。

　　她不让自己有片刻的安闲。刚坐下，便想起一串家务事，还去做平时力不胜任的重活，多病的她竟奇迹般地强健起来。

　　她不再是从前的她，已俨然是一位母亲。她变得勤劳、聪颖和能干，我们未来的孩子一定也会这样的。不然，他（她）何故常常要在腹中躁动？每当此刻，妻子兴奋得满面绯红，找地方静静地坐着，捕捉转瞬即逝的惊喜。

这是母亲最初的享受吧！

也有分娩前的担忧和恐惧，但不经升到眸子里就被憧憬的喜悦淹没。由此我预言：作为母亲，再沉重的忧患也会因了儿子的慰藉在瞬息间烟消云散。

二

分娩的时刻终于来临。

妻子已忍受了二昼三夜的折磨。

从产房的门隙中频频传来声嘶力竭的呼喊，使我并不脆弱的意志颤抖起来。乳白色的产房只是缄默，毫不为人间的痛楚动心，一如从我面前穿行而过的助产士，不动声色的面容似在默告：这是很当然的，不然，何以显得生命的珍贵呢！

妻子或许是懂得这一点的。我发现：她奋力的呼喊中没有软弱，更没有绝望，只有顽强的抗争。于是，我镇静和坚强起来。是的。她唯一的信念是要生下孩子，她在呼唤着一个新的生命。

我第一次觉察到：妻子是多么英勇。

莫非母亲的禀赋都蕴含着坚强？

产后，我去见妻子，怀着莫名的不安和歉疚。我无法在她需要帮助的时候帮助她，她会责备我么？

妻子苍白、羸弱，但导常安静。我与她之间仿佛陌生了，离别了很久、很久，需要重新去了解那样。

"母亲是伟大的。"她首先说。

这是与我们的儿子一同分娩的人间至理么？我已深信：世上最坚毅耐苦的莫过于母亲，此后，你能经受生活中的一切磨难了。

"现在，我已不能清楚地追忆所忍受的痛苦程度，那已成为遥远的过去，我只感到自豪，感到充实。"

妻子添说道："对第一声啼哭，事先任何想象也描绘不出来，我感到惊讶、陌生，难以相信它是真实的。但哭声却在提醒：我与他从此建立一种永恒的关系了！"

这是一条浸透了苦乐的血肉的纽带啊！

三

远远地，年轻的女护士推着一车嗷嗷待哺的哭声，敏感的父母亲不能平静了。在抱过自己孩子的一瞬，沉在柔情蜜意之中。婴孩的小嘴在母亲的胸前迫不及待地搜索，即或睡眼迷蒙，也总能迅快地咬住奶头。

母亲们享受着最为舒坦的休憩。她们喂奶的姿势是各不相同的，但和谐在寂然之中。谁也不说话，唯恐搅扰了庄严的气氛。

一个在尽情的吮吸中沉醉，一个在给予的满足中忘情，脸盘上凝固的端庄的笑无不在宣示：与分娩一样，这同样是一项伟大的工作哩！

难道有比哺乳的母亲更为神圣的塑像？这是我们人类的象征，母亲与吮乳的婴孩对流的目光在揭示着生命的全部意义。

奶水丰足的母亲是骄傲的，尤其是挤掉多余的奶汁的时候。奶水匮乏的母亲是痛苦的，默默地痛苦。

我的孩子在吮吸时使尽力气，发出"嗯哼、嗯哼"的声响，引起邻床母亲的羡慕。她们何故要羡慕呢？

无知的小生命，倘若不能记住母亲为你们忍受的痛苦，就千万不要忘记在母亲怀里曾经贪婪地吮吸过吧！

四

孩子任何一个偶然的表示，在母亲眼里都是有情的。

孩子被逗乐了，嘴里哼起不成调的单音，当妻子的耳朵逮到一个类似"妈"的音响，她会喜出望外，不相信这是无意的。

母亲对孩子，感情总是侵占了理智的位置，即或是痛苦也认作幸福。孩子吮奶时死命咬着奶头，妻子在失声喊一声"疼"后，会俯身赐他一个响吻，欣喜地说："孩子要出牙齿了！"

不须奇怪，为什么孩子的尿屎在母亲眼里也成为并不肮脏的东西。

孩子渐渐地大了，嘴里咿呀的不再是单音，还会抵着母亲的面孔与她亲昵。一天，妻子对我说：

"我爱你是有代价的，必须你也爱我；但，我对儿子的爱却是无私的。"

我默然，承认这个无情的事实。

这就是母爱，人世间最为博大、高尚的爱。像土地哺育着种子，并不想索取酬谢。这种爱陶冶了孩子，于是，世界在他童真的眼里是一位扩大了的慈母。

五

该为孩子起名字了。

每个孩子的名字都寄寓着母亲的期望。

"你对儿子有什么期望呢？"我问妻。

妻子略一思索，说："愿他一生明辨是非。"

这是一个母亲的心愿，不也是她自己对生活的总结么？

于是。我想起古人的话："能辨是为是，非为非，谓之智也。"谓非也当所非是为人最可宝贵的品格，那么，就把孩子叫做非非吧！

"多有意义的名字！"妻称赞道，"他将来一定不会背叛自己的名字。"

我因此悟到：母爱不是渺渺无由的，它的真谛是对儿女深挚的期望。

六

孩子最初滋生的感情是什么？爱母亲。

非非见人爱笑，他的笑像一条溪流，但，只有对母亲笑时，才会四肢乱扭，笑得溪流溅出如花的浪朵。非非有一双明亮的眼睛，总是不停地转动，但，只有从人丛中发现了母亲，他的眸子才会刷地一亮，停止了搜索。

抑或是哭，到了母亲怀里，也会换了声调。

孩子对母亲的爱永不怀疑。有时，妻子板起面孔，装出一副嗔怒的模样，孩子窥视着，俄顷，反而舒心地笑了，他知道这是个玩笑。有时，妻子不慎碰痛了孩子，他虽惊异于突袭的击撞，却不会哭泣，他一定懂得这不可能是有意的伤害。

"哦，宝贝，疼么？哦，宝贝，妈妈不好。"

因为这爱抚，孩子蓦地心酸起来，哇一声哭了，也与母亲依偎得更紧了。

母子之间因此更为理解。

母子之情因此更加诚笃。

但，不懂事的孩子以为自己的权利是任性的索取，你知道母亲的艰辛么？

颠踬在风尘雨雪之中，劳顿在白昼黑夜之间，妻子的脸色憔悴了，奶汁稀淡了，淡得似水，但还在流着。

孩子啼饥时，也不吮这无味的奶水。把奶头凑上去，他的头颅无情地甩动着。任凭哄骗，一味地哭泣。

妻子木然了。她为孩子的嫌弃而伤心，伤心得几乎流泪。

我不能无视这不幸的一幕，哄着："吃一点吧，孩子……"

本想使妻子轻松些，我略带悲哀的调子反使她跌出忍着泪水。

孩子，我原谅你所有的无知，但这一点却不能谅宥。

孩子，永远不要使母亲伤心，永远爱母亲吧。像她爱你那样。否则，你还能辨什么是非？

爱母亲才能爱自己，才能被称作起码的人。这并非先哲的箴语，出自我口中，也不啻是永恒的哲理吧。

我要以自己的作为告诫你：对母亲最深沉的爱，莫过于不辜负她的希冀，去尽儿子的责任。

● 戴竹帛

我的黄昏

　　残阳如血。大团大团的红把天涂抹得如凡高的现代派画，余下的几滴红，透过云中的缝隙洒落在小径中漫步的行人们的身上。火柴盒式的楼房层层叠叠，编织着许多扑朔迷离的人生故事。

　　久违了，我的黄昏。

　　望望那远远的落日，会觉得心无穷无尽地远了，身子空落的很轻很舒坦，痴痴地望着那缕缕天边的彩霞飘动，心里就有一份长长的快乐和适意。

　　有时候，被功利所累，使我不敢轻慢，衣服穿得本来就很多，还得套上几层，挤压着膨胀的身躯，挤压痛苦的心灵。唯有你——可爱的黄昏方使我忘却外面的沉重。

　　任意拿一本书，任意翻到某一页，走进那渐渐暗下来的黄昏里，随便读上几行间或抬头去读头顶上那似懂非懂的天空，去读自由自在的彩云，心里就有了海阔天空般的遐想，那堆积的烦扰此时都释放了，我可以脱下那几件多余的服装了。

　　凉凉的风飘拂在脸上，我想大自然也和我一样有着飘忽不定的思绪，那思绪凝结了，就变成了雨雪，伴着"北方的狼"的嚎叫和"我没有怨你"的声音，在黄昏里无牵挂地飘荡。

晚霞脱下轻佻灿烂的外衣洒脱地在黄昏这个大舞台上跳着古典华尔兹，使人感到那是一道深奥的哲学命题。

黄昏是一种衰老还是一种成熟？应把黄昏捧来含在唇间，吹成一叶轻舟，荡漾在青春自由的海洋中，饱尝生活的终极快乐。

宇宙虽大，实难划下一道畅快淋漓的轨道；掌间虽小，却有翻云覆雨的快乐。应该潇洒是永远的魅力，潇洒起来，凡事就变得晴空万里。

"料峭春风吹酒醒，微冷，山头斜照却相迎。回首向来萧瑟处，归去，也无风雨也无晴。"

我无意推卸沉重，深知有行才有止，有疲顿才有惬意，何况在我的生命中有一种实在的充实。

在人生中，我会珍惜这样的黄昏，我愿投到给我抚爱的黄昏的环抱中，去尽心享受一下这奢侈的柔情。黄昏点缀着我的世界，演绎着我的人生，阐释着我的爱情。

我不属于黄昏，但我拥有黄昏。

哦，我的黄昏。

●梅洁

那一脉蓝色山梁

一

不知那一脉蓝色山梁有多高，不知那一脉蓝色山梁有多远。哀思如一缕淡淡的云，绕山梁忧忧地飘呀飘……

啊，母亲，母亲的山梁！

一丝丝夜风低诉着，一把把清泪滴落着，山顶的月碎了，凄凉如水。

含泪望母亲的山梁，山顶的月碎了……

扬一扬手吧，母亲！在你高高的山梁上，扬一扬手……

二

我总说四月是春天；我总说四月在故乡很温馨；我总记着四月在母亲的山那边有洋槐花飘淡淡的清香；我总想母亲在四月微笑地走进丝瓜架缠绕的、木槿花纷呈的、莲藕腊菜笼盖的季节；我总想母亲在四月站蓝色山梁远远望帆，望女儿从江那边归来。

故乡四月的风拂母亲的浓发，在蓝色山梁高高地扬……

可母亲，你为什么在四月的温馨里突然地走了呢？你不该在四月就孤寞地颓然倒下啊！

家兄急电催我匆匆上路。3000 里北方南方，太阳苍茫，月亮苍茫，心苍茫啊！抬头望车窗外蓝色天白色月我高高祈祷：母亲，你等我啊！

三

仓皇 48 小时回到了故乡。母亲，你为什么不等我？

硕大的帆布篷在母亲的屋前搭着母亲的灵堂。母亲，你再睁开眼看看我！

乡亲打开棺木说还没有"合口"，为的是等我们归来和母亲见最后一面。

狭小的粗糙的棺木挤紧了我的母亲。那苍灰的卷曲的花发，那高高的宽阔的额，那紧闭的坚毅的唇……醒来，我的母亲！

那光明朗澈的眼睛在哪儿？那如春的光辉灿烂的笑在哪儿？那扬一扬手就有一片流向我们的暖色光在哪儿……

起来呀，我的母亲！这粗糙的、狭小的鬼地方何以能容你的宽厚、你的豪爽、你生生息息的劳苦？我母亲宏大的、无边的、细致的感情原本在滚滚流淌，何以凄凉的寂寞的被堵截在这里？坐起来！坐起来！！坐起来！！！我的母亲！你说过了四月五月你到北方去。你起来，我们走。去北方，不去那鬼地方……

我号啕着摇撼着这漆黑的什物。

这漆黑的什物你凭什么只发出一阵阵阴冷的怪笑？

母亲嘴角有血……

四

淡淡的月从蓝色山梁那边悲哀地升起，远处高楼里如魂的灯光孤寞地灭了。我和小妹凄凄地相依守护着母亲的灵，悲苦的泪如注地浸冷了四月的夜。几十幅挽幛在四壁垂挂诉说四月的伤心……

乡下的亲戚来了，乡下善良的农民来了。母亲随负荆的父亲在乡下度过了漫长的岁月；漫长的 7200 个日日夜夜，乡下人没有忘记母亲。

夜，很深重很深重，淡淡的月从榆树的叶隙里寂寂地洒下。善良憨厚的乡下人曾给了父亲和母亲生的希望，如今，他们又从遥远的山那边赶来抚慰母亲的亡魂……

含泪向真朴善良的乡下人道一声珍重！

含泪向人类美好的感情道一声珍重！

这世上的至善还该有什么呢？

五

四月如泣的风在母亲的灵前流淌。

再给我说一个山那边的故事呀，母亲！山那边孔雀飞起的地方女孩子变得都很善良都有出息，山那边太阳花盛开的林子里有一条白色路，走过白色路就是太阳升起的地方……再给我说一支山那边的故事呀，母亲！

我真的考上了山那边人们景仰的中学啦，弟弟却没有考上。你搂着悲伤的、可怜的弟弟在灶膛边哭了多久！然而，你却已不能为我拿出五元的报名费和每月七元的伙食费。父亲被牢牢钉在"耻辱"与苦难的十字架上已没有工作，只靠每日到 30 里地外的黑石山上挑炼铁的黑石头养活我们兄妹，父亲一次挑180斤！我不知苦难的父亲何以从知识的讲坛上刚刚走下来就能承受这般的劳苦！我小小的心被父亲巨大的力量震撼着、鼓舞着。母亲，你却每日在哭。为父亲的屈辱父亲的苦难也为我们兄妹四人每天小雏鸡般碗里望着锅里，锅里望着碗里，你喂不饱我们你的心被泪水淹渍着。

后来，山那边要搬迁一座即将被江水淹没的古城，你挖土方去了。母亲你去了。

许多年过去总也忘不了母亲在深深的土壕里弓身挖土方的颤动的身躯；总也忘不了母亲那被汁碱一圈叠一圈满满淹渍了的蓝衣衫；总也忘不了昏昏的月下，母亲担着土筐扛着镢头从蓝色山梁恍恍地归来……

许多年许多年，许多年总也忘不了母亲从枕下拿出两元纸币让我去学校先交十天伙食费时的惆怅；总也忘不了母亲在十分拮据的日子里竟用昂贵的14元钱买来已故赵爷爷的一条黑布大裆夹裤，黑布夹裤裹着母亲无望的泪水送我到江下边的哥哥那里念书。

"……天气快凉了，到了冬天把夹裤拆开缝成棉裤……到哥哥那里好好念书……"清冷的大江流淌着母亲清冷的泪水。

总也忘不了！总也忘不了！

这世间最纯挚最宏大最无瑕的爱唯属母亲了！

何样的爱能像母亲的爱更至善更无私更永恒呢？

六

蓝色山梁寂寞地孤立，父亲的坟茔已爬满青藤爬满青藤！

傍着父亲的坟茔我们和乡亲们一起掩埋了母亲。一隆冷土和父亲的坟茔接为一体。

一铲铲黄土培在了母亲的坟上，一把把清泪落在了母亲的坟上。我突感心碎欲裂心碎欲裂！我何以变得如此残酷如此残酷？竟用这冰冷的黄土把母亲窒息在另一个世界！倘若母亲活着，我会为母亲的新屋添砖加瓦起椽架檩，那是何样的幸福，何样的慰藉？可现在，我却将一铲铲冷土拥在母亲身上我在干什么？我恨不能扒开这地狱之门还我母亲的笑靥，我怆然扑倒在母亲的墓碑上，蓝色山脉怆然旋转……

母亲活着时，尽管天涯海角尽管十年八年，女儿归来故乡偎母亲床边总可以再做一番女儿，此后呢？生之匆匆死之匆匆，苦之楚楚累之楚楚，我到何方再觅母亲膝下的这份浓福？

谁能再给我这劳顿的心以无边的抚慰？

七

回我的北方。回我几匹长风几抹沙梁的北方。

回眸再望母亲的山梁。母亲的山梁如愁苦如悲恸高高耸立。

华哥痛苦地说几十年都未能让母亲去和他住几日；明弟泪水涔涔说失去了母亲他的家失去了支撑，失去了母亲才懂得了母亲理解了母亲；小妹攥一张汇款单悲恸号啕，她这月寄母亲的钱竟在掩埋了母亲之后才汇到，母亲在最后的日子没能享用小妹的这份情意。我忽也想到我的自私我的不懂事，我何以在父亲受难的年月让母亲南方北方地走了五年……

回眸再望如悲恸如愁苦的母亲的山梁，我问我自己：为什么失去了才感到真正的存在？为什么失去了才感到追悔莫及？为什么失去了才知道应该珍视？这混收人生心灵的慰藉究竟还应该有什么？

回眸再望母亲的山梁，深重地想：在我生命勃勃的年月，我将加倍珍视人世间的一切美好，珍视友谊珍视感情珍视尊重，我

651

定以涌泉之心报人于滴水之恩。需要我做的我生前都做好，倘若生前做不好生后何以补偿？这世上最不能欠下的是感情，我脆弱的女儿的心何以能欠下世间什么？

八

含泪望母亲的山梁，山顶的月碎了，凄凉如水。

扬一扬手吧，母亲。在你高高的山梁上，扬一扬手……

●郭建英

秋　潮

　　我已经渴望很久了，在灰暗的凝视中，在惨淡的死寂里，它终于来了。

　　这就是京都深秋的夜风。这威势，是一种告别，是一种远逝，是一种涤荡。对于我，也是心灵的默契和启迪，也是焦渴期待的回答。

　　对于秋风体察的入微入致的，当数欧阳子的《秋声赋》了。秋风的兴之容，气之声，作者是以心去领悟，以神去契合，以思去发掘的。每读，必竦然惊悸，仿佛也拂扬着肃杀之气。

　　然而，欧阳子笔下的秋风，兴起于夏秋之间，沐浴于风草佳木之绿，最初酷似渐析沥沥的雨声，渐渐才成浩荡杀气和如兵如刑的严酷。而今夜的秋风，却从空廓苍穹中落下，汇北方离原上的凛冽，排成方阵，来扫荡残枝败叶，排遣烟雾云蔼。是的，我早就呼唤这场秋风了。

　　不知何故，今年北京的秋风愁惨得像铅石，像死灰。终日灰雾笼罩，太阳化为一团无光的白纸，天空变成一汪停滞的死水，浑浑沌沌，郁郁闷闷，全不见高爽的清，宁馨的静，令人情思悠远的，悲凉。树叶虽凋残，但不陨落；虽腐败，但不透黄。无声地挂在枝头，遮一片惨白的阳光，投下模糊的影子。该消逝的偏

653

偏死恋，该枯陨的偏偏滞留，该豪放溃退的，偏偏抽丝滴漏，该长啸大哭的，偏偏低声抽泣，这样，怎不使人郁结怨闷呢？

北京的秋原是最令人向往的季节，自立秋那日，便陡然揭去一层潮气，若留心，那墙基、床下的阴湿、霉斑都悄悄消歇、隐匿，变为一片干爽飒利。皮肤的感觉更为奇妙，只要秋风暗起，便顿时觉得脱下一件湿衣，换上一件绸衫，清凉敷之于身，快意沁之于体。而天空收敛了氤氲雾霭，立刻飞升得高远。于是，阳光格外绚丽灿烂，一片片绿叶，一朵朵红花，都像浸了牛乳，镀了一层电光。那绿，那红，都灼灼闪射着一层空落和寂寞。这时，系在杨叶上的风，哗哗不息，仿佛夏天的潮退了。尽管一切如初，但都感受到一种凌厉和惶悚。从此，那秋的味，秋的色，便一日浓似一日，空灵，饱满而悠长，让你充分领略，漱洗。虽然，北京的行人依旧熙熙攘攘，但鸽哨会隐隐萦回，灰色的鸟儿也会翩翩盘桓。这声色、姿容，会在古老的灰房子上留下一些肃穆，也会在塔楼之间留下一片空旷，而人的眸子也从鸽哨的起落，鸟翼的回旋里，平添了无端的忧愁，无名的感怀，自己的思绪也会盘绕，飞翔，一直融入青丽的天空，而后，真切地触摸着自己的存在。不久，第一片黄叶飘了、消闲、轻盈、过滤着你的视线，许久才带着回响坠地。那苍绿的山岗上，不知不觉就红了一枝、一树。这极有表现力的色彩，涨了秋潮，人们一批批向香山涌去，像赶会一般。每年，每年，这一叠一叠的浪头在追寻什么呢？这醇味像美酒，带着浓香；这景像一如壮烈的殉难，试想这红花一般炽烈的死，该怎样照这活者的人生。大概半月之后，人们又丢下满山红叶，任它自行消歇，飘零。是啊，"物既老而悲伤……物过盛而当杀"，秋，当赋予岁月给它的使命。

一夜秋风，黄叶尽落，枝条横空，地上留下退潮的沙岸，天空中悬挂着一张版画。脚踏上去，柔软、松弛，响起哗哗的潮的回声；树把空间留下，让你以思想，以感情去填满、充实。这时候，会感到和谐，幽静中洋溢着温暖和喜悦。唔，远方仿佛有一束弦，正弹着柔美的细音，而朝日的火球上，刻下了疏林的剪影。那黑色的线条，恰似深秋肃穆沉静的夜。

在北京，我已经消受了几十个秋了，韵味一个比一个悠长，意趣一个比一个深切，而且品味得愈长久，领略得愈细微，精醇。从夏天进入绿叶葱茏的繁盛期，仿佛就期待秋，至于秋后的冬呢？当然亘着单调的灰线，支撑起白色的拱影，鸟雀飞掠，光斑明灭，啁啾清灵，而自己正燃烧着生命的希冀，沸腾着诗的激情。我在秋所安排的冬里惊悸了，苏醒了。

然而，眼前却是一个个阴沉的日子。愁惨、阴郁拂都拂不去，无奈，我只有一遍遍地听着柴可夫斯基的交响乐《悲怆》，体味着作曲家的叹息、回忆和最后的向往。这旋律的飞翼像秋天的鸽子盘桓消逝，带着一缕灰色的悲哀和闪烁不定的希望，以及萦绕不绝的甜蜜。不知谁说过这样的话：一个人能够有悲剧的情感惆怅，总是那么动人诱人，这乃是艺术感觉极致的表现，它发掘了沉浊和昏聩，也揭示了真理和深邃。本来，生活就是以痛苦和悲哀作为自己的奠基石的。当它青烟般和灰鸽一起飞掠，对于人们的感情应当是一种召唤，一种抚慰，一种拨弹了。然而，这少有的秋色也过于凝重了，寂寥了，长久了，像飞不出的梦，焦躁，呼喊，挣扎，却又销蚀，磨灭，自馁，一日日损耗着感情，砥砺着力量。唔，假如，把自信也失去了呢？

终于，一场凌厉的秋风来临了。从天空，从地面立体地拉开了纵横交织的战线，进攻了。一切晦气、阴霾都将在它的凛冽清明的大气中消散，这是怎样辉煌的景观。于是乘兴拉开窗帘，迎晦冥的夜色而兀然独立，专注睇视，潜心远听。唔，松惊骇而憧悚，杨摇撼而颤抖，那些早已干枯而不黄不落的死叶也如瀑布，萧萧飞落。决断，刚烈，从苟且的死，飞向磅礴的生。生，有一种生观，与之相伴随的也有一种死观，死总在徘徊，流连，便会造成生的沮丧，灰暗。当树叶全部榭去，剩下可数的枝条，而天空也刮清了弥弥的尘埃，露出晶莹晴晖。月像梨花柔红，星像雏菊黝青，一切都经过洗涤，经过淬煅，爽朗，洁净，仿佛飒飒流下缕缕清寒，暗暗砭人肌骨。这时，睡意扫尽，索性走到室外的凉台上，唔，月辉流溢，夜光清濛，远方的古塔若隐若现，近旁的西山似睡似醒，仿佛都在梦里，又都在沉思中。尤其那一起一伏温存而肃穆的山影，仿佛绵延的弦，震颤着，向着青宵鸣唱。

四野寂静，粗干细枝都没有一丝摇动，暗哑了，但那修长的枝条，在沉默里，已孕育了一粒紫红的苞子，它将在我的窗前陪伴我整整一个冬天。它圆实，饱满，仿佛明日就会绽放，但是它一味地等待，一味地汲取，没有一丝焦躁。多少年了，我们在长冬里隔窗对望，漫漫地成了故知好友，它就是来年的绿叶。

那离视线稍远的柿树，似是烧焦了，真真的化成了炭。是啊，那灯笼一般的果实摘去了，又接来严霜染红了自己的叶子，浓雾的清晨，烟蔼的晚暮，那叶子像一片炽热的花，老远就送来一树呼唤，但大风又折断了它的细枝，只剩下几根粗大的技丫。可那柿叶还顽强地坠着一束两束，现着微红。这叶，不是死恋，不是苟且，是冬日暮霭中的火，点缀着旷远的大野。

在天地相衔的地方，有一抹淡淡的影子，苍茫得像浮云，飘渺得像籁声，我知道这是落叶的疏林，绘出天宽地阔的景象，凑成一片忧愁哀伤，引发你心中的酸楚，微甜，它简直像不息的钟的回响，望一眼便会引起心中的微颤。而凌晨，疏林后会升起曙色的第一抹淡红，然后再为那轮绚丽的红日长久梳理，最后以自己纤细的手臂，把它托起来，于是才有冬天的阳光，从疏林上，可望雀阵，鸦群，那呼啸的起落，寂寂的翅翼，都平添了冬日的诗意。冬，有自己素净的美，也蕴含着纷繁的美，这种美是秋风的馈赠。

啊，秋潮退去了，四野在沉寂中蕴含着生命的躁动。

656